U0946823

中|华|国|学|文|库

阮籍集校注

〔三国魏〕阮 籍 撰

陈伯君 校注

中 华 书 局

图书在版编目(CIP)数据

阮籍集校注/(三国魏)阮籍撰;陈伯君校注. —北京:中华书局,2014.10(2023.10 重印)
(中华国学文库)
ISBN 978-7-101-10396-0

Ⅰ.阮… Ⅱ.①阮…②陈… Ⅲ.①古典诗歌-诗集-中国-魏国②古典散文-散文集-中国-魏国 Ⅳ.I213.612

中国版本图书馆 CIP 数据核字(2014)第 208772 号

书　　名　阮籍集校注
撰　　者　〔三国魏〕阮　籍
校 注 者　陈伯君
丛 书 名　中华国学文库
责任编辑　俞国林
责任印制　陈丽娜
出版发行　中华书局
　　　　　(北京市丰台区太平桥西里 38 号　100073)
　　　　　http://www.zhbc.com.cn
　　　　　E-mail:zhbc@zhbc.com.cn
印　　刷　河北新华第一印刷有限责任公司
版　　次　2014 年 10 月第 1 版
　　　　　2023 年 10 月第 2 次印刷
规　　格　开本/880×1230 毫米　1/32
　　　　　印张 12　插页 2　字数 320 千字
印　　数　8001-10000 册
国际书号　ISBN 978-7-101-10396-0
定　　价　39.00 元

中华国学文库出版缘起

《中华国学文库》的出版缘起，要从九十年前说起。

1920年，中华书局在创办人陆费伯鸿先生的主持下，开始编纂《四部备要》。这套汇集三百三十六种典籍的大型丛书，精选经史子集的“最要之书”，校订成“通行善本”，以精雅的仿宋体铅字排印。一经推出，即以其选目实用、文字准确、品相精美、价格低廉的鲜明特点，最大限度地满足了国人研治学问、阅读典籍的需要，广受欢迎。丛书中的许多品种，至今仍为常用之书。

新中国成立之后，党和国家倡导系统整理中国传统文献典籍。六十馀年来，在新的学术理念和新的整理方法的指导下，数千种古籍得到了系统整理，并涌现出许多精校精注整理本，已成为超越前代的新善本，为学界所必备。

同时，随着中华民族以前所未有的自信快速发展，全社会对中国固有的学术文化——国学，也表现出前所未有的关注和重视。让中华文化的优秀成果得到继承和创新，并在世界范围内进行传播和弘扬，普惠全人类，已经成为中华民族的历史使命。当此之时，符合当代国民阅读需要的权威的国学经典读本的出现，实为当务之急。于是，《中华国学文库》应运而生。

《中华国学文库》是我们追慕前贤、服务当代的产物，因此，它自当具备以下三个基本特点：

一、《文库》所选均为中国学术文化的“最要之书”。举凡哲学、历史、文学、宗教、科学、艺术等各类基本典籍，只要是公认的国学经典，皆在此列。

二、《文库》所选均为代表当代最新学术水平的“最善之本”，即经过精校精注的最有品质的整理本。其中既有传统旧注本的点校整理本，如朱熹《四书章句集注》，也有获得学界定评的新校新注本，如余嘉锡《世说新语笺疏》。总之，不以新旧为别，惟以善本是求。

三、《文库》所选均以新式标点、简体横排刊印。中国古籍向以繁体竖排为标准样式。时至当代，繁体竖排的标准古籍整理方式仍通行于学术界，但绝大多数国人早已习惯于现代通行的简体横排的图书样式。《文库》作为服务当代公众的国学读本，标准简体字横排本自当是恰当的选择。

《中华国学文库》将逐年分辑出版，每辑十种，一次推出；期以十年，以毕其功。在此，我们诚挚希望得到学术界、出版界同仁的襄助和广大读者的支持。

中华书局自 1912 年成立，至今已近百岁。我们将《中华国学文库》当作向中华书局百年诞辰敬献的一份贺礼，更是向致力于中华民族和平崛起、实现复兴大业的全国人民敬献的一份厚礼。我们自当努力，让《中华国学文库》当得起这份重任，这份荣誉。

中华书局编辑部

2010 年 12 月

出版说明

《阮籍集校注》是陈伯君先生(一八九五——一九六九)的遗著。陈伯君名绍功,以字行,湖南湘潭人。一九二〇年毕业于北京大学,在校时曾师事黄季刚(侃)、黄晦闻(节)、马夷初(叙伦)、吴瞿安(梅)诸先生,毕业后从事教育、新闻等工作,建国后任国[政]务院教育部、高教部秘书和研究员。性耽文史,长于诗词,著有《双蕉草庐诗词稿》五卷。

在本书之前,阮籍作品向无诗文合集的校注本,唯《咏怀诗》部分有黄节等人的注本行世,本书是第一次对阮籍诗文进行逐篇校勘和注释的整理本,其中引用大量第一手史料,既能充分吸收前人的研究成果,同时也有很多独到的见解。尤其是对《乐论》、《通易论》、《达庄论》、《通老论》等文的注释,作者从当时社会政局、哲学思潮出发,结合阮氏一生的出仕、交游等情况,加以多方面的研究,寻奥探幽,堪称阮文的解人。

一九六九年陈伯君先生逝世,本书并未最终定稿,一九八五年我们议定出版,出于对已故作者的尊重,整理时只做了原稿钞清,标点统一,改正个别明显笔误的工作,其他一仍原貌;另因阮籍四言诗只收录见于类书的三首半,为方便读者的阅读研究,据逯钦立《先秦汉魏晋南北朝诗》增补其余十首作为附录,于一九八七年十月正式出版，成为阮籍研究的重要参考书籍。

由于本书为据遗稿整理，体例留有欠缺，校注文字也大都未经与原始文献对核，加以出现部分排版编校错误，面世后先后有李景华《〈阮籍集校注〉失误评议》（载《北京师范学院学报》社会科学版一九九二年第六期）、韩格平《〈阮籍集校注〉补正》（载《古籍整理研究学刊》一九九五年第一期）等文章指出本书中存在的文字错讹，并就相关学术问题进行商榷，读者可以参看。

此次收入《中华国学文库》，我们对已发现的错误做了订正。然限于我们的学识与能力，书中错讹仍或难免，敬请读者批评指正。

中华书局编辑部

二〇一四年八月

目　录

序 …… 1

例言 …… 1

阮籍集校注卷上

赋 …… 1

东平赋 …… 1

亢父赋 …… 16

首阳山赋 …… 21

清思赋 …… 25

猕猴赋 …… 34

鸠赋 …… 40

笺 …… 42

为郑冲劝晋王笺 …… 42

奏记 …… 49

辞蒋太尉辟命奏记 …… 49

又 …… 52

书 …… 53

与晋王荐卢播书 …… 53
答伏义书 …… 57
附:伏义与阮籍书 …… 61
论 …… 64
乐论 …… 64
附 …… 85
通易论 …… 86
达庄论 …… 110
通老论 …… 132
传 …… 133
大人先生传 …… 134
赞 …… 159
老子赞 …… 160
诔 …… 161
孔子诔 …… 161
帖 …… 162
搏赤猿帖 …… 163
文 …… 163
吊某公文 …… 163

阮籍集校注卷下
诗 …… 165
咏怀四言三首 …… 165
咏怀五言八十二首 …… 171
采薪者歌 …… 334
大人先生歌 …… 335

附录

一、阮籍集主要版本序跋 …………………………… 337
二、阮籍传记资料 …………………………………… 341
三、阮籍年表 ……………………………………… 353
四、阮籍四言诗十首 ………………………………… 360

序

阮籍(公元二一〇——二六三)生活在一个政治上极端动荡的时代,在全国范围内,统治者分裂为三个互相敌对的政权(三国)。他是陈留郡(当时属兖州)尉氏县人,属于魏。他的父亲阮瑀和曹家父子有过亲密的关系。而他的一生,却碰上了中国历史上自王莽以后的两次所谓“禅代之局”:少年时(十一岁)看到了汉禅于魏,而在晚年则又逼近了又一次的“禅代”(他死后两年,魏禅于晋),正是所谓“螳螂捕蝉,黄雀在后”。尤其是后一个禅代,内部的斗争是剧烈的、残酷的。他经历的是这样一个时代,这对于他的思想和生活态度不能不发生重大的影响。

阮籍本有“济世志”(《晋书》本传),是想爬到统治阶级的上层好好地“作为”一番的。他打算怎样“作为”呢?根据他现存的著作来看,不外是儒家的那一套。《通易论》阐明“易”理,提出他自己对于“易”的看法,实际上也就是他的世界观(宇宙观、社会观、人生观)。他说:“易的起源是在‘天地一终,值人物憔悴,利用不存,法制夷昧,神明之德不通,万古之情不类’的时候。庖牺氏作了八卦,于是‘南面听断,向明而治’。黄帝、尧、舜这些先王‘以建万国,亲诸侯’,‘是以上下和洽,裁成天地之道,辅相天地之宜以左右民’。

‘先王既殁’,那就不行了,惟有依靠‘君子’来‘一类求同,遏恶扬善’,‘于是万物服从’,‘子遵其父,臣承其君,临驭统一,大观天下’。到了‘季叶既衰’,那就只好‘应运顺天,不妄其作’。然而‘道至而反,事极而改’。怎样改呢?那就是‘改以成器,尊卑有分,长幼有序’。贤人君子到了‘穷侈丧大夫之位’的时候,就‘群而靡容,容而无所,卑身下意,利见大人……入而说之,说而教之,顺天应人,焕然成章’。”他说:“明乎天之道者不欲,审乎人之德者不忧。在上而不凌乎下,处卑而不犯乎贵。故道不可逆,德不可拂。”这一套维持统治秩序的理论,正是儒家一脉相承的一贯主张。而他把这些主张,都说成是本着“易”理的,所以说《易》这部书是“覆焘天地之道,囊括万物之情”。

具体的办法则见于他的《乐论》。他说,政治的四大项是刑、教、礼、乐。刑、教是外(从外制之),礼、乐是内(自内发之)。乐(歌与舞)更重于礼,能使“日迁善成化而不自知”,“刑赏不用而民自安”。因为“圣人立调适之音,建平和之声,制便事之节,定顺从之容,使天下之为乐者莫不仪(取法)焉”,“自上以下,降杀有等,至于庶人,咸皆闻之,歌谣者咏先王之德,俯仰者习先王之容,器具者象先王之式,度数者应先王之制。入于心,沦于气,心气和洽,则风俗齐一”。其关键就在于一切歌辞、舞容,乃至乐器的制度、器材和音调,全国都是统一的,乐声是平和的,人民习惯了,不知不觉间成为自然的性情,就能够“定万物之情,一天下之意”,“使去风俗之偏习,归圣王之大化”,“下不思上之声,君不欲臣之色,上下不争而忠义成”。乐也要“应时变”,所以“五帝不同制,三王各异造”,但只是“改其名目,变造歌咏”,“各宣其功德于天下,通其变使民不倦”,至于乐声则不变。到了“衰末”,因为“其物(指乐器的器材)不真,其器不固,其制(制度)不信,取于近物(就地取材),同于人间,各求其好，恣意所存，闾里之声竞高，永巷之音争先，童儿相聚以咏富贵，刍牧负戴以歌贱贫"，所以"君臣之职未废，而人怀万心"了。

这样一套政治主张，在当时这样一个动荡的局面之下，当然是无从施展的。何况"魏晋之际，天下多故，名士少有全者(《晋书》本传)"。阮籍虽然"弱冠尚未知名"，但后来就"物望甚高"，与嵇康并为"竹林七贤"的领袖而"声誉广被"了。在他四十岁的那年，司马懿一下子杀了何晏、邓飏这班人，致一朝天下"名士减半"，而后来又杀了夏侯玄，更是那班名士的魁首。阮籍在这样的威慑之下，终于放弃了他的"济世志"，转为自全之计，他"博览群籍，尤好庄老"，从老、庄那里求得出路。他一方面论"易"，论"乐"，一方面"尤好庄老"，两者显然不是同时并存，而是有时代的先后的。他的思想，可以说是由"儒"入"道"，他传下来的论著，除《通易论》和《乐论》外，就是《达庄论》和《通老论》。不过，道家的思想到了东汉之末，已经和方士的道术合流，成为所谓的"道教"，阮籍的思想，也不免受了这个影响，他的思想已经不限于庄子的哲理范围。试看他的《达庄论》的末段："且庄周之书何足道哉！犹未闻夫太始之论，玄古之微言乎!"可见他是并不以庄周的思想为满足的。他的《通易论》也羼杂了一些五行家言在内。再看他的《清思赋》和《大人先生传》，那种飘飘云际、神游八表不是一个神仙世界么？比起庄子的所谓"乘彼白云，至于帝乡"(《庄子·天地篇》)，又不知迈出了多少步。他的生活态度，也并不只是"以庄周为模则"(《三国志·王粲传》)的，他蔑视礼教，固然是思想上的解放，实际上还是佯狂避世。试看他初闻母丧的时候，虽然饮酒食肉，与客围棋，若无其事，然"举声一号，呕血数升"，可见他内心实在悲痛已极，不过是强作镇静，并非真正是那么泰然的。但是，他由"儒"入"道"，由"有济世志"而转为"逃空虚"，只是出于自全之计，并不是思想认识上的变化,所以,这一转变是不会彻底的。何况早年所受的影响,也很不容易一下子从根挖掉,因此,在他的思想上是有着矛盾的。又何况他的"逃空虚"只能是思想上的解脱,并不能见于实际行动,因为在那样一个统治阶级内部斗争剧烈的时代,一个极有名望而又曾参与过政治活动的人,如果真的逃避起来,那就会被当权者的一派怀疑为党于敌对派别而不能放过他,反而不能自全。试看他的"神契"的朋友嵇康终于招致了杀身之祸,便是这个缘故。他不能像孙登那样,所以他对于孙登(《大人先生传》中的大人先生)真是不胜艳羡。但他在统治阶级里面又不是一味依附权势,做忠实的奴才,只顾提高自己的地位。他有他自己的政治抱负、政治主张,对当权者的所作所为,尤其是那些彼此残酷争夺的血淋淋的事实,不能不有是非、善恶的辨别。他虽然"至慎","口不臧否人物",但他自会有"皮里阳秋"的,这种"阳秋",从他的"青白眼"里表示出来。这就更增加他的内心的矛盾。这种矛盾冲突剧烈,简直找不到出路。只看他"每次出游,任意所之,不由径路,车辙所穷,辄恸哭而返",正是他的内心矛盾重重,走投无路,痛苦万分的一个恰好写照。他的这种有时痛苦到恸哭程度的内心矛盾,无处倾诉,只能倾吐于他的文学作品中。除了传下来不多的辞赋和散文(尤其是《大人先生传》)中透露一点消息外,恐怕最多的是寄托在他的大量的咏怀诗里。这种诗随感而发,随意抒写,正好发泄他的满腔郁闷,充分表露了他的思想感情,也达到了他的文学天才和造诣的最高峰。因此,探讨他的咏怀诗,就成了研究他的思想和文学的中心问题。

阮籍的文学,在中国中古时代文学史上的地位是很高的。尤其是他的咏怀诗,后来的人对它都一致推崇,有的说是凌驾他的前人而直承曹子建,更有人说是凌驾曹子建而直承楚骚、汉赋,也有人说唐朝的李太白就是直接承着他(以上均见本集附录,在此不具引);反之,加以贬抑的概所未见。

鲁迅先生也说过,阮籍的散文做得很好。的确,他的几篇赋,笔调、词汇乃至其夸张处,都还是汉人面貌,不像晋以后那种雕琢、藻饰的样子。他的散文,如《达庄论》这种理论性的文章,其首尾两段,竟是辞赋的写法。又如传记性质的《大人先生传》,刘师培先生说它:"其体亦出于汉人设论(原注:如《解嘲》之属),然杂以骚赋各体,为汉人所未有。"也许他写的散文本来不多,流传下来的更祇寥寥此数,所以对当时和后世的影响不大。刘先生只举出伏义《与嗣宗书》、张辽叔《自然好学论》(原注:辽叔此文,与阮为近)、刘伶《酒德颂》、嵇叔良《阮嗣宗碑》(原注:此文盖仿阮文为之)几篇。刘先生说:"西晋之士,其以嗣宗为法者,非法其文,惟法其行,用是清谈而外,别为放达。"(以上所引刘师培先生语,均见《中古文学史讲义》)

阮籍的《咏怀》诗则不然,千余年来,虽一直为人所讽诵,但正如钟嵘所说"厥旨渊放,归趣难求"(《诗品》),是那么难于捉摸。这些诗不是成于一时,也并非特意而作,只是随时抒感,后人在编辑这些篇章时,凭所得的一个概括的印象而加上了"咏怀"这个题目,因此很不容易把它的真意一句一字地读懂。就是和他的时代比较接近,而本人又是很有成就的诗人,如颜延之、沈约诸人,也只能总说一句是"忧生之嗟"。尽管如此,这些诗读起来还是很美的。

阮籍《咏怀》诗的意旨成了一个"谜",而"谜底"则随他的死去而湮没,永远无法核对。然而有了这样好的"谜面",自然就不断有人去猜。从颜延之、沈约直到李善诸人,都还采取谨慎的态度,只说一个总的印象是"忧生之嗟",并没有按某首某句去扣合。到了后来,就有人配合着阮籍当时的政局去推测他的某首诗的含意。

这本来是对的。以阮籍的思想和他所遭遇的世变,他的这些抒怀诗决不会无端兴起,而必定是有个端的。从当时的政事去探索他的这个端,当然是一条最可取的研究途径。可是,这要十分慎重,如果勉强去迎合,就不免失之穿凿附会,更何况还有人有意附会去达到自己的政治目的呢?我们必须把他们的这些说法加以辨别。

首先作这种探索的,是唐朝继李善之后注《文选》的"五臣"。他们在好些首《咏怀》诗的注里都提到阮籍是在"刺司马文王(司马昭)"。他们认为阮籍是必然忠心于魏的,对"司马昭之心"是必然恨得"牙痒痒的"。他们这种说法有没有根据呢?没有。阮籍曾经不肯应魏太尉蒋济的辟命,又托病辞去魏顾命之臣大将军曹爽的参军而"屏于田里",可另一方面却一连做了司马懿、司马师、司马昭父子三人的从事中郎,和司马昭更是相处得最久,并且很相得。在司马昭的座位上,别人都是毕恭毕敬,他却可以不拘礼教。在垂死之年,离开司马昭的大将军府去做步兵校尉后,还是"恒游府内,朝宴必与"(《晋书》本传)。甚至在何曾公开地向司马昭攻讦他时,司马昭却说:你们不能为了我而容忍他么?可见阮籍这个人的存在,对司马昭还是有用的。再看他把卢播推荐给司马昭时所说的话:"若得佐时理物,则政事之器;衔命聘享,则专对之才;潜心图籍,文学之宗;敷藻载述,良史之表。"他把这样一个多方面出色的人才(虽然卢播这人后来默默无闻)推荐给司马昭,不能说不是出于为司马昭打算的。怎么可以设想阮籍在形迹上和司马昭如此亲密,心意又如此投合,而骨子里却是"心存魏阙",左一首《咏怀》刺司马文王,右一首《咏怀》刺司马文王呢?从阮籍的论著所包含的思想以及各种史籍里关于他的记载来看,看不出他会是这样一个两面人物。何况他还明明为魏国的大臣们写了那篇给司马昭的《劝进笺》呢?"五臣"和以后同他们一鼻孔出气的那班人,为了要证实阮籍是像他们所要标榜的那样的忠臣，于是作了种种解释。有人说，阮籍既做过曹爽的参军，似乎一朝受命，君臣之分已定，就一定会矢忠不移。但是，阮籍不也做了司马父子的从事中郎，而且时间更长久得多么？有人说是"元瑜之子，固应尔"，这是说，忠臣之后必然也是忠臣。但我们看看阮瑀又怎样呢？他曾逃避过曹操的罗致，最后也只是做了记室，况且那时名义上还是汉朝的天下，而阮瑀早在魏国受禅的前八年就已死去了。有人替阮籍惋惜，说他不应该写那篇《劝进笺》。也有人替他开脱，说他只劝司马昭接受"晋王"和"九锡"之命，最后做一个像支伯、许由一类的"让王"，不要真的做皇帝，所以还是忠心于魏。这真是天真得可笑。"王"和"九锡"会是怎样的结果，大家当然都是莫逆于心。但那时虽然禅让之局已定，究竟最后一层的幕布还没有揭开，司马昭还在虚伪地表示"让德"，怎么能公然要他"受兹大宝，传诸无穷"（梁启超《异哉！所谓国体问题者》）呢？万一司马昭故作姿态，不是要怪罪下来么？阮籍写的这篇文章的最后几句，不过是措辞巧妙而已，其布局和所用典实词汇，都显然是以潘勖起草的对曹操劝进的那篇文章为蓝本的，也就可见阮籍的心中是把晋之代魏和魏之代汉看作历史故事的重演，没有什么可以惊异的了。"五臣"以后那班人的种种说法，都是未能自圆其说的。那么，他们为什么要这样歪曲呢？原来他们都是有自己的政治目的的。罪魁祸首是"五臣"。"五臣"中虽然只有两人官居微职，其余三人都是所谓的"处士"，但唐朝的所谓处士，本来就是走"终南捷径"的人。"五臣"本是些"陋儒"（苏轼语），于《文选》这部书甚少贡献，但他们都藉着注书的机会，正好表示自己一朝得意，必然是忠心耿耿的。他们连郭璞的《游仙诗》都要牵扯到忠君爱上这一点，何况阮籍本是官居"二千石"的人，他的《咏怀》诗又是个谜，他们怎肯不乘机捣弄一番呢？从"五臣"以后直到清朝的何焯、蒋师爚诸人,凡是带上这副着色眼镜的,都可作如是观。黄节先生自然是例外,他"尝以辨别种族,发扬民义垂三十年"(黄节《阮步兵咏怀诗注自叙》),不过,他觉得"世变既亟,人心益坏,道德礼法尽为奸人所假窃"(同上。当时窃国者大倡其所谓"礼治"),阮籍实在恨当时的司马昭,他要"指桑骂槐"。所以黄节先生说:"余于此时不重注嗣宗诗,则无以对今之人。"又说:"欲使学者由诗以明志而理其性情,于人之为人,庶有裨也。"他同样也是抱着一个政治目的去注阮籍的《咏怀》诗,但和"五臣"诸人不可"同日而语",这是应该加以区别的。

当然,阮籍并不是死心塌地地依附司马氏,他既没有像贾充、王经那班人攀龙附凤以猎取富贵,也没有像郑冲、王祥那班人依违取容以保持禄位。他是一个有抱负、有理想的人,因此,对于司马父子的所作所为,断然不能件件满意。特别是高贵乡公这样一个"才同陈思,武类太祖"(《三国志》注引《魏氏春秋》载钟会语),以夏少康自命(《三国志》注引《魏氏春秋》:"帝慕夏少康。"又与群臣论夏少康与汉高祖之功德谁宜为先,认为"汉祖功高,未若少康盛德之茂","仁者必有勇,诛暴必用武,少康之盛,岂必降于高祖")的非常之主,阮籍做过这位少主的散骑常侍,封了关内侯,对于少主之横死必然不能无动于衷,这些应该在他的《咏怀》诗里得到反映。可是,他的《咏怀》诗决不都是最后几年才写的。在以前更长一段时期内,对于魏明帝以至曹爽兄弟这班人的所作所为,也不能无所臧否,这些,也必然在他的《咏怀》诗里得到反映。总之,他的《咏怀》诗里如果有所谓"刺",那是以他自己的是非、善恶的标准来作衡量,决不是站在忠于曹家的立场而痛心于司马氏的篡逆。

我以这样的看法来读阮籍的《咏怀》诗和前人的注释,我提出了若干新的解释,同时批判了一些前人的说法。我不敢说我的解释已接近于揭穿一些谜底。不过,我相信如果不断地有人本着客观的态度和历史的眼光去读它,总可以把这个谜揭得更圆满一些。我希望我是在这个工程上加上了一撮土。

陈伯君

例　言

一、旧时校书者往往以一本为据，而取他本校之，注出其文字异同。至于何字为可从，则恒不加断定，任读者自择。本书则不专据一本，系将各本互校之后，遇有文字异同之处，择其可从者作为本文，可彼可此者，则以多数者为归。盖校书之目的，应在订正讹舛，使读者于读本文时易得其解，非为校书而校书也。但恐个人识解有限，所取之字或有未当，所不取之字其义反而较胜，故只作为向读者建议，仍分注他本异同于下，以供读者参酌。惟明显为误字者则不注，例如：《亢父赋》"钜野潴其后"之"潴"字薛本作"猪"，"穷济尽其前"之"济"字范陈本作"齐"之类。又汪士贤刻本不精，字多讹舛，无甚足取；严可均本几全据范陈本而间校以《艺文类聚》，此二本除偶有例外者，皆不一一出校。程荣校刻范陈本，除校改者外，其相同者亦不注出。这样，不仅本文择善而从，易于通读，其他各本之面目亦可于此窥见，不必再检原书。

二、旧时校书者往往只取数本以校所据之本，本书则尽力搜求所能够求得的各种版本而互校之，惟个人所见有限，容尚有他本为搜求所未及者。

三、旧时校书者往往只注意本集或类书所引而鲜及于选本。

本书则凡清末以前诸大家之选本均校及之，并旁及方志，因此亦颇有赖以校正讹夺者。例如：《东平赋》“□士惟中”一句，诸本皆然，及朴本“士”作“七”。及检陈元龙等辑之《历代赋汇》（张惠言辑《七十家赋钞》同），则此句作“厥土惟中”，于是，豁然而解。

四、校时遇可疑之处，非有一种版本作为根据则不敢遽定。例如：“亢父”之“亢”字，诸本皆作“元”，遍查有关史地书籍，又曾请郑天挺兄协助查考，实无“元父”一地名，两人不约而同地认为必系“亢父”之误，然仍待检得梅鼎祚本正作“亢”，又《历代赋汇》“元”字下注“一作亢”，始敢据以校改。又前举“□士惟中”一句，读时虽可推断为“厥土惟中”，然非有《历代赋汇》本可据，亦未敢臆定。

五、冯惟讷《诗纪》载阮籍五言《咏怀》诗其二十一，附注中有“京师曹氏有一善本”云云（黄节《阮步兵咏怀诗注》同首诗之校语谓曹卷作某，即据此），此本今未见。

六、吴汝纶《八十二家诗选》载阮籍《咏怀》诗，其校语中有所谓“潘璁本”（黄节《阮步兵咏怀诗注》校语中亦有所谓潘璁本或潘本），遍求此本，并承赵万里、向达诸先生协助查考，均未得，迄今亦尚不知潘璁其人。颇疑黄或未见到此本，其校语即据吴之校语（完全相同），而吴则当确见此本。又按吴所引之潘璁本校语全同于陈德文本，按语亦同，只是削去了“陈德文曰”四字，疑潘璁实翻刻陈本而窃据其名也。

七、阮籍文除《昭明文选》所录两篇有旧注可参考外，其余皆未见前人注过。《咏怀》诗则除四言者外，五言者《昭明文选》所录十七首旧注颇多，其余亦尚有旧注可供参考。凡此等旧注中引用某书而其书尚存者，本书大抵均经覆勘原文，不间接援引，因而改正旧注之处颇不少。旧注所不及者，则加以补注。故本书虽参考旧注而实亦等于新注。

八、旧注引书颇多改易字句，或并参以己意，引书之起讫不明，不知孰为原文，孰为注者所加，因而造成不少混乱。今所引旧注皆查对原书，校正字句并于前后起讫处各加引号，因而引书与原注者所加之语分界清楚，不致混淆。

九、凡旧注曾引某书，本书虽经覆检原书并校正其字句，但仍存原注者之名，不欲掠美。

十、原书有今已亡佚或一时未能检得者，只好径用旧注。

十一、原书虽已亡佚而另有他书可据者，则改引他书。例如五言《咏怀》诗其七十六“秋驾”一词，李善注引《庄子》逸篇，其后注者皆递相援引，今改用《淮南子》，并参以《列子》。

十二、凡解释诗文中字句意义者为“笺注”，探测原文意旨者列为“集评”，个人之所见与前人不同者，则另冠以“按”字。按中颇有与前人立异者，例如五言《咏怀》诗其二、其四之“天马”、其五之“赵李”，其六等皆是。但仍不敢过于自信，请读者参酌。

十三、凡叶韵之字容易忽略者，皆为注出。

十四、诗、文皆于意义完整之句下加注，不取逐字逐句加注，以免割裂文义。但如一句中连用数个故事而故事又较长者，则仍逐事分注。

十五、凡已注在前者，以后只注明见某文某诗注，不再重复。本文有需补充者，除注明见某文某诗注外，再另行加注。单字之用法较特殊者，亦不嫌重注，以省读者翻检前文之劳。

十六、五言《咏怀》诗有颜延之、沈约两人旧注者，悉为保存，以两人既皆为有名之诗人，而其时代又与阮籍时代之距离较近，政治、社会之变迁亦不大，宜更多亲切之体会，可供后人参考。

十七、除颜、沈外，李善注为最早、最有名之注，故亦多予保存，惟于其误阙处亦加以辨正。保存之李善注间有先后移置，不悉依原来次序，例如五言《咏怀》诗其六，原诗中“青门”在前，“畛”在后，而李善注则“畛”在前，“青门”在后，今予移置。

十八、李善注中有与本篇诗文无关者，例如五言《咏怀》诗其五之“太行”、“失路”，李善注引《战国策》及高诱注，但高注所释“面”、“驾”等字，见于《战国策》而不见于阮诗，可谓与阮诗无关，故不予保存。惟“资用”字见于阮诗，则仍留高注。

十九、李善注中有只引某书某句，以说明原文中其词之有所本，而不加解释者，例如五言《咏怀》诗其七之“逶迤”，李善注引《楚辞》曰：“载云旗之逶迤。”此等注于了解本文之意义无关，在所不采。

二十、“五臣”探测诗中意旨之意见，亦悉予保存，以“五臣”之说虽往往多谬，而后来注者颇多承用其说也。

二十一、张溥之阮籍《咏怀》诗注，全录自冯惟讷之《诗纪》（仅一处例外），丁福保注则全录自闻人倓《古诗笺》，并按语亦同，而皆不注明其所本，据他人之劳绩以为己有，最不足取。今皆使之各还原主。

二十二、校用小字列在本书相当之字句下，注列于每一分段之后。供参考之意见又另列，以便阅读。

阮籍集校注卷上

赋

东平赋

汉置东平国，治无盐县，故城在今山东省东平县治东二十里。《汉书·地理志》"东平国"注："故梁国。景帝十六年别为济东国。武帝元鼎元年为大河郡。宣帝甘露二年为东平国。莽曰有盐。属兖州。"又东平国有无盐县。明张溥《汉魏六朝百三名家集》评此赋云："清遥古雅，有楚骚之遗则。凡赋中仍沓、铺张、薰蒸、蹇涩诸病，皆洗濯尽去。"据《晋书·阮籍传》："及文帝辅政，籍尝从容言于帝曰：'籍平生曾游东平，乐其风土。'帝大悦，即拜东平相。"今观此赋，无一语道其风土有可乐者，反之，则极道其风土之恶，甚至谓"孰斯邦之可即"，可见籍当时对司马昭之语，不过托辞求去，及抵东平，才十余日，则又失望而归矣。

夫九州有方圆①，九野有形势②，区域高下，物有其制③：开之则通，塞之则否；流之则行，壅之则止；崇之则成丘陵，汙之则为薮泽；逶迤漫衍，绕以大壑④。

【笺注】

①中国古代区全土为九州。《尚书·禹贡》注引《春秋说题辞》云:"州之言殊也。"《禹贡》云:"禹别九州。"又云:"冀州既载","济河惟兖州","海岱惟青州","海岱及淮惟徐州","淮海惟扬州","荆及衡阳惟荆州","荆河惟豫州","华阳黑水惟梁州","黑水西河惟雍州"。其后《尔雅·释地》及《周礼·地官·职方氏》中之州名又互相略有不同,不具引。《尔雅》疏云:"《禹贡》有青、徐、梁,无幽、并,是夏制。《周礼》有青、并、幽,无徐、梁、营,是周制。此有幽、徐、营而无青、梁、并,疑是殷制也。"《汉书·地理志》云:"周既克殷,监于二代而损益之,定官分职,改禹徐、梁二州合之于雍、青,分冀州之地以为幽、并。"至于《淮南子·地形训》中之九州州名,除冀州外,其余悉皆不同。《淮南》书性质特殊,不可据为史料。"九州有方圆",谓九州之地形有参差之不齐也。

②《后汉书·冯衍传》李贤注:"九野,九州之野也。"此外,《吕氏春秋·有始览》所谓"天有九野",《淮南子·原道训》注"九野,八方中央也",皆就天文而言,非此文中九野之意。"九野有形势",谓九州之野各有其不同之地势。

③《玉篇》:"物,事也。"《汉书·艺文志》:"事为之制。"师古曰:"每事为制也。"《说文》:"制,裁也。"此处有自然限制之意。

④否,音鄙,闭不行。壅,塞也。崇,谓积而高也。《周礼·春官·大司乐》疏:"土之高者曰丘。"《尔雅·释地》:"大阜(《释名》:"土山曰阜。")四陵。"薮,大泽也。《风俗通·山泽篇》:"水草交厝,名之为泽。"凡"开之"、"塞之"、"流之"、"壅之"、"崇之"、"汙之",皆自然为之,所谓"物有其制"也。《说文》:"逶迤,斜去貌。"《汉书·艺文志》:"杂家者流,漫羡(同衍)而无所归心。"师古曰:"漫,放也。"衍,水溢也。《庄子·天下篇》:"夫大壑之为物也,注焉而不满,酌焉而不竭。"陆德明《音义》:"李云:'大壑,东海也。'"

及至分之国邑,树之表物①,四时仪其象,阴阳畅其气,傍通回荡，范陈本作盪。张溥本同。有形有德，云升雷动，一叫一默[②]；或由之安，范陈本、及本注："一作观。"乃用薛本、及本作由。斯范陈本作期，注："一作斯。"惑[③]。范陈本注："一作或。"

【笺注】

①树，立也。表，标也。《国语·晋语》："置第蕝，设望表。"韦昭注："立木以为表，表其位也。"可见古代国、邑之间立有望表，犹今所言之界标。

②《释名》："仪，宜也，得事宜也。"《易·系辞上》："在天成象。"疏："谓悬象日、月、星辰也。"《周礼·地官·稻人》："以沟荡水。"郑注："谓以沟行水也。"德，《韵会》："四时旺气也。"叫指雷，默指云。此数句言地区不同，天时地利亦随之而有不同。

③用，以也。惑，《说文》："乱也。"言国邑之内，如天时地利得宜，则人事亦由之而安，否则乱矣。

若观夫隅薛本作偶。限之缺，幽荒之涂，沕范陈本、及本作忽。漠薛本注："一作汉。"之域，穷野之都；奇伟谲诡，不可从范陈本、薛本、及本及《赋汇》。他本皆作"可以"。胜图[①]。

【笺注】

①隅，角也。《尔雅·释地》疏："限即崖内深隩之处也。"沕，音密，深微貌。漠，《说文》："北方流沙也。"《左传·隐元年》注："凡邑，有先君之庙曰都，无曰邑。"《汉书·司马相如传·子虚赋》："不可胜图。"师古曰："胜，举也。不可尽举而图写之，言其多也。"

乃有遍游之士，浩养之雅，陵诸本皆作凌。薛本注："一作陵。"惊飙，蹑浮霄，清浊俱逝，吉凶相招[①]。是以伶薛本作泠。注："一作伶。"伦薛本作沦。注："一作伦。"游凤于昆仑薛本此下有一山字。之阳[②]，邹子噏薛本作喻。

注:"一作噏。"温于黍谷之阴[③],伯高登降于尚季之上[④],羡门逍遥于三山之岑[⑤];上遨玄圃,下游邓林[⑥]。凤鸟自歌,翔鸾自舞,嘉谷蕃殖,匪我稷黍[⑦]。

【笺注】

①《孟子·公孙丑上》:"我善养吾浩然之气。"赵岐注:"我能自养育我之所有浩然之大气也。"浩,即大之意。雅,雅士之意。陵,犹历也。飙,音标,暴风也,又扶摇风也。蹑,登也。霄,云气也。《淮南子·天文训》:"气有涯垠,清阳者薄靡而为天,重浊者滞凝而为地。"《诗·邶风·匏有苦叶》传:"招,号召之貌。"清浊,承浮霄言。吉凶,承惊飙言。

②《汉书·律历志》:"黄帝使泠纶自大夏之西,昆仑之阴,取竹之解谷生,其窍厚均者,断两节间而吹之,以为黄钟之宫,制十二筒以听凤之鸣。"

③王充《论衡·定贤篇》:"燕有谷,气寒,不生五谷。邹衍吹律致气,既寒更为温。燕以种黍,黍生丰熟。到今名之曰黍谷。"(又《寒温篇》略同。)据《清一统志》,今河北省密云县西南有地名黍谷。噏同吸。

④伯高,疑即伯成子高。《庄子·天地篇》陆德明《音义》:"伯成子高,通变经云:'老子从此天地开辟以来,吾身一千二百变,后世得道,伯成子高是也。'"尚季未详。

⑤《史记·秦始皇本纪》:"三十二年,始皇之碣石,使燕人卢生求羡门高誓。"韦昭曰:"羡门,古仙人。"又:"二十八年,齐人徐市上书言:'海中有三神山,名曰蓬莱、方丈、瀛洲,仙人居之。'"《汉书·司马相如传·大人赋》应劭注:"羡门,碣石山上仙人羡门高也。"又《郊祀志》应劭注:"羡门名子高,古仙人也。"岑,峻极貌。

⑥遨,游也。玄圃,亦作悬圃。《楚辞·天问》:"昆仑悬圃,其尻安在?"王逸注:"昆仑,山名也。在西北,元气所出。其巅曰悬圃,乃上通于天也。"《水经注》:"昆仑说曰:昆仑之山三级:下曰樊桐,一名板桐;二曰玄圃,一名阆风;上曰层城,一名天庭,是为太常之居。"《山海经·海外北经》:

"夸父与日逐,走入日,渴欲得饮,饮于河、渭,河、渭不足,北饮大泽,未至,道渴死,弃其杖,化为邓林。"《淮南子·地形训》许慎注:"其杖生木而成林,邓犹木也。一曰仙人也。"又《淮南子·兵略训》:"昔者楚人地……垣之以邓林。"毕沅《山海经校注》谓:"邓林即桃林,邓桃音近,盖即楚之北境也。"按:此文仍指奇伟谲诡之邓林,非实指楚地之邓林也。

⑦凤,《说文》:"神鸟也。"《孔演图》:"凤为火精,生丹穴。非梧桐不栖,非竹实不食,非醴泉不饮。身备五色,鸣中五音。有道则见。飞则群鸟从之。"《山海经》:"女床山有鸟,状如翟而五彩文,名曰鸾。见则天下安宁。"谷,《说文》:"百谷之总名。"稷,据《本草》,其米为黄米。黍,《说文》:"禾属而黏者也。以火暑而种,故谓之暑。"文意谓昆仑玄圃嘉谷蕃生,但非世间所有之稷黍也。

其厄陋则有横术之场,鹿豕之墟,匪修洁之攸丽,于秽累之所如①。西则仰首阿甄,傍通戚蒲②,桑间濮上,淫荒所庐③。三晋纵横,郑卫纷敷,豪俊凌厉,从薛本、及本及《赋汇》。他本皆作属。徒属留居。是以强御薛本作御。横于户牖,怨毒奋于床隅,仍乡饮从范陈本、及本。薛本作"乡渺","乡"字下注:"一作饮。""渺"字下注:"一作欲。"他本皆作渺欲。而作慝,薛本作匿。岂待久而薛本、及本无而字。发诸④。

【笺注】

①厄,狭也,塞也。横,《说文》:"阑木也。"术,《说文》:"邑中道也。"《管子·度地篇》:"百家为里,里十为术,术十为州。"墟,《说文》:"大丘也。"修,《周礼·天官》注:"扫除粪洒。"攸,语助辞。如,往也,至也。言其地既不修洁,为众恶之所归也。

②阿、甄,皆地名。《战国策·秦三》:"谓魏冉曰:'宋、卫乃当阿甄耳。'"鲍注:"庄十三注:'阿,今济北东阿,齐之阿邑。'甄属济阴。庄十四年:'会于鄄',史作甄。"《史记·田敬仲完世家》正义曰:"甄音绢,即濮州甄城县北。"两地皆在今山东省境。戚、蒲,亦皆地名。《国语·楚语第

十七》:“范无宇曰:‘昔郑有京栎,卫有戚蒲。’”《春秋左氏传·文元年》注:“戚,卫邑,在顿丘卫县西。”《汉书·地理志》:东海郡有戚县,在今山东省境。《左传·桓三年》注:“蒲,卫地,在陈留长垣县西南。”《史记·孔子世家》徐广注:“长垣县匡城蒲乡。”正义曰:“《括地志》:‘故蒲城在滑州匡城县北十五里。’匡城本汉长垣县。”按:在今河北省境。

③《诗·鄘风·桑中》小序:“刺奔也。卫之公室淫乱,男女相奔,至于世族在位相窃妻妾,期于幽远,政散民流,而不可止。”又《魏风·十亩之间》:“十亩之间兮,桑者闲闲兮。”毛传:“闲闲然,男女无别往来之貌。”《礼记·乐记》:“桑间濮上之音,亡国之音也。”注:“濮水之上,地有桑间,亡国之音于此水出也。昔殷纣使师延作靡靡之乐,已而自沉于濮水。……桑间在濮阳南。”《汉书·地理志》:“卫地有桑间、濮上之阻,男女亦亟聚会,声色生焉。”地在今河南省境。庐,《说文》:“寄也。”

④三晋,春秋之晋,至战国时分为韩、魏、赵三国。纵横,谓东平与三晋之地纵横相交也。敷,散也。谓郑卫之人纷纷散布于东平之境内也。凌,犯也,侵也。厉,猛也,烈也。徒,党也。属,类也。《诗·大雅·烝民》:“不侮鳏寡,不畏强御。”牖,穿壁以为交窗也。慝,恶也。乡饮作慝,犹酒后生事之意。

厥此字诸本皆缺,据《赋钞》及《赋汇》补。土范陈本作士,注:“疑缺。”薛本作七,注:“一作色。”及本作七,注:“字讹落无考。”惟中,刘王是聚。高危临城,穷川带宇①。叔氏婚薛本、及本注:“一作媚。”族,实在其湄,背险从范陈本、薛本、张燮本、及本及《赋汇》、《赋钞》。他本皆作土。向水,垢污多私②。是以其州闾鄙邑,莫言或薛本作惑,注:“一作或。”《赋钞》“言或”二字倒置。非,殪情戾虑,以殖厥资③。其土田则原壤芜荒,树艺失时,畴亩不辟,荆棘不治,流潢余溏,洋溢靡之④。

【笺注】

①《禹贡》:“荆河惟豫州……厥土惟壤……厥田惟中上,厥赋错上中。”此

文言东平之土质为中等也。据《元和姓纂》卷五，汉景帝子鲁共王余生允，封东平侯，因居之。又据《广韵》，王姓共有二十一望，其中有东平一望。《元和姓纂》有东莱，无东平。《战国策》注："临犹制也。"宇，《说文》："屋边也。""高危临城，穷川带宇"，言二姓聚居之状。

②叔氏婚族聚居河湄，待考。《诗·秦风·蒹葭》正义："湄是水岸。"私，《说文》："奸邪也。"

③《周礼·地官·大司徒》："五党为州。"注："州，二千五百家。"又《地官·族师》："五家为比，五比为闾。"注："闾，侣也，二十五家相群侣也。"《说文》："闾，里门也。"《周礼·地官·遂人》："五酂为鄙，五鄙为县。"《周礼·地官·小司徒》："九夫为井，四井为邑。"《释名》："邑，人聚会之称也。"州闾，指刘王聚居处。鄙邑，指叔氏聚居处。"莫言或非"，犹谁也不说谁不好之意，盖皆聚族而居，习俗相同，习见而不以为异也。殪，《说文》："死也。"殪情，犹绝情之意。戾，《说文》："曲也。"《书·仲虺之诰》传："殖，生也。"资，《说文》："贷也。"

④《尔雅·释地》："大野曰平，广平曰原。"壤，《说文》："柔土也。无块曰壤。"又："物自生则言土，人耕种则言壤。"芜，《说文》："秽也。"《书·蔡仲之命》："无荒弃朕命。"传："无废弃我命。"是"荒"即"废"也。《孟子·滕文公上》："树艺五谷。"赵注："树，种；艺，殖也。"《礼记·月令》："季夏之月，可以粪田畴。"《左传·襄三十年》注："并畔为畴。"司马注："六尺为步，步百为亩。""辟"与"辟"通。荆，《本草》注："其生成丛而疏爽，故又谓之楚。"棘，《说文》："小枣丛生者。"潢，积水池。溏，淖也。洋，多也。之，往也。"洋溢靡之"，言积水泥淖无所归趋。

东当三齐①，西薛本作耶，注："一作邪。"及本作邪。接邹鲁②，长涂千里，受兹商旅；力间《赋钞》作田。为率，范陈本注："音帅。"师使以薛本、及本作使。辅，骄仆纤邑，于焉斯处③。川泽捷径，洞庭荆楚，遗风过焉，范陈本"过"下空一字，注："缺。"薛本、及本"过焉"二字作"是过"。是径是宇④。

【笺注】

①上文言“西则仰首阿甄”，盖就东平与阿甄言。此又言“东当三齐，西接邹鲁”，盖就三齐与邹鲁言，三齐又在东，邹鲁又在西也。据《汉书·田儋传》，项羽徙齐王市更王胶东，治即墨；立齐将田都为齐王，治临淄；立故齐王建孙田安为济北王，治博阳。师古曰：“三齐：齐及济北、胶东。”

②邹，《说文》：“鲁县，古邾娄国。”《孟子题辞》：“邾国至孟子时，鲁穆公改曰邹。”在今山东省邹平县。《汉书·地理志》：“周兴，以少昊之虚曲阜封周公子伯禽为鲁侯，以为周公主。”

③商，《说文》：“行贾也。”《易·旅卦》疏：“旅者，客寄之名，羁旅之称，失其本居而寄他方，谓之为旅。”《史记·郭解传》：“洛阳人有相仇者，邑中贤豪居间以十数，终不听。”注：“居中为他道和辑之。”率，《广韵》：“领也，将也。”《说文》：“师，众也。”辅，《广韵》：“相助也。”“师使以辅”谓役使多人以辅其业。纤，小也。

④川泽，指水道。径，行过也。《诗·大雅·绵》传：“宇，居也。”“是”字指东平，谓荆楚之客或由此经过，或居留。

由而绍俗，靡则靡观，范陈本作睹。非夷罔式，导斯作残①。是以其唱和薛本、及本“和”下有“务”字。矜势，背理向奸，尚范陈本作向。气逐利，罔从及本。范陈本作囚，他本皆作因。畏惟愆②。其居处壅翳蔽塞，窕邃弗章，倚以陵墓，带以曲房，是以居之则心昏，言之则志哀，悸薛本、及本注：“一作悖。”罔薛本作罔，注：“一作囚。”徙薛本注：“一作徒。”易，靡所寤怀③。

【笺注】

①由，总上土著（刘、王及叔氏婚族）及商旅等情况而言。《诗·周颂·访落》笺：“绍，继也。”是有结成之意。则，法也。《周礼·考工记》“以观四国”注：“以观示四方使仿象之。”《汉书·严安传》：“以观欲天下。”

颜师古注："显示之使其慕欲也。"夷，平也，易也。《尔雅·释宫》："罔，无也。"式，取法也。罔式，谓无足取法也。残，贼也。

②唱，一作倡。有人倡首，即有人应和。《春秋公羊传·僖公九年》："矜之者何？犹曰：'莫我若也。'"注："色自美大之貌。"惟，《玉篇》："为也。"愆，过也，罪也。

③壅，塞也。翳，隐也，蔽也。窕，深极也。邃，深远也。章，明也。陵，冢也。曲，《易·系辞》疏："屈曲委细。"悸，心动也。罔，通作惘，失志也。徙，迁也。易，易其居处。寤，觉也，承上心昏而言。《诗·桧风·匪风》传："怀，归也。"又《王风·扬之水》笺："怀，安也。"《尔雅·释诂》："怀，止也。"疏："至止也。"

其外有薛本、及本作幸，注："一作迳。"浊河薛本无河字。萦其溏，清济荡其樊①。薛本作焚，注："一作樊。"其北有连冈，崺崹崎巇，从薛本、及本。他本或作嶬。山陵崔巍，云电相干，《赋汇》作竿。长风振厉，萧条大从范陈本。他本皆作太。原②。其南则浮汶湛湛，行潦成池，深林茂树，蓊郁参差，群鸟翔程本作鸫。天，百兽交驰③。

【笺注】

①《韩非子·初见秦第一》："齐之清济浊河足以为限。"萦，绕也。浊河，黄河水浊也。《水经注》卷八："济水自鱼山北迳清亭东，……是下济水通得清水之目焉，亦水色清，用兼厥称矣。是故燕王曰：'吾闻齐有清济浊河以为固。'即此水也。"又："黄水又东南迳任城郡之亢父县故城西……《地理志》：'东平属县也。'"荡，摇动貌。樊，樊篱，又藩屏也。

②冈，山脊也。崺，山卑长貌。崹、崎，皆山险峻貌。又《史记·司马相如传·子虚赋》郭璞注："施崹犹连延。"巇，危险貌。崔，高大也。巍，高也。干，犯也。山陵高大，故云电能触及之。《说文》："高平曰原，人所登。"

③《书·禹贡》："浮于汶，达于济。"孔传："顺流曰浮。"《水经注》卷二十

四:"经:(汶水)又西南过东平章县南。""又西南过无盐县南。"注:"水出无盐城东北五里阜山下,西迳无盐县故城北,水侧有东平宪五仓冢,碑阙存焉。"湛湛,深貌。潦,雨大貌。《诗·大雅·泂酌》毛传:"行潦,流潦也。"蓊郁,草木盛貌。翔,回飞也。

虽黔首之不淑兮,傥山泽之足弥。古哲人之攸范陈本作微,注:"一作攸。"薛本、及本均作微。贵兮,好政教之有仪。彼玄真之所宝兮,乐寂寞之无知[①]。咨闾阎之散感及本作惑。兮,因回风以扬声。瞻荒榛薛本、及本作畜。之芜秽兮,顾东山之葱青。甘丘里之旧言兮,发薛本注:"一作废。"新诗以慰情。信严霜之未滋兮,岂丹木之再荣[②]。《北门》悲于殷忧兮,《小弁》哀于独诚[③]。鸥《吴汝纶集选注》:"'鸥端一而慕仁','端'读为'专'。'鸥'疑当作'鸠'。"端一而薛本、及本"而"下有"以"字。慕仁兮,何淳薛本、及本作纯。朴之靡逞;彼羽仪之感志兮,矧伊人之匪灵[④]。

时懒悃以遥思兮,飙飘飖以欲归。钦丕薛本、及本作邳。游于陵颠兮,举斯群而竞飞。物循从及本。范陈本、薛本作修,注:"一作循。"他本亦皆作修。化而神乐兮,宁遐观之可追[⑤]。

乘松舟以载险兮,虽无维而自縶,骋骅及本作騄。骝"骅骝"二字薛本作"驪驺"。于狭路兮,顾蹇驴而弗及[⑥]。资章甫以游《赋钞》作适。越兮,见犀光而"光而"二字薛本、及本作"兕之"。先入;被文绣而贾戎兮,识旃裘之必袭。奉薛本、及本作黍。淳德之平和兮,孰斯邦之可集[⑦]。将言归于美俗兮,请王子与俱游。漱玉液之滋怡兮,饮白水之清流。遂虚心而后已兮,又薛本、及本作人。何怀乎患忧[⑧]。

【笺注】

①《史记·秦始皇本纪》:"更名民曰黔首。"应劭曰:"黔亦黎黑也。"黔,《说文》:"黎也。秦谓民为黔首,谓黑色也。周谓之黎民。"一说:黑巾

蒙首，故谓黔首。淑，善也。傥，一作倘，或然之辞。《国语·周语》："泽，水之钟也。"钟，聚也。《易·系辞》疏："弥谓弥缝补合。"此二句意谓：此地民情虽不善，或者山水之佳足以弥补其缺陷欤。攸，所也。仪，法也。此二句意谓：古哲人之所以可贵，要在于所施政教能发生良好影响。《易·参同契》："惟昔圣贤，怀玄抱真。"此二句意谓：然而两者（山泽弥补与政教影响）皆不可得，唯有学圣贤之玄真，乐于不见不闻而已。

②咨，嗟也。闾，里中门。阎，巷也。散，放也，布也。回，旋也，绕也。此二句意谓：由闾阎所引起之感伤，愿向天而一吐。瞻，临视也。《汉书·扬雄传》注："榛榛，梗秽貌。"《尔雅·释器》："青谓之葱。"此二句意谓：近观虽一片芜秽，但回顾东山，则仍葱青可爱。《汉书·刑法志》："四井为邑，四邑为丘。丘，十六井也。"《庄子·则阳篇》："少知问于大公调曰：'何谓丘里之言？'大公调曰：'丘里者，合十姓百名而以为风俗也。合异以为同，散同以为异。……此之谓丘里之言。'"陆德明《音义》："李云：'四井为邑，四邑为丘；五家为邻，五邻为里。古者邻里井邑土风不同，犹今乡曲各自有方俗而物不齐，故合散以定之。'"发，舒也，扬也。滋，多也，蕃也。丹，赤色。丹木，当即朱木。《说文》："朱，赤心木，松柏之属。"《山海经·西荒经》："盖山之国有树赤皮，名朱木。"又丹木别解见《清思赋》注。此二句紧接"发新诗以慰情"而言。"新诗"或即指下文之《北门》、《小弁》，或别有所指。《诗·卫风·氓》："桑之未落，其叶沃若。""桑之落矣，其黄而陨。"小序："刺时也。宣公之时，礼义消亡，淫风大行，男女无别，遂相奔诱，华落色衰，复相弃背，或乃困而自悔，丧其妃耦；故序其事以风焉，美反正，刺淫佚也。"证以上文"桑间濮上，淫荒所庐"之语，或即指此篇亦未可知。此意聊供参考。

③《诗·邶风·北门》："出自北门，忧心殷殷。"小序："北门，刺仕不得志也。言卫之忠臣不得其志尔。"《诗·小雅·小弁》："踧踧周道，鞫为茂草。我心忧伤，惄焉如捣。假寐永叹，维忧用老。心之忧矣，疢如疾首。""譬彼舟流，不知所届。心之忧矣，不遑假寐。""心之忧矣，宁莫之

知。”心忧至于不遑假寐而莫有知者，此所谓独诚也。

④《列子·黄帝篇》：“海上之人有好鸥鸟者，每旦之海上从鸥鸟游，鸥鸟之至者百住而不止。其父曰：‘吾闻鸥鸟皆从汝好，取来吾玩之！’明日之海上，鸥鸟舞而不下。”《吴汝纶集选注》：“鸥端一而慕仁，端读为专。”逞，《说文》：“通也。”《易·渐卦》：“鸿渐于陆，其羽可用为仪。”矧，况也。

⑤懒，急性也。悃，郁结也。《山海经·西北经》：“又西北四百二十里曰钟山，其子曰鼓，其状如人面而龙身，是与钦䲹杀葆江于昆仑之阳，帝乃戮之钟山之东曰峪崖，钦䲹化为大鹗，其状如雕而黑文白首，赤喙而虎爪，其音如晨鹄，见则有大兵。”又《庄子·大宗师》：“堪坏得之以袭昆仑。”陆德明《音义》：“司马云：‘堪坏，神名，人面兽形。《淮南子》作钦负。’”此二句意谓：东平之人“匪灵”，“政教”亦无可施，唯有冀望钦丕之举其群而飞往陵颠。接下二句意谓：于是乎“物循化而神乐”，然此“遐观”又岂能企及哉！

⑥《诗·卫风·竹竿》：“桧楫松舟。”谓以松木为舟，取其坚也。载，乘也。《汉书·贾谊传》注：“维，所以系舲。”絷，绊也。又：“顾，亦反也，言如人反顾然。”蹇，跛也。

⑦《庄子·逍遥游》：“宋人资章甫而适诸越，越人断发文身，无所用之。”陆德明《音义》：“资章甫，李云：‘资，货也。章甫，殷冠也。以冠为货。’”犀光，剑也。《盐铁论·崇礼第三十七》：“夫犀象兕虎，南夷之所多也。”据《东观汉记》，安帝曾赐冯石驳犀具剑。又《越绝书》卷八：“勾践乃身被赐夷之甲，带步光之剑。”此二句意谓：贩卖冠帽以往越，越人无所用之，将只见犀光之剑为人争购，盖其人轻死好斗也。《周礼·天官·太宰》注：“行曰商，处曰贾。”《汉书·匈奴传》：“自君王以下咸食畜肉，衣其皮革，被旃裘。”又：“中行说曰：‘……其得汉絮缯，以驰草棘中，衣裤皆裂弊，以视不如旃裘坚善也。’”《释名》：“毡，旃也，毛相着旃旃然也。”袭，服也。松舟载险，骍骝狭路，章甫适越，文绣贾戎，皆以喻“平和之淳德”与此邦之格格不入也。

⑧王子，仙人王子乔也。《列仙传》：“王子乔者，周灵王太子晋也。好吹

笙，作凤凰鸣。游伊、洛之间，道士浮丘公接以上嵩高山。三十余年后，求之于山上，见桓良曰：‘告我家，七月七日待我于缑氏山巅。’至时，果乘白鹤驻山头，望之不得到。举手谢时人，数日而去。”《楚辞·九思·疾世》注：“玉液，琼蕊之精气。”怡，悦也。脱离现世，心境虚空，即无忧患矣。

重曰[①]：嘉年时之淑清兮，美春阳以肇夏。托范陈本作记。思薛本、及本、《赋汇》作飔。飙而载行兮，薛本、及本、《赋汇》无兮字。因形骸以成驾[②]。遵闲维而长驱兮，问迷罔《赋钞》作冈。于菀风[③]。玄云兴而四周兮，寒雨沦而下降。忽一寤而丧轨兮，蹈空虚而遂征。扶摇蔽于合墟兮，咸池照乎增城。欣煌熠薛本、及本注：“一作耀。”之朝显兮，喜太阳之炎精[④]。冯从薛本、及本、《赋汇》。他本皆作测。虚舟以逞从薛本、及本、《赋汇》。他本皆作逞。思兮，聊逍遥于清溟。薛本、及本作冥。谨薛本、及本作谟。玄真之谌训兮，想至人之有形[⑤]。绣靡睹其纷错兮，虑弥远而度逼，并旋轸于畎浍兮，若空桑之可即[⑥]。言淫衍而莫止薛本、及本此字缺。兮，心绵绵而未息。集训诰从及本注。范陈本“训”作“舒”，注：“一作书。”薛本“诰”作“诘”，注：“一作诰。”及本“训”作“诲”，“诰”字缺，注：“当作训诰。”以鉴戒兮，怅从范陈本注。诸本皆作赐，惟范陈本注：“一作怅。”众诲范陈本、薛本、及本作悔。之难测。神遥遥以独从薛本、及本。他本皆作抒。归兮，畏双环之在侧。咨禽鸟之不群兮，悼悠悠之无极[⑦]。

感藜藿之易修兮，摄左右之相誉。音余。惧从风而永去兮，托颛顼于倾从薛本、及本。两本均注：“一作鲋。”他本皆作鲋。隅。虽琴瑟之毕存兮，岂声曲之复舒？虑薛本注：“一作庐。”及本作庐。遨游以规奇兮，彼上腾其焉如[⑧]？纷晻暧以纠从薛本、及本。他本皆作乱。错兮，漫浩漾而未静。理都缪而改据兮，竦端委而自整。制规矩以仪衡兮，占我龟以观省[⑨]。眺兹舆薛本、及本作与。之所彻严可均本作撤。兮，实斯近而匪远。岂三年之无问兮，将一往而九反。顾杲薛本、及本作晨，注：“一作里。”日之初开兮，驰曲陵而饰容。时零落之飘飖兮，诚薛本注：“一作试。”及本作诚。他本皆作试。枯薛本作祜。菀之必从[10]。

释辽遥薛本注：“一作夜。”之阔度兮，习约结之常契。巡襄城之间牧范陈本、张燮本、《赋钞》作收。兮，诵纯一之遗誓。被薛本、及本注：“一作彼。”风雨之沾濡兮，安敢轩翥而游署。窃悄悄薛本、及本作“悄窃”，无第二悄字。之眷范陈本、及本注：“一作羞。”贞兮，泰恬淡而永世。岂淹留以为感兮，将易貌乎殊方。乃择高以登栖兮，永欣欣而乐康[11]。

【笺注】

①重，再也，更为也。《楚辞·远游》末有“重曰”一段，注：“愤懑未尽，复陈辞也。”此文“重曰”一段，皆承上文“请王子与俱游”而言，益入幻想之境。

②嘉，美也。淑，善也。《尔雅·释天》：“春为青阳。”注：“气清而温阳。”肇，始也。托，凭依也。思飙，谓思绪之涌起也。

③遵，循也。《楚辞·远游》：“乘闲维以反顾。”洪兴祖补注：“《孝经纬》云：‘天有七衡而六间，相去合十一万九千里。’”《淮南子·天文训》：“东北为报德之维也，西南为背阳之维，东南为常羊之维，西北为蹄通之维。”又：“两维之间九十一度。”注：“四角为维也。”又：“自东北至东南为两维。”《初学记》引《纂要》：“东西南北曰四方，四方之隅曰四维。”菀，通苑。《庄子·天地篇》：“谆芒将东之大壑，适遇苑风于东海之滨。”陆德明《音义》：“苑风，本亦作宛。李云：‘小貌，谓游世俗也。’一云：‘苑风，人姓名。’”

④《易·坤卦》疏：“玄，天色。”周，遍也。《庄子·知北游》：“周、遍、咸三者，异名同实，其指一也。”轨，轨道。丧轨，承上“因形骸以成驾”而言。征，行也。《庄子·在宥篇》：“云将东游，过扶摇之枝。”陆德明《音义》：“李云：‘扶摇，神木也。生东海。’一云：‘风也。’”《山海经·大荒东经》：“大荒之中有山名曰合虚，日月所出。”咸池有数解，此指日出时所浴处。《淮南子·天文训》：“日出于旸谷，浴于咸池，拂于扶桑，是谓

晨明。”注：“……太微、轩辕、咸池皆星名。”《淮南子·地形训》：“掘昆仑墟以下，地中有增城九重。”注：“中，昆仑墟中也。增，重也。有五城十二楼，见括地像。此盖诞，实未闻也。”煌，光明也。熠，盛光也。《淮南子·天文训》：“火气之精者为日。”《论衡·说日篇》：“夫日者，火之精也。”

⑤冯，同凭。《淮南子·诠言训》：“方船济乎江，有虚船从一方来，触而覆之，虽有忮心，必无怨色。有一人在其中，一谓张之，一谓歙之，再三呼而不应，必以丑声随其从。向不怒而今怒，向虚而今实也。”《十洲志》：“东王所居处山外有员海，海水色正黑，谓之溟海。”又《庄子·逍遥游》：“穷发之北有冥海者，天池也。”谌，诚也。《庄子·逍遥游》：“故至人无己，神人无功，圣人无名。”

⑥《周礼·考工记》：“画缋之事，五彩备为之绣。”《方言》：“私，小也。秦晋曰靡。”注：“细好也。”《易·巽卦》释文：“纷，众也。”错，《易·系辞》疏：“错谓交错。”《诗·小雅·楚茨》疏：“东西为交，邪行为错。”度，限度之意。《周礼·考工记》注：“轸，舆也。”畎，水小流也。《书·益稷》传：“一亩之间，广尺深尺曰畎。”《尔雅·释水》：“水注沟曰浍。”《楚辞·大招》注：“空桑，瑟名也。……或曰：空桑，楚地。”《山海经·东山经第四》：“东次二经之首曰空桑之山。”注：“此山名琴瑟材，见《周礼》也。”又伊尹及孔子所生之地皆名空桑。即，就也。

⑦《礼记·曲礼》：“毋淫视。”疏：“谓流移也。”衍，水溢也。环，通作鬟。《康熙字典》解鬟字：“按古妇人首饰，琢玉为两环。此字后人所加。”《诗·小雅·十月之交》注：“悠悠，忧也。”又《鄘风·载驰》注：“悠悠，远貌。”

⑧《汉书·司马迁传》：“太史公司马谈乃论六家之要指曰：‘墨者亦上尧舜，言其德行曰：……粝粱之食，藜藿之羹。’”注：“藜草似蓬。”藿，豆叶。摄，引持也。颛顼，本为古代帝王之名。《玉篇》：“颛者，专也。顼者，正也。言能专正天之道也。”又《风俗通》：“颛者，专也。顼者，信也。”此处用二字本义。虑，谋思也。思有所图曰虑。遨，游也。觌，见也。腾，上跃也。

⑨晻，不明也。《汉书·元帝纪》注："晻与暗同。"《离骚》注："暧暧，昏昧貌。"《楚辞·九章》注："纠，戾也。"漫、浩，本义皆大水貌。漾漾，无涯际也。《礼记·乐记》注："理，容貌之进止也。"都，总也。《礼记·仲尼燕居》注："缪，误也。"又《汉书·于定国传》注："缪，违也。"《汉书·扬雄传》注："据，犹住也，处也。"《楚辞·九歌·少司命》注："竦，执也。"端，始也。《礼记·学记》："或原也，或委也。"末曰委。如作首末解，盖指"因形骸以成驾"之"驾"而言。又《左传·昭元年》注："端委，礼衣。"《书·舜典》传："玑衡，王者正天文之器可运转者。"《礼记·曲礼》："龟为卜，筴为筮。"《周礼·天官·占人》："掌占龟。以八筮占八颂，以八封占筮之八故，以视吉凶。"省，察也。

⑩眺，远视也。兹舆，谓形骸之驾托思飙而行者。彻，达也。斯，即也。《楚辞·卜居》："屈原既放，三年不得复见。"又《九章·抽思》："惟郢路之辽远兮，魂一夕而九逝。"《汉书·陈胜传》注："反谓回还也。"《诗·卫风·伯兮》："杲杲出日。"杲，明也。菀，茂盛貌。

⑪辽，远也。契，合也。此二句意谓：放开远处仍回到常所契合之处。襄城，战国时魏邑，在今河南睢县。《淮南子·俶真训》注："闲，远也。"《尔雅·释地》："郊外谓之牧。"《书·酒诰》："嗣尔股肱纯。"传："继汝股肱之教，为纯一之行。"《书·大禹谟》传："誓，戒也。军旅曰誓。"《楚辞·远游》："鸾鸟轩翥而翔飞。"车前高曰轩，轩有高意。翥，飞举也。署，置也。悄，忧也。《诗·小雅·小明》："眷眷怀顾。"《韩诗》作眷，勤厚之意。泰，安也。淹，留久也。《楚辞·九歌·东皇太一》："君欣欣兮乐康。"

亢从梅本。他本皆作元。父赋

《赋汇》题下有"有序"二字。诸书无"元父"一地名，断为"亢父"无疑。《战国策·齐策》："苏秦为赵合纵说齐宣王曰：'……今秦攻齐则不然，倍韩魏之事，至卫阳晋之道，径亢父之险，车不得方轨，马不得并行，百人守险，千人不能过也。’”《史记·苏秦列传》载此段，索隐：“《地理志》：‘县名，属梁国。’”正义：“故县在衮州任城县南五十一里。”《水经注》卷八：“黄水又东南，迳任城郡之亢父县故城西，……县有诗亭，春秋之诗国也。王莽更之曰顺父矣。”《汉书·地理志》：“东平属县也。”清《嘉庆一统志》一八三：“亢父故城在山东济宁州（今济宁县）南五十里。”

吾尝游亢从梅本、及本。范陈本作元，注：“一作亢。”他本皆作元。父，登其城，使人愁思，作赋以诋从及本。范陈本、梅本作訩。他本皆作记。之，言不足乐也[①]。

亢从薛本、及本。他本皆作元。父者，九州之穷地，范陈本作也。先代之幽墟者也。故其城范陈本、薛本、及本皆作地。郭卑小局促，危隘不遐[②]；叶音何。其土田则汙从严可均。他本皆作汗。涂从及本。他本皆作除。渐淤，泥湿范陈本作涅。槃洿。叶音科。方池边属兮客从及本。薛本作容，注：“一作客。”他本皆作容。水滂沱，秽菜及本作莱。惟产兮不食实多，地下沉阴兮受气匪和，太阳不周兮殖物靡嘉。薛本、及本作加。故其人民顽嚚薛本、及本作嚣。梼杌，下愚难化[③]。叶音诃。

【笺注】

①以上序。梅本只录序，不录本文。诋，诃也。

②九州，见《东平赋》注。穷，极也。地近东海，故曰穷地。幽，隐也。墟，故城。《广韵》：“内城，外郭。”局，促也。促，迫也。危，不正也。隘，陋也，狭也。遐，远也。

③汙，《说文》：“浊水不流也。”《左传·隐三年》：“潢汙行潦之水。”疏：“畜水谓之潢。水不流谓之汙。”涂，沟涂也。《周礼·地官·遂人》：“百夫有洫，洫上有涂。”渐，浸也。淤，《说文》：“淀滓浊泥也。”泥，滞也。槃，停不进也。洿，《说文》：“水浊不流也。”《集韵》：“水深谓之洿。”属，连也。滂沱，水流声。秽，《说文》徐注：“田中杂草也。”菜，草之可食者。殖，生也。嚚，愚也。《左传·文十八年》注：“梼杌，顽凶无

俦匹之貌。”

其区域壅绝断塞，分迫旋渊，终始同贯，本末薛本注：“一作宗。”相牵，畴昔迄今，旷世历年[①]。钜野潴其后，穷济尽其前，圳浍不畅，垢浊实臻，音笺。不肖群聚，屋空无贤[②]。故其民放散肴薛本作情，注：“一作肴。”乱，薮窜泽居，比迹麇鹿，齐志豪貆。范陈本作区，注：“一作貆。”是以其原壤不辟，薛本注：“一作辟。”树艺希疏，苋苇弥皋，蚊虻憯《赋汇》作噆。肤也[③]。

【笺注】

①壅，见《东平赋》注。绝，断也。旋，绕也。《管子·度地篇》：“水出地而不流者命曰渊。”分、迫、旋、渊，四字各表一义。《汉书·董仲舒传》注：“贯者，联络贯穿。”二句意谓：因为客水滂沱，区域雍绝断塞，分迫旋渊，所以不能分辨其终始本末。《左传·宣二年》注：“畴昔，犹前日也。”旷，远也。

②钜野，谓钜野泽，在今山东省钜野县北，即《禹贡》之大野。《书·禹贡》：“大野既猪（通作潴）。”传：“大野，泽名。水所停曰潴。”济水至此将入海，故曰穷济。圳，沟也。《汉书·食货志》：“广尺深尺曰圳。”《尔雅·释水》：“水注沟曰浍。”《周礼·地官·遂人》注：“浍，广二寻，深二仞。”臻，至也，聚也。

③放，纵也，妄也。不自检束为散。肴，杂也。薮、泽，见《东平赋》注。豪，《说文》：“豕鬣如笔管者。”《尔雅·释兽》：“貆、貗似狸。”原、壤、辟、树、艺，均见《东平赋》注。苋，《说文》：“菜也。”皋，泽也。虻，啮人虫。

于其远险，则右金乡而左高平[①]，崇陵崔巍，深溪峥嵘[②]；美类不处，熊虎是生，故人民被害嚼啮，禽性兽情。尔之近阻，则鸣鸠荫其前，曲城发其后[③]；鸱鸮范陈本、及本、《赋汇》作枭。群翔，狐狸万口，上四字范陈本作"之可悼岂有志于须臾",严可均本从范陈本,注:"上九字一作'狐狸万口'。"故其人民狼风豺气,盩薛本、及本作盗,注:"一作盩。"电及本作雹。无厚[④]。

【笺注】

①《水经·济水注》引《郡国志》曰:"山阳有金乡县,菏水迳其故城南,世谓之故县;城北有金山乡也。"注又云:"黄水又东迳咸亭北……水南有金乡山……汉司隶校尉鲁峻,穿山得白蛇白兔不葬,更葬山南,凿而得金,故曰金乡山。"据《清嘉庆一统志》,故城在济宁州西南九十里,今山东省有金乡县。《竹书纪年》:"(周慎靓王)六年,郑侯使韩辰归晋阳及向。二月,城阳、向,更名阳为河雍,向为高平。"《汉书·地理志》:"临淮郡有高平县。"注:"侯国。莽曰成丘。"后汉置高平侯国。据《清嘉庆一统志》一六六,故城在今山东省邹县西南。

②陵,见《东平赋》注。崔巍,见《东平赋》注。《汉书·西域传》:"杜钦说大将军王凤曰:'……(罽宾国)又有三池盘石阪,道狭者尺六七寸,长者径三十里,临峥嵘不测之深。'"师古曰:"峥嵘,深险之貌。"

③《释名》:"山巇曰险,水隔曰阻。"《水经·济水注》:"索水又东迳虢亭南。应劭曰:'荥阳故虢公之国也,今虢亭是矣。'司马彪《郡国志》曰:'县有虢亭,俗谓之平桃城。或亦谓之为号啕城',非也。盖号、虢字相类,字转失实也。《风俗通》曰:'俗说高祖与项羽战于京索,遁于薄中,羽追求之,时鸠止鸣其上,追之者以为必无人,遂得脱。'案广志,楚鸠一名嗥啁,号啕之名,盖因鸠以起目焉。所未详也。"《汉书·地理志》有曲城侯国,故城在今山东省掖县东北。

④盩,《正字通》谓系盭字之讹。盭音钠,引击也。《释名》:"电,殄也。乍见则殄灭也。"

南望春申,东瞻孟尝,薛本作常,注:"一作尝。"衮严可均本作衮。界薛邑,境边山阳;逆旅行舍,奸盗所藏[①]。北临平陆,齐之西封;捷径燕赵，逃遁范陈本作齿。严可均本从之，注："齿一作遁。"逍遥②；故其人民侧薛本注："一作则。"匿颇僻，隐蔽不公，怀私抱诈，爽慝范陈本作匿，注："一作慝。"薛本作匿。是从③，礼义不设，淳化匪同。

【笺注】

①《史记·春申君列传》："考烈王元年，以黄歇为相，封为春申君，赐淮北地十二县。后十五岁，黄歇言之楚王曰：'淮北地边齐，其事急，请以为郡便。'因并献淮北十二县，请封于江东。"此盖指春申君故封也。《史记·孟尝君列传》："孟尝君名文，姓田氏。文之父曰靖郭君田婴。……婴卒，谥为靖郭君，而文果代立于薛，是为孟尝君。"太史公曰："吾尝过薛，其俗闾里率多暴桀子弟，与邹鲁殊。问其故，曰：'孟尝君招致天下任侠奸人入薛中，盖六万余家矣。'"正义："薛故城在今徐州（《清嘉庆一统志》云：今山东）滕县南四十四里也。"东西曰广，南北曰袤。《汉书·地理志》有山阳郡，注："故梁，景帝中元六年别为山阳国，武帝建元五年别为郡，莽曰钜野，属衮州。"故治在今山东省金乡县西北四十里。《庄子·山木篇》："阳子之宋，宿于逆旅。"逆，迎也。《周礼·地官·旅师》注："旅犹处也。"行舍，行人所止之舍。

②《孟子·公孙丑下》注："平陆，齐下邑也。"据《清嘉庆一统志》，故城在今山东省汶上县北。封，爵诸侯之土也。《左传·隐五年》注："南燕国，今东郡燕县。"疏："燕有二国，一称北燕，故此注言南燕以别之。"故城在今河南省汲县西。赵，初分晋得国，都晋阳，故城在今山西省太原县北；后徙中牟，故城在今河南省汤阴县西；又徙邯郸，故城在今河北省邯郸县西南。此言于亢父为捷径，当指汤阴或邯郸而言。逍遥，《说文》："犹翱翔也。"

③侧，偏邪之意。匿，《玉篇》："阴奸也。"颇，不平也，偏也。僻亦作辟，《孟子·梁惠王上》："苟无恒心，放辟邪侈无不为已。"爽，过也。慝，恶也。

先哲遗言，有昭有聋。范陈本作袭，注："一作聋。"如何君子，栖迟斯邦[①]！

【笺注】

①昭，晓也。聋，无闻也。《诗·陈风·衡门》笺："栖迟，游息也。"谓此邦曾未闻先哲之遗言，君子如何可以栖止乎！

首阳山赋

《史记·伯夷列传》："武王已平殷乱，天下宗周，而伯夷、叔齐耻之，义不食周粟，隐于首阳山，采薇而食之，……遂饿死于首阳山。"按：首阳山数处有之，此文所指乃洛阳城北之首阳山，伯夷、叔齐饿死之地当不在此处。此无关重要，盖阮籍不过因此山名而念及夷、齐之事，因而寄意，因无需考证夷、齐饿死之果为何地也。阮籍之父阮瑀亦有一篇《吊伯夷文》，云："余以王事，适彼洛师，瞻望首阳，敬吊伯夷。东海让国，西山食薇，重德轻身，隐景潜晖。求仁得仁，报之仲尼，殁而不朽，身沉名飞。稽首凭吊，向往深之。"亦指洛阳之首阳山。阮籍他文及《咏怀》诗中亦屡屡提及夷、齐饿死首阳事，后来注家因而纷纷引证夷、齐饿死之地究为何处之首阳山，黄节之《阮步兵咏怀诗注》其九注中曾列举数说。今将《河南通志》一篇综合而简要之记载转录于下，以供参考。《河南通志》卷之第五十杂辩，首阳山："首阳山，按《一统志》：'在偃师县西北二十五里，商伯夷、叔齐隐此。'又按戴延之《西征记》，洛阳东北有首阳山。《庄子》又称：'夷、齐西至岐阳，见周武王伐殷，曰："吾闻古之士，遭治世不避其任，遭乱世不为苟存。与其仕周以涂吾身也，不若避之以洁吾行。"二子北至于首阳之山，遂饥饿而死。'其诗'登彼西山'，西山即岐阳之西首阳山也。曹大家注《幽通赋》又云在陇西。及考《山西通志》，首阳山在蒲州南四十五里，一名雷首，又名方山，夷、齐隐名之地，墓祠俱存。又和顺县南四十里亦有山名首阳。《史记·伯夷传》马融注：'首阳山在河东蒲坂，华山之北，河曲之中。'《诗·唐风·采苓》：'采苓采苓，首阳之颠。'孔安国曰：'首阳在蒲坂南也。'《禹贡》'雷首'注曰:'在河东郡。'予按:首阳,传记所见凡六所,各有案据,先后不详。今观《唐风》、《禹贡》、《山西志》,俱与史合,仍以蒲南为是。"又《水经注》:"(河水)又南,过蒲坂县西。"注:"又南,涑水注之。水出河北县雷首山,县北与蒲坂分。山有夷齐庙。阚骃《十三州志》曰:'山一名独头山,夷齐所隐也。山南有古冢,陵柏蔚然,攒茂丘阜,俗谓之夷齐墓也。'"又:"又东过平县北,湛水从北来注之。"注:"河水南对首阳山,春秋所谓首戴也,夷齐之歌所以曰'登彼西山'矣。上有夷齐之庙。"又《北堂书钞》卷九十四及卷一百六十均有关于首阳之记载,不具引。

正元元年秋[①],从薛本、及本,他本无秋字。余尚为中郎,在大将军府,独往南墙下北望从薛本、及本,他本无望字。首阳山,作从薛本、及本,他本无作字。赋曰:

【笺注】

①正元,系魏高贵乡公年号。齐王芳嘉平六年九月被废,高贵乡公立,十月壬辰改元为正元元年。据《晋书》本传,阮籍初为司马懿从事中郎,懿死,复为司马师之从事中郎。高贵乡公即位,封关内侯,徙散骑常侍。正元元年秋当尚未除旧职授新职,故曰"尚"为中郎也。据其语气,此文似为以后补作。

在兹年之末岁兮,端旬首而重阴。风飘范陈本作飃。薛本、及本作飉。回以曲至兮,雨旋转而瀸从及本。薛本作纤,注:"一作瀸。"他本皆作纤。襟。蟋蟀鸣于东房兮,鶗鴂号乎西林[①]。时将暮而无俦兮,虑凄怆而感心。振沙及本作莎。衣而出门兮,缨緌绝而靡寻[②]。步徙倚以《河南通志》作而。遥思兮,喟叹息而微吟。将修饬及本作饰。而欲往兮,众䶒䶒而笑人。静寂寞而独立兮,亮孤植薛本作值,注:"一作植。"而靡因。怀分索之情薛本作精,注:"一作情。"及本作精。一兮,秽群伪之射真。信可宝从薛本、及本。他本皆作实。而弗离兮，宁高举而自傧。聊仰首以广頫兮，瞻首阳之冈《赋钞》作高。岑。树丛茂以倾倚兮，纷萧爽而扬音③。

①《书·洪范》："四、五纪：一曰岁……。"传："所以纪四时。"末岁，犹今言末一季度。端，正也。《诗·大雅·云汉》注："回，旋也。"瀸，音尖，渍也。襟，《广韵》："袍襦，前袂也。"《释名》："襟，禁也。交于前，所以禁御风寒也。"《诗·豳风·七月》："十月蟋蟀，入我床下。"《广韵》："鶗鴂，鸟名。……春分鸣则众芳生，秋分鸣则众芳歇。"

②俦，等类也。《楚辞·九怀·危俊》注："二人为匹，四人为俦。"虑，思虑也。《礼·曲礼》疏："振，扫去尘也。"《周礼·天官》："内司服：掌王后之六服……素沙。"注："素沙者，今之白缚也。六服皆袍制，以白缚为里，使之张显。今世有沙縠者，名出于此。"缨，冠系也。委，见《东平赋》注。绝，见《亢父赋》注。

③徙倚，东靠靠、西靠靠之意。《楚辞·远游》："步徙倚而遥思兮。"注："彷徨东西，意愁愤也。"又《哀时命》注："徙倚，犹徘徊也。"饬，整备也。龃，齿参差。亮，信也。植，立也。又《楚辞·招魂》注："植，志也。"因，依也。《礼记·檀弓》注："索，散也。"秽，恶也。傧，同摈，斥也，弃也。《尔雅·释诂》："頫，视也。"注："谓察视也。"仰视曰瞻。冈，见《东平赋》注。岑，见《东平赋》注。倾，侧也。扬音，谓风声也。

下崎岖而无薄兮，上洞彻薛本、及本作激，注："一作彻。"而无依。凤薛本作风。翔过而不集兮，鸣薛本、及本作鸬。枭群而并栖①。飏遥逝而远去兮，二老穷而来薛本、及本作永。归。实囚轧而处斯兮，焉暇豫而敢诽。嘉粟屏而不存兮，故甘死而采薇②。彼背殷而从昌兮，投危败而弗迟；此薛本、及本作比。进而不合兮，又何称乎仁义③。《汉书·邹阳传》师古注："义读仪。"肆寿夭而弗豫兮，竟毁誉以为度。察前载之是云兮，何美论之足慕。苟道薛本、及本作逌。求之在细兮，焉子诞而多辞，且清虚以守神兮，岂慷慨而言之④。

【笺注】

①崎岖，山路不平也。《汉书·扬雄传·甘泉赋》注："草丛生曰薄。"洞，通也。彻，见《东平赋》注。《韩诗外传》卷八："（黄帝）乃见天老而问之曰：'凤象何如？'天老对曰：'夫凤象……戴德负仁，抱中挟义，……食有质，饮有仪，往即文始，来即嘉成。惟凤为能通天祉，应地灵，律五音，览九德。'"集，群鸟在木上也。枭，不孝鸟也。

②飏，风所飞扬也。"遥逝而远去"谓凤。《孟子·离娄上》："孟子曰：'伯夷避纣，居北海之滨，闻文王作，兴曰："盍归乎来！吾闻西伯善养老者。"太公避纣，居东海之滨，闻文王作，兴曰："盍归乎来！吾闻西伯善养老者。"二老者，天下之大老也，而归之，是天下之父归之也。天下之父归之，其子焉往？'"此文称伯夷、叔齐为二老。囚，拘也。《汉书·匈奴传》："罪小者轧，大者死。"焉，何也。《易·豫卦》疏："谓之豫者，取逸豫之义。"诽，非议也。《论语·述而》："（子贡）入曰：'伯夷、叔齐何人也？'曰：'古之贤人也。'曰：'怨乎？'曰：'求仁而得仁，又何怨？'"《礼记·王制》注："屏，放去也。"《史记·伯夷列传》正义引陆玑《毛诗草木疏》云："薇，山菜也。茎、叶皆似小豆，蔓生，其味亦如小豆。"

③昌，周文王名。投，适也。文王为西伯，而伯夷、叔齐往归之，西伯为纣囚于羑里，以献美女及其他奇怪之物得释，故曰"投危败而弗迟"。"此"谓周武王。《史记·伯夷列传》："及至西伯卒，武王载木主号为文王，东伐纣，伯夷、叔齐叩马而谏曰：'父死不葬，爰及干戈，可谓孝乎？以臣弑君，可谓仁乎？'"

④《书·洛诰》："丕视工载。"注："视群臣有功者记载之。"此数句意谓：尽有人不求安逸以尽其天年，而惟竞取世人之美誉。然观前人记载伯夷、叔齐之事所说如此，又有何美论可以羡慕乎？诞，《说文》徐注："妄为大言也。"《说文》："慷慨，壮士不得志也。"徐曰："内自高亢愤激也。"此数句意谓：若一深究其中之理，又何必夸大其辞；宁清虚以守神，此并非愤激之言也。

【集评】

范陈本于文末注云："嗣宗当魏晋交代，志郁黄屋，情结首阳，托言于夷、齐，其思长，其旨远，其词隐。"（严可均本误将"托言于夷齐，其思长，其旨远"数语逆作正文，而无首尾诸句，遂不可读。）

清思赋

与阮瑀并称"建安七子"之刘桢有《清虑赋》，今存其残句云："结东阿之扶桑，接西电乎烛龙，入镣碧之间，出水精之部，上青臛之山，蹈琳珉之涂，玉树翠叶，上栖金乌"云云，可供参考。

余以为形之可见，非色之美；音之可闻，非声之善。昔黄帝登仙于荆山之上，振咸池于南岳"岳"字据《赋汇》补，他本皆无。之冈[①]，鬼神其幽，而夔牙薛本注："一作才。"不闻其章[②]。女娃耀薛本作孋，注："一作耀。"荣于东海之滨，而翩翻于洪西之旁，江淹拟阮步兵咏怀诗李善注引此二句，上句无"耀"字，下句作"翩飘于西山之傍"。林石之陨从，而瑶台不照其光[③]。是以微妙无形，寂寞无听，然后乃可以睹薛本、及本注："一作观。"窈窕而按：疑"而"下脱一"闻"字。淑清。故白日丽光，则季按：疑当作李。后不步其容[④]；钟鼓訚铪，则延子不扬其声[⑤]。

【笺注】

①《史记·孝武本纪》："齐人公孙卿曰：'黄帝采首山铜铸鼎于荆山下，鼎既成，有龙垂胡髯下迎黄帝，黄帝上骑，群臣后宫从上者七十余人，龙乃上去；余小臣不得上，乃悉持龙髯，龙髯拔堕，堕黄帝之弓；百姓仰望，黄帝既上天，乃抱其弓与胡髯号。故后世因名其处曰鼎湖，其弓曰乌号。'"振，发也。咸池，黄帝所作乐名。《汉书·礼乐志》："昔黄帝作咸池，……咸池备矣。"师古曰："咸，皆也。池，言其包容浸润也，故云'备矣'。"《尔雅·释山》"江南衡"注："衡山南岳。"《史记·封禅书》：

"《尚书》曰:'舜……五月巡狩至南岳。'南岳,衡山也。……上(汉武帝)巡南郡至江陵而东,登礼灊之天柱山,号曰南岳。"《初学记》引盛弘之《荆州记》:"衡山者,五岳之南岳也,其来尚矣。至于轩辕,乃以灊霍之山为副焉,故《尔雅》云霍山为南岳,盖因其副焉。"《初学记》注:"或云衡山一名霍山。"

②幽,见《亢父赋》注。《书·舜典》:"帝曰:'夔!命汝典乐,教胄子。'"《史记·乐书》:"夔始作乐以赏诸侯。"牙,伯牙。《吕氏春秋·孝行览·本味篇》:"伯牙鼓琴,钟子期听之,方鼓而志在太山,钟子期曰:'美哉乎鼓琴!巍巍乎若太山。'少选之间而志在流水,钟子期又曰:'善哉乎鼓琴!汤汤乎若流水。'"注:"伯,姓。牙,名;或作雅。悉楚人也。"乐竟为一章。此数句意谓:黄帝咸池之乐,至夔、牙已不闻,而乃称"备",所谓"音之可闻,非声之善"也。

③《山海经·北山经·北次三经》:"发鸠之山,其上多柘木。有鸟焉,其状如乌,文首,白喙,赤足,名曰精卫。其名自詨。是炎帝之少女,名曰女娃。女娃游于东海,溺而不反,故为精卫。常衔西山之木石以湮于东海。"《诗·小雅·巷伯》:"缉缉翩翩。"传:"往来貌。"翻,飞也。洪,谓东海。《楚辞·离骚》:"望瑶台之偃蹇兮,见有娀之佚女。"注引《吕氏春秋》曰:"有娀氏有美女,为之高台而饮食之。"此数句意谓:女娃溺死而后世称"荣",所谓"形之可见,非色之美"也。

④寂寞,无声也。美心曰窈,美色曰窕。淑,见《东平赋》注。丽,着也。《易·离卦》:"象曰:离,丽也。日月丽乎天,百谷草木丽乎土。"季后,疑当作"李后"。《汉书·外戚传》:"(孝武)李夫人少而早卒,……上思念李夫人不已。方士齐人少翁言能致其神,乃夜张灯烛,设帷帐,陈酒肉,而令上居他帐遥望,见好女如李夫人之貌,还幄坐而步,又不得就视。"

⑤《周礼·夏官·大司马》:"中军以鼙令鼓……"注:"……司马法曰:'鼓声不过阊……'"铪,声也。延子,师延,纣之乐师。《史记·乐书》:"桑间濮上音。"正义:"昔殷纣使师延作长夜靡靡之乐,以致亡国。武王伐纣,此乐师师延将乐器投濮水而死。……"师延所作为"靡靡"之

乐，而钟鼓声巨，则延子之声不扬。

夫清虚薛本注："一作灵。"寥廓，则神物来集；飘飖恍忽，则洞幽贯冥；冰心玉质，则皦薛本、及本作激。洁思存；恬淡无欲，则泰志适情。伊衷从范陈本、张燮本、及本及《赋汇》。他本皆作哀。虑之遒薛本注："一作道。"好兮，又焉处而靡逞①。叶痴真切。见《东平赋》注。寒风迈于黍谷兮，父从薛本、及本及《赋汇》。他本皆无"父"字。诲子而游鹊②。申孺悲而母归兮，吴鸿哀而象生③。兹及本作慈。感激以达神，岂浩漾而弗营。志不觊范陈本、薛本注："一作凯。"而神正，心不荡而自诚。固秉一而内修，堪粤范陈本作奥。止之匪倾④。惟清朝而夕晏兮，指蒙汜以永宁。是时羲和既颓，玄夜始扃，望舒整辔，素风来征，轻帷连飏，华裀范陈本、张燮本、及本、《赋汇》作茵。薛本作茵，注："一作茵。"肃清，彭蚌及本作"蟋蟀"。微吟，蝼蛄徐鸣⑤。望南山之崔巍兮，顾北林之葱青。太阴潜乎后房兮，明月耀乎薛本注："一作兮。"前庭。乃申展三字薛本作"王申道"。而缺寐兮，忽一悟而自惊⑥。

【笺注】

①寥，空虚也。廓，大也，空也。老子《道德经·赞玄篇》河上公注："忽忽恍恍者，若存若亡，不可见之也。"洞，见《首阳山赋》注。幽，见《亢父赋》注。贯，见《亢父赋》注。冥，幽也。皦，明也。泰，见《东平赋》注。遒，《正字通》："终也。"焉，何也。逞，见《东平赋》注。

②《诗·小雅·菀柳》注："迈，过也。"黍谷，见《东平赋》注。又刘向《别录》谓："燕有黍谷……亦名燕谷山，亦谓之寒谷。山有风洞，洞口风气凛冽，盛夏人不敢入。"游鹊，疑即谓海上鸥鸟事，见《东平赋》注。《吕氏春秋·审应览·精谕篇》载此事作"蜻"，不作鸥鸟。注："蜻，蜻蜓，小虫，细腰四翅。一名四宿。"李善注江淹拟阮步兵咏怀诗引《吕氏春秋》作"青"，《太平御览》卷九百五十引《吕氏春秋》则作"蜻蛉"。

③《吕氏春秋·季秋纪·精通篇》:"周有申喜者,亡其母,闻乞人歌于门下而悲之,动于颜色,谓门者内(纳)乞人之歌者,自觉而问焉,曰:'何故行乞?'与之语,盖其母也。"《淮南子·说山训》谓申喜为楚人。孺,小貌。《吴越春秋·阖闾内传》:"阖闾既宝莫邪,复命于国中作金钩,令曰:'能为善钩者,赏之百金。'吴作钩者甚众,而有之贪王之重赏也,杀其二子,以血衅金,遂成二钩,献于阖闾,诣宫门而求赏。王曰:'为钩者众而子独求赏,何以异于众夫子之钩乎?'作钩者曰:'吾之作钩也,贪而杀二子,衅成二钩。'王乃举众钩以示之:'何者是也?'王钩甚多,形体相类,不知其所在。于是钩师向钩而呼二子之名:'吴鸿、扈稽!我在于此。王不知汝之神也。'声绝于口,两钩俱飞着父之胸。"象,谓两钩飞起之形象也。

④兹,概指以上四事,皆精诚交感而通于神者。浩漾,见《东平赋》注。营,度也。觊觎,希望也。《礼记·月令篇》注:"荡,谓物动萌芽也。"秉,执持也。粤,审慎之词。倾,见《首阳山赋》注。

⑤晏,天清也。《淮南子·览冥训》注:"蒙汜,日所出之地也。"《楚辞·离骚》注:"羲和,日御也。"《山海经·大荒南经》:"东南海之外,甘水之间,有羲和之国,有女子名曰羲和,方浴日于甘渊。羲和者,帝俊之妻,生十日。"颓,坠也。玄,清静也。扃,外闭之关也。望舒,月御也。飚,见《首阳山赋》注。裀,与茵通,车重席也。彭,疑通作蟛。《古今注》:"蟛蜞,小蟹,生海边泥中,食土。一名长卿。"据《本草》卷二十二:"蝼蛄一名蟪蛄,一名天蝼,一名螜。"所引图经、衍义诸书,均谓其能鸣。

⑥崔巍,见《东平赋》注。葱青,见《东平赋》注。太阴,星名。《宋史·天文志》:"天渊十星:一曰天池,一曰天泉,一曰天海,在鳖星东南九坎间,又名太阴,主灌溉沟渠。"申,舒也。

焉《赋汇》作驾。长灵以遂寂兮,将有歙乎所之。意流荡而改虑兮,心震动而有思。若有来而可薛本、及本无可字。接兮,若有去而不辞。心恍忽而失度,此句范陈本作"嗟博(原注:一作博。)贱而失庚",注:"一作

‘心恍忽而失度’。”情散越而靡治。读平声。岂觉察而明真兮，诚云梦其如兹[①]。惊薛本、及本作警，注：“一作惊。”奇声之异造范陈本此字缺。兮，鉴殊色之在范陈本作所。斯。开《赋汇》作闻。丹山范陈本作桂，注：“一作山。”之琴瑟兮，聆崇陵之参差。及本作“嵾嵯”。始徐唱而微响兮，情悄慧以委蛇[②]。从《赋汇》。他本皆作“蝼蛇”。

【笺注】

①长灵，谓亡之神思也。（《易·系辞》：“无思也，无虑也，寂然不动，感而遂通天下之故。”）歙，《说文》：“一曰敛气也。”之，往也。《说文》：“思有所图曰虑。”《仪礼·士相见礼》注：“若者，不定之辞也。”《书·泰誓》注：“越，远也。”《左传·昭四年》注：“越，散也。”治，亦理也。云、梦，谓如云如梦，皆不可捉摸之喻。

②造，诣也，进也。色，谓物色。丹山，丹穴之山。琴瑟，谓凤鸣也。《山海经·南山经·南次三经》：“又东五百里曰丹穴之山。……有鸟焉，其状如鸡，五采而文，名曰凤凰。……是鸟也，饮食自然，自歌自舞，见则天下安宁。”参见《东平赋》注。聆，听也。谓风动崇陵之草木，其声参差可闻也。委蛇，与委蛇同。《诗·召南·羔羊》笺：“委蛇，委曲自得之貌。”

遂招薛本注：“一作始。”云薛本注：“一作雪。”以致气兮，乃振动而大骇。声飂飂以薛本无以字。洋洋，若登昆仑而临西海，超遥茫渺，不能究其所在[①]。心漾漾而无所终薄兮，思悠悠而未半，邓林殪于大泽兮，钦邳悲于瑶岸[②]。徘徊夷由《赋汇》作犹。兮，猗从范陈本、薛本。他本皆作倚。靡广衍。音延。游平圃以长望兮，乘修薛本无修字。水之华旂。长思薛本、及本作飔。肃以永至兮，涤平衢之大夷。循路薛本、及本注：“一作修。”旷以径通兮，辟闺薛本作闰，注：“一作闺。”闼而洞闱。羡要眇之飘游兮，倚薛本作猗。东风以扬晖[③]。沐洧范陈本、薛本作消。渊以淑密兮，体清洁而靡讥。厌白玉以为面兮,《北堂书钞》卷一百五十一、《太平御览》卷八及卷三百八十一引此句无兮字。披丹霞《北堂书钞》卷一百五十一引此句作霏。严可均本注:"《御览》八作'霏'。"以为衣。《北堂书钞》卷一百二十九、《太平御览》卷八作裳。袭九英之曜精兮,《太平御览》卷三百八十一无兮字。珮《赋汇》作佩。瑶光以发微。严可均本注:"《御览》三百八十作'发辉'。"服倏煜以缤薛本作傧。纷兮,綷众采以相绥。色熠熠薛本无第二熠字。以流烂兮,纷错杂以葳蕤[④]。象薛本作蒙。朝云之一合兮,似变化之相依;麾常仪使先好兮,命河女以胥薛本"以胥"二字作言。归[⑤]。步容与而特进兮,眄从范陈本、张燮本。他本皆作盼。两楹而升墀;振瑶溪而薛本作之,注:"一作而。"及本作之。鸣玉兮,播陵阳之斐斐[⑥]。蹈消溇之危薛本注:"一作卮。"迹兮,蹑离散薛本注:"一作放。"之轻微。释安朝疑当作期。之朱履兮,践席假而集帷[⑦]。敷斯来之在室兮,乃飘忽之所晞。馨香发而外扬兮,媚颜灼以显姿。清言窃其如兰兮,辞婉娩范陈本作婉。薛本作昵。《赋汇》作嫕。而靡违[⑧]。托精灵之运会兮,浮薛本无此字。日月之余晖。假薛本注:"一作讫。"淳薛本下有浮字,注:"一作精。"气之精薛本、及本作清。微兮,幸备宴以自私。愿申爱于今夕兮,尚有访乎是非。被薛本无此字。芬芳之夕畅兮,将暂往而永归。观悦薛本作恍。怿薛本注:"一作恽。"而未静兮,言未究而心悲。嗟云霓之可凭兮,翻挥翼而俱飞[⑨]。

【笺注】

①振,同震。飕飕,高风貌。《诗·卫风·硕人》传:"洋洋,盛大也。"《山海经·西山经·西次三经》:"西南四百里曰昆仑之丘,是实惟帝之下都。"注:"天帝都邑之在下者也。"又《大荒西经》第十六:"西海之南,流沙之滨,赤水之后,黑水之前,有大山,名曰昆仑之丘。"《楚辞·七谏》注:"超遥,不安也。"究,穷也。

②漾漾,无涯际也。《史记·苏秦列传》:"楚王曰:'……心摇摇如悬旌而无所终薄。'"《楚辞·七谏·怨世》注:"薄,附也。"又《九辩》五臣注:

“薄,止也。”《诗·周南·关雎》:“悠哉! 悠哉!”笺:“思之哉! 思之哉!”邓林,见《东平赋》注。殪,死也。钦邳,见《东平赋》注。此二句意谓:思绪中断,如夸父之殪于大泽,钦邳之悲于瑶崖也。

③夷由,同夷犹。《楚辞·九歌·湘君》注:“夷犹,犹豫也。”《汉书·司马相如传·子虚赋》师古注:“今人犹呼相抚掩容等为猗靡。”衍,见《东平赋》注。修,长也。旂,旗之有铃者。《尔雅·释天》:“有铃曰旂。”注:“悬铃于竿头,画蛟龙于旒。”涤,洒也。《尔雅·释宫》:“四达谓之衢。”《楚辞·天问》注:“九交之道谓之衢。”夷,平也。旷,空也,远也。径,直也。辟,见《东平赋》注。闺阁,内中小门也。闼,门也。洞,见《首阳山赋》注。闱,宫中之门也。《楚辞·九歌·湘君》注:“要眇,好貌。”又《远游》补注:“要眇,精微貌。”

④洧,《说文》:“水出颍川阳城山东南入颍。”淑,清湛也。密,默也,深也。《楚辞·七谏·自悲》“厌白玉以为面兮”注:“厌,着也。”袭,服也。九英,未详,《辞海》谓系“九星也,即北斗”,引此赋二语为据。曜,光明照耀也。《汉书·京房传》注:“精,谓日月清明也。”《淮南子·本经训》注:“瑶光,谓北斗杓第七星。……一说:瑶光,知气之见者也。”微,不明也。倏,《说文》:“青黑缯发白色。”煜,耀也。缤纷,盛也。《汉书·司马相如传·大人赋》师古注:“綷,合也。”《荀子·儒效篇》注:“绥绥,安泰之貌,或为葳蕤之貌。”熠,见《东平赋》注。烂,明也。错,见《东平赋》注。《楚辞·七谏》注:“葳蕤,盛貌。”

⑤宋玉《高唐赋》:“昔者先王尝游高唐,梦见一妇人曰:‘妾在巫山之阳,高丘之阻,旦为朝云,暮为行雨,朝朝暮暮,阳台之下。’”《荀子·成相篇》注:“招麾,指麾也。”常仪,疑即常羲。《山海经·大荒经》:“有女子方浴月。帝俊妻常羲生月十有二,此始浴之。”河女,织女也。《荆楚岁时记》:“天河之东有织女,天帝之子也。”胥,相也,皆也。

⑥《庄子·人间世》:“以求容与其心。”注:“以求从容自放而遂其侈心也。”挺立曰特。眄,邪视也。楹,柱也。墀,阶上地也。振,动也。《尔雅·释水》:“水注川曰溪。”宋均曰:“有水曰溪,无水曰谷。”鸣玉,谓水声也。《礼记·礼运》释文:“播,舒也。”陵阳,仙人陵阳子明。《列仙

传》:“陵阳子明者,铚乡人也。好钓鱼,于溪钓得白龙,子明惧,解钩,拜而放之。后得白鱼,腹中有书,教子明服食之法,子明遂上黄山采五石脂沸水而服之。三年,龙来迎去,止陵阳山上百余年。”《汉书·扬雄传·反离骚》注:“斐斐,往来貌。”

⑦《太玄经》注:“消,意放散也。”溦,净也。危,在高而惧也。蹑,蹈也,登也。安朝,疑为安期,两字形似,并由“朱履”推测而得。《列仙传》:“安期先生者,琅玡阜乡人也。卖药于东海边,时人皆言千岁翁。秦始皇东游,请见,与语三日三夜。赐金璧度数千万,出于阜乡亭,皆置去。留书,以赤玉写一书为报曰:‘后数年求我于蓬莱山。’始皇即遣使者徐市、卢生等数百人入海,未至蓬莱山,辄逢风波而还。”《史记·封禅书》:“(李)少君言上曰:‘臣常游海上,见安期生,安期生食巨枣,大如瓜。安期生仙者,通蓬莱中,合则见人,不合则隐。’”《艺文类聚》卷八十七引《马明生别传》言安期生食枣事,不具引。《礼记·曲礼》疏:“假,因也。”

⑧敷,散也。斯,此也。斯来,指胥归之河女。《诗·齐风·东方未晞》疏:“晞谓将旦之时日之光气。”馨,香远闻也。灼,明也。《易·系辞上》:“二人同心,其利断金。同心之言,其臭如兰。”婉,顺也。《礼记·内则》注:“婉谓言语也。娩之言媚也,媚谓容貌也。”

⑨运会,运行而会合。淳,清也。[illegible]婉,安顺貌。访,谋也,议也。怿,悦也。《汉书·鼂错传》注:“究,竟也。”霓,《说文》:“屈虹。青、赤或白色。阴气也。”翻,通作反。

弃中堂之局促兮,遗薛本注:“一作遣。”户牖之不处。惟幕张而靡御兮,几薛本作凡,注:“一作几。”筵设而莫拊①。范陈本、薛本作辅,注:“一作拊。”载云舆之晻从范陈本。他本皆作奄。霭兮,乘夏后之两薛本作雨。龙,薛本下有记字。折丹木以蔽阳兮,竦芝盖之三从范陈本、薛本、张燮本、及本、张溥本及《赋汇》。《北堂书钞》卷百三十三引亦作三。他本皆作所。重,翩翼翼以左右兮,纷悠悠以容容②。瞻朝霞范陈本、薛本、及本注:“一作云。”之相承兮，薛本无兮字。似美人之怀忧。采色杂以成文兮，忽离散而不留。若将言之未发兮，又气变而飘浮。若垂髦而失鬋范陈本作箭。程刻范陈本作鬋。兮，饰未集而薛本作又。形消；目流眄从《赋汇》。他本皆作盻。而自别兮，心欲薛本欲下有未字。来而貌辽[③]。

纷绮靡而未静从薛本、及本。他本皆作尽。兮，先薛本、《赋汇》作光。列宿薛本、及本注："一作霜。"之规矩。时傥莽而阴曀兮，忽不识乎旧宇[④]。迈黄妖薛本作祅。之崇台兮，雷师奋而下雨。内薛本注："一作罔。"及本作罔。英哲薛本、及本注："一作招。"与长年兮，箬薛本注："一作苔。"离伦与膺贾[⑤]。摧薛本注："一作推。"魍魉而折鬼神兮，直径登乎所期。薛本注："一作斯。"历四方薛本、及本、《赋汇》作荒。而纵怀兮，谁云顾乎或疑。超薛本作趆。高跃而疾薛本注："一作骛。"骛范陈本二字缺。程刻范本"而"下接骛，下缺一字。薛本无骛字。兮，至北极而放之。援薛本注："一作楥。"间维薛本注："一作红。"以相示兮，临寒范陈本缺寒字。门而长辞。既不以万物累心兮，岂一女子之足思[⑥]！

【笺注】

①局，促也。牖，见《东平赋》注。张，施也，陈设也。御，进也。《周礼·春官·司几筵》注："筵亦席也。铺陈曰筵，藉之曰席。筵铺于下，席铺于上，所以为位也。"拊，以手着物也。

②晻，见《东平赋》注。霭，云貌。《山海经·海外西经》："大乐之野，夏后启于此舞九代，乘两龙。"又《大荒西经》："有人珥两青蛇，乘两龙，名曰夏后开。"又《西山经》："西南三百六十里曰崦嵫之山，其上多丹木，其叶如谷，其实大如瓜，赤符而黑理。"竦，见《东平赋》注。盖，车盖也。《汉书·扬雄传·甘泉赋》："于是乘舆乃登夫凤凰兮而翳华芝。"注："华芝，华盖也。"《诗·小雅·巷伯》传："翩翩，往来貌。"《诗·小雅·采薇》传："翼翼，闲也。"悠悠，行貌。《楚辞·九章·悲回风》补注："容容，变动之貌。"

③承，受也，继也。杂，五彩相合也，又集也。《诗·鄘风·柏舟》传："髦者，发至眉。"《尔雅·释言》疏："毛中之长毫曰髦。"《楚辞·招魂》注："髻，鬓也。"饰，修饰也。盼，目黑白分明也。别，分别也。辽，远也。

④绮，文缯。侈靡，奢侈也。列宿，列星也。《楚辞·九章·惜往日》："如列宿之错置。"注："皇天罗宿有度数也。"文中"列宿之规矩"亦有度数之意。傥，或然之辞。《小尔雅》："莽，大也。"曀，阴而风也。

⑤《汉书·五行志》："思心之不容，是谓不圣……时则有黄眚黄祥……土色黄，故有黄眚黄祥。凡思心伤者病土气……黄者，日上黄光不散，如火然，有黄浊气……"《楚辞·离骚》补注："轩辕主雷雨之神。一曰：雷师，丰隆也。"内，同纳。长年，谓老年人。《说苑·贵德》："景公游于寿宫，睹长年负薪而有饥色，公悲之，叹曰：'令吏养之。'"笞，捶击也。离伦，未详。賸，或当为赝。赝，伪物。贾音古，坐卖售者。

⑥魍魉，《玉篇》："水神。如三岁小儿。"又《孔子家语·辩物》："丘闻之：木石之怪曰夔、魍魉，水之怪曰龙、罔象，土之怪羵羊也。"径，见本篇前注。《庄子·寓言篇》注："期，待也。"骛，奔也。《汉书音义》："直骋曰驰，乱驰曰骛。"《尔雅·释地》："东至于泰远，西至于邠国，南至于濮铅，北至于祝栗，谓之四极。"间维，见《东平赋》注。《淮南子·地形训》："北方曰北极之山，曰寒门。"注："积寒所在，故曰寒门。"《史记·司马相如传·大人赋》注："寒门，天北门。"以上两段皆描摹其神思飘飖恍惚，诸如朝云、常仪、河女、陵阳、安期等等，皆比拟之辞，此两段一意相承。据《三国志·魏书·明帝毛皇后郭皇后传》，明帝赐毛皇后死，爱幸郭皇后。又据《杨阜传》："时（明帝）初治宫室，发美女以充后庭……阜上疏曰：'……顷所调遣小女，远闻不令，宜为后图。'"此文或为讽谏明帝而作，亦未可知。

猕猴赋

《史记·项羽本纪》："说者曰：'人言楚人沐猴而冠耳，果然！'"张晏曰："沐猴，猕猴也。"索隐："言猕猴不任久著冠带，以喻楚人性躁暴。"《汉书·西域传》"沐猴"注："沐猴即猕猴。'母'音转为'马'，又转为'弥'。《方言》母曰婆，此其证也。兽以雌强，今猕猴亦谓其大者，犹凡物之大者曰马蓝、马蓟之类。"《本草》："猴好拭如沐，谓之沐猴，后人讹为母，又讹为猕。"

昔禹平水土而使益驱禽，涤荡川谷兮栉梳山林，从范陈本、薛本、张燮本、及本及《赋汇》。他本皆作川。是以神奸形于九鼎而异物来臻①。故丰狐文豹释其表，间尾驺虞献其珍②，夸父独鹿祓薛本作祓，注："一作杖。"其豪③，青马三离弃其群：此以其薛本、及本作奇。壮而残其生者也④。

【笺注】

①《孟子·滕文公下》："当尧之时，水逆行，泛滥于中国，蛇龙居之，民无所定，下者为巢，上者为营窟……使禹治之。禹掘地而注之海，驱蛇龙而放之菹，水由地中行，江、淮、河、汉是也。险阻既远，鸟兽之害人者消，然后人得平土而居之。"《书·舜典》："帝曰：'畴若予上下草木鸟兽？'佥曰：'益哉！'"传："益，皋陶子也。"《白虎通》："禽，鸟兽总名。言为人禽制也。"《诗·豳风·七月》注："洗器谓之涤。"《释名》："荡，排荡，去秽垢也。"栉，梳枇之总名也。此作动词。《说文》徐注："梳之言导也。"《左传·宣三年》："定王使王孙满劳楚子，楚子问鼎之大小轻重焉。对曰：'在德不在鼎。昔夏之方有德也，远方图物，贡金九牧，铸鼎象物，百物而为之备，使民知神奸，故民入川泽山林不逢不若，魑魅罔两莫能逢之，用能协于上下以承天休。"臻，见《亢父赋》注。

②《庄子·山木篇》："夫丰狐文豹栖于山林，伏于岩穴，静也。"丰，大也。《列女传·贤明传·陶营子妻》："（妇曰：）妾闻南山有玄豹，雾雨七日而不下食者，何也？欲以泽其毛而成文章也。"释，解也。表，外也。释其表，谓为人猎获脱去其皮毛也。间尾，未详。《尔雅·释兽》："蜼，邛

鼻而长尾。"注:"蜼似猕猴而大,黄黑色。尾长数尺,似獭尾,末有岐。鼻露向上,雨即自悬于树,以尾塞鼻,或以两指。江东人亦取养之,为物捷健。"可供参考。《诗·召南·驺虞》传:"尾长于身,不履生草。"又:"驺虞,义兽也。白虎黑文,不食生物。有至信之德则应之。"《山海经·海外北经》:"林氏国有珍兽,大若虎,五彩异具,尾长于身,名曰驺吾。乘之日行千里。"注:"'吾'宜作'虞'也。"献其珍,谓其为珍兽,为人所爱而猎获之也。

③《淮南子·地形训》:"夸父耽耳在其北方,夸父弃其策,是为邓林。"注:"夸父,神兽也。"又《山海经》:"崇吾之山……有兽焉,其状如禺而文臂,豹虎而善投,名曰举父。"注:"或作夸父。"又参见《东平赋》注。《埤雅》:"独,猿类也,似猿而大,食猿,今俗谓之独猿。盖猿性群,独性特;猿鸣三,独叫一:是以谓之独也。"《山海经·北山经·北次二经》:"又北三百里曰北嚣之山,……有兽焉,其状如虎而白身,犬首,马尾,彘鬣,名曰独狢。"又《南山经》:"又东三百七十里曰杻阳之山,……有兽焉,其状如马而白首,其文如虎而赤尾,其音如谣,其名曰鹿蜀。佩之宜子孙。"注:"佩谓带其皮尾。"据上云云,独鹿或即鹿蜀。祓,除也。豪,强也,健也。

④《山海经·海外东经》:"嗟丘爰有遗玉、青马、视肉……"又《大荒东经》:"东荒之中有山名曰壑明俊疾,日月所出。有中容之国。东北海外又有三青马、三骓(注:马苍白杂毛为骓)、甘华。爰有三青鸟、三骓、视肉。(注:聚肉有眼)"又《大荒南经》:"有盖犹之山者,……有青马,有赤马,名曰三骓,有视肉……"又《大荒西经》:"西有王母之山、壑山、海山,……爰有甘华、甘柤、白柳、视肉、三骓……"壮,大也,强也。《方言》:"[illegible],杀也,晋魏河内之北谓[illegible]为残。"

若夫熊狚之游临江兮,见厥巧从薛本、及本。薛本注:"一作切。"他本皆作功。以乘危;夔负渊以肆志兮,扬震声而薛本注:"一作以。"衣从《赋汇》。他本皆缺。皮①。处闲旷而或昭兮,何幽隐之罔随;鼷畏逼以潜身兮,穴神丘之重深，终惑从及本。他本皆作或，薛本注："一作成。"饵以来从及本。他本皆作求，薛本注："一作来。"食兮，乌薛本注："一作鸟。"严可均本作焉。凿之而薛本无而字。能禁；此句及本作"乌□凿之能禁"。诚有利而可欲兮，虽希觌而为禽[②]。从范陈本、薛本、及本、张溥本及《赋汇》。他本皆作琴。故近者不弥从薛本、及本。他本皆作称。岁，远者不历年，大则有称于万年，细者则为笑于目前[③]。

【笺注】

①《楚辞·天问》："焉有虬龙，负熊以游。"补注："熊形类大豕而性轻捷，好攀援上高木，见人则颠倒自投地而下。"《庄子·齐物论》："猿猵狙以为雌。"注："猵狙一名獦牂，似猿，狗头。其雄喜与雌猿为牝牡。"夔，《说文》："神魖也，如龙，一足。"负，恃也，依也。渊，见《亢父赋》注。

②闲，空也，远也。旷，亦空也。昭，《尔雅·释诂》："见也。"《尔雅·释兽》"鼷鼠"注："有螫毒者。"乌，何也。凿，开也。禁，止也。觌，见也。禽，通作擒。此数句意谓：纵然熊狙能攀上高木，夔潜居水中或见或隐，鼷鼠居在重深之土中，但终因贪饵求食，虽人希见之而仍不免为人所擒制。

③弥，终也。历年，谓多历年所。

夫猕猴直其微者也，《艺文类聚》卷九十五从此句引起。犹系《艺文类聚》卷九十五无系字。累于下陈。体多似而匪类，形《艺文类聚》卷九十五作貌。乖殊而不纯。从《艺文类聚》、薛本、及本、张溥本、《赋汇》，他本作殊。外察慧薛本作惠。而内《艺文类聚》卷九十五无内字。无度兮，《艺文类聚》卷九十五无兮字。故人面而兽心[①]。薛本、及本作身。性褊浅《艺文类聚》卷九十五作"偏凌"。而干进兮，《艺文类聚》卷九十五无兮字。似韩非之囚薛本作因。秦。扬眉额而骤呻《艺文类聚》卷九十五作眒。兮，《艺文类聚》卷九十五无兮字。似巧言之从薛本、及本，他本作而。伪真[②]。藩从后之繁众兮，犹伐树而丧邻[3]。《艺文类聚》卷九十五无此二句。整衣冠而伟服薛本作眼。兮，《艺文类聚》卷九十五无兮字。怀项薛本误作倾。王之思归。耽嗜欲而盼从《赋汇》，《艺文类聚》卷九十五作眄，他本作盼。视兮，《艺文类聚》卷九十五无兮字。有长卿之妍姿[4]。举头薛本作归。注："一作颈。"吻而作态兮，动可增疑当作憎。而自新。《艺文类聚》卷九十五无此二句。沐兰汤而滋秽兮，《艺文类聚》卷九十五无兮字。匪宋朝之媚人。终嗤从《艺文类聚》卷九十五，他本作蚩或作蚩。弄而处绁从《艺文类聚》卷九十五，他本作泄。兮，《艺文类聚》卷九十五无兮字。虽近习而不亲。《艺文类聚》卷九十五引至此止，无以下一段。多才伎其何为兮，从《赋汇》，他本皆无兮字。固受垢而貌侵[5]。姿便捷而好技兮，超趏从薛本、及本，范陈本两字皆作趏，他本两字皆作超。腾跃乎岩岑。从及本，他本作"岑岩"，岩字失韵。既投林以以上三字从《赋汇》，他本皆缺。东避兮，遂中冈而被寻。婴徽纆程刻范陈本、张燮本、张溥本作缠。以拘制兮，顾西山而长吟；缘榱桷以容与兮，志岂忘乎邓林[6]。庶君子之嘉惠，设奇视以尽心。且须臾以永日，焉逸豫而自矜。斯伏死于堂下，长灭没薛本作后。乎形神[7]。

【笺注】

①《孟子·梁惠王下》注："系累，犹缚结也。"系同系。《史记·李斯传》注："下陈，犹后列也。"类，《尔雅·释诂》："善也。"乖，异也。察，知也。度，度量。

②褊，急也，狭也。干，求也。《史记·韩非列传》："秦王见《孤愤》、《五蠹》之书，曰：'嗟乎！寡人得见此人，与之游，死不恨矣。'李斯曰：'此韩非之所著书也。'秦因急攻韩，韩王始不用非，及急，乃遣非使秦。秦王悦之，未信用，李斯、姚贾害之，毁之曰：'韩非，韩之诸公子也，今王欲并诸侯，非终为韩不为秦，此人之情也。今王不用，久留而归之，此自遗患也；不如以过法诛之。'秦王以为然，下吏治非。李斯使人遗非药，使自杀。韩非欲自陈，不得见；秦王后悔之，使人赦之，非已死矣。"《汉

书·司马迁传·报任安书》曰:“韩非囚秦,《说难》、《孤愤》。”呻,吟也。伪,诈也,此处作动词用。

③藩,屏也。《史记·孔子世家》:“孔子去曹适宋,与弟子习礼大树下,宋司马桓魋欲杀孔子,拔其树;孔子去,弟子曰:‘可以速矣。’……孔子适郑,与弟子相失,孔子独立郭东门。郑人或谓子贡曰:‘东门有人,……累累若丧家之狗。’”左右辅弼亦曰邻。

④伟,奇也。《史记·项羽本纪》:“项王见秦宫室皆以烧残破,又心怀思欲东归,曰:‘富贵不归故乡,如衣绣夜行,谁知之者!’说者曰:‘人言楚人沐猴而冠耳,果然!’”耽,乐也。《书·无逸篇》传:“过乐谓之耽。”妍,丽也,美好也。《史记·司马相如列传》:“相如之临邛,从车骑,雍容闲雅甚都。”注:“都,犹姣也。”

⑤滋,益也。《论语·雍也》:“子曰:‘不有祝鮀之佞,而有宋朝之美,难乎免于今之世矣。’”注:“宋朝,宋国之美人也,而善淫。”嗤,笑貌。《论语·公冶长》注:“绁,挛也,所以拘于罪人也。”绁,系也。伎,伎巧。侵,貌不扬也。《汉书·田蚡传》师古注:“短小曰侵。”

⑥姿,《说文》:“态也。”又与资同。踮同跕。《后汉书·马援传》注:“跕跕,堕貌。”岑,冈,见《东平赋》注。婴,加也,绕也。徽,三纠绳也。《说文》:“三股曰徽,两股曰纆,皆索也。缘,循也。”《尔雅·释宫》注:“桷,屋缘也,一名榱桷。”《说文》:“秦名为屋缘,周谓之榱,齐鲁谓之桷。”《楚辞·离骚》注:“容与,游戏也。”邓林,见《东平赋》注。

⑦庶,《尔雅·释言》:“幸也。”注:“庶几侥幸。”《仪礼·燕礼》注:“须臾,言不敢久。”《诗·唐风·山有枢》传:“永,引也。”豫,见《首阳山赋》注。矜,见《东平赋》注。

按:此文似有讽而作,否则,不至无端为猕猴写照。据《晋书·宣帝纪》:“嘉平元年春正月甲午,天子(魏齐王芳)谒高平陵,(曹)爽兄弟皆从,……帝(司马懿)亲帅太尉蒋济等勒兵出迎天子,屯于洛水浮桥,……爽不通奏,留车驾宿伊水南,伐树为鹿角,发屯兵数千人以守。桓范果劝爽奉天子幸许昌,移檄征天下兵,爽不能用。……桓范等援引古今,谏说万端,终不能从,乃曰:‘司马公正欲夺吾权耳。吾得以侯还第,不失为富家翁。'……乃收爽兄弟及其党与何晏、丁谧、邓飏、毕轨、李胜、桓范等诛之。"《三国志·曹爽传》注引《魏氏春秋》曰:"爽既罢兵,曰:'我不失作富家翁。'"曹爽"不失作富家翁"之言,与项羽之"富贵不归故乡"何其相似!此亦"沐猴而冠"耳!疑此文为讽刺或悼叹曹爽而作。

鸠赋《赋汇》题下有"有序"二字。

此所谓鸠,即《诗·曹风·鸤鸠》之鸤鸠,据文中"嘉七子之修容"句可见。《尔雅·释鸟》:"鸤鸠鴶鵴。"注:"今之布谷也,江东呼为获谷。"农事方起,此鸟飞鸣于桑间,若云五谷可布种,故云布谷。

嘉平中得两鸠子,常食以黍稷之旨,从薛本、及本。他本无"之旨"二字。后卒薛本作"率",注:"一作卒。"为狗所杀,薛本、及本作"煞"。故为《艺文类聚》卷九十二无"为"字。作赋[①]。《艺文类聚》及梅本只录序,不录本文。

【笺注】

①嘉平,魏齐王芳年号(二四九——二五四)。黍、稷,见《东平赋》注。旨,美也。

伊嘉年之茂惠,薛本注:"一作蕙。"洪肇恍惚以发蒙。有期薛本、及本作鵙。缘之奇鸟,以鸣薛本、及本作鷗。按:疑当作雎。鸠之攸同[①]。翔雕木以胎偶,从薛本、及本及《赋汇》。薛本注:"一作隅。"他本皆作隅。寄增巢于裔及本、《赋汇》作乔。松;噏云雾以消息,游朝阳以薛本、及本作两。薛本注:"一作向。"相从。旷逾旬范陈本、及本"旬"下有"时"字。而育类,嘉七子之修容[②]。

【笺注】

①伊,彼也。嘉,或作佳。《易·无妄卦》:"象曰:先王以茂对时育万物。"

注:“茂,盛也。”又《诗·大雅·生民》传:“茂,美也。”洪,大也。肇,见《东平赋》注。蒙,《书·伊训》疏:“谓蒙稚,卑小之称。”此二句意谓母鸠将育子也。《书·大禹谟》传:“期,当也。”《礼记·月令》:“季春三月,鸣鸠拂其羽。”注:“鸣鸠飞,且翼相击,趋农急也。”又鸣鸠疑当作雎鸠,《诗·周南·关雎》传:“雎鸠,王鸠也。”以同类,故曰“攸同”。攸,见《东平赋》注。

②裔,苗裔。《方言》:“鸠,蜀谓之拙鸟,不善营巢,取鸟巢居之,虽拙而安处也。”《诗·召南·鹊巢》:“维鹊有巢,维鸠居之。”噏,见《东平赋》注。消,尽也,灭也。一呼一吸为一息。《汉书·贾山传》注:“旷,废也。”《礼记·中庸》注:“育,生也。”《诗·曹风·鸤鸠》:“鸤鸠在桑,其子七兮。”传:“鸤鸠之养其子,朝从上下,暮从上下,平均如一。”曹植《责躬表》:“七子均养者,鸤鸠之仁也。”修,饰也。

始戢翼而树羽,遭金薛本、及本作惊。风之萧瑟。既颠覆而靡救,又振落而莫弼。陵桓山以徘徊,临旧乡而思入;扬哀鸣以相送,薛本注:“一作逆。”悲一往而不集。终飘薛本、及本作漂。摇以流离,伤弱子之悼栗①。何依恃以育养?赖兄弟之亲昵。从薛本、及本。他本作戚。背草莱薛本作蔡,注:“一作茶。”及本作荼。以求仁;托君子之静薛本、及本作靖,注:“一作静。”室,甘黍稷之芳馆,安户牖之无疾②。洁文襟以交颈,玩从薛本、及本。范陈本作坑,他本作抗。华丽之艳逸。范陈本作“溢”。薛本、及本、《赋汇》作滋,注:“一作逸。”端妍姿以鉴饰,好威仪之如一。聊俯仰以逍遥,求爱媚于今日。何飞翔之羡慕,愿薛本注:“一作顾。”投报而志从薛本、及本及《赋汇》。他本作忘。毕③。值狂犬之暴怒,加楚害于微躯。欲残没以糜薛本作麋。灭,遂捐弃而沦胥。从《赋汇》。薛本、及本此三字作“乎伦夫”。嗟薄贱之可悼,岂有忘于须臾④。此二句从程刻范陈本、薛本、及本及《赋汇》。他本无。

【笺注】

①戢，敛也。树，见《东平赋》注。戢翼，言其初生羽毛之时；树羽，言其学飞也。《淮南子·地形训》注："西方，金位也。"金风，西风也。萧瑟，《楚辞·九辩》注："风疾暴也。"振，见《清思赋》注。弼，辅弼之意。陵，见《东平赋》注。《诗·鲁颂·泮水》传："桓桓，威武貌。"桓山，威武之山也。《汉书·郊祀志·郊祀歌》注："流离，不得其所者。"《方言》："陈楚谓惧曰悼。"

②昵，近也。莱，草秽。君子，盖假鸠之语气以称阮者。饎，音炽，黍稷也。户牖，见《东平赋》注。疾，患也，毒害也。

③襟，袍襦前袂也。文襟，殆阮获两鸠子用有花纹之织物以裹之。端，正也。妍姿，见《猕猴赋》注。

④楚，痛也。残，践使残坏也。糜，《释名》："煮米使糜烂也。"糜灭，谓糜烂而消灭。捐，弃也。《诗·小雅·雨无正》注："沦，率也。"又："胥，相。"

笺

为郑冲劝晋王笺

《晋书·文帝纪》："景元四年冬十月，天子（魏齐王芳）以诸侯献捷交至，乃申前命……封公（司马昭）为晋公，进位为相国……又加九锡……帝以礼辞让，司空郑冲率群官劝进。"又《晋书·阮籍传》："会帝（司马昭）让九锡，公卿（按：司空为公卿之首）将劝进，使籍为其辞；籍临醉忘作，临诣府，使取之，见籍方据案醉眠，使者以告，籍便书案，使写之，无所改窜，辞甚清壮，为时所重。"

《文心雕龙·书记篇》："笺者，表也，识表其情也。"始于东汉。其时上太子诸王大臣皆得称笺，后专以上皇后太子，其他不得用。

按：题系沿《昭明文选》及各集本之旧，应改作"为司空郑冲等劝大将军受晋公爵命笺”，方为切合。此文成为后来对阮籍其人纷纷议论之症结所在，有为之惋惜者，有加以谴责者，亦有曲为回护者，总之，皆从阮应忠于魏室之一观点出发。如：陈德文曰：“籍所草笺如此，固存魏惓惓之忠也；其亦异夫荀文若矣。”梅鼎祚《三国文纪》题下注引顾恺之《晋文章纪》云：“阮籍劝进，落落有宏致。至时说，徐而摄之也。”又引刘辰翁云：“谓为惭笔固非，谓为神笔（按：《北堂书钞》卷一百陈禹谟补注引《东观汉纪》、《太平御览》卷七百十引戴胜《竹林七贤论》，《文选旁证》转引《世说》均有“时人以为神笔”之语。）亦谬，直不当作耳。”张凤翼曰（见其《文选纂注》）：“叔夜（按：误。应为嗣宗。）虽为劝进，笺末乃勖以支伯、许由，诮以小让，可谓颂功而不失其正，与他劝进文不同。”何焯曰（见何义门评点《文选》）：“阮公亦为此耶！抑以避祸也。许以桓文，讽以支许，巧于立言矣。”叶绍泰《汉魏别解》引茅坤云：“阮步兵不讳为此文，诚有遐虑。乃其布辞蕴义，深合大雅之体，去谀闻饰说远矣。”

冲等死罪。《晋书·文帝纪》无此一句。伏见嘉命显至，窃闻明公固让，冲等眷眷，实有愚心，以为圣王作制，百代同风，褒德赏功，有自来矣[①]。

【笺注】

①张铣曰：“嘉命，即魏册命。”显，光也。《易·坤卦》注：“至，谓至极也。”《诗·小雅·小明》：“惓惓怀顾。”《韩诗外传》作“眷眷”。眷，回视也。愚，暗也。褒，扬美也，奖饰也。

昔伊尹，有莘氏之媵臣耳，一佐余郑本作伐。成汤，遂荷“阿衡”之号[①]；周公藉已成之势，据既安之业，光宅曲阜，奄有龟蒙[②]；吕尚，磻溪之渔者，梅本、张燮本、张溥本下有耳字。一朝指麾，乃封营丘[③]。自是以来，功薄而赏余郑本作享。厚者不可胜数，然贤哲之士犹以为美谈。

【笺注】

①《诗·大雅·大明》传:“莘,太姒国也。”《郃阳县志》:“县东南有‘有莘’田,即古莘国。”《孟子·万章上》:“伊尹耕于有莘之野。”《史记·殷本纪》:“阿衡欲干汤而无由,乃为有莘氏媵臣。”《尔雅·释言》:“媵,将送也。”陆德明《经典释文》:“古者同姓娶夫人,则同姓二国媵之。”《史记·殷本纪》:“主癸卒,子天乙立,是为成汤。”《诗·商颂·长发》曰:“实维阿衡,实左右商王。”传:“阿衡,伊尹也。”笺:“阿,倚;衡,平也。伊尹,汤所依倚而取平,故以为官名。”《史记·殷本纪》:“伊尹名阿衡。”索隐:“然解者以阿衡为官名。按:阿,倚也;衡,平也,言依倚而取平。《书》曰:‘惟嗣王弗惠于阿衡。’亦曰保衡。皆伊尹之官号,非名也。”

②“藉已成之势,据既安之业”,谓武王已定天下,周公不过相成王守其成也。李善引《尚书》(《尧典》)曰:“光宅天下。”《尔雅·释言》:“宅,居也。”《说文》:“宅,所托也。”《释名》:“宅,择也,择吉处而营之也。”李善又引《尚书》(《费誓》)曰:“鲁侯伯禽宅曲阜。”《史记·周本纪》:“封弟周公旦于曲阜,曰鲁。”李善引《诗·鲁颂·閟宫》曰:“奄有龟蒙。”传:“奄犹覆也。龟,山也。蒙,山也。”《春秋·定公十年》注:“泰山博县有龟山。”《书·禹贡》疏:“蒙山在泰山蒙阴县西南。”

③《史记·齐世家》:“吕尚盖尝穷困,年老矣,以鱼钓奸周西伯。”正义:“《吕氏春秋》(《先识览·观世篇》)云:‘太公钓于滋泉,遇文王。’郦道元(《水经注·渭水》)云:‘磻溪中有泉,谓之兹泉。泉水潭积,自成渊渚,即太公钓处。今人谓之丸谷。水次有磻石可钓处,即太公垂钓之所,其投竿跽饵,两膝遗迹犹存,是有磻溪之称也。’”《史记·齐世家》:“武王即位九年,欲修文王业,东伐以观诸侯集否,师行,师尚父左仗黄钺,右把白旄以誓。”《史记·周本纪》:“于是封功臣谋士而师尚父为首封,封尚父子营丘曰齐。”《史记·齐世家》正义:“营丘在青州临淄北百步外城中。”按《三国志·魏志·武帝纪》:“建安十八年五月,天子(汉献帝)策命公(曹操)为魏公。”注引《魏书》谓:“(操)前后三让,于是中军师王凌,谢亭侯荀攸……等劝进曰:‘昔周公承文武之迹,受已成之

业，高枕墨笔，拱揖群后，商奄之勤，不过二年；吕望因三分有二之形，据八百诸侯之势，暂把旄钺，一时指麾；然皆大启土宇，跨州兼国……’”是阮文立意亦有所本。

况梅本、张燮本、张溥本下有“今”字。自先相国以来，世有明德，翼辅魏室以绥天下，朝无阙《晋书·文帝纪》作秕。政，人从六臣注《文选》、《晋书·文帝纪》、范陈本、余郑本、梅本、张凤翼本、张燮本、及本、张溥本、李宾《八代文钞》本、叶绍泰本。他本作民。无谤言[①]。前者明公西征灵州，北临沙漠，榆中以西，望风震服，羌戎何焯本作从。东《晋书·文帝纪》作来。驰，回首内向[②]；东诛叛逆，全军独克，擒阖闾之将，斩《晋书·文帝纪》作虏。轻梅本作经。锐之卒以万万计，威加南海，名慑张溥本作摄。三越[③]；宇内闵齐华《文选瀹注》作宙。康宁，苛慝不作，是以殊俗畏《晋书·文帝纪》作怀。威，东夷献舞[④]。故圣上览乃昔以来礼典旧章，五臣注《文选》、范陈本、叶绍泰本作制。开国光宅，显兹太原[⑤]。

【笺注】

①先相国，指司马懿。《三国志·魏志》：“齐王芳嘉平元年春正月丁未，以太傅司马宣王为丞相，固让乃止。”《晋书·宣帝纪》：“嘉平三年夏四月，策命帝为相国，封安平郡公……固让相国、郡公不受。……八月戊寅崩于京师……追赠相国、郡公。”按：李善注并引王隐《晋书·景帝（司马师）纪》云：“天子策上为相国。”但据《晋书·景帝纪》“正元元年，登位相国，……帝固辞相国。……帝崩，追加大司马之号以冠大将军”，并未追赠为相国。且玩此文语气，亦不当兼指二人。翼，《玉篇》：“劲也。”《书·禹贡》注：“绥，安也。”

②李善曰：“王隐《晋书·文帝纪》曰：‘姜维出陇右，上率轻兵到灵州，大破之，诸虏震服。’《汉书》：‘北地郡有灵州县，金城郡有榆中县。’”灵州后为灵武县，今属宁夏。《史记·赵世家》注：“榆中在胜州北河北岸。”《文选旁证》：“《水经·河水注》云：‘昔蒙恬为秦北逐戎人，开榆

中之地,《地理志》金城郡之属县是也。'故《史记音义》曰:'榆中在金城。'即阮嗣宗劝进文所谓'榆中以西'也。"榆中今属内蒙古。羌,《说文》:"西戎牧羊人也。"《礼记·王制》:"西方曰戎。"《晋书·文帝纪》:"蜀将姜维又寇陇右……维果烧营西去。会新平羌胡叛,帝击破之,遂耀兵灵州,北虏震詟,叛者悉降。"

③李善曰:"王隐《晋书·文帝纪》曰:'诸葛诞反,上亲临西围,四面并攻,须臾陷溃,斩送诞首。'《魏志》曰:'诞闭城自守,遣小子靓至吴请救,吴遣唐咨、王祚来应诞。及斩诞,唐咨、王祚皆降,吴兵万众,器仗军实山积。'《孙子兵法》曰:'全军为上,破军次之。'阖闾,吴王也。……《汉书》有三越,谓吴越及南越、闽越也。"《汉书·地理志》有南海郡,旧广州、韶州、潮州、惠州、肇庆、南雄诸府州及高州府北境,广西旧平乐府东境,梧州府东南境,皆其地。三国时属吴。按:李善以阖闾为指孙权,"擒阖闾之将"为擒唐咨、王祚,疑非是。司马昭此次用兵乃讨伐诸葛诞,而诞当时亦确是劲敌,《三国志·魏志·诸葛诞传》谓其"敛淮南及淮北郡县屯田口十余万官兵,扬州新附胜兵者四五万人,聚谷足一年食,闭城自守。"诞被杀后尚有"诞麾下数百人坐不降见斩,皆曰:'为诸葛公死,不恨。'其得人心如此。"吴则不过遣唐咨、王祚以万众应诞,诞死后吴众降。《劝进笺》称述昭此次成功,不应舍首要之敌不言,而仅及于异国来援之偏将,遗大取小,且与文中"斩轻锐之卒以万万计"之语亦不合。阖闾本为古代善用兵者,故凡言骁将皆可称阖闾之将,《战国策·齐策》:"苏秦说齐闵王曰:'臣之所闻攻战之道,非师者,虽有阖闾、吴起之将,擒之户内;千丈之城,拔之尊俎之间;百尺之冲,折之衽席之上。'"阮文亦不过泛用成语耳。"阖闾之将"乃指诸葛诞,善解似误。慑,《说文》:"失气也。一曰服也,怖也。"

④李周翰曰:"苛慝,繁恶之政。"《三国志·魏志·武帝纪》:"天子……策命公为魏公:'……君有定天下之功,重之以明德……吏无苛政,民无怀慝。'"殊俗,谓不同中国风俗之国度。《礼记·王制》:"东方曰夷。"《晋书·文帝纪》:"景元三年夏四月,肃慎来献楛矢、石砮、弓甲、貂皮等,天子命归于大将军府。"《山海经·大荒北经》:"大荒之中有山名曰

不咸，有肃慎氏之国。”注：“今肃慎国去辽东三千余里。”李善曰：“范晔《后汉书》曰：‘东夷自少康以后，世服王化，献其乐舞。’”

⑤典，法也。礼典，于礼应行之典。《晋书·文帝纪》：“（景元四年冬十月，天子）乃申前命曰：‘……今以并州之太原、上党、西河、乐平、新兴、雁门，司州之河东、平阳、弘农，雍州之冯翊凡十郡，南至于华，北至于陉，东至于壶口，西逾于河，提封之数，方七百里，皆晋之故壤，唐叔受之，世作盟主，实纪纲诸夏，用率旧职，爰胙兹土，封公为晋公。’”

明公宜承《晋书·文帝纪》下有“奉”字。圣旨，受兹介福，允当天人。元功盛勋，光光如彼；国土嘉祚，巍巍如此；内外协同，梅本作固。靡愆从《晋书·文帝纪》。他本作愆，本籀书愆字。靡违①。由斯征伐，则可朝服济江，扫除吴会②；西塞江源，望祀岷山③；回戈弭节，以麾天下，远无不服，迩无不肃。《晋书·文帝纪》下有“令”字，李本、张溥本作今。许巽行《文选笔记》：“今，何（焯）改令，依《晋书》。嘉德按：‘陈云：“《晋书》作令为是。”’”他本无今或令字。大魏之德，光于唐虞；明公盛勋，超于桓文④。然后临沧州《晋书·文帝纪》作海。而谢支范陈本作文，程校刻本作支。伯，登箕山以《晋书》作而。揖许由，岂不盛乎！至公至平，谁与为邻！何必勤勤小让也哉⑤！

冲等不通大体，敢以陈闻。

【笺注】

①旨，意也，志也。介，《尔雅·释诂》：“善也。”张铣曰：“天人，谓天意、人事也。”祚，福也，禄也，位也。内外，谓朝廷与受封之晋国也。愆，过也，失也。

②闵齐华曰：“扫除吴会，灭吴也。”《管子·中匡第十九》：“定三革，偃五兵，朝服以济河而无怵惕焉。”注：“谓乘车之会，朝服济河以与西诸侯盟也。”李善曰：“《国语》（卷六）曰：‘（齐）教大成，定三革，隐五刃，朝服以济河而无怵惕焉，文事胜矣。’”注：“西行渡河以平晋也。”“吴会”

有两解：一谓吴郡与会稽郡，一谓吴之都会。胡绍煐《文选笺证》曰："施宿《会稽志》曰：'《三国志》吴郡、会稽为吴、会二郡。'顾氏炎武据《后汉书》谓：'东汉顺帝永建四年始分会稽郡之地为吴郡，而《史记·吴王濞传》有"吴会轻悍"之语，是西汉已称吴会，可见吴会云者，犹言吴都云尔。'因历举魏、晋诸文所称吴会者，皆当读都会之会，不得作会稽之会。赵氏翼则谓：'西汉时，会稽郡治本在吴县，时俗以郡县连称，故云吴会，观《汉书·地理志》便自了然。其尤显然可证者，魏文帝诗："惜哉时不遇，适与飘风会。吹我东南行，行行至吴会。"吴会字若读作都会之会，岂有两韵接连而重复若此者？孟浩然《留别》诗："朝从汴河流，夕次谯县界。幸值西风吹，得与故人会。君学梅福隐，余从伯鸾迈。别后能相思，浮云在吴会。"上会晤之会，下会稽之会，故可分协。然则唐人犹以吴会作会稽读矣。'绍煐按：顾说详见《日知录》，其言甚辩；今观赵氏所驳，知顾说无一而可，又得魏、唐二诗确据，益信吴会为吴郡、会稽。又按《后汉书·蔡邕传》：'乃亡命江海，远迹吴会。'章怀注引张骘《文士传》：'邕告吴人曰："吾尝行会稽"'云云，亦以吴会为会稽之会。"

③闵齐华曰："望祀岷山，灭蜀也。"李善曰："《汉书》曰：'江水祀蜀，塞特牲赤牛犊。'塞，谓报神恩也。"胡绍煐曰："按塞与赛通。《后汉书·曹节传》注：'塞报祠也。字当为赛，通用塞。'《汉书·郊祀志》：'冬塞祷祠。'注：'塞，谓报其所祈也。'《史记·封禅书》作赛。《说文》不收赛字，新附始有之，云：'赛，报也。'盖古多以塞为赛，故《急就篇》'谒裼赛祷鬼神宠'，碑本作塞。《管子·小问》：'桓公践位，令衅社塞祷。'赛作塞。"江源，谓长江发源之处。《汉书·郊祀志》："《虞书》曰：'……望秩于山川。'"师古曰："谓在远者望而祭之。"祀，祭也。《书·禹贡》："岷山导江。"孔颖达曰："山在梁州，江水所出。"李善曰："《汉书》曰：'秦并天下，令祠官祠渎山。'渎山，蜀之岷山也。"陆游《入蜀记》："自蜀郡之西，大山广谷，谽谺起伏，西南走蛮箐中，皆岷山也。"

④弭，止也。《周礼·地官·掌节》注："以王命往来，必有节以为信。"弭节，谓不劳远出也。胡绍煐曰："善曰：'《长杨赋》曰："回戈聊（《文选旁证》："聊当作邪，各本皆误。"）指，南越相夷；靡节西征，羌僰东驰。"

今以靡为弭,误也。'按《长杨赋》'靡节'与'回戈'为偶句。《广韵》:'靡,偃也。'《左传·庄十年》:'望其旗靡。'靡亦偃也。彼言靡节,谓偃节而西征也。弭,止也。弭与靡音义通,《汉书·杜钦传》集注:'靡,犹弭也。'是其证。故彼作靡节,此作弭节,义并同也。"麾,指挥。迩,近也。刘良曰:"唐虞,尧舜也。桓文,齐桓公、晋文公。"唐虞句谓魏将禅让,桓文句谓晋则合诸侯以尊王室。

⑤李善曰:"《庄子》(见《让王篇》)曰:'舜让天下于子州支伯,子州支伯曰:"予适有幽忧之病,方且治之,未暇治天下也。"'支或为交。《吕氏春秋》(见《慎行览·求人篇》)曰:'昔者尧朝许由于沛泽之中……请属天下于夫子,许由……遂之箕山之下。'"《淮南子·俶真训》注:"许由,阳城人。"《史记·伯夷列传》正义引皇甫谧《高士传》云:"许由字武仲。尧闻,致天下而让焉,乃退而遁于中岳颍水之阳箕山之下隐。……许由殁,葬此山,亦名许由山,在洛州阳城县南十三里。"《孟子·万章上》疏:"箕山,嵩高之北是也。"邻,比也。勤,苦也。小让,谓此时让晋公,不如他日让帝位之为大让也。

奏记

辞蒋太尉辟命奏记

此题诸本颇不一致。《昭明文选》、李宾本、闵齐华本作"奏记诣蒋公",朱椷本多一"文"字;程刻范陈本、及本、叶本作"奏记太尉蒋济";梅本作"辞太尉蒋济辟命奏记";何焯本作"诣蒋公一首";严可均本作"诣蒋公奏记辞辟命"。今从多数本。《三国志·魏志·蒋济传》:"齐王即位,徙为领军将军,进爵昌陵亭侯,迁太尉。"李善引臧荣绪《晋书》曰:"太尉蒋济闻籍有才俊而俶傥,为志高,问掾王默然后辟之,籍诣都亭奏记。"《晋书》本传:"初济恐籍不至,得记欣然,遣卒迎之而籍已去,济大怒。于是乡亲共喻之,乃就吏。后谢病归。"李善曰:"辟,犹召也。"《周礼·春官·大宗伯·典命》注:"命谓迁秩群臣之书。”《文心雕龙·奏启篇》：“奏者进也，敷于下情进于上也。”又《文心雕龙·书记篇》：“记之言志，进己志也。”

籍死罪死罪。《晋书》、范陈本、及本、叶本无此句。伏惟明公以含一之德，据上台之位，群英二字《晋书》、范陈本、及本、叶本作“英豪”。翘首，俊贤抗足①。开府之日，人人自以为掾属，辟书始下，《晋书》、范陈本、及本、叶本下有而字。下走为首②。

【笺注】

①刘良曰：“《书》云：‘伊尹作咸有一德。’含，咸也。”老子《道德经·法本》：“昔之得一者，天得一以清，地得一以宁，神得一以灵，谷得一以盈，万物得一以生，侯王得一以为天下正。”刘良曰：“三台星，三公位也。”《周礼·春官·大宗伯·司中》注：“司中三能（与台通），三阶也。”疏引《武陵太守星传》云：“三台一名天柱。上台司命，为太尉；中台司中，为司徒；下台司禄，为司空。”翘，举也。抗，举也。举足，谓趋于其门。

②《三国志·蜀志·诸葛亮传》：“开府治事。”掾，《玉篇》：“公府掾属也。”《汉书·萧何传》音义：“正曰掾，副曰属。”《三国志·魏志·蒋济传》：“齐王即位，徙为领军将军，进爵昌陵亭侯，迁太尉。……是时曹爽专政。”李善曰：“辟，犹召也。”《汉书·司马迁传》注：“走，犹仆也。”下走，籍自谦称。

昔从《晋书》及《太平御览》卷四七四、范陈本、及本、叶本。他本除汪士贤本外无昔字。子夏处《晋书》作在。《晋书》、范陈本、及本、叶本下有于字。西河之上而文侯拥彗，邹子居《文选》六臣注本、范陈本、及本下有于字。黍谷之阴而昭王陪乘①。夫布衣除《晋书》、范陈本、及本、叶本、汪本外，他本下有“穷居”二字。韦带之士，孤居特立，从《晋书》、《文选》六臣注本、叶本。范陈本特作独。他本无此句。王公大人所以礼从《晋书》、范陈本、及本、叶本。他本无礼字，有“屈体而”

三字。下之者，为范陈本、汪本作谓。道存也。今从《晋书》、范陈本、及本、叶本。他本除汪本外无今字。籍无邹卜之德范陈本、及本、叶本作道。而有其陋，猥烦大礼，《晋书》、范陈本、及本、叶本作“猥见采择”。尤刻《文选》择作擢。何以当之[2]。《晋书》、范陈本、及本、叶本作“无以称当”。

【笺注】

①《史记·仲尼弟子列传》：“卜商，字子夏。……孔子既殁，子夏居西河教授，为魏文侯师。”索隐：“（西河）在河东郡之西界，盖近龙门。刘氏云：‘今同州河西县有子夏石室，学堂在也。’”正义：“西河郡，今汾州也。”《史记·孟子荀卿列传》索隐：“彗，帚也。谓为之扫地，以衣袂拥帚而却行，恐尘垢之及长者，所以为敬也。”邹子、黍谷，见《东平赋》注。《史记·孟子荀卿列传》：“是以驺子（即邹衍）……如燕，昭王拥彗先驱，请列弟子之座而受业，筑碣石宫，身亲往师之。”乘，《集韵》：“车也。”

②韦，《广韵》：“柔皮。”《荀子·修身篇》：“少见曰陋。”《玉篇》：“陋，隐小也。”《汉书·文帝三王传》注：“猥，曲也。”刘良曰：“大礼，谓辟命。”

方将耕于东皋之阳，输黍稷之《晋书》下有余字。税，以避当涂者之路。《晋书》、范陈本、及本、叶本无此句。负薪疲病，足力不强，补吏之召，从《晋书》、张燮本、及本、叶本。他本除汪本外皆作日。非所克堪。乞回谬恩，以光清举[1]。

【笺注】

①《汉书·贾山传》注：“皋，水边淤地也。”《榖梁传·僖二十八年》：“水北为阳。”黍稷，见《东平赋》注。《尔雅·释宫》注：“涂，即道也。”道，路也。当涂，即当路。《孟子·公孙丑上》：“夫子当路于齐。”注：“当仕路于齐。”《礼记·曲礼下》：“君使士射，不能，则辞以疾，言曰：‘某有负薪之忧。’”堪，任也。李周翰曰：“称己无德，则辟命为谬恩；回以避贤，

则庶光于所举矣。”

又梅本注：“此篇无题。近刻阮集不载，据余家藏钞本补。”

违由梅本注：“‘违由’疑误。”鄙钝，学行固野，进无和俗崇誉之高，退无静默恬冲之操；猥见显饰，非所被荷①。旧素尪瘵，守病委劣，谒拜之命，未敢堪任②。

昔荣期带索，仲尼不易其三乐③；仲子守志，楚王不夺其灌园④。贪荣塞贤，昧进负讥，忧望交集，五情相愧⑤。明公侔踪鲁卫，勋隆桓文，广延俊杰，恢崇大业。乞降期会，以避清路。毕愿家巷，惟蒙放从梅本、张燮本。他本作于。吴汝纶本注：“于当为矜。”按：矜字义长，惜无一刻本可据。许⑥。

【笺注】

①《诗·小雅·小弁》笺：“由，固也。”《博雅》：“行也。”固，固执之意。《论语·子罕篇》注：“无可无不可，故无固行也。”野，朴野。恬，安也。冲，虚也，和也。操，《汉书·张汤传》注：“所执持之志行也。”猥，见上篇注。被，负也。《左传·昭七年》注：“荷，担也。”

②《礼记·檀弓》注：“尪者，疾病之人。”瘵，劳病也。委，委顿之意。劣，弱也。谒，请见也。敢，忍为也。堪，胜也。

③《尚书·牧誓》注：“索，尽也。”《礼记·檀弓》注：“索，散也。”《孔子家语·六本》：“孔子游于泰山，见荣声期（原注：声宜为启。或曰荣益期也。）行乎郕之野，鹿裘带索，瑟瑟而歌。孔子问曰：‘先生所以为乐者何也？’期对曰：‘吾乐甚多，而至者三：天生万物，唯人为贵，吾既得为人，是一乐也；男女之别，男尊女卑，故人以男为贵，吾既得为男，是二乐也；人生有不见日月不免襁褓者，吾既以行年九十五矣，是三乐也。贫者士之常，死者人之终，处常得终，吾何忧哉！’孔子曰：‘善哉！能自宽者也。’”又《淮南子·主术训》：“夫荣启期一弹而孔子三日乐感于和。”又《史

记·仲尼弟子列传》有荣旗,字子期。"不易",谓无以改易之也。

④《孟子·滕文公下》:"匡章曰:'陈仲子岂不诚廉士哉!居於陵……'孟子曰:'于齐国之士,吾必以仲子为巨擘焉……避兄离母,处于於陵……'"刘向《於陵子序》云:"於陵子,齐之廉士,名子终,世称陈仲子是也。"《列女传·贤明传·楚於陵妻》:"楚於陵子终之妻也。楚王闻於陵子终贤,欲以为相,使使者持金百镒往聘迎之;於陵子终曰:'仆有箕帚之妻,请入与计之。'即入,谓其妻曰:'楚王欲以我为相,遣使者持金来。今日为相,明日结驷连骑,食方丈于前,可乎?'妻曰:'夫子织屦以为食,非与物无治也;左琴右书,乐亦在其中矣。夫结驷连骑,所安不过容膝,食方丈于前,甘不过一肉;今以容膝之安,一肉之味,而怀楚国之忧,其可乐乎!乱世多害,妾恐先生之不保命也。'于是子终出谢使者而不许也。遂相与逃而为人灌园。"不夺,谓不能夺其志也。

⑤望,责望,怨望。《白虎通》:"喜、怒、哀、乐、爱、恶:谓六情。"《汉书·翼奉传》:"奉对曰:'……故诗之为学,情性而已。五性不相害,六情更兴废。'"晋灼曰:"翼氏五性:肝性静,静行仁……;心性躁,躁行礼……;脾性力,力行信……;肺性坚,坚行义……;肾性智,智行敬……。"

⑥侔,齐等也。《论语·子路篇》:"鲁卫之政,兄弟也。"鲁为周公之封,卫为召公之封。据此句,似此所奏记之人或为魏之宗室而封于外者。桓文,见上篇注。延,进也,纳也。恢,大之也。大业,谓魏室之业。降,降下解阴之意。期会,指谒拜之命。《尚书·旅獒》注:"矜,怜惜之意。"

书

与晋王荐卢播书

《艺文类聚》卷五十三作"与晋文王荐卢景书"。梅本题作"与晋王司马昭荐卢播书",注:"书一作文,播官尚书。"卢播或卢景其人无考。从此文中可知其为陈留郡人，当时为某州别驾。

盖闻兴化济治，在于得人；收奇拔异，圣贤高致[①]。是以八士归周，周道以隆；虞舜登庸，元凯咸事[②]。

【笺注】

①化，《说文》："教行也。"《增韵》："凡以道业诲人谓之教，风动于下谓之化。"济，成也。致，诚也。又制也。《管子·勿心篇》："以致为仪。"注："致者，所以节制其事，故为仪。"

②《论语·微子篇》："周有八士：伯达、伯适、仲突、仲忽、叔夜、叔夏、季随、季騧。"苞氏曰："周时四乳得八子，皆为显士，故记之。"庸，用也。事，使也。《左传·文十八年》："季文子使太史克对曰：'……昔高阳氏有才子八人：苍舒、隤敳、梼戭、大临、龙降、庭坚、仲容、叔达，齐圣广渊，明允笃诚，天下之民谓之八恺；高辛氏有才子八人：伯奋、仲堪、叔献、季仲、伯虎、仲熊、叔豹、季狸，忠肃共懿，宣慈惠和，天下之民谓之八元。此十六族也，世济其美，不陨其名。以至于尧，尧不能举。舜臣尧，举八恺，使主后土，以揆百事，莫不时序，地平天成；举八元，使布五教于四方，父义、母慈、兄友、弟恭、子孝，内平外成。'"

伏维明公公侯，皇灵诞秀，九德光被，应期作辅，论道敷化，开辟四门，延纳羽翼贤士，以赞雍熙[①]。是以英俊之士愿排皇闼，策名委质，真荐之徒辐辏大府[②]；自"伏维明公侯"起至此，《艺文类聚》卷五十三无。诚以邓林、昆吾，翔凤所栖；悬黎、和肆，垂棘所集[③]。

【笺注】

①据《晋书·文帝纪》，司马昭于魏景初二年封新城乡侯，后以伐吴败绩，坐失侯；又以破羌胡，"以功复封新城乡侯"。高贵乡公立，进封高都侯。甘露元年夏六月进封高都公，固辞不受。三年五月封为晋公，九

让,乃止。皇,天也。诞,《广韵》:“育也。”《尚书·皋陶谟》:“皋陶曰:‘都!亦行有九德。’(传:言人性行有九德。)禹曰:‘何?’皋陶曰:‘宽而栗,柔而立,愿而恭,乱而敬,扰而毅,直而温,简而廉,刚而塞,强而义……九德咸事,俊乂在官。’”期谓期运。辅谓宰辅。敷,布也。《尚书·舜典》:“辟四门。”传:“开辟四方之门未开者,广置众贤。”《大禹谟》传:“赞,佐也。”雍,和也。起,兴也。又缉熙,光也。雍熙,谓朝廷之政治。

②《礼记·少仪》疏:“排,推门扇也。”闼,门也。《汉书·樊哙传》注:“宫中小门也。一曰:门屏也。”策,《释名》:“书教令于上,所以驱策诸下也。”委,属也。质,信也。《庄子·渔父篇》:“真者,精诚之至也。”荐,进也。《汉书·叔孙通传》注:“辏,聚也。言如车辐之聚于毂也。”

③邓林,谓大木之林。参见《东平赋》注。昆吾,未详,或系竹林所在,故为凤所栖。《淮南子·天文训》:“日至于昆吾,是谓正中。”注:“昆吾丘在南方。”又《山海经·中山经·中次二经》有“昆吾之山,其上多赤铜”云云,与此文意皆不合。《战国策·秦策三》:“范子因王稽入秦,献书昭王曰:‘梁有悬黎,楚有和璞。’”注:“皆美玉名。”《古今注》:“肆,所以陈货鬻之物也。”《左传·僖二年》:“晋荀息请以屈产之乘与垂棘之璧假道于虞以伐虢。”注:“垂棘出美玉,故以为名。”

伏见鄗州别驾,同郡卢播,年三十二,《艺文类聚》卷五十三无此句。字景宣。少有才秀之异,长怀淑茂之量;《艺文》无以上二句。耽道悦礼,仗义依仁;研精坟典,升堂睹奥①;聪鉴物理,心梅本、张燮本、张溥本此字缺。通玄妙。贞固足以干事,忠敬足以肃朝,明断足以质疑,机密足以应权②,临烦不惑,在急弥明。自“聪鉴物理”起至此《艺文》无。若得佐时理物,则政事之器;衔命聘享,则专对之才;潜心图籍,文学之宗;敷藻载述,良史之表③。《艺文》引至此止。

【笺注】

①鄙，边鄙也。《释名》："鄙，否也，小邑不能远通也。"别驾，官名。《晋书·职官志》："州置刺史、别驾、治中从事、诸曹从事等员。"《通典》卷三十二："别驾从事一人，从刺史行部，别乘传车，故谓之别驾；汉制也。"同郡，谓陈留郡，阮盖陈留郡人也。淑，见《东平赋》注。茂，见《鸠赋》注。耽，见《猕猴赋》注。仗，凭依之意。坟，三坟。典，五典。《左传·昭二年》注："皆古书名。"《说文》："典，五帝之书也。"《论语·先进篇》："由也升堂矣，未入室也。"奥，室西南隅。

②《易·乾卦·文言》："贞固足以干事。"《释名》："贞，定也，精定不动惑也。"《礼记·大学》注："机，发动所由。"《易·系辞》注："权，反经而合道者也。"以上"耽道悦礼"二句言其德，"研精坟典"四句言其学，"贞固足以干事"六句言其才。

③物，事也。《礼记·曲礼》："诸侯使大夫问于诸侯曰聘。"又："五官致贡曰享。"《论语·子路篇》"子曰：'……使于四方，不能专对，虽多亦奚以为。'"注："专，犹独也。"使者在外，临时不及请命，故须专对。敷，陈也。藻，水草之有文者。《礼记·玉藻》注："杂采曰藻。"表，表率。

然而学不为人，行不求达，故久沉沦，未阶太清①。诚后门之秀伟，当时之利器，宜蒙旌命，和味鼎铉②。孔子曰："如有所誉，必有所试。"播之所能，着在已效③。不敢虚饰，取谤大府。

【笺注】

①《论语·宪问篇》："古之学者为己，今之学者为人。"孔安国曰："为己，履而行之；为人，徒能言之也。"《孟子·尽心上》："穷则独善其身，达则兼济天下。"沦，没也。《礼记·少仪》注："阶，上进者。"疏："阶是等级。人升阶必上进，故以阶为上进。"《汉书·东方朔传》注："泰阶，三台也。"参见《辞蒋太尉辟命奏记》注。

②《吕氏春秋·恃君览·长利篇》注："后门，日夕门已闭也。"此处所用是

尚未入门之意。《尚书·毕命》疏:“旌旗所以表识贵贱。”《易·鼎卦》:“六五,鼎黄耳金铉,利贞。”疏:“铉,所以贯鼎而举之也。”《史记·殷本纪》:“阿衡(伊尹)欲干汤而无由,乃为有莘氏媵臣,负鼎俎以滋味说汤,致于王道。”《淮南子·氾论训》及《修务训》略同。“和味鼎铉”,谓卢播之才可比伊尹,宜居宰相之任也。

③《论语·卫灵公篇》:“子曰:‘吾之于人也,谁毁谁誉。如有可誉者,其有所试矣。’”疏:“所誉辄试以事,不空誉而已矣。”“着在已效”,谓播之能在其为别驾时已着见成效。

答伏义书附伏义与阮籍书。

伏义其人无考。梅本注:“二书字义多疑。”

籍白:

承音览旨,有心翰迹。夫九苍之高,迅羽不能寻其巅;四溟从范陈本、及本、叶本。他本除汪本外皆作冥。之深,幽鳞不能测其底。矧无毛分疑当作介。所能论哉[①]!且玄云无定体,应龙不常仪:或朝济夕卷,翕匆代兴;或泥潜天飞,晨降宵升。舒体则八维不足程刻范陈本、及本、李本、叶本、汪本“足”下有“以”字。畅迹,促节则无间足以从容;是又瞽夫所不能瞻,琐从李宾本,他本均作璅。虫所不能解也[②]。然则弘修渊邈者,非近力所能究矣;灵变神化者,非局器所能察矣。何吾子之区区而吾真之务求乎[③]!

【笺注】

①《诗》序:“声成文谓之音。”“音”,指来书。旨,意也。《易·中孚卦》注:“翰,高飞也。”“有心翰迹”言其志在高远。《诗·王风·黍离》及《唐风·鸨羽》:“悠悠苍天。”九苍,九天也。《太玄经》有九天之名。

《吕氏春秋·有始览·有始篇》及《淮南子·天文训》均有“天有九野”之名。《朱子语类》:“《离骚》有九天之说,诸家妄解云有九天,据某观之,只是九重。盖天运行有许多重数,里面重数较软,至外面则渐硬,想到第九重,只成硬壳相似,那里转得又愈紧矣。”《尔雅·释兽》注:“狼子绝有力者曰迅。”《礼记·乐记》正义:“羽,鸟也。”溟,海也,见《东平赋》注。《礼记·祭义》:“曾子曰:‘夫孝,置之而塞乎天地,溥之而横乎四海,施之后世而无朝夕;推而放诸东海而准,推而放诸西海而准,推而放诸南海而准,推而放诸北海而准。’”此所谓四海也。《周礼·地官·大司徒》注:“鳞龙之属。”矧,况也。分,疑当作介。《礼记·月令》:“孟冬之月……其虫介。”注:“介,甲也。象物闭藏地中,龟鳖之属。”毛指羽,介指鳞。

②《易·坤卦》疏:“玄,天色。”《广雅》:“有鳞曰蛟龙,有翼曰应龙,有角曰虬龙,无角曰螭龙,未升天曰蟠龙。”仪,仪容。“不常仪”,谓随时变化,不一其仪也。《尔雅·释天》:“济谓之霁。”卷,舒卷之卷,或作卷。翕同歙,见《东平赋》注。翕忽,犹言一息之间。代兴,相代而起。此二句指玄云。舒,展也。维,见《东平赋》注。八维,八方之维。促,密也。节,体之骨节。间,隙也。“无间足以从容”,谓虽无间隙犹足以处其中而从容自如。此四句指应龙。琐,小也。

③弘,大也。渊,深也。邈,远也。近力,谓仅能及于近处之力。究,穷也。局,促也。《汉书·楚元王传》注:“区区,谓小也。”

人力势不能齐,好尚舛异。鸾凤凌云汉以舞翼,鸠从范陈本、李本、叶本。他本除汪本外皆作鸠。鹓悦蓬林以翱翔;螭浮八滨以濯鳞,鳖娱行潦而群逝①:斯用情各从其好,以取乐焉。据此非彼,胡可齐乎?

【笺注】

①舛,音喘,违背之意。鸾,凤皇之佐。《诗·大雅·棫朴》传:“云汉,天河也。”宋玉《对楚王问》:“凤皇上击于九千里,绝云霓,负苍天,翱翔乎

杳冥之上;夫藩篱之鷃,岂能与之料天地之高哉!"《庄子·逍遥游》:"是鸟也,海运则将徙于南冥……蜩与学鸠笑之曰:'我决起而飞,抢榆枋,时则不至而控于地而已矣。奚以之九万里而南为!'"又《秋水篇》:"南方有鸟,其名鹓雏。"《礼记·内则》注:"蓬,御乱之草。"《淮南子·览冥训》注:"翼一上一下曰翱,不摇曰翔。"八滨,不详所本。于地曰八维,于海曰八滨。《庄子·秋水篇》:"公子牟隐机太息,仰天而笑曰:'子独不闻夫坎井之蛙乎?谓东海之鳖曰:"吾乐与!出跳梁乎井干之上,入休乎缺甃之崖,……且夫擅一壑之水而跨跱坎井之乐,此亦至矣。"'"《左传·隐三年》注:"行潦,流潦。"《诗·大雅·泂酌》笺:"流潦,水之薄者也。"

夫人之立节也,将舒网以笼世,岂樽樽李本作"耽撙",疑当作"撙撙"。以入罔;此句及本作"岂宜破樽以入罔"。方开模以范俗,何暇毁质以适范陈本、李本、叶本作通。及本亦作通,注:"或作适。"检[①]。若良运未恊,当作协。神机无准,则腾精抗志,邈世高超,荡精举于玄区之表,摅妙节于九垓之外而翱翔之[②]。之字及本缺。乘景跃踸,踔陵忽慌,从容与道化同逌,逍遥与日月并流,交名虚以齐变,及英祇以等化[③],上乎无上,下乎无下,居乎无室,出乎无门,齐万物之去留,随六气之虚盈,总玄纲范陈本、及本、李本作网。于太极,抚天一于寥廓,飘埃不能扬其波,飞尘不能垢其洁,徒寄李本无寄字。形躯于斯域,何精神之可察[④]。虽业无不闻,略无不称,而明有所逮,未可怪也[⑤]。

【笺注】

①节,操也。樽樽,疑当作撙撙,《礼记·曲礼》注:"撙犹趋也。"罔,与网同。模,《说文》徐注:"以木为规模也。"《易·系辞》疏:"范为模范。"此句意谓当开立规模以为世俗之模范。《礼记·礼器》注:"质犹性也。"又《乐记》注:"质犹本也。"《孟子·梁惠王上》:"狗彘食人食而不知检。"王弼注:"不知以法度检敛也。"

②协，众之同和也。《易·系辞》注："神也者，变化之极，妙万物而为言，不可以形诘。"机，会也。准，准则。二句均谓不得时之意。腾，见《东平赋》注。《易·系辞》："精气为物。"疏："阴阳精灵之气。"抗，见《辞辟命奏记》注。超，跳也。荡，见《清思赋》注。《国语·楚语》注："举，动也。"老子《道德经·体道篇》注："玄，天也。"表，外也。摅，舒也。《国语·郑语》注："九垓，九州之极数也。"《说文》引作九垓。《淮南子·道应训》注："九垓，九天之外。"

③景，境也。《说文》："踸踔，行无常貌。"《后汉书·蔡邕传》注："踔犹越也。"《史记·秦始皇本纪》注："陵作凌，历也。"贾谊《鹏鸟赋》："寥廓忽荒兮与道翱翔。"忽慌，同忽荒，亦寥廓之意。逌，气行貌。又古由字。交，合也。《释名》："名，明也。明实事使分明也。"《庄子·逍遥游》："许由曰：'……名者，实之宾也。'"《礼记·礼运》注："倍选曰俊，千人曰英。"祇，音岐，神祇之祇。"齐变"与"等化"同意。

④《左传·昭元年》："医和曰：'……天有六气……六气曰：阴、阳、风、雨、晦、明也。'"《诗·大雅·棫朴》："纲纪四方。"笺："以罔罟喻为政。张之为纲，理之为纪。"玄纲，天纲也。《易·系辞》："易有太极，是生两仪。"注："无称之称，不可得而名也。"天一，见《辞辟命奏记》注。寥，空虚也。廓，大也，空也。埃，尘也。末句谓精神自翱翔于天地之外，故不能为人所察。

⑤业，功业、事业、学业。《左传·定四年》注："略，道也。"逮，及也。此数句意谓：业无不闻，业无不称，今我虽无闻无称，然神明自有所及，不可以无闻无称为怪。

观吾程刻范陈本、李本、叶本作君。子之趋：欲炫倾城之金，求百钱之售；制造天之礼，拟肤寸从范陈本、张溥本。他本均讹作寺。之检；劳玉躬以役物，守臊秽以自毕；沉牛迹之邑薄，愠河汉之无根；疑当作垠。其陋可愧，其事可悲①。亮规略之悬逾，信大道之弘幽，且局步于常衢，无为思远以自愁②。

比连疹愦，力喻不多③。阮籍白。

【笺注】

①趋，与趣同，趣向也。炫，自媒也。倾，空也。“倾城之金”，谓其价可易一城之意。造，见《清思赋》注。拟，通拟，比也。《公羊传·僖公三十一年》：“肤寸而合。”注：“侧手为肤，按指为寸。”臊，《说文》：“豕膏臭也。”沉，没也。牛迹，谓水深才可没牛迹，言其浅也。邑，渍润也。愠，恨也。根，当作垠，岸也。

②亮，与谅同。略，谋略。悬，远也。逾，远也。局，见《清思赋》注。衢，四达道也。

③比，近也。疹，《集韵》：“热病。”愦，心乱也。喻，晓也。按：此书辞气颇为傲慢，对伏义似极轻视，与其作“白眼”之态度正复相同，可见其所谓“至慎”及“不臧否人物”乃在朝府时深惧惹祸，其胸中自有许多“块垒”也。

附：伏义与阮籍书

义白：

盖闻建功立勋者，必以圣贤为本；乐真养性者，必以荣名为主。若弃圣背贤，则不离乎狂狷；凌荣超名，则不免乎穷辱。故自生民以来，同此图例，虽历百代，业不易纲；譬如大道，徒以奔趋迟疾定其驽良，举足向路，总趋一也。然流名震响，非实不着，而抱实之奇，非人不宝；贵德保身，非礼不成，伏礼之矩，非勤不辨。是使薄于实而争名者，或因饬虚以自矜；慎于礼而莫持者，或因倨怠以自外。其自矜也，必关阖晻暧以示之不测之量；其自外也，必排摧礼俗以见其不羁之达。又有滑稽之士糅于其间，浮沉不一，际畔相乱，或使时人莫能早分；推其大归，综之行事，徒可力极一噱，观尽崇朝。遭清世耶，则将吹其嘘以露其实；值其暗耶，则将矜其貌以疑其朴。从此观之，治大而见遗，不如资小而必集；出俗而见削，不如入检而必令。

骤听论者洋溢之声，虽未倾盖，其情如旧。然重墙难极，管短幽密，观容相额，所执各异。或谓吾子英才秀发，邈与世玄，而经纬之气有蹇缺矣；或谓吾子智不出凡，器无限奥，而陶变以眩流俗。善子者，欲斤斫以拒□原缺朴；恶子者，欲抽键以骛空虚。每承此声，未尝不开精斥运，放思天渊，欲为吾子广推奥异，端求所安也。

盖自生民之性，受气之源，好恶大归，不得相远。君子徇名而不顾，亦有慕名以为显。夫名利者，总人之纲，集衢之门也。出此有为，于义未闻。吾子若欲逆取顺守，及时行志，则当矜而莫疑，以速民望；若欲娱情养神，不厚于俗，则当浩然恣意，惟乐是治。今观其规时，则行己无立德之身，报门无慕业之客；察其乐则食无方丈之肴，室无倾城之色；徒泄泄以疑世为奇，纵体为逸，执此不回，既以怪矣。且人非金石，不可剖练。设使至宝咸在子身，疑于国宝，为不得行。天官虽博，无偏驳之任；王道虽宽，无纵逸之流。苟无其分，则为身害教贼，怨布天下，以此备之，殆恐攻害，其至无日，安坐难保。而闻吾子乃长啸慷慨，悲涕潺湲，又或拊腹大笑，腾目高视，形性㑇张，动与世乖，抗风立候，蔑若无人。傥独奇变逸运，渐在于此，将以神接虚交，异物所乱，使之然也。夫智之清者，贵其知运而不忧；德之懿者，善其持冲以守满。就其怀忧，必发于见孤，孤不自孤而怨时也；就其持满，必起于见崇，崇不自崇而骄世也。

行来之议，又传吾子雅性博古，笃意文学，积书盈房，无不烛览，目厌义藻，口饱道润，俯咏仰叹，术可纯儒；然开阖之节不制于礼，动静之度不羁于俗。凡咨咏，善之则教慈于父兄，恶之则言丑于仇敌；未有慈其教而不修其事，丑其言而乐其业者也。古人称窃简写律，踞厕读书，诵之可悼。深怪达者之行，其象若庄周、淮南、东方之徒，皆投迹教外，放思太玄；其大言异旨，殆自谓能回天维，举地络，观持世之极，总得物之宗；仰天独唱，与世争党，乃谓生为劳役，而不能煞身以当论，谓财为秽累，而不能割贿以见讥。由是观之，其郁怨于不得，故假无欲以自通；怠惰于人检，故殊圣人以自大。凡此数者，尚皆奇才异略，命世踊起，徒以时昏俗乱，宝沉幽夜，而性放荡不一；委致国宝之责，庶其不然。而况吾子志非遁世，世无所适，麟骥苟修，天云可据，动则不能龙摅虎超，同机伊霍，静则不能珠潜璧匿，连迹巢光，言无定端，行不纯轨，虚尽年时，以自疑外，岂异夫韩子所谓无施之马，骨体虽美懿，牵缩不随者哉？且桀士之志也，遇世险巇，则忧在将命，值世太清，则愤于匿颖；欲其世平而有骋足之场，时安而有役智之局。方今大魏兴隆，皇衢清敞，台府之门，割石索宝，以吴蜀二虏，巢窟未破，长筹之士，所当奋力，可谓器与运会，不卜而行，今其时矣。向使吾子才足盖世，思能横出，何能不因大师韬敌之变，陈孙子庙胜之策，使烽燧不起于四垂，羽檄不施于中夏，定勋立事，抚国宁民；而饱食安卧，囊悬室罄，力牵于役，财凋于赋，养生之具乱于细民，为壮士者岂能然乎？若居其劳而不知病其事，则经纬之气乏矣；若病其事而不能为其医，则针石之巧浅矣。今吾子擢才达德，则无毛遂颖脱之势；翦迹灭光，则无四皓岳立之高；丰家富屋，则无陶朱货殖之利；延年益寿，则无松乔蝉蜕之变：总论吾子所归，义无所出。然众论云扰，佥称大异，疑夫郁气之下必有秘伏，重奥之内必有积宝，虽无颜氏之妙，思睹恍惚之迹，虽无钟子之达，乐闻山水之音；想亦不隐才颖于肝膈而不扬之于清观，任贤智于骨气而不播之于高听。且明智之为物，犹泉流之吐润，固不于邑酌而为损，舍伫而增益也。

张仪之志，激于见劫；季路晚悟，滞在持满。是以不嫌尽言，究其良苦,想必勃然,承声响发。若乃群能独踊,无以应唱,悬机待时,不能触物,则不达于谈者,所谓挟祖奕以守要际,闭虚门以示不测者也。昔轮扁不能言微于其弟,伯乐不能语妙于其子,此盖智术之曲挠,非道理之正例。自古有不可及之人,未有不可闻之业;有不可料之微,未有不可称之略;幸以竭示所志。若变通卓逸,行得天符,言发恍然,邈在世表,则将为吾子谢物输力。

因风自释,染笔附绅。豁所未悟,庶足存弟子之一隅。伏义白。

论

乐论

郭沫若:“中国旧时的所谓乐(岳),它的内容包含得很广。音乐、诗歌、舞蹈,本是三位一体,可不用说;绘画、雕镂、建筑等造型美术,也被包含着;甚至于连仪仗、田猎、肴馔等,都可以涵盖。所谓乐(岳)者乐(洛)也。凡是使人快乐,使人的感官可以得到享受的东西,都可以广泛地称之为乐(岳)。但它以音乐为其代表,是毫无问题的。大约就因为音乐的享受最足以代表艺术,而它的术数又最为严整的原故吧。”(《青铜时代》六七——六八页)

按:《三国志·魏志·高贵乡公髦纪》:“甘露元年夏四月丙辰,帝幸太学,问诸儒……于是覆命讲《礼记》。”疑此文乃阮籍为高贵乡公散骑常侍时奉命讲《礼记》(《乐记》为《礼记》之一篇)或与诸儒辩论之作。

刘子问曰:“孔子云:‘安上治民,莫善于礼;移风易俗,莫善于乐[①]。’夫礼者,男女之所以别,父子之所以成,君臣之所以立,百姓之所以平也;为政之具靡先于此,故‘安上治民,莫善于礼’也。夫金、石、丝、竹——钟鼓管弦之音[②]，干、戚、羽、旄——进退俯仰之容[③]，有之何益于政，无之范成本、李本、叶本“之”下有“政”字。何损于化，而曰‘移风易俗，莫善于乐’乎？”

【笺注】

①刘子，未详何人。《孝经·广要道章》：“子曰：‘教民亲爱莫善于孝，教民礼烦莫善于悌，移风易俗莫善于乐，安上治民莫善于礼。’”

②《周礼·春官·大师》：“皆播之以八音：金、石、土、革、丝、木、匏、竹。”郑注：“金，钟、镈也。石，磬也。土，埙也。革，鼓、鼗也。丝，琴、瑟也。木，柷、敔也。匏，笙也。竹，箫、管也。”

③《礼记·乐记》：“然后发以声音而文以琴瑟，动以干戚，饰以羽旄，从以箫管。”《方言》：“盾，自关而西或谓之瞂，或谓之干。”《诗·大雅·公刘》注：“戚，斧也。”羽，鸟长毛也。《书·大禹谟》传：“羽，翳也。舞者所执。”《周礼·地官·舞师》：“乐师掌教兵舞，教帗舞，教羽舞，教皇舞。”注：“羽，析白羽为之，形如帗也。”《周礼·春官·旄人》注：“旄，旄牛尾。舞者所持以指麾。”疏：“乐之动身体者，唯有舞耳。舞者有文武二体。”郑注：“干，盾也，戚，斧也，武舞所执也；羽，翟羽也，旄，旄牛尾也，文舞所执。”《礼记·乐记》：“屈伸、俯仰、缀兆、疾徐，乐之文也。”

阮先生曰：“善哉！子之问也。昔者孔子著其都乎，且未举其略也。今将为子论其凡，而子自备详焉[①]。

“夫乐者，天地之体，万物之性也。合其体，得其性，则和；离其体，失其性，则乖[②]。昔者《太平御览》卷五六五无“昔者”二字。圣人之作乐也，《太平御览》无“也”字。《艺文类聚》四十二从此句引起。将以顺天地之体，《艺文类聚》作性。成《艺文类聚》作体。万物之性也，故定天地八《太平御览》作四。方之音，以迎阴阳八风之声，均《艺文类聚》作生。黄钟中和之律，《艺文类聚》无此句。开群生万物之情，从李本。《太平御览》作气，他本“情”下有

"气"字。故律吕协则阴阳和，范陈本讹作秒。音声适而万物类[3]，男女不易其所，君臣不犯其位，《艺文类聚》无以上二句。四海同其观，九州一其节，《艺文类聚》无以上四句。自"故律吕协"起至此《太平御览》无。奏之圆丘从《艺文类聚》、《太平御览》、梅本、及本。他本作山。而天神下，奏《艺文类聚》作肆。之方丘从《太平御览》。他本皆作岳。而地祇上；《艺文类聚》"上"字下有"应"字。天地合其德则万物合其生，自此句起至"而民自安矣"，《太平御览》无。刑赏范陈本注："一作罚。"不用而民自安矣[4]。《艺文类聚》无"矣"字。

【笺注】

①都，总也。《淮南子·本经训》注："略，约要也。"凡，《说文》："最括也。"《汉书·扬雄传·长杨赋》："请略举凡而客自览其切焉。"师古说："凡，大指也。"此文以孔子之说为"都"，自身之说为"略"（凡），而待问者自备其"详"。

②《礼记·乐记》："大乐与天地同和。""乐者，天地之和也。""地气上齐，天气下降，阴阳相摩，天地相荡，鼓之以雷霆，奋之以风雨，动之以四时，暖之以日月，而百化兴焉。如此，则乐者天地之和也。"又："乐着大始而礼居成物。著不息者天也，著不动者地也，一动一静，天地之间也。""是故清明象天，广大象地，终始象四时，周还象风雨。五色成文而不乱，八风从律而不奸，百度得数而有常，小大相成，终始相生，倡和清浊，迭相为经。"以上言乐之起源由于象法天地（模拟自然）者。又："和，故百物不失。""和，故百物皆化。""天地欣合，阴阳相得，煦妪覆育万物，然后草木茂，区萌达，羽翼奋，角觡生，蛰虫昭苏，羽者妪伏，毛者孕鬻，胎生者不殰，而卵生者不殈，则乐之道归焉耳。"又："凡音之起，由人心生也。人心之动，物使之然也。""夫民有血气心知之性，而无哀乐喜怒之常，应感起物而动，然后心术形焉。是故志微噍杀之音作而民思忧，啴谐慢易繁文简节之音作而民康乐，粗厉猛起奋末广贲之音作而民刚毅，廉直劲正庄诚之音作而民肃敬，宽裕肉好顺成和动之音作而民慈爱，流辟邪散狄成涤滥之音作而民淫乱。""是故先王本之情性，稽之度

数，制之礼义，合生气之和，道五常之行，使之阳而不散，阴而不密，刚气不怒，柔气不慑，四畅交于中而发作于外，皆安其位而不相夺也。”“乐也者，圣人之所乐也，而可以养民心。其感人深，其移风易俗易。”（《乐记》无“易”字，据《史记·乐书》及《汉书·律历志》补）“乐也者，情之不可变者也。”“故乐者，天地之命，中和之纪，人情之所以不能免也。”“礼乐之说，管乎人情矣。”以上言乐之本乐万物之性而其效用可以协调人心者。

③《周礼·春官·典同》：“掌六律六同之和以辨天地四方阴阳之声以为乐器。”郑注：“阳声属天，阴声属地，天地之声，布于四方。”《吕氏春秋·通音篇》高注：“八风，八卦之风。”按：他解均作八方之风。《国语·周语下》韦昭注、《左传·隐公五年》服虔注、《吕氏春秋·有始览》、《淮南子·天文训》《地形训》、《易纬通卦验》、《说文》均有八风之名，而相互间又略有不同。兹录《说文》之名称于下：“风，凤也。东方曰明庶风，东南曰清明风，南方曰景风，西南曰凉风，西方曰阊阖风，西北曰不周风，北方曰广莫风，东北曰融风。”《汉书·律历志》：“五声之本，生于黄钟之律。律十有二：阳六为律，阴六为吕。律以统气类物，一曰黄钟……，吕以旅阳宣气，一曰林钟……。其传曰，黄帝之所作也。黄帝使泠纶自大夏之西，昆仑之阴，取竹之解谷，生其窍厚均者，断两节间而吹之，以为黄钟之宫，制十二筒以听凤之鸣，其雄鸣为六，雌鸣亦六，比黄钟之宫而皆可以生之，是为律声。”“黄钟，黄者中之色，君之服也；钟者种也。”类，如《易·乾卦》“则各从其类也”之意。

④观，观赏。节，节奏。《周礼·春官·大司乐》：“乃奏黄钟，歌大吕，舞《云门》，以祀天神；乃奏大簇，歌应钟，舞《咸池》，以祭地示（祇）。”又：“冬日至于地上之圜丘奏之，若乐六变，则天神可降，而得而礼矣。……夏日至于泽中之方丘奏之，若乐八变，则地示皆出，可得而礼矣。”注：“天神，谓五帝及日月星辰也。……地示，谓神州之神及社稷。”《汉书·礼乐志》师古注：“为圜丘者，取象天形也。”

“乾坤易简，故雅乐不烦；道德平淡，故五范陈本、梅本、李本、叶本作无。声无味。不烦则阴阳自及本无“自”字。通，无味则百物自乐，日迁善成化而不自知，风俗移易而同于是乐，此自然之道，乐之所始也[①]。

【笺注】

①《易·系辞上》："乾以易知，坤以简能。易则易知，简则易从。"《礼记·乐记》："大乐必易，大礼必简。"五声不当作无声。五声与上文"雅乐"并举，系句中主词；若作无声，则是以上句中之"道德"为主词，非言乐矣。证以下文单举"无味"，不言无声，可知此处作"五声"不误。《周礼·春官·大师》："皆文之以五声：宫、商、角、徵、羽。"五声无味，亦即平淡之意。《老子·仁德章》："道之出口，淡乎其无味。"又《左传·昭公二十年》："晏子对曰：'……先王之济五味，和声也，以平其心，成其政也。声亦如味。'"是声亦可言味。

"其后圣人不作，道德荒坏，政法不立，智慧扰物，化废欲行，各有风俗。故造始范陈本、梅本、李本、叶本作子。之教谓之风，习而行之谓之俗[①]。自"天地合其德"起至此《太平御览》无。楚越《太平御览》无"越"字。之风好勇，故其俗轻死；郑卫之风好淫，故其俗轻荡。轻死，故有蹈火从及本、李本。《太平御览》作"蹈水"，他本皆作"火焰"。赴水《太平御览》作"赴火"。之歌；轻荡，故有桑间、濮上之典。《太平御览》作曲。及本、叶本作兴。各歌其所好，各咏其所为，歌范陈本、梅本、张燮本、及本、张采本、李本、叶本作欲。之者流涕，闻之者叹息，背而去之，无不慷慨[②]。自"各歌其所好"起至此《太平御览》无。怀永日之娱，抱长夜之叹，《太平御览》作忻。相聚而合之，群而习之，靡靡无已，弃父子之亲，弛君臣之制，匮范陈本、及本注："一作遗。"室家之礼，废耕农之业，自"弃父子之亲"起至此《太平御览》无。忘《太平御览》作去。终身之乐，梅本作俗。崇《太平御览》作乐。淫纵之俗；故江淮之《太平御览》作以。南其民好残，《太平御览》作杀。漳、汝之间其民好奔[③]，吴有双剑之节[④]，汪本作郎。赵有扶《太平御览》、及本作挟。琴《太平御览》作瑟。之客[⑤]。气发于中，声入于耳，手足飞扬，不觉其《太平御览》作有。骇。《太平御览》下有“也”字。《太平御览》引至此止。

【笺注】

①荒，废也。欲，情所好也。《诗·关雎》序：“风，风也，教也。风以动之，教以仪之。”笺：“风是诸侯政教也。”“各有风俗”与上文“四海同其观，九州一其节”相反。“造始之教”即上文言“乐之所始也”。《汉书·地理志》：“民含五常之性，而其刚柔、缓急音声不同，系水土之风气，故谓之风；好恶取舍，动静无常，随君上之情欲，故谓之俗。”

②轻死之轻，不重视之意。轻荡之轻，不庄重之意。《管子·水地篇》：“楚之水淖弱而清，故其民轻果而贼；越之水浊重而洎，故其民愚疾而垢。”《韩非子·二柄篇》：“故越王好勇而民多轻死。”《汉书·地理志》：“吴地：至于夫差，诛子胥，用宰嚭，为粤（越）王勾践所灭。吴粤之君皆好勇，故其民至今好用剑，轻死易发。”《诗·郑风·溱洧》小序：“溱洧，刺乱也。兵革不息，男女相弃，淫风大行，莫之能救焉。”又《邶风·凯风》小序：“凯风，美孝子也。卫之淫风流行，虽有七子之母犹不能安其室，故美七子能尽其孝道，以慰其母心而成其志耳。”又《鄘风·桑中》小序：“桑中，刺奔也。卫之公室淫乱，男女相奔，至于世族在位相窃妻妾，期于幽远，政散民流而不可止。”又《卫风·氓》小序：“氓，刺时也。宣公之时，礼义消亡，淫风大行，男女无别，遂相奔诱，华落色衰，复相弃背，或乃困而自悔，丧其妃耦，故序其事以风焉。美反正，刺淫佚也。”《诗·大雅·荡》传：“荡荡，法度废坏貌。”桑间、濮上，见《东平赋》注。《国语·周语》注：“典，乐典也。”慷，同忼。忼慨，感伤也。

③《书·毕命》疏：“靡靡，相随顺之意。”弛，坏也。匮，乏也。纵，《尔雅·释诂》：“乱也。”江，长江。淮，淮河。《释名》：“淮，围也。围绕扬州分界东至于海也。”江淮之南谓楚越。残，杀也。漳、汝，二水名。漳有浊漳、清漳。《水经注》：“浊漳水出上党长子县西发鸠山，（中经各县略）又东北过章武县西，又东北过平舒县南，东入海。”“清漳水出上党沾县

西北少山大要谷,(中经各县略)东至武安县南黍窑邑入于浊漳。”“汝水出河南梁县勉乡西天息山,(中经各县略)又东至原鹿县,南入于淮。”漳、汝之间谓郑卫。奔谓男女不以礼而相奔也。《周礼·地官·媒氏》:“仲春之月,令会男女,于是时也,奔者不禁。”

④《吴越春秋·阖闾内传》:“请干将铸作名剑二枚……一曰干将,二曰莫耶。莫耶,干将之妻也。干将作剑,采五山之铁精,六合之金英,候天伺地,阴阳同光,百神临观,天气下降,而含铁之精不销沦流。于是干将不知其由……莫耶曰:‘夫神物之化,须人而成。今夫子作剑,得无待其人而后成乎?’干将曰:‘昔吾师作冶,金铁之类不销,夫妻俱入冶炉中,然后成物……今吾作剑不变化者,其若斯耶?’莫耶曰:‘师知爍身以成物,吾何难哉!’于是干将妻乃断发剪爪投于炉中,使童女童男三百人鼓橐装炭,会铁刀濡,遂以成剑,阳曰干将,阴曰莫耶。”

⑤《史记·赵世家》:“王(赵武灵王)游大陵,他日,王梦见处女鼓琴而歌诗曰:‘美人荧荧兮颜若苕之荣。命乎!命乎!曾无我嬴。’异日,王饮酒乐,数言所梦,想见其状。吴广闻之,因夫人而纳其女娃嬴,孟姚也。孟姚甚有宠于王,是为惠后。……主父(赵武灵王)初以长子章为太子,后得吴娃,爱之,为不出者数岁,生子何,乃废太子章而立何为王。吴娃死,爱弛,怜故太子,欲两王之,犹豫未决,故乱起,以至父子俱死,为天下笑。岂不痛乎!”

“好勇则犯上,淫放则弃亲。犯上则君臣逆,弃亲则父子乖;乖逆交争,则患生祸起。祸起而意梅本、叶本作异。愈异,患生而虑不同。故八方殊风,九州异俗,乖离分背,莫能相通,音异气别,曲节不齐。故圣人立调适之音,建平和之声,制便事之节,定顺从之容,使天下之为乐者莫不仪焉[①]。自上以下,降杀有等,至于庶人,咸皆闻之。歌谣者咏先王之德,頫仰者习先王之容,器具者象先王之式,度数者应先王之制;入于心,沦于气,心气和洽,则风俗齐一[②]。

【笺注】

①《左传·昭公十六年》注:"放,纵也。"《国语·周语》:"伶州鸠对曰:'……夫政象乐,乐从和,和从平。声以和乐,律以平声。……声应相保曰和,细大不逾曰平。'"注:"和,八音克谐也。"又:"细大之声不相逾越曰平。"《礼记·乐记》:"是故先王本之情性,稽之度数,制之礼义,合生气之和,道五常之行,使之阳而不散,阴而不密。刚气不怒,柔气不慑,四畅交于中而发作于外,皆安其位而不相夺也。"容,谓乐舞之容。《汉书·外戚传》注:"仪,向也。"

②杀,减消也。《礼记·乐记》:"然后圣人作为鞉、鼓、椌、楬、埙、篪,此六者德音之音也。然后钟磬竽瑟以和之,干戚旄狄以舞之,此所以祭先王之庙也,所以献酬酳酢也,所以官序贵贱,各得其宜也,所以示后世有尊卑长幼之序也。"《尔雅·释乐》:"徒歌谓之谣。"《诗·魏风·园有桃》传:"曲合乐曰歌,徒歌曰谣。"《韩诗外传》:"有章曲曰歌,无章曲曰谣。"頫,《说文》徐注:"今改作俯,非是。或作俛。"

"圣人之为进退頫仰之容也,将以屈形体,服心意,便所修,安所事也。歌咏诗曲,将以宣平和,著不逮也。钟鼓所以节耳,羽旄所以制目,听之者不倾,视之者不衰;耳目不倾不衰则风俗移易,故'移风易俗,莫善于乐'也[①]。故八范陈本作本,程刻本作八。音有本体,五声有自然,其同物者以大小相君。有自然,故不可乱;大小相君,故可得而平也[②]。若夫空桑之琴,云和之瑟,孤竹之管,泗滨之磬,及本作石。其物皆调和淳均者,声相宜也,从范陈本、梅本、张燮本、及本、张溥本、张采本、李本、叶本。他本除汪本外无此句。故必有常处;以大小相君,应黄钟之气,故必有常数。有常处,故其器范陈本注:"一作气。"贵重;有常数,故其制不妄。贵重,故可得以事神;不妄,故可得以化人。其物系天地之象,故不可妄造;其凡似远物之音,故不可妄易[③]。雅颂有分,张采本作故。故人神不杂[④];节会有数,故曲折不乱;周旋有度,故频仰不惑；歌咏有主，故言语不悖。导之以善，绥之以和，守之以衷，持之以久；散其群，比其文，扶及本作伏。其夭，助其寿⑤，使去风俗李本作土。之偏习，归圣王之大化。

【笺注】

①逮，及也。著不逮，谓使不及于平和者显露出来而导正之。倾，侧也。《礼记·曲礼》："倾则奸。"注："视流则容侧，必有不正之心存乎胸中，此君子之所以慎也。"《礼记·乐记》："乐也者，圣人之所乐也，而可以善民心，其感人深，其移风易俗，故先王著其教焉。"

②本体，谓金、石、土、革、丝、木、匏、竹诸乐器。有自然，谓五声之象法自然。君，尊也。

③《周礼·春官·大司乐》："孤竹之管，云和之琴瑟，云门之舞，冬日至，于地上之圜丘奏之……孤竹之管，空桑之琴瑟，咸池之舞，夏日至，于泽中之方丘奏之。"郑司农注："……云和，地名也。……孤竹，竹特生者。……云和、桑中、龙门，皆山名。"《山海经·东山经第四》："东次二经之首曰空桑之山。"注："此山多琴瑟材，见《周礼》也。"《书·禹贡》："泗滨浮磬。"传："泗水涯，水中见石可以为磬。"淳，清也。有常处，谓为此等乐器之材必产于其地者。《汉书·律历志》："五声之本，生于黄钟之律。九寸为宫，或损或益，以定商、角、徵、羽。"《周礼·春官·大司乐》注："六律，合阳声者也。六同，合阴声者也。此十二者，以铜为管，转而相生。黄钟为首，其长九寸，各因而三分之，上生者益一分，下生者去一焉。"此所谓有常数也。《汉书·扬雄传》注："凡，大指也。"

④《诗·小雅·鼓钟》笺："雅，万舞也。周乐尚武，故以万舞为雅。雅，正也。"雅是在人事场合奏用者。以《小雅·鹿鸣之什》诸篇为例：《鹿鸣》，宴群臣嘉宾也；《四牡》，劳使臣之来也；《皇皇者华》，君遣使臣也；《常棣》，宴兄弟也；《伐木》，宴朋友故旧也；《天保》，下报上也；《采薇》，遣戍役也；《出车》，劳还率也；《杕杜》，劳还役也；《鱼丽》，美万物盛多能备礼也；《南陔》，孝子相戒以养也。（以上均据《诗》小序。下

同）再以《大雅·生民之什》诸篇为例：《公刘》，召康公戒成王也；《泂酌》，召康公戒成王也；《民劳》，召穆公刺厉王也；《板》，凡伯刺厉王也；《诗大序》谓："政有小大，故有小雅焉，有大雅焉。"颂，《诗大序》："颂者，美盛德之形容，以其成功告于神明者也。"盖祭神时所奏。如《周颂·清庙之什》：《清庙》，祀文王也；《烈文》，成王即政，诸侯助祭也；《天作》，祀先王先公也；《昊天有成命》，郊祀天地也；《执竞》，祀武王也。《商颂》：《那》，祀成汤也；《烈祖》，祀中宗也；《玄鸟》，祀高宗也；《殷武》，祀高宗也。所以谓"雅颂有分，人神不杂"。

⑤《尔雅·释乐》："和乐谓之节。"疏："八音克谐，无相夺伦，谓之和乐。乐和则应节。"会，合也。度，法制也。"节会"四句，皆言乐舞。歌咏有主，如今合唱之领唱者。言语，歌辞也。悖，乱也。绥，安也。衷，中也。散，疏散。比，排比。夭，谓不及；寿，谓太过。以上皆就乐而言。

"先王之为乐也，将以定万物之情，一天下之意也，故使其声平，其容和。下不思上之声，君不欲臣之色，上下不争而忠义成[①]。夫正乐者，所以屏淫声也；故乐废则淫声作。汉哀帝不好音，罢省乐府，而不知制从及本。他本"制"下有"正"字。礼乐；正从及本。他本无"正"字。法不修，淫声遂起。张放、淳于长骄纵过度，丙强、景程刻范陈本、汪本作云。武富溢范陈本、梅本、李本作"当溢"。于世。罢乐之后，下移逾肆。身不是好而淫乱愈甚者，礼不设也[②]。

【笺注】

①色，即前所谓"其容和"之容。声、色两句互举，下不思上之声，上亦不思下之声；君不欲臣之色，臣亦不欲君之色。由乐之教化养成其上下不争之情意而忠义以成。

②《礼记·王制》注："屏，放去也。"《汉书·哀帝纪》："（绥和二年）六月诏曰：'郑声淫而乱乐，圣王所放。其罢乐府。'"《汉书·礼乐志》："是时（成帝时）郑声尤甚，黄门名倡丙强、景武之属富显于世，贵戚五侯、

定陵、富平外戚之家（师古曰："五侯，王凤以下也。定陵，淳于长也。富平，张放。"）淫侈过度，至与人主争女乐。哀帝自为定陶王时疾之，又性不好音，及即位，下诏曰：'惟世俗奢泰文巧，而郑卫之声兴。……孔子不云乎："放郑声，郑声淫。"其罢乐府官。郊祭乐及古兵法武乐，在经，非郑卫之乐者，条奏别属他官。'然百姓渐渍日久，又不制雅乐有以相变，豪富吏民湛沔自若，陵夷坏于王莽。"《汉书·佞幸列传》："（淳于长）后遂封为定陵侯，大见信用，贵倾公卿，外交诸侯，牧守赂遗，赏赐亦累钜万。多畜妻妾，淫于声色，不奉法度。……始长以外亲之近，其爱幸不及富平侯张放。"《释名》："礼，体也，得其事体也。"

"刑、教一体，礼、乐，外、内也。刑弛则教不独行，礼废则乐无所立。尊卑有分，上下有等，谓之礼；人安其生，情意无哀，谓之乐[①]。自"乾坤易简"至此止《艺文类聚》无。车服、旌旗、宫室、饮食，礼之具也；钟磬、《艺文类聚》卷四十二作声。鞞鼓、琴瑟、歌舞，严本注："《艺文类聚》四十无'歌舞'二字，疑此衍。"乐之器也。礼逾其制则尊卑乖，乐失其序则亲疏乱。礼定其象，乐平其心；礼治其外，乐化其内；礼乐正而天下平[②]。

【笺注】

①《礼记·乐记》："故礼以道其志，乐以和其声，政以一其行，刑以防其奸；礼、乐、刑、政，其极一也，所以同民心而出治道也。"又："礼节民心，乐和民声，政以行之，刑以防之；礼、乐、刑、政，四达而不悖，则王道备矣。"又："乐由中出，礼自外作。乐由中出，故静；礼自外作，故文。"《乐记》言刑"政"，此文言刑"教"。《释名》："政，正也，下所取正也。""教，效也，下所法效也。"其义同。弛，放也，缓也，释也。

②《礼记·乐记》："故钟鼓、管磬、羽籥、干戚，乐之器也；屈伸、俯仰、缀兆、舒疾，乐之文也。簠簋、俎豆、制度、文章，礼之器也；升降、上下、周还、裼袭，礼之文也。""歌舞"二字非衍文。《礼记·乐记》："故乐也者，

动于内者也，礼也者，动于外者也。乐极和，礼极顺。内和而外顺，则民瞻其颜色而弗与争也，望其容貌而民不生易慢焉。故德辉动于内而民莫不承听，理发诸外而民莫不承顺，故曰：致礼乐之道，举而错之天下，无难矣。乐也者，动于内者也；礼也者，动于外者也，故礼主其减，乐主其盈。”又：“是故乐在宗庙之中，君臣上下同听之则莫不和敬；在族长乡里之中，父子兄弟同听之则莫不和亲，故乐也者，审一以定和，比物以饰节，节奏合以成文，所以合和父子君臣，附亲万民也，是先王立乐之方也。”

“昔卫人求繁缨、曲县而孔子叹息，盖惜礼坏而乐崩也[①]。夫钟者，声之主也；县者，钟之制也。钟失其制则声失其主；主制无常则怪声并出。盛衰之代相及，古今之变若一，故圣教废毁从范陈本、梅本、张燮本、及本、张溥本、张采本、李本、叶本。他本无“毁”字。则聪慧之人并造奇音。景王喜大钟之律[②]，平王好师延之曲[③]，公卿大夫拊手嗟叹，庶人群生踊跃思闻，正乐遂废，郑声大兴，雅颂之诗不讲，而妖淫之曲是寻。及本下有“物”字。延年造倾城之歌，而孝武思嬿嫚之色[④]；雍门作松柏之音，愍王念未寒之服。故猗靡哀思之音发，愁怨偷薄之辞兴，则人后有纵欲奢侈之意，人后有内顾自奉之心；是以君子恶大陵从张采本。他本作凌或淩。之歌，憎北范陈本作百。程刻范陈本作比。里之舞也[⑤]。

【笺注】

①《左传·成公二年》：“新筑人仲叔于奚救孙桓子，桓子是以免。既卫人赏之以邑，辞；请曲县、繁缨以朝，许之。仲尼闻之，曰：‘惜也！不如多与之邑。惟器与名不可以假人，君之所司也。名以出信，信以守器，器以藏礼，礼以行义，义以生利，利以平民：政之大节也。若以假人，与人政也。政亡则国家从之，弗可止也已。’”注：“曲县，轩县也。”《周礼·春官·小胥》：“正乐县之位：王宫县，诸侯轩县，卿大夫判县，士特县；

辨其声。"县,《说文》徐注:"此本是县挂之县,借为州县之县,今俗加心别作悬,义无所取。"繁缨,马饰,皆诸侯之服。崩,毁也。

②《国语·周语下》:"单穆公曰:'……且夫钟不过以动声。'"注:"动声,谓合乐以金奏而八音从之。"《淮南子·要略》:"齐景公内好声色,外好狗马,猎射忘归,好色无辨。作为路寝之台,族铸大钟,撞之庭下,郊雉皆呴,一朝用三千钟赣。"按:景王或当作桓公。《管子·霸形篇》:"桓公起,行笋虡之间,管子从,至大钟之前,桓公南面而立,管仲北向对之。大钟鸣,桓公视管子曰:'乐夫!仲父!'管子对曰:'此臣之所谓哀,非乐也。'"

③《史记·乐书》:"卫灵公之时,将之晋,至于濮水之上舍。夜半时,闻鼓琴声,问左右,皆对曰:'不闻。'乃召师涓曰:'吾闻鼓琴音,问左右皆不闻。其状似鬼神,为我听而写之!'师涓曰:'诺!'因端坐援琴,听而写之。……即去之晋,见晋平公。平公置酒于施惠之台。酒酣,灵公曰:'今者来,闻新声,请奏之。'平公曰:'可。'即令师涓坐师旷旁,援琴鼓之。未终,师旷抚而止之曰:'此亡国之声也,不可遂。'平公曰:'何道出?'师旷曰:'师延所作也。与纣为靡靡之乐,武王伐纣,师延东走,自投濮水之中。故闻此声必于濮水之上。先闻此声者国削。'平公曰:'寡人所好者音也。愿遂闻之。'师涓鼓而终之。"

④《汉书·外戚传》:"孝武李夫人本以倡进。初,夫人兄延年性知音,善歌舞,武帝爱之。每为新声变曲,闻者莫不感动。延年侍上起舞,歌曰:'北方有佳人,绝世而独立。一顾倾人城,再顾倾人国。宁不知倾城与倾国,佳人难再得。'上叹息曰:'善!世岂有此人乎?'平阳主因言:延年有女弟。上乃召见之,实妙丽美舞,由是得幸。"嬚、嫚二字义皆不协,当作靡曼。《尚书·毕命》疏:"靡靡者,相随顺之意。"《汉书·司马相如传·上林赋》:"靡曼美色于后。"注:"靡,细也。"又:"郑女曼姬。"注:"曼者,言其色理曼泽也。"《楚辞·天问》注:"曼,轻细也。"

⑤此事不详所据。《说苑·善说篇》有雍门子周以琴见乎孟尝君一条;又《博物志·史补》载韩娥东之齐过雍门鬻歌事,皆非此文所指。北齐刘

昼《新论·辨乐》,多据阮籍此文,此二句作:"雍门作松柏之声,齐泯愿未寒之服。"《诗·卫风·淇奥》传:"猗猗,美盛貌。"偷,苟且也。"人后有"之"后",犹今言"然后"。奉,养也。《左传·庄公十四年》注:"大陵,郑地。"徐澄宇曰:"大陵,郑地名,郑卫之音之所自出。张华诗:'北里献奇舞,大陵奏名歌。'"《史记·殷本纪》:"帝纣于是使师涓作新淫声,北里之舞,靡靡之乐。"《管子·封禅篇》注:"鄗上、北里,皆地名。"

"昔先王制乐,非以纵耳目之观,崇曲房之嬿也。必通天地之气,静万物之神也;固上下之位,定性命之真也[①]。自"礼乐正而天下平"至此止《艺文类聚》无。故清庙之歌咏成功之绩,宾响之诗称礼让之则,百姓化其善,异俗服其德;《艺文类聚》引至此止,且"德"下有"也"字。此淫声之所以薄,正乐之所以贵也[②]。

【笺注】

①曲房,见《东平赋》注。嬿婉,安顺貌。《礼记·乐记》:"人生而静,天之性也。""律小大之称,比终始之序,以象事行,使亲疏、贵贱、长幼、男女之理皆形见于乐。"又:"天尊地卑,乾坤定矣。卑高已陈,贵贱位矣。动静有常,小大殊矣。方以类聚,物以群分,则性命不同矣。"

②《诗·周颂》毛传:"《周颂》三十一篇,皆是周室太平德洽,著成功之乐歌也。"《周颂》首"清庙之什"。《诗·小雅·鹿鸣》小序:"鹿鸣,燕群臣嘉宾也。既饮食之,又实币帛筐篚以将其厚意,然后忠臣嘉宾得尽其心矣。"《诗》云:"呦呦鹿鸣,食野之蘋。"毛传:"鹿得蓱,呦呦然鸣而相呼,恳诚发乎中,以兴嘉乐宾客当有恳诚,相招呼以成礼也。"《诗》又云:"我有嘉宾,德音孔昭。视民不恌,君子是则是效。"毛传:"是则是效,言可法效也。"

"然礼与变俱,乐与时化,故五帝不同制,三王各异造,非其相反，应时变也。夫百姓安服淫乱之声，残坏范陈本作害。先王之正，故后王必更作乐，各宣其功德于天下，通其变使民不倦①。然但改其名目，李本作自，属下句。变造歌咏，汪本作谏。至于乐声，平和自若；故黄帝咏云门之神，少昊歌凤鸟之迹，《咸池》、《六英》之名既变，而黄钟之宫不改易②。故达道之化者可与审乐，好音之声者不足与论律也③。

【笺注】

①《礼记·乐记》："五帝殊时不相沿乐，三王异世不相袭礼。"《周礼·春官·大司乐》："以乐舞教国子，舞《云门》、《大卷》、《大咸》、《大磬》、《大夏》、《大濩》、《大成》。"郑氏注："此周所存六代之乐。黄帝曰《云门》、《大卷》。……《大咸》、《咸池》，尧乐也。……《大磬》，舜乐也。……《大夏》，禹乐也。……《大濩》，汤王乐也。……《大成》，武王乐也。"《史记·乐书》正义："庾蔚之云：'乐兴于五帝，礼成于三王。乐兴王者之功，礼随世之质文。'崔灵恩云：'五帝淳浇不同，故不得相沿为乐；三王文质之不等，故不得相袭为礼。'"《礼记·乐记》："王者功成作乐，治定制礼。其功大者其乐备，其治辩者其礼具。"

②《史记·五帝本纪》："嫘祖为黄帝正妃，生二子，其后皆有天下。其一曰玄嚣，是为青阳。"集解："皇甫谧以青阳为少昊，乃方雷氏所生。"《左传·昭公十七年》："秋，郯子来朝，公与之宴，昭子问焉，曰：'少皞（同昊）氏鸟名官，何故也？'郯子曰：'……我高祖少皞挚之主也，凤鸟适至，故纪于鸟为鸟师而鸟名。'"《汉书·礼乐志》："昔黄帝作《咸池》，颛顼作《六茎》，帝喾作《五英》。"《淮南子·齐俗训》："夏后氏乐夏籥，《九成》、《六佾》、《六列》、《六英》。"注："《六英》，禹盖兼用颛顼之乐也。"依此，则《六英》即《六茎》。《国语》卷三："伶州鸠对曰：'……夫宫，音之主也。'"《汉书·律历志》："五声之本，生于黄钟之律。九寸为宫，或损或益，以定商、角、徵、羽。"又："宫，中也。居中央，畅四方，唱始施生，为四声纲也。"

③《礼记·乐记》:“凡音者,生于人心者也。乐者,通伦理者也。是故知声而不知音者,禽兽是也;知音而不知乐者,众庶是也;唯君子为能知乐。是故审声以知音,审音以知乐,审乐以知政,而治道备矣。是故不知声者不可与言音,不知音者不可与言乐,知乐则几于礼矣。”又:“子夏对魏文侯曰:‘……今君之所问者乐也,所好者音也。夫乐者,与音相近而不同。……天下大定,然后正六律,和五声,弦歌诗颂,此之谓德音;德音之谓乐。’”

“舜命夔范陈本、梅本、及本、李本、叶本下有“与”字。龙典乐,教胄子以中和之德也:范陈本无“也”字。‘诗言志,歌咏范陈本作永。言,声依咏,范陈本作永。律和声。八音克谐,无相夺伦,神人以和[①]。’又曰:‘予欲闻六律、五声、八音,在治忽从范陈本。他本除汪本外均作曶。以出纳五言。女听!’夫烦奏此字从汪本。他本作手。淫声,汩湮心耳,乃忘平和,君子弗听。从范陈本、梅本、张燮本、张溥本、张采本、李本、叶本。他本无自“夫烦奏”至“弗听”数句。言正乐通,平汪本作宁,下有“辞简”二字。范陈本“平”下有“正”字,叶本“平”下有“和”字。易简,心澄气清,以闻音律,出纳五言也[②]。夔曰:‘戛击鸣球,搏拊琴瑟以咏,祖考来格;虞宾在位,群后德让,下管鼗鼓,合止柷敔,笙镛以闲,鸟兽跄跄;箫韶九成,凤凰来仪[③]。’夔曰:‘于,予击石拊石,百兽率舞,庶尹允谐[④]。’诗言志,歌咏言,操磬鸣琴,以声依律,述先王之德,故祖考之神来格也;笙镛以闲,正乐声希,治修无害,故繁毓跄跄然也;乐有节适,九成而已,阴阳调达,和气均通,故远鸟来仪也;质而不文,四海合同,故击石拊石,百兽率舞也。以上九十字范陈本、梅本、李本、叶本无。言天下治平,万物得所,音声不哗,漠然未兆,故众官皆和也[⑤]。故孔子在齐闻韶,三月不知肉味,言至乐使人无欲,心平气定,不以肉为滋味也[⑥]。以此观之,知圣人之乐和而已矣[⑦]。

【笺注】

①《尚书·舜典》:"帝曰:'夔!命汝典乐,教胄子:直而温,宽而栗,刚而无虐,简而无傲。'"其前有"让于夔龙"句。孔氏传:"夔、龙,二臣名。"孔氏传又云:"胄,长也。谓元子以下至卿大夫子弟。以歌诗蹈之舞之,教长国子中和,祗庸孝友。""歌咏言,声依咏"两"咏"字,今本《尚书》作永,永与咏同。孔氏传:"谓诗言志以导之,歌咏其义以长其言。声谓五声:宫、商、角、徵、羽。律谓六律,六吕,十二月之音气,言当依声律以和乐。伦,理也。八音能谐理不错夺,则神人咸和。命夔使勉之。"

②《尚书·益稷》:"(帝曰)予欲闻六律、五声、八音,在治忽,以出纳五言。汝听!"孔氏传:"言欲以六律和声音,在察天下治理及忽怠者,又以出纳仁、义、礼、智、信五德之言,施于民以成化。汝当听审之。"澄,水静而清也。

③"夔曰"一段,与《尚书·益稷》悉同。"戛击"三句,孔氏传:"戛击柷敔,所以作止乐。搏拊,以韦为之,实之以糠,所以节乐。球,王磬。此舜庙堂之乐,民悦其化,神歆其祀,礼备乐和,故以祖考来至明之。""虞宾"二句,孔氏传:"丹朱为王者后,故称宾。言与诸侯助祭,班爵同,推先有德。""下管"二句,孔氏传:"堂下乐也。上下合止乐各有柷敔、明球、弦、钟、籥,各自互见。""笙镛"二句,孔氏传:"镛,大钟。闲,迭也。吹笙击钟,鸟兽化德,相率而舞跄跄然。""箫韶"二句,孔氏传:"韶,舜乐名。言箫,见细器之备。雄曰凤,雌曰凰,灵鸟也。仪,有容仪。备乐九奏而致凤凰,则余鸟兽不待九而率舞。"戛,《说文》:"戟也。"又:"长矛也。"搏,《说文》:"索持也。"《禹书》蔡沈传:"重击曰击,轻击曰拊。"格,至也。鼗鼓、柷敔,皆八音之一。陆德明《释文》:"柷所以作乐,敔所以止乐。"《尔雅·释训》:"跄跄,动也。"《仪礼·燕礼》:"笙入三成。"注:"三成,谓三终也。"

④此数句亦与《尚书·益稷》悉同。孔氏传:"尹,正也。众正官之长信皆和谐,言神人治始于任贤,立政以礼,治神以乐,所以太平。"又《尚书·舜典》:"夔曰:'于,予击石拊石,百兽率舞。'"孔氏传:"石,磬也。磬,

音之清者。拊亦击也。击清者和，则其余音皆从矣。乐感百兽，便相率而舞，则神人和可知。”

⑤“正乐声希”句用《老子·同异章》“大音希声”语意。《周礼·地官·大司徒》：“以蕃鸟兽，以毓草木。”注：“蕃，蕃息也。育，生也。”毓，古育字。繁毓，犹言群生，此文指鸟兽。均，平也。《淮南子·精神训》：“五声哗耳，使耳不聪。”“漠然未兆”亦用《老子》语意，《老子·异俗章》：“我独怕兮其未兆。”注：“意未作之时也。”漠，清也。

⑥《论语·述而章》：“子在齐闻韶乐，三月不知肉味，曰：‘不知为乐之至于斯也！’”《汉书·王莽传》师古注：“孔子至齐郭门之外，遇一婴儿，挈一壶，相与俱行，其视精，其心正，其行端。孔子谓御者：‘趣驱之！趣驱之！韶乐将作。’孔子至彼而及韶闻之，三月不知肉味。”《礼记·乐记》：“韶，继也。”注：“舜乐名也。韶之言绍也。言舜能继绍尧之德。”

⑦《周礼·地官·大司徒》：“以乐理教和则民不乖。”《国语》卷三：“伶州鸠对曰：‘夫政象乐，乐从和，和从平。’”《庄子·天下篇》：“诗以道志，书以道事，礼以道行，乐以道和。”《史记·自序》传：“是故礼以节人，乐以发和。”又《周礼·春官·典同》：“凡为乐器，以十有二律为之数度，以十有二声为之齐量。凡和乐亦如之。”郑注：“和，谓调其故器也。”

“自西陵、青阳之乐皆取之竹，听凤凰之鸣，尊长风之象，采大林之□，此字范陈本注：“缺。”诸本皆缺，唯汪本作藚，字书无此字，疑当作郁（鬱）。当时之所不见，百姓之所希闻，故天下怀其德而化其神也①。夫雅乐周通则万物和，质静则听不淫，易简则节制全，范陈本作令，注：“一作全。”梅本、及本、李本均作令。静重则服人心：此先王造乐之意也。自后衰末之为乐也，其物不真，其器及本、张采本作气。不固，其制不信，取于近物，同于人间，各求其好②，恣意所存，闾从范陈本、张燮本、及本、张溥本、张采本、叶本。他本均误作间。里之声竞高，永巷之音争先，童儿相聚以咏富从及本、李本、叶本。他本除汪本外皆作当。贵，刍牧负戴以歌贱贫③，君臣之职未废，而一此字疑衍文。人怀万心也。

【笺注】

①《史记·五帝本纪》："黄帝居轩辕之丘而娶于西陵之女，号为嫘祖。"正义："西陵，国名也。"郁(欝)，《说文》："木丛生者。"

②周，备也。"其物不真"谓琴不必出于空桑之木，磬不必出于泗滨之石之类。信，不差爽也。"取于近物"即就地取材之意。"同于人间"谓同于民间所有者。

③《周礼·地官·大司徒》："令五家为比，使之相保。五比为闾，使之相受。"又《遂人》："五家为邻，五邻为里。"在城为比、闾，在乡为邻、里。永，远也。永巷，犹言长巷。闾里之声，永巷之音，皆指民间之歌唱。刍，刈草也。负，担也。戴，《说文》："一曰首戴之。"

"当夏后之末，舆范陈本作与，注："一作舆。"梅本、李本作与。叶本作兴。女万人，衣以文绣，食以粱程刻范陈本、梅本、及本、李本、叶本作粮。肉，端噪晨歌，闻之者忧戚[①]，天下苦其殃，百姓伤其毒。殷之季君，亦奏斯乐，酒池从范陈本、梅本、张燮本、及本、张溥本、张采本、李本、叶本。他本除汪本外均作林。肉林，夜以继日；然咨嗟之音未绝，而敌国已收其琴瑟矣[②]。满堂而饮酒，乐奏而流涕，此非皆有忧者也，则此乐非乐也[③]。当王莽"莽"字据《北堂书钞》卷一百五补。他本无。范陈本"王居"二字作君。居臣之时，奏新范陈本作斯。乐于庙中，闻之者皆为之悲咽[④]。桓帝《艺文类聚》卷四十四、《太平御览》五百七十七"桓"字上有"汉"字。《太平御览》五百七十九无"桓"字，梅本、李本同。闻楚《后汉书·五行志》注所引无"楚"字。琴，凄怆伤心，《艺文类聚》无此句。倚《艺文类聚》作扆。房《太平御览》五百七十七作户，五七九作扆。而悲，慷慨长息曰：'善哉乎！《后汉书·五行志》注所引"哉乎"二字倒置。为琴若此，一《后汉书·五行志》注无"一"字。而已足矣[⑤]。'《艺文类聚》作"美哉！为声如此而足矣。"《太平御览》五七九同，唯"如"作"若"。顺帝《太平御览》三九二“顺帝”上有“汉”字。上恭陵，过樊衢，《太平御览》作濯。闻鸟鸣而悲，泣下横流，曰：‘善哉鸟声！’《太平御览》作鸣。使左右吟之，曰：‘使丝《太平御览》无“丝”字。声若是，岂不乐哉！’《太平御览》作“佳乎”。夫是《太平御览》无“夫”字，“是”作“此”。谓以悲为乐者《太平御览》无“者”字。也。诚以悲为乐，则天下何乐之有？天下无乐，而有李本作欲。阴阳调和，范陈本作利。灾害不生，亦已难矣。乐者，使人精神平和，衰气不入，天地交泰，远梅本作百。物来集，故谓之乐也⑥。今则流涕感动，嘘唏伤气，寒暑不适，庶物不遂，虽出丝竹，宜谓之哀，奈何俯仰叹息以此称乐乎！自“顺帝上恭陵”起至此止《艺文类聚》无。昔季流子《北堂书钞》卷一百九无“子”字。向风而鼓从《艺文类聚》及《太平御览》卷五七九。他本无“鼓”字。琴，听之者泣《北堂书钞》、《艺文类聚》及《太平御览》五七九作泪。下沾襟，《艺文类聚》及《太平御览》五七九无“沾襟”二字。弟子曰：‘善哉及本下有“乎”字。鼓琴！亦已妙矣。’季流子曰：‘乐谓之善，哀谓之伤；吾为从范陈本、梅本、及本、李本、叶本。他本除汪本外均作谓。哀伤，非为善乐也。’以此言之，丝竹不必为乐，歌咏不必为善也；故墨子之非乐也⑦。悲夫！以哀为乐者，胡亥梅本、及本作“胡疵亥”，范陈本、李本、叶本作“胡疵玄”。耽哀不变，故愿为黔首⑧；李斯随哀不返，故思逐狡兔；呜乎！君子可不鉴之哉⑨！”

【笺注】

①“夏后之末”犹言夏朝君主之末一代，即桀也。舆，多也，众也。又据《左传·僖公十一年》注，“舆”亦“载”之意。《管子·轻重甲》：“昔者桀之时，女乐三万人，端噪晨乐，闻于三衢；是无不服文绣衣裳者。”《孟子·公孙丑上》注：“端者首也。”戚，《论语·八佾》注：“哀戚也。”

②《广韵》：“末世曰季世。”“殷之季君”谓纣也。《史记·殷本纪》：“（纣）于是使师涓作新淫声，北里之舞，靡靡之乐，……大冣乐戏于沙丘，以酒为池，县肉为林，使男女裸相逐其间，为长夜之饮。百姓怨望，而诸侯有

畔者。……殷之太师、少师乃持其祭乐器奔周。”咨，叹声。

③“此乐非乐”上乐字是音乐之乐，下乐字是快乐之乐。下有两义分别之处，易辨，不再注。《吕氏春秋·仲夏纪·侈乐》：“凡古圣王之听为贵乐者，为其乐也。”又《适音》：“乐之弗乐者心也。心必和平然后乐。……故乐之务在于和心，和心在于行适。”

④《北堂书钞》卷一百五：“王莽献新乐而哀。”注：“《汉书》：‘王莽初献新乐于明堂太庙，群臣始冠麟韦之弁。或闻其乐声，曰：‘厉而哀，非兴国之声也。’”咽，声塞也。

⑤《后汉书·桓帝本纪》：“论曰：前史（注：“前史谓《东观记》。”）称桓帝好音乐，善琴笙。”《后汉书·五行志》：“（桓帝）元嘉二年七月二日庚辰，日有蚀之，在翼四度。史官不见，广陵以闻。翼主倡乐，时帝好乐过。”注引阮文此节，别无考。

⑥《后汉书·安帝纪》：“（夏四月）己酉，葬孝安皇帝于恭陵。”注：“在今洛阳东北二十七里。”又《祭祀志》：“顺帝即位，追尊其母曰恭愍后，陵曰恭北陵。”《晋书·乐志》：“汉顺听鸣鸟于樊衢。”《太平御览》三九二引阮文此节，别无考。《管子·内业篇》：“凡人之生也必以平正，所以失之必以喜怒忧患，是故止怒莫若诗，去忧莫若乐……”《荀子·乐论》：“故曰乐者乐也。君子乐得其道，小人乐得其欲。”《易·泰卦》：“象曰：天地交泰。”又：“彖曰：则是天地交而万物通也。”泰即通之意。

⑦嘘，叹也。《史记·十二诸侯年表》注：“唏，叹声。”季流子，其人其事无考。墨子有《非乐》上、中、下三篇，今只存上篇。

⑧《史记·秦本纪》：“始皇帝五十一年而崩，子胡亥立，是为二世皇帝。”又《秦始皇本纪》：“阎乐前即二世数曰：‘足下骄恣，诛杀无道，天下共畔足下。足下其自为计！’二世曰：‘丞相可得见否？’乐曰：‘不可。’二世曰：‘吾愿得一郡为王。’弗许。又曰：‘愿为万户侯。’弗许。曰：‘愿与妻子为黔首，比诸公子。’阎乐曰：‘臣受命于丞相，为天下诛足下。足下虽多言，臣不敢报。’麾其兵进，二世自杀。”《尚书·无逸》：“唯耽乐之从。”传：“过乐谓之耽。”《史记·秦始皇本纪》：“更名民曰黔首。”应劭曰：“黔亦黎黑也。”

⑨《史记·李斯列传》:“李由(斯之长男)告归咸阳,李斯置酒于家,百官长皆前为寿,门庭车骑以千数。李斯喟然而叹曰:‘嗟乎!……吾闻之荀卿曰:“物禁太盛。”夫斯乃上蔡布衣,闾巷之黔首,上不知其驽下,遂擢至此。当今人臣之位,无居臣上者,可谓富贵极矣。物极则衰,吾未知所税驾也。’……二世二年七月,具斯五刑,论腰斩咸阳市。斯出狱,与其中子俱执,顾谓其中子曰:‘吾欲与汝复牵黄犬俱出上蔡东门逐狡兔,岂可得乎!’遂父子相哭,而夷三族。”

附

琵琶筝笛,闲促而声高;琴瑟之体,闲辽而声埤。严可均《全三国文》原注:“《文选·嵇康〈琴赋〉》注。”

故乐以叙志,舞以宣情,然后文之以彩章,昭之以风雅,播之以八音,感之以太和。《北堂书钞》卷一百五陈禹谟补注引。又《北堂书钞》卷一百七:“舞以宣情。”注:“阮籍《乐论》云:‘歌以叙志,舞以宣情,然后文彩照之以风雅,播之以八音,感之以太和。’”

【集评】

范陈本注:“读嗣宗《乐论》,岂放废礼法,甘于懒散者流,沉湎麴蘖以速终天年,特虞革命之见及耳。(李本录至此止。)智士罹未造,明者见未然,德文每于嗣宗而有感。”

张溥《阮步兵集题辞》:“嗣宗论《乐》,史迁不如;《通易》《达庄》,则王弼、郭象二注,皆其环内也。以此三论,垂诸艺文,六家指要,网罗精阔。”

按:阮籍《乐论》,本书序言中曾指出,谓可作其“济世之志”所怀理想、方案之一部分,且为最重要之一部分看。从此文中,可以见其政治纲领。此纲领之内容,总言之为礼、乐、刑、教;而此文则由于篇题所限,当然更偏重于乐。其对于乐之主张,有如下几个要义:第一:须求其“一”。如何能“一”？首在器材之统一。必须用特产之质材制作，有若“空桑之琴，云和之瑟，孤竹之管，泗滨之磬”。此种质材，既非寻常所可易得，民间即不能随意制造。而有如斯质材之后，其制作之法亦必须统一，所谓“器具者象先王之式，度数者象先王之制”。质材与制法既皆“斠若画一”矣，仍必须求其歌辞与舞蹈之统一，所谓“歌谣者咏先王之德，俯仰者习先王之容”，使“四海同其观，九州一其节”。此“一”之义也。其次：须求其“和”，而欲“和”则须求其“平”。使“自然”“不乱”，“大小相君”，“男女不易其所，君臣不犯其位”，“下不思上之声，君不欲臣之色”。以此养成人民和平之精神，使不至于“好勇则犯上，淫放则弃亲”。此“和”之义也。第三：须求其“乐”（快乐）。必须“乐平其心”，然后“阴阳调和，灾害不生”。以如斯云“乐以化内”，“移风易俗”，并以礼治其外，使凡民皆温然驯服，受治归化，于是乎“天地交泰”，万事咸亨矣。由是，故阮氏极不喜民间之自由歌唱，谓为“闾里之声”，“永巷之音”，“童儿相聚以咏富贵，刍牧负戴以歌贱贫”。实则，盖恐民间之自由歌唱，极易道出其本怀，揭出其所遭之疾苦，因而互相鼓煽，以成风气也。当阮籍之世，民间之音乐早已发展，例如曹氏父子即各著有乐府多篇，他如秦汉时童谣之类更多，民间之声音，又岂终能压抑而不使扬乎？阮氏不过立足于统治者之一面而为不切实际之幻想而已。阮氏所怀之理想及其持论，恰即自周至汉儒家礼、乐、刑、教之理想、理论。阮氏之《乐论》，初未越出《礼记·乐记》之范围，虽间有所发挥，而其体统则归于一致，故本文注释多引《乐记》相类之语以相对照，其所未引而意旨相类者尚多，亦可参看。就此文所怀理想而论，陈德文谓阮初非“放废礼法，沉湎麴蘖”之流，其言颇当。此之理想，恐为阮氏早期之思想，其后因格于现实，理想愈归渺茫，故终于“放废礼法，沉湎麴蘖”也。张溥谓“嗣宗论《乐》，史迁不如”，亦仍就儒家立论；司马迁之思想较为奔放，未为儒家所囿，张氏盖未足以知之也。

通易论

《易·系辞上》:“子曰:‘知变化之道者,其知神之所为乎! 易有圣人之道四焉:以言者尚其辞,以动者尚其变,以制器者尚其象,以卜筮者尚其占。’”又:“参伍以变,错综其数,通其变,遂成天下之文,极其数,遂定天下之象,非天下之至变,其孰能与于此!”又《系辞下》:“《易》之为书也不可远,为道也屡迁,变动不居,周流六虚,上下无常,刚柔相易,不可为典要,唯变所适。”《汉书·艺文志》:“昔仲尼殁而微言绝,七十子丧而大义乖……《易》有数家之传。”“及秦燔书,而《易》为筮卜之事,传者不绝。汉兴,田何传之。讫于宣元,有施、孟、梁丘、京氏列于学官,而民间有费、高二家之说。”《汉书·艺文志》据刘歆《七略》:“凡《易》十三家,二百九十四篇。”

【集评】

范陈本附注:“籍之《通易》,京房、管辂有余愧矣。汉儒训诂,宁无陋乎! 今之谈《易》,乃遗籍何耶? 贵耳贱目,世固比之尔也。”

郭沫若《十批判书》:“例如《周易》,固然是无问题的先秦史料,但一向被认为殷末周初的作品,我从前也是这样。据我近年来的研究,才知道它确是战国初年的东西,时代拉迟了五六百年。”

又《青铜时代》:“从《易》的纯粹的思想上来说,它是强调着变化而透辟地采取着辩证的思维方式,在中国的思想史上的确是一大进步。而且那种的思想来源,明白地是受着老子和孔子的影响的。”

又:“荀子的天道思想的确是把儒、道两家融和了的。这种思想和《易传》,特别是《系辞传》的思想完全如出一范。在这儿且引几条来和它对照。……由这些证据看来,《易传》作于荀子的门人是不成问题的。《易传》中所有的‘子曰’可以解为‘荀子曰’或‘子弓曰’。”

按:《三国志·魏志·高贵乡公髦纪》:“甘露元年夏四月丙辰,帝幸太学,问诸儒曰:‘圣人幽赞神明,仰观俯察,始作八卦;后圣重之为六十四,立爻以极数,凡斯大义,罔有不备。而夏有连山,殷有归藏,周曰周易。易之书其故何也?’《易》博士淳于俊对曰……”疑阮籍此文亦为其在为高贵乡公散骑常侍时所作。

阮子曰:“易”者何也?乃昔之玄真,往古之变经也[①]。庖牺氏当天地一终,及本作经。值人物憔悴,利用不存,法制夷昧,神明之德不通,万古之情不类;于是始作八卦[②]。“引而伸之,触类而长之”,分阴阳,序刚柔,积山泽,连水火,杂而一之,变而通之,终于“未济”,六十四卦尽而不穷[③]。是以天地象而万物形,吉凶著而悔吝生,事用有取,变化有成[④]。南面听断,“向明而治”;“结绳而为网罟”,致日中之货,修耒耜之利,“以教天下”,皆“得其所”[⑤]。

【笺注】

①玄真,见《东平赋》注。变经,谓言变易之经也。《易纬乾凿度》谓易有三义:易(简易)也,变易也,不易也。又《周易折中纲领》二:“郑康成作《易赞》及《易论》云:‘易一名而含三义:易简,一也;变易,二也;不易,三也。’”

②唐司马贞补《史记·三皇本纪》:“太皞庖牺氏,风姓,代燧人氏继天而立。”“结网罟以教佃渔,故曰宓牺氏。”“养牺牲以庖厨,故曰庖牺。”“都于陈。东封泰山。立一十一年崩。”庖牺,或作宓牺,或作伏牺;宓即今伏字,庖、伏同声。《淮南子·俶真训》:“天一以始建七十六岁,日月复以正月入营室五度无余分,名曰一纪。凡二十纪,一千五百二十岁,大终,日月星辰复始甲寅。”《汉书·律历志》:“凡四千六百一十七岁与一元终”。憔悴,荣华之反。《淮南子·说林训》:“有荣华者必有憔悴。”《国语》卷十九注:“憔悴,瘦病也。”《尚书·大禹谟》:“正德、利用、厚生。”疏:“谓在上节俭,不为縻费,以利而用,使财物殷阜。”夷,陵夷之意。类,见《乐论》注。《易·系辞下》:“古者庖牺氏之王天下也,

仰则观象于天，俯则观法于地，观鸟兽之文与地之宜，近取诸身，远取诸物，于是始作八卦，以通神明之德，以类万物之情。"

③《易·系辞上》："是故四营而成易，十有八变而成卦，八卦而小成。引而伸之，触类而长之，天下之能事毕矣。"（王弼注："伸之六十四卦。"）《易·系辞下》："子曰：'乾坤其易之门耶！乾，阳物也。坤，阴物也。阴阳合德而刚柔有体，以体天地之撰，以通神明之德。'"序，次也。《易·说卦》："乾为天……为父……；坤为地，为母……；震为雷……其究为健……；巽为木，为风……；坎为水……；离为火……；艮为山……；兑为泽……"又："昔者圣人之作易也，将以顺性命之理，是以立天之道曰阴与阳，立地之道曰柔与刚，立人之道曰仁与义。兼三才而两之，故易六画而成卦。分阴分阳，迭用柔刚，故易六位而成章。天地定位，山泽通气，雷风相薄，水火不相射。""未济"为六十四卦最后一卦之卦名。《易·序卦》："物不可穷也，故受之以'未济'终焉。"按：清皮锡瑞《经学通论》："阮嗣宗《通易论》云……嗣宗亦庄生之流，而论易则称伏羲之功，不拾漆园唾余（指《庄子·缮性篇》）。然谓利用不存，法制夷昧，似谓上古本有法制利用，至伏羲时晦乱而伏羲氏复之，则无稽耳。"郭沫若《青铜时代·〈周易〉之制作时代》："本来，伏羲这个人的存在已经是出于周末学者的虚构，举凡有巢、燧人、伏羲、神农等等，都是当时学者对于人类社会的起源及其进展的程序上所推拟出的假想人物，汉人把那些推拟来正史化了，又从而把八卦的著作权送给伏羲，那不用说完全是虚构上的一重虚构。"（页六七）

④《易·系辞上》："在天成象，在地成形，变化见矣。"又："方以类聚，物以群分，吉凶生矣。"又："圣人设卦观象，系辞焉而明吉凶。刚柔相推而生变化。是故吉凶者，失得之象也。悔吝者，忧虞之象也。"又："吉凶者，言乎其失得也。悔吝者，言乎其小疵也。""事用有取"，谓观于八卦之象以制器也。见下。

⑤《易·说卦》："离也者，明也。万物皆相见，南方之卦也。圣人南面而听天下，向明而治，盖取诸此也。"《易·系辞下》："古者庖牺氏之王天下也，……作结绳而为网罟，以佃以渔，盖取诸'离'。庖牺氏殁，神农

氏作，斫木为耜，揉木为耒，耒耨之利以教天下，盖取诸'益'。日中为市，致天下之民，聚天下之货，交易而退，各得其所，盖取诸'噬嗑'。"罟，鱼网也。耒，《说文》："手耕曲木也。从木推手。"《礼记·月令》注："耜者，耒之金也。"

黄帝、尧、舜应时当务，各有攸取，穷神知化，述则天序①。庖牺氏布演六十四卦之变；后世圣人观而因之，象而用之②。禹、汤之经皆在，而上古之文不存；至范陈本作之。乎文王，故系其辞，于是归藏氏逝而周典经兴③。"上下无常，刚柔相易，不可为典要，惟变所适"，故谓之"易"④。

【笺注】

①务，事务也。攸，见《东平赋》注。《易·系辞下》："神农氏殁，黄帝、尧、舜氏作，通其变使民不倦，神而化之，使民宜之。……黄帝、尧、舜垂衣裳而天下治，盖取诸'乾'、'坤'；刳木为舟，剡木为楫，舟楫之利以济不通，致远以利天下，盖取诸'随'；重门击柝以待暴客，盖取诸'豫'；断木为杵，掘地为臼，臼杵之利，万民以济，盖取诸'小过'；弦木为弧，剡木为矢，弧矢之利以威天下，盖取诸'睽'；上古穴居而野处，后世圣人易之以宫室，上栋下宇以待风雨，盖取诸'大壮'；古之葬者厚衣之以薪，葬之中野，不封不树，丧期无数，后世圣人易之以棺椁，盖取诸'大过'；上古结绳而治，后世圣人易之以书契，百官以治，万民以察，盖取诸'夬'。"乾、坤、随、豫、小过、睽、大壮、大过、夬，皆卦名，此所谓各有攸取也。《系辞下》云："穷神知化，德之盛也。"则，法也。天序，天地自然之序。

②布，陈列也。演，长流也。伏羲始作八卦，古代学者皆无异辞；然演成六十四卦者谁乎？据《周易折中纲领》一云："然重卦之人，诸儒不同，凡有四说：王辅嗣等以为伏牺重卦；郑康成之徒以为神农重卦；孙盛以为夏禹重卦；史迁等以为文王重卦。其言夏禹及文王重卦者，按《系辞》，

神农之时已有盖取诸‘益’与‘噬嗑’，以此论之，不攻自破。其言神农重卦，亦未为得。人依辅嗣，以伏牺既画八卦，即自重为六十四卦，为得其实。”阮籍同王弼说，二人时代相去不远，当是同有所本。因，如《论语·为政》“殷因于夏礼”，“周因于殷礼”之“因”。按：郭沫若《青铜时代》：“据这些故事（所引故事略）看来，我们又可以断定，《周易》之作，决不能在春秋中叶以前，由这个断定，不用说是把文王重卦、文王演易之说更完全推翻了。在文王重卦说之外，本来还有伏羲说、神农说、夏禹说，这些都是不值一辩的。”又：“八卦既利用了春秋时代的字体，周易的爻辞又利用了春秋中年晋国的故事，周易一书无论怎样不能出于春秋中叶以前是明白如火。因而在那儿浮游着的一些伏羲、神农、夏禹、文王、周公等的鬼影便自然消灭了。”

③《周礼·春官·太卜》：“掌三易之法，一曰连山，二曰归藏，三曰周易。”《周易折中纲领》一云：“杜子春云：‘连山，宓戏；归藏，黄帝。’郑康成《易赞》及《易论》云：‘夏曰连山，殷曰归藏，周曰周易。’郑康成又释云：‘连山者，象山之出云，连连不绝；归藏者，万物莫不归藏于其中；周易者，言易道周普，无所不备。’康成虽有此释，更无所据之文。先儒因此遂为文质之义，皆繁而无用，今所不取。按《世谱》写群书，神农一曰连山氏，亦曰列山氏，黄帝一曰归藏氏，既连山、归藏应是代号，则《周易》称‘周’，取岐阳地名，《毛诗》云‘周原膴膴’是也。又文王作《易》之时，正在羑里，周德未兴，犹是殷世也，故题周，别于殷，以此文王所演，故谓之周易，犹周书、周礼题周以别于余代也。”《汉书·艺文志》凡载《易》十三家，无连山与归藏。“禹汤之经”谓连山与归藏也。《易·系辞下》：“易之兴也，其于中古乎？”又：“易之兴也，其当殷之末世，周之盛德耶？当文王与纣之事耶？是故其辞危。”《汉书·艺文志》：“至于殷周之际，纣在上位，逆天暴物，文王以诸侯顺命而行道，天人之占可得而效，于是重易六爻作上下篇。”《周易》之《卦辞》、《爻辞》究出谁之手仍有异说：有以为应是文王所作者（除上所引外，尚有《易乾凿度》、《通卦验》诸纬书及郑玄等主之）；有以为文王作卦辞，周公作爻辞者（郑众、贾逵、马融等主之）。后来有以为孔子所作者，则远在阮籍之

后矣。

④《易·系辞下》:"易之为书也不可远,为道也屡迁,变动不居,周流六虚,上下无常,刚柔相易,不可为典要,(注:"不可立定准也。")唯变所适。""故谓之易"之"易",即变易之义。

"易"之为书也,本天地,因阴阳,推盛衰,出自幽微以致明著[①]。故"乾元"初"潜龙,勿用",言大人之德隐而未彰,潜而未达,待时从范陈本、梅本、张燮本、及本、张溥本、张采本、李本。他本除汪本外皆作明。而兴,循变而发[②]。天地既设,"屯""蒙"始生,"需"以待时,"讼"以立义,"师"以聚众,"比"以安民,是以"先王以建万国,亲诸侯",收其心也[③]。原《尉氏县志》作履。而积之,畜而制之,是以上下和洽,"裁成天地之道,辅相天地之宜,以左右民",顺其理也[④]。先王既殁,从及本。他本作没。德法乖易,上陵范陈本、及本、张溥本、张采本、李本、汪本作凌。下替,君臣不制,刚柔不和,"天地不交",是以君子一类求同,"遏恶扬善",以致其大[⑤]。"谦"而光之,"裒多益寡",崇圣善以命,"雷出于地",于是大人得位,明圣又兴,故先王"作乐""荐上帝",昭明其道,以答天贶[⑥]。于是万物服从,随而事之,子遵其父,臣承其君,临驭统一,"大观"天下,是以"先王以省方、观民、设教",仪之以度也[⑦]。包而有之,合从范陈本、梅本、张采本、李本。他本除汪本外皆作含。而含之,故先王用之以"明罚敕张采本作敕。法"[⑧]。自上乃下,贵"复"其贱,及本作盛。美成亨从范陈本、梅本、张燮本、张溥本、张采本、李本。他本皆作享。尽,时极日至,"先王闭关,商旅不行,后不省方",以静民也[⑨]。季叶既衰,非谋之获,应运顺天,不妄其范陈本、梅本、张燮本、及本、张采本、李本作而。作,故先王"茂对时育万物",施仁布泽以树其德也[⑩]。万物归随,如法流承,养善反恶,利积生害,"刚过"失柄,"习坎"以位,上失其道,下丧其群,于是大人"继明照于四方",显其德也[⑪]。自"乾元"以来,施平而明,盛衰有时,刚柔无常,或得或失,一阴一阳,出入吉凶，由暗察彰；“文明以止”，有翼不飞，随之乃存，取之者归，施之以若，用之在微，贵变慎小，与物相追，非知来藏往者，莫之能审也[12]。

【笺注】

①此段与下段本不可分，盖按六十四卦之次第立论，一周而始毕。但以全段太长，阅读及注释均颇不便，故于其文章组织显然可分处截开。阮氏之意，盖以为六十四卦之先后排列有其内在的联系，有组织，有意义。于是以其所设想之时代盛衰，依卦之次第，摘取卦辞、爻辞中之词句从而说明其所谓“先王”“后”“大人”“君子”所以设政、施教、处身之理，此两段为本文之主要部分，以下诸段，则可视为若干之补充说明。《易·序卦》：“有天地然后万物生焉。盈天地之间者唯万物……”六十四卦首《乾》、《坤》二卦。乾为天、为阳，坤为地、为阴。《易·说卦》：“昔者圣人之作易也，幽赞于神明而生蓍，参天两地而倚数，观变于阴阳而立卦。”《易·系辞上》：“仰以观于天文，俯以察于地理，是故知幽明之故。”《系辞下》：“君子知微知彰，知柔知刚，万夫之望。”又：“夫易，彰往而察来，而微显阐幽。”

②《易·乾卦》：“乾：元、亨、利、贞。初九，潜龙勿用。……文言曰：子曰：‘龙，德而隐者也。……潜之为言也，隐而未见，行而未成，是以君子弗用也。’”又：“文言曰：子曰：‘……君子进德修业，欲及时也。’”

③《系辞上》：“天地设位而易行乎其中矣。”《乾》、《坤》二卦之后，依次为《屯》、《蒙》、《需》、《讼》、《师》、《比》等卦。《易·序卦》：“屯者盈也。屯者，物之始生也。”《屯卦》：“彖曰：屯，刚柔始交而难生，动乎险中，大亨，贞。”《易·序卦》：“蒙者蒙也，物之稚也。”《蒙卦》：“彖曰：蒙，山下有险，险而止，蒙。”注：“退则困险，进则阂山，不知所适，蒙之义也。”《易·序卦》：“物稚不可不养也，故受之以需；需者，饮食之道也。”《需卦》：“彖曰：需，须也。险在前也。刚健而不陷，其义不困穷矣。”须，待也。《易·杂卦》：“需，不进也。”《序卦》：“饮食必有讼，故受之以讼。”

《讼卦》："象曰：天与水违行，讼，君子以作事谋始。"讼，争辩也。《易·序卦》："讼必有众起，故受之以师。师者，众也。"《师卦》："象曰：师，众也。贞，正也。能以众正，可以王矣。刚中而应，行险而顺，以此毒天下而民从之，吉，又何咎矣。象曰：地中有水，师，君子以容民畜众。"《易·序卦》："众必有所比，故受之以比，比者，比也。"《比卦》："象曰：比，吉也。比，辅也，下顺从也。……象曰：地上有水，比，先王以建万国，亲诸侯。"

④《比》之下为《小畜》、《履》、《泰》三卦。《易·序卦》："比必有所畜，故受之以小畜。"《小畜卦》："象曰：小畜，柔得位而上下应之，曰小畜。"《易·序卦》："物畜然后有礼，故受之以履。"《履卦》："象曰：上天下泽，履。君子以辩上下，定民志。"《易·序卦》："履而泰，然后安，故受之以泰。泰者，通也。"《泰卦》："象曰：天地交泰，后以财成天地之道，辅相天地之宜，以左右民。"财，与裁同。相，助也。

⑤《泰》之下为《否》、《同人》、《大有》三卦。《易·序卦》："物不可以终通，故受之以否。"《否卦》："象曰：否之匪人，不利君子，贞，大往小来；则是天地不交而万物不通也，上下不交而天下无邦也，内阴而外阳，内柔而外刚，内小人而外君子，小人道长，君子道消也。"替，废也。制，正也。《序卦》："物不可以终否，故受之以同人。"《同人卦》："象曰……文明以健，中正而应，君子正也。唯君子为能通天下之志。"通天下之志，所谓"一类求同"也。《序卦》："与人同者物必归焉，故受之以大有。"《大有卦》："象曰：火在天上，大有。君子以遏恶扬善，顺天休命。"遏，止也。

⑥《大有》之下为《谦》、《豫》二卦。《序卦》："有大者不可以盈，故受之以谦。"《系辞下》："谦尊而光。"《谦卦》："象曰……谦尊而光，卑而不可逾，君子之终也。""象曰：地中有山，谦。君子以裒多益寡，称物平施。"裒，《尔雅·释诂》："聚也。"《玉篇》："减也。"《序卦》："有大而能谦必豫，故受之以豫。"《豫卦》："象曰：豫，刚应而志行，顺以动，豫。豫顺以动，故天地如之，而况建侯、行师乎！天地以顺动，故日月不过而四时不忒；圣人以顺动，则刑罚清而民服；豫之时义大矣哉！象曰：雷出地，奋

豫。先王以作乐崇德，殷荐之上帝以配祖考。”荐，进也。贶，音况，赐也。

⑦《豫》之下为《随》、《蛊》、《临》、《观》四卦。《序卦》：“豫必有随，故受之以随。”《随卦》：“彖曰：随，刚来而下柔，动而说，随，大亨，贞，天咎，而天下随时；随之时义大矣哉！”《序卦》：“以喜随人者必有事，故受之以蛊；蛊者，事也。”《蛊卦》：“初六，干父之蛊，有子，考无咎，厉终吉。”《序卦》：“有事而后可大，故受之以临；临者，大也。”《临卦》：“象曰：泽上有地，临。君子以教思无穷，容保民无疆。”驭，驾驭。“保民无疆”，即所谓“临驭统一”也。《序卦》：“物大然后可观，故受之以观。”《观卦》：“彖曰：大观在上，顺而巽，中正以观天下。……象曰：风行地上，观。先王以省方、观民、设教。”省，省察。《复卦》注：“方，事也。”

⑧《观》之下为《噬嗑》。《序卦》：“可观而后有所合，故受之以噬嗑；嗑者，合也。”《噬嗑卦》（注：“噬，啮也。嗑，合也。”）：“彖曰：颐中有物曰噬嗑。……象曰：雷电，噬嗑。先王以明罚敕法。”“颐中有物”所谓“包而有之，合而含之”也。敕，整饬。

⑨《噬嗑》之下为《贲》、《剥》、《复》三卦。《序卦》：“物不可以苟合而已，故受之以贲；贲者，饰也。”《贲卦》：“上九，白贲无咎。象曰：白贲，无咎，上得志也。”《序卦》：“致饰然后亨，则尽矣，故受之以剥；剥者，剥也。”《剥卦》：“剥，不利有攸往。……象曰：山附于地，剥。上以厚下，安宅。”剥乃不利之卦，所谓“美成亨尽”也。亨，通也。（《乾卦》：“文言曰：亨者，嘉之会也。”）《序卦》：“物不可以终尽剥，穷上反下，故受之以复。”《复卦》（注：“复者，反本之谓也。”）：“象曰：雷在地中，复。先王以至日闭关，商旅不行；后不省方。”至日，注：“冬至阴之后，夏至阳之后。”所谓“时极日至”也。后，君后。

⑩《复》之下为《无妄》。此处承《复卦》而言。《复卦》：“上六，迷复，凶，有灾眚；用行师，终有大败，以其国君，凶，至于十年，不克征。”所谓“季叶既衰”也。叶，世也。《序卦》：“复则不妄矣，故受之以无妄。”《无妄卦》：“彖曰……天命不祐，行矣哉！象曰：天下雷行，物与无妄，先工以茂对时，育万物。”注：“茂，盛也。物皆不敢妄，然后万物乃得各令其

性，对时育物，莫盛于斯也。”作，造作。

⑪此处仍承《无妄卦》而言。《无妄卦》：“六三，无妄之灾。”注：“以阴居阳，行违谦顺，是无妄之所以为灾也。”无妄之下为《大畜》、《颐》、《大过》、《习坎》、《离》五卦。所谓“养善反恶，利积生害”，皆“灾”之义，但《大畜》《颐卦·爻辞》中无相应之句。《序卦》：“有无妄物然后可畜，故受之以大畜。物畜然后可养，故受之以颐；颐者，养也。”《颐卦》：“六三，拂颐，贞，凶。十年勿用，无攸利。象曰：十年勿用，道大悖也。”《序卦》：“不养则不可动，故受之以大过。”《大过卦》：“大过，栋桡，利有攸往，亨。彖曰：大过，大者过也。栋桡，本末弱也。刚过而中……”大者过而本末弱，所谓“上失其道，下丧其群”也。《序卦》：“物不可以终过，故受之以坎；坎者，陷也。”《习坎卦》（注：“习坎者，习为险难之事也。”）：“彖曰：习坎，重险也。”《易·说卦》：“离也者，明也。”《离卦》：“象曰：明两作，离，大人以继明照于四方。”

⑫此就自《乾卦》起至《离卦》止共三十卦作一小结，与《序卦》第一段相应。《乾卦》：“文言曰：……云行雨施，天下平也。……夫大人者，与天地合其德，与日月合其明。”《系辞上》：“易之为书也不可远，为道也屡迁，变动不居，周流六虚，上下无常，刚柔相易，不可为典要，唯变所适。”又：“是故吉凶者，失道之象也。”又：“吉凶者，言乎其失得也。”又：“子曰：知变化之道者，其知神之所为乎！”又：“神以知来，知以藏往。”文内“施之以若”之“若”字疑为“着”字之误。

“易”之为书也，覆焘当作帱。天地之道，囊括万物之情，道至而反，事极而改。“反”用应时，“改”用当务。应时，故天下仰其泽；当务，故万物恃其利。泽施而天下服，此天下之所以顺自然，惠生类也[①]。富贵侔天地，功名充六合，莫之能倾，莫之能害者，道不逆也[②]。天地，“易”之主也，万物，“易”之心也；故虚以受之，感以和之。男下女上，通其气易也；柔以承刚，久其类也；顺而持之，遁而退之[③]。上隆下从范陈本、梅本、及本、张采本、李本。他本作不。积，刚动“大壮”。正大必用，力盛则望；明升惟“进”，光大则伤；聚以处身，异汪本作散。程本缺。以成类[4]。乖离既“解”，缓以为失。“损”“益”有时，察以主使[5]。“扬于王庭”，乘五马败。刚既决柔，上索下合，令臣遭明君，以“柔遇刚”，品物咸亨。刚据中正，“天下大行”，是以后用“施命诰四国”，贵及本作赉。离教也[6]。于是天地“萃”聚，百姓合同，范陈本、梅本、张采本、李本作用。张采本注：“一作同。”“升”而不已，届极及下，“井养不穷”，卑不能通，不可弗“革”[7]。改以成器，尊卑有分，长幼有序。主之以“震”，守之以威。动不可终，敌应而行。“渐”以进之，为人求位，君子之欲进者也。臣之求君，阴之从阳，委之归诚，乃得其所[8]。归而应之，专而一之，阳德受归，道“丰”位大也。贤人君子，有众以成其大也。穷侈丧大夫之位，群而靡容，容而无所。卑身下意，“利见大人”。“巽以申命”，“柔顺乎刚”。入而说之，说而教之，“顺天应人”，“焕”然成章。“风行水上”，有文有光，男行不穷，女位乎外，众阴承五，上同在中，从初范陈本作功。更始，乘木有功，故“先王以享于帝，立庙”，奉天建国也[9]。“刚柔分”，适得中，节之以制，其道不穷。信爱结内，刚得中位，诚发于心，庶物唯类。大德范陈本、及本作得。则亏，甚往则过，既应于远，默则不利，故君子是以“行重范陈本、及本作则。乎恭，丧重乎哀”，笃伪薄也。“小过”下泰，“不宜于上”，下止上张采本作下。动，“有飞鸟之象焉”。初六“坎”下，上六“离”体，飞鸟以凶，是以灾眚也[10]。“柔处中”，“刚失位”，利与时行，过而欲遂，小亨正象，阴皆及本作背。乘阳，阳刚陵替，君臣易位，乱而不已，非中之谓，故“君子思患而豫防之”，虑其败也[11]。通变无穷，周则范陈本、梅本、张燮本、及本、张溥本、张采本、李本作败。又始，刚未出，阴在中，柔济不遗，遂度不穷，则象河洛，神物设教而天下服。“慎辨”“居方”，阴阳相求，初与之道，远作之由也[12]。

【笺注】

①泰，愁毒貌。覆帱之义当作帱。《礼记·中庸》："譬如天地之无不持载，无不覆帱。"帱，覆也。囊括，《汉书·陈胜项籍列传赞》注："括，结囊也。言其能包含天下。"《易·坤卦》注："至，谓至极也。"用，以也。泽，德泽。务，事务。

②《易·系辞上》："崇高莫大乎富贵。"注："位，所以一天下之动而济万物。"侔，齐等也。天地四方曰六合。逆，迕也，乱也。

③以下续依卦之顺序立论。《离》之下为《咸》、《恒》、《遁》三卦。《序卦》："有天地然后万物生焉，盈天地之间者唯万物。"又："有天地然后有万物，有万物然后有男女，有男女然后有夫妇，有夫妇然后有父子，有父子然后有君臣，有君臣然后有上下，有上下然后礼义有所错。"注："言咸卦之义也。"《咸卦》："彖曰：咸，感也。柔上而刚下，二气感应以相与，止而说。男下女，……天地感而万物化生，圣人感人心而天下和平，观其所感而天地万物之情可见矣。象曰：山上有泽，咸。君子以虚受人。"《序卦》："夫妇之道不可以不久也，故受之以恒。恒者久也。"《恒卦》："彖曰：恒，久也。刚上而柔下。……天地之道，恒久而不已也。利有攸往，终则有始也。日月得天而能久照，四时变化而能久成，圣人久于其道而天下化成。观其所恒而天地万物之情可见矣。"《序卦》："物不可以久居其所，故受之以遁。遁者退也。"

④《遁》之下为《大壮》、《晋》、《明夷》、《家人》、《睽》五卦。《序卦》："物不可以终遁，故受之以大壮。"《大壮卦》："彖曰：大壮，大者壮也。刚以动，故壮。大壮利贞。大者正也。正大而天地之情可见矣。"《序卦》："物不可以终壮，故受之以晋。晋者进也。"《晋卦》."彖曰：晋，进也。明出地上，顺而丽乎大明，柔进而上行。"《序卦》："进必有所伤，故受之以明夷。夷者伤也。"《序卦》："伤于外者必反于家，故受之以家人。"反于家，与家人相聚，故曰"聚以处身"。《序卦》："家道穷必乖，故受之睽。睽者乖也。"《睽卦》："彖曰：……天地睽而其事同也，男女睽而其志通也，万物睽而其事类也。睽之时用大矣哉！"所谓"异以成类"也。

⑤《睽》之下为《蹇》、《解》、《损》、《益》四卦。《序卦》："乖必有难，故受

之以蹇。蹇者难也。"《蹇卦》:"象曰:蹇,难也,险在前也。见险而能止,知矣哉!"《序卦》:"物不可终难,故受之以解。解者缓也。"《解卦》:"象曰:解,险以动,动而免乎险,解。"《序卦》:"缓必有所失,故受之以损。损而不已必益,故受之以益。"《损卦》:"象曰:……二簋应有时,损刚益柔有时;损益盈虚,与时偕行。"《益卦》:"象曰:……凡益之道,与时偕行。"

⑥《益》之下为《夬》、《姤》二卦。《序卦》:"益而不已必决,故受之以夬。夬者决也。"《夬卦》:"夬扬于王庭……。象曰:……扬于王庭,柔乘五刚也。"《序卦》:"决必有遇,故受之以姤。姤者遇也。"《姤卦》:"象曰:姤,遇也。柔遇刚也。……天地相遇,品物咸章也。刚遇中正,天下大行也。姤之时义大矣哉! 象曰:天下有风,姤。后以施命诰四方。""贵离散",是指《离卦》:"象曰:大人以继明照于四方。"

⑦《姤》之下为《萃》、《升》、《困》、《井》、《革》五卦。《序卦》:"物相遇而后聚,故受之以萃。萃者聚也。"《萃卦》:"象曰:萃,聚也。……观其所聚,而天地万物之情可见矣。"《序卦》:"聚而上者谓之升,故受之以升。升而不已必困,故受之以困。"《困卦》:"初六,……象曰:入于幽谷,幽,不明也。"注:"言幽者不明之辞也。入于不明以自藏也。"此所谓"屈极及下"也。《序卦》:"困乎上者必反下,故受之以井。"《井卦》:"象曰:巽乎水而上水,井。井养而不穷也。"《序卦》:"井道不可不革,故受之以革。"注:"井久则浊秽,宜革命其故。"革,改也。

⑧《革》之下为《鼎》、《震》、《艮》、《渐》、《归妹》五卦。革之下为鼎,所谓"改以成器"也。《序卦》:"革物者莫若鼎,故受之以鼎。"《鼎卦》:"象曰:木上有火,鼎。君子以正位凝命。"注:"正位者,明尊卑之序也。"《序卦》:"主器者莫若长子,故受之以震;震者动也。"震为长男,见后。《震卦》:"象曰:……震惊百里,惊远而惧迩也。出可以守宗庙社稷,以为祭主也。"《序卦》:"物不可以终动,止之,故受之以艮;艮者止也。"《艮卦》:"象曰:艮,止也。时止则止,时行则行,动静不失其时,其道光明。艮其上,止其所也。上下敌应,不相与也。……象曰:兼山,艮。君子以思不出其位。"《序卦》:"物不可以终止,故受之以渐;渐者进也。"

《渐卦》:"象曰:进得位,往有功也。……"《序卦》:"进必有所归,故受之以归妹。"《归妹卦》:"象曰:归妹,天地之大义也,天地不交而万物不兴。归妹,人之终始也。"注:"阴阳既合,长少又交,天地之大义,人伦之终始。"

⑨《归妹》之下为《丰》、《旅》、《巽》、《兑》、《涣》五卦。《序卦》:"得其所归者必大,故受之以丰;丰者大也。"《丰卦》王弼注:"丰之为义,阐弘微细,通夫隐滞者也。为天下之主,而令微隐者不亨,忧未已也。故至丰亨,乃得勿忧也。"下为《旅卦》,《书·牧誓》注:"旅,众也。"所谓"有众以成其大"也。《序卦》:"穷大者必失其居,故受之以旅。旅而无所容,故受之以巽;巽者入也。"《巽卦》:"巽,小亨。利有攸往,利见大人。象曰:重巽以申命。刚巽乎中正而志行,柔皆顺乎刚,是以小亨。利有攸往,利见大人。"《序卦》:"入而复说之,故受之以兑;兑者说也。"《兑卦》:"象曰:兑,说也。刚中而柔外,说以利贞。是以顺乎天而应乎人。说以先民,民忘其劳;说以犯难,民忘其死;说之大,民劝矣哉!"说以先民,说以犯难,即所谓"说而教之"也。《序卦》:"说而后散之,故受之以涣;涣者离也。"《涣卦》:"象曰:涣,亨。刚来而不穷,柔得位乎外而上同。王假有庙,王乃在中也。利涉大川,乘木有功也。象曰:风行水上,涣。先王以享于帝,立庙。"

⑩《涣》之下为《节》、《中孚》、《小过》三卦。《序卦》:"物不可以终离,故受之以节。"《节卦》:"象曰:节,亨。刚柔分而刚得中……。"《序卦》:"节而信之,故受之以中孚。"注:"孚,信也。"《中孚卦》:"象曰:中孚,柔在内而刚得中,说而巽,孚,乃化邦也。"注:"刚得中则直而正,柔在内则静而顺,说而以巽则乖争不作,如此则物无巧竞,敦实之行着,而笃信发乎其中矣。"《序卦》:"有其信必行之,故受之以小过。"《小过卦》:"小过,亨,利贞。可小事不可大事。飞鸟遗之音,不宜上,宜下,大吉。"注:"飞鸟遗其音,声哀以求处,上愈无所适,下则得安,愈上则愈穷,莫若飞鸟也。"《小过》:"象曰:……有飞鸟之象焉(注:"不宜上,宜下,即飞鸟之象。")……象曰:山上有雷,小过。君子以行过乎恭,丧过乎哀,用过乎俭。初六,飞鸟以凶。……上六,弗遇过之,飞鸟离之,凶,

是谓灾眚。”眚，所景切，灾也。

⑪《小过》之下为《既济》。《序卦》：“有过物者必济，故受之以既济。”《既济卦》：“既济，亨，小利贞。初吉，终乱。彖曰：既济亨，小者亨也。利贞，刚柔正而位当也。初吉，柔得中也。终止则乱，其道穷也。象曰：水在火上，既济。君子以思患而豫防之。”

⑫《既济》之下为《未济》。《序卦》：“物不可穷也，故受之以未济终焉。”《未济卦》：“彖曰：未济，亨，柔得中也。……象曰：火在水上，未济。君子以慎辨物，居方。”

卦体开阖，“乾”以一为开，“坤”以二为阖[①]。“乾”“坤”成体而刚柔有位，故木老于未，水生于申，而“坤”在西南；火老于戌，木生于亥，而“乾”在西北；刚柔之际也，故谓之父母[②]。阳梅本、张采本作赐，似误。承“震”动，发而相承，专制遂行，万物以兴，故谓之长男[③]；水老于辰，金生于巳，一气存之，终而复起，故“巽”为长女；“震”发于风，阴德有纪，火中鹑鸣，母道将始，故“离”为中女；又在西北，健战将升，季阴幼昧，衰而不胜，故“兑”为少女[④]。仓中拔留，肇幽为阳，及本作阴。在中未达，含而未章，故“坎”为中男；周流接合，万物既终，造微更始，明而未融，故“艮”为少男[⑤]。“乾”圆“坤”方，女柔男刚，健柔时推，而祸福范陈本、梅本、及本、李本二字倒置。是将，循化知生，从变见亡；故吉凶成败，不可乱也[⑥]。

【笺注】

①前两段乃按六十四卦之顺序，解释各卦递相连接之意义，与《周易》之《序卦》一篇相应；此段则按六十四卦中八个基本卦（即原始之乾、坎、艮、震、巽、离、坤、兑八卦。所有六十四卦，皆由此八卦分别配合而成。）之方位，结合五行及十二辰，说明此八卦始盛终衰，推移变化之义，与《周易》之《说卦》一篇相应。八卦之“卦”字，或原来即是方位之

意。八卦本由结绳发展而来。由于人事日繁，结绳已不足以备纪，于是始发明稍稍繁复之划线（八卦）以代之。但将八卦分别所纪之事叠置一处，殊不便查考，于是又将八卦分置于八个方位，此即八卦之所由起也。《周易·系辞上》："是故易有太极，是生两仪，两仪生四象，四象生八卦。"由直立之人身看，最容易分别者为上、下（天地），是即两仪；然后分出左、右、前、后四方，是即四象；每一方与其左右邻方之间各成一隅，共为四隅，四方加四隅，是即八卦。《周礼·天官·太卜》疏："卦之为言挂也，挂万象于上也。"《广韵》："八卦者，八方之卦也。"博局上所画之方块谓之罫，（《集韵》："罫，博局方目。"）此亦由卦字引伸而来。有固定之方法，所谓五行及十二辰即《易》与之相结合，是即汉以后《易》学中之阴阳术数一流也。大体上通乎此，即可以读阮籍此段文章矣。阖，闭也。《易·系辞上》："夫乾，其静也专，其动也直，是以大生焉；夫坤，其静也翕，其动也辟，是以广生焉。"又："夫是，故阖户之谓坤，辟户谓之乾，一开一阖谓之变。"注："乾道包物，乾道施生。"疏："谓吐生万物，若室之开辟其户。闭藏万物，若室之闭阖其户。"

②《书·洪范》："五行：一曰水，二曰火，三曰木，四曰金，五曰土。"《说文》："木，冒地而生，东方之行。"《淮南子·天文训》："木生于亥，壮于卯，死于未，三辰皆木也。"《说文》："五行，木老于未。"《说文》："水，准也。北方之行。"又："申，七月阴气成体，自申束。"《淮南子·天文训》："水生于申，壮于子，死于辰，三辰皆水也。"《说文》："火，毁也。南方之行。"又："戌，灭也。九月阳气微，万物毕成，阳下入地也。"《淮南子·天文训》："火生于寅，壮于午，死于戌，三辰皆火也。"《易·说卦》："乾，天也，故称乎父。坤，地也，故称乎母。"

③《说文》："震，辟历振物者。"《易·说卦》："万物出乎震。震，东方也。"又："震一索而得男，故谓之长男。"

④《说文》："辰，震也。三月阳气动，雷电振民农时也，物皆生。"《说文》："金，西方之行。生于土。"又："巳，已也。四月阳气已出，阴气已藏，万物见成文章。"《淮南子·天文训》："金生于巳，壮于酉，死于丑，三辰皆金也。"《淮南子·地形训》："木壮，水老，火生，金囚，土死。火壮，木

老，土生，水囚，金死。土壮，火老，金生，木囚，水死。金壮，土老，水生，火囚，木死。水壮，金老，木生，土囚，火死。"《尔雅·释鸟》："鵙，伯劳也。"《易通卦验》："博劳夏至应阴而鸣，冬至而止，故帝少皞以为司至之官。"《周易·说卦》："巽一索而得女，故谓之长女；……离再索而得女，故谓之中女；……兑三索而得女，故谓之少女。"《说文》："兑，说（悦）也。"

⑤《诗·大雅·既醉》："昭明有融。"注："融，明之盛者。"《左传·昭公五年》："卜楚丘曰：'……明夷之谦，明而未融，其当旦乎？'"《周易·说卦》："坎再索而得男，故谓之中男；……艮三索而得男，故谓之少男。"《说文》："坎，陷也。"

⑥《易·说卦》："乾为天，为圆……。"《淮南子·天文训》："天道曰圆，地道曰方。方者主幽，圆者主明。"《周易·杂卦》："乾刚坤柔。"《周易·系辞下》："夫乾，天下之至健也。……夫坤，天下之至顺也。"又："刚柔杂居而吉凶见矣。"

"大过"何也？"栋桡"莫辅，"大者过也"①。先王之驭世也，刑设而不犯，罚着而不施，"习坎""刚中"，"惟以心亨"，王正其德，公守厥职，上下不疑，臣主无惑。"纳约自牖"，非户何咎？车輢中门，剑戟在闼，虽"置丛棘"，凶已三岁，上六"失道"，刑决也②。故"高宗伐鬼方"，柔道中也；"三年有赏"，德乃丰也③。"同人"先范陈本、梅本、及本、张采本、李本作五。号，思其终也；"旅"上之美，乐其穷也④。是以失刑者严而不检，丧德者高而不尊，故君子正义以守位，固法以威民，从范陈本、梅本、张燮本、张溥本。他本作名。何衢则亨，"灭耳"而凶也⑤。"小过"何也？逾位凌上，害正危身，"小者过"也⑥。"既济""初六诸本皆作六，当作吉。终乱"何也？水加日上，三阴乘阳，以力求济，不止必亡，故"初吉终乱"也⑦。"未济"上六，诸本皆作六，当作九。"饮酒，无咎"，何也？过而莫改，危而弗间，谁咎之也⑧！"无妄"何也？无望而至，非会合阴阳之违行也。六三，"无妄之灾，或系之牛，行人得之，邑人灾"，何也？有国而不收其民，有众而不修其器，行人得之，不亦灾乎？九五之"疾，勿药"，何也？非常之厚，离以为同，"无妄之疾"，灾以除凶，天时成败，何疾之功？"勿药有喜"，不成疑当作妄。何试范陈本、梅本、及本、张采本、李本作识。也⑨。

【笺注】

①《易·大过卦》："大过，栋桡，利有攸往，亨。彖曰：大过，大者过也。栋桡，本末弱也。……九三，栋桡，凶。象曰：栋桡之凶，不可以有辅也。九四，栋隆，吉。象曰：栋隆之吉，不桡乎下也。"《尔雅·释宫》郭注："屋檼曰栋，即屋脊也。"桡，弱也。《管子·形势解第六十四》："栋生，桡不胜任，则屋覆。而人不怨者，其理然也。"

②《易·贲卦》："象曰：山下有火，贲。君子以明庶政，无敢折狱。"《丰卦》："象曰：雷电皆至，丰。君子以折狱致刑。"《旅卦》："象曰：山上有火，旅。君子以明慎用刑而不留狱。"《中孚卦》："象曰：泽上有风，中孚。君子明议狱缓死。"《习坎卦》："习坎，有孚，维心亨。行有尚。彖曰：习坎，重险也。水流而不盈。行险而不失其信，维心亨，乃以刚中也。……王公设险以守其国。险之时用大矣哉！……六四，樽酒，簋贰，用缶，纳约自牖，终无咎。"注："虽复一樽之酒，二簋之食，瓦缶之器，纳此至约，自进于牖，乃可羞之于王公，荐之于宗庙，故终无咎也。"约，俭约之义。《习坎卦》："上六，系用徽纆，实于丛棘，三岁不得，凶。象曰：上六失道，凶三岁也。"注："险峭之极，不可升也；严法峻整，难可犯也；宜其囚执，实于思过之地。三岁险，道之夷也；险终乃返，故三岁不得；自修三岁，乃可以求复；故曰三岁不得凶也。"

③《易·既济卦》："九三，高宗伐鬼方，三年克之，小人勿用。"又："既济，亨小，利贞。初吉，终乱。彖曰：既济亨，小者亨也。利贞刚柔正而位当也。初吉，柔得中也。终止则乱，其道穷也。"《未济卦》："九四，贞吉。悔亡。震用伐鬼方，三年有赏于大国。"

④《周易·同人卦》："九五，同人先号咷而后笑。大师克，相遇。"《易·旅

卦》:"上九,鸟焚其巢。旅人先笑后号咷。丧牛于易,凶。象曰:以旅在上,其义焚也。丧牛于易,终莫之闻也。"注:"客而得上位,故先笑也。以旅而处于上极,众之所嫉也。以不亲之身而当嫉害之地,必凶之道也,故曰后号咷。"

⑤《易·大畜卦》:"上九,何天之衢,亨。象曰:何天之衢,道大行也。"注:"何,辞也,犹云何畜? 乃天之衢,亨也。"《噬嗑卦》:"象曰:雷电噬嗑,先王以明罚敕法。上九,何校灭耳,凶。"注:"处罚之极,恶积不改者也。罪非所惩,故刑及其首,至于灭耳。及首非诫,灭耳非惩,凶莫甚焉。"校,《说文》:"木囚也。"《易·系辞下》:"易曰:'何校灭耳,凶。'子曰:危者,安其位者也。亡者,保其存者也。乱者,有其治者也。是故君子安而不忘危,存而不忘亡,治而不忘乱,是以身安而国家可保也。"

⑥《易·小过卦》:"六二,过其祖,遇其妣;不及其君,遇其臣;无咎。象曰:不及其君,臣不可过也。九三,弗过防之,从或戕之,凶。象曰:从或戕之,凶如何也。九四,无咎。弗过遇之。往厉,必戒。勿用,永贞。象曰:弗过遇之,位不当也。往厉必戒,终不可长也。"

⑦初六应作初吉,《既济卦》无初六爻。《易·既济卦》:"既济,亨小,利贞。初吉终乱。"《既济》上三爻是坎卦,下三爻是离卦。《易·说卦》:"坎为水……。离为火,为日……。"故曰"水加日上"。每二爻都是一阴一阳,故曰"三阴乘阳"。《易·既济卦》:"上六,濡其首,厉。象曰:濡其首,厉,何可久也!"注:"过进不已,则遇于难,故濡其首也。将没不久,危莫先焉。"

⑧上六应作上九,《未济卦》无上六爻。《易·未济卦》:"上九,有孚于饮酒,无咎。濡其首,有孚失是。象曰:饮酒濡首,亦不知节也。"注:"苟不忧于事之废而耽乐之甚,则至于失节矣。"

⑨《易·无妄卦》:"象曰:无妄,刚自外来而为主于内,……无妄之往,何之矣。天命不祐,行矣哉!"又:"六三,无妄之灾,或系之牛,行人之得,邑人之灾。象曰:行人得牛,邑人灾也。"注:"以阴居阳,行违谦顺,是无妄之所以为灾也。牛者,稼穑之资也。二以不耕而获,利有攸往;而三为不顺之行,故或系之牛,是有司之所以为获,彼人之所以为哭也,故

曰行人之得，邑人之灾也。”又《无妄卦》：“九五，无妄之疾，勿药有喜。象曰：无妄之药，不可试也。”注：“非妄之灾，不治自复；非妄而药之，则凶，故曰勿药有喜。”又：“药攻有妄者也，而反攻无妄，故不可试也。”

“龙”者何也？阳健之类，盛德尊贵之喻也。配天之厚，盛得莫高之谓尊贵。大人受命，处中当阳，德之至也。“亢龙有悔”何也？继守承贵，有因而德不充范陈本作哀。程本、梅本、张采本、李本作克。者也。欲大而不顾其小，甘侈而不思其匮，居正上位而无卑有贵，劳而无据，丧志危身，是以悔也[1]。“先王”何也？大人之功也。故“建万国，亲诸侯”，树其义也；“作乐”“荐上帝”，正其命也；“省方”“观民”，施其令也；“明罚敕张采本作敕。法”，督其政范陈本作正。程刻本作改。也；“闭关”“不行”，静乱民也；“茂时育德”，应显其福也；“享帝立庙”，昭其禄也。称圣王所造，非承平之谓也[2]。“后”者何也？成君定位，据业修制，保教守法，畜履治安者也。故自安者也。故自然成功济用，已至大通，后“成李本作承。天地之道”“以左右民”也。成化理决，施令诰方，因统绍衰，中处将正之务，非应初受命之事也[3]。“上”者何也？日月相易，盛衰相及，“致饰”则利之未捷及本作犍。受，此句疑有误字。故王后不称，君子不错，上以厚下，道自然也[4]。“君子”者何也？佐圣扶命，翼教明法，观时而行，有道而臣人者也，因正德以理其义，察危废以守其身，故经纶以正盈，果行以遂义，饮食以须时，辩义以作事，皆所以章先王之建国，辅圣人之神志也。见险虑难，“思患”“预防”，别物“居方”，慎初敬始，皆人臣之行，非大君之道也[5]。“大人”者何也？龙德潜达，贵贱通明，有位无称，大以行之，故“大过”灭示，天下幽明，大人发辉重光，“继明照于四方”，万物仰生，合德天地，不为而成，故“大人虎变”，天德兴也[6]。

【笺注】

①《易·乾卦》六爻中有五爻说龙："初九，潜龙勿用。""九二，见龙在田，利见大人。""九四，或跃在渊，无咎。""九五，飞龙在天，利见大人。""上九，亢龙有悔。""用九，见群龙无首，吉。"唯九三不说龙。又："象曰：……时乘六龙以御天……。""文言曰：子曰：'龙，德而隐者也。'"又曰："子曰：'龙，德而正中者也。……易曰："见龙在田，利见大人。"君德也。'"又曰："上九曰：'亢龙有悔。'何谓也？子曰：'贵而无位，高而无民，贤人在下位而无辅，是以动而有悔也。'"又曰："亢之为言也，知进而不知退，知存而不知亡，知得而不知丧。其唯圣人乎！知进退存亡而不失其正者，其唯圣人乎！""继守承贵"谓继世而守其位，承先世之贵也。侈，奢也，泰也。甘侈，甘于奢泰。匮，乏也，竭也。

②功，功绩也。《易·比卦》："象曰：地上有水，比。先王以建万国，亲诸侯。"《豫卦》："象曰：雷出地，奋豫。先王以作乐崇德，殷荐之上帝，以配祖考。"《观卦》："象曰：风行地上，观。先王以省方、观民、设教。"《噬嗑卦》："象曰：雷电，噬嗑。先王以明罚敕法。"《复卦》："象曰：雷在地中，复。先王以至日闭关，商旅不行，后不省方。"《无妄卦》："象曰：天下雷，行，物与无妄。先王以茂对时育万物。"《涣卦》："象曰：风行水上，涣。先王以享于帝，立庙。""称圣王所造，非承平之谓也"，谓皆先王因时创造，非继守承贵之事也。

③后，《说文》："继体君也。"《易·泰卦》："象曰：天地交，泰。后以财成天地之道，辅相天地之宜，以左右民。"《姤卦》："象曰：天下有风，姤。后以施命诰四方。"

④"致饰则利之未捷受"句不可解，疑其中有误字。《易·系辞注》："错，置也。"今作措。《易·剥卦》："象曰：山附于地，剥。上以厚下安宅。"

⑤《易·巽卦》："象曰：随风，巽。君子以申命行事。"《习坎卦》："象曰：水洊至，习坎。君子以常德行，习教事。"《节卦》："象曰：泽上有水，节。君子以制数度，议德行。"《乾卦·文言》："君子进德修业，欲及时也。"《大畜卦》："象曰：天在山中，大畜。君子以多识前言往行以畜其德。"《晋卦》："象曰：明出地上，晋。君子以反身修德。"《升卦》："象曰：地

中生木，升。君子以顺德，积小以高大。”以上所引四卦象辞，皆所谓有道也。《坤卦·文言》：“君子敬以直内，义以方外。”《否卦》：“象曰：天地不交，否。君子以俭德避难，不可荣以禄。”《大过卦》：“象曰：泽灭木，大过。君子以独立不惧，遁世无闷。”《屯卦》：“象曰：云雷，屯。君子以经纶。”《序卦》：“屯者盈也。”《蒙卦》；“象曰：山下出泉，蒙。君子以果行育德。”《需卦》：“象曰：云上于天，需。君子以饮食宴乐。”《乾卦·文言》：“君子……利物出以和义。”《萃卦》“象曰：泽上于地，萃。君子以除戎器，戒不虞。”《震卦》：“象曰：洊雷，震。君子以恐惧修省。”《既济卦》：“象曰：水在火上，既济。君子以思患而豫防之。”《未济卦》：“象曰：火在水上，未济。君子以慎辨物居方。”《讼卦》：“象曰：天与水遇，讼。君子以作事谋始。”

⑥《易·乾卦·文言》：“夫大人者，与天地合其德，与日月合其明，与四时合其序，与鬼神合其吉凶。先天而天弗违，后天而奉天时。”《离卦》：“象曰：明两作，离。大人以继明照于四方。”《革卦》：“九五，大人虎变，未占有孚。象曰：大人虎变，其文炳也。”

君子曰：“易”，顺天地，序万物，方圆有正体，四时有常位，事业有所丽，鸟兽有所萃，故万物莫不一也①。阴阳性生，从范陈本、梅本、张燮本、及本、张采本、李本。他本除汪本外缺“性生”二字。性故有刚柔；刚柔情生，情故有爱恶。爱恶生得失，得失生悔吝，从范陈本。他本均从俗写作悋。悔吝从范陈本。著而吉凶见②。八卦居方以正性，蓍龟圆通以索《尉氏县志》作制。情。情性交而利害出，故立仁义以定性，取蓍龟以制情③。《尉氏县志》无以上三句。仁义有偶而祸福分，是故圣人以建天下之位，定尊卑之制，序阴阳之适，别刚柔之节。顺之者存，程校刻本误作其。逆之者亡，得之者身安，失之者身危。故犯之以别范陈本、及本注：“一作利。”求者，虽吉必凶；知之以守笃者，虽穷必通④。故寂寞者德之主，恣睢者贼之原，进往张采本二字倒置。者反及本作板。之初，终尽者始之根也。是以未至不可坼梅本、张采本作圻。也，已用不可越也[5]。纣有天下之号，而比匹夫之类邻。《尉氏县志》无邻字。周处小侯之细，而享范陈本、梅本、及本、张采本、李本作亨。于西山之宾。范陈本作滨。外内之德范陈本、及本、张采本、李本作应。已施，而贵贱之名未分，何也？天道未究，善恶未淳也[6]。是以明乎范陈本、及本作夫。天之道者不欲，审乎人之德者不忧。在上而不凌乎下，处卑而不犯乎贵，故道不可逆，德不可拂也。是以圣人独立无闷，大群不益，释之而道存，用之而不可既[7]。

由此观之，易以通矣。

【笺注】

①《易·系辞下》："天地设位。"《说卦》："天地定位。"又："万物出乎震……齐乎巽。巽，东南也。齐也者，言万物之洁齐也。离也者明也，万物皆相见。……坤也者地也，万物皆致养焉。……兑，正秋也，万物之所说也。……坎者水也，……万物之所归也。……艮，东北之卦也，万物之所成终而成始也。"《公羊传·隐公元年》注："昏斗指东方曰春。"《史记·天官书》："东方木主春。"《汉书·魏相传》："南方之神炎帝秉礼执衡，司夏。"《仪礼·乡饮酒礼》："西方者秋。"《鹖冠子·环流篇》："斗柄北指，天下皆冬。"《系辞上》："蓍之德圆而神，卦之德方以知。"又："广大配天地，变通配四时。"又："举而措之天下之民，谓之事业。"《坤卦·文言》："君子黄中通理，正位居体，美在其中，而畅于四支，发于事业。"丽，附也。《说卦》："乾……为良马……，坤……为母牛……，震……其于马也为善鸣……，坎……其于马也为美脊，离……为鳖、为蟹、为蠃、为蚌、为龟，艮……为狗、为鼠、为黔喙之属，兑……为羊。"萃，聚也。《系辞下》："天下之动，贞夫一者也。"

②《易·系辞上》："一阴一阳之谓道。继之者善也。成之者性也。"《系辞下》："阴阳合德而刚柔有体。"又："八卦以象告，爻彖以情言，刚柔杂居而吉凶可见矣。变动以利言，吉凶以情迁，是故爱恶相攻而吉凶生，远近相取而悔吝生，情伪相感而利害生。凡易之情，近而不相得则凶，或

害之，悔且吝。"《系辞上》："吉凶者，言乎其失得也。"《系辞下》："是故吉凶生而悔吝著也。"

③《易·系辞》注："圆者运而不穷，方者止而有分。言蓍以圆象神，卦以方象知也。唯变所适，无数不周，故曰圆。卦列爻分，各有其体，故曰方也。"《说卦》："是故立天之道曰阴与阳，立地之道曰柔与刚，立人之道曰仁与义。"

④偶，合也。《史记·太史公自序》："司马谈论六家要指：'夫阴阳、四时、八位、十二度、二十四节，各有教令，顺之者昌，逆之者不死则亡，未必然也。故曰"使人拘而多畏"。'"

⑤《易·系辞上》："易无思也，无为也，寂然不动，感而遂通天下之故，非天下之至神其孰能与于此！"《后汉书·崔骃传》注："恣睢，自用之貌。"《系辞下》："易之为书不可远，为道也屡迁，变动不居，周流六虚。"《序卦》："进必有所归。"又："物不可以终尽剥，穷上反下，故受之以'复'。"又："物不可穷也，故受之以'未济'终焉。"坼，裂也。

⑥《易·系辞下》："易之兴也，其于中古乎？作易者其有忧患乎？"又："易之兴也，其当殷之末世，周之盛德耶？当文王与纣之事耶？"《孟子·梁惠王下》："闻诛一夫纣矣。"《史记·周本纪》："公季卒，子昌立，是为西伯，西伯曰文王。遵后稷、公刘之业，则古公、公季之法，笃仁、敬老、慈少，礼下贤者，日中不暇食以待士，士以此多归之。"享，宴享。西山，指文王当时所居之岐山。究，极也。淳，清也。

⑦《易·系辞上》："乐天知命故不忧。"拂，违也。《乾卦·文言》："初九曰：潜龙勿用。何谓也？子曰：龙，德而隐者也。不易世，不成名，遁世无闷，不见是而无闷，乐则行之，忧则违之，确乎其不可拔，潜龙也。"《大过卦》："象曰：泽灭木，大过。君子以独立不惧，遁世无闷。"闷，烦也。《既济卦》疏："既者，皆尽之称。"

达范陈本、李本无"达"字。庄论

《晋书·阮籍传》："博览群籍，尤好庄老。"张溥题辞见《乐论》题下注。

阮氏以《易》说《庄》,但《庄子》书中亦有《易》,如《天道篇》言尊卑、先后即是。

伊单阏之辰,执徐之岁,万物权舆之时,季秋遥夜之月①,先生徘徊翱翔,迎风而游,往遵乎赤水之上,来登乎隐坌当作弅。之丘,临乎曲辕之道,顾乎泱漭及本作莽。之洲,恍然而止,忽然而休,不识曩之所以行,今之所以留;怅然而无乐,愀然而归白素焉。平昼闲居,隐几而弹琴②。

【笺注】

①伊,彼也。《尔雅·释天》:"太岁在卯曰单阏。"又:"太岁在辰曰执徐。"《淮南子·天文训》:"太阴在卯,岁名曰单阏。"注:"单,尽;阏,止也。言阳气推万物而趍,阴气尽止也。"辰,时也。《淮南子·天文训》:"太阴在辰,岁名曰执徐。"注:"执,蛰;徐,舒也。言伏蛰之物皆散舒而出也。"《尔雅·释诂》:"权舆,始也。"《广韵》:"权舆,始也。造衡自权始,造舆自车始也。"月指月色。按:阮籍在生之年,凡五遇卯、辰之岁:一、汉献帝建安十六年(辛卯)、十七年(壬辰),时年二、三岁。二、魏文帝黄初四年(癸卯)、五年(甲辰),时年十四五岁。三、魏明帝青龙三年(乙卯)、四年(丙辰),时年二十六七岁。四、魏齐王芳正始八年(丁卯)、九年(戊辰),时年三十八九岁。五、魏高贵乡公髦甘露四年(己卯)、五年(庚辰),时年五十、五十一岁。高贵乡公于甘露五年五月被害,而观此文首段忧来无端,无可奈何之情绪,今假定系作于最后之一个辰年,或不远于事实。

②徘徊,犹彷徨也。翱翔,见《答伏义书》注。《庄子·天地篇》:"黄帝游乎赤水之北,登乎昆仑之丘而南望。"注:"李云:水在昆仑山下。"《博雅》:"昆仑虚,赤水出其东南陬。"《庄子·知北游》:"知北游于玄水之上,登隐弅之丘。"陆德明《音义》:"隐,出弅起,丘貌。"《集韵》:"弅,丘高起貌。"坌,尘也,聚也。此处仍当作弅。《庄子·人间世》:"匠石之齐,至乎曲辕。"陆德明《音义》:"曲辕音袁。司马云:'曲辕,曲道也。'

崔云：'道名。'"泱漭，广大貌。曩，不及以前之意。愀，容色变色。《庄子·天地篇》："（孔子曰：）夫明白入素，无为复朴，体性抱神，以游世俗之间者，汝将固惊耶？"平昼，犹言平日。《孟子·公孙丑》注："隐，倚也。"

于是缙绅好事之徒相与闻之，共议撰辞合句，启所常疑①。乃窥鉴整饬，嚼齿先引，推年蹑踵，相随俱进②。奕奕然步，脑脑然视，投迹蹈阶，趋而翔至。差范陈本作羞。肩而坐，恭袖而检，犹豫相临，范陈本、梅本、李本作林。莫肯先占③。

【笺注】

①《荀子·礼论》注："缙与搢同。"《说文》："搢，插也。绅，大带也。"《后汉书·朱景王杜马刘傅坚马传论》注："缙，赤色也。绅，带也。或作搢，搢，插也，谓插笏于带也。"缙绅，谓仕宦之人。撰，集也。《集韵》："一曰择也。"《书·尧典》传："启，开也。"

②窥，视也。鉴，镜也。整饬，谓整饬其仪容、衣冠。嚼，本作噍，啮也。《尔雅·释诂》："齿，寿也。"《诗·鲁颂·閟宫》："黄发儿齿。"笺："儿齿亦寿征。"陆德明《释文》："齿落更生细者。"嚼齿，似谓年最长者。引，率引之意。蹑，蹈也。推年，谓年长者在前。蹑踵，谓紧相衔接，后人之趾踏着前人之踵也。

③奕奕有三义：一、大也。（见《诗·小雅·巧言》传、《大雅·荡之什·韩奕》传。）二、忧心貌。（《诗·小雅·頍弁》："未见君子，忧心奕奕。"传："奕奕然无所薄也。"）三、佼美也。（见《诗·鲁颂·閟宫》笺。）此文自前后文观之，似取第二义。脑，挑取骨间肉也。"脑脑然视"，犹俗言看人时眼睛往骨缝里钻。疾行曰趋。《礼记·曲檀》："室中不翔。"注："行而张拱曰翔。"差，《广韵》："次也。不齐等也。"《释名》："恭，拱也，自拱持也。"《尔雅·释诂》："检，同也。"又："临，视也。"《韵会》："隐度其辞以授人曰口占。"

有一人，是其中雄桀也，乃怒目击势而大言曰："吾生乎唐虞之后，长乎文武之裔，游乎成康之隆，盛乎今者之世，诵乎六经之教，习乎吾儒之迹，被哀范陈本、梅本、及本、李本作沙。衣，冠飞翮，垂曲裾，扬双鸮有日矣；而未闻至道之要，有以异之于斯乎！且大人称之，细人承之；愿闻至教，以发其疑①。"先生曰："何哉，子之所疑者？"客曰："天道贵生，地道贵贞，圣人修之，以建其名，吉凶有分，是非有经，务利高势，恶死重生，故天下安而大功成也②。今庄《艺文类聚》卷三十七"庄"下有"子"字。周乃齐祸福而一死生，以天地为一物，以万类为一指，无乃激《艺文类聚》卷三十七作徼。惑范陈本作感。以失真，而自以为诚是《艺文类聚》卷三十七作者。也③？"

【笺注】

①桀，借作杰。击势，谓以权击作势。唐、虞、尧、舜，意谓文明大启之后。文、武，周文王、武王。《韵会》："苗裔，种类也。"成、康，周成王、康王。《史记·周本纪》："故成、康之际，天下安宁，刑错四十余年不用。"《庄子·天运篇》："孔子谓老聃曰：'丘治诗、书、礼、乐、易、春秋六经。'老子曰：'……夫六经，先王之陈迹也，岂其所以迹哉？今子之所言，犹迹也。夫迹，履之所出，而迹岂履哉？'"《汉书·隽不疑传》："褒衣博带。"师古注曰："褒，大裾也。言着褒大之衣，广博之带也。而说者乃以为朝服垂褒之衣，非也。"翮，羽茎也。裾，《说文》："衣袍也。"鸮，疑当作舄，《博雅》："舄，履也。"承，受也。

②《易·系辞下》："天地之大德曰生。"又："天地之道贞观者也。"《释名》："贞，定也，精定不动惑也。"名，《国语·周语》注："功也。"分，分定之意。《易·颐卦》注："经犹义也。"《左传·昭公二十五年》注："经者道之常。"《易·乾卦·文言》："利者义之和也。"又："乾始能以美利利天下，不言所利，大矣哉！"《系辞上》："崇高莫大乎富贵。"注："位所以一天下之动而济万物。"

③《庄子》书中，言祸福者不多，如《田子方篇》："夫天下也者，万物之所一

也。得其所一而同焉,则四肢百体将为尘垢,而死生终始将为昼夜而莫之能滑,而况得丧祸福之所介乎?"《刻意篇》:"不为福先,不为祸始。"《秋水篇》:"(北海若曰:)宁于祸福。"则非"齐"之意。而言"死生"者则甚多,今举例如下:《齐物论》:"(长梧子曰:)予恶乎知说生之非惑耶?予恶乎知恶死之非弱丧而不知归者耶?……予恶乎知夫死者不悔其始之蕲生耶?"《天运篇》:"动于无方,居于窈冥,或谓之死,或谓之生。"《至乐篇》:"庄子曰:气变而有形,形变而有生,今又变而之死,是相与为春秋冬夏四时行也。"他如《大宗师》、《天运》、《刻意》、《秋水》、《庚桑楚》诸篇中皆有之,不具引。《齐物论》:"天地一指也,万物一马也。"陆德明《音義》:"崔云:指,百体之一体。马,万物之一物。"郭沫若《十批判书》:"指是宗旨,是观念。马是法码,是符號。"

于是先生乃抚琴容与,慨然而叹,俯而微笑,仰而流眄,嘘噏精神,言其所见曰:"昔人有欲观于阆峰之上者,资端冕,服梅本作饰。骅骝,至乎昆仑之下,没而不反。端冕者,常服之饰;骅骝者,凡乘之马;从及本。他本皆作耳。非所以矫腾增城之上,游汪本作骋。玄圃之中也①。且烛龙之光,不照一堂之上,钟李本作镗。山之口,不谈曲室之内。今吾将堕崔巍之高,杜衍谩之流,言子之所由,几其寤而获及梅本作反。乎②!

【笺注】

①容与,从容自放之意。《庄子·人间世》:"因案人之所感以求容与其心。"注:"……以求从容自放而遂其侈心也。"《离骚》注:"阆风,山名,在昆仑之上。"《穀梁传·僖公三年》注:"端,玄端之服。"《说文》:"冕,大夫以上冠也。"《易·系辞下》:"服牛乘马。"疏:"服用其牛。"骅骝,骏马。凡,常也。矫,高举也。腾,上跃也。《淮南子·览冥训》:"昆仑去地一万八千里,上有曾城九重;或上倍之,是谓阆风;或上倍之,是谓玄圃。"

②《楚辞·天问》:"日安不到,烛龙何照?"注:"言天之西北有幽冥无日之国,有龙衔烛而照之也。"《山海经·大荒北经》:"西北海之外,赤水之北,有章尾山。有神,人面蛇身而赤,直目正乘,其瞑乃晦,其视乃明,不食不寝不息,风雨是谒,是烛九阴,是谓烛龙。""钟山之口",未详。李宾本作镗山,镗为鼓声。此句似为巨声之意。曲室,亦与曲房同。堕,毁也。崔、巍,皆高也。杜,塞也。《庄子·齐物论》陆德明《音义》:"司马云:'曼衍,无极也。'"谩,亦曼衍之意。《庄子·天道篇》:"(孔子)往见老聃而老聃不许,于是翻十二经以说,老聃中其说曰:'大谩,愿闻其要。'"《礼记·乐记》:"乐胜则流。"注:"流谓合行,不敬也。"《史记·晋世家》注:"几,谓望也。"《周礼·秋官·司寝氏》注:"寤,觉也。"及,至也。

天地生于自然,万物生于天地。自然者无外,故自"曰昔人有"起至此止《艺文类聚》卷三十七无。天地名焉;天地者有内,故万物生焉。当其无外,谁谓异乎?当其有内,谁谓殊乎[①]?地流其燥,天抗其湿。月东出,日西入,随以相从,解而后合,升谓之阳,降谓之阴。在地谓之理,在天谓之文。蒸谓之雨,散谓之风;炎谓之火,凝谓之冰;从张燮本、张采本、李本。他本皆讹作米。形谓之石,象谓之星[②];朔谓之朝,晦谓之冥;通谓之川,回谓之渊;平谓之土,积谓之山[③]。男女同位,山泽通气,雷风不相射,水火不相薄。天地合其德,日月顺其光,自张采本脱"自"字。然一体,则万物经其常,入谓之幽,出谓之章,一气盛衰,变化而不伤[④]。是以重阴雷电,非异出也;天地日月,非殊物也。自"随以相从"句起至此句止《艺文类聚》卷三十七无。故曰:自其异者视之,则肝胆楚越也;自其同者视之,则万物一体也[⑤]。

【笺注】

①《淮南子·天文训》:"道始于虚廓。虚廓生宇宙。宇宙生气。气有汉

垠，清阴者薄靡而为天，重浊者滞凝而为地。"《易·序卦》："有天地，然后万物生焉。"《庄子·达生篇》："天地者，万物之父母也。合则成体，散则成始。"《易·乾卦》注："天也者，形之名也。"《坤卦》注："地也者，形之名也。"自然之外无有，天地同生于自然，处于自然，故不异。万物同在自然之内，故不殊。

②《易·乾卦·文言》："（子曰）……水流湿，火就燥。"此言地流其燥，天抗其湿，似谓燥气下降则流于地而归于湿，湿气上蒸则抗于天而归于燥，彼此互为感应，而非互不相干也。随、解，皆《易》卦名。《易·系辞上》："仰以观于天文，俯以察于地理。"《类篇》："蒸地之气和则雨。"《易·系辞》："风以散之。"疏："地有山川原隰，各有条理，故称理也。"《庄子·齐物论》："子綦曰：'夫大块噫气，其名为风。'"《书·洪范》："火曰炎上。"《易·坤卦》："象曰：履霜坚冰，阴始凝也。"《左传·僖公十六年》："十六年春，陨石于宋，五，陨星也。"《易·系辞上》："在天成象，在地成形，变化见矣。"注："象况日、月、星、辰。"

③《白虎通》："朔之言苏也。明消更生，故言朔。"《左传·昭公七年》注："晦，夜也。"《公羊传·僖公十五年》："晦者何？冥也。"川，《尔雅·释水》注："通流。"回，《说文》："象回转之形。"渊，《说文》："回水也。"《大戴礼记·劝学》："积土成山。"以上雨与风，火与冰，石与星，朝与冥，川与渊，土与山皆对举，言因其所赋之形象不同而称名亦异，其实皆一物也。

④《易·说卦》："天地定位，山泽通气，雷风相薄，水火不相射。"薄，追也。此言雷风不相射，水火不相薄，与《说卦》之文异。《说卦》又曰："雷以动之，风以散之。"是雷风本不相射，前云"炎谓之火，凝谓之冰"，是水火亦本不相薄也。《易·乾卦·文言》："夫大人者，与天地合其德，与日月合其明。"《豫卦》："象曰：……天地以顺动，故日月不过而四时不忒。"此就天地、日月本体而言。《释名》："经，径也。"幽，《玉篇》："不明。"章，明也。伤，损也。

⑤《庄子·德充符》："仲尼曰：'自其异者视之，肝胆，楚越也；自其同者视之，万物皆一也。'"《淮南子·俶真训》作胡越，注，"肝胆谕近，胡越谕

远。”按:此段盖答复客所问“庄周以天地为一物,万物为一指”之问题。

人生天地之中,体自然之形。身者,阴阳之积范陈本、梅本、李本作精。气也;性者,五行之正性也;情者,游魂之变欲也;神者,天地之所以驭者也①。自“人生天地之中”句起至此句止《艺文类聚》卷三十七无。以生言之,则物无不寿;推之以死,及本作“以死推之”。则物无不夭。自小视之,则万物莫不小;由大观之,则万物莫不大。殇子为寿,彭祖为夭;秋毫为大,泰山为小;故以死生为一贯,是非为一条也②。

【笺注】

①体,犹言体现。又《礼记·中庸》注:“犹接纳也。”《庄子·知北游》:“(黄帝曰:)人之生,气之聚也。聚则为生,散则为死。”《孝经说》:“性者,生之质也,若水性则仁,金性则义,火性则礼,水性则知,土性则信。”《礼记·礼运》:“何谓人情?喜、怒、哀、惧、爱、恶、欲;七者,弗学而能。”《易·系辞上》:“精气为物,游魂为变。”注:“游魂,言其游散也。”驭,与御同,言人之神,盖天之气所以驾御人者也。

②《庄子·知北游》:“(老聃曰:)虽有寿夭,相去几何;须臾之说也,奚足以为尧桀之是非。”《庄子·至乐篇》:“(列子曰:)人又反入于机。万物皆出于机,皆入于机。”注:“此言一气而万形,有变化而无死生也。”《庄子·齐物论》:“天下莫大于秋毫之末而泰山为小,莫寿乎殇子而彭祖为夭。”注:“夫以形相对,则泰山大于秋毫也,若各据其性分,物冥其极,则形大未为有余,形小不为不足。苟各足于其性,则秋毫不独小其小,而泰山不独大其大矣。若以性足为大,则天下之足未有过于秋毫也。若性足者非大,则虽泰山亦可称小矣。故曰:天下莫大于秋毫之末而泰山为小。泰山为小,则天下无大矣;秋毫为大,则天下无小也。”《庄子·秋水篇》:“(北海若曰:)计人之所知,不若其所不知;其生之时,不若未生之时。以其至小,求穷其至大之域,是故迷乱而不能自得也。由此观之,又何以知毫末之足以定至细之倪,又何以知天地之足以

穷至大之域。”又：“以差观之：因其所大而大之，则万物莫不大；因其所小而小之，则万物莫不小。知天地之为稊米也，知毫末之为丘山也，则差数等矣。”殇，未成人丧也。《史记·楚世家》：“陆终生六子，三曰彭祖。”《庄子·逍遥游》：“而彭祖乃今以久特闻。”陆德明《音义》：“彭祖，李云：‘名铿。尧臣，封于彭城。历虞、夏至商，年七百岁，故以久寿见闻。’《世本》云：‘姓篯，名铿。右商为守藏史，右周为柱下史，年八百岁。篯音翦。一云即老子也。’”《庄子·德充符》：“老聃曰：胡不直使彼以死生为一条，以可不可为一贯者，解其桎梏，其可乎？”《汉书·董仲舒传》注：“贯者，联络贯穿。”

按：此段盖答客所问庄周“齐祸福而一死生”之问题。下面将再申说。

别而言之，则须眉异名；合而说之，则体之一毛也。彼六经之言，分处之教也；庄周之云，致意之辞也。大而临之，则至极无外；小而理之，则物有其制[①]。夫守什伍之数，审左右之名，一曲之说也；循自然，小从李本。梅本作佳。及本作准。他本皆作性。天地者，寥廓之谈也[②]。凡汪本无“凡”字。耳张燮本无“耳”字。目之任，从李本。范陈本、梅本作耆。程刻范陈本、张采本缺。他本皆作官。名分之施，处官不易司，举奉其身，非以绝手足，裂肢体也[③]。然后世之好异者不顾其本，各言我而已矣，何待于彼。残生害性，还为仇敌，张采本作“还而为仇”。断割肢体，不以为痛；目视色而不顾耳之所闻，耳所听梅本作“耳听声”。而不待心之所思，心奔欲而不适性之所安，故疾疢萌则生意梅本、及本、李本作不。尽，祸乱作则万物残矣[④]。自“别而言之”句起至此句止《艺文类聚》卷三十七无。

【笺注】

①分处，犹言分别处理，谓六经之言，各言其一方面也。《庄子·天下篇》：“诗以道志，书以道事，礼以道行，乐以道和，易以道阴阳，春秋以

道名分。”《汉书·艺文志》:“六艺之文:乐以和神,仁之表也;诗以正言,义之用也;礼以明体,明者著见,故无训也;书以广听,知之术也;春秋以断事,信之符也。五者盖五常之道,相须而备,而易为之原,故曰‘易不可见,则乾坤或几乎息矣’,言与天地为终始也。至于五学,世有变改,犹五行之更用事焉。”《礼记·礼器疏》:“致,极也。”《易·系辞下》:“子曰:天下何思何虑?天下同归而殊涂,一致而百虑,天下何思何虑。”《庄子·秋水篇》:“(北海若曰:)可以言论者,物之粗也;可以意致者,物之精也;言之所不能论,意之所不能察致者,不期精粗焉。”《尔雅·释诂》:“临,视也。”《礼·乐记》注:“理,分也。”制,犹言制约。

②《庄子·天运篇》:“孔子行年五十有一而不闻道,乃南之沛见老聃。老聃曰:‘子来乎!吾闻子,北方之贤者也,子亦得道乎?’孔子曰:‘未得也。’老子曰:‘子恶乎求之哉?’曰:‘吾求之于度数,五年而未得也。’老子曰:‘子又恶乎求之哉?’曰:‘吾求之于阴阳,十有二年而未得也。’”审,熟究也。《庄子·天下篇》:“虽然,不该不遍,一曲之士也。”《秋水篇》:“曲士不可以语于道者,束于教也。”陆德明《音义》:“司马云:‘乡曲之士也。’”《荀子·解蔽篇》:“凡人之患,蔽于一曲而暗于大礼。”寥,《说文》:“空虚也。”廓,《尔雅·释诂》:“大也。”

③名分之“分”,意为分际。有名则有分,名定则分定。处官之“处”,居也。官,五官之官。《孟子·告子上》:“曰:耳目之官,不思而蔽于物;物交物,则引之而已矣。心之官则思,思则得之,不思则不得也。”司,主也。处官不易司,意谓官各有所司,如耳司听而目司视,互不相易。举,皆也,合也。绝,隔绝之意。

④疢,《字汇补》:“疑即瘨字。”瘨,《玉篇》:“俗疹字。”疹,《集韵》:“同疢,热病。”按:《庄子·天下篇》:“天下大乱,贤圣不明,道德不一,天下多得一察焉以自好。譬如耳、目、鼻、口皆有所明,不能相通;犹百家众技也,皆有所长,时有所用。虽然,不该不遍,一曲之士也。判天地之美,析万物之理,察古人之全,寡能备于天地之美,称神明之容;是故内圣外王之道,暗而不明,郁而不发,天下之人,各为其所欲焉以自为方。悲夫!百家往而不反,必不合矣。后世之学者,不幸不见天地之纯,古人

之大体，道术将为天下裂。”阮文此段，正即《庄子·天下篇》此段之意。

至人者，《艺文类聚》卷三十七“至”上有“夫”字。恬于生而静于死。生恬《艺文类聚》二字倒置。则情《艺文类聚》无情字。不惑，死静则神不离，故能与阴阳化而不易，从天地变而不移。生究其寿，死循《艺文类聚》作终。其宜，心气平治，消息不亏①。范陈本、梅本、及本、李本作“不消不亏”。是以广成子处崆峒之山以入无穷之门②，轩辕登昆仑之阜而遗玄珠之根，此则潜身者易以为活，而离本者难以范陈本、梅本、李本作与。永存也③。

【笺注】

①至人，《庄子·逍遥游》注：“至极之人。”恬，安也。《庄子·缮性篇》：“古之治道者以恬养知。知生而无以知为也，谓之以知养恬。知与恬交相养，而和理出其性。”《刻意篇》：“故曰：圣人之生也天行，其死也物化。静而与阴同德，动而与阳同波。”究，《尔雅·释言》：“穷也。”《集韵》：“极也。”活，不乱之意。《易·丰卦》：“彖曰：日中则昃，月盈则食，天地盈虚，与时消息；而况于人乎！况于鬼神乎！”枚乘《七发》李善注：“消，灭也。息，生也。”

②《庄子·在宥篇》：“黄帝立为天子十九年，令行天下，闻广成子在于空同之上，故往见之，……广成子曰：‘来！吾语女。彼其物无穷而人皆以为有终，彼其物无测而人皆以为有极。……今夫百昌皆生于土而反于土，故余将去汝，入无穷之门以游无极之野。’”陆德明《音义》：“广成子，或云：即老子也。空同，司马彪云：‘当北斗下山也。’《尔雅》云：‘北戴斗极为空桐。’一曰：在梁国虞城东三十里。百昌，司马云：‘犹百物也。’”

③《史记·五帝本纪》：“黄帝者，名曰轩辕。”《庄子·天地篇》：“黄帝游乎赤水之北，登乎昆仑之丘而南望，还归，遗其玄珠。”陆德明《音义》：“玄珠，司马云：‘道真也。’”潜，藏也。

冯夷不遇海若，则不以已为小[1]，云将不失问。此字从梅本。范陈本、及本、李本作其。他本除汪本外均无。于鸿蒙，则无以知其少[2]。由斯言之，自是者不章，自建者不立，守其有者有据，持其无者无执。月弦则满，日朝则袭，咸池不留阳谷之上，而悬车范陈本脱“车”字。之后将入也[3]。自“是以广成子处崆峒之山”起至此句止《艺文类聚》无。故求范陈本作其。得者丧，争明者失，无欲者梅本无“者”字。自足，空虚者受实。夫山静而谷深者，自然之道也；得之道而正者，君子之实也。自“夫山静而谷深者”句起至此句止《艺文类聚》无。是以作智造巧者害于物，明著是非《艺文类聚》作“明是考非”。者危其身，修饰及本作饬。以显洁者惑于生，畏死而荣《艺文类聚》作崇。生者失范陈本注：“一作乱。”其真。范陈本作贞。《艺文类聚》卷三十七录全文至此止。故自然之理不得作，天地不泰而日月争随，朝夕失期而昼夜无分；竞逐趋利，舛倚横驰，父子不合，君臣乖离[4]。故复言以求信者，梁范陈本无此字，注“缺”。下之诚也；克己以为仁程刻范陈本、梅本、张燮本、及本作人。者，郭范陈本作廓。外之仁也[5]；窃其雉经者，范陈本注：“此句误。”亡家之子也[6]；刳腹割肌者，乱国之臣也[7]；曜菁华，被沆瀣者，昏世之士也；履霜露，蒙尘埃者，贪冒之民也[8]；洁己以尤世，修身以明洿及本作媿。者，诽谤之属也；繁称是非，背质追文者，迷罔之伦也[9]；成范陈本作诚，注：“一作成。”梅本、及本、李本作诚。非媚悦，以容求孚，故被珠玉以赴水火者，桀纣之终也[10]；含菽采薇，交饿而死，颜夷之穷也[11]。是以名利之途开，则忠信之诚薄；是非之辞著，则醇厚之情烁也[12]。

【笺注】

①冯夷，河伯也。《庄子·大宗师篇》陆德明《音义》：“冯夷，司马云：‘《清冷传》曰：“华阴潼乡陆佰人也。服八石，得水仙，是为河伯。”’一云以八月庚子浴于河而溺死。一云渡河溺死。”又《秋水篇》音义：“河伯姓冯名夷，一名水夷。……一云姓吕，名公子，冯夷是公子之妻。”

《庄子·秋水篇》:"秋水时至,百川灌河,泾流之大,两涘渚崖之间不辨牛马。于是焉河伯欣然自喜,以天下之美为尽在己。顺流而东行,至于北海,东面而视,不见水端,于是焉河伯始旋其面目,望洋向若而叹曰:'野语有之曰:闻道百以为莫己若者,我之谓也。'"陆德明《音义》:"司马云:'若,海神。'"陆德明《音义》关于河伯冯夷又有数说,不具引。

②《庄子·在宥篇》:"云将东游,过扶摇之枝而适遭鸿蒙。……云将曰:'朕愿有问也。'鸿蒙拊髀雀跃掉头曰:'吾弗知。吾弗知。'……云将不得问。又三年,东游过有宋之野而适遭鸿蒙,云将大喜,行趋而进曰:'天忘朕耶?天忘朕耶?'再拜稽首,愿闻于鸿蒙。鸿蒙曰:'……朕又何知。'……云将曰:'吾遇天难,愿闻一言。'鸿蒙曰:'意,心养。汝徒处无为而物自化。堕尔形体,吐尔聪明,伦与物忘,大同乎涬溟,解心释神,莫然无魂。万物云云,各复其根,各复其根而不知,浑浑沌沌,终身不离。若彼知之,乃是离之。无问其名,无窥其情,物故自生。'云将曰:'天降朕以德,示朕以默。躬身求之,乃今也得。'"陆德明《音义》:"云将,李云:云主帅也。鸿蒙,司马云:自德元气也。一云海上气也。"

③章,明也。老子《道德经·苦恩第二十四》:"自见者不明,自是者不彰,自伐者无功,自矜者不长。"又《玄符第五十五》"猛兽不据"句注:"以爪按拿曰据。"《释名》:"弦,半月之名也。"《国语·晋语第八》注:"袭,入也。"咸池,星名。《史记·天官书》:"西宫咸池。"《正义》:"咸池三星在五车中天潢南,鱼鸟之所托也。"《淮南子·天文训》:"日出于旸谷,浴于咸池,拂于扶桑,是谓晨明。"咸池不留旸谷之上,谓日出则星隐也。《淮南子·天文训》:"(日)至于悲泉,爰止其女,爰息其马,是谓悬车。至于虞渊,是黄昏。至于蒙谷,是谓定昏。"

④丧,《玉篇》:"亡也。"《礼记·礼运》:"故君者,所明也。"疏:"明犹尊也。"《庄子·天地篇》:"市南子曰:'少君之费,寡君之欲,虽无粮而自足。'"《天道篇》:"休则虚,虚则实,实者伦矣。"《人间世篇》:"唯道集虚。"注:"虚其心则道集于怀也。"《知北游篇》:"天不得不高,地不得不广,日月不得不行,万物不得不昌,此其道与?"注:"言此皆不得不然而自然耳,非道能使然也。"惑,《说文》:"乱也。"作,作为之意。泰,

《易》卦名。《序卦》："泰者通也。"《泰卦》："彖曰：则是天地交而万物通也。"随，《易》卦名。《随卦》："彖曰：随时之义大矣哉！"舛，错乱也。《方言》："秦晋之间，凡物体不具谓之倚。"

⑤梁，水桥也。《庄子·盗跖篇》："（盗跖大怒曰：）……尾生与女子期于梁下，女子不来，水至不去，抱梁柱而死。……满苟得曰：……尾生溺死，信之患也。"《论语·颜渊篇》："颜渊问仁，子曰：'克己复礼为仁。一日克己复礼，天下归仁焉。为仁由己，而由人乎哉！'"马融曰："克己，约身也。"又《雍也篇》："子曰：'贤哉回也！一箪食，一瓢饮，在陋巷，人不堪其忧，回也不改其乐，贤哉回也！'"《庄子·让王篇》："孔子谓颜回曰：'回！来！家贫居卑，胡不仕乎？'颜回对曰：'不愿仕。回有郭外之田五十亩，足以给饘粥；郭内之田十亩，足以为丝麻；鼓琴足以自娱；所学夫子之道者足以自乐也。回不愿仕。'"《史记·仲尼弟子列传》："回年二十九，发尽白，早死。"

⑥《左传·庄公二十八年》："晋献公娶于贾，无子；烝于齐姜，生秦穆夫人及太子申生；又娶二女于戎，大戎狐姬生重耳，小戎子生夷吾。晋伐骊戎，骊戎男女以骊姬归，生奚齐，其娣生卓子。骊姬嬖，欲立其子，赂外嬖梁五与东关嬖五……二五卒与骊姬谮群公子而立奚齐，晋人谓之二五耦。"又《僖公四年》："姬谓太子（申生）曰：'君梦齐姜，必速祭之。'太子祭于曲沃，归胙于公，公田，姬置诸宫六日，公至，毒而献之。公祭之地，地坟；与犬，犬毙；与小臣，小臣亦毙。姬泣曰：'贼由太子。'太子奔新城。公杀其傅杜原款。或谓太子：'子辞，君必辩焉。'太子曰：'君非姬氏，居不安，食不饱，我辞，姬必有罪。君老矣，吾又不乐。'曰：'子其行乎！'太子曰：'君实不察其罪，被此名也，以出，人谁纳我？'十二月戊申，缢于新城。"《国语·晋语第八》："申生乃雉经于新城之庙。"韦注："雉经，头抢而悬死也。"

⑦《汉书·王莽传》注："刳，剖也。"《庄子·盗跖篇》："（满苟得曰：）比干剖心，子胥抉眼，忠之祸也。"《史记·殷本纪》："比干曰：'为人臣者，不得不以死争。'乃强谏纣。纣怒曰：'吾闻圣人心有七窍。'剖比干，观其心。"又《伍子胥列传》："吴太宰嚭既与子胥有隙，因谗曰：'……夫为人

臣，内不得意，外倚诸侯，自以为先王之谋臣，今不见用，常鞅鞅怨望，愿王早图之！'吴王曰：'微子之言，吾亦疑之。'乃使使赐伍子胥……属镂之剑，曰：'子以此死！'伍子胥……乃告其舍人曰：'必树吾墓上以梓，令可以为器；而抉吾眼悬吴东门之上，以观越寇之入灭吴也。'乃自刭死。"乱国之臣，谓无救于国家之亡也。

⑧曜，《释名》："光华照耀也。"《集韵》："菁菁，花盛貌。"沆瀣，《集韵》："海气。一曰露气。一曰北方夜半之气。"《左传·昭公三十一年》："（君子曰）若窃邑叛君以徼大利而无名，贪冒之民将置力焉。"《汉书·翟方进传》师古注："冒，贪蔽也。"

⑨尤，怨也。洿，《说文》："水浊不流也。"诽，非议也。谤，毁也。属，类也。《庄子·刻意篇》："刻意尚行，离世异俗，高论怨诽，为亢而已矣。此山谷之士，非世之人，枯槁赴渊者之所好也。"《礼记·乐记》注："质，犹本也。礼为之文饰也。"《汉书·扬雄传》注："罔，诬也。"伦，类也。

⑩孚，《说文》："一曰信也。"成非媚悦，以容求孚，若桀之妹喜，纣之妲己也。《史记·殷本纪》："周武王于是遂率诸侯伐纣，纣亦发兵拒之牧野，甲子日，纣兵败，纣走入，登鹿台，衣其宝玉衣，赴火而死。"《史记》言桀放死，不言死于水火，此以桀纣，水火并举，古人文中常有此例。

⑪菽，《左传·定公元年》注："大豆之苗。"《庄子·人间世篇》："颜回曰：回之家贫，唯不饮酒不茹荤者数月矣。"又《让王篇》："颜回择菜。"伯夷采薇而食以至饿死事，见《首阳山赋》注。古籍不言颜渊饿死，此与上文并言桀纣赴水火死例同。

⑫《庄子·盗跖篇》："子张问于满苟得曰：'盍不为行？无行则不信。不信则不任。不任则不利。故观之名计之利而义，真是也。若弃名利，反之于心，则夫士之为行不可一日不为乎？'满苟得曰：'无耻者富，多信者显。夫名利之大者，几在无耻而信。故观之名计之利而信，真是也。若弃名利，反之于心，则夫士之为行抱其天乎！……且子正为名，我正为利，名利之实，不顺于理，不监于道。'"又《齐物论》："是非之彰也，道之所以亏也。"《汉书·曹参传》注："醇酒不浇，谓厚酒也。"烁，《周礼·冬官·考工记》"烁金以为刃"句释文："义当为铄。"铄，销也。

故至道之极，混一不分，同为一体，得范陈本、梅本作乃。失无闻。伏羲氏结绳，神农教耕，逆之者死，顺之者生。又安知贪洿之为罚，而贞白之为名乎[①]！使至德之要，无外而已。大均淳固，不贰其纪，清净寂寞，空豁以俟，善恶莫之分，是非无所争，故万物反其所而得其情也[②]。

【笺注】

①《庄子·缮性篇》："古之人在混茫之中与一世而得淡漠焉。当是时也，阴阳和静，鬼神不扰，四时得节，万物不伤，群生不夭，人虽有知无所用之，此之谓'至一'。"又《秋水篇》："北海若曰：否！夫物量无穷，时无止，分无常，终始无故。……知时无止，察乎盈虚，故得而不喜，失而不忧，知分之无常也。"《胠箧篇》："昔者……伏戏氏、神农氏，当是时也，民结绳而用之。"《易·系辞下》："古者庖牺氏之王天下也，……作结绳而为网罟，以佃以渔，盖取诸离。庖牺氏没，神农氏作，斫木为耜，揉木为耒，耒耨之利以教天下，盖取诸益。"《庄子·天运篇》："巫咸招曰：来！吾语汝。天有六极、五常，帝王顺之则治，逆之则凶。"洿，秽也。

②《庄子·胠箧篇》："彼曾、史、杨、墨、师旷、工倕、离朱者，皆外立其德而以爚乱天下者也。"《秋水篇》："天在内，人在外。德在乎天。"《徐无鬼篇》："知大一，知大阴，知大目，知大均，知大方，知大信，知大定：至矣。大一通之，大阴解之，大目视之，大均缘之，大方体之，大信稽之，大定持之。"注："因其本性，令各自得，则大均也。"淳，清也。《庄子·天地篇》："（夫子曰：）故执德之谓纪。"《天道篇》："夫虚静，恬淡，寂寞，无为者，天地之平而道德之至。"又《刻意篇》："故曰：夫恬淡、寂寞、虚无、无为，此天地之平而道德之质也。"《史记·司马相如传》注："豁闻，空虚也。"《庄子·至乐篇》："故夫子胥争之以残其形，不争，名亦不成；诚有善无有哉？"《秋水篇》："（北海若曰：）知是非之不可为分……以趣观之，因其所然而然之，则万物莫不然；因其所非而非之，则万物莫不非。"又《至乐篇》："天下是非果未可定也，虽然，无为可以定是非。"

《齐物论》:"是非之彰也,道之所以亏也。"《缮性篇》:"古之行身者,不以辩饰知,不以知穷天下,不以知穷德,危然处其所而反其性,已又何为哉!"

儒墨之后,坚白并起,吉凶连物,得失在心,结徒聚党,辩说相侵①。昔大齐之雄,三晋之士,尝相与瞑目张胆,分别此矣,咸以为百年之生难致,而日月之蹉无常,皆盛仆马,修衣裳,美珠玉,饰及本作饬。帷墙,范陈本作幡。出媚君上,入欺父兄,矫厉才智,竞逐纵横,家以慧子残,国以才臣亡,故不终其天年而夭,张采本、李本作大,当联属下句。自割系程刻范陈本、梅本作繁。按:此二字据《庄子》当作"掊击"。其于世俗也②。是以山中之木,本大而莫相梅本无"相"字。伤③。从梅本、李本。张采本缺,他本均作物。吹范陈本作复,注:"或作吹。"梅本、李本作复。万数窍范陈本注:"一作物。"相和,忽焉自已④。夫雁之不存,无其质而浊其文;死生无变,及本作"无其质无变"。而龟之见范陈本作是。宝,知吉凶也。故至人清其质而浊其文,死生无变而未始有云⑤。范陈本作之。

【笺注】

①《庄子·齐物论》:"道恶乎隐而有真伪?言恶乎隐而有是非?道恶乎往而不存?言恶乎存而不可?道隐于小成,言隐于荣华,故有儒墨之是非,以是其所非而非其所是。"又:"彼非所明而明之,故以坚白之昧终。"陆德明《音义》:"坚白,司马云:'谓坚石、白马之辨也。'又云:'公孙龙有淬剑之法,谓之坚白。'崔同。又云:'或曰:设矛伐之说为坚,辨白马之名为白。'"《骈拇篇》:"骈于辨者,累瓦结绳,窜句游心于坚白同异之间,而敝跬誉无用之言。非乎?而杨墨是已。"《天地篇》:"(夫子问于老聃曰:)辩者有言曰:离坚白若悬寓。"《天下篇》:"相里勤之弟子,五侯之徒,南方之墨者——苦获、已齿、邓陵子之属,俱诵墨经而倍谲不同,相谓别墨,以坚白同异之辩相訾,以觭偶不仵之辞相应,以巨子

为圣人，皆愿为之尸，冀得为其后世，至今不决。”

②大齐之雄，三晋之士，谓战国时纵横家苏秦、张仪之徒也。三晋，见《东平赋》注。《史记·苏秦列传》：“苏秦者，东周雒阳人也。东事师于齐而习之于鬼谷先生。……游燕，岁余而得见，说燕文侯……文侯于是资苏秦车马金帛以至赵，而奉阳君已死，即因说赵肃侯……赵王乃饰车百乘、黄金千镒、白璧百双、锦绣千纯以约诸侯……苏秦为从约长，并相六国。北报赵王，乃行过雒阳，车骑辎重，诸侯各发使送之甚众，疑于王者……苏秦喟然叹曰：‘此一人之身，富贵则亲戚畏惧之，贫贱则轻易之；况众人乎！’……其后齐大夫多与苏秦争宠者而使人刺苏秦，不死，殊而走。齐王使人求贼，不得。苏秦且死，乃谓齐王曰：‘臣即死，车裂臣以徇于市曰：“苏秦为燕作乱于齐。”如此，则臣之贼必得矣。’于是如其言，而杀苏秦者果自出，齐王因而诛之。”《史记·张仪列传》：“张仪者，魏人也。始尝与苏秦俱事鬼谷先生学术，苏秦自以不及张仪。张仪已学而游说诸侯。……念诸侯莫可事，独秦能苦赵，乃遂入秦。……仪相秦四岁，立惠王为王。……惠王封仪五邑，号曰武信君。……太史公曰：三晋多权变之士，夫言从衡强秦者，大抵皆三晋之人也。”刘向《战国策序》：“是以苏秦、张仪、公孙衍、陈轸，代、厉之属，生纵横短长之说，左右倾侧。苏秦为从，张仪为衡。横则秦帝，从则楚王。”《类篇》：“东西曰衡，南北曰纵。”《汉书·刑法志》师古注曰：“战国时，齐、楚、韩、魏为纵，秦国为衡。秦地形东西横长，故为衡也。”瞋，张目也。蹉跎，失时也。《庄子·人间世》：“（匠石归，栎社见梦曰：）夫柤、梨、橘、柚、果蓏之属，实熟则剥，剥则辱，大枝折，小枝泄，此以其能苦其生者也，故不终其天年而中道夭，自掊击于世俗者也。物莫不若是。”

③《庄子·逍遥游》：“惠子谓庄子曰：‘吾有大树，人谓之樗，其大本拥肿而不中绳墨，其小枝卷曲而不中规矩，立之涂，匠者不顾。’”《人间世》：“匠石之齐，至于曲辕，见栎社树，其大蔽数千牛，洁之百围；其高临山十仞，而后有枝，其可以为舟者旁十数。观者如市。匠伯不顾，遂行不辍。弟子厌观之，走及匠石，曰：‘自吾执斧斤以随夫子，未尝见材如此其美也。先生不肯视，行不辍，何耶？’曰：‘已矣！勿言之矣，散木也。

以为舟,则沉;以为棺椁,则速腐;以为器,则速毁;以为门户,则液樠;以为柱,则蠹:是不材之木也。无所可用,故能若是之寿。'匠石归,栎社见梦曰:'……使予也而有用,且得有此大也耶?'……南伯子綦游乎商之丘,见大木焉有异,结驷千乘,隐将芘其所藾。子綦曰:'此何木也哉?此必有异材夫!'仰而视其细枝,则拳曲而不可以为栋梁;俯而见其大根,则轴解而不可以为棺椁;咶其叶,则口烂而为伤;嗅之,则使人狂酲三日而不已。子綦曰:'此果不材之木也,以至于此其大也。嗟乎!神人以此不材。'"《山水篇》:"庄子行于山中,见大木,枝叶盛茂;伐木者止其旁而不取也。问其故?曰:'无所可用。'"

④《庄子·齐物论》:"子游曰:'地籁则众窍是已,人籁则比竹是已,敢问天籁?'子綦曰;'夫吹,万不同,而使其自已也,咸其自取;怒者其谁邪?'"注:"自已而然,则谓之天然。天然耳,非为也。"

⑤《庄子·山木篇》:"夫子(庄子)出于山,舍于故人之家,故人喜,命竖子杀雁而烹之。竖子请曰:'其一能鸣,其一不能鸣,请奚杀?'主人曰:'杀不能鸣者。'明日,弟子问于庄子曰:'昨日山中之木以不材得终其天年,(见上注引)今主人之雁以不材死,先生将何处?'庄子笑曰:'周将处乎材与不材之间。材与不材之间,似之而非也,故未免乎累。'"《尔雅·释虫》:"十龟:一神龟,二灵龟,三摄龟,四宝龟,五文龟,六筮龟,七山龟,八泽龟,九水龟,十火龟。"《庄子·德充符》"仲尼曰:'死生亦大矣,而不得与之变。'"注:"彼与变俱,故生死不变于彼。"

夫别言者,坏范陈本、梅本作怀。道之谈也;折辩者,毁德之端也;气分者,一身之疾也:二心者,一身之患及本误作悉。也。故夫装束冯范陈本、梅本误作马。轼者,行以离支①;梅本作交。虑在成败者,坐而求敌;逾阻攻险者,赵氏之人也②;举山填海者,燕楚之人也。庄周见其若此,故述道德之妙,叙无为之本,寓言以广之,假物以延之,聊以娱无为之心而逍遥于一世③;岂将以希咸阳之门李本作问。而与稷下争辩也哉④?

【笺注】

①别,《说文》:“分解也。”折,曲也。端,事也。《礼记·曲礼》注:“更端,别事也。”《新方言·释言》:“今人谓怒为气,实当为忾。”分,分位也。《汉书·郦食其列传》:“韩信闻食其冯轼下齐七十余城。”师古曰:“冯读曰凭。凭,据也。轼,车前横板隆起者也。云凭轼者,言但安坐乘车而游说,不用兵众。”《昭明文选·鲁灵光殿赋》注:“支离,分散也。”

②阻,《说文》:“险也。”《史记·赵世家》:“毋邺曰:‘从常山上临代,代可取也。’……简子既葬,未除服,北登夏屋,……遂兴兵平代地。……于是赵北有代,南并知氏,强于韩魏。……(赵武灵王)北略中山之地,至于房子,遂之代,北至无穷,西至河,登黄华之上。……王曰:‘……今吾欲继襄主之迹,开于胡翟之乡。’……二十年,王略中山地,至宁葭,西略胡地,至榆中。……二十六年,复攻中山攘地,北至燕代,西至云中九原。……惠文王二年,主父(即武灵王)行新地,遂出代,西遇楼烦王于西河而致其兵。三年,灭中山。”

③《史记·燕世家》:“二十九年,秦攻拔我蓟,燕王亡,徙居辽东。”《史记·楚世家》:“析父对曰:‘昔我先王熊绎辟在荆山,荜露蓝蒌以处草莽,跋涉山林。’”《庄子·寓言篇》:“寓言十九(注:寄之他人,则十言而九见信)藉外论之。”《天下篇》:“以寓言为广,……上与造物者游,而下与外死生、无终始者为友。”《史记·老庄申韩列传》:“(庄周)其学无所不窥,然其要本归于老子之言,故其著书十余万言,大抵率寓言也。”索隐:“其书十余万言,率皆立主客,使之相对语,故云偶言。又音寓,寓,寄也。故《别录》云:‘作人姓名,使相与语,是寄辞于其人,故《庄子》有寓言篇。’”延,引伸之意。

④《史记·秦本纪》:“孝公十二年,作为咸阳。”刘向《战国策序》:“然秦国势便形利,权谋之士咸先驰之。”《史记·田敬仲完世家》:“(齐)宣王喜文学游说之士,自如驺衍、淳于髡、田骈、接予、慎到、环渊之徒七十六人,皆赐列第,为上大夫,不治而议论。是以齐稷下学士复盛,且数百千人。”注引刘向《别录》曰:“齐有稷门,城门也。谈说之士期会于稷下

也。"又引《齐地记》曰："齐城西门侧，系水左右有讲室，趾往往存焉。盖因侧系水出，故曰稷门，古侧、稷音相近尔。"又引虞喜曰："齐有稷山，立馆其下以待游士。"

夫善接人者，导焉而已，无所逆之。故公孟季子衣绣而见，墨子弗攻①；中山子牟心在魏阙，而詹子不距②。因其所以来，用其所以至，循而泰之，使自居之，发而开之，使自舒之。且庄周之书何足道哉！犹未闻夫太始之论，玄古之微言乎！直能不害于物而形以生，物无所毁而神以清，形神在我而道德成，忠信不离而上下平③。兹客李本误作容。今谈而同古，齐说而意殊，是心能守其本，而口发不相须也④。

【笺注】

①接，接谈之意。导，《增韵》："启迪也。"摘人过失亦曰攻。《墨子·公孟篇》："公孟子义章甫，搢忽，儒服而以见子墨子，曰：'君子服然后行乎？其行然后服乎？'子墨子曰：'行不在服。'公孟子曰：'何以知其然也？'子墨子曰：'昔者齐桓公高冠博带，金剑木盾，以治其国，其国治；昔者晋文公大布之衣，牂羊之裘，韦以带剑，以治其国，其国治；昔者楚庄王鲜冠组缨，绛衣博袍，以治其国，其国治；昔者越王勾践剪发文身，以治其国，其国治。此四君者，其服不同，其行犹一也，翟以是知行之不在服也。'公孟子曰：'善！吾闻之曰："宿善者不祥。"请舍忽，易章甫，复见夫子可乎？'子墨子曰：'请因以相见也。若不将舍忽，易章甫，而后相见，然则行果在服也。'"

②距，违距之意。《书·禹贡》："不距朕行。"传："天下无距违我行者。"《庄子·让王篇》："中山公子牟谓瞻子曰：'身在江海之上，心居乎魏阙之下，奈何？'瞻子曰：'重生。重生则利轻。'中山公子牟曰：'虽知之，未能自胜也。'瞻子曰：'不能自胜则从，神无恶乎？不能自胜而强不从者，此之谓重伤，重伤之人，无寿类矣。'魏牟，万乘之公子也，其隐岩穴也，难为于布衣之士，虽未至乎道，可谓有其意矣。"陆德明《音

义》："公子牟，司马云：'魏之公子，封中山，名牟。'瞻子，贤人也。《淮南》作詹。魏阙，司马云：'象魏观阙，人君门也。言心存荣贵。'"

③泰，通也。舒，仲也。按：墨子、瞻子两例，阮籍盖以自比，谓己之善于开导也。《列子·天瑞篇》："夫有形生于无形，则天地安从生？故曰：有太易、有太初、有太始、有太素。太易者，未见气也；太初者，气之始也；太始者，形之始也；太素者，质之始也。"玄，幽远也。直，犹但也。《庄子·达生篇》："养形必先之以物，物有余而形不养者有之矣。有生必先无离形，形不离而生亡者有之矣。……关尹曰：'……凡有貌像、声、色者，皆物也。物与物何以相远？夫奚足以至乎？先是色而已，则物之造乎不形而止乎无所化。夫得是而穷之者，物焉得而止焉。彼将处乎不淫之度而藏乎无端之纪，游乎万物之所终始，壹其性，养其气，合其德，以通乎物之所造。夫若是者，其天守全，其神无郤，物奚自入焉。'……圣人藏于天，故莫之能伤也。"《山木篇》："庄周笑曰：'……物物而不物于物，则胡可得而累耶？此黄帝、神农之法则也。'"

④"今谈而同古"，谓不知古今之时异。齐，正也，中也。须，与需通，资也，用也。"心守其本而口发不相须"，犹言口不对心。

于是二三子者，风摇波荡，相视膈脉，乱次而退，蹥跌失迹。随而望之耳，耳，一作其。后颇亦以是，知其无实丧气而惭愧于衰僻也①。

【笺注】

①"风摇波荡"，谓其闻言后身躯摆动，精神已不能自持，与来时之"奕奕然步"相映成趣。《释名》："脉，幕也，幕络一体也。""乱次而退"，谓乱其次序，争先恐后，又与来时之"嚼齿先引，推年蹑踵，相随俱进"相对照。蹥，《篇海》："行失正也。"《正字通》："俗踢字。"《集韵》："趹踢，行不正。"《汉书·鼂错传》师古注："跌，足失据也。"《淮南子·修

务训》注:“跌,疾行也。”《淮南子·说山训》:“足蹍地而为迹。”“以是”,以为是之意。实,《说文》:“止也。”衰,《集韵》:“小也。”僻,陋也。

通老论

此文显非全文。诸本皆只有此三小段,突然而起,不相连接,大概皆根据《太平御览》所录者。但《太平御览》本是分类摘钞,并非照录全文,凡文中不合于其分类所需要者,即皆舍弃。此文全文盖已失传。

圣人明于天人之理,达于自然之分,通于治化之体,审于大慎之训,故君臣垂拱,完梅本此字缺。太素之朴;百性当作姓。熙洽,《太平御览》卷一作怡。保性命之和①。

【笺注】

①老子《道德经·象元第二十五》:“人法地,地法天,天法道,道法自然。”分,《集韵》:“名分也。”又《为政第三十七》:“道常无为而无不为。侯王若能守,万物将自化。化而欲作,吾将镇之以无名之朴。无名之朴亦将不欲。不欲以静,天下将自定。”垂拱,《尚书·武成》注:“垂衣拱手也。”太素,见《达庄论》注。老子《道德经·异俗第二十》:“众人熙熙,如享太牢,如登春台。”

道者,法自然而为化,侯王能守之,万物将自化。《易》谓之“太极”①,《春秋》谓之“元”,老子谓之“道”②。

【笺注】

①老子《道德经·圣道第三十二》:“道常无名。朴虽小,天下不敢臣。侯王若能守之,万物将自宾。”《易·系辞上》:“是故易有太极,是生两

仪。”注：“夫有必始于无，故太极生两仪也。太极者，无称之称，不可得而名，取有之所极，况之太极者也。”

②《春秋·公羊传》：“（鲁隐公）元年春王正月。”何休注：“变一为元。元者气也。无形以起有形，以分造起天地。天地之始也，故上元所系而使系之也。”老子《道德经·象元第二十五》：“有物混成，先天地生，寂兮寥兮，独立而不改，周行而不始，可以为天下母；吾不知其名，字之曰道。”

三皇依道，五帝仗德，三王施仁，五霸行义，强国任智：盖优劣之异，薄厚之降也①。

【笺注】

①三皇、五帝之名，颇有异说。唐司马贞补《史记·三皇本纪》，以太皞庖牺氏、女娲氏、炎帝神农氏为三皇，但又谓：“一说三皇谓天皇、地皇、人皇为三皇。既是开辟之初，君臣之始，图纬所载，不可全弃，故并序之。”《史记·五帝本纪》正义：“按太史公依《世本》、《大戴礼》，以黄帝、颛顼、帝喾、唐尧、虞舜为五帝，谯周、应劭、宋均皆同；而孔安国《尚书序》，皇甫谧《帝王世纪》，孙氏注《世本》并以伏牺、神农、黄帝为三皇，少昊、颛顼、高辛、唐、虞为五帝。”《孟子·告子下》注：“三王谓夏禹、殷汤、周文王是也。”又：“五霸者，大国秉直道以率诸侯，齐桓、晋文、秦穆、宋襄、楚庄王是也。”《孟子·公孙丑上》：“孟子曰：‘以力假仁者霸，霸必有大国；以德行仁者王，王不待大。”《左传·成公二年》疏：“伯（霸）者长也，言为诸侯之长也。郑康成云：‘霸，把也。言把持王者之政教，故其字或作“伯”，或作“霸”也。’”老子《道德经·论德第三十八》：“故失道而后德，失德而后仁，失仁而后义，失义而后礼。”又《淳德第六十五》：“民之难治，以其智多。以智治国国之贼，不以智治国国之福。”降，落也，下也。

传

大人先生传

《晋书·阮籍传》:"籍尝于苏门山遇孙登,与商略终古及栖神导气之术,登皆不应,籍因长啸而退。至半岭,闻有声若鸾凤之音,响乎岩谷,乃登之啸也。遂归著《大人先生传》,其略曰……。此亦籍之胸怀本趣也。"《竹林七贤论》曰:"籍归,遂著《大人先生论》,所言皆胸怀间本趣,大意谓先生与己不异也。观其长啸相和,亦近乎目击道存矣。"(《世说·栖逸》注引)

大人先生盖老人也。不知姓字①。陈天地之始,言神农、黄帝之事,昭然也。莫知其生平年之数。尝居苏门之山,张采本作中。故世或谓之。问范陈本、张燮本、及本、张采本作闲。养性延寿,与自然齐光,其视尧舜之所除范陈本、梅本、张燮本、张溥本、及本、张采本、李本、汪本外无所字。事若手中耳。以万里为一步,以千岁为一朝,行不赴而居不处,求乎大道而无所寓②。先生以应变顺和,天地为家,运去势隤,魁然独存③,自以为能足与造化推移,故默探道德,不与世同。范陈本、梅本、及本、张采本、李本"同"下有"之"字。自好者非之,无识者怪之,不知其变化神微也;而先生不以世之非怪而易其务也。先生以为中区之在天下,曾不若蝇蚊之着帷,故终不以为事,而极意乎异方奇域,游览张溥本作鉴。观乐,非世所见,徘徊无所终极。遗其书于苏门之山而去,天下莫知其所如往也④。

【笺注】

①《庄子·徐无鬼篇》:"(仲尼曰:)圣人并包天地,泽及天下,而不知其谁

氏,是故生无爵,死无谥,实不聚,名不立:此之谓大人。"《孟子·告子上》:"公都子问曰:'钧是人也,或为大人,或为小人,何也?'孟子曰:'从其大体为大人,从其小体为小人。'曰:'钧是人也,或从其大体,或从其小体,何也?'曰:'耳目之官不思而蔽于物,物交物,则引之而已矣。心之官则思,思则得之,不思则不得也。此天之所与我者。先立乎其大者,则其小者不能夺也,此为大人而已矣。'"《史记·贾谊列传·鵩鸟赋》注:"德无不包,灵府弘旷,故曰大人。"又《司马相如列传》:"乃遂就《大人赋》,其辞曰:'世有大人兮在于中州,宅弥万里兮曾不足以少留,悲世俗之迫隘兮朅轻举而远游……。'"《韩诗外传》卷六:"问者曰:'古之谓知道者曰先生,何也?''犹言先醒也。不闻道术之人则冥于得失,不知乱之所由,眊眊乎其犹醉也。'"《孟子·告子下》注:"学士年长者,故谓之先生。"

②陈,述说之意。昭,明也,著也。苏门山,在河南辉县,一名苏岭,为太行山之支山。"故世或谓之",谓世或称之为苏门先生。"其视尧舜之所事若手中耳"犹《礼记·中庸》"(子曰)治国其如示诸掌乎"之意。赴,趋也。处,《广韵》:"留也,息也,定也。"寓,居也。

③和,《广韵》:"不坚,不柔也。"隤,《玉篇》:"坏坠下也。"《庄子·庚桑楚》注:"魁,安也。一曰:主也。"《汉书·东方朔传》注:"魁读曰块。"

④务,《说文》:"趣也。"《广韵》:"专力也。"区,域也。中区,犹言中国。着,附也。遗,留也。如,往也。

或遗大人先生书曰:"天下之贵,莫贵于君子:服有常色,貌有常则,言有常度,行有常式①;立则磬折,拱若范陈本注:"一作则。"抱鼓,动静有节,趋步商羽,进退周旋,咸有规矩②。心若怀冰,战战栗栗,束身修行,日慎一日,择地而行,唯恐遗失,诵周孔范陈本讹作子。之遗训,叹唐虞之道德,唯法是修,唯理范陈本、梅本、张燮本、及本、张采本、李本作礼。是克,手执圭璧,《尉氏县志》作圭摄。足履绳墨,行欲为目前检,《尉氏县志》作钦。言欲为无穷则③;少称乡闾,《太平御览》九百五十一、《尉氏县志》作党。长闻邦《太平御览》、《尉氏县志》作邻。国,上欲图范陈本无图字。三公,下不失九《太平御览》无九字。州牧,《太平御览》九百五十一引至此句止。故挟金玉,垂文组,享尊位,取茅土[④],扬声名于后世,齐功德于往古;奉事君上,范陈本、张采本、李本作王。牧养百姓,退营私家,育长妻子,卜吉而从李本。范陈本注:"缺。"他本皆无而字。宅,虑乃亿祉,远祸近福,永坚固已:此诚士君子之高致,古今不易之美行也。今先生乃被发而居巨海之中,与若君子者从范陈本、梅本、张燮本、张溥本、及本、张采本、李本。他本皆作长。远[⑤],吾恐世之叹范陈本注:"或作笑。"及本作唉。先生而非之也。行为世所笑,身无由自达,则可谓耻辱矣。身处困苦之地,而行为世俗之所笑,吾为先生不取也。"

【笺注】

①遗,投赠也。贵,可贵之意。《礼记·曲礼》:"为人子者,父母存,冠衣不纯素。孤子当室,冠衣不纯采。……童子不衣裘裳。"又《深衣》:"古者深衣盖有制度,以应规矩,绳权衡。"则,法也。度,法制也。式,法也。

②《礼记·曲礼》:"立则磬折垂佩。"注:"臣则身宜偻折如磬之背,故云磬折。"《周礼·春官·太师》:"皆文之以五声:宫、商、角、徵、羽。"《礼记·玉藻》:"周还(释文:本亦作旋)中规,折还中矩。"

③束,《周礼·秋官·司约》注:"约也。"遗,亡也。叹,《说文》:"吟也。"《礼记·郊特牲》注:"美也。"扬子《法言》:"胜己之私谓之克。"圭,瑞玉也。《周礼·春官·典瑞》:"王执镇圭,公执桓圭,侯执信圭,伯执躬圭。"璧,瑞玉圆器也。《尚书·说命》:"惟木从绳则正。"《礼记·经解》:"绳墨之于曲直也。"检,《尔雅·释诂》:"同也。"注:"模范同等。"

④闾,里门也。"少称乡闾",谓少时为乡闾所称誉。九州,见《东平赋》注。扬子《方言》:"牧,司也,察也。"《书·舜典》:"既月乃日,觐四岳群牧。"传:"九州牧监。"《礼记·曲礼》:"九州之长入天子之国曰牧。"《太平御览》三百六十六引《高士传》曰:"尧聘许由为九州牧。"文,错画也。组,《说文》:"绶属。"蔡邕《独断》:"天子大社,以所封之方色,

苴以白茅授之，谓之授茅土。”

⑤《易·谦卦》注：“牧，养也。”《释名》：“宅，择也。择吉处而营之也。”亿，安也。祉，福也。《论语·宪问篇》注：“若人者，此人也。”“若君子”，即上文所说之君子。

于是大人先生乃逌然而叹，及本作笑。假云霓而应之曰：“若之云尚张采本此二字作“以天”。何通哉！夫大人者，乃与造物同体，天地并生，逍遥浮世，与道俱成，变化散聚，不常其形。天地制域于内[①]，而浮明开达于外，天地之永固，非世俗之所范陈本作取。及也。吾将为汝张采本作志。言之：

“往者，天尝在下，地尝在上，反覆颠倒，未之安固，焉得不失度式而常之[②]？天因地动，山陷川起，云散震及本作霓。坏，六合失理，汝又焉得择地而行，趋步商羽[③]？往者群气争存，万物死虑，支体不从，身为泥土，根拔枝殊，咸失其所，汝又焉得束身修范陈本二字倒置。行，磬折抱鼓[④]？李牧功而身死，伯宗忠而世绝，进求利以丧身，营爵赏而家灭，汝又焉得挟金玉万亿，祗奉君上而全妻子乎[⑤]？且汝独不见《太平御览》卷六九六无以上五字。乎范陈本作夫。《尉氏县志》、《御览》均作群。虱之处乎《御览》两引均无乎字。裈范陈本、梅本、及本、张采本作裈，下有“之”字。中，《御览》六九六无此字。范陈本、梅本、及本、张采本下有“乎”字。逃李本无逃字。乎《御览》六九六作于。范陈本、梅本无“逃乎”二字。深缝，匿夫坏絮，《御览》六九六无此句。自以为吉宅也。《御览》六九六无也字。行不敢离缝际，《御览》九五一无际字。动不敢出裈裆，《御览》九五一此句作“匿乎裈幅”。自以为得及本无得字。绳墨也。饥李本作饿。则啮人，自以为无穷食也。《御览》九五一无以上二句。然炎丘火流，焦邑灭都，群虱死于裈中而不能出[⑥]。自“行不敢离缝际”句起至此句止《御览》六九六无。汝《御览》无汝字。君子之处区《御览》、《尉氏县志》作域。内，范陈本、及本、张采本、李本“区内”作“寰区之内”。亦《御览》无亦字。何异夫《御览》无夫字。虱之《御览》六九六无之字。处裈中《御览》九五一无中字。乎？《御览》引至此句止。悲夫！而乃自以为远祸近福，坚无穷已；范陈本、梅本、张采本作也。亦观夫阳乌范陈本作乌。疑当作乌。游于尘外而鷦鷯戏于蓬艾，从及本。他本除汪本外作芰。小大固不相及，汝又何以为若范陈本无若字。君子闻于予范陈本作余。乎[7]？且近者夏丧于商，周播之刘，耿薄为墟，丰镐成丘，至人未从范陈本、梅本、及本。他本作来。一顾而世代相酬，厥居未定，他人已范陈本作也，注："一作已。"有，汝之茅土，谁将与久[8]？是以至从及本。他本作主。人不处而居，不修而治，日月为正，阴阳为期。岂希情乎世，系累于一时。乘从张采本。他本作来。东云，驾西风，与阴守雌，据阳为雄，志得欲从，物莫之穷，又何不能自达而畏夫世笑哉[9]！

【笺注】

①逌，音由。班固《答宾戏》"主人逌尔而笑曰"，李善注引项岱曰："逌，宽舒颜色之貌。"假，借也，因也。若，汝也。《唐韵古音》："古人读若字为汝，故传记之文多有以若为汝者。"造物，谓造物者。制，《广韵》："禁止也。"即今言制约之意。域，局限之意。

②此答或遗书中所谓"言有常度，行有常式"之语也。"天尝在下，地尝在上"，谓天地未分之时。

③此答"趋步商羽，进退周旋，咸有规矩"之语也。天地四方曰六合。理，正也。

④此答"立则磬折，拱若抱鼓"之语也。群气者，《尚书·洪范》："曰雨、曰旸、曰燠、曰寒、曰风。"注："雨，水气；旸，金气；燠，火气；寒，水气；风，土气。"《左传·昭公元年》："六气：阳、阴、风、雨、晦、冥也。"《庄子·逍遥游》注："李云：'平旦为朝霞，日中为正阳，日入为飞泉，夜半为沆瀣，与天玄、地黄为六气。'"《史记·五帝纪》注："王肃曰：'五气，五方之气。'"虑，《增韵》："忧也。"殊，《广雅》："断也。"

⑤此答"故挟金玉，垂文组，享尊位，取茅土"以下诸句也。《史记·廉颇蔺相如列传》："李牧者，赵之北边良将也。……匈奴小入，佯北不胜，

以数千人委之，单于闻之，大率众来入，李牧多为奇陈，张左右翼击之，大破杀匈奴十余万骑，灭襜褴，破东胡，降林胡，单于奔走。其后十余岁，匈奴不敢近赵边城。……击秦军于宜安，大破秦军，走秦将桓齮。封李牧为武安君。居三年，秦攻番吾，李牧击破秦军。南距韩魏。赵王迁七年，秦使王翦攻赵，赵使李牧、司马尚御之。秦多与赵王宠臣郭开金，为反间，言李牧、司马尚欲反，赵王乃使赵葱及齐将颜聚代李牧，李牧不受命，赵使人微捕得李牧，斩之，废司马尚。"《后汉书·耿弇列传》："恭字伯宗，国弟广之子也。……始置西域都护、戊己校尉，乃以恭为戊己校尉，屯后王部金蒲城。……车师复叛，与匈奴共攻恭，……数月，食尽穷困，乃煮铠弩，食其筋革。恭与士推诚同死生，故皆无二心，而稍稍死亡，余数十人。单于知恭已困，欲必降之。复遣使招恭曰：'若降者，当封为白屋王，妻以女子。'恭乃诱其使上城，手击杀之，炙诸城上，虏官属望见，号哭而去。单于大怒，更益兵围恭，不能下。……先是恭遣军吏范羌至敦煌，迎兵士寒服，羌因随王蒙军俱出塞，羌固请迎恭，诸将不敢前，乃分兵二千人与羌，从山北迎恭，……遂相随俱归。……吏士素饥困，发疏勒时，尚有二十六人，随路死殁，三月至玉门，唯余十三人，衣屦穿决，形容枯槁。中郎将郑众为恭已下洗沐易衣冠，上疏曰：'耿恭以单兵固守孤城，当匈奴之冲，对数万之众，连月逾年，心力困尽，凿山为井，煮弩为粮，出于万死无一生之望，前后杀伤丑虏数千百计，卒全忠勇，不为大汉耻。恭之节义，古今未有，宜蒙显爵，以厉将帅。'及恭至洛阳，鲍昱奏：'恭节过苏武，宜蒙爵赏。'于是拜为骑都尉。……明年迁长水校尉。其秋，金城陇西羌反，……乃遣恭将五校士三千人副车骑将军马防讨西羌。恭屯枹罕，数与羌接战。明年秋，烧当羌降。防还京师，恭留击诸未服者，首虏千余人，获牛羊四万余头，勒姐、烧何羌等十三种数万人皆诣恭降。初，恭出陇西，上言：'故安丰侯窦融昔在西州，甚得羌胡腹心，今大鸿胪固即其子孙，前击白山，功冠三军，宜奉大使镇抚凉部，令车骑将军防屯军汉阳以为威重。'由是大忤于防。及防还，监营谒者李谭承旨奏：'恭不忧军事，被诏怨望。'坐征下狱，免官归本郡，卒于家。"《尔雅·释诂》："祗，敬也。"

⑥袢,《玉篇》:"亵衣。"宅,《说文》:"所托也。"《释名》:"宅,择也,择吉处而营之也。"绳墨,木工裁木时用以规划曲直、厚薄、长短之具。"得绳墨"犹今言得法。"炎丘"之"丘"同区。颜师古曰:"古语丘区二字音不别,今读则异。"焦,《说文》:"火所伤也。"

⑦《小尔雅》:"去阴就阳者谓之阳乌,鸿雁是也。"《庄子·逍遥游》:"有鸟焉,其名为鹏,背若泰山,翼若垂天之云。抟扶摇羊角而上者九万里,绝云气,负青天,然后图南且适南冥也。斥鴳笑之曰:'彼且奚适也?我腾跃而上,不过数仞而下,翱翔蓬蒿之间,此亦飞之至也。而彼且奚适也?'此小大之辨也。"《说文》:"鷦鹏,桃虫也。一名鷦鷯,俗呼黄脰雀,喙利如锥。"《庄子·逍遥游》:"鷦鷯巢于深林,不过一枝。"

⑧《史记·夏本纪》:"帝桀之时,自孔甲以来而诸侯多畔,夏桀不务德而武,伤百姓,百姓弗堪。乃召汤而囚之夏台,已而释之。汤修德,诸侯皆归汤,汤遂率兵以伐夏桀,桀走鸣条,遂放而死。……汤乃践天子位,代夏朝天下。"播,《广韵》:"通也,迁也。"之,往也。《史记·周本纪》:"不窋末年,夏后氏政衰,去稷不务,不窋以失其官而奔戎狄之间。不窋卒,子鞠立。鞠卒,子公刘立。公刘虽在戎狄之间,复修后稷之业。"《诗·大雅·公刘》传:"公刘者,后稷之曾孙也。夏之始衰,见迫逐,迁于豳,而有居民之道。"《左传·闵公元年》:"晋侯作二军,以灭耿、灭霍、灭魏。"注:"平阳皮氏县东南有耿乡。永安县东北有霍大山。三国皆姬姓。"薄,通亳。《史记·殷本纪》:"汤始居亳。"墟,故城。《尚书·成武》:"王来自商,至于丰。"传:"文王旧都。在京兆鄠县,今长安县西北是也。"镐,《说文》:"地名。武王所都。在长安西上林苑中。"丘,空也。《仪礼·乡饮酒礼》注:"酬,劝酒也。""世代相酬",犹言递作主人之意。厥,其也。

⑨处,《广韵》:"留也,息也,定也。"居,安也。《周礼·天官》注:"修,扫除粪洒。"《离骚》:"指九天以为正。"吝,吝之俗写,惜也。欲,《增韵》:"爱也。"《诗·商颂·长发》:"受小国是达,受大国是达。"注:"言无所不宜也。"

"昔者天地开辟，万物并生；大者恬其性，细者静其形；阴藏其气，阳发其精；害无所避，利无所争；放之不失，收之不盈；亡不为夭，存不为寿；福无所得，祸汪本误作利。无所咎：各从其命，以度相守。明者不以智胜，暗者不以愚败；弱者不以迫畏，强者不以力尽。盖无君而庶物定，无臣而万事理，保张采本作条。身修性，不违其纪；惟兹若然，故能长久①。今汝造音以乱声，作色以诡形；外易其貌，内隐其情；怀欲以求多，诈伪以要名；君立而虐兴，臣设而贼生，坐制礼法，束缚下民，欺愚诳拙，藏智自神，强者睽眂从梅本、张燮本、及本、李本。范陈本此字缺。他本皆作眠。而凌暴，弱者憔悴而事人，假廉以成贪，内险而外仁，梅本作人。罪至不悔过，幸遇则自矜，驰此以奏除，故循范陈本注："一作滔。"及本、张采本作滔。滞而不振②。

"夫无贵则贱者不怨，无富则贫者不争，各足于身而无所求也。恩泽从范陈本、梅本、及本、张采本。他本除汪本外皆作深。无所归，则死败无所仇；奇声不作则耳不易听，淫色不显则目不改视，耳目不相及本无相字。易改，及本无改字。则无以乱其神矣；此先世从程刻本、张燮本、及本、张采本、李本。他本除汪本外均作圣。之所至止也③。今汝尊贤以相高，竞能以相尚，争范陈本无争字。势以相君，宠贵以相加，驱天下以趣之，此所以上下相残也。竭天地万物之至以奉声色无穷之欲，此非所以养百姓也。于是惧民之知其然，故重赏以喜之，严刑以威之；财匮而赏不供，刑尽而罚不行，乃始有亡国戮君溃败程刻本、张采本、李本及汪本作散。之祸。此非汝君子之为乎？汝君子之礼法，诚天下残贼、范陈本作贱。乱危、死亡之术耳，而乃目梅本作自。以为美行不易之道，不亦过乎④！今吾乃飘飖于天地之外，与造化为友，朝飧汤范陈本、张采本作阳。谷，夕饮西海，将变化迁易，与道周始，此之于万物岂不厚哉？故不通张溥本误作之。于自然者不足以言道，暗于梅本作与。昭昭者不足与达明；及本作冥。子之谓也⑤。"

【笺注】

①《易·系辞上》:"天地絪缊,万物化醇;男女构精,万物化生。"又《序卦》:"有天地然后万物生焉,盈天地之间唯万物。"恬,安也。静,《诗·邶风·柏舟》传:"安也。"《广韵》:"息也。"放,《玉篇》:"散也。"《诗·周颂·维天之命》传:"收,聚也。""放之不失,收之不盈",谓万物所含之精气也。"以度相守",谓各守其限度。暗,隐暗也。谓智不明者。"弱者不以迫畏",谓不至遭他人之威迫而畏。"强者不以力尽",谓不竭其力以凌人。《诗·大雅·棫朴》传:"理之为纪。"在此为自然秩序之意。

②诡,欺也,诈也。老子《道德经·检欲章》:"五色令人目盲,五音令人耳聋……。"《庄子·天地篇》:"赤张满稽曰:'……且夫失性有五:一曰五色乱目,使目不明;二曰五声乱耳,使耳不聪……此五者,皆生之害也。'"要,求也。诳,欺也,惑也。"诳拙",谓欺惑拙者。"藏智自神",犹言自作聪明。《集韵》:"睽睢,张目貌。"眡,《玉篇》:"古文视字。"《类篇》:"视貌。"或作眠,《说文》:"翕目也。"亦可通。憔悴,瘦也。《公羊传·僖公九年》传:"矜之者何?犹曰:莫我若也。"驰,《广韵》:"疾驱也。"奏,《广韵》:"进也。"除,《玉篇》:"去也。""奏除",似为进退之意。《集韵》:"蹲循,逡巡也。"逡巡,行不进也。滞,《说文》:"凝也。"振,此处当读作平声,《说文》:"一曰奋也。"

③泽为润泽,引伸为德泽。言先世之人既各足于身而无所求,所有福祸皆由自致,福既非由他人之恩泽,祸亦无能仇怨于他人。《礼记·大学》注:"止,犹自处也。"

④趣,《广韵》:"趣向。"《释名》:"残,践也,践使残坏也。"《易·坤卦》注:"至谓至极也。"匮,《广韵》:"竭也。"供,《说文》:"一曰供给。"《孟子·梁惠王下》:"孟子对曰:'贼仁者谓之贼,贼义者谓之残。'"《左传·僖公九年》注:"贼,伤害也。"目,犹今言看作。

⑤飘䬙,《玉篇》:"上行风也。"此作动词用。《淮南子·览冥训》:"与造化者相雌雄。"注:"天地也。"又《原道训》:"乘云凌霄,与造化者俱。"注:"天地。一曰道也。"《汉书·司马相如传·子虚赋》师古注曰:"汤

谷，日所出也。”《说苑》卷十八：“八荒之内有四海，四海之内有九州，天子居中州而制八方耳。”西海，谓西极之海也。“于万物岂不厚哉”，谓不同于“竭天地万物之至以奉声色无穷之欲”也。昭，明也。《孟子·尽心下》：“贤者以其昭昭使人昭昭，今以其昏昏使人昭昭。”注：“章指言：以明昭暗，暗者以开；以暗责明，暗者愈迷。”

先生既申若言，天下之喜奇者异之，忼忾者高之。其不知其体，不见其情，猜耳范陈本无耳字。其道，虚伪之名，莫识其真，及本作直。弗达其情，虽异而高之，与向从范陈本。他本皆作响。之非怪者，蔑如也。至人者，不知乃贵，不见乃神，神贵之道存乎内，而万物运于外矣；故天下终而不知其用也[①]。逌范陈本注：“音由。”乎有宗范陈本注：“或作宋。”扶摇之野有隐士焉，见之而喜，自以为均志同行也，曰：“善哉！吾得之见而舒愤也。上古质朴淳厚之道已废，而末枝及本作技。遗叶从范陈本。他本皆作华。并兴。豺虎贪虐，群物无辜，以害为利，殒性亡躯，吾不忍见也，故去而处兹。人不可与为俦，张采本作帱。不若与木石为邻。安期逃乎蓬山[②]，角里潜乎丹水[③]，鲍焦立以枯槁[④]，莱维去而逌及本注：“疑‘道’误。”死：亦由兹及本下有矣字。夫[⑤]！吾将抗志显高，遂终于斯。禽生而兽死，埋形而遗骨，不复反余之生乎！夫志均者相求，好合者齐颜，及本缺。范陈本、梅本、张采本、李本亦无颜字。与夫子同之[⑥]。”于是先生乃舒虹霓以蕃尘，倾雪盖以蔽明，倚瑶厢而徘徊，总众辔而安行[⑦]，顾而谓之曰：“太从《御览》卷一。他本皆作泰。初张采本作根。真范陈本作贞。人，唯天从严本，《御览》卷一作太，他本皆作大。之根，专气一志，万物以存，退不见后，进不睹先，发西北而造制，启东南以为门，微道德以久娱，跨天地而处尊。夫然成吾体也，是以不避物而处，所睹则宁；不以物为累，所逌则成；彷徉李本作彿。足以舒其意，浮腾足以逞其情[⑧]。故至人无宅，天地为客；至人无主，天地为所；至人无事，天地为故；无是非之别，无善恶之异，故天下被其泽而万物所以炽也。范陈本无也字。若夫恶彼而好我，自是而非人，忿激以争求，贵志而贱身，伊禽生而兽死，尚何显而获荣？悲夫，子之用心也！薄安张采本缺。利以忘生，要求名以丧体，诚与彼其无诡，何枯槁而逌死。子之所好，何足言哉？吾将去子矣[9]。”乃扬眉而荡目，振袖而抚裳，令从范陈本、梅本、张燮本、李本。他本皆作今。缓辔而纵策，遂风起而云翔。彼人者瞻之而垂泣，自痛其志，衣草木之皮，伏于岩石之下，惧不终夕而死[10]。

【笺注】

①申，伸也。若，如也。“若言”，谓如此如彼之言也。慷慨之慨通作忾。慷慨，意气感激不平也。体，体要。猜，疑也。耳，耳闻之也。向，昔也。蔑，无也。谓“异而高之者”与“非怪者”同为不知其体，莫识其真，弗达其情，无所区别也。天下，谓天下之人。

②逌，《玉篇》：“气行貌。”宋，周时国名，其地在今安徽省庐江县境。《尔雅·释天》：“扶摇谓之猋。”注：“风自下而上。”“均志同行”，谓志相均，行相同也，犹言志同道合之意。“末枝遗叶”，谓根本（上古质朴淳厚之道）已亡，所余者枝叶而已，亦《庄子·天下篇》所谓“道术将为天下裂”之意。辜，罪也。殒，殁也。躯，体也。俦，等类也。安期，见《清思赋》注。

③《史记·留侯世家》：“及燕，置酒，太子侍，四人从太子，年皆八十有余，须眉皓白，衣冠甚伟。上怪之，问曰：‘彼何为者？’四人前对，各言名姓，曰东园公、角里先生、绮里季、夏黄公。”《汉书·张良传》：“良曰：‘此难以口舌争也。顾上有不能致者四人。’”师古曰：“四人谓园公、绮里季、夏黄公、角里先生，所谓商山四皓也。”《水经》卷二十：“丹水出京兆上洛县西北冢岭山，东南过其县南。”注：“楚水注之，水源出上洛县西南楚山。昔四皓隐于楚山，即此山也。其水两源，合舍于四皓庙东，又东迳高车岭南，翼带众流，北转入丹水。岭上有四皓庙。”

④《庄子·盗跖篇》：“鲍焦饰行非世，抱木而死。”又：“鲍子立干。”司马

云："鲍子名焦。周末人。污时君，不仕。采蔬而食。子贡见之，谓曰：'何谓不仕食禄？'答曰：'无可仕者。'子贡曰：'污时君，不食其禄；恶其政，不践其土。今子恶其君，处其土，食其蔬，何志行之相违乎？'鲍焦遂弃其蔬而饿死。"《韩诗外传》同。《韩诗外传》卷一："于是弃其蔬而立槁于洛水之上。"《礼记·曲礼》注："槁，干也。"

⑤莱维不详。按刘向《古列女传·贤明传·楚老莱妻》："莱子逃世，耕于蒙山之阳，葭墙蓬室，木床蓍席，衣缊食菽，垦山播种。人或言之楚王曰：'老莱，贤士也。'王欲聘以璧帛，恐不来。楚王驾至老莱之门。老莱方织畚。王曰：'寡人愚陋，独守宗庙，愿先生幸临之！'老莱子曰：'仆，山野之人，不足守政。'王复曰：'守国之孤，愿受先生之志！'老莱曰：'诺！'王去，其妻戴畚莱挟薪樵而来，曰：'何车迹之众也？'老莱子曰：'楚王欲使吾国之政。'妻曰：'许之乎？'曰：'何？'妻曰：'妾闻之：可食以酒肉者可随以鞭捶，可授以官禄，为人所制也，能免于患乎？妾不能为人所执。'投其畚莱而去。老莱子曰：'子还！吾为子更虑。'遂行不顾，至江南而止。"姑备参考。

⑥好合，谓所好尚者相合。《汉书·食货志》注："齐，等也。"颜，《说文》："眉目之间也。"《诗·鄘风·君子偕老》传："颜，额角丰满也。"齐颜，犹言同一幅面目。夫子，隐士称大人先生。

⑦舒，《博雅》："展也。"《尔雅·释天》疏："虹双出，色鲜盛者为雄，雄曰虹；暗者为雌，雌曰霓。"蕃与藩通，屏也。盖，车上所张之盖也。《周礼·冬官·考工记》："轮人为盖以象天，高十尺。"厢，《说文》："廊也。"

⑧老子《道德经·成象章》："谷神不死，是谓玄牝。玄牝之门，是谓天地根。绵绵若存，用之不勤。"逌，《字汇补》："古由字。"《集韵》："彷徉，徘徊也。"

⑨宅，《说文》："所托也。"所，处所。故，事也。炽，《尔雅·释言》："盛也。"伊，发语辞。诡，异也。逌与攸同。《孟子·万章》："攸然而逝。"注："攸然，迅走趋水深处也。"

⑩荡，动也。振，举也。筴与策同。《左传·文公十三年》注："策，马挝。"

"彼人",谓隐士。惧,《集韵》:"无守貌。"

先生过神宫而息,漱吴范陈本作吾。泉而行,回乎逌而游览焉。见薪于阜者,叹曰:"汝将焉以是终乎哉?"薪者曰:"是终我乎,不以是终我乎,且圣人无怀,何其哀?夫盛衰变化,常不于兹,藏器于身,伏以俟时[①]。孙刖足以擒庞[②],睢折胁而得位[③],二字从汪本。他本作"乃休"。百里困而相嬴[④],牙既老而弼周,既颠倒而更来兮,固先穷而后收[⑤]。秦破六国,并兼其地,夷灭诸侯,南面称帝,姱盛色,崇靡丽,凿南山以为阙,表东海以为门,辟从汪本。他本作门。万室而不绝,图无穷而永存,美宫室而盛帷帟,击钟鼓而扬其章[⑥],广苑囿而深池沼,兴渭北而逮从及本。他本作建。咸阳,麤疑当作欐。木曾未及成林,而荆棘已蓁乎阿房。时代存而迭处,故先得而后亡,山东之徒严本作徙。虏,遂起而王天下。由此视之,穷达讵可知耶[⑦]?且圣人以道德为心,不以富贵为志,以无为为"为"字据及本补,他本皆无。用,不以人物为事,尊显不加重,贫贱不自轻,失不自以为辱,得不自以为荣。木根挺而枝远,叶繁茂而华零,无穷之死,犹一朝之生,身之多少,又何足营[⑧]!"因叹而歌曰:"日没不周方,月出丹渊中。阳精蔽不见,阴光代从及本。他本皆作大。为雄。亭亭在须臾,厌厌将复东。离合云雾兮,往来如飘风。富贵俛仰间,贫贱何必终[⑨]。留侯起亡虏,威武赫荒夷[⑩];从及本,"夷"字协韵。他本皆作"夷荒"。召平封东陵,及本下有"兮"字。一旦为布衣。枝叶托根柢,死生同盛衰;得志从命升,失势与时隤。寒暑代征迈,变化更相推;祸福无常主,何忧身无归?推兹由斯理,此字据梅本、及本、李本补,他本皆缺。负薪又何哀[⑪]!"先生闻之,笑曰:"虽不及大,庶免小矣。"乃歌曰:"天地解兮六合开,星辰贾兮日月隤,我腾而上将何怀!衣弗袭而服美,佩弗饰及本作饬。而自章,上下徘徊兮谁识吾常[⑫]。

【笺注】

①《山海经·海内西经》:“昆仑之墟方八百里,高万仞……面有九门,门有开明兽守之。百神之所在。”吴(或吾)泉不详。《释名》:“土山曰阜。”《淮南子·时则训》注:“焉犹于也。”终,《玉篇》:“极也。”“以是终乎哉”,犹言即此了其一生乎?“圣人无怀何其哀”,谓无所容心故不忧之意。“常不于兹”,犹言不停留于现状。《礼记·王制》注:“器,能也。”

②《史记·孙武传》:“孙膑尝与庞涓俱学兵法。庞涓既事魏,得为惠王将军,而自以为能不及孙膑,乃阴使召孙膑。膑至,庞涓恐其贤于己,疾之,则以法刑断其两足而黥之,欲隐勿见。齐使者如梁,孙膑以刑徒阴见说齐使,齐使以为奇,窃载与之齐,齐将田忌善而客待之。……于是忌进孙子于威王,威王问兵法,遂以为师。……后十三岁,魏与赵攻韩,韩告急于齐,齐使田忌将而往,直走大梁,魏将庞涓闻之,去韩而归……孙子度其行,暮当至马陵,马陵道狭而旁多阻隘,可伏兵……齐军万弩俱发,魏军大乱相失,庞涓自知智穷兵败,乃自刭,曰:‘遂成竖子之名。’齐因乘胜尽破其军,虏魏太子申以归。”

③《史记·范雎传》:“范雎者,魏人也。字叔。游说诸侯。欲事魏王,家贫无以自资,乃先事魏中大夫须贾。须贾为魏昭王使于齐,范雎从,留数月,未得报。齐襄王闻雎辩口,乃使人赐雎金十斤及牛酒,雎辞谢不敢受。须贾知之,大怒,以为雎持魏国阴事告齐,故得此馈。令雎受其牛酒,还其金。既归,心怒雎,以告魏相。魏相,魏之诸公子,曰魏齐。魏齐大怒,使舍人笞击雎,折胁折齿……秦昭王使谒者王稽于魏……王稽辞魏王,过载范雎入秦。……(秦昭王)乃拜范雎为客卿,谋兵事,卒听范雎谋……范雎日益亲……秦王乃拜范雎为相……秦封范雎以应,号为应侯。”休,美善也,庆也。

④《史记·秦本纪》:“舜赐姓嬴氏。……晋献公灭虞虢,虏虞君与其大夫百里傒……既虏百里傒,以为秦缪公夫人媵于秦,百里傒亡秦走宛,楚鄙人执之。缪公闻百里傒贤,欲重赎之,恐楚人不与,乃使人谓楚曰:‘吾媵臣百里傒在焉,请以五羖羊皮赎之。’楚人遂许与之。当是时,百

里傒年已七十余，缪公释其囚，与语国事……语三日，缪公大说，授之国政，号曰五羖大夫。"

⑤《史记·齐太公世家》："本姓姜氏，从其封姓，故曰吕尚。吕尚盖尝穷困。年老矣，以鱼钓奸周西伯……（西伯）载与俱归，立为师。"索隐："谯周曰：'姓姜，名牙'，……盖牙是字，尚是其名。"《国语·越语》注："相道为辅，矫过为弼。"宋玉《九辩》："太公九十乃显荣。""颠倒更来"，谓先穷后收也。《博雅》："收，振也。"

⑥夷，平也。姱，好也。《史记·秦始皇本纪》："秦初并天下，令丞相御史曰：'……六王咸服其辜，天下大定，今名号不更，无以称成功，传后世，其议帝号。'……（三十五年）于是，始皇以为咸阳人多，先王之宫廷小。'吾闻周文王都丰，武王都镐，丰镐之间，帝王之都也。'乃营作朝宫渭南上林苑中，先作前殿阿房，东西五百步，南北五十丈，上可以坐万人，下可以建五丈旗，周驰为阁道，自殿下直抵南山，表南山之颠以为阙，为复道，自阿房渡渭，属之咸阳。……于是立石东海上朐界中，以为秦东门。……于是始皇曰：'吾慕真人。'自谓'真人'，不称'朕'。乃令咸阳之旁二百里内，宫观二百七十，复道甬道相连，帷帐，钟鼓，美人充之。"《字汇》："帶，带也。"《说文》："乐竟为一章。"

⑦欐，疑当作欐，《正韵》："欐，梁栋别名。"藂，《唐韵》："俗丛字。"丛，《说文》："聚也。"《楚辞·七谏》："荆棘聚而成林。""代存"，谓相代而存。"迭处"，谓更迭而处。贾谊《过秦论上》："然而陈涉，瓮牖绳枢之子，甿隶之人，而迁徙之徒，……率罢散之卒，将数百之众，转而攻秦，斩木为兵，揭竿为旗，天下云集而响应，赢粮而景从，山东豪俊，遂并起而亡秦族矣。……试使山东之国与陈涉度长絜大，比权量力，则不可同年而语矣。"又《过秦论下》："秦并兼诸侯山东三十余郡，……楚师深入，战于鸿门，曾无藩篱之艰，于是山东大扰，诸侯并起，豪俊相立。"《史记·陈涉世家》："陈涉乃立为王，号为张楚，……武臣到邯郸，自立为赵王，……（韩广）乃自立为燕王，……陈王乃立宁陵君咎为魏王，……项梁立怀王孙心为楚王。"

⑧华，与花同。营，《玉篇》："度也。"

⑨《淮南子·地形训》:"西北方曰不周之山,曰幽都之门。"《山海经·大荒西经》:"西北海之外,大荒之隅,有山而不合,名曰不周负子……有人名曰石夷,来风曰韦,处西北隅,以司日月之长短。"又:"有女子方浴月。帝俊妻常羲生月十有二,此始浴之。有玄丹之山。"《说文》:"日,实也,太阳之精不亏。"又:"月,阙也,太阴之精。"亭亭,耸立貌,此谓日。《诗·秦风·小戎》注:"厌厌,安静也。"此谓月。"离合云雾",谓日月在云雾之中此离彼合。《汉书·晁错传》注:"俛即俯。"终,《集韵》:"尽也。"

⑩《史记·留侯世家》:"留侯张良者,其先韩人也。……秦皇帝东游,良与客狙击秦皇帝博浪沙中,误中副车。秦皇帝大怒,大索天下,求贼甚急,为张良故也。良乃更名姓,亡匿下邳。……道遇沛公,沛公拜良为厩将……故遂从之。汉六年正月封功臣……乃遂封良为留侯。"赫,显也。《尚书·禹贡》:"五百里荒服。"又:"三百里夷服。"

⑪《史记·萧相国世家》:"召平者,故秦东陵侯。秦破,为布衣,贫,种瓜于长安城东,瓜美,故世俗谓之东陵瓜,从召平以为名也。"柢,《说文》:"根也。"徐锴曰:"华叶之根曰蒂,木之根曰柢。"陨,《说文》:"下坠也。"征,《尔雅·释言》:"行也。"迈,《正韵》:"往也。"

⑫天地四方曰六合。贯,《说文》:"雨也。"《公羊传·庄公七年》:"夜中,星贯如雨。"腾,上跃也。袭,服也。《诗·小雅·六月》:"四牡骙骙,载是常服。"笺:"戎车之常服,韦弁服也。"章,采也。　诸本皆别录此两歌于咏怀诗之后,此歌谓之大人先生歌。歌辞皆至"谁识吾常"止。然观后三句辞意,显与下文相属,当非在歌辞之内。今姑仍之。

"遂去而遐浮,肆云舆,兴气盖,徜徉回翔兮漭瀁之外。建长星以为旗兮,击雷霆之磲礚。开不周而出车兮,步范陈本作出。注:"一作步。"九野之夷泰。坐中州而一顾兮,望崇山而回迈。端余节而飞旃兮,纵心虑乎荒裔。释范陈本、梅本、及本作择。及本注:"或作释。"前者而弗修兮,驰蒙间而远迈。诸本皆作逌,及本注:"疑迈误。"按逌字与前后韵不协,故从及本注。弃世务之众为兮，何细事之足赖①。虚形及本作盈。体而轻举兮，精微妙而神丰。命夷羿使宽日兮，召忻来使缓风。攀扶桑之长枝兮，登扶摇之隆崇。跃潜飘范陈本无飘字。之冥范陈本无冥字。昧兮，洗光曜之昭明。遗衣裳而弗服兮，服云气而遂行。朝造驾乎汤谷兮，夕息马乎长泉，时崦嵫而易气兮，辉若华以照冥。左朱阳以举麾兮，右玄阴以建旗，变容从张采本。他本皆误作客。饰而改度，遂腾窃以修征②。

"阴阳更而代迈，四时奔而相逌。从及本。他本皆作逌。惟仙化之倏忽兮，心不乐乎久留。惊风奋而遗乐兮，虽云起而忘范陈本作亡。忧。忽电消而神逌兮，历寥廓而遐游。范陈本、梅本、李本作逌。佩日月以舒光兮，登徜徉而上游。一作浮。压前进范陈本注："一作途。"及本作途。于彼逌兮，将步足乎虚州。扫紫宫而陈席兮，坐帝室而忽会酬。萃众音而奏范陈本无奏字。乐兮，声惊渺而悠悠。五帝舞而再属兮，六神歌而伐范陈本、梅本、张燮本、及本、张采本、李本作代。周③。乐啾啾肃肃，洞心范陈本下有而字。达神。超遥遥严本无第二遥字。茫茫，及本注："'乐'下至'茫茫'多误。"心往而忘反，虑大而志矜。粤范陈本作局，注："或作粤。"梅本、李本亦作局。大人微而弗复兮，扬云气而上陈。召大幽之玉女兮，接上王之美人。体云气之逌畅兮，服太清之淑真。范陈本作真。合欢情而微授兮，光从严本。他本皆作先。艳溢其若神。华姿烨以俱发兮，采色焕其并振。倾玄鬓而垂鬟兮，曜红颜而自新④。

"时李本无时字。暧睫而将逝兮，风飘飖而振衣。张采本作兮。云气解而雾离兮，霭李本无霭字。奔散而永归。心惝惘而遥思兮，眇回目而弗晞⑤。扬清风以为旗兮，翼旋轸而反衍。腾炎阳而出疆张采本作强。兮，命祝融而使遣。驱玄冥以摄坚兮，蓐收秉而先戈。勾芒奉毂，浮惊朝霞。寥廓茫茫而靡都兮，邈无俦而独立⑥。倚瑶厢而一顾兮，哀下土之憔悴。分是非以为行兮，又何足与比类。霓旌飘兮云旗霭，乐游兮出天外。”

【笺注】

①驾云气而行，故谓之浮。《楚辞·远游》：“览方外之荒忽兮，沛罔象而自浮。”盖，车盖。徜徉，《玉篇》：“犹徘徊也。”翔，《说文》：“回飞也。”漭，《玉篇》：“平也，广也，野也。”漾，《集韵》：“一曰无涯际也。”磏，礚，皆石声。《淮南子·天文训》：“何谓九野？中央曰钧天……东方曰苍天……东北曰变天……北方曰玄天……西北方曰幽天……西方曰昊天……西南方曰朱天……南方曰炎天……东南方曰阳天。”夷，平也。泰，通也。司马相如《大人赋》：“世有大人兮在乎中州。”师古曰：“中州，中国也。”《史记·秦始皇本纪》正义曰：“旄节者，编旄为之，以象竹节。”旃同旃，旗曲柄也。《尔雅·释地》：“觚竹，北户，西王母，日下，谓之四荒。”《史记·五帝纪》贾逵注：“四裔之地，去王城四千里。”《尔雅·释草》：“蒙，委也。”注：“女萝别名。”

②《左传·襄四年》：“夷羿收之。”注：“夷氏。”《淮南子·本经训》：“逮至尧之时，十日并出，焦禾稼，杀草木，而民无所食……尧乃使羿……上射十日。”《楚辞·天问》注：“尧命羿仰射十日，中其九日，日中九乌皆死，堕其羽翼，故留其一日也。”宽，《说文》：“一日缓也。”忻来，未详，疑为飞廉之声转。《史记·司马相如传》正义：“风伯名飞廉。”《淮南子·天文训》：“日出于旸谷，浴于咸池，拂于扶桑，是谓晨明。”《后汉书·张衡传》注：“其桑相扶相生。”《庄子·在宥篇》陆德明《音义》：“李云：‘扶摇，神木也。生东海。一云风也。’”《楚辞·天问》：“出自汤谷，次于蒙汜。”洪兴祖补注：“《说文》：‘旸，日出也。’或作汤，通作阳。”《淮南子·天文训》：“（日）至于悲泉，爰止其女，爰息马，是谓悬车。”《山海经·西山经》：“（鸟鼠同穴之山）西南三百六十里曰崦嵫之山。”注：“日没所入山也。”《淮南子·地形训》：“若木在建木西，末有十日，其华照下地。”注：“若木端有十日，状如莲华，华犹光也，光照其下也。”《诗·豳风·七月》：“我朱孔阳。”注：“谓朱色光明也。寄位于南方。”

麾,《玉篇》:"旌旗之属,所以指麾也。"《楚辞·远游》:"召玄武而奔属。"注:"太阳神使承卫也。"修,长也。

③迈,往也。遒,迫也。《释名》:"仙,迁也。"奋,扬也。压,《集韵》:"合也。"《史记·天官书》:"中宫天极星,其一明者,太一常居也;旁三星,三公,或曰子属;后句四星,末大星,正妃,余三星,后宫之属也;环之匡卫十二星,藩臣;皆曰紫宫。"索隐:"《元命苞》曰:'紫之言此也,宫之言中也,言天神运动,阴阳开闭,皆在此中也。'"陈,列也。《易·系辞上》注:"酬酢,犹应对也。"《易·萃卦》:"彖曰:萃,聚也。"《汉书·礼乐志》:"昔黄帝作咸池,颛顼作六茎,帝喾作五英,尧作大章,舜作招。"属,连也。《周礼·春官·大司乐》:"乃奏黄钟,歌大吕,舞云门,以祀天神;乃奏太簇,歌应钟,舞咸池,以祭地示;乃奏姑洗,歌南吕,舞大磬,以祀四望;乃奏蕤宾,歌函钟,舞大夏,以祭山川;乃奏夷则,歌小吕,舞大濩,以享先妣;乃奏无射,歌夹钟,舞大武,以享先祖。"《小尔雅》:"伐,美也。"《史记·高祖功臣侯年表》:"古者人臣功有五品……明其等曰伐。"伐周,谓凡此歌辞,皆称美国之盛德也。

④《楚辞·离骚》注:"啾啾,鸣声。"《广韵》:"啾唧,小声。"《诗·周颂·雝》:"有来雝雝,肃肃至止。"《后汉书·梁冀传》注:"洞,通也。"《尚书·旅獒传》:"矜,持也。"粤,《尔雅·释诂》:"曰也。"注:"语辞发端。"微,《说文》:"隐行也。"幽,《尔雅·释诂》:"微也。"疏:"幽者,深微也。"《后汉书·章帝本纪》注:"六幽,谓六合幽隐之处也。"《吕氏春秋·贵直论·贵直篇》注:"玉女,美女也。"上王,上界之王。《史记·赵世家》注:"逌然,宽缓也。"《淮南子·道应训》注:"太清,元气之清者也。"《抱朴子·杂应》:"上升四十里,名曰太清。"烨,《说文》:"盛也。"焕,《玉篇》:"明也。"振,《说文》:"一曰奋也。"髦,发也。

⑤暧曃,《楚辞·远游》注:"日月晻黮而无光也。"霭,《韵会》:"云集貌。"《玉篇》:"惝恍,失意不悦貌。"眇,《正韵》:"细也。"睎,《说文》:"望也。"

⑥旟,旗属。《尔雅·释天》:"错革鸟曰旟。"翼,《广雅》:"飞也。"轸,《说文》:"车后横木也。"衍,《博雅》:"行也。"《集韵》:"进也。"祝融,夏神,

《礼记·月令》:“孟(仲、季)夏之月……其神祝融。”又南方之神,《楚辞·远游》注:“南方丙丁,其帝炎帝,其神祝融。”玄冥,冬神,《礼记·月令》:“孟(仲、季)冬之月……其神玄冥。”《楚辞·远游》“历玄冥以邪径兮”注:“道绝幽都,路穷绝也。”按:以其他三神例之,玄冥当又为北方之神。摄,《说文》:“引持也。”坚,指冰。蓐收,秋神,《礼记·月令》:“孟(仲、季)秋之月……其神蓐收。”,又西方之神,《楚辞·远游》注:“西方庚辛,其帝少昊,其神蓐收。”秉,执持也。《释名》:“戈,过也。”勾芒,春神,《礼记·月令》:“孟(仲、季)春之月……其神勾芒。”又东方之神,《楚辞·远游》:“吾将过乎勾芒。”注:“就少阳神于东方也。”《孔子家语·五帝第二十四》:“康子曰:‘吾闻勾芒为木正,祝融为火正,蓐收为金正,玄冥为水正,后土为土正,此五行之主而不乱。称曰帝,何也?’孔子曰:‘凡五正者,五行之官名。五行佐成上帝而称五帝。太皞之属配焉,亦云帝,从其号。昔少皞氏之子有四叔:曰重、曰该、曰修、曰熙,实能金木及水,使重为勾芒,该为蓐收,修及熙为玄冥,颛顼氏之子曰祝融,共工氏之子曰句龙为后土,此五者各以其所能业为官职,生为上公,死为贵神,别称五祀,不得同帝。’”《六书故》:“轮之正中为毂。”都,《正韵》:“居也。”邈,《正韵》:“渺也。”

大人先生被发飞鬒,衣方离之衣,绕绂阳之带,含从范陈本、张燮本、及本、李本。他本除汪本外均误作舍。奇芝,爵甘华,噏浮雾,餐霄梅本作宵。霞,兴朝云,飏春风,奋乎太极之东,游乎昆仑之西,遗㸷隤策,流盼从范陈本、及本。他本除汪本外皆作眄。乎唐虞之都①,惘然而思,怅尔若忘,慨然而叹,曰:“呜乎!时不若岁,岁不若天,天不若道,道不若神。神者,自然之根也。彼勾勾者自以为贵夫世矣,而恶知夫世之贱乎兹哉!故与世争贵,贵不足争;与世争富,富不足先。必超世而绝群,遗俗而独往,登乎张采本作“为”,似误。太始之前,览乎沕漠梅本、及本、李本作“忽莫”。之初。虑周流于无外,志浩荡而自《御览》卷一作遂。舒。□及本空一字,他本皆不空。飘飖于四运,翻翱翔乎八隅②。

欲纵从及本,他本皆作从。而仿佛,洸从及本,他本皆作滉。漾而靡拘。细行不足以为毁,圣贤不足以为誉。变化移易,与神明扶。廓无外以为宅,周宇宙以为庐。强八维而处安,据制物以永居:夫如是则可谓富贵矣[③]。是故不与尧舜齐德,不与汤武并功;王许不足以为匹,阳丘岂能与比踪。从及本,他本皆作纵。天地且不能越其寿,广成子曾何足与并容[④]。激八风以扬声,蹑元吉之高踪;披从及本,他本皆作被。九天以开除兮,来疑当作乘。云气以驭飞龙。专上下以制统兮,殊古今而靡同;夫世之名利胡足以累之哉[⑤]!故提齐而踧楚,挈赵而蹈秦,不满一朝而天下无人,东西南北莫之与邻。悲夫!子范陈本无子字。之修饰,以余观之,将焉存乎[⑥]?"

【笺注】

①被,覆也。《尔雅·释诂》:"覭剃,茀离也。"注:"谓草木之蒙茸翳荟也。茀离即弥离,弥离犹蒙茏耳。"按:方离、茀离、弥离、蒙茏,皆一声之转。《诗·邶风·旄丘》:"狐裘蒙戎。"传:"蒙茸,以言乱也。"《左传·僖公五年》:"狐裘龙茸。"注:"龙茸,乱貌。"《易·困卦》:"朱绂方来。"注:"朱绂,南方之物也。"《诗·豳风·七月》:"我朱孔阳。"传:"阳,明也。"噏,与吸同。司马相如《大人赋》:"呼吸沆瀣兮餐朝霞。"应劭曰:"《列仙传》:'陵阳子言春食朝霞。朝霞者,日始欲出,赤黄气也。'"飏,《说文》:"风所飞扬也。"太极,《易·系辞上》注:"无称之称,不可得而名也。"司马相如《大人赋》:"历唐尧于崇山兮,过虞舜于九疑。"《史记·尧本纪》正义引《帝王纪》云:"尧都平阳。"今属山西临汾县。《史记·舜本纪》索隐:"虞,国名。在河东太阳县。舜,谥也。"

②"时不若岁,岁不若天"云云,皆就其存在之久暂而言。然以为超于天者尚有道,而超于道者更有神,神为自然之根,在哲学上盖主观唯心主义也。勾,《说文》:"曲也。"《列子·天瑞篇》:"太初者,气之始也。太始者,形之始也。太素者,质之始也。"《广韵》:"沕穆,深微貌。"四运,谓四时运行。八隅,谓八方。

③洸,《集韵》:“水深广貌。”漾,《广韵》:“一曰:漾漾,无涯际也。”誉,读作平声,与前后为韵。扶,相扶之意。《方言》:“张小使大谓之廓。”八维,即八纮。《淮南子·原道训》注:“八纮,天之八维也。”《地形训》:“八殥之外而有八纮,亦方千里。”注:“纮,维也。维络天地而为之表,故曰纮也。”制物,为崔骃《达旨》“阴阳始分,天地初制”之意。

④王,王倪。《庄子·齐物论》陆德明《音义》:“《高士传》云:‘王倪,尧时贤人也。’”据《庄子·天地篇》,王倪为啮缺之师。又《庄子·德充符》有王骀,与孔子同时,似非此处所指之王。许,许由。《庄子·外物篇》:“尧与许由天下,许由逃之。”又见《徐无鬼篇》、《让王篇》。阳,老子或阳子居。《史记·老子列传》:“姓李氏,名耳,字伯阳。”《庄子·寓言篇》:“阳子居南之沛,老子西游于秦,邀于郊,至于梁而遇老子。”丘,孔丘。《史记·孔子世家》:“生而首上圩顶,故因名曰丘云。”广成子,黄帝曾向之问道者。《庄子·在宥篇》:“黄帝立为天子,十九年令行天下,闻广成子在于空同之上,故往见之,曰:‘我闻吾子达于至道,敢问至道之精。’”

⑤八风,见《乐论》注。《易·坤卦》:“九五,黄裳元吉。”注:“黄,中之色也。裳之饰也。坤为臣道,美尽于下。夫体无刚健而能极物之情,通理者也。以柔顺之德,处于盛位,任夫文理者也。垂黄裳以获元吉,非用武者也。极阴之盛,不至疑阳,以文在中,美之至也。”疏:“元,大也。吉,福也。”披,开也。《楚辞·天问》注:“九天:东方皞天,东南方阳天,南方赤天,西南方朱天,西方成天,西北方幽天,北方玄天,东北方变天,中央钧天。皞,一作昊。变,一作乐,一作鸾。”又《淮南子·天文训》“天有九野:中央钧天……”云云,其名称次第稍有不同。唯《朱子语类》云:“《离骚》有九天之说,诸家妄解云有九天。据某观之,只是九重。盖天运行有许多重数,里面重数较软,在外则渐硬,想到第九重,成硬壳相似,那里转得愈紧矣。”除,《玉篇》:“开也。”《易·乾卦》释文:“统,本也。”《史记·乐书》注:“统,领也。”

⑥提,《说文》:“挈也。”絜,《说文》:“县持也。”《史记·张耳陈馀列传》:“以两贤王左提右挈。”注:“相扶持也。”蹴,与蹙同,迫也。蹈,践也。

邻，比也。

于兹先生乃去之，纷泱从程刻范陈本、梅本、张燮本、及本。他本除汪本外皆作决。莽，轨疑当作轧。沕洋，流从张采本，他本皆作汓。衍溢历，度重渊，跨青天，顾而逌览焉①。则有逍遥以永年，无存忽合，散而上严本作下。臻。霍严本无霍字。分离荡，漾漾洋洋，飙涌范陈本、及本注："一作踊。"云浮，达于摇光，直驰骛乎太范陈本作大。初之中，而《御览》卷一无而字。休息乎无为之宫②。太范陈本作大。初何如？《御览》卷一作始。无后无先，莫究其极，谁识其根。邈渺绵绵，乃反复乎从范陈本、张燮本、张溥本、及本、张采本、李本。他本除汪本外无乎字。大道之所存，莫畅其究，谁晓其根。辟九灵而求索，曾何足以自隆。登其万天而通观，浴大始之和风。浏逍遥以远游，遵大路之无穷。遗太乙而弗使，陵天地而径行③。超鸿蒙从及本。他本二字倒置。而远迹，左荡莽而无涯，右幽悠而无方。上遥听而无声，下修视而无章，施无有而宅神，永太清乎敖翔④。

【笺注】

①《诗·小雅·瞻彼洛矣》传："泱泱，深广貌。"莽，《小尔雅》："大也。"轨，疑当作轧。扬雄《甘泉赋》"轶轧无垠"，即无边际之意。洋，《尔雅·释诂》："盈也。"历，《说文》："一曰水下滴。"《管子·度地篇》："水出地而不流者命曰渊。"逌，《玉篇》："气行貌。"

②《说文》："逍遥，犹翱翔也。"臻，《玉篇》："聚也。"《集韵》："挥霍，猝遽也。"荡，动也。《广韵》："一曰：漾漾，无涯际也。"《诗·卫风·硕人》传："洋洋，盛大也。"又《大雅·文王之什·大明》传："洋洋，广也。"飙，暴风也。《汉书·司马相如传》注："张楫曰：'摇光，北斗杓头第一星。'"骛，《玉篇》："奔也。"

③究，《尔雅·释言》："穷也。"根，《博雅》："始也。"邈，远也。渺，《广

韵》:"一曰水长也。"《诗·王风·葛藟》传:"绵绵,长不绝之貌。"畅,《广韵》:"达也。"究,极也。《诗·大雅·灵台》传:"神之精明者称灵。"九灵,未详,或谓九天之灵。索,求也。隆,有丰、大、盛、多、尊、厚诸义。万天,未详。《易·系辞上》:"乾大始。"大始,即太始。《集韵》:"漂或作潩。"漂,《说文》:"浮也。"《汉书·郊祀志》:"天神贵者太一。"又《天文志》:"中宫天极星其一明者,泰一之常居也。"《楚辞·九歌》首章为《东皇太一》。洪兴祖补注引成玄英疏:"太者广大之名,一以不二为称。言大道旷荡,无不制围,括囊万有,通而为一,故谓之太一也。"《礼记·礼运》疏:"太一者,谓天地混沌未分之元气也。"《孔子家语·礼运第三十二》王注:"太一者,元气也。"陵,历也。径,直也。

④《淮南子·俶真训》注:"鸿蒙,东方日所出地。"迹,《类篇》:"步处也。"荡,《集韵》:"大也。"莽,《小尔雅》:"大也。"涯,水际也。幽,《玉篇》:"深远也。"《诗·周颂·访落》传:"悠,远也。"《诗·大雅·皇矣》笺:"方犹向也。"《周礼·考工记·弓人》注:"修犹久也。"章,明也。《礼记·祭统》笺:"施犹着也。"宅,《说文》:"所托也。"敖,《说文》:"游也。"

崔巍高山勃玄云,朔风横厉白雪纷,积水严本作冰。若凌从李本,他本皆作陵。寒伤人。阴阳失位日月陨,地坼石裂林木摧,火范陈本、梅本、及本、张采本、李本作大。冷阳凝寒伤怀。阳和微弱隆阴竭,海冻不流绵絮折,呼吸从张采本,他本皆作噏。不通寒伤裂。气并代动变如神,寒倡热随害伤人,熙与真人怀太清①。精神专一用意平,寒暑勿伤莫不惊,忧患靡由素气宁。浮雾凌天恣所经,往来微妙路无倾,好乐非世又何争,人且皆死我独生。

【笺注】

①勃,《说文》:"排也。"徐曰:"勃然兴起,有所排挤也。"厉,《广韵》:"烈也,猛也。"《风俗通》:"积冰曰凌。"陨,下坠也。坼,裂也。摧,《说

文》："一曰折也。"《急就篇》注："渍茧擘之，精者曰绵，粗者曰絮。今则谓新者为绵，故者为絮。"并，合也。熙，和也。"忧患靡由"，谓无由发生忧患。"好乐非世"，谓所好所乐者非世人之所好所乐者！故无所争也。

真人游，驾八龙，曜日月，载云旗，徘徊逌，乐所之①。真人游，太阶夷，原□辟，此句应为三字句，及本"原"字下空一字，严本则于"原"字上空一字。他本皆只二字，不空。今从及本。天门开，雨蒙蒙，风㕎㕎，登黄山，出栖迟，江河清，洛李本作路。及本误作浴。无埃。云气消，真人来。真人来，范陈本无此句。惟从范陈本、梅本、及本、张采本、李本。他本作唯。乐哉！时世易，好乐隤，真人去，与天回。反未央，延年寿，独敖世，及本注："疑落三字一句，叶寿韵者。"望我，及本"我"字下空一字。何时反。趌及本作超。漫漫，路日远②。

【笺注】

①真，《说文》："仙人变形而登天也。"《汉书·司马相如传·大人赋》师古注曰："真人者，至真之人也。"郭沫若曾将《庄子》书中所言真人综括为："把这种'道'学会了的人，也就是'有道之士'，也就是'真人'（真正的人）。这种'真人'，在《大宗师》里面描写得很尽致。据说这种人不欺负人少，不以成功自雄，不作谋虑，过了时机不失悔，得到时机不忘形，爬上高处他会不怕，掉进水里不会打湿，落下火坑不觉得热。据说这种人睡了是不做梦的，醒来是不忧愁的，吃东西随便，呼吸来得很深，他不像凡人一样用咽喉呼吸，而是用脚后跟呼吸。据说这种人也不贪生，也不怕死，活也无所谓，死也无所谓，随随便便的来，随随便便的去，自己的老家没有忘记，自己的归宿也不追求，接到呢也好，丢掉呢也就算了。据说这就是心没有离开本体，凡事都听其自然。这样的人，心是有主宰的，容貌是清臞的，额头是恢宏的，冷清清的像秋天一样，暖洋洋的像春天一样；一喜一怒合乎春夏秋冬，对于任何事物都适宜，谁也不

知道他的底蕴。据说这种人样子很巍峨而不至于崩溃，性情很客气而又不那么自卑；挺立特行有棱角而不槁暴，天空海阔像瓠落而不浮夸；茫茫然像很高兴，颓唐着又像不得已；像活水停蓄一样和蔼可亲，像岛屿蓊郁一样气宇安定，气很宽大，又像很高傲；像很好说话，又像什么话都不想说——就这样，把他所理想的人格还刻画了一些。一句话归总，这就是后来的阴阳家或更后的道教所夸讲的神仙了。这种人可以乘云气，御飞龙而游乎四海之外，纯全是厌世的庄子所幻想出来的东西，他的文学式的幻想力实在是太丰富了。"（见《十批判书》）《离骚》五臣注云："八龙，八节之气也。"逌，《玉篇》："气行貌。"

②《汉书·东方朔传》注："泰阶，三台也。"《说文》："泰亦省作太。"《广韵》："三台，星。"夷，平也。字书无飏字。黄山之名，山东、山西、河南、江苏、安徽、湖南、浙江、陕西、云南诸省皆有之。此处亦不必实有所指。《韵会》："栖迟，息也。"回，回转之意。《诗·小雅·庭燎》"夜未央"传："央，旦也。"敖，《说文》："游也。"又《集韵》："同傲，慢也。"跕，《集韵》："与跕同。"《玉篇》："跕，履也。"另见《清思赋》注。

先生从此去及本作失。矣，天下莫知范陈本脱"知"字。其所终极，盖陵天地而与浮明遨游及本注："疑是与浮云朋。"无始终，自然之至真也。鹳鹆不逾济，貉范陈本、梅本、张燮本、汪本皆作洛。不渡汶，世之常人，亦由此矣。曾不通区域，又况四海之表，天地之外哉。若先生者，以天地为卵耳。如小物细人欲论其长短，议其是非，其不哀也哉[①]！

【笺注】

①《史记·秦始皇本纪》注："陵作凌，犹历也。"浮明，似指云气。遨，游也。《周礼·冬官·考工记》："橘逾淮而北为枳，鹳鹆不逾济，貉逾汶则死，此地气然也。"注："鹳鹆，鸟也。……貉，或为猿，谓善缘木之猿也。"济、汶二水均在今山东境。由，与犹通。"曾不通区域"，谓曾未通往其他区域。表，外也。"以天地为卵"，谓视之甚小也。

赞

老子赞

《文心雕龙·颂赞篇》:"赞者明也,助也。昔虞舜之祀,乐正重赞,盖唱发之辞也。及益赞于禹,伊陟赞于巫咸,并飏言以明事,嗟叹以助辞也。故汉置鸿胪,以唱拜为赞,即古之遗语也。至相如属笔,始赞荆轲;及迁史固书,托赞褒贬,约文以总录,颂体以论辞。"又:赞之"义兼美恶,亦犹颂之变耳"。按:此文疑非全文。《太平御览》卷一只载四句,诸家本或即据《御览》辑入。

阴阳不测,变化无伦①。飘飖太素,归虚反真②。梅本作神。

【笺注】

①《庄子·知北游》:"孔子问于老聃曰:'今日晏闲,敢问至道?'老聃曰:'……中国有人焉,非阴非阳,处于天地之间,直且为人,将反于宗。'"又《田子方篇》:"孔子见老聃,老聃新沐,方将被发而干,慹然似非人。孔子便而待之。少焉,见,曰:'丘也眩与?其信然与?向者先生形体,掘若槁木,似遗物离人而立于独也。'老聃曰:'吾游心于物之初。'孔子曰:'何谓耶?'曰:'心困焉而不能知,口辟焉而不能言,尝为汝议乎其将。至阴肃肃,至阳赫赫。肃肃出乎天,赫赫发乎地,两者交通成和,而物生焉。或为之纪,而莫见其形,消息满虚,一晦一明,日改月化,日有所为,而莫见其功。'"又《天运篇》:"孔子见老聃,归,三日不谈。弟子问曰:'夫子见老聃,亦将何归哉?'孔子曰:'吾乃今于是乎见龙。龙合而成体,散而成章,乘乎云气而养乎阴阳。予口张而不能嗋,予又何规老聃哉!'"《史记·老庄申韩列传》:"孔子去谓弟子曰:'鸟,吾知其能飞;鱼,吾知其能游;兽,吾知其能走。走者可以为罔,游者可以为纶,飞

者可以为矰。至于龙，吾不能知其乘风云而上天。吾今日见老子，其犹龙耶？'"伦，常也。

②《玉篇》："飘飖，上行风也。"《列子·天瑞》："太素者，质之始也。"《淮南子·俶真训》："心有所至，而神喟然在之；反之于虚，则消铄灭息，此圣人之游也。"《庄子·大宗师》："莫然有间而子桑户死，未葬，孔子闻之，使子贡往待事焉。或编曲，或鼓琴，相和而歌曰：'嗟来！桑户乎！嗟来！桑户乎！而已反其真而我犹为人猗！'"《列子·天瑞篇》："精神离形，各归其真，故谓之鬼。鬼，归也，归其真宅。"张湛注："真宅，太虚之境。"《说苑》第二十："王孙曰：'……且夫死者，终生之化而物之归者。归者得至而化者得变，是物各反其真。……且吾问之：精神者，天之有也；形骸者，地之有也。精神离形而各归其真，故谓之鬼；鬼之为言归也。'"

诔

孔子诔

《周礼·春官·大祝》："作六辞以通上下、亲疏、远近，……六曰诔。"注："郑司农云：'诔谓积累生时德行以锡之命，主为其辞也。'"《左传·哀公十六年》："夏四月己丑，孔丘卒。"注："鲁襄二十三年生，至今七十三也。四月十八日乙丑，无己丑；己丑，五月十二日；日月必有误。"传："公诔之曰：'旻天不吊，不憖遗一老，俾屏余一人以在位，茕茕余在疚。於乎！哀哉！尼父！无自律！'"《孔子家语·终记解第四十》："遂寝病七日而终，时年七十有二矣。"按：此文于孔子之德无所称，疑非全文。《太平御览》卷一载此六句，诸家本或即据《御览》辑入。

养徒三千，升堂七十①。潜神演思，因史从《御览》及梅本。他本皆作使。作书②。考混从《御览》及梅本。他本皆作混。元于无形，本造化于太初③。

【笺注】

①徒，门徒。《后汉书·郑康成传》："扶风马融，门徒四百余人。"《论语·先进第十一》："门人不敬子路，子曰：'由也升堂矣，未入室也。'"《史记·孔子世家》："孔子以诗、书、礼、乐教，弟子盖三千焉，身通六艺者七十有二人，如颜浊邹之徒，颇受业者甚众。"又《仲尼弟子列传》："孔子曰：'受业身通者七十有七人。'"《孔子家语·观周第十一》："自周反鲁，道弥尊矣，远方弟子之进盖三千焉。"又《弟子行第十二》："卫将军文子问于子贡曰：'吾闻孔子之施教也，……盖入室升堂者七十有余人，其孰为贤？'子贡曰：'夫子之门人盖有三千就焉，赐有逮及焉，未逮及焉，故不得遍知以告也。'"又《七十二弟子解第三十八》："右件（？）夫子七十二人弟子，皆升堂入室者。"七十，盖举成数而言，《孟子·公孙丑上》："如七十子之服孔子也。"

②演，引也，延也。《史记·孔子世家》："孔子之时，周室微而礼乐废，诗书缺。追迹三代之礼，序书传，上纪唐虞之际，下至秦缪，编次其事。……故书传礼记自孔氏。……古者诗三千余篇，及至孔子，去其重，取可施于礼义，上采契、后稷，中述殷周之盛，至幽厉之缺。……三百五篇，孔子皆弦歌之，以求合韶、武、雅、颂之音，礼乐自此可得而述。……孔子晚而喜《易》序、彖、系、象、说卦、文言。……乃因史记作《春秋》，上至隐公，下迄哀公十四年，十二公，据鲁，亲周，故殷，运之三代，约其文辞而指博。"

③老子《道德经·象元第二十五》："有物混成，先天地生。"河上公章句："谓道无形而成万物，乃在天地之前。"《公羊传·隐公元年》注："变一为元，元者气也。"班固《幽通赋》曹大家注："浑，大也。元，气运转也。"浑、混，古通。《淮南子·览冥训》："怀万物而友造化。"注："阴阳也。"又《本经训》注："天地也。"又《原道训》注："天地。一曰道也。"太初，见《大人先生传》注。

帖

搏赤猿帖

梅本注："七贤帖。米芾《书史》云：'七贤帖并唐胄曹参军李怀琳伪作。'此帖比今刻石字多，乃怀琳所撰语。"帖，《说文》："帛书署也。"

仆不想欻尔梦搏赤猿，其力甚于貔虎，良久反覆。余乃观天，背地，睹穹，亦当不爽。但仆之不达，安得不忧。吉乎？报我。凶乎？详告。三日，从梅本、张燮本。他本作月。阮籍白繇君[①]。

【笺注】

①仆，自称之卑辞。欻，《玉篇》："欻，忽也。"搏，相扑也。《诗·大雅·韩奕》陆玑疏："貔似虎。或曰似熊，辽东谓之白熊。"《正韵》："或以为'良久'，少久也。一曰：良，略也，声轻，故转略为良。"《尔雅·释天》："穹苍，苍天也。"注："天形穹隆，其色苍苍，故名。"《尔雅·释言》："爽，差也。"繇君，人名，当系当时之善占梦者。

文

吊某公文

《玉篇》："吊生曰唁，吊死曰吊。"按：此文疑非全文。

沉渐荼酷，仁义同违。如何不吊，玉碎冰摧[①]。

【笺注】

①沉，没也。渐，浸也。渐又同潜，《尚书·洪范》："沉潜刚克。"《左传》、《史记》皆作"沉渐"。《尔雅·释草》："荼，苦菜。"违，《说文》："离也。"《广韵》："背也。"《诗·桧风·匪风》："中心吊兮。"传："吊，伤也。"又《小雅·节南山之什·节南山》传："吊，愍也。"

阮籍集校注卷下

诗

咏怀四言三首

按:刘成德《汉魏诗集》无四言咏怀诗。范陈本(有嘉靖二十二年癸卯陈德文序)四言在五言之后,题下注云:"《初学记》有此篇,旧集不载。"《艺文类聚》及范陈本止二首,字句亦多与今本颠倒,别录于后,以供参阅。冯舒《诗纪匡谬》(有崇祯癸酉十二月初七日自述):"阮籍咏怀四言共十四首,江阴朱子儋本尚有之,今并删去,何也?"丁福保辑《全三国诗》卷五魏有阮籍咏怀诗三首,题下注云:"按《读书敏求记》谓阮嗣宗咏怀诗行世本惟五言八十首,朱子儋取家藏旧本刊于存余堂,多四言咏怀十三首云云。余历访海上藏书家,都无朱子儋本,今所存四言诗仅三首耳。海内藏书家其有以指示之。"储皖峰《汉魏六朝诗选注》云:"按承爵,字子儋。江阴人,明国子监生。其刻本惜未见。四言咏怀十二首丁本作十三,误。"(按:据《诗纪匡谬》作十四首,丁作十三,亦未可云误。)《太平御览》卷一引阮籍四言诗四句,似别为一首而不全,今亦附录于后,以供参阅。

其　一

天地絪缊,元精代序[①]。清阳曜灵,和风容与[②]。明月映天,甘露被宇[③]。蓊郁高松,猗那长楚[④]。草虫哀鸣,鸧鹒振羽[⑤]。感时兴思,企首延伫[⑥]。于赫帝朝,伊衡作辅[⑦]。才非允文,器非经武[⑧]。适彼沅湘,托分渔父[⑨]。优哉！游哉！爰居爰处[⑩]。

【笺注】

①絪缊,《集韵》:"天地合气也。"《文选·王褒〈圣主得贤臣颂〉》注:"元者气之始。"《易·系辞上》"精气为物"注:"阴阳精灵之气积聚而为万物也。"序,次也。这里是说阴阳寒暑迭相更代。

②《尔雅·释天》:"春为青阳。"注:"气清而温阳。"曜,《尔雅·释名》:"光明照曜也。"容与,从容自放之意,见《庄子·人间世》注。

③被,覆也。宇,天地四方曰宇。

④蓊郁,《集韵》:"草木盛貌。"《诗·商颂·那》:"猗与！那与!"传:"猗,叹辞。那,多也。"又《诗·桧风·隰有苌楚》:"猗傩其枝。"疏:"猗傩,柔顺也。"《毛诗古音考》:"猗傩音阿那。"又疏云:"苌楚,今羊桃也。"

⑤《诗·召南·草虫》传:"草虫,常羊也。"《礼记·月令》:"仲春仓庚鸣。"《尔雅·释鸟》:"仓庚,鵹黄也。"《诗·豳风·东山》笺:"仓庚仲春而鸣,嫁取之候也。仓庚鸣则振其羽。"

⑥企,举踵望也。延,远也,长也。伫,《说文》:"久立也。"

⑦于,《尔雅·释诂》疏:"叹辞也。"《诗·大雅·常武》传:"赫赫然,盛也。"《史记·殷本纪》:"伊尹名阿衡。……汤举任以国政。……帝太甲既立三年,不明,暴虐,不遵汤法,乱德。于是伊尹放之于桐宫三年。伊尹摄行政当国,以朝诸侯。"

⑧允,《玉篇》:"当也。"《礼记·王制》注:"器,能也。"《诗·大雅·灵台》:"经之营之。"传:"经,度之也。"

⑨沅、湘,二水名。在今湘南境。《楚辞·离骚》:"济沅湘以南征兮。"托,

《说文》:“奇也。”分,自守之分际。《楚辞·渔父》王逸序:“《渔父》者,屈原之所作也。屈原放逐在江湘之间,忧愁叹吟,仪容变易,而渔父避世隐身,钓鱼江滨,欣然自乐。”

⑩《诗·小雅·斯干》:“爰居爰处,爰笑爰语。”笺:“爰,于也。于是居,于是处,于是笑,于是语言,诸寝之中皆可安乐。”

【集评】

陈祚明曰:“此亦为典午(司马)而感叹矣。而谬诵伊衡,自甘无用,辞旨浑融,风人之旨理应如斯。叔夜(嵇康)所不解作。”

又曰:“首言时序景物和愉,哀忽杂集于中,便令人不能测其起兴所在。”

张琦(清道光举人)《宛邻书屋古诗录》云:“黄农虞夏之思,词旨浑融,并后二首,感叹语都无痕迹,此为工于立言。”

按:春日草虫鸣而曰“哀”,盖作者之心哀也。曹操当国时阮籍尚不过数岁,则此伊衡当指司马氏。

其　二

月明星稀,天高气寒。桂旗翠旌,珮玉鸣鸾①。濯缨醴泉,被服蕙兰②。思从二女,适彼湘沅。灵幽听《诗纪》、《汉魏诗纪》、范陈本、及朴本、张燮本注:“一作远。”微,谁睹从王夫之《古诗评选》,他本皆作观。玉颜③?灼灼春华,绿叶含丹④。日月逝矣,惜尔华繁!

【笺注】

①《楚辞·九歌·山鬼》:“辛夷车兮结桂旗。”洪兴祖补注:“以辛夷香干为车,结桂枝以为旗也。”《尔雅·释鸟》:“翠,鹬。”疏:“李巡曰:‘鹬一名曰翠,其羽可以为饰。’”《楚辞·九歌·少司命》:“孔盖兮翠旍。”注:“言司命以孔雀之翅为车盖,翡翠之羽为旗旍,言殊饰也。旍,一作

旌。”珮,《玉篇》:“本作佩,或从玉。”系于襟带之间皆谓之佩。《礼记·玉藻》:“古之君子必佩玉。”鸾,据《广韵》及《正韵》:神鸟也。鸡身赤毛,色备五采,鸣中五音。《离骚》:“鸣玉鸾之啾啾。”五臣注:“玉,马佩也。鸾,车铃也。”

②缨,《说文》:“冠系也。”《孟子·离娄上》:“有孺子歌曰:‘沧浪之水清兮,可以濯我缨;沧浪之水浊兮,可以濯我足。’孔子曰:‘小子听之!清斯濯缨,浊斯濯足矣。自取之也。’”《尔雅·释四时》:“甘雨时降,万物以嘉,谓之醴泉。”《广韵》:“醴泉,美泉也。状如醴酒,可养老。”兰、蕙,皆香草。《离骚》:“余既滋兰之九畹兮,又树蕙之百亩。”宋玉《九辩》:“以为君独服此蕙兮。”

③《书·尧典》:“釐降二女于妫汭,嫔于虞。”刘向《列女传》:“舜陟方,死于苍梧,号曰重华。二妃死于江湘之间,俗谓之湘君。”《楚辞·远游》:“张《咸池》奏《承云》兮,二女御《九韵》歌。”注:“美尧二女,助成化也。……屈原自伤不值于尧,而遭浊世,见斥逐也。”“灵幽”二句谓二女之灵幽而听微,终不出见也。

④《诗·周南·桃夭》:“桃之夭夭,灼灼其华。”传:“灼灼,草之盛也。”

【集评】

王夫之曰:“章法奇绝。兴、比、开、合,总以一色成之,遂觉天衣无缝。曹公‘月明星稀’四字欲空千古,嗣宗以‘天高气寒’敌之,绰有余矣。如使相逐中原,英雄孺子,未知定属阿谁。”

陈祚明曰:“‘灵幽’二句与子建‘众人徒嗷嗷’同指,亦是遗世之思,而用意深隐矣。”

其　三

清风肃肃,修夜漫漫①。啸歌伤怀,独寐寤言②。临觞拊膺,对食忘餐③。世无萱草,令我哀叹④。鸣鸟求友,《谷风》刺愆⑤。重华登庸，帝命凯元[⑥]。鲍子倾盖，仲父佐桓[⑦]。回刘本作河。滨嗟虞，及朴本注："回滨嗟虞四字有讹。"敢不希颜[⑧]！志存《汉魏诗乘》作有。明规，匪慕弹冠[⑨]。我心伊何？其芳若兰[⑩]。

【笺注】

①肃肃，风声。修，长也。漫漫，长远貌。

②《诗·召南·江有汜》："其啸也歌。"笺："啸，蹙口而出声。"《诗·小雅·白华》："啸歌伤怀。"

③觞，酒卮总名。抚，以手着物也。膺，《说文》："胸也。"抚膺，叹息之意。酒以合欢而抚膺，对食而忘餐，谓忧思难忘也。

④萱，忘忧草。叹字作平声。

⑤《诗·小雅·伐木》："伐木丁丁，鸟鸣嘤嘤……嘤其鸣矣，求其友声。"《诗·邶风·谷风》小序："谷风，刺夫妇失道也。卫人化其上，淫于新婚而弃其旧室，夫妇离绝，国俗伤败焉。"传："东风谓之谷风。阴阳和而谷风至，夫妇和而室家成，室家成而继嗣生。"又《诗·小雅·谷风》小序："谷风，刺幽王也。天下俗薄，朋友道绝焉。"《诗·小雅·谷风》："将恐将惧，维予与女。将安将乐，女转弃予。"又："将恐将惧，置予于怀。将安将乐，弃予如遗。"又："忘我大德，思我小怨。"

⑥《史记·五帝本纪》："虞舜者，名曰重华。"《书·尧典》："畴咨若时登庸。"传："庸，用也。"《左传·文公十八年》："季文子使太史克对曰：'……昔高阳氏有才子八人，……天下之民谓之八恺；高辛氏有才子八人，……天下之民谓之八元；此十六族也，世济其美，不陨其名。以至于尧，尧不能举。舜臣尧，举八恺使主后土，以揆百事，莫不时序，地平天成；举八元使布五教于四方，父义、母慈、兄友、弟恭、子孝、内平外成。'"

⑦《史记·管晏列传》："管仲夷吾者，颍上人也。少时尝与鲍叔牙游，鲍叔知其贤。……已而鲍叔事齐公子小白，管仲事公子纠。及小白立为桓公，公子纠死，管仲囚焉；鲍叔遂进管仲。……管仲曰：'……生我者

父母，知我者鲍子也。……’管仲既任政，相齐。”《孔子家语·致思第八》：“孔子之郯，遭程子于涂，倾盖而语终日，甚相亲。”王肃注：“倾盖，驻车。”《管子·中匡第十九》：“桓公谓管仲曰：‘请致仲父！’”房玄龄注：“仲父者，尊老有德之称。桓公欲尊事管仲，故以仲父之号致之。”

⑧“回滨”二句不得解。及朴疑“回滨嗟虞”四字有误。陈祚明以“回”与“颜”解为颜回，颜回又无“嗟叹忧虞”之事，显属牵强。

⑨“志存明规”似承上“刺愆”而言。《诗·卫风·淇澳》小序：“武公能听其规谏。”疏：“正圆以规，使依度，犹正君以礼，使入德，故谓之规谏。”《汉书·王吉传》：“吉与贡禹为友，世称‘王阳在位，贡公弹冠’，言其取舍同也。”师古注：“弹冠者，言入仕也。”

⑩《易·系辞上》：“二人同心，其利断金；同心之言，其臭如兰。”

【集评】

陈祚明曰：“明白寄慨，故隐其辞使不易识。”又曰：“观典午求婚，有相援引之意，鸣鸟求声，‘弃予’无叹矣。然人各有志，十六族之升，管氏之遇，非其所希；如颜子之滨于嗟叹忧虞，乃我心也。颜子以贫为乐而此言‘嗟虞’，盖自述耳。进退之殊，不加臧否；隐鼎之故，不写缘由，故其言无迹。”

又曰：“二章云‘天高气寒’，此章云‘长夜漫漫’，即世运可知矣。恐其易晓也；首章故咏和风甘露，铺张盛世之休祥。然观‘兴思’‘企首’云云，则慕古也，非颂今也。即所谓‘伊衡’，亦云往代有之，谦己不及，故决然远引耳。使典午阅之，则以为是赞我矣。”

按：阮籍四言咏怀诗据冯舒所见朱子儋本有十四首，《太平御览》亦引有别一首之残句，故现存之三章并非其全貌。因此，可以断言此三章并非自为首尾，成一有机组织，要不过随感而发，非为一时一事，故读此三章时宜各别体会，不可互相牵引，以彼解此。若照范陈本，则此三章或尚有错乱亦未可知。此为学者读此三章诗所应首先辨明者。其三首有羡于凯元之遇重华，仲父之交鲍子，似尚在其未仕之时。又言“匪慕弹冠”,或其友有王阳之在位者,或为山涛作吏部(吏部职在举人。山涛亦善举人,名为“山公启事”。涛欲举嵇康以自代,康有书与之绝交。)乎?姑举之以供参考。

附 《艺文类聚》卷二十六引阮籍四言咏怀诗。范陈本同,唯第一、二首次序互易。

天地烟煴,元精代序。清阳曜灵,和气容与。于赫帝朝,伊衡作辅。才非允文,器非经武。适彼沅湘,托介渔父。优哉!游哉!爰居爰处。

月明星稀,天高气一作地。寒。啸歌伤怀,独寤寐言。临觞抚膺,对食忘餐。世无萱草,令我哀叹!

附 《太平御览》卷一引阮籍诗:

焉得乔松,颐神太素。逍遥区外,登我年祚。

咏怀五言八十二首

《昭明文选》只录前十七首,而先后次序与此不同。范陈本八十一首,程校本八十二首。《诗纪》:“阮集传之既久,颇存讹阙,校录者往往肆为补缀,作者之旨淆乱甚焉。今以诸本参校,其义稍优者为正文,互异者分注于下焉。”

【集评】

李善曰:“颜延年曰:‘说者:阮籍在晋文代常虑祸患,故发此咏耳。’”

李善曰:“臧荣绪《晋书》云:‘……籍属文初不苦思,率尔使作,成陈留八十余篇。'此独取十七首咏怀者,谓人情怀。籍于魏末晋文之代,常虑祸患及己,故有此诗。多刺时人无故旧之情,逐势利而已。观其体趣,实为幽深,非夫作者,不能探测之。"

陈德文曰:"咏怀八十二首者,岂数极阳九而作耶?意微旨远,见于命题,志士发愤之所为也。读籍诗者,其知忧患乎!"

冯惟讷曰:"籍咏怀诗八十余首,非必一时之作,盖平生感时触事,悲喜怫郁之情感寄焉。'厥旨渊放,归趣难求','百代之下,难以情测。'知哉!昔人可谓知言矣。后之解者,必欲引喻于'昏乱',附会于'篡夺',穿凿拘挛,泥文已甚。今并削之,存其灼然明著者尔。"

何焯曰:"咏怀之作,其归在于魏晋易代之事,而其词旨亦复难以直寻,若篇篇附会,又失之矣。"又曰:"岂徒虑患也者?!延年逊词以谢逆劭,宜其不足知此。"

陈沆曰:"阮公凭临广武,啸傲苏门,远迹曹爽,洁身懿、师,其诗愤怀禅代,凭吊古今,盖仁人志士之发愤焉;岂直忧生之嗟而已哉!?"(据黄节引)

陈祚明曰:"阮公咏怀,千秋嘉叹,然未知所咏是何怀也?详味其辞,杂焉无绪。夫殉物者系情,遗世者冥感。系情者讵忘富贵,冥感者匪怨仳离。人之立身,各有怀抱,二端各见,歧路分趋,情见乎辞,存诚难饰。今既脱落荣华,好谈轻举,乃复惓怀亲爱,甚恋绸缪,非徒旨谬老庄,亦恐卜迷詹尹。是知君平两弃,必匪无因;夷叔长辞,正缘笃感云尔。世累人烦,此情未睹。光禄之注无述;钟嵘之评漫然;昭明所去所存,亦岂能窥本意?爰乃寻其渺绪,探厥微辞,芜累则删,成章必录,辄复略标大意。恐后人疑为曲解,往往摘其难通之旨,特为设难;寻省之下,盖可悟焉。"

方东树曰:"阮公于曹、王另为一派,其意旨所及,昔贤皆怯言之。休文所解粗略肤浅,毫无发明。颜延年曰:'阮在晋文代,常虑祸患,故发此咏。'又曰:'身仕乱朝,常恐罹谤遇祸,因兹发咏,故每有忧生之嗟。既志在刺讥，而文多隐避，百代之下，难以情测，故粗明大意，略其幽旨。'延年之说当矣。而何义门谓颜说为非，岂以其忠悃激发、痛心府朝，而不徒为一己祸福生死也乎？姚姜坞先生讥何不宜一一举其事以实之。夫诵其诗，则必知其人，论其世，求通其词、求通其志；于读阮诗尤切。"（下见其十六引方东树语。）

高静曰："咏怀诸篇，反覆零乱，兴寄无端，和愉哀怨，杂集于中，令人莫求归趣；此其为阮公之诗也。必求时事以实之，则凿矣。其原自《离骚》来。"（《看诗随录》选三十八首，题下注。）

黄侃曰："阮公深通玄理，妙达物情，咏怀之作，固将包罗万遇，岂仅措心曹、马兴衰之际乎！迹其痛哭穷路，沉醉连旬，盖已等南郭之仰天，类子舆之鉴井，大哀在怀，非恒言所能尽，故一发之于诗歌。颜、沈以后，解者众矣，类皆摭字以求事，改文以就己，固哉高叟，余其病之，今辑录颜、沈之说，补其未备云尔。"

黄节曰："《晋书》本传云：'籍本有济世志，属魏晋之际，天下多故，名士少有全者，籍由是不与世事，遂酣饮为常。'又云：'籍发言玄远，口不臧否人物。'斯则咏怀之作所由来也。而臧否之情托之于诗，一寓刺讥，故东陵、吹台之咏，李公、苏子之悲，园绮、伯阳之思，高子、三闾之怨，诗中递见；此李崇贤所谓'文多隐避'者也。"

又曰："吴汝纶曰：'八十二章决非一时之作，疑其总集生平所为诗，题之为咏怀耳。'成倬云曰：'正于不伦不类中见其块磊发泄处，一首只作一首读，不必于其中求章法贯穿也。'斯为得之。若蒋师爚诠次其先后辞旨，以类相从；陈沆乃刺取三十八首分上、中、下三篇，曰'悼宗国将亡'，曰'刺权奸'，曰'述己志'；此皆强与区分，无当于阮公作诗之旨，窃不敢从。"

按：据臧荣绪《晋书》，阮籍所为八十余篇名"陈留"。"咏怀"之名，疑为梁昭明太子萧统选录十七首时所加。

其　一

夜中不能寐，起坐弹鸣琴。薄帷鉴明月，清风吹我襟[①]。孤鸿号外野，翔李善本、何焯本、《艺文类聚》卷二十六作朔。鸟鸣北林[②]。徘徊将何见，忧思独伤心[③]。《昭明文选》第一首。

【笺注】

①李善引《广雅》曰："鉴，照也。"帷薄，故可以鉴明月之光。《广韵》："襟，袍襦前袂也。"《释名》："襟，禁也。交于前，所以禁御风寒也。"《尔雅》："衿，谓之袸。"注："衣小带。"丁福保引《方言》："衿谓之交。"注："衣交领也。"

②陈祚明曰："孤鸿，失侣也。"《楚辞·九章》王逸注："号，呼也。"李善注引《广雅》曰："号，鸣也。"吴淇曰："鸟不夜翔，曰翔鸟，正以月明故。"

③黄节曰："末二句盖用曹植杂诗'形景忽不见，翩翩伤我心'意，指上'孤鸿'、'翔鸟'言之。"

【集评】

李善曰："嗣宗身仕乱朝，常恐罹谤遇祸，因兹发咏，故每有忧生之嗟。虽志在刺讥，而文多隐避，百代之下，难以情测；故粗明大意，略其幽旨也。"（张溥辑《汉魏六朝百三名家集·阮步兵集》引此注误为颜延之语。）

五臣注吕延济曰："夜中，喻昏乱。不能寐，言忧也。弹琴，欲以自慰其心。"吕向曰："孤鸿，喻贤臣孤独在外。号，痛声也。翔鸟，鸷鸟，好回飞，以比权臣在近，则晋文王也。"

刘履曰："此嗣宗忧世道之昏乱，无以自适，故托言夜半之时起坐而弹琴也。所谓薄帷照月，已见阴光之盛；而清风吹衿，则又寒气之渐也。况贤者在外，如孤鸿之哀号于野；而群邪之阿附权臣，亦犹众鸟回翔而鸣于阴背之林焉。是时魏室既衰,司马氏专政,故有是喻。其气象如此,我之徘徊不寐,复将何见耶?意谓昏乱愈久,则所见殆有不可言者,是以忧思独深而至于伤心也。"

冯惟讷注:"夜中喻昏乱,弹琴以自慰也。""外野"句注:"贤者在外。""北林"句注:"群邪附权。"

闵齐华曰:"旧注以夜中喻昏乱,孤鸿喻贤臣,翔鸟喻权臣,亦涉附会。总是恐罹谤祸,故序其忧思也。"

何焯曰:"按籍之忧思,所谓有甚于生者,注家何足以窥之。"

陈祚明曰:"'翔鸟'句,反'南枝'之意而用之,有所思也。"

方东树曰:"此是八十一首发端,不过总言所以咏怀不能已于言之故。"

王闿运曰:"八句而有长篇之气。起二句飘飘仙举,遂为千古名作。八十二首,佳处绝于名言,诵之终身而妙无尽。"

按:黄侃先生谓颜、沈以后之解阮诗者,"类皆摭字以求事,改文以就己",实则尚有甚于此者。如吕延济解翔鸟,何从知其为"鸷"鸟?为欲曲解为刺司马昭,遂偷偷加入一"鸷"字。刘履解夜半,何从知其为"托言"?为欲曲解为忧世道之"昏乱",遂谓夜半非当时实境。读者不可不察。

其　二

二妃游江滨,逍遥顺《玉台新咏》及《艺文类聚》卷十八作从。风翔[①]。交甫怀《玉台新咏》作解。环《初学记》卷十九、《太平御览》卷三百八十一作玉。佩,婉娈《艺文类聚》卷十八作娩。有芬芳[②]。猗《艺文类聚》作绮,《初学记》作倚。靡情欢爱,千载《艺文类聚》卷十八作岁。不相忘[③]。倾城迷下蔡,容《艺文类聚》作华。好结中肠[④]。感激生忧思,萱草树兰房。《艺文类聚》、《初学记》至此句止。膏丁福保辑本作兰。注:"《文选》作膏。"他本皆作膏。沐为谁施,其雨怨朝阳[⑤]。如何金石梁章钜《文选旁证》注:"《玉台新咏》石作磬,恐误。"交,一旦更《玉台新咏》作便。离伤。《昭明文选》第二首。

【笺注】

①《列仙传》:“江妃二女者,不知何所人也。出游于江、汉之湄。逢郑交甫,见而悦之,不知其神人也;谓其仆曰:‘我欲下请其佩。’……交甫曰:‘……愿请子之佩!’二女遂手解佩与交甫。交甫悦,受而怀之,中当心。趋去数十步,视佩,空怀无佩;顾二女,忽焉不见。”李善引《韩诗外传》曰:“郑交甫将南适楚,遵彼汉皋台下,乃遇二女,佩两珠,大如荆鸡之卵。”五臣吕延济曰:“翔,行也。”

②李善注引《楚辞》王逸注曰:“在衣曰怀。”又引《毛诗》传:“婉娈,少好貌。”

③李善注引《子虚赋》曰:“扶舆猗靡。”师古注曰:“今人犹呼相抚掩、容养为猗靡。”冯惟讷注:“猗靡,谓情意相倾尽也。”五臣刘良曰:“猗靡相思不相忘者,情意深也。交甫则未如此,籍饰成此文。”

④《诗·大雅·瞻卬》:“哲妇倾城。”李善注引《汉书》:“李延年歌曰:‘一顾倾人城。’”李善注引宋玉《登徒子好色赋》:“臣东家之子,……嫣然一笑,惑阳城,迷下蔡。”李善曰:“阳城、下蔡,二县名。盖楚之贵介公子所封,故取以喻焉。”俞允文注:“下蔡,古蔡州。是地多荒淫,即郑国溱洧之间也。”

⑤李善注引《毛诗·卫风·伯兮》:“岂无膏沐,谁适为容?”李善注引《毛诗·卫风·伯兮》:“其雨其雨,杲杲出日。”小序:“伯兮,刺时也。言君子行役为王前驱,过时而不返焉。”传:“谖草令人忘忧。”李善注又引郑玄曰:“人言其雨其雨,而杲杲然日复出;犹我言伯且来,伯且来,复不来。”黄节曰:“萱草三句,皆用《卫风·伯兮》诗义。”

【集评】

沈约曰:“婉娈则千载不忘,金石之交一旦轻绝,未见好德如好色。”

五臣张铣曰:“言美貌倾人之城,迷惑下蔡之邑,由此容貌美好结人心肠;皆谓晋文王初有辅政之心,为美行佐主,有如此者。后遂专权而欲篡位,使我感激生忧思。萱草,忘忧也。兰,香草也。言我将忘此忧,自修芳香之行。膏沐,仁义之道;念天下若此,将谁为施之。诗云:'其雨其雨,杲杲出日。'言本望得雨,不谓日出;亦犹本期辅弼,不谓篡夺也。"李周翰曰:"言臣主初为金石固交,一朝离伤,使如此也。"

刘履曰:"初,司马昭以魏氏托任之重,亦自谓能尽忠于国,至是专权僭窃,欲行篡逆,故嗣宗婉其辞以讽刺之。言交甫能念二妃解佩于一遇之顷,犹且情爱猗靡,久而不忘;佳人以容好结欢,犹能感激思望,专心靡他,甚而至于忧且怨;如何股肱大臣视同腹心者,一旦更变而有乖背之伤也!君臣朋友,皆以义合,故借金石之交为喻。所谓'文多隐避'者如此,亦不失古人'谲谏'之意矣。须溪刘会孟谓:'从二妃来,不谓有此结语,盖所谓如截奔马者。'此文词变化之妙,学者亦不可不知也。"

王夫之曰:"未尝非两折作,而冥合于出入之间,妙乃至此。"

何焯曰:"此盖托朋友以喻君臣,非徒休文'好德不如好色'之谓也。"

蒋师爚曰:"起六句喻宣(司马懿)景(司马师)专政已久,以二神妃况之,明为幻等也。'倾城'二句,喻少帝又被迷之爽,但用晏等。以下喻司马氏终而成怨,有由然矣。神妃岂有怨者?司马氏亦岂待怨而后叛者?彼且为口实,亦与之为口实,则遂诘以君臣之分是何等交而遽尔离心也。"

陈沆曰:"夫九鼎神奸,必写其情状;小雅巷伯,必尽其形容,使民知之,不逢不若云尔。典午父子阴谲险诈,奸而不雄,是以广武叹竖子之名,咏怀多妾妇之况,嘲笑代其怒詈,比兴韬其刺讥。金石离伤,明翻云覆雨之易;丹青明誓,慨托孤寄命之难。而说者不察,猥云'自况'。夫阮公身非朝列,有何金石之深交?纵讥党附诸臣,胡溯繁华于昔日?甚至安陵、龙阳,陈氏亦谓有拟。所况愈下,未之前闻。"(今按:并参见其五十一陈沆笺)

陈祚明曰："从来男女之合，托兴君臣。公既荣遇靡怀，非伤沦弃；'一旦离伤'之叹，恐不能宣力用答旧恩耳。"又曰："公既元瑜之子，自应千载不相忘。"

吴淇曰："只是借交甫遇洛妃一事，写人生会少离多之意。"

方东树曰："如颜、沈解殊颟顸，不能显出其真情，发露其真味。窃意此即'初既与予成言，后悔遁而有他'，'交不忠者怨长'之指。然不知其为何人而发，公必不苟为空言泛语剿袭屈子也。'膏沐'句，犹云'我安适归'矣。"

王闿运曰："'交甫怀环佩，婉娈有芬芳'等语，言贤人不苟合而守忠贞也。迷人者求宠自固，失职则怨望生变，如司马太尉是也。'如何金石交，一旦更离伤'，言'如何'者，非独怨者之罪，君驭之亦失道。"

黄侃曰："物之兴衰，情之起伏，惟妃匹之间为甚，故多托以为喻。言交甫见欺，虚怀环佩，而千载不忘；倾城见悦，至于蓬首，而终焉离隔；人情无定若此，虽复金石之交，庸足赖乎？"

按：此诗前后两段成一对比。前者一经解佩，千载不忘；后者虽树之兰房，一旦离伤。谓为"刺交道不终"，于义为近。又按《三国志·魏志·文德甄皇后传》："文帝纳后于邺，有宠。……后山阳公奉二女以嫔于魏，郭后、李、阴贵人并爱幸，后愈失意，有怨言；帝大怒，（黄初）二年六月遣使赐死。"又《明悼毛皇后传》："黄初中，以选入东宫，明帝时为平原王，进御，有宠，出入与同舆辇。及即帝位，以为贵嫔，太和元年，立为皇后。……帝之幸郭元后也，后爱宠日弛。景初元年……赐后死。"两事皆"容好结中肠"，"一旦更离伤"。甄后本有艳名，曹植曾为作，刘桢曾为平视；又本为袁熙之妻，故可以汉皋神女及倾城、下蔡为喻。然甄后之死，阮籍尚只十二岁；此诗或有感于郭后之事而发乎？

其　三

嘉树下成蹊，东园桃与李[①]。《诗纪》谓京师曹氏家藏唐人书《阮步兵集》作"嘉木下成蹊，东园损桃李”。秋风吹飞藿，零落从此始[②]。繁华有憔悴，堂上生荆杞[③]。驱范陈本、刘成德本、浦南金本作驰。马舍之去，《艺文类聚》无。去上西山趾。一身不自保，何况《诗纪》谓京师曹氏家藏唐人《阮步兵集》作“况复”。恋妻子[④]！凝霜被野草，吴讷本作“草野”。岁暮亦云已[⑤]。《昭明文选》第三首。

【笺注】

①颜延年曰：“《左传》：‘季孙氏有嘉树。’”按见《左传·昭公二年》，李善引班固《汉书·李广传赞》：“谚曰：‘桃李不言，下自成蹊。’”师古曰：“蹊谓径道也。言桃李以其华实之故，非有所召呼，而人争归趣，来往不绝，其下自然成径。以喻人怀诚信之心，故能潜有所感也。”

②李善引《说文》：“藿，豆叶也。”沈约曰：“风吹飞藿之时，盖桃李零落之日，华实既尽，柯叶又凋，无复一毫可悦。”

③“繁华”二句李善注：“言无常也。”又引班固《答宾戏》：“朝为荣华，夕为憔悴。”荆，《说文》：“楚木也。”《尔雅·释木》：“杞，枸檵。”注：“今枸杞也。”胡绍煐《文选笺证》：“蒋氏师爚曰：‘《困学纪闻》辨杞有三，此则杞棘之杞，郭注不足据也。’绍煐案：此嗣宗误读《湛露》诗‘在彼杞棘’，以杞棘为一木，故借杞为棘以凑韵。实则杞棘二木异类，诸书亦无以杞为杞棘者。”按老子《道德经·俭武第三十》：“师之所处，荆棘生焉。”又按此二句即曹植《箜篌引》：“生前华屋处，零落成山丘”之意。

④李善曰：“西山，夷、齐所居。言欲从之以避世祸。”五臣张铣曰：“趾，山足也。”沈约曰：“荣悴，去就。此人本无保身之术，况复妻子者乎！”

⑤李善曰：“《字书》曰：‘凝，冰坚也。’《苍颉篇》：‘已，毕也。’”沈约曰：“岁暮风霜之时，徒然而已耳。”李善曰：“繁霜已凝，岁亦暮止，野草残悴，身亦当然。”五臣吕向曰：“已，尽也。言霜凝岁暮，野草当尽，我值今日，身亦同然。”

【集评】

五臣吕延济曰："言晋当魏盛时则尽忠，及微弱则凌之，使魏室零落自此始也。"五臣张铣曰："荆杞喻奸臣。言因魏室陵迟，奸臣是生；奸臣则晋文王也。"又曰："西山，伯夷、叔齐隐处也。言晋无始终，不及夷齐，故上西山也。"吕向曰："此乃籍忧生之词也。"

刘履曰："此言魏室全盛之时，则贤才皆愿禄仕其朝，譬犹东园桃李，春玩其华，夏取其实，而往来者众，其下自成蹊也。及乎权奸僭窃，则贤者退散，亦犹秋风一起而草木零落，繁华者于是而憔悴矣，甚至荆杞生于堂上，则朝廷所用之人从可知焉。当是时，惟脱身远遁，去从夷齐于西山，尚恐不能自保，何况恋妻子乎？篇末复谓'繁霜被草，岁暮云已'者，盖见阴凝愈甚，世运垂穷，朝廷终将变革，无复可延之理，是以情促辞绝，不自知其叹息之深也。"

闵齐华曰："荆杞，喻时乱也。已，尽也。岁暮已尽，喻时乱之极，有急去之意。"

何焯曰："何、邓之流，始荣终悴，不如逃之，何室家之足累哉！'西山'字隐然寓意。此诗旨趣灼然，略无隐避。而当时得全者，以其志于自全避祸，非若叔夜之非薄汤武，指斥贼逆也。"又曰："'秋风吹飞藿'，伤六族之被夷也。"又"凝霜被野草，岁暮亦云已"，何焯曰："所谓非一木所能支也。"蒋师爚曰："'凝霜'二句，非'非一木能支'之谓，谓元复羡来春之桃李云尔。"

陈沆曰："司马懿尽录魏王公置于邺；嘉树零落，繁华憔悴，皆宗枝翦除之喻也。不然，去何必于西山？身何至于不保？岂非周粟之耻义形于色者乎？而不蹈叔夜非薄汤武之祸，则比兴殊于指斥也。"

陈祚明曰："忠爱缠绵，哀音萧瑟。"又曰："此悲魏社将墟，矢心长往，亦不欲宗周也。自非然者，去何取于西山？身何至于不保？嘉树零落，荆杞罗堂，是何所指？"

沈德潜曰："一结见'否终则倾'，有去之恐不速意。"

吴淇曰："此诗惧晋之将代魏也。第二句即王经所云：'权在其门久矣，朝廷四方皆为之致死。'去之西山，欲效伯夷之节也。文特危切，其当叔夜见(杀)之后乎？"

方东树曰："此以桃李比曹爽，言荣华不久将为司马氏所灭。……'驱马'以下始入自己，言急欲上西山以避之，即'乱邦不居'之义；否则尹爽岁暮，一身且不保矣。……此疑初辞曹爽辟时，故用'西山'，言不食其粟也。"

谢榛《四溟诗话》卷二："诗有简而妙者，……阮籍'一身不自保，何况恋妻子。'不如裴说'避乱一身多'。"

王闿运曰："'嘉树下成蹊，东园桃与李'，言己为曹爽所辟；'秋风吹飞藿，零落从此始'，言爽败亡也；'繁华有憔悴，堂上生荆杞'，讥爽恋栈豆也；'凝霜避野草，岁暮亦云已'，凄然顾，悲凉无际！"

按：何焯虽言咏怀诗"其词旨难以直寻，若篇篇附会，又失之矣"，而其本人则附会之处随在可见。如解此诗"凝霜"二句为"非一木所能支"，以"木"易"草"，此又"改文以就己"之一例。去上西山只是"隐居"之意，不必附会夷、齐之事，若如方东树言不应曹爽之辟为义不食周粟，似是谓阮籍忠于汉矣。此时只言繁华易尽，欲求自保，或有感于曹爽、何、邓等之败而发，但意亦至此而止，不必更多曲解。

其　四

天马出西北，顾大猷本作征，吴讷本作郭。由来从东道①。春秋非有冯惟讷约注本作所。托，《文选》五臣注本作讫。富贵焉常王夫之选本作能。保②。清露被皋兰，凝霜沾野草③。朝为媚《文选》五臣注本、范陈本、刘成德本、《六朝诗集》、浦南金本及邹思明、张凤翼、蒋师瀹、张琦诸本均作美。少年，《艺文类聚》卷二十六无自此句起以下诸句。夕暮成丑老。自非王子晋，谁能常美好④。《昭明文选》第五首。

【笺注】

①从,广韵:“就也。”沈约曰:“由西北来东道也。”《汉书·武帝纪》:“(太初)四年春,贰师将军(李)广利斩大宛王首,获汗血马来,作西极天马之歌。”应劭曰:“大宛旧有天马种,蹋石汗血,汗从前肩髆出,如血,号一日千里。”李善曰:“《汉书》:‘天马来,从西极,涉流沙,九夷服。……天马来,历无草,径千里,循东道。’”张晏曰:“马从西而东也。”

②李善引《礼记》郑玄注曰:“托,止也。”蒋师爚曰:“今本《礼记》注无之,不知何篇之注。”胡绍煐曰:“考异曰:此所引即《礼记·祭统》‘讫其嗜欲’注之‘讫犹止也’。……作‘托’,但传写误。”按《玉篇》:“托,凭依也。”

③“清露”二句,李善曰:“迅疾也。”《左传·襄公二十五年》注:“皋为泽之坎,是水岸也。”《汉书·贾山传》注:“皋,水边淤地。”

④《通俗文》:“妍美曰妩媚。”李善引《列仙传》曰:“王子乔(晋)者,周灵王太子晋也。好吹笙,作凤凰鸣。游伊洛之间,道士浮邱公接以上嵩山。(三十余年)后,于缑山乘白鹤驻山头,举手谢时人。数日而去。”

【集评】

沈约曰:“春秋相待,若环之无端,天道常也。譬如天马,当出西北,忽由东南,况富之与贫、贵之与贱,易至乎!”

五臣刘良曰:“言天马来自西北,从于东道,此亦万事不定。”张铣曰:“春秋相代,讫竟之时而富贵者安能长保持也。”吕向曰:“春露秋霜,互以相代。言霜凝岁暮,野草当尽,我值今日,身亦固然;此乃籍忧生之词也。”李周翰曰:“王子晋,古仙人,以喻贞正之士。言世人逐时兴衰,非有长生者也。”

刘履曰:“此嗣宗见世变不常而警。夫居势位,享宠禄者之不可久恃也。言天马本出西北而忽来由此东道矣;人之寿命本非有托,而贵富之在身者,岂能常保耶?此诗之本旨也。其言清露而凝霜,亦以与少年之变成丑老;又谓自非神仙,谁能长存?此特明夫理之可晓者以证之云尔。若夫言外之意，自当潜心领会可也。”

冯惟讷约注：“此篇警居势位者之不可久恃也。”

于光华《文选集评》引孙矿曰：“天马不知何所指。”

范大士《历代诗发》曰：“以西东兴少老。”

张琦曰：“此与上章同旨。‘天马’二句喻司马有必兴之势。春秋更代，魏祚将移，不能常保矣。霜露摧残，自甘丑老，不惜与时乖左也。”

陈祚明曰：“此首最不易解。如后半所咏明序易迁，年寿难保，后人感伤者往往及之。使果是此旨，则起句‘天马’之喻将何所寄？细绎‘春秋’句符会全章，盖言每生所托各有时地；若违时失地，岂望荣华？如天马虽来，北风之思自切。今我生不辰，与世乖左，摧藏霜露，丑老自甘，何期富贵哉！”

吴淇曰：“《三百》既亡，汉以后之诗率多比、赋，求之选诗，合兴义者只此。‘天马’二句，说者往往曲为之说，以求切于下文，则是比也，非兴也，不过以天马之出引起春秋云云尔。春秋二字似泛论天时，乃人生所受之年光，《史记》所云‘富于春秋’也。春秋既为人所受之年光，最切于身者，犹非可止；况富贵乃人所遇之幻境，非切于身者，又安能常保乎？‘清露’二句以下方是‘比’义，言人当春秋鼎盛之时，何异清露之被皋兰；及当衰落之时，何异凝霜之沾野草？然盛极必衰，曾不终朝，苟非仙人，犹且‘春非我春、秋非我秋’，而乃谓富为我富、贵为我贵，岂不愚哉！”

蒋师爚曰：“此言万事不定，势利无常，置君如奕，朝美而夕丑之矣。必三少帝如王子晋之无恋于人间，司马乃安之也。”

陈沆作为咏怀诗上十二首，曰：“皆悼宗国将亡，推本由来，非一日也。”又曰：“马出西极，途非不遥，孰召使来？则由东道生人引之。犹司马氏本人臣，而致使有禅代之势，非在上者致之有渐乎？四时更代，富贵无常，忽则易人；履霜不戒，遂致肃杀，全盛之世，倏成衰亡，如少年之忽老也。天马寓典午之姓，凝霜亦履霜之渐，若云：‘其所由者非旦夕之故矣，由辨之不早辨也。’”

方东树曰：“言世间万事无常，以兴盛衰之不常。‘春秋’取代谢义。‘清露’二句即‘履霜坚冰’意。此与上‘桃李’皆言其危亡在即，决几之言也。而此首尤隐，止‘富贵’一句露。”

王闿运曰：“‘天马出西北，由来从东道’，求马喻求士也。‘春秋非有托，富贵焉常保’，言当时不求贤。”

按：魏明帝青龙三年，“使人以马易珠玑、翡翠、玳瑁于吴。吴主曰：‘此皆孤所不用，而可以得马，孤何爱焉。’尽以与之。”先是太和六年，“吴主遣将军周贺、校尉裴潜乘海之辽东，从公孙渊求马。”（以上均据《资治通鉴》。）盖吴地马少，不利于登陆作战，故求之甚急也。此诗似为此而发。言天马本出西北而向东道，今马亦由西北而东。继即讽谕明帝，谓春秋非可凭依，夕暮即成丑老，何必嫕于此玩好之物哉！阮籍咏怀诗中凡用“王子”或“王子晋”者，似皆指魏帝之年少者，盖传言王子晋十五而仙去也。

其　五

平生少年时，轻薄好弦歌①。西游咸阳中，孙志祖《文选理学权舆补》引作市。赵李相经过②。娱乐未终极，吕阳本作“板终”。白日忽蹉跎。驱马复来归，反顾望三河③。黄金百镒尽，资用常苦多。北临太行道，失路将如何！《昭明文选》第八首。

【笺注】

①《论语·宪问第十四》孔安国注：“平生，犹少时也。”轻薄，厚重之反。李善引《后汉书》曰：“光武曰：‘孝孙素谨，轻薄儿误之。’”

②李善曰：“《史记》曰：‘秦作咸阳’，徙都也。”五臣刘良曰“汉都咸阳也”，误。汉都名长安。“赵李”有数说，兹分述下：

一、赵飞燕、李夫人说。颜延年曰:"赵,汉成帝赵后飞燕也。李,武帝李夫人也。并以善歌妙舞幸于帝也。"

二、汉成帝小臣赵李说。杨慎《丹铅总录》卷二(《升庵诗话》卷十二同):"阮籍咏怀诗'西游咸阳市,赵李相经过',颜延年以为赵飞燕、李夫人,刘会孟谓'安知非实有其(此)人,不必求其谁何也',不详诗意'咸阳'、'赵李'谓游侠、近幸之俦。《汉书·谷永传》:'小臣赵李从微贱专(尊)宠。成帝常与微行者。'籍用'赵李'字正出此。若如颜延年之说,赵飞燕、李夫人岂可言经过?如刘会孟言当时实有其(此)人,唐王维诗亦有'日夜经过赵李家',岂唐时亦实有此人乎?乃知读书不详考深思,虽如延年之博学,会孟之精鉴,亦不免失之;况下此者耶?"

顾炎武《日知录》卷二十七"文选注"条,"阮嗣宗咏怀诗'西游咸阳中,赵李相经过'颜延年注:'赵,汉成帝赵后飞燕也。李,武帝李夫人也。并以善歌妙舞幸于帝也。'按成帝时自有赵李。《汉书·谷永传》言:'赵李从微贱专宠。'《外戚传》:'班婕妤进侍者李平,平得幸,亦为婕妤。'《叙传》:'班婕妤供养东宫,进侍者李平为婕妤,而赵飞燕为皇后。自大将军(王凤)薨后,富平、定陵侯张放、淳于长等始爱幸,出为微行,行则同舆执辔,入侍禁中,设宴引之会,及赵李诸侍中皆饮满举白,谈笑大噱。'史传明白如此,而以为武帝之李夫人,何哉?"

朱珔《文选集释》:"余谓如亭林说,赵李在汉时自实有其人,故此上句云'西游咸阳中',确指其地。若右丞诗,当即同嗣宗语,不得以相例也。否则游侠近幸亦多矣,何以单言赵李?升庵说非是。"

三、轻侠赵季、李款说。《诗纪》引《诗话补遗》云:"阮籍诗'西游咸阳市,赵李相经过'颜延年注'赵飞燕、李夫人',非也。按《汉书》乃成帝时赵季、李款。延年之博,尚有此误。"丁辑本注:"梁王筠诗:'举鞭向赵李',亦指赵季、李款而言。杨升庵谓《谷永传》'小臣赵李从微贱专宠,成帝常与微行',非是。"

四、赵飞燕、李平亲属说。何焯曰:"《汉书·外戚传》:'鸿嘉后隆于内宠,班婕妤侍者李平得幸,立为婕妤,上曰:"始卫皇后亦从微起。"乃赐平姓曰卫。'其后赵飞燕姊弟亦从微贱兴,逾检越礼,浸盛于前。赵、李并称,当指此。

《叙传》有‘及赵李诸侍中皆引满浮白，谈笑大噱’之语，颜注误也。”

五、赵钦、赵欣等及李延年说。梁章钜《文选旁证》：“赵李之说不一。颜延年注以赵李为赵飞燕、李夫人，果尔，则‘相经过’三字如何接得上？顾氏炎武据《汉书·谷永传》‘成帝数为微行，多近幸，小臣赵李从微贱专宠’云云，则赵当指新成侯赵钦、成阳侯赵欣等，李当指卫婕妤李平亲属也。顾赵元《说略》又据《何并传》‘轻侠赵季、李款多蓄宾客，以气力渔食闾里’，并曰：‘赵李杰恶，虽亡去，当得其头以谢百姓’云云。此与‘轻薄’意尤近。然《佞幸传》又云：‘佞幸宠臣，孝文时士人则邓通，宦者则赵谈、北宫北子；孝武时，士人则韩嫣，宦者则李延年。’延年即李夫人兄，善歌，为新变声，以李夫人贵，为协律都尉，佩二千石印绶，与上卧起；此亦可当赵李之目也。”

按：诸说并非。如颜延年说，赵李为赵飞燕、李夫人，则以皇后之尊，深处后宫，自不得言与之相经过；其误易辨。如杨慎、顾炎武说，赵李为汉成帝小臣，然同在《谷永传》中，永之上对即有“许班之贵，倾动前朝”之语。即在两氏所引之一段中，张放、淳于长两人均各封侯，尤为爱幸，“出则同舆执辔，入侍禁中”，岂可谓嗣宗独拈出小臣赵李？如《诗话补遗》及顾起元引杨用修说，赵李为轻侠赵季、李款，然同在《何并传》中即有“初，邛成太后外家王氏贵，而侍中王林卿通轻侠，倾京师”，而赵季、李款则不过“以气力渔食闾里”，与王林卿有大小巫之别，何以嗣宗独舍彼而言此？如何焯说，赵李为赵飞燕、李平亲属，不知汉朝数百年中，恰为外戚极盛之时代，如高祖时之吕氏，文帝时之窦氏，景帝时之田氏，武帝时之卫氏、李氏、赵氏（赵婕妤家），宣帝时之许氏、霍氏，皆较赵飞燕当时为煊赫，李平更无论矣；尤以元帝时之王氏“家凡十侯，五大司马，外戚莫盛焉”（《汉书·外戚传》）。而赵飞燕则不久即失宠，直到哀帝尊之为皇太后，才封其弟赵钦为新成侯，兄子赵欣为成阳侯，“赵氏侯者凡二人”（《汉书·外戚传》），又不久被废之李平亲属则无闻。《汉书·叙传》又言“（班伯）金华之业绝，出与王许子弟为群，在于绮襦纨袴之间，非其好也。”又言：“故自帝师安昌侯、诸舅大将军兄弟及公卿大夫、后宫外属史许之家有贵宠者，莫不被文传诋。”何故嗣宗舍“王许”、“史许”不言，独指赵飞燕及微不足道且已赐姓为卫之李平耶？如梁章钜说，赵为赵谈、赵欣等，李为李延年。赵已辨如上。李延年“善歌，为新变声”，似与阮籍中之“弦歌”字相映带。《佞幸传》八人中有赵谈、李延年,故梁氏取之。然《佞幸传》云:"汉兴,佞幸宠臣高祖时则有籍孺,孝惠有闳孺,……其后宠臣,孝文时士人则邓通,宦者则赵谈、北宫伯子;孝武时士人则韩嫣,宦者则李延年;孝元时宦者则弘恭、石显;孝成时士人则张放、淳于长;孝哀时则有董贤……",其中邓通、弘恭、石显、张放、淳于长当时亦均较赵谈、李延年为显赫,邓、韩、石、淳于、张、董六人亦均在《佞幸传》八人之列,(《史记·佞幸传》只邓通、韩嫣、李延年三人。)阮亦不应独取赵、李。综上诸说,盖皆如黄侃先生所谓"摭字以求事"者。颜延年说虽其误易辨,然后之解者终为所囿,只于汉朝寻求其人。不知咸阳乃秦都,非汉都。据《汉书·高帝纪》:"(项)羽引兵西屠咸阳,杀秦降王子婴,烧秦宫室,所过无不残灭。"又言:"是日车驾西都长安。"师古曰:"长安本秦之乡名,高祖作都焉。"终秦之世,始皇时最贵显者唯一李斯,二世时最贵显者唯一赵高。《史记·李斯传》:"李斯喟然叹曰:'嗟乎!吾闻之荀卿曰:"物禁太盛。"夫斯乃上蔡布衣,闾巷之黔首,上不知其驽下,遂擢至此。当今人臣之位,无居臣上者,可谓富贵极矣。物极则衰,吾未知所税驾也。'"又曰:"斯,上蔡闾巷布衣也。上幸擢为丞相,封为通侯,子孙皆至尊位重禄者,故将以存亡安危属臣也。岂可负哉!"又《二世本纪》:"赵高为郎中令,任用事。""于是二世常居禁中,与高决诸事。其后公卿希得相见。""赵高为丞相,竟案李斯杀之。"阮诗中之赵李,亦泛指贵家子弟而言,特举其最贵者。《汉书·谷永传》:"永曰:'……秦所以二世十六年而亡者,养生太奢,奉终太厚也。……主为赵李报德复怨。'"又《叙传》:"唯谷永常言:'建始河平之际,许班之贵,倾动前朝,重灼四方,赏赐无量,空虚内藏,女宠至极不可尚矣。'今之后起,天所不飨,什倍于前。永指以驳讥赵李,亦无间云。"此二处之赵李,从上下文看,似指女宠而言,亦非指小臣赵李也。

③黄节注:"《说文》:'蹉跎,失时也。'"三河,黄节注:"《汉书》:'高祖悉发关中兵,收三河士。'韦昭曰:'河东、河南、河内也。'节按:其十三'苏子狭三河'《文选》注:'沈约曰:"河南、河东、河北,秦之三川郡。古人呼水皆为河耳。"'河内即河北。嗣宗本陈留尉氏人,《通典》云:'陈留故属秦三川郡';则此云'反顾望三河'者,盖指故乡之陈留也。"黄节注又云:"刘履曰:'嗣宗所居陈留在河南之东,故自西而望,概称三河

也。’张鹏翘曰：‘离潼关二十里许有三河口，盖渭水、洛水入黄河之口。或即指此，故来归复反顾也。’按潼关之三河口，《汉志》未详。”

④李善引《国语》贾逵注曰：“一镒，二十四两。”李善注引《战国策·魏策》曰：“魏王欲攻邯郸，季梁闻之，中道而返，衣焦不伸，头尘不浴（去），往见王曰：‘今者臣来，见人于太行，乃北面而持其驾，告臣曰：“我欲之楚。”臣曰：“之楚将奚为北面？”曰：“吾马良。”臣曰：“马虽良，（此）非楚之道（路）也。”曰：“吾用多。”臣曰：“（用）虽多，此非之楚路也。”曰：“吾（善）御。”此数者愈善而离楚愈远耳。今王动欲成霸王，举欲信于天下。恃王国之大、兵之精锐而欲攻邯郸以广地尊名，王之动愈数而离王愈远耳。犹至楚而北行也。’”高诱注：“用，所资也。”

【集评】

李善曰（黄侃注作颜曰）：“少年之日，志好弦歌。及乎岁晚旋归，路少财尽，同乎太行之子，当如之何乎？”

五臣吕向曰：“晋文王河内人，故托言三河。言人轻薄之情；平生经过于魏都之中，及魏室衰薄，皆去而望晋。”李周翰曰：“言虽黄金百镒，资用苦多，岂可供其失路之费也。喻人素有美行于魏，今失路归晋，其于美行尽已丧矣，将如之何哉？”

刘履曰：“此嗣宗自悔其失身也。言少时轻薄而好游乐，朋侪相与，未及终极而白日已暮，乃欲驱马来归，则资费既尽，无如之何。以喻初不自重，不审时而从仕。服事未几，魏室将亡，虽欲退休而无计，故篇末托言太行失路，以寓懊叹无穷之情焉。”

何焯曰：“司马氏河内温人，故托三河言之。太行在河内之上。言此资用虽多而易尽，失路故也。倒装句法。”

陈沆曰：“前四句述魏盛时。‘白日忽蹉跎’，明帝崩也。‘望三河’，寄怀周室也。太行道险，不可失足；天下势重，不可失权。财用虽多而易尽者，失路故也；国势虽强而易去者，失权故也。借己以喻国，故知穷途之哭，非关感遇矣。”

陈祚明曰："'望三河'乃寄怀周室，因借用苏季子事，'吾谋适不用'也。失路之悲，徘徊念之，又非自况矣。"

方东树曰："此言为人之失与失路同，疑是以己托讽曹爽不可荒淫失道，虽若裕如，而祸患忽来，虽悔失路，无如何也。……阮，陈留人，魏都邺，此言'望三河'、'反顾'，借指家国，双关语言之耳。义门辨非。此殆指邺都而隐避托言之也。"

王闿运曰："'平生少年时，轻薄好弦歌'，讥爽宾客也。与言亦与游，故云'平生'。"

黄侃曰："少壮未有不老者也，娱乐未有常保者也，赀财未有不耗者也。黄金纵多，不若资用之多。若斯人者，其失路可立而待也。"

按：诗中"赵李"似谓赵高、李斯无疑，而李为主，赵为宾。阮籍喜用李斯事以为诫，如《乐论》云："悲夫！以哀为乐者：胡亥耽哀不变，故愿为黔首；李斯随哀不返，故思逐狡兔。呜呼！君子可不鉴之哉！"即用李斯论腰斩咸阳市，出狱，顾谓其中子曰："吾欲与若复牵黄犬俱出上蔡东门逐狡兔，岂可得乎"之事。所谓"以哀为乐"，"随哀不返"，见之《乐论》，亦与此诗"轻薄好弦歌"之意为近。"咸阳"字亦隐在其中。上蔡在汉属豫州汝南郡，自咸阳东望，亦可泛言"望三河"。赵高后亦为孺子婴所杀，此皆所谓"资用苦多"，"太行失路"者。方东树以为此诗托讽曹爽，似近之。据《三国志·魏志·曹爽传》："（明）帝寝疾，乃引爽入卧内，拜大将军，假节钺，都督中外诸军事，录尚书事；与太尉司马宣王（懿）并受遗诏辅少主。明帝崩，齐王即位，加爽侍中，改封武安侯，邑万二千户。……丁谧画策，使爽白天子发诏，转宣王为太傅，外以名号尊之，内欲令尚书奏事先来由己，得制其轻重也。爽弟羲为中领军；训，武卫将军；彦，散骑常侍、侍讲；其余诸弟，皆以列侯侍从，出入禁闼，贵宠莫盛焉。"此可与李斯当时之贵宠对照。《曹爽传》又言"爽饮食车服，拟于乘舆，尚方珍玩，充牣其家，妻妾盈后庭，又私取先帝才人七八人，及将吏、师工、鼓吹、良家子女三十三人，皆以为伎乐。

诈作诏书，发才人五十七人送邺台，使先帝婕妤教习为伎。擅取太乐乐器、武库禁兵，作窟室，绮疏四周，数与（何）晏等会其中饮酒作乐。”此亦所谓“以哀为乐”、“随哀不返”者。至王闿运谓讥爽之宾客，似尚不足以当此，且阮曾却曹爽之辟，史亦不言其与爽之宾客“与言与游”也。

其　六

昔闻东陵瓜，近在青门外①。连畛李善本、真西山本、《六朝诗集》作轸。距阡陌，子母相钩李善本、《艺文类聚》卷八十七、《太平御览》卷九百七十八作拘。带②。五色曜朝日，嘉宾四面会③。《艺文类聚》卷八十七及《诗隽类函》卷一百四十至此句止。膏火自煎熬，多财范陈本作才。为患《六朝诗集》作“被灾”。害。布衣可终身，宠禄岂足赖④。《昭明文选》第九首。

【笺注】

①李善引《史记·萧相国世家》：“上已闻淮阴侯诛，使使拜丞相何为相国；益封五千户，令卒五百人、一都尉为相国卫。诸君皆贺，召平独吊。召平者，故秦东陵侯，秦破为布衣，贫，种瓜于长安城东，瓜美，故世俗谓之东陵瓜，从召平始以为名也。”青门，李善注引《汉书》：“霸城门，民间所谓青门也。”黄节注引《三辅黄图》：“长安城东出南头第一门曰霸城门，民见门色青，因曰青门。”《水经》渭水注：“长安城十二门，东出北头第三门本名霸城门，民见门色青，又名青城门，或曰青绮门，亦曰青门。”

②李善注引宋衷《太玄经》注曰：“畛，界也。”又引《说文》曰：“畛，井田间陌也。”又引孔安国《尚书传》曰：“距，至也。”（按见《书·益稷篇》注。）《说文》曰：“路东西为陌，南北为阡。”黄节引刘履曰：“子母，言瓜之大小相连带也。”

③李善注：“子母，五色，俱谓瓜也。”梁章钜引《述异记》曰：“吴桓王时，会稽生五色瓜。吴中有五色瓜充岁贡。”

④李善引《庄子·人间世》:“山木自寇也,膏火自煎也。”黄节引阮籍《大人先生传》曰:“邵平封东陵,一旦为布衣。”

【集评】

沈约曰:“当东陵侯侯服之时,多财爵贵,及种瓜青门,匹夫耳,实由善于其事,故以味美见称,连畛距陌,五色相照,非唯周身赡己,乃亦坐致嘉宾。夫得固易失,荣难久恃,膏以明自煎,人以财兴累,布衣可以终身,岂宠禄之足赖哉!”

五臣刘良曰:“瓜有五色,其光曜日。嘉宾,邵平之客。”吕延济曰:“邵平瓜美,足供宾客。”张铣曰:“膏以明而受煎熬,人以财而见患害,岂如邵平复为布衣,终身不仕。至于宠禄,何足恃赖。顾朝廷若是,愿以退居,故有此词。”

刘履曰:“嗣宗知魏亡有日,不乐久仕,思得如秦故侯种瓜于青门,则志愿毕矣;故咏其事以自见。既言其瓜既如此美,不特可资于己,又足以宴会嘉宾焉;复言膏火以明自煎,人以多财而致患,则以明夫宠禄之易失,不若布衣之可以安且久也。按《史记》:世称东陵瓜,从邵平始。盖平所以垂名者,不以侯而以瓜。《诗》云:‘诚不以富,亦只以异’,其是之谓乎!”

邱光庭《兼明书》曰:“阮嗣宗此诗是遭乱代思深居远害,故以瓜喻之。言邵平种瓜不能深远,近在青门之外,又色妍味美,遂为人所食啖,故下云:‘五色曜朝夕,嘉宾四面会。膏火自煎熬,多才为祸害。’意言人遭代乱,苟逞才露颖,必为时所害,如美瓜、膏火之自丧矣。”

何焯曰:“东陵瓜,西山蕨,徒然有易世之感。宠禄难居,为当日清流之祸言也。”又曰:“言古人即易代失侯,可以种瓜食力,何事不能固穷,欲事二姓乎?此又为虽非党恶而依违者讽也。”

蒋师爚曰:“此为资用苦多者破其迷耳。北临太行,何如近在青门也。合前首看,颇得一解。”

陈祚明曰："近在青门，无烦远引，公所自处审矣。"

吴淇曰："'近在东门'句妙。牛山之木，郊大国而来斧斤；东陵之瓜，近东门而会宾客；言人不能高蹈远引而婴患害也。"

方东树曰："此言爽溺富贵将亡，不能如召平之犹能退保布衣也。"

曾国藩曰："此首，阮公以邵平自比。'膏火'二句，亦讥趋附权势者。"

王闿运曰："'膏火自煎熬，多财为祸害，布衣可终身，宠禄岂足赖'，喻己不能终隐。"

按：此诗自沈约以降解者多误。不思召平以贫而种瓜于临近之青门外，能种得若干地？收得若干瓜？若谓其竟以瓜美而能招来四面之嘉宾，且以多财而恐致祸害，此非如后世之所谓大庄园主不足以当之矣。盖阮籍正因召平事而寄慨，意谓东陵五色之瓜，登于相国之盘，在朝日中晖曜，而相国之座上，嘉宾四面来会。然萧何虽宠禄有加，其于陈豨之反，不得不从召平之计，"悉以家私财佐军"；其后于韩信之反，又不得不从或客之计，"多买田地，贱贳贷以自污"；其汲汲防祸，心中之煎熬可知。顾犹不免"下廷尉，械系之数日"，岂若召平之布衣可以终身，而相国之宠禄岂足赖哉！方东树谓为曹爽溺于富贵，似得之矣；爽亦相国也。

其　七

炎暑惟梁章钜本注："一作唯。"兹夏，三旬将欲移①。芳树垂何焯本作重。绿叶，青《六朝诗集》、张凤翼本、陈光明本、何焯本、蒋师爚本均作清。云自逶迤②。四时更代谢，日月递差驰③。《诗纪》、《六朝诗集》、《诗隽类函》、梅鼎祚本及补本、张燮本、顾本、臧懋循本、张溥本、陈沆本均作"参差"。徘徊空堂上，忉怛莫我知。愿睹卒欢《六朝诗集》作"平生"。好，不见悲别离④。《昭明文选》第十三首。

【笺注】

①李善曰："南方为火而主夏。火性炎上，故谓夏月为暑。郑玄《毛诗笺》

曰:‘炎,热气也。’薛君《韩诗章句》曰:‘惟,辞也。’”

②刘履曰:“清云,绿叶垂荫之象。”《说文》:“逶迤,邪去貌。”

③五臣李周翰曰:“差驰,言相次而奔驰也。”黄节曰:“‘差驰’,一作‘参差’,疑‘驰’当作‘池’。参差,差驰,同为不齐之貌,言日月出没不齐也。五臣谓‘差驰,言相次而奔驰也’,恐非是。”《说文》:“差,贰也,不相值也。”

④《广韵》:“忉,忧心貌。怛,悲惨也。”李善引《毛诗·齐风·甫田》:“劳心忉忉。”传:“忉忉,忧劳也。”又:“劳心怛怛。”传:“怛怛,犹忉忉也。”五臣吕延济曰:“‘忉怛’,忧伤也。‘莫我知’,莫知我也。”卒,《尔雅·释诂》疏:“终尽也。”

【集评】

李善曰(黄侃注作颜曰):“言四时代移,日月递运,年寿将尽,而人莫己知,恐被谗邪,横遭摈斥,故云:‘愿卒欢好而不见别离。’”

五臣张铣曰:“三旬,谓六月之旬,将入于秋也。喻魏之末,权移于晋。”吕向曰:“逶迤喻魏尚有余德。逶迤,长远也。”刘良曰:“卒,终也。不见,言不欲见。别离,喻晋篡魏而别离也。”

黄节引刘履曰:“此篇忧魏祚将移于晋,故托喻炎暑。阳明之时,惟在兹夏,今三旬又欲垂尽,意谓若至秋冬,则凉冷而阴惨矣。且言芳树之清荫犹自远布,以见在朝诸臣受魏恩宠,固有不可忘者。然观其势犹四时之更代,日月之递驰,殆恐终不能遏耳。是时众人惟事奔竞,谁复顾虑?而我独于空堂徘徊而忧惧,曾莫之知者焉。篇末复谓愿见君臣终于欢好,不致篡夺而有乖离之伤。其忠爱恳切至于如此,不亦悲哉!”

闵齐华曰:“喻魏移于晋意。”

黄节引何焯曰:“甘露五年六月甲寅,常道乡公立,改元景元,月之三日也,故曰三旬。四时代谢,以比易代。”

蒋师爚曰:“如善所言‘恐横遭摈斥’,似属在己,恐为论太卑。此乃以魏之待山阳公者望晋以之待常道乡公,无令如成济之辈,又为高贵覆辙也。"

陈沆曰:"《魏志》:甘露五年六月甲寅,司马昭立常道乡公,改元景元,在月之三日,故首云:'炎暑惟兹夏,三旬将欲移'也。又以成功之去比运祚之移而曰:'愿睹卒欢好,不见悲别离',危其复为齐王、高贵乡公之续也。"

张琦曰:"末二句,冀幸万一之词。"

陈祚明曰:"以成功之志,比运祚之移。是时禅代犹未成,然度将不免。故君去我,日日危之,欢好愿卒,理不冀卒矣。"

曾国藩曰:"魏甘露五年六月甲寅,司马昭立常道乡公,在月之三日。陈沆谓此诗即指此事。'三旬将欲移'云者,谓过三旬即移于秋节也。'愿睹卒欢好'云者,恐其复为齐王芳、高贵乡公之续也。"

按:诸说中凡谓诗中某词"比喻"某某者,最易陷于曲解。其中何焯以常道乡公立于六月之三日,不三旬即为秋七月,因谓诗意以四时代谢比易代,似属有一史证,最易使人相信。不知常道乡公之立,下距魏晋易代尚有五年。此诗末二句自觉突兀。阮籍时当夏欲去、秋欲来之际,独坐空堂之上,不知心中忽然发生如何感触,有此二语,今亦无从推测矣。

其　八

灼灼西颓日,余光照我衣。回冯惟讷约注本、《六朝诗集》、浦南金本、陈沆本作回。风吹四壁,寒鸟相因依①。周周尚《六朝诗集》作常。衔羽,蛩蛩亦念饥②。如何当路子,磬折忘所归!岂为夸浦南金本、吕阳本作夸。与五臣本、他本皆作誉。名,憔悴使心悲③。《艺文类聚》卷二十六无以上诸句。宁与燕雀翔,不随黄鹄飞。黄鹄游四范陈本、刘成德本、浦南金本作西。海,中路将安归④。《昭明文选》第十四首。

【笺注】

①灼,《玉篇》:“热也。”又:“明也。”因,《说文》:“从囗大,会意。”徐锴曰:“能大者,众围就之也。”是“因”为“就”字义。又依也,托也。

②李善曰:“韩子曰:‘鸟有周周者,首重而屈尾,将欲饮于河则必颠,乃衔羽而饮之。’(按见《韩非子·说林》。)今人之所有饮(此字从叶刻《文选》来)不足者,不可不自索其羽矣。”朱珔《文选集释》:“‘周周尚衔羽’,注引韩子曰云云。案方氏《通雅》云:(转注略)‘周音诛。《庄子》曰:“周周衔羽以济。”《太平御览》引《禽经》曰:“鹖鹖之信不如雀,周周之智不如鸿。”今《禽经》无此语,只有“鷃雀啁啁,或亦冲波”。传子路所云“茕茕周周之鸟”不必有其物乎?然鸟衔羽有之。曾见平西猺中白鹇时自衔尾,盖自爱其羽也。’余谓周周固不知何鸟,惟《尔雅》‘巂周’,或以为燕、或以为子规。《说文》释巂周云:‘灰佳山,象其冠也。’鸟头有冠,与所称‘首重’者似合,是周周即巂周而重言之欤?特燕与子规亦不闻衔羽而饮耳。方氏以目见衔尾证衔羽。然屈尾即短尾,见后《招魂》。短尾非可衔,羽当谓其翅,《诗》‘差池其羽’是已。若爱其羽如孔雀之爱尾,鲥鱼之爱鳞,物理常有,不必畏颠仆也。附案:衔羽不能饮。《御览》引《庄子》司马注:‘衔他鸟羽过河’为得之。今《庄子》逸。”蛩蛩,李善曰:“《尔雅》(按见《释兽》)曰:‘西方有比肩兽焉,与邛邛岠虚比,为邛邛岠虚啮甘草。即有难,邛邛岠虚负而走,其名谓之蟨。’”胡绍煐曰:“善曰……者,按今《尔雅》作邛邛。《释文》:‘邛本作蛩。’蛩当是蛩字之误,盖善所本。”《说文》:“蛩蛩,兽也。”《山海经》注:“郭璞曰:‘巨虚即蛩蛩,互言耳。’”按《韩诗外传》、《吕氏春秋》、《山海经》、《穆天子传》、《说苑》均有关于蛩蛩之说,不具引。

③李善曰:“《孟子》:‘公孙丑问曰:“夫子当路于齐,管晏之功可复许乎?”’綦毋邃曰:‘当仕路也。’(按:孟子注为‘如使夫子得当仕路于齐’。)《尚书大传》曰:‘诸侯来受命周公,莫不磬折。’磬,乐器,其形曲折。《吕氏春秋》曰:‘古之人有不肯富贵者,由重生故也,非夸以名也,为其实也。’司马彪《庄子注》曰:‘夸,虚名也。’郑玄《礼记注》曰:‘名,

令闻也。’”黄节引胡绍煐曰：“六臣本校云：‘五臣“誉”作“与”。’按善引《吕览》见《本生篇》。高注：‘夸，虚也。’阮诗即本此。古‘以’、‘与’字通。五臣本不误。善本当亦同，观注不释‘誉’字可证，旁证云：此诗第三十首有‘背弃夸与名’，则作‘与’是也。”

④《玉篇》：“黄鹄，仙人所乘。”《汉书·张良传》：“戚夫人泣涕，上曰：‘为我楚舞，吾为若楚歌。’歌曰：‘鸿鹄高飞，一举千里。羽翼以就，横及四海。’”

【集评】

沈约曰：“天寒，即飞鸟走兽尚知相依，周周衔羽以免颠仆，蛩蛩负蟨以啮美草，而当路者知进趋不念暮归，所安为（黄侃注引无此字）者惟夸誉名，故致憔悴而心悲也。”又曰：“若斯人者，不念己之短翮，不随燕雀为侣而欲与黄鹄比游；黄鹄一举冲天，翱翔四海，短翮追而不逮，将安归乎？为其计者，宜与燕雀相随，不宜与黄鹄齐举。”

五臣张铣曰：“颓日，喻魏也；尚有余德及人。回风，喻晋武。四壁，喻大臣。寒鸟，喻小臣也。”吕向曰：“周周、蛩蛩以喻君臣相须而济，有晋不如此。”李周翰曰：“当路子，喻大臣也。皆磬折曲从以媚晋氏，而忘致君之道。”刘良曰：“此人皆夸大与名誉而致身趋附之地，使我憔悴而心悲。”吕延济曰：“燕雀喻奸佞，黄鹄喻贤才。言世人事与奸佞相济，其要安于爵禄，不能与贤才尽力于君而受其黜退也。”

刘履曰：“此篇责群臣之附司马氏者，而因以自励也。言魏室虽微，尚皆被其恩宠，比之日虽西颓，而其余光犹灼灼然照我也。回风、寒鸟，以比司马僭逼之势既盛，犹有卑下小臣知附王室而不敢违者。且周周、蛩蛩特禽兽耳，亦能饥渴相须，患难相济；如何当朝执政之臣率皆趋附权奸而不顾返，尔岂欲夸大其声誉而然乎？殊不知屈己以媚人，其实憔悴而可悲也。末章所谓‘燕雀’，即上文寒鸟之属。‘黄鹄’以指司马晋公，言其志大，必将一举冲天而游于四海。为今之计，宁辞尊而居卑，庶几韬晦以自全。若攀附高远，一遭篡夺之变，则我既为魏臣，岂忍复事于晋？此所以虑中路之无归也。史称：'籍本有济世之志'，'朝议以其名高，欲尊宠之'，籍以'天下多故，名士少有全者'，'乃求为步兵校尉；纵酒昏酣，遗落世事'，大概与此诗相合。然诗中微意，又岂史氏所能悉哉？"

冯惟讷约注："此篇责群臣之附司马氏而因以自励也。"

张凤翼《纂注》："燕雀，喻无位者。黄鹄喻权势。籍自言愿自隐退，不欲趋附，恐无所税驾也。"

邹思明曰："故心自悲伤，欲侣隐者而不附权势。"

王夫之曰："荀彧空器之死，早已料尽。目光射远，手腕自为之飞舞。"

何焯曰："'灼灼西颓日'喻魏室。'如何当路子，磬折忘所归'即'君非贾豫州子耶?!'之意。"又蒋师爚引何焯曰："君臣之义，无所逃于天地之间，岂独名污青史为可虑乎？末言已宁没身下位，不敢附司马氏取尊显也。"

陈祚明曰："如徒笑磬折之为愚，思远引之自得，则'周周'二语托旨安归？又且'憔悴'云云，应讥当路磬折者定同燕雀之刺促，远引者可侪黄鹄之高超矣。故知篇中所云，别自有为。西日之颓，言魏将亡而余恩不泯也。回风之吹，言运虽衰而恩恋情长也。君臣之分，缠绵不解，情同比翼，忧乐共之。而当路者磬折权臣，都忘旧主，此是何心！我所立异于众，非以要名，特睹故君之憔悴，未免心悲，故宁甘燕雀之卑栖，不随黄鹄而肆志也。"

吴淇曰："此诗亦为晋将代魏而作也。'灼灼'句以日之暮比魏祚之将革；'余光'句，魏与己尚有一线之义未绝；'回风'句以岁之暮比世乱；'寒鸟'句比君子相率而避世。……以燕雀比避世之士，黄鹄比晋。黄鹄之游四海，比晋遂有代魏之势。苟不随之则已耳，随之中路而不止，是贾充之流也；随之中路而止，亦荀彧之流也。故随者必失归；失归者必在中路，是不可不早辨者。何也？大凡奸雄取天下，始必假仁假义，深藏厚貌，不惟天下之庸人随之，即豪杰之士亦所不免；而明哲之英，独能识之于谦恭下士之日，由其人之学问知所归也。所归者何？乃生人安身立命之处，真仁亦如是也。”

曾国藩曰：“陈沆以‘磬折忘归’为讥党附司马氏者，未知然否？至谓末四句为阮公自命之词，鉴黄鹄之失路，宁燕雀以卑接，则深得本指矣。”

王闿运曰：“‘灼灼西颓日’一首，知爽不久，而辟己之知遇，不得不与周旋，如周、蛩也。乃何晏、夏侯等专务夸名，则已不能从黄鹄飞矣。”

黄节曰：“刘履、吴淇皆以末四句为嗣宗自谓，何焯从之，曰：‘末言己宁没身下位，不敢附司马取尊显也。’陈沆、曾国藩亦皆取之；则与沈约说异。沈归愚曰：‘为知进而不知退者言’，则仍以沈约之说为允。”又曰：‘曹植《箜篌引》曰：‘谦谦君子德，磬折欲何求？’《左传》：‘虽有丝麻，无弃菅蒯；虽有姬姜，无弃蕉萃。’诗盖言易姓之际，当仕路者虽磬折忘归，而终不免于被弃之悲耳。”又曰：“班婕妤《怨歌行》曰：‘弃捐箧笥中，恩情中道绝’，谓以此与蕉萃被弃意相近。”

按：解此诗者谓诗中某词为比喻××者更多，其说不一。至五臣张铣谓“颓日喻魏”（按阮籍五言咏怀诗八十余篇中，其以一日中之晷刻起兴者不知凡几，如其一“夜中不能寐”），“回风喻晋武（司马炎）”，尤为不顾史实。按阮籍死年，尚是司马昭当国，至阮籍死之次年，司马炎始“贰副相国事”，再次一年，司马昭死，司马炎始以相国受魏禅。由此可见尽有人随意曲解，以达其献媚统治者之目的矣。

其　九

步《水经注》卷十六榖水注引作朝。出上东门[①]，北《艺文类聚》、《水经注》引作遥，首阳山条同。望首阳岑[②]。下有采薇士，上有嘉《六朝诗集》作佳。树林[③]。

《艺文类聚》二十六祗引此四句。良辰在何许？凝霜沾衣衿。寒风振山高静《看诗随录》作高。岗，玄云起重阴[4]。鸣雁飞南征，鶗鴂刘履注："或作鹈鹕，并通。"发哀音。素质游李善本、及朴本、《文选旁证》本作由。商声，凄怆伤我心[5]。《昭明文选》第十首。

【笺注】

①李善引《河南郡图经》曰："东有三门，最北头曰上东门。"《初学记》卷二十四："洛阳有：……中东门、上东门……"注："见《洛阳故宫记》。"朱珔《文选集释》："案《水经·谷水篇注》云：'谷水又东，屈南迳建泰门石桥下，即上东门也。……一曰上升门。晋曰建阳门。'盖即《东观汉纪》所称'光武出猎，夜还，郅恽拒关不纳'是也。郦氏既于此引阮诗为证，下文言：'运渠从洛口入注九曲，至东阳门'，复引（阮诗），然上东门在东之北，而东阳门为正东，实非一处也。"

②首阳岑，详见《首阳山赋》注。李善注引《河南郡境界簿》曰："城东北十里首阳山上有首阳祠一所。"朱珔《文选集释》云："'北望首阳岑'注引《河南郡境界簿》（略）。案《水经·河水五篇注》云：'河水东迳平县故城北，南对首阳山，春秋所谓首戴也。夷齐之歌所矣。'附案：钱氏坫曰：'汉平县故城在今巩县西北。'阎氏若璩曰：'山今在偃师县'。戴延之《西征记》：'洛阳东北去首阳山二十里，上有伯夷叔齐祠'，本书（按指《昭明文选》）曹子建《赠白马王彪》诗注引陆机《洛阳记》同。《方舆纪要》则谓首阳山在偃师县西北二十里。杜佑曰：'夷齐葬于此。'数者道里虽稍差，实一山耳。又案：首阳，诸说不同，《史记正义》以为凡五所：一即偃师；一马融《论语注》：在河东蒲城；一曹大家《幽通赋》注：在陇西（原注：选注未采此语）；一引《孟子》居北海之滨首阳山；一引《说文》在辽西。今核之《孟子》，未尝言首阳，其云'居'，当在归周之先，即孤竹国，则与辽西非二地。《说文》本作'𡶒山'，《广韵》引同，《玉篇》及《汉书·王贡两龚传》注引皆有'首'字，则许书'𡶒山'即'首阳山'尚未敢决。且二子逃去，已非故国；《卢龙县志》以子臧反曹、季札反吴

为比，不知果返国，何至于饥？此说非。至《寰宇记》和顺县别有首阳，殆指辽州为辽西，尤误。在蒲坂者，《水经注》云云‘河北县雷首山有夷齐庙’，与在平县者并举，盖莫能定。近宋氏翔凤驳云：‘《汉志》：河东蒲坂县有尧山首山祠。雷首在南，则蒲坂之山乃雷首，非首阳也。又在蒲坂南，安得有西山之目？’王伯厚据曾子言‘二子居河济之间，以蒲坂为得实。考《汉志》，河东郡垣县、禹贡王屋山在东北，沇水所出，东南至武德入河，岐济源也。垣县故城在今绛州垣曲县西北二十里，王屋山在今怀庆府济源县西八十里，蒲坂故城则今蒲州府城东五里，计王屋西至蒲坂四百余里。使以蒲坂首阳为夷齐所隐，则与河济之间渺不涉。或并引石曼卿诗：‘耻生汤武干戈日，宁死唐虞揖逊区’，此宋人诗空议论，岂作证地理耶？在偃师者，宋氏主之，谓《元和志》：‘首阳山与盟津俱在偃师县西北，夷齐叩马，正当在盟津，后隐首阳，亦当不甚远。又尸乡为汤都，在今偃师县西北二十五里，首阳亦在尸乡之西北，盖本尸乡名西山也。’说亦通。但于《诗·唐风》之首阳，亦指偃师为郑地，云‘晋欲图霸必先结郑，故误言登首阳以望郑’，太觉迂曲矣。若在陇西者，为《史记正义》所主，引《庄子》云：‘伯夷叔齐至岐阳，见武王伐殷，曰："吾闻古之士，遭治世不避其任，遇乱世不为苟存。今天下暗，周德衰，其并乎周以涂吾身，不若避之以洁吾行。"遂北至首阳山，饥饿而死。’又下诗‘登彼西山’，在岐阳西北，明即夷齐饿处也。宋云：《汉志》，陇西首阳县，《禹贡》鸟鼠同穴山在西南，今甘肃兰州府渭源县东北有首阳故城，东距河济之间几二千里，不可牵合。而王氏鎏曰：‘言居河济，谓其谏伐耳，非必指其饥地也。’余谓居河济当亦是前事。庄周书在秦火前，较可依据，如所言，疑无谏伐事。即《史记》：夷齐往归西伯，及至西伯卒，武王伐纣，夷齐叩马而谏，是伐纣时二子在周，安见其必至盟津始谏乎？谏既不行，超然远遁，何必在周之近地？则托迹渭源之首阳，似无不可。考古宜从其朔。首阳最先见《汉志》，盖以山氏县。班昭实补《汉书》，故据以为说。钱氏亦云：‘以在周之西论之，作陇西者是。’惟自唐以后，皆本马融建祠定祀，殊难辨其真正焉。"胡绍煐笺云："旁证云：其咏首阳赋云：‘二老穷而来归’，又云：‘故甘死而采薇’，皆误以此为夷齐所居。其实夷齐所饥之首阳在辽西，详见《水经注》濡水条，与此无涉。绍煐按：《困学纪闻》七引曾子书（按见《大戴礼·曾子制言篇》），以为夷齐死于济浍之间而成名于天下，又云二子居河济之间，盖在河东蒲坂，乃舜都也。《水经注》：'河北县雷首山有夷齐庙'，阚骃《十三州志》：'一名独头山，夷齐所隐，山南有大冢，俗谓之夷齐墓，一名首山。'《左传》'宣子田于首山。'杜注：'在河东蒲坂东南。'《晋书·地理志》：'蒲坂有雷首山，夷齐居其阳。'俱以夷齐之首阳在蒲坂。嗣宗以今河南首阳山当之，其误始于高诱谓首阳山，洛东去二十里，而杜预因之，并非。今《一统志》已正其谬。"又曹子建《赠白马王彪》"日夕过首阳"句，胡绍煐笺云："善曰：'陆机《洛阳记》曰："首阳山在洛阳东北，去洛二十里。"'按又见《西征记》，此又一首阳，名有偶同耳。伯夷叔齐所隐处在河东蒲坂，今山西蒲州府。"黄节曰："首阳山见之古籍凡三所：一据《水经注》：'河水东迳平县故城北，南对首阳山'，则在今偃师县西北，即洛阳东北之首阳山，是为此诗所指之山，杜佑云：'夷齐葬于此。'然考河南旧志云：'首阳山即邙山最高处，日出先照，故名。'以旧志考之，然则以其名同首阳，故立夷齐庙，杜氏误以为夷齐葬于此耳。阮瑀文曰：'适彼洛师，瞻彼首阳，敬吊伯夷'及嗣宗《首阳山赋》，皆指此山无误也。其一，据马融《论语注》在河东蒲坂；其一，据《汉志》，陇西有首阳县，县以山名。《史记正义》引《庄子》云：'伯夷叔齐至岐阳，见武王伐殷，遂北至首阳山，饥饿而死。'今甘肃兰州府渭源县东北有首阳故城是也。在蒲坂者无明据，惟《汉志》：河东蒲坂县有尧山、首山、雷首在南，则蒲坂之山乃雷首，非首阳也。考古宜从其朔，首阳最先见《汉志》，又与《庄子》合，则夷齐饿死之首阳当在陇西，与此诗之首阳无涉。魏明帝乐府云：'步出夏门，东登首阳山'，《史记·伯夷列传》曰：'登彼西山兮，采其薇矣'，志在采薇而良辰不假，此赵岐所谓'有志无时'也。"岑，《说文》："山小而高。"

③李善引《史记》曰（按见《伯夷列传》）："武王（已）平殷乱，天下宗周，而伯夷叔齐耻之，义不食周粟，隐于首阳山，采薇而食之。"《正义》引陆玑《毛诗草木疏》云："薇，山菜也。茎叶皆似小豆，蔓生，其味亦如小豆

藿,可作羹,亦可生食也。”颜延之曰:“《史记·龟策传》曰:‘无虫曰嘉林。’蒋师爚按:今本《龟策传》:‘嘉林者,兽无虎狼,鸟无鸱枭,草无毒螫,野火不及,斧斤不至,是为嘉林。’”

④蒋师爚注:“谢晦在郡卧病呈沈尚书诗:‘良辰竟何许?’善注:‘许犹所也。’”《说文》:“冈,山脊也。”

⑤《广韵》:“鶗鴂,子规也。”“春分鸣则众芳生,秋分鸣则众芳歇。”李善引《楚辞》曰(《离骚》):“恐鶗鴂之先鸣兮,使夫百草为之不芳。”刘履曰:“鶗鴂,急击之鸟。《楚辞注》云:即《诗》所谓‘七月鸣鵙’者。阴气至则先鸣而草死。”黄节曰:“夏小正:‘五月,鴂则鸣’,故入秋而哀音发矣。”沈约曰:“致此凋素之质,由于商声用事秋时也。‘游’字应作‘由’,古人字类无定也。”黄节曰:“‘游’古文作‘遊’,《韵略》云:‘游’通作‘繇’。《汉书·叙传》:‘优繇亮直’是也。‘繇’以代‘由’。《史记》:‘福自德兴’,《汉书》武帝诏:‘五帝三王所繇昌’,《董仲舒传》‘道者,所繇适于治之路’是也。据此则‘游’为‘繇’之通,‘繇’为‘由’之代。而陈琳《檄吴将校部曲文》云:‘将军苏繇反为内应’,《魏志》作苏由;《左传》之养由基,班彪传作‘游’,则尤为‘游’、‘由’通之证。蒋师爚以游为动义,谓:‘隐侯改作由,读之失趣’,盖未察乎字之通假也。”

按:“素质游商声”句,系承上文“鸣雁飞南征,鶗鴂发哀音”而言,故仍以蒋师爚解为游动之义为长。李善曰:“《礼记》(按见《月令》)曰:‘孟秋之月……其音商。’郑玄曰:‘秋气和则商声调。’”“凄怆”亦指“鸣”与“哀音”而言。凄,痛也,悲也。怆,伤也,怨也。

【集评】

沈约曰:“夷齐尚不食周粟,况取之以不义者乎?”又曰:“‘良辰何许’,言世路险薄,非良辰也。风霜交至,凋陨非一,玄云重阴,多所拥蔽,是以寄言夷齐,望首阳而叹息。”又曰:“此鸟(谓鶗鴂)鸣则芳歇也。芬芳歇矣,所存者腐臭耳。”又曰:“致此凋素之质,由于商声用事秋时也。”

五臣刘良曰:“良辰,谓和平也。‘凝霜沾衣襟’以喻衰代,言和平之时今在何处,而使衰代及人。”张铣曰:“‘风振’、‘云阴’喻晋王专权而冒上。”吕向曰:“‘鸣雁飞征’喻贤臣远去,‘鶗鴂哀音’喻邪臣谗佞。”李周翰曰:“商声,秋之声也。草木凋素,由商声用事;国家衰弱,由奸佞执政;是用伤我心矣。”

刘履曰:“此篇托言出望首阳,想夫伯夷叔齐采薇而隐者,得其所矣。今我遭此风霜侵迫,阴云拥蔽之时,而贤者避去,如飞雁之南征;谗邪得志,如鶗鴂之先鸣者焉,远近所闻莫非若此,则我心之凄伤岂得已哉! 夫夷齐之隐当商周革命之际,而嗣宗以此兴叹,意亦远矣。”

冯惟讷注:“和平不见,衰代及人。”又曰:“草木凋素,由商声用事;国家衰弱,由奸臣执路,是用伤我心矣。”

俞允文曰:“素质,秋天也。游者,游遍之意。颜延年改作由,非。”(按当作沈约)

闵齐华曰:“‘良辰在何许’,言世路之险,无良辰也。”又曰:“商声,秋声也。素质,草木凋落也,是感贤人凋谢也。”

邹思明曰:“晋王专横,贤臣远去,邪臣谬佞,即‘寒风’四句意。商声发而草木凋素,权臣横而国家衰弱,安得不悲。”

黄节引朱嘉徵曰:“‘步出上东门’,怀岁寒之友也。苏门之啸,采薪之歌,庶几遇之。”

王夫之曰:“‘良辰在何许’以下四十字,字字有夷齐在,呼之欲出。虽然,如此评唱,犹恐阮公笑人。”

蒋师爚引何焯曰:“此言惟以夷齐为归,差可自全;天下忠臣义士皆已斩刈无余也。”又曰:“懿既诛曹爽七族,师又杀秦初夏侯诸君子,于是魏之肺腑无人矣。”

孙志祖《文选李注补正》:正曰:“赵云:以素质而游于商声之中,谓无处于魏将授晋之际,沈说非也。”

陈沆将此首并其十四、其三十五、其三十八、其五十四、其十八、其

四十、其六十一、其四十七、其四十九共十首列为阮籍咏怀诗下，笺云："此皆咏悲愤之怀也。十章非一时所作，非一感所成。粤自正始履霜之年，下穷景元倒柄之岁，触绪抒骚，烦忧命管，畏显题之贾祸，遂咏怀以统篇，杂沓无伦，萧条百感。其讥刺之什，差有时事可寻；至其低徊胸臆，怊怅性灵，君子道消，达人情重：或采薇长往，矫首阳之思；或拔剑捐躯，奋国殇之志；或揽羲辔于云汉，手无斧柯；或盼同志于天涯，目穷蒙汜：但能比类属词，何殊百虑一致。光禄《五君咏》云：'阮公虽沦迹，识密鉴亦洞。'又曰：'韬精日沉饮，谁知非荒宴。'苟得斯意，书不足言，触目会心，无烦疏释。"

吴淇曰："此亦嗣宗见晋将代魏，欲托夷齐之行而未遂也。……'寒风'二句，时之昏暗；'鸣鸠'二句，谗言孔多。素质即秋气，承上'寒风'二句，'商声'即承上'鸣鸠'二句。"又黄节引吴淇曰："'良辰在何许'，言欲往从之，时有未可也。"

陈祚明曰："采薇之士，犹有嘉树可依；猜嫌之时，惧以异心致患。以违时之素质，当商风之摧残，立节固严，而善全尤宜有术，此所以不罹叔夜之悔也。"

方东树曰："因乱极而思首阳。"

黄节曰："嗣宗《首阳山赋》作于高贵乡公正元元年秋，其时魏尚未禅于晋。赋曰：'惟兹年之末岁兮，端旬首而重阴。风飘回以曲至兮，雨旋转而纤襟。蟋蟀鸣乎东房兮，鶗鴂号乎西林。时将暮而无俦兮，虑凄怆而感心。振沙衣而出门兮，缨绥绝而靡寻。步徙倚以遥思兮，喟叹息而微吟。将修饰而欲往兮，众嵯嵯而笑人。''聊仰首以广頫兮，瞻首阳之冈岑。树丛茂以倾倚兮，纷萧爽而扬音。'疑此诗及其三诗皆当时作也。"

按：解"鸿雁飞南征"为贤人远去者，于史尚不足征。《晋书·隐逸传》所载与阮籍同时代而属魏国者，孙登本非在位而引去；范粲虽"称疾阖门不去"，亦未远飏；如此而已。且当时三国分立，如以"南征"为远去，岂非适敌国乎？

其 十

北里多奇舞，濮上有微音[①]。轻薄闲游《昭明文选》五臣注本作"游闲"。子，俯仰乍《昭明文选》五臣注本、《六朝诗集》作"作"。范陈本误作"怎"。浮沉。捷径从狭路，僶俛趋荒淫[②]。《艺文类聚》卷二十六无此二句。焉浦南金本作"不"。见王子乔，乘云翔邓林。独有延年术，可以《昭明文选》五臣注本、刘履本、范陈本、俞允文本、刘成德本、《六朝诗集》、陈沆本皆作"用"。慰我刘履本、范陈本、陈德文本、刘成德本、俞允文本、浦南金本作"吾"。心[③]。《昭明文选》第十六首。

【笺注】

①李善曰："《史记》曰：'纣使师涓作新声北里之舞。'《礼记》曰：'桑间、濮上之音，亡国之音也。'"按《史记·殷本纪》："帝纣于是使师涓作新淫声，北里之舞，靡靡之乐。"《史记·乐书》："而卫灵公之时，将之晋，至于濮水之上舍(《正义》引《括地志》云：在曹州离狐县界，即师延投处也)。夜半时，闻鼓琴声，问左右，皆对曰：'不闻'。乃召师涓曰：'吾闻鼓琴音，问左右，皆不闻。其状似鬼神。为我听而写之。'师涓曰：'诺！'因端坐援琴，听而写之。……即去之晋，见晋平公。平公置酒于施惠之台，酒酣，灵公曰：'今者来，闻新声，请奏之！'平公曰：'可！'即令师涓坐师旷旁援琴鼓之。未终，师旷抚而止之曰：'此亡国之声也，不可听！'平公曰：'何道出？'师旷曰：'师延所作也。与纣为靡靡之乐。武王伐纣，师延东走，自投濮水之中。故闻此声必于濮水之上。先闻此声者国削。'"俞允文曰："北里、濮上，皆纣都近地。"

②李善曰："汉司马迁书曰：从俗浮沉，与时俯仰。"僶，音泯，勉也。严粲曰："力所不勘，心所不欲而勉为之，谓之曰僶。"俛与勉同。《礼记·表记》注："俛焉，勤劳貌。"

③蒋师爚曰："王子乔有三：在《列仙传》者为周灵王太子，第五首所谓'自非王子晋，谁能常美好'也，已详善注。在《后汉书》者，河东人，显宗世

为业令，有神术，每朔望自诣朝，帝怪其来数，密令伺之，其至辄有双凫飞来，于是候凫至，举罗张之，但得双舄。后天下玉棺于堂前，乔寝其中，盖便立覆，葬于城东，土自成坟。或云此即古仙人王子乔。在《水经·泒水注》者，薄伐城有成汤冢，世谓之王子乔冢。永和元年冬腊后，有人着大冠、绛单衣，杖竹，立冢前，呼采薪孺子伊永昌曰：'我王子乔也。勿得取吾坟上树！'忽然不见。伊永昌，《蔡邕集·王子乔碑》作'伊秃'。此诗所云王子乔即王子晋，《远游》之王乔，《九叹》之王乔，《史记·封禅书》所谓正伯侨也。《索隐》：'裴秀《冀州记》："缑氏仙人庙者，昔有王乔，犍为武阳人，为柏人令，于此得仙。"'非王子乔也。洪补注误。"黄节引《楚辞》曰："譬若王乔之乘云兮，载赤云而陵太清。"李善引《山海经》曰："夸父与日竞逐而渴死，其杖化为邓林。"俞允文曰："《淮南子》注云：'今邓林之西，其地多山者是也。'"李善引《方言》曰："延，长也。"又引《诗》（《大雅·荡之什·烝民》）毛传曰："慰，安也。"

【集评】

李善曰："轻薄之辈，随俗浮沉，弃彼大道，好以狭路，不尊恬淡，竞赴荒淫，言可悲甚也。"又曰："子乔离俗以轻举，全性以保真，其人已远，故云焉见；其法不灭，故云可慰心。"

五臣张铣曰："代（世）人轻薄，逐势兴衰而从之。"吕向曰："捷径狭路非正道。"吕延济曰："籍见时代若此，但以全身为止，故美矣。"（按：冯惟讷注此句作"故托慕之"。）

刘履曰："俯仰、浮沉，趋时附势之态乍忽也。捷径，取便之私道。"又曰："言北里之舞，濮上之音，皆作于亡国，以寓魏国将亡之意。轻薄游子，竞趋荒淫，以比小人之阿附权奸，不知所止。当此之时，所见率皆如此，岂有若王子乔能超世绝俗，全身远害者哉！然其人已远，其法尚存，我虽未免罹乎世网，庶几托此得以外绝荣利，内保天真，有足慰我心耳。厥后嗣宗卒获令终者以此，亦可谓善处乱世者矣。"

邹思明曰："时值丧乱，但以全身为上，故于轻薄子则怒之，仙人则嘉之。”

陈沆以此首并其三、其八、其六、其六十六列为咏怀诗中，笺云：“五章皆刺当时党附权势者，一则曰：‘捷径从狭路，僶俛趋荒淫’，再则曰：‘李公悲东门，苏子狭三河’，三则曰：‘如何当路子，磬折忘所归’，四则曰：‘膏火自煎熬，多财为患害’，五则曰：‘悼彼桑林子，涕下自交流’，其意显矣。而自命则王乔邓林之驾，召平青陵之瓜，鉴黄鹄之失路，宁燕雀以卑栖。其志皭，其行芳，蝉蜕泥滓之中，高揖浮云之外，下视钟会、贾充辈，何足一吷哉！”

蒋师爚曰：“按《三国志·魏少帝芳纪》，何晏有‘放郑声而弗听’之奏，司马师废帝，撰太后令，亦云：‘不亲万机，日延倡优’，是必有闲游子导以荒淫歌舞者，故起便戒以亡国之音，又结出好吹笙之王子乔，其登仙亦何可遽信，只延年之术或有可采，荒淫则岂所以延年者！”

曾国藩曰：“陈沆谓此章讥党附司马者。愚谓前六句似讥邓飏、何晏之徒，后四句则自况之语，云虽不能避世高举，犹可全生远害耳。”

吴淇曰：“此即屈子所谓举世皆浊而我独清之意。第嗣宗至慎，口不臧否人物，故微婉其辞耳。闲游子当指当路子；人生乱时，苟非当路，安得闲游？彼轻薄之辈又何足挂齿哉？……然世人之荒淫固是促生之媒，而屈子之清醒亦非保身之道，此延年之术实获我心也。时事证之：如贾充之张水嬉以示夏统，盖闲游而趋荒淫也。岂知夏统乃乘云而翔邓林之子乔哉！”

方东树曰：“亦言爽之荒淫不可久长，却缓言之，言除非得仙术乃可耳。”

黄节引吴汝纶曰（按见《古诗钞》）：“后四句，倒语也。言生当乱世，独有求仙之一法，而仙人不可见也。此谓沉郁顿挫。”

黄侃曰：“奇舞、微音，世之所用解忧者也，而片刻暂欢，未足排终身之积惨。必有王乔之寿，邓林之游，然后至乐不乏于身，大患不婴其虑矣。”

黄节曰："蒋师爚说'王乔'四句盖从李善者。何焯曰：'"焉见"云云言轻薄闲游者不足以见之也。'(今按：原尚有'注非'二字，是不从李善说。)吴淇曰：'趋捷径狭路者，焉见千仞之上有乘云而翔者哉！'何焯之说与吴淇同。"

按：解此首者，似以蒋师爚说为近是。阮籍五言咏怀诗除此首外，凡用"王子晋"或"王子"者共四首。其四："自非王子晋，谁能长美好。"其二十二："王子好箫管，世世相追寻。"其五十五："王子一何好，猗靡相携持。"其六十五："王子十五年，游衍伊洛滨。"似皆借王子晋以指当时之少帝。其用"乔"者皆与"松"并举，凡四首：其五十："乘云招松乔，呼噏永矣哉。"其七十六："兹年在松乔，恍惚诚未央。"其八十："三山招松乔，万世谁与期。"其八十一："昔有神仙者，羡门及松乔。"则泛指神仙。独此首似两用其义，盖望少帝学王子乔延年之术而毋"僶俛趋荒淫"以自戕其生也。

其十一

湛湛长江水，上有枫陈德文本、程荣校刻本、范陈本、及朴本、顾本作风。黄节注本注："潘本作风。"树林。皋兰被径路，青骊逝骎骎①。远望令人悲，春气感我心②。三楚多秀士，朝云进荒淫③。朱《历代诗发》二集作风。华振芬芳，高蔡相追寻。一为黄雀哀，涕冯惟讷本、梅鼎祚本、张燮本、顾大文本、《汉魏诗乘》、《古诗类苑》、《诗隽类函》、陈沆本、《八代诗选》作泪。下谁能禁④！《昭明文选》第十七首。

【笺注】

①李善引《楚辞》(《招魂》)曰："湛湛江水兮上有枫。"王逸注："湛湛，水貌。枫，木名也。言湛湛江水，浸润枫木，使之茂盛；伤己不蒙君惠而身放弃，曾不若树木得其所也。"或曰："水旁林木中鸟兽所聚，不可居之也。"李善又引《楚辞》(《招魂》)曰："皋兰被径兮斯路渐。"王逸注：

“皋，泽也。被，覆也。径，路也。”李善又引(《招魂》)曰：“青骊结驷兮齐千乘。”王逸注：“纯黑为骊。”《尔雅·释畜》注：“周穆王八骏有盗骊。盗骊，窃骊也。窃，浅青色；骊，纯黑色。”《穆天子传》注：“盗骊，千里马。”李善引《诗》(《小雅·鹿鸣之什·四牡》)毛传曰：“骎骎，骤貌。”《玉篇》：“骎，马行疾貌。”五臣张铣曰：“青骊，马也。逝，去也。以喻去疾。”

②《楚辞·招魂》曰：“目极千里兮伤春心。”王逸注：“言湖泽薄平，春时草短，望见千里，令人愁思而伤心也。”五臣吕向曰：“望此则知春不留，人生非久，故感我心绪。”刘履曰：“春气感心，言春气发动，鸟兽孳尾之时，人心不能无感，《诗》言：‘有女怀春’，亦此意也。”

③李善引孟康《汉书注》曰：“旧名江陵为南楚、吴为东楚、彭城为西楚。”五臣李周翰曰：“三楚谓楚文王都郢、昭王都鄂、考烈王都寿春。”又曰：“秀士，谓秀茂之士，宋玉之流也。玉为《高唐赋》云：‘朝为行云，暮为行雨。’”

④黄节曰：“‘朱华振芬芳’殆犹《高唐赋》所云：‘榛林郁盛，苑华覆盖，绿叶紫裹，丹茎白蒂’也。《神女赋》：‘陈嘉辞而云对兮，吐芬芳其若兰。’”李善引《战国策》(楚策四)曰：“庄辛对曰：‘郢必危矣。王独不见夫黄雀俯啄白粒，仰栖茂树，鼓翅奋翼，自以为无患，与人无争也；不知夫公子王孙，左挟弹，右摄丸，以其颈为的，昼游乎茂树，夕调乎酸碱。夫黄雀其小者也，蔡圣侯因是已：南游乎高陂，北陵乎巫山，饮茹溪之流，食湘波之鱼，左视幼妾，右拥嬖女，与之驰骋乎高蔡之中，而不以国家为事；不知夫子发方受命乎宣王，系己以朱丝而见之也。蔡圣侯之事其小者也，君王之事因是已：左州侯，右夏侯，辇从鄢陵君与寿陵君，饭封禄之粟而载方府之金，与之驰骋乎云梦之中，而不以天下国家为事；而不知夫穰侯方受命乎秦王，填渑池之内，而投己渑塞之外。’襄王闻，颜色变，身体战栗，于是乃执圭授之为阳陵君。”李善曰：“禁，止也。”

【集评】

五臣李周翰曰：“讽荒淫之事进谏于君，言朝廷之士随风从流，无能如此。”刘良曰：“朱华喻荣盛。……言魏初荣盛，后如高蔡、黄雀之危，一念至此，泣涕不能禁止。”

黄节引刘履曰：“按《通鉴》：正元元年，魏主芳幸平乐观，大将军司马师以其荒淫无度，亵近倡优，乃废为齐王，迁之河内，群臣送者皆为流涕。嗣宗此诗，其亦哀齐王之废乎！盖不敢直陈游幸平乐之事，乃借楚地而言夫江水之上，草木春荣，其乘青骊驰骤而去，使人远望而悲念者，正以春气之能动人心也。彼三楚固多秀士如宋玉之流，但以‘朝云’荒淫之事导而进之，无有能匡辅之者，是其目前情赏虽如春华芬芳之可悦，至于一遭祸变，则终身悔之将何及哉！故以高蔡、黄雀之说终之，可谓明切矣。”

张凤翼纂注：“言蔡圣侯驰聘乎高蔡之中而不知其见系，故云‘相追寻’，言蹈其覆辙也。”

邹思明曰：“‘我心’以上，言感时而悲。下讥朝士随风从流，不能如宋玉、庄辛之讽谏。”

吴淇曰：“首二句兴起。皋兰比君子，被径路比处非其地，青骊比青春，‘逝骎骎’去之甚远，所以远望之而悲感。当世碌碌者勿论，即贤豪之士亦不肯引君当道，趁此明时明其政刑，而反进以荒淫，曾不一鉴覆辙，故为吟黄雀之诗，感高蔡之事，而悲伤无已时。”

黄节引何焯曰：“此篇以襄王比明帝，以蔡灵侯比曹爽。嗣宗，爽之故吏，痛府主见灭，王室将移也。”何焯又曰：“‘朱华’句谓私取先帝才人为伎乐，‘高蔡’句谓兄弟数出游也。”又曰：“此盖追叹明帝末路荒淫，朝无骨鲠之臣，遂启奸雄睥睨之心，驯致于亡国也。”

黄节引蒋师爚曰：“按《曹爽传》有南阳何晏、邓飏，沛国丁谧。晏乃进之孙，飏乃禹后。《后汉·何进传》：‘南阳宛人。’《邓禹传》：‘南阳新野人。’是皆楚士，皆进自爽。”

陈沆曰：“枫林、皋兰、秀士、朝云，同为楚产，故首以起兴。楚襄王比明帝，蔡灵侯比曹爽。朱华、芬芳谓私取才人为伎乐，高蔡追寻谓兄弟数出宴游。庄辛谏楚襄王,谓黄雀逍遥自得,而不知公子挟弹随其后,犹爽之不知为懿所图也。"

张琦曰:"此伤魏主芳以淫不能自振,致有黄雀之哀也。"

黄节引陈祚明曰:"此伤国无人焉,不能为君防害于未然,至祸已成而不可救也。"

方东树曰:"此借楚王之荒淫无道将亡,以比今日之曹爽,不知司马氏之同于穰侯,将以之调酸碱也。……三、四言乱象已成,而方驰骛为荒淫不已。……当春而悲,无时不悲矣。所悲为何?悲彼相与荒淫耳。'朱华'正说荒淫。'高蔡'二句,借楚事为证。……其事则如义门、姜坞所解,谓但指爽、懿,非谓明帝也。此诗全用《招魂》意,而公所处之时情事亦相准,盖自比灵均矣。"

王闿运曰:"'湛湛长江水,上有枫树林。皋兰被径路,青骊逝骎骎。'全取《离骚》词,愈丽愈悲,使人神移。"

黄侃曰:"祸福倚伏,理若循环。以三楚之广,秀士之多,乃以肆侈为心,荒淫是效,则其覆败可以预期。黄雀之哀,焉能自已耶!"

黄节曰:"何蒋二氏之说,陈沆、曾国藩从之,然未免事事附会。且解说'朱华'、'高蔡'二句尤无理。不如刘履说耳。"

按:曹爽事与庄辛对楚襄王所言蔡圣(灵)侯之事何其相类!司马懿俨然一"子发"也。据《三国志·曹爽传》:"南阳何晏、邓飏、李胜(后又出为荆州刺史)、沛国丁谧、东平毕轨咸有声名,进趣于时,明帝以其浮华,皆抑黜之,及爽秉政,乃复进叙,任为腹心。"又曰:"晏,何进孙也,……少以才秀知名。"何晏、邓飏、李胜,皆所谓三楚秀士也。《爽传》又云:"爽饮食车服,拟于乘舆,尚方珍玩,充牣其家,妻妾盈后庭,又私取先帝才人七八人,及将吏、师工、鼓吹、良家子女三十三人,皆以为伎乐。诈作诏书,发才人五十七人送邺台,使先帝婕妤教习为伎。擅取太乐乐器、武库禁兵,作窟室,绮疏四周,数与晏等会其中,饮酒作乐。"其荒淫可谓甚矣。《爽传》又云:"十年正月,车驾朝高平陵,爽兄弟皆从,宣王(司马懿)部勒兵马,先据武库,遂出屯洛水浮桥。……遂免爽兄弟,以侯还第。……于是收爽、羲、训、晏、飏、谧、轨、胜、范、当等,皆伏诛,夷三族。"此可谓"高蔡追寻"、"黄雀哀"也。以爽事与蔡圣侯事相比,不谓此诗为曹爽而发而不可得。此诗似当作于曹爽事败之后,故曰"一为黄雀哀"也。黄节谓何、蒋之说"事事附会",若果"事事"相类,则不得谓之"附会"矣。至谓何、蒋"解说'朱华'、'高蔡'二句尤无理","朱华"句似谓当其盛时,"高蔡"句谓爽兄弟数俱出游,不知其何谓"无理"也?刘履说谓指齐王芳被废事,与蔡圣侯事不类,盖不足取。

其十二

昔日冯惟讷约注本作者。繁华子,安陵与龙阳①。夭夭桃李花,灼灼有辉光。悦怿《艺文类聚》三十三、邹思明本、《文选旁注》作泽。若九春,磬折似秋霜②。流盼从陈沆本。《玉台新咏》作眄,他本皆作盼。按《说文》:"盼,恨视也。""眄,目偏合也。"《史记·邹阳传》有"按剑相眄"句。此二字于诗意皆不合。盼,据《玉篇》:"目黑白分明也。"《诗·卫风·硕人》:"巧笑倩兮,美目盼兮。"故以盼字为是。发姿媚,《玉台新咏》作"媚姿"。言笑吐芬芳。携手等欢爱,宿昔同衾从《玉台新咏》及《艺文类聚》。他本皆作衣。裳③。愿为双飞鸟,《艺文类聚》三十三无自此句起以下诸句。比翼共翱翔。丹青著明誓,永世《昭明文选》五臣注本作"千载"。不相忘④。《昭明文选》第四首。

【笺注】

①李善引《史记》:"华阳夫人姊说夫人曰:'不以繁华时树本。'"五臣吕延济曰:"繁华喻人美盛如春华之繁。"李善又引《说苑》(按见卷十三)曰:"安陵君缠得幸于楚共王,江乙谓缠曰:'吾闻以财事人者,财尽而交疏;以色事人者,华落而爱衰。子何以长幸无解于王乎?'共王猎江渚之野,野有火之起若云霓,兕从南方来,正触王左骖,善射者射之,兕

死车下。王谓缠曰：‘万岁后，子将谁与乐乎？’缠泣下沾襟，曰：‘大王万岁后，臣将殉。’于是共王乃封安陵缠于车下万三百户。故江乙善谋，安陵美知时。”按：《战国策·楚策一》：“江乙说于安陵君（鲍注：“名坛，楚之幸臣。按《魏纪》注，召陵有安陵，应属是。而《魏策》亦有同号者，别一人也。”吴师道正曰：“按《说苑》作安陵缠，《艺文类聚》同，坛、缠字有讹。……又按《元和姓纂》：‘安陵小国，后氏之。安陵缠，楚王妃。’则以为女子。”）曰：‘君无咫尺之地，骨肉之亲，处尊位，受厚禄，一国之众见君莫不敛衽而拜，抚委而服，何以也？’曰：‘王过举以色；不然，无以至此。’江乙曰：‘以财交者，财尽而交绝，以色交者，华落而爱渝。是以嬖色不避席，宠臣不避轩。今君擅楚国之势而无以自结于王，窃为君危之。’安陵君曰：‘然则奈何？’江乙曰：‘愿君必请从死，以身为殉，如是必长得重于楚国。’曰：‘谨受令。’三年而弗言。江乙复见曰：‘臣所为君道，至今未效，君不用臣之计，臣请不敢复见矣。’安陵君曰：‘不敢忘先生之言，未得间也。’于是楚王游于云梦，结驷千乘，旌旗蔽天，野火之起也若云霓，兕虎嗥之声若雷霆。有狂兕牂车依轮而至，王亲引弓而射，一发而殪。王抽旃旄而抑兕首，仰天而笑曰：‘乐矣，今日之游也！寡人万岁千秋之后，谁与乐此矣？’安陵君泣数行下而进曰：‘臣入则编席，出则陪乘，大王万岁千秋之后，显得以身试黄泉，蓐蝼蚁，又何如得此乐而乐之。’王大说，乃封坛为安陵君。君子闻之曰：‘江乙可谓善谋，安陵君可谓知时矣。’”《国策·魏策四》：（今按：李善注引此段未标《战国策》，与注安陵事引《说苑》曰云云相联而下，使人误以为此段亦出《说苑》。后来注家均沿善注，亦未觉察其误。）“龙阳君得十余鱼而涕下，王曰：‘有所不安乎？’对曰：‘无。’王曰：‘然则何为涕出？’对曰：‘臣始得鱼，甚喜。后得益多，而又欲弃前之所得也。今以臣凶恶而得为王拂枕席，今爵至人君，走人于庭，避人于涂。四海之内，其美人甚多矣，闻臣之得幸于王，必褰裳而趋王，臣亦曩之所得鱼也，亦将弃矣，安得无涕出乎？’王乃布令：‘敢言美人者族！’”

②李善引《毛诗·周南·桃夭》曰：“桃之夭夭，灼灼其华。”按《毛传》：

“桃,有华之盛者。夭夭,其室壮也。灼灼,华之盛也。”《诗·邶风·静女》:“说(悦)怿女美。”胡绍煐曰:“六臣本作悦泽。按此指安陵、龙阳言,谓容好润泽如九春也。怿与泽古字通,荀子《礼论》:‘悦豫婉泽。’注:‘泽,颜色润泽也。’即此义。《艺文类聚》引亦作泽,惟五臣作怿。按此可备一说。‘悦怿’似仍从《诗》‘悦怿女美’来。”张凤翼纂注:“悦泽,敷荣时也。磬折,催毁时也,言荣枯不齐也。”李善引《春秋元命苞》曰:“阳气数盛于三,故时别三月;阳数极于九,故三月一时九十日。”梁章钜《文选旁证》:“《五行大义·释名第一》引作:‘数成于三,故合于三月;阳极于九,故一时九十日也。’与此所引小异。”李善又引宋衷曰:“四时皆象此类,不唯春也。”按言九春者,春季为三个月,每一个月又为三旬也。磬折,见其八注。秋霜,谓态度严肃也。

③黄节引《广雅》曰:“发,开也。”《易·系辞上》:“同心之言,其臭如兰。”李善引宋玉《神女赋》曰:“陈嘉辞而云对,吐芬芳其若兰。”李善引《广雅》曰:“宿,夜也。”《广韵》:“素也。”又通作夙,早也。“昔”字亦有两义:一《诗·陈风·墓门》传:“昔,久也。”二《博雅》:“昔,夜也。”《玉篇》:“衾,大被也。”《说文》:“裳,下裙也。”

④李善曰:“建安中无名诗曰:‘中有双飞鸟,自名为鸳鸯。’”(按见无名氏《古诗为焦仲卿妻作》。)黄节引《尔雅·释地》曰:“南方有比翼鸟焉,不比不飞,谓之鹣鹣。”李善引《东观汉纪》:“光武诏曰:‘明设丹青之信,广开束手之路。’”按:以朱色涂物曰丹。《汉书·扬雄传》:“《解嘲》‘朱丹其毂’。”又《后汉书·吴祐传》:“杀青简以写经书。”注:“以火炙简令汗,取其青易书,复不蠹,谓之杀青。”丹青者,谓以丹书于帛,以刀刻于竹简,所以示信守也。

【集评】

李善曰:“以财助人者,财尽则交绝;以色助人者,色尽则爱弛,是以嬖女不弊席,嬖男不弊舆:安陵君所以悲鱼也。亦岂能丹青著誓,永代(世)不忘者哉!盖以俗衰教薄,方直道丧;携手笑言,代之所重者,乃足传之永代，非止耻会一时，故托二子以见其意。不在分桃断袖，爱嬖之欢，丹青不渝，故以方誓。”

五臣吕延济曰：“誓约如丹青分明，虽千载而不相忘也。言安陵、龙阳以色事楚魏之主，尚犹尽心如此；而晋文王蒙厚恩于魏，不能竭其股肱而将行篡夺，籍恨之甚，故以刺也。”

闵齐华曰：“此借二人以色事主，终始不渝，以刺君之不择人也。”

邹思明曰：“此诗以私昵方道义，凡事君交友皆期于贞固，率是类也。”

黄节引何焯曰：“此盖指贾充、钟会辈为贼臣用事者言之，谓尔斫丧公室，自诩佐命，不知行且自及也。”于光华《文选集评》又引何焯曰：“结交不以正，如刘放、孙资之属是也。此首全以反言取意。”

黄节又引蒋师爚曰：“何说本之善说，善说不如吕延济说为长。‘丹青著明誓’二句，以有不如二子者，故极赞二子。”

黄节又引陈沆曰：“‘丹青明誓’，指司马懿受魏文帝、明帝两世托孤寄命之重，不应背之。”（按：并参见其五十一陈沆笺。）

张琦曰：“似为依附司马氏而言。结，微寓开悟之意。”

陈祚明曰：“色衰则爱弛，财尽则交疏；国事日非，人怀异志矣。我则不然，永世不相忘也。所比愈下，使人不测。”

其十三

登高临四野，北望青山阿。松柏翳冈岑，飞鸟鸣相过[①]。感慨怀辛酸，陈沆本、张琦本作“酸辛”。怨毒常苦多[②]。李公悲东门，苏子狭三河[③]。求仁自得仁，岂复叹咨嗟[④]！《昭明文选》第六首。

【笺注】

①黄节引《尔雅·释地》：“牧外谓之野。”李善引应劭《风俗通》曰：“葬于郭北，北首，求诸幽之道。”又引仲长子《昌言》曰：“古之葬，植松柏梧桐

以识坟。"《古诗十九首》:"出郭门北望,但见丘与坟。"黄节引《尔雅·释地》:"大陵曰阿。"按李善注意谓"北望青山阿"所见者为陈死人之坟墓,因而引起感慨也。《楚辞·山鬼》:"若有人兮山之阿。"扬子《方言》:"翳,掩也。"注:"谓掩覆也。"《广韵》:"隐也、蔽也。"黄节引《尔雅·释山》:"山脊,冈。"注:"谓山长脊。"又:"山小而高岑。"

②黄节引《苍颉篇》:"怀,抱也。"辛,《说文》:"秋时万物成而孰,金刚味辛,辛痛即泣出。"《正字通》:"悲痛曰酸。"李善引《史记》:"太史公曰:怨毒之于人甚矣哉!"又引《广雅》:"毒,痛也。"

③李公,李斯也。"悲东门"见《乐论》注。苏子,苏秦也。沈约曰:"河南、河东、河北,秦之三川郡。古人呼水皆为河耳。苏子以两周之狭小,不足逞其志力,故去佩六国相印也。"李善引《汉书》:"东方朔曰:'汉兴,去三河之地,止灞浐以西。'"《敬斋古今注》:"阮籍《咏怀》云:'李公悲东门,苏子狭三河。'张铣曰:'苏秦本洛阳人,洛阳三川之地,则三河也。'沈约曰:'河南、河东、河北,秦之三川郡,古人举水皆曰河耳。'既又云:'驱马复来归,反顾望三河。'向曰:'晋文王河内人,故语称三河;是则河内、洛阳、河东、河南、河北皆得称之为三河也。取三川以释三河,毋乃疏乎!'按《史记》:'张仪曰:"下兵三川以临二周之郊。"又曰:"今三川周室,天下之市朝也。"'庄襄王元年初置三川郡,韦昭曰:'有河、洛、伊,故曰三川。'如史迁所记,韦昭所解,三川之与三河,大不相类。"《文选集释》:"李氏治曰:'是则河内、洛阳、河东、河南、河北皆得称之为三河,而沈约乃取三川以释三河,疏矣!'其意盖以三郡专属洛阳,且三川谓伊水、洛水并河为三,不得专指河耳。余谓伊、洛本皆入河,故休文据河为说。河内即河北,洛阳即河南,则以河南、河东、河北为三河,本无不合,惟不必单指洛阳一郡。李氏顾浑言之,未晰其数,又将以何者为三河乎?若五臣援及晋文王,殊觉附会。附案:《史记·货殖传》言三河正同。"《史记·苏秦列传》:"苏秦者,东周洛阳人也。……求说周显王,显王左右素习知苏秦,皆少之,弗信。乃西至秦……弗用。乃东至赵……奉阳君弗说之,去游燕……于是资苏秦车马金帛以至赵……乃饰车百乘、黄金千镒、白璧百双、锦绣千纯以约诸

侯……于是六国纵合而并力焉，苏秦为纵约长，并相六国。……苏秦喟然叹曰：‘……且使我有洛阳负郭田二顷，吾岂能佩六国相印乎？’……其后齐大夫多与苏秦争宠者而使人刺苏秦……苏秦既死……”

④李善引《论语·述而》：“子贡曰：‘伯夷、叔齐何人也？’子曰：‘古之圣人也。’曰：‘怨乎？’曰：‘求仁而得仁，又何怨。’”曾国藩曰：“‘求仁得仁’犹云求祸得祸，苏李之诛死，自取之耳。”咨，叹声。《玉篇》：“嗟，叹也。”《集韵》：“一曰痛惜也。”

【集评】

沈约曰：“云二子（李公、苏子）岂不知进趋之近祸败哉？常以交利货赊祸，故冒而行之，所谓求仁得仁也。松柏冈岑，丘墓所在也。古有皆死之义，莫有免者焉。达者安小大之涯，各遂分内之乐，委天任（黄侃引作顺）命，以至于俱为一丘之土，夫何异哉！故因北望山阿而发此句，明徂谢之理虽同，夭逝之途则异也。感慨之来，诚逝者所不免；至于颠沛逆天，怨毒求生，苏子、李斯张本也。”

五臣张铣曰：“言二子岂不知趋势利以近祸败也；为而犯之者，亦犹求仁得仁，谁复为之嗟矣。籍登高望见丘坟松柏而怀李公、苏子，以为世人不知止足，后必悔恨，有如此者。”

蒋师爚引何焯曰：“此言人皆有死。若苟求富贵者，其卒亦贻五刑、车裂之悔，何如求仁得仁若夷、齐者为得其所乎！”何焯又曰：“王经之母知斯义矣。‘求仁得仁’借言祸福相倚，自取之也。其为李斯、苏秦之续者，彼实见利忘祸，趋死之不暇，吾又何叹哉！”

黄节引陈沆曰：“三河谓周。苏秦狭周室而不说，以比权门之士卑王室为不足图也。然李斯、苏秦志图富贵而卒贻东门之悔，车裂之殃，岂如求仁得仁者杀身无怨哉！以松柏山冈起兴，见自古皆有死也。钟会何如诸葛诞？成济距若毌丘俭？”

张琦曰：“此承上章而自明其志。李斯叛胡苏而阿二世，苏子狭三河而说六国，皆为富贵所役而终不得其死，则何如求仁得仁之无所怨咨哉？"

吴淇曰："此诗亦为晋将代魏而作。'登高临野'见四野萧条，已有天气棱棱之意。……'青山阿'者，取'仁者乐山'之义，预于冷灰中伏'仁'字一线，且暗指为夷、齐之西山也。……'求仁得仁'分明是指伯夷，然却不明点，此亦嗣宗立言之慎也，故止用李公、苏子虚虚夹出。然必取材于李公、苏子者，李相秦，苏相六国，天下富贵，均被两人分享已极；而李之罪尤在辅暴秦，故快其末后一报，曰'悲东门'。苏之罪尤在弃弱周，故诛其起初一念，曰'狭三河'。总之，借以刺当日之扶晋忘魏者。"

陈祚明曰："人知苏子之狭周以为不足说者，图富贵耳。而不知得志如李斯，亦有东门之叹也。且夫求仁得仁，人各有志耳，岂以富贵！"

王闿运曰："'求仁自得仁，岂复叹咨嗟'即'求而得之'之意。言爽等无知，以自取祸。"

黄节曰："'怨毒苦多'指李公、苏子也。'求仁得仁'就夷、齐说，沈约以为亦指李、苏，曾国藩曰：'犹云求祸得祸'，恐非阮意。"

其十四

开秋肇从《太平御览》卷九百四十九。他本或作兆。凉气，蟋蟀鸣闵齐华本作出。床帷。感物怀殷忧，悄悄《太平御览》作"悄然"。令心《太平御览》作先。闵齐华本、邹思明本作人。悲①。多言焉范陈本作安。所闵齐华本作得。告，繁辞将诉谁②！微风吹罗袂，明月耀《昭明文选》五臣注本、《竹庄诗话》、顾本作曜。清晖。张凤翼本、邹思明本作辉。晨鸡鸣范陈本作对。高树，命驾起旋归。《昭明文选》第七首。

【笺注】

①李善曰："开秋，秋初开也。"《后汉书·冯衍传》注："开、发，皆始也。"

又《吕氏春秋》有《开春论·开春篇》。《尔雅·释诂》:“肇,始也。”李善引《四子讲德论》:“蟋蟀候秋吟。”《尔雅·释训》:“殷殷,忧也。”《说文》:“悄,慢也。”李善引《毛诗》曰:“忧心悄悄,愠于群小。”

②“多言焉所告,繁辞将诉谁”语意重复。沈约曰:“重言之,犹云:‘怀哉,怀哉!’”

【集评】

五臣吕向曰:“《诗》(《豳风·七月》)云:‘十月蟋蟀,入我床下。’今言初秋始凉已鸣床帷者,伤时政迫促。”李周翰曰:“感物,感时政也。”吕延济曰:“微风,喻魏将灭,教令微也。明月,喻晋王为专权臣也。鸡,知时者;言我亦知时如此,将命驾归于山林,隐居而避此乱代。”

闵齐华曰:“蟋蟀至十月入床下,初秋时已鸣床帷,伤时变之急也。”

王夫之曰:“以追光蹑景之笔,写通天尽人之怀,是诗家正法眼藏。钟嵘‘源出小雅’之评,真鉴别也。”

蒋师爚引何焯曰:“首联言典午以臣逼君,阴盛而阳微也。”师爚曰:“此说凿得无当。若以开秋为阴盛之时,岂鸡鸣为日升之颂耶?”

黄节引蒋师爚曰:“此盖(为景帝从事中郎时)自公休沐之作,故结以‘晨’,‘起旋归’。”

黄节引吴淇曰:“古之劳人,多托兴于蟋蟀,蟋蟀感时而鸣,人又感蟋蟀之鸣而悲。然蟋蟀乃无情之物,有何悲忧可告欤?(即有所忧,将诉谁人欤?)奈何叨叨然若人之多言,絮絮然若人之繁辞欤?按《月令》:‘孟秋,蟋蟀在壁’,故《豳风》:‘十月蟋蟀,入我床下。’此诗‘开秋兆凉气’,乃七月也。‘蟋蟀鸣床帷’则是先时而鸣(喻世之将乱也)。鸡本司晨,明月之夜多早鸣(以‘晨鸡’句紧承‘明月’句之下),则是未晨而鸣。‘起’而‘命驾’,所谓见机而作也。”

王闿运曰："'开秋兆凉气，蟋蟀鸣床帷。感物怀殷忧，悄悄令心悲。'此引疾告去之辞。'微风吹罗袂，明月耀清晖。晨鸡鸣高树，命驾起旋归。'清凉悲壮，音节响亮。"

黄侃曰："凡可以言语宣达者，非诚忧也。至于无所告诉，则其思苦矣。归欤！归欤！岂有淹留之意哉！"

按：吴淇之说似甚辩。然谓"晨鸡"句紧承"明月"句，乃解为先时而鸣。若了解为此系长夜中两段时间，先是"明月耀清晖"，继而"晨鸡鸣高树"，则所解无所附着矣。

其十五

昔年十四五，志尚好陈沆本作在。书诗。《艺文类聚》二十六，梅鼎祚本、臧懋循本、薛本、顾本、张燮本、张溥本、《诗隽类函》、《梁氏旁证》本均作"诗书"。按作"诗书"较顺，惟"书"字于本首不协韵而"诗"字协韵。胡绍煐云："按此与下期、思韵，诗书二字宜乙转，六臣本不误。"被褐怀珠玉，颜闵相与期①。开轩《昭明文选》五臣本作都。胡绍煐曰："六臣本作'开轩'，校云：'五臣作都。'孙氏志祖曰：'开都误，刘良谓"出于都外"，乃强解耳。'绍煐案：沈约注开轩四野作开轩，此后人依五臣改为都耳。"临四野，登高有《昭明文选》李善注本，《艺文类聚》二十六、范陈本、臧懋循本、冯惟讷本、顾本、张溥本、何焯本、陈沆本作望。所思。丘墓蔽山冈，万代《诗隽类函》作世。《艺文类聚》二十六、冯惟讷本、《六朝诗集》注："一作世。"曾国藩《十八家诗钞》作"薰莸"。同一时。千秋万《昭明文选》五臣注本、《竹庄诗话》作百。岁后，荣名安所之②！《艺文类聚》二十六无以下诸句。乃悟《昭明文选》李善注本作误。《文选旁证》："六臣本误作悟。按沈注亦作误，故何、陈校本皆作误。"今按：误于义不合。今本沈约注亦作悟。羡门子，噭噭注云："别本作嗷嗷，恐误。"按：仍当作噭噭为是，说见注㊂。今范陈本、梅鼎祚本、冯惟讷本、臧懋循本、及朴本、张燮本、张溥本、《六朝诗集》、《诗隽类函》、顾本、陈沆本作令。自嗤③。《昭明文选》李善注本、冯惟讷本、刘成德本、何焯本作蚩。《昭明文选》第十一首。

【笺注】

①黄节引《论语》(为政第二)曰:“吾十有五而志于学。”李善曰:“杜预《左氏传注》(襄公二十七年)曰:‘尚,上之耳。’”李善引《孔子家语》(三恕第九):“子路问于孔子曰:‘有人于此,被褐而怀玉,何如?’子曰:‘国无道,隐之可也;国有道,则衮冕而执玉。’”注:“褐,毛布衣。”黄节又引《老子》(知难第七十)曰:“是以圣人被褐怀玉。”按河上注:“被褐者,薄外;怀玉者,厚内。匿宝藏怀,不以示人也。”李善引《论语》(雍也第六、先进第十一)曰:“有颜回者好学,不幸短命死矣。”《史记·仲尼弟子列传》:“颜回者,鲁人也,字子渊。”《论语·雍也》第六:“子曰:‘贤哉回也!一箪食,一瓢饮,在陋巷,人不堪其忧,回也不改其乐;贤哉回也!’”李善引《史记》(仲尼弟子列传)曰:“闵损,字子骞。”黄节引《论语·先进》:“德行,颜渊、闵子骞、冉伯牛、仲弓……子曰:‘回也非助我者也,于吾言无所不说。’子曰:‘孝哉闵子骞!人不间于其父母兄弟之言。’”

②五臣刘良曰:“开都,谓出于都外。”李善引《方言》曰:“冢大者为丘。”何焯引王逸《楚辞注》曰:“小曰邱。”黄节引蒋师爚曰:“《毛诗传》:‘山脊曰冈。’‘丘墓蔽山冈’者,冈高于丘,故墓蔽于冈。”按:蒋说误。如丘墓为山冈所蔽,则“开轩临四野”而望,不见丘墓,即不能引起下文。诗言山冈为丘墓所蔽,极言丘墓之多,犹《古诗十九首》所云:“出郭门北望,但见丘与坟。”固而有“万代(或薰莸)同一时”之慨。李善引薛综《西京赋注》曰:“安,焉也。”

③李善曰:“《史记》曰:‘始皇使燕人卢生求羡门。’”按《史记·封禅书》:“于是始皇遂东游海上,行礼祠名山大川及百神,求仙人羡门之属……而宋无忌、正伯侨、充尚、羡门子高最后皆燕人。”索隐:“羡门高者,秦始皇使卢生求羡门子高是也。”又《孝武本纪》:“(栾)大言曰:‘臣尝往来海中,见安期、羡门之属。’”索隐:“韦昭云:‘羡门,古仙人。’应劭曰:‘名子高。’”黄节引蒋师爚曰:“《庄子·至乐篇》:‘噭噭然随而哭之。’刘向《九叹》:‘声噭噭以寂寥兮。’注:‘噭噭,呼声。思为屈原讼理冤结。’”按:今本《楚辞》刘向《九叹·惜实》篇作“声嗷嗷以寂寥兮。”注:

"噭噭,呼声也。……噭一作嗷。"补曰:"嗷嗷,众口愁也。嗷,呼也。"《楚辞》似本作嗷嗷,王逸注亦应作"嗷嗷,呼声也。"《说文》:"嗷,吼也。一曰:嗷,呼也。"又:"敷,众口愁也。"此诗以作嗷之义为长。嗤,《玉篇》:"笑貌。"李善曰:"嗤与蚩同。"

【集评】

沈约曰:"自我以前,徂谢者非一,虽或税驾参差,同为今日之一丘,夫岂异哉!故云'万代同一时'也。若夫将被褐怀玉,托好诗书,开轩四野,升高永望,志事不同,徂没理一,追悟羡门之轻举,方自笑耳。"

五臣刘良曰:"所思谓思古之君子。"吕向曰:"乃悟羡门轻举而我负累,所以自嗤,安可嗤笑也。籍忧于生理,故以此词自释。"

孙梅《选诗丛话》引《对床夜话》(卷五):"阮嗣宗咏怀云:'开轩临四野,登高望所思。丘墓蔽山冈,万代同一时。千秋万岁后,荣名安所之',可谓混贵贱之殊,尽死生之变。(老杜云:'王侯与蝼蚁,同尽随邱墟'则简而妙矣。)"

黄节引何焯曰:"此言少时敦悦书诗,期追颜闵,及见世不可为,乃蔑礼法以自废;志在逃死,何暇顾身后荣名哉?因悟安期、羡门亦遭暴秦之代,诡托于神仙耳。"

黄节又引蒋师爚曰:"'嗷嗷今自嗤',刘琨《答卢谌书》所谓'破涕为笑,排终身之积惨'者也。(蒋于引何焯说后按:'开轩临野'以下,何蔑礼法之有。)此诗主脑,在揭出万代一时,等无有二。勘不破者,珠玉怀于被褐,有嗷嗷而已耳;勘得破者,荣名悟于丘墓,嗷嗷者适足以自嗤耳。起昔收今,转瞬之感,便作万代叹。"

孙志祖《文选李注补正》:补曰:"赵云:'作二层看:嗷嗷一读,用庄子"人自偃于大壑而我嗷嗷然随而哭之,以为不通乎命,故止也"意。'"

陈沆以此首与其二十八、其三十二、其六十、其三十三、其七十八共六首并列为咏怀诗下，云："此则遁世自修之思也。人谓嗣宗放达士耳；今寻八十余章，曾无孟浪之言，虚无之溺，乏虚无则惟形忠愤，无孟浪则志在韬精，抑且少年颜、冉之志，终身薄冰之思，忽忽上达，悼下学之无闻，烈烈贬褒，戒方人之不暇，此岂粗豪浅露、轶荡形骸者哉？固知泉从中涌，惟恃渊沉，沟自外侵，立形盈涸，千载之下有获解者，犹旦暮也。"

黄节引吴淇曰："古诗多托言游仙，唐诗兼入佛理，要之不是说仙佛，正是借仙佛以喻圣贤之道。此诗'颜闵'下着一'期'字是正意，'羡门'下着一'悟'字，只是借羡门点醒耳。"

方东树曰："……此与'儒者通六艺'皆言己非不知儒术，特以遭乱世，不得已有托而逃于放达以保性命，非真慕神仙也。"

曾国藩曰："此首自述其抗志自修，遁世无闷。'千秋'二句言荣名不足称，'羡门'二句言长生不足慕，但求有自修之实耳。"

王闿运曰："'开轩临四野，登高望所思，丘墓蔽山冈，万代同一时'，一'蔽'字使人气索。"

吴汝纶曰："末二句，既知后世之名不足介意，乃悟长生之可贵，众人嗷嗷，徒自取笑耳。"

黄节曰："'所思'，谓颜闵之徒，然已成丘墓矣，虽有千秋荣名，不如羡门之长生耳；是以今日自嗤，嗤昔年之志于颜闵也。"

按：黄节谓"所思，谓颜闵之徒"，盖沿五臣刘良谓："所思，谓思古之君子。"然阮籍于此登高四望，所见者既非颜闵之徒之丘墓，无缘思之。"所思"者应属下，即万代同为丘墓，荣名亦无所之。昔年之所志如彼，今日之所见如此，因"思"而"悟"，唯有羡门之徒乃能免于丘墓，固而嗷嗷然今始自笑昔年所志之可笑耳。

其十六

《六朝诗集》下连"俦物终始殊"为一首。

徘徊蓬《艺文类聚》卷二十六作逢。池上，还顾《文选旁证》引《述征记》作"回首"。

望大梁[①]。绿《艺文类聚》二十六、及朴本作渌。水扬洪波，旷野莽《艺文类聚》二十六作漭。浦南金本作何。茫茫[②]。走兽交横驰，《艺文类聚》二十六无自此句起以下诸句。飞鸟相《昭明文选》五臣注本作自。随闻人倓《古诗笺》作追。翔。是时鹑火中，日月正相望[③]。协平。朔风厉严寒，阴气下微霜。羁《昭明文选》作羇。旅无俦《昭明文选》作畴。匹，俯仰怀哀伤[④]。小人计其功，君子道其常。岂惜终憔悴，咏言著斯章[⑤]。《昭明文选》第十二首。

【笺注】

①李善曰："《汉书·地理志》注曰：'河南开封县东北有蓬池，或曰即宋蓬泽也。'又曰：'陈留郡有浚仪县，故大梁也。'"梁章钜《文选旁证》："《太平寰宇记》一：'蓬池在尉氏县北五里。'《述征记》：'大梁西南九十里尉氏有蓬池。阮籍诗"徘徊逢池上，回首望大梁"即此。'"朱珔曰："'徘徊蓬池上，还顾望大梁'注引《汉书·地理志》曰……案：蓬，今《汉·志》作逢。《左传·哀十四年》传宋皇野语向巢：'逢泽有介麇焉。'注亦引《汉·志》而疑之。（今按：注云：'《地理志》言逢泽在荥阳开封县东北，远，疑非。'）正义云：'土地名。宋都睢阳，计去开封四百余里，非轻行可到，故杜以远疑。非也，盖于宋都之旁别有近地名逢泽耳。'是孔氏谓宋之逢泽与开封异处，但无所指实。《方舆纪要》则谓：'逢即遇也。泽即宋之孟诸。'然传语明是地名，若作遇字训，殊为不辞。岂皇野本以诳巢，不妨举其稍远地欤？故《汉·志》亦不质言也。至开封之逢泽，固属可据。《汉书》注：'臣瓒曰："《汲郡古文》：'梁惠王发逢忌之薮以赐民。'"今浚仪有逢陂，忌泽是也。'"《水经·渠水篇注》云：'渠水东南流，迳开封县，睢、涣二水出焉，右则新沟注之。其水出逢池，池上承役水于苑陵县，别为鲁沟水，东南流迳开封县故城北。……鲁沟南际富城东南，入百尺陂，即古之逢泽也。徐广《史记音义》曰"秦孝公会诸侯于泽，汲郡纂《竹书纪年》作逢泽"，斯其处也。故应德琏《西征赋》曰："鸾衡东指，弭节逢泽。"'《纪要》又云：'蓬泽在今开封府东南二十四里。《唐·志》：蓬泽亦为蓬池，天宝六载改为福陂

池，禁渔采。开封废县在府南五十里。又城西北有浚仪废县，汉县治此，属陈留郡。晋《地道记》：卫仪邑也。’苏林曰：‘故大梁城，梁惠王始都此。’又案：江氏考实云：‘今开封府祥符县南有蓬池，与尉氏县接壤，亦去宋远，疑非古蓬泽。盖宋有大泽曰孟猪，在虞城县北十里，周回五十里，与商邱县相接，蓬泽或孟猪旁别名。汉初，梁孝王大治宫室，筑东苑方三百里，则孟猪、逢泽皆在其中。孟猪屡被黄河冲决，故迹已失，则逢泽亦不可考。求之于开封，非也。’余谓江说近是。文十年：‘遂道以由孟诸’，是其地广阔可田猎，皇野语当即指此。而阮诗于蓬池望大梁，乃浚仪之蓬池，与《左传》所称异矣。盖逢者大也，逢泽犹大泽耳，与‘蓬池’二字本别；后人因泽与池可通称，而逢与蓬又音近通用，遂致混两地而一之，不知其相去实远也。”胡绍煐曰：“按蓬当作逢。《汉·志》、《左·哀十四年传》、《水经注》并作逢。后人以为蓬莱，故改加草。”《水经》：“渠（水）出荥阳北河，东南过中牟县之北，又东至浚仪县。”注：“又东迳大梁城南，本春秋之阳武高阳乡也，于战国为大梁。……后魏惠王自安邑徙都之，故曰梁耳。……汉文帝封孝王于梁，孝王以土地下涇，东都睢阳，又改曰梁，自是置县，以大梁城广，居其东城夷门之东。”

②《小尔雅》：“莽，大也。”李善引毛苌曰：“茫茫，广大貌。”五臣吕延济曰：“洪，大也。莽，草也。”

③李善引《左氏传》（僖公五年）曰：“晋侯伐虢，公问卜偃曰：‘吾其济乎？’对曰：‘克之。其九月、十月之交乎？鹑火中，必是时也。’”又引杜预曰：“夏之九月、十月也。”《埤雅》：“南方朱鸟七宿，曰鹑首、鹑火、鹑尾。”《吕氏春秋·孟冬纪》高注：“七星，南方宿，周之分野。”李善又引《尚书》（召诰）曰：“惟二月既望。”又引孔安国曰：“十五日，日月相望也。”

④李善引《尔雅》（释训）曰：“朔，北方也。”厉，《尔雅·释诂》：“作也。”李善引杜预《左氏传注》曰：“厉，猛也。”又引曾子曰：“阴气腾则凝为霜。”羁，马络也。《易·旅卦》疏：“旅者，客寄之名，羁旅之称，失其本居而寄他方，谓之为旅。”俦，等类也。《礼·缁衣》注：“匹谓知识朋

友。"《楚辞》王逸注:"二人为匹,四人为俦。"

⑤李善引孙卿子(天论篇)曰:"天有常道,君子有常体。君子道其常,小人计其功。"注:"道,言也。君子常造次必守其道,小人则计一时之功利,因物而迁之也。"《书·舜典》:"歌永言。"传:"谓歌咏其义以长其言也。"《说文》:"乐竟为一章。"

【集评】

沈约曰:"'岂惜终憔悴',盖由不应憔悴而致憔悴,君子失其道也。小人计其功而通,君子道其常而塞,故至憔悴也。因乎眺望多怀,兼以羁旅无匹而发此咏。"

五臣张铣曰:"喻乱时人怖惧。"吕向曰:"'寒霜'喻奸臣之害人者。"李周翰曰:"代多邪佞,故我无俦匹而俯仰悲伤。"又曰:"小人计邪谄以为功,君子守正直以为常。"刘良曰:"言我守以正道,岂能憔悴及己,所以著此诗以自明也。"

邹思明曰:"'绿水'四句,喻时事之昏乱。'朔风'二句,喻奸邪之害人。"

蒋师爚引何焯曰:"大梁,战国时魏(所都),借以指王室。"黄节引何焯曰:"嘉平六年二月,司马师杀李丰、夏侯泰初等;三月,废皇后张氏;九月甲戌,遂废帝为齐王,乃十九日,是月丙辰朔;十月庚寅,立高贵乡公,乃初六日,是月乙酉朔。师既定谋而后白于太后,则正日月相望之时。末言:后之诵者考是岁月,所以咏怀者见矣。初,齐王芳正始元年改用夏正,则此诗正指司马师废齐王事也。"

蒋师爚曰:"嗣宗劝进笺无一语劝受禅,是甘憔悴而道其常者。"

张琦曰:"大梁者魏也。鹑火中,晋灭虞(虢)之月,亦寓禅代之意。"

吴淇曰:"鹑火中云云,则是八月也。日月相望,是十五日也。八月十五是人世所谓中秋佳节,在他人方且呼朋携友,多少欢赏;而蓬池之上，但见朔风云云，羁旅之人又无同伴相慰，安得不俯仰伤怀哉！”

黄节引陈祚明曰：“风霜以喻式微，羁旅以喻寡党，此计功者所必去，而君臣分义乃经常不可失也。公如仅以高旷为怀而甘心憔悴者，何必曰‘君子道其常’乎？”

方东树曰：“……此春秋笔法。废芳，九月事也，故用卜偃语为切，即成必用十五日也。……大梁，借指王家也。小人计功二语用荀子……公盖曰：君臣常道终不可改，惜小人逆节贪功，为乱臣贼子，己岂能与彼为匹哉！”又曰（见《昭昧詹言》卷三阮公）：“姚姜坞先生讥何（焯）不当一一举其事以实之。夫诵其诗则必知其人，论其世，求通其词，求通其志，于读阮诗尤切。何（焯）所解惟‘徘徊蓬池上’及‘王子年十五’二篇为实。‘王子’篇未喻。‘蓬池’篇何解得之，但其后半犹言之未明耳。窃谓‘无俦匹’指贾充、钟会辈诸小人助恶篡弑贪功，而怀忠良执乎纲常大义之君子无人，故己哀伤憔悴而著此诗。托言‘羁旅’，延年所谓隐避也。此全从屈子‘惜诵’‘同极异路’，《九辩》‘羁旅而无友生’等意出。大约不深解《离骚》不足以读阮诗。”

王闿运曰：“‘绿水扬洪波，旷野莽茫茫’写平原积水，凭眺苍茫，非幽秀山川之景。‘是时鹑火中，日月正相望。朔风厉严寒，阴气下微霜。’日月相望言君臣争权；朔风、寒霜伏于盛暑，见常道之立而知其不终；‘朔风’二句直入盘郁，哀外镇之无人也，所谓‘时无英雄，使竖子成名’。‘小人计其功，君子道其常。岂惜终憔悴，咏言著斯章’。言己为司马吏独守正自将也。”

其十七

独坐空堂上，谁可与欢范陈本、刘成德本作亲。者！出《昭明文选》五臣注本作山。门临永路，不见行北京图书馆藏《六朝诗钞》本作有。车马[①]。登高望九州，悠悠分旷野[②]。孤鸟西北飞，离兽东南下。日暮思亲友，晤言用自写③。《昭明文选》第十五首。

【笺注】

①永,《说文》:"水长也。"《尔雅·释诂》:"远也。遐也。"

②黄节引《尔雅·释地》:"冀、豫、雝、荆、扬、襄、徐、幽、营,九州。"黄节曰:"《毛诗》(《鄘风·载驰》)'驱马悠悠。'传:'悠悠,远貌。'"

③离,《玉篇》:"散也。"《广韵》:"去也。"李善曰:"《毛诗》(《陈风·东门之池》)曰:'彼美淑姬,可与晤言。'郑玄曰:'晤,对也。'"五臣李周翰曰:"晤,明也。"《诗·陈风·东门之池》传:"晤,遇也。"又:"言,道也。"黄节曰:"《毛诗》(《邶风·泉水》)曰:'以写我忧。'传:'写,除也。'"《诗·小雅·蓼萧》:"既见君子,我心写兮。"笺:"我心写者,舒其情意无留恨也。"

【集评】

五臣张铣曰:"言人皆趋权臣,无与己同。"吕向曰:"孤鸟、离兽,东南、西北,喻下人值乱代皆分散而去。"李周翰曰:"言思志者与舒写其心。"黄节引朱嘉徵曰:"伤乱世也。《诗》(《小雅·节南山之什·正月》)曰:'念我独兮,忧心京京。'"王夫之曰:"自然愤世疾俗,人必有此感,无事句求字测也。"

于光华引何焯曰:"天地愈旷,而我心愈悲,广武之叹,穷途之哭,都是此意。"黄节引何焯曰:"(《诗·小雅·节南山》)'我瞻四方,蹙蹙靡所骋',途穷能无恸也!"又:"'孤鸟(西北飞),离兽(东南下)',喻逃死吴、蜀者。"蒋师爚曰:"西北未可云蜀。"

黄节引吴淇曰:"'吾非斯人之徒与而谁与!'乃'独坐空堂上'无人焉,'出门临永路'无人焉,'登高望九州'无人焉;所见惟鸟飞、兽下耳;其写无人处可谓尽情。"吴淇又曰:"……鸟本上,故曰西北,兽本下,故曰东南。东、南、西、北,处处皆然,竟何所逃于天地之间哉!其写乱之意,至矣!至矣!"

陈沆曰："悼国无人也。'我瞻四方，蹙蹙靡所骋'，途穷能无恸乎？孤鸟、离兽，士不西走蜀则南走吴耳。思亲友以写晤言，其孙楚、叔夜之伦耶？"

吴汝纶曰："末四句，望古遥集也。"

黄侃曰："居则忽若有亡，出则无所与适，登高远望，忧思弥繁，所以思亲友之晤言，感离群之已久也。"

其十八

悬车在西南，羲和将欲倾。流光耀《六朝诗集》、《历代诗家》二集作曜。四海，忽忽至夕《六朝诗集》作日。冥。朝为咸池晖，蒙冯惟讷本、及朴本、张燮本作蒙。汜受其荣①。岂知冯惟讷本、梅鼎祚本、及朴本、《六朝诗集》、张燮本作放。张溥本注："集作放。"黄侃谓"岂知当作岂如，字之误也。"穷达士，一死不再浦南金本作复。生。视彼桃李花，谁能久荧荧②！君子在何许？叹息冯惟讷本注："集作'旷也'。"臧懋循本注："一作'旷世'。"未浦南金本作不。合并。瞻仰景山松，可以慰吾情③。

【笺注】

①黄节引《淮南子》(天文训)曰："日浴于咸池，是谓晨明。……至于悲泉，爰息其马，是谓悬车。"《礼记·祭仪》"日出于东"，在西南，日将入也。闻人倓引《广雅》曰："日御曰羲和。"黄节曰："《山海经·大荒南经》有羲和之国，有女子名曰羲和，浴日于甘渊。"又引屈原《天问》："出自汤谷，次于蒙汜。"王逸注："汜，水涯也。日出东方汤谷之中，暮入西极蒙水之涯。蒙，一作蒙。"《淮南子·天文训》："沦于蒙谷，是谓定昏。日入于虞渊之汜，曙于蒙谷之浦。"

②《小尔雅》："视，比也。"《玉篇》："看也。"闻人倓引《玉篇》曰："荧荧，犹灼灼也。"

③《诗·郑风·风雨》："既见君子，云胡不夷。……既见君子，云胡不

瘳。……既见君子，云胡不喜。”小序：“思君子也。乱世则思君子，不改其度焉。”《唐风·扬之水》：“既见君子，云何不乐。……既见君子，云何其忧。”小序：“刺晋昭公也。昭公分国以封沃，沃盛强，昭公微弱，国人将叛而归沃焉。”《秦风·晨风》：“未见君子，忧心钦钦。如何如何？忘我实多。……未见君子，忧心靡乐。如何如何？忘我实多。……未见君子，忧心如醉。如何如何？忘我实多。”小序：“刺康公也。忘穆公之业，始弃其贤臣焉。”《小雅·甫田之什·頍弁》：“未见君子，忧心弈弈；既见君子，庶几说怿。……未见君子，忧心怲怲；既见君子，庶几有臧。”小序：“诸公刺幽王也。暴戾无亲，不能宴乐同姓，亲睦九族，孤危将亡，故作是诗也。”《鱼藻之什·隰桑》：“既见君子，其乐如何。……既见君子，云何不乐。……既见君子，德音孔胶。”小序：“刺幽王也。小人在位，君子在野，思见君子，尽心以事之。”《周南·汝坟》：“未见君子，惄如调饥……。既见君子，不我遐弃。”小序：“道化行也。文王之化行乎汝坟之国，妇人能闵其君子，犹勉之以正也。”《召南·草虫》：“未见君子，忧心忡忡；亦既见止，亦既觏止，我心则降。”小序：“大夫妻能以礼自防也。”《秦风·车邻》：“未见君子，寺人之令。……既见君子，并坐鼓瑟；今者不乐，逝者其耋。……既见君子，并坐鼓簧；今者不乐，逝者其亡。”小序：“美秦仲也。秦仲始大，有车马、礼乐、侍御之好焉。”《小雅·鹿鸣之什·出车》：“未见君子，忧心忡忡；既见君子，我心则降。”小序：“劳还率也。”《南有嘉鱼之什·蓼萧》：“既见君子，我心写兮。……既见君子，为龙为光。……既见君子，孔燕岂弟。……既见君子，鞗革忡忡，和鸾雝雝，万福攸同。”小序：“泽及四海也。”《青青者莪》：“既见君子，乐且有仪。……既见君子，我心则喜。……既见君子，锡我百朋。既见君子，我心则休。”小序：“乐育材也。君子能长育人材，则天下喜乐之矣。”并，平声。《说文》：“相从也。”《广韵》：“合也。”《玉篇》：“同也。”刘履曰：“景山，商所都之山。《诗》（《商颂·殷武》）云：‘涉彼景山，松柏丸丸。’”《尔雅·释诂》：“景，大也。”《诗·鄘风·定之方中》：“景山与京。”传：“景山，大山。”

【集评】

刘履曰："此篇因悼世变思以自保之诗。言魏之将亡，犹日之将倾也。何盛衰若此其速！国祚且移于晋矣。士既不幸遭此末运，虽视彼一时之富贵不能久存；然未遇贤君能拨乱而返正，徒为叹息。惟瞻仰高山之松得以坚贞自持，可用慰吾情耳。"

黄节引陈祚明曰："日光西倾，大命遒尽，余光所被，岂乏沾荣。夏侯之属云亡，殉国之人不见，睹丸丸之松，犹幸宗社之未改耳。"（按陈祚明说并未见其如所引。）

黄节引朱嘉徵曰："闵时之将变，而冀得桢干之臣焉。经天之日，悬车垂曜；景山之松，经霜不凋，君子人欤！"

黄节引蒋师爚曰："夕冥、朝晖，易代之象也。君子在何许乎？慨当世大概无人。"

曾国藩曰："首四句言魏祚将倾；'朝为'二句指前此被魏之恩泽者；'岂知'六句言夏侯之属云亡，殉国之人未见，'景山松'似有所指之人，可信其劲节不改者。"

黄节引吴汝纶曰："末四句，望古遥集。"

黄节引王闿运曰："穷、达字并用始妙。达固不久，穷亦何失？"

黄侃曰："日入当再旦，岂若人死不复生。春华有零落，正类含灵有殂谢。先民已往，吾谁与归！必寿如凌云之松，乃足以慰吾志也。穷达虽殊，终尽则一，故相挈为言。"

按：蒋师爚解"穷达士"，以达士为达德之士，谓达士为此而穷，殊属不辞，显为曲解。王闿运谓穷达二字并用，自属当然。黄侃先生亦如此读，解诗意甚明。惟认"岂知"当作"岂如"，殊无所据。其实亦不必改，"岂知"者，谓他人那知如此云云也。"君子在何许"句思君子，此君子必有所指，但不必如曾国藩所谓实指某人。兹于注中列举《诗经》中"既见君子"与"未见君子"诸句，按小序分作两类，第一类为刺时政者，第二类为美教化者，阮诗之意，似可于第一类中求之。

其十九

西陈德文本作四，王夫之本作北。方有佳人，皎若白日光①。《太平御览》卷八百十六作“皎皎如日光”。被服纤罗衣，左右佩范陈本作被。此从《太平御览》及俞允文本。他本作珮。双璜②。《艺文类聚》十八作珰。《艺文》止引以上四句。修容耀姿美，顺风振微芳。登高眺范陈本作眄。所思，举袂当《汉魏诗纪》、《六朝诗集》、及朴本作向。张溥本注：“当，集作向。”朝阳③。寄颜云霄间，挥袖凌虚翔。飘飖俞允文本作“飘飘”。恍惚中，流眄范陈本、陈德文本《诗纪》、《汉魏诗纪》、及朴本、刘成德本、刘履本作盻。黄节注本作盼，不知何据，但注引曹植《洛神赋》仍作“流眄”。顾我傍。悦怿未交接，晤言用感伤④。

【笺注】

①刘履引《毛诗》(《北风·简兮》)曰：“云谁之思？西方美人。”黄节曰：“《韩诗》曰：‘东方之日。’薛君章句曰：‘诗人所说者，颜色美若东方之日。’”闻人倓引宋玉《神女赋》曰：“其始来也，耀乎若白日初出照屋梁。”

②黄节引古诗(十九首)曰：“燕赵多佳人，美者颜如玉。被服罗裳衣，当户理清曲。”曹植《闺情诗》：“有美一人，被服纤罗。”纤，《说文》：“细也。”罗，《类篇》：“帛也。”《楚辞·招魂》：“被文服纤。”注：“纤谓罗縠也。”黄节曰：“《周礼·天官·玉府》(佩玉)郑注：‘诗传曰：“佩玉上有葱衡，下有双璜衡牙。”’贾疏曰：‘衡，横也，谓葱玉为横梁。双璜衡牙者，谓以组悬于衡之两头，两组之末皆有半璧曰璜，故曰双璜。’左右双璜者，谓衡之两头悬于组末之璜也。”

③修，饰也。修容，修饰之容。黄节引宋玉《高唐赋》曰：“扬袂障日而望所思。”又引《左传》(文公四年)：“宁武子曰：‘昔诸侯朝正于王，王宴乐之，于是乎赋《湛露》，则天子当阳，诸侯用命也。’”

④黄节引曹植《洛神赋》曰：“动朱唇以徐言，陈交接之大纲。”“悦怿”，见其十二注。“晤言”，见其十七注。

【集评】

黄节引刘履曰:"'西方佳人'托言圣贤如西周之王者,犹《诗》言'云谁之思,西方美人'之意。此嗣宗思见圣贤之君而不可得,中心切至,若有其人于云霄间恍惚顾盼而未获际遇,故特为之感伤焉。"

黄节又引朱嘉徵曰:"'西方有佳人'伤明王不作,世莫宗余也。"

黄节又引蒋师爚曰:"'当阳'是何等事!佳人则臣道也。乘登高之眺,遂举袂以当之乎!'寄颜云霄','凌虚'、'恍惚',亦终幻而已矣。是所悦于未之交接者,守己之正;及晤而以为感伤者,慨世之变也。"(当日司马文王求婚于籍,公以醉拒之,则未交接之证矣。)

黄节又引方东树曰:"此亦屈子《九歌》之意。"(然屈子指君,此不知其何指。若为怀古圣贤,则为泛言,然不可确知矣。)

黄节又引吴汝纶曰:"此首似言司马之于己也。末言:彼虽悦怿,吾则未与交接也;然吾终有身世之感伤。盖兴亡之感,忧生之嗟,无时可忘耳。"

黄侃曰:"西方佳人,陵云远上,虽相悦怿,而不复晤言。故知爱憎之情自我,离合之理自天,命之所无奈何,虽神仙竟何裨于感伤也!"

黄节曰:"朱(嘉徵)、方(东树)之说与刘(履)合。然寻'举袂当朝阳'及'流盼顾我傍'句意,则非无所指者。《晋书》本传云:'曹爽辅政,召为参军,籍因以疾辞,屏于田里。岁余而爽诛,时人服其远识。'或即诗中所指欤?"

其二十

杨朱泣歧路,范陈本、陈沆本作"路歧"。墨子悲染王夫之本作素。丝[①]。揖让长离别,飘飖难与期[②]。岂徒燕婉情,存亡诚有之。萧索人所悲,祸衅范陈本、《诗纪》、诗所、陈沆本作兴。《六朝诗集》作败。不可辞[③]。赵女媚中山,谦柔愈见欺[④]。嗟嗟涂上士,何用自保持[⑤]?

【笺注】

①《列子·说符》:"杨子之邻人亡羊,既率其党,又请杨子之竖追之。杨子曰:'嘻!亡一羊,何追者之众?'邻人曰:'多歧路。'既反,问:'获羊乎?'曰:'亡之矣。'曰:'奚亡之?'曰:'歧路之中又有歧焉,吾不知所之,所以反也。'杨子戚然变容,不言者移时,不笑者竟日。"闻人倓引《一统志》曰:"扬歧山在平乡县,世传杨朱泣歧之所。"《墨子·所染第三》:"子墨子言:见染丝者而叹曰:'染于苍则苍,染于黄则黄,所入者变,其色亦变,五入必而已则为五色矣;故染不可不慎也。非独染丝然也,国亦有染。'"

②蒋师爚引《孔丛子》曰:"舜、禹揖让,汤武用师,非相诡,乃时也。"黄节引《毛诗》(《豳风·鸱鸮》)曰:"予室翘翘,风雨所漂摇。"按传:"鸱鸮,周公救乱也。成王未知周公之志,公乃为诗以遗之,名之曰鸱鸮焉。"

③黄节引《毛诗》(《邶风·新台》)曰:"燕婉之求。"毛传曰:"燕,安。婉,顺也。"闻人倓引《左传》疏:"衅是间隙之名。"

④黄节据蒋师爚引《吕氏春秋》过略。《吕氏春秋·孝行览·长攻篇》:"襄子上于夏屋,以望代俗,(注:俗,土也。)其乐甚美。于是襄子曰:'先君必以此教之也。'及归,虑所以取代,乃先善之。代君好色;请以其夷姊妻之,代君许诺。夷姊已往,所以善代者乃万故。(注:善,好也。襄子所好于代者非一事,故言万故也。)马郡宜马,代君以善马奉襄子。(注:传曰:'冀州之北土,马之所生也。'故谓代为马郡也。)襄子谒于代君而请觞之,马郡尽。(注:襄子告代君而请饮之酒,醉而杀之,尽取其国也,故曰马郡尽也。)先令舞者置兵其羽中数百人。先具大金斗,代君至,酒酣,反斗而击之,一成(注:一成,一下也。)脑涂地,舞者操兵以斗,尽杀其从者。"黄节又引蒋师爚曰:"按代在中山之北,嗣宗误以代为中山。"姚范《援鹑堂笔记》卷四十:"按赵女句用《荀子》,见《富国篇》。"按《荀子·富国篇》:"譬之是犹使处女婴宝珠,佩宝玉,负戴黄金而遇中山之盗也,虽为之逢蒙视,屈腰桡腘,君卢屋妾,犹将不足以免也。(注:言处女如善射者之视物,谓微眇不敢正视也;既微视,又屈腰桡腘,言俯伏畏惧之甚也;君庐屋妾,谓处女自称是君

庐屋之妾，犹言箕帚妾，卑下之辞也：虽畏惧卑辞如此，犹不免劫夺之也。）”作处女不作赵女。《战国策》：“司马喜谓赵王曰：‘赵，佳丽之所也。’”

⑤《尔雅·释诂》：“路旅，涂也。”“涂上士”，犹言当涂之士，亦如其八之“当路子”，参见其八注。又《三国志·魏志·文帝纪》裴松之注引《献帝传》载禅代众事：“太史丞许芝条魏代汉见谶纬于魏王曰：‘……故白马令李云上事曰：“许昌气见于当涂高，当涂高者，当昌于许。’当涂高者，魏也。象魏者，两观阙是也。当道而高大者魏，魏当代汉……”用，以也。

【集评】

黄节引陈祚明曰：“‘歧路’、‘素丝’，无定者也。以比患至之无方，典午窃国深心，初似诚谨，信用之后，权在难除。丧亡孰不悲？而祸衅已成，乌能自保？将述‘赵女’之喻，先以‘燕婉’比之‘存亡’，旨显然矣。寻省用意，深切如斯，辞愈曲而情愈明。”

蒋师爚曰：“揖让已无可昌托矣；况在鸱鸟之诗所悲于飘摇者而能与之期乎？祸衅之来，虽习为献媚何益。在朝之臣，皆涂人自处而已。”

陈沆说参见其二及其五十一注所引。

黄节引曾国藩曰：“歧路、染丝，言变迁不定，翻覆无常，不特燕婉之情如此，即国之存亡亦不过一反覆间耳。”

方东树曰：“此盖专指曹马之交危机如此，而爽不悟，权一失即灭亡也。”

黄节又引王闿运曰：“歧路、染丝，言化于不觉。”

黄侃曰：“物情万变，故有揖让之顷已见乖离，燕婉之情既然，存亡之理何异。人虽恶祸，而祸不可辞；人虽好荣，而荣不可恃。以谦柔而见欺，则谦柔非取媚之道也。世事纷纭，将何道以自处哉？”

黄节曰：“嗣宗诗意盖谓：后王取天下，借口于汤武用师，揖让之风相离既远，后王处此，求如《诗》所云‘予室漂摇’者亦不可期矣。彼篡夺之人貌为安顺，让王徒见其燕婉之情而已，岂知诚有关于国之存亡乎？故天下萧然，人皆知祸衅不可免。不见赵之图代，以谦柔而行其欺，亦犹篡夺者以燕婉而亡人国也。杀夺之机，自上启之，可叹如此，世途之人何以自保乎？”

其二十一

于《诗所》注：“一作放。”心怀寸阴，羲阳《诗所》注：“一作和。”将欲冥①。挥袂抚陈祚明、张琦选本作无。长剑，仰观浮云征。《诗所》注：“一作行。”云间有玄鹤，《诗纪》等据京师曹氏所藏唐人书阮步兵诗卷作“立鹄”。抗志《诗所》注：“一作首。”扬哀声。一飞冲青天，旷《诗所》注：“一作强。”世不再鸣②。岂《诗所》注：“一作安。”与鹑鷃游，《诗所》注：“一作徒。”连《诗所》注：“一作翩。”翩戏中庭③。

【笺注】

①《诗纪》、《汉魏诗纪》、梅鼎祚本、《古诗类苑》、及朴本、张燮本、张溥本注：“京师曹氏家藏《阮步兵诗》一卷，唐人所书，与世所传多异，有数十首集中所无。（此句张溥本无。）其一篇云：‘放心怀寸阴……’（除“玄鹤”作“立鹄”外，其余与《诗所》注字悉同，不再录。）”《诗纪》注：“又云：‘嘉木下成蹊……’（见其三）诗语皆类此，非后人作明矣。孔宗翰亦有本与此多同。”（下注“失名”二字）黄节引《淮南子》曰：“圣人不贵尺之璧而重寸之阴，时难得而易失也。”“羲阳”见其十八注。冥，《玉篇》：“夜也。”《汉书·五行志》注：“暗也。”

②黄节引《诗》（《召南·小星》）毛传：“征，行也。”又引《本草》曰：“鹤有玄有黄。玄则鹤之老者。”又引《史记·滑稽列传》曰：“齐威王之时，淳于髡说曰：‘国中有大鸟，三年不飞又不鸣，何也？’王曰：‘此鸟不飞则已，一飞冲天；不鸣则已，一鸣惊人。’”

③鹑，鸟名。陆佃云：“俗言此鸟性淳，飞必附草，行不越草，遇草横前即

旋行避之,故曰鶉。”鷃,鸟名。《广韵》:“小雀也。”《禽经》:“雉上有丈,鷃上有尺。雉上飞能丈,故计丈,鷃上飞能尺。”《庄子·逍遥游》:“有鸟焉,其名曰鹏,背若泰山,翼若垂天之云,抟扶摇羊角而上者九万里,绝云气,负青天,然后图南且适南冥也。斥鴳笑之曰:‘彼且奚适也?我腾跃而上,不过数仞而下,翱翔蓬蒿之间,此亦飞之至也;而彼且奚适也?’”

【集评】

吕阳曰:“‘怀寸阴’,忧魏祚之将倾也。‘挥袂’、‘抚剑’盖用虞公以剑指日使不落之意。‘浮云’所以蔽日,‘观浮云’者,言虽欲指日而不可得。‘玄鹤’,嗣宗自况。‘旷世不再鸣’,以见决无仕晋之心也。”

黄节引陈祚明曰:“‘旷世不再鸣’,志何决也!所谓‘正缘笃感’耳。使曰不然,玄鹤之飞,何以在羲和欲冥之候?”

黄节引蒋师爚曰:“就日之诚,无奈羲阳欲冥矣。抗志扬声,乃独有一元伯。《三国志·陈泰传》‘字元伯’注:‘干宝《晋纪》:“高贵乡公之杀,司马文王曰:‘元伯!卿何以处我?’对曰:‘诛贾充以谢天下。’文王曰:‘更思其次。’泰曰:‘泰言惟有进于此,不知其次。’”《魏氏春秋》:“大将军曰:‘卿更思其他。’泰曰:‘岂可使泰复有后言。’遂呕血薨。”’”

黄节引沉德潜曰:“‘旷世不再鸣’犹王仲淹献策后不复再出也。”

张琦曰:“‘利剑不在掌’,抗志沉冥而已。”

黄侃曰:“欲与玄鹤为俦,远举云中,不欲与凡禽同居局趣之地也。”

其二十二

夏后乘灵舆,夸父为邓林①。存亡从变化,日月有浮沉。凤凰鸣参差,伶伦发其音②。王子好箫管,世世相追寻③。谁言《文选》江淹拟阮步兵咏怀诗、李善注引阮诗作云。不可见，《六朝诗集》作知。李善注引阮诗作知。青鸟明我心④。

【笺注】

①黄节引《山海经·海外西经》曰："大乐之野，夏后启乘两龙，云盖三层。"闻人倓引《括地图》："禹平天下，会诸侯，夏德之盛，二龙降之，禹使范成光御之行域外，既周而还。"又引《抱朴子》："禹乘二龙，郭支为御。"夸父、邓林见其十注。又《列子·汤问》："夸父不量力，欲追日影，逐之于隅谷之际，渴欲得饮，赴饮河渭，河渭不足，将走北饮大泽，未至，遂渴而死，弃其杖，尸膏肉所浸，生邓林。邓林弥广数千里焉。"

②闻人倓引《汉书·律历志》："黄帝使泠伦自大夏之西、昆仑之阴，取竹之嶰谷，（生其窍厚均者，断两节间而吹之。）以为黄钟之宫，制十二筒，以听凤之鸣。（其雄鸣为六，雌鸣亦六，比黄钟之宫而皆可以生之，是为律本。）"黄节引《楚辞·九歌》王逸注曰："参差，洞箫也。"

③王子见其四注。

④黄节引《山海经·海内北经》曰："西王母梯几而戴胜杖，其南有三青鸟，为西王母取食。"

【集评】

黄节引朱嘉徵曰："明微也。至人若存若亡，与时变化，而迹不自留焉。"

黄节引陈祚明曰："直欲明心，可知非第神仙之慕。元亮读《山海经》诗，辄仿此而作。"

方东树曰："言世人逐无涯而无成，不如学仙。然未必如此之泛浅。竟不解其指意所在。末二句语意亦未详。"

黄侃曰："物理变化，难以悉推，日月之明犹有沉没，是以受形变（禀）气，必无久存。伶伦、王子往矣，后世追寻，亦畴得而见之哉？青鸟明心，徒虚想耳。”

黄节曰：“《山海经·海外北经》郭璞传曰：‘夸父者，盖神人之名也。其能及日景而倾河渭，（岂以走饮哉？寄用于走饮耳。）几乎不疾而速，不行而至者矣。此以一体为万殊，存亡代谢，寄邓林而遁形，恶得寻其灵化哉？’郭传可通嗣宗诗意。阮意盖谓：道无有存，无有亡，所谓存亡者，其迹之变化耳；犹日月之有浮沉也。是故以浮沉为日月之存亡，非也；夏后灵舆、夸父邓林，譬道之迹耳，迹往而不可见，遂谓道亡而不可见，皆非也。且道之为道，视之不足见，听之不足闻；而人之闻道，乃更不如乐。若伶伦之凤音，王子之箫管，乐之能感悦人心者，老子所谓‘乐与饵，过客止’也，世乃追寻不已，此非道也。道岂不可见乎？人不能见西王母而青鸟见之，人不能见道而我见之矣，故曰‘青鸟明我心’。王弼注《老子》曰：‘欲言存耶，则不见其形；欲言亡耶，万物以之生。’亦可通嗣宗诗意。”

黄节又曰：“嗣宗《清思赋》云：‘邓林殪于大泽兮，钦邳悲于瑶岸。’又曰：‘载云舆之奄霭兮，乘夏后之两龙。’又曰：‘余以为形之可见，非色之美；音之可闻，非声之善。’《大人先生传》云：‘今吾乃飘飖于天地之外，与造化为友，朝飧汤谷，夕饮西海，将变化迁易，与道周始。’又曰：‘亡不为夭，存不为寿……唯兹若然，故能长久。今汝造音以乱声，作色以诡形，……故循滞而不振。’又曰：‘日没不周方，月出丹渊中。阳精蔽不见，阴光火为雄。’其所云云，皆以道言，可与此诗相表里。”

其二十三

东南有射山，汾水出其阳①。六龙服气舆，云盖切范陈本、陈德文本、刘成德本作覆。《诗纪》、《诗所》、张溥本注：“一作覆。”天纲②。仙者四五人，逍遥晏兰房。寝息一纯和，呼噏成露霜③。沐浴丹渊中，照从陈祚明本，他本作照。耀从张琦本，他本作耀。日月光。岂安通《诗纪》、《汉魏诗纪》、梅鼎祚本、

《诗所》、及朴本、张燮本、张溥本注："集作迩。"灵台，游漾去高翔④。

【笺注】

①黄节引《庄子·逍遥游篇》曰："藐姑射之山有神人居焉，不食五谷，吸风饮露，乘云气，御飞龙而游乎四海之外。"蒋师爚曰："《庄子·逍遥游篇》：'尧往见四子藐姑射之山，汾水之阳，窅然丧其天下焉。'陆氏《音义》曰：'汾水出太原。今庄生寓言也。'李云：'山在北海中。'《尚书》：'至于岳阳。'孔传：'山南曰阳。'《穀梁传·僖二十八年》：'水北曰阳。'汾水之阳，在水北也。'东南有射山，汾水出其阳'，言在山南也。《水经》：'汾水出太原汾阳县北。'太原在西北，不在东南。（陆云庄生寓言，以汾水句连上读，此诗用来亦连上读，起说射山在东南，则无所不寓言矣。）"闻人倓曰："《志胜》：'山西平阳府临汾县北有姑射山，山有姑射、莲花二洞。'"

②黄节引《易》（《乾卦·上九象》）曰："时乘六龙以御天。"又引《楚辞·九歌》王逸注曰："服，饰也。"按《易·系辞》："服牛乘马。"疏："服用其牛。"《诗·郑风》："两服上襄。"笺："两服，中央夹辕者。"又《管子·权修篇》注："服，行也。"此诗中之"服"当如《易》、《诗》及《管子》之"服"字义，不当作饰字解。黄节又引《易》（《说卦》）曰："坤……为大舆。"闻人倓曰："气舆，以气为舆，盖寓言也。"云盖，见其二十二注。又曰："切，近也。"又引《汉书·律历志》曰："玉衡杓建，天之纲也。"又引《晋书·天文志》："北落西南一星曰天纲。注：'武帐。'"《庄子·天运》："天其运乎？地其处乎？日月其争于所乎？孰主张是？孰维纲是？"按切字不当作覆。言切，则气舆在天纲之下而切近之；若言覆，则气舆反在天纲之上矣。

③《礼记·月令》注："晏，安也。"闻人倓引宋玉《风赋》："乃更于兰房芝室止臣其中。"黄节引《大戴礼》卢辩注曰："一，皆也。"《广韵》："噏同吸。"《说文》："呼，内息也。""吸，外息也。"

④黄节曰："岂误恺。《毛诗》：'令德寿岂'，又：'岂弟君子'，皆从恺省。

《说文》恺在岂部曰‘康也’，在心部曰‘乐也’。”《诗·小雅·鱼藻》：“岂乐饮酒。”陆德明《释文》：“岂本亦作恺。”黄节引《庄子》(《庚桑楚》)曰：“灵台者，有持而不知其所持而不可持者也。”又引郭注曰：“灵台者，心也。”游漾，闻人倓曰：“盖承‘沐浴丹渊’之文而言之也。”

【集评】

闻人倓引陈祚明曰：“通灵台是人间所筑以奉仙真者，以比爵位，不能安之。”陈祚明又曰：“此亦读《山海经》之流。”

蒋师爚曰：“此以仙家养生之术寓言也。‘仙者四五人’，谓司马氏及其用事之人。‘呼噏成露霜’，谓威福作于顷刻。‘沐渊’、‘耀光’谓司马引病之日谋诛曹爽也。‘恺安灵台’、去而‘高翔’，四五人者皆攀龙鳞矣。”

张琦曰：“以况竹林诸贤也。”

黄节引方东树曰：“托言仙人不游人间，以比己不甘逐流俗。”

黄侃曰：“神仙之人既离尘俗，自当遨游八纮之外，虽通灵之台彼且不以为安，明避世之宜远也。”

黄节曰：“嗣宗《大人先生传》云‘大人微而弗复兮，扬云气而上陈。召太幽之玉女兮，接上王之美人。’亦诗所谓‘仙者四五人’也。蒋师爚谓指司马氏及其用事之人，殊凿。”

按：梁王筠亦有“东南射山”诗云：“还丹改容质，握髓驻流年。口含千里雾，掌流五色烟。琼浆泛金鼎，瑶池溉玉田。倏息整龙驾，相遇凤台前。”言神仙炼丹之事，与阮诗意近。蒋师爚说无据，最谬。

其二十四

殷忧令志结，怵惕常若惊①。逍遥未终晏，朱晖范陈本、陈德文本、《诗纪》、《汉魏诗纪》、梅鼎祚本、《诗所》、《诗隽类函》、《汉魏诗乘》、《古诗类苑》、张燮本、及朴本、刘成德本作华。《历朝二十五家诗录》作阳。蒋师爚本作明。忽蒋师爚本作已。西倾。蟋蟀在户牖，蟪蛄号《诗纪》、张燮本、及朴本作鸣。中庭[②]。心肠未相好，谁云亮我情。愿为云间鸟，千里一哀鸣。三芝延瀛洲，远游可长生[③]。

【笺注】

①《诗·邶风·北门》："忧心殷殷。"殷，《尔雅·释训》："忧也。"《礼记》曾子问疏："殷，大也。"蒋师爚引《韩诗》："耿耿不寐，如有殷忧。"按《诗·邶风·柏舟》作"隐忧"。黄节引《诗》(《曹风·鸤鸠》)曰："心如结兮。"又引疏："如物之裹结。"怵，《说文》："恐也。"惕，《说文》："敬也。"

②黄节引《楚辞·离骚》王逸注曰："晏，晚也。"晖，《说文》："光也。"蟋蟀，见其十四注。蟪蛄，虫名。《本草》："一名天蝼，一名仙姑。穴土而居，有短翅，四足。雄者善鸣而飞；雌者腹大羽小，不善飞翔。吸风食土，喜就灯光。"黄节引《庄子》(《逍遥游》)曰："蟪蛄不知春秋。"并引郭注曰："春生者夏死，夏生者秋死。(故不知春秋)"

③黄节引《尔雅·释诂》曰："亮，信也。"其二十一首云："云间有玄鹤，抗志扬哀声。"芝，《说文》："神草也。"黄节引《楚辞·九歌》云："采三秀兮于山间，石磊磊兮葛蔓蔓。"并引王逸注："三秀，谓芝草也。言已欲服芝草，以延年寿。"孙兴公《天台山赋》："五芝含秀而晨敷。"李善注引《神农本草经》："赤芝，一名丹芝；黄芝，一名金芝；白芝，一名玉芝；黑芝，一名玄芝；紫芝，一名木芝。"蒋师爚引《抱朴子·仙药》篇："参成芝，扣之如金石之音；木渠芝，如莲花，九茎一丛；建木芝，如缨地，实如鸾鸟；此三芝，服之白日升天。"延，《尔雅·释诂》："陈也。"黄节引《史记·秦始皇本纪》曰："海中有三神山，名曰：蓬莱、方丈、瀛洲。"《汉书·郊祀志》云："此三神山者，其传在勃海中，去人不远，盖曾有至者。诸仙人及不死之药皆在焉。"黄节引《楚辞·远游》曰："仍羽人于丹丘兮，留不死之旧乡。"

【集评】

黄节引陈祚明曰:“非亲近之臣,抱忧国之心,情深而主未知,忠切而上不谅,悲夫!”

黄节引蒋师爚曰:“朱明西倾,喻国运将终也。惊忧之情,岂可喻之蟋蟀、蟪蛄之辈;为云间鸟,其鸣也哀矣。哀密迩者蹈于祸,宜乎为远游也。”

黄侃曰:“年岁易晏,好会易离,所以令人殷忧莫解,怵惕若惊;惟有长生可无此患也。”

其二十五

拔剑临白刃,安能相中伤。但畏工言子,称我三江旁①。飞泉流玉山,悬车栖扶桑。日月径千里,素风发微霜②。势《汉魏诗纪》、《诗所》作世。张溥本注:“势,外编作世。”路有范陈本、陈德文本、《诗纪》、梅鼎祚本、张燮本、及朴本、刘成德本作自。穷达,咨嗟安可长③。

【笺注】

①临,犹及也。白刃,谓剑锋磨至白色,言其利也。中,《周礼·冬官·考工记》注:“谓穿之也。”黄节曰:“《说文》:‘工,巧饰也。’工言,犹巧言也。”称,言也。蒋师爚引《书》(《禹贡》):“(扬州)三江既入,震泽底定。”孔传:“自彭蠡江分为三,入震泽,遂为北江而入海。”郑云:“三江分于彭蠡为三孔,东入海,其意言‘三江既入’,入海耳,不入震泽也。”

②黄节引《山海经·西山经》曰:“玉山是西王母所居。”蒋师爚引《山海经》此条注:“《穆天子传》谓之群玉之山。”悬车,见其十八注。《淮南子·天文训》:“曰……拂于扶桑,是谓天明。”黄节引《离骚》王逸注曰:“扶桑,日所拂木也。”蒋师爚引洪兴祖补注:“东方朔《十洲记》:‘扶桑在碧海中。叶似桑树,长数千丈,大二千围,两两同根,更相依倚,是名扶桑。’”

③黄节引《白虎通》曰："日月径千里。径，直也。"《集韵》："径，行过也。"悬车栖于扶桑，是日由西复东，故"日月径千里"之"径"当作"行过"解。黄节曰："《初学记》曰：'秋节曰素节。'素风即秋风也。"

④咨嗟，见其十三注。

【集评】

黄节引蒋师爚曰："《阮籍传》：'籍本有济世志。属魏晋之际，天下多故，由是不与世事，……钟会数以时事问之，欲因其可否而致之罪。'《三国志·钟会传》：'毌丘俭作乱，大将军司马景王东征，会从，典知密事。'故云：'但畏工言子，称我三江旁。'"

黄侃曰："剑刃相伤，不如言语之憯。物理相循，荣必有悴；纵复多势，岂能久长。所以深戒骄盈，安其恬淡者也。"

黄节曰："《夬·上六》：'无号。终有凶。'《象》曰：'无号之凶，终不可长也。'王弼注曰：'处夬之极，小人在上，君子道长，众所共弃，故非号咷所能延也。'此诗'咨嗟安可长'，盖言君子处穷时，每惧小人为害，日月易逝，非咨嗟所能延也。咨嗟，即指本诗作意。飞泉、悬车，皆喻日月运行之速。玉山在西，扶桑在东，故曰'径千里'也。此因钟会而作，以慨年岁之迈，咨嗟无益耳。蒋师爚谓刺钟会而比以霜之杀物，有甚于刃，恐非。"

按：《钟会传》又云："寿春之破，会谋居多，亲待日隆，……迁司隶校尉，虽在外司，时政损益，当世与夺，无不综典。嵇康等见诛，皆会谋也。"对此等人，阮籍之心怀猜惧而嗟叹其不长，亦固其所。

其二十六

朝登洪坡颠，日夕望西山①。荆棘被原野，群鸟飞翩翩。鸾鹥时《诗纪》、《汉魏诗纪》、《诗所》、梅鼎祚本、张燮本、及朴本、张溥本注："时一作特。"栖宿，性命有自然②。建范陈本、陈德文本、刘成德本作庭。木谁能近，射干范陈本、陈复文本、刘成德本作"秋月"。复婵娟③。不见林中葛，延蔓相勾连④。

【笺注】

①黄节引《孟子》赵岐注曰："洪，大也。"闻人倓引《说文》曰："坡，阪也。"黄节并引徐锴注曰："谓陂陀也。"又："颠，顶也。"西山，见其三注。

②荆棘见其三注。黄节引《山海经·西山经》曰："女床之山有鸟焉，其状如翟而五采文，名曰鸾鸟。"又引《楚辞·九章》曰："鸾鸟、凤皇日以远兮。"并引王逸注曰："鸾凤，俊鸟也。君有圣德则来，无德则去。"又引《楚辞·惜誓》曰："独不见夫鸾凤之高翔兮，乃集太皇之野。循四极而回周兮，见圣德而后下。"又引挚虞《决疑》注曰："凡象凤者五：多青色者鸾。"蒋师爚引《山海经·大荒北经》："蛇山有五色之鸟曰翳。"黄节引《离骚》："驷玉虬而乘鹥兮。"并引王逸注："鹥，凤凰别名也。"又引《山海经》云："鹥身有五采而文如凤，凤类也。"黄节曰："鹥有二类，《毛诗》'凫鹥在泾'之鹥，乃凫之属；此则凤之属。"

③闻人倓引《山海经》："神人之邱有建木，百仞无枝。"黄节引《淮南子》(《地形训》)曰："建木在都广，众帝所自上下，日中无影，呼而无响，盖天地之中也。"注："(建木)其状如牛，引之有皮，若璎黄蛇，其叶如罗。都广，山名也。"黄节又引张衡《思玄赋》曰："躔建木于广都兮，摭若华而踌躇。"黄节引《荀子》(《劝学篇》)曰："西方有木，名曰射干，茎长四寸，生于高山之上而临百尺之渊。木茎非能长也，所立者然也。"注："射干花内茎，长如射人之执干。"黄节又引《说文》："婵娟，态也。"

④黄节曰："《毛诗》(《唐风·葛生》)曰：'葛生蒙楚，蔹蔓于野。''葛生蒙棘，蔹蔓于域。'盖荆棘、葛蔓，物以类聚者也。"闻人倓曰："言无梧桐也。"

【集评】

黄节引朱嘉徵曰："'朝登洪坡颠'，伤时之什。群小攀附，其势成焉；至人独立，曾不改乎其度也。"

黄节引蒋师爚曰："此言能自树立，亦有如鸾鹥之受命于天，不妄求匹；超然神木之枝，高山之上者，葛蔓无庸强附也。"

黄节引闻人倓曰："荆棘喻危乱。群鸟喻群小。"

方东树曰："……据此诸篇，皆非因魏晋易代而发，只自咏怀耳。"

黄节引王闿运曰："言己处乱世，委命全身。"

黄侃曰："性命皆有自然，非能自立。鸾鹥之比飞鸟，建木之比葛藟，虽高下、荣枯不能无异；而受形大造，不能相为。所以羡傲之情两捐，大小之生俱适，庄生逍遥，此近之矣。"

按：诗意盖谓：荆棘蔽于原野，群鸟翩翩而过，不敢下止；而鸾鹥则时来栖宿，不畏荆棘之为害，盖性命固有自然也。又建木高可百仞，射干高临百尺之渊而婵娟，则由所居之地位使然，亦非可以强求；而林中之葛，则只有延蔓勾连而已。此亦玄鹤高飞，不与鹑鷃同游（其二十一）之意。

其二十七

周郑天下交，街《艺文类聚》十八作卫。术《艺文类聚》作衢。当三河①。妖冶《初学记》卷十九作"妍俊"。闲都子，范陈本、刘成德本误作世。《初学记》卷十九引自此句起。焕《艺文类聚》、《初学记》十九、《太平御览》二百八十一作英。耀何芬蒋师爚本作纷。葩②。玄发（髮）《艺文》作鬒。发范陈本、《汉魏诗纪》、梅鼎祚本、刘成德本、及朴本作照。《诗纪》、《诗所》、《诗隽类函》、张溥本注："一作照。"朱颜，睇眄《诗纪》、《汉魏诗纪》、张燮本、及朴本、陈祚明本作盼。有光华。倾城思一顾，遗视来相夸③。《艺文》作过。《诗所》注："一作过。"张溥本注："夸，《初学记》作过。"愿为三春游，朝阳忽蹉跎。《艺文类聚》、《初学记》均引至此句止。盛衰在须臾，离别将如何④。范陈本、刘成德本作"何如"。

【笺注】

①《史记·周本纪》："（武王）营周居于雒邑而后去。……成王在丰，使召

公复营雒邑，如武王之意。周公复卜，申视，卒营筑，居九鼎焉，曰：'此天下之中，四方入贡道里均。'""平王立，东迁至于雒邑，避戎寇。""考王封其弟于河南，是为桓公，以续周公之官职。桓公卒，子威公代立。威公卒，子惠公代立，乃封其少子于巩，以奉王，号东周惠公。"黄节引《史记·郑世家》："桓公问太史伯曰：'王室多故，予安逃死乎？'太史伯对曰：'独洛之东土，河济之南可居。''地近虢郐……虢郐之君见公方用事，轻分公地。公诚居之，虢郐之民皆公之民也。'……（桓公）于是卒言王，东徙其民雒东，而虢郐果献十邑，竟国之。"《集解》："徐广曰：'虢在成皋，郐在密县。'"《正义》："《括地志》云：'洛州汜水县，古东虢叔之国，东虢君也。'又云：'故郐城在郑州新郑县东北三十二里。'"按综上所云，"周"为今河南洛阳、巩县一带，"郑"为今郑州、新郑一带。"交"谓居天下之中，四方交会于此。黄节引《说文》："衔，四通道也。"又："术，邑中道也。"黄节又引《急就篇》曰："泾水注谓衔术曲。""三河"与其五、其十三之"三河"有广狭义之不同。

②《说文》："妖冶，女态。"《正韵》："装饰也。"黄节引司马相如《上林赋》曰："妖冶闲都，靓妆刻饰。"又引李善注："《字书》曰：'妖，巧也。'《说文》曰：'娴雅也，或作闲。'《小尔雅》曰：'都，盛也。'"焕，《玉篇》："明也。"耀，《玉篇》："光也。"《汉书·礼乐志》颜师古注："芬谓众多。"《集韵》："草初生香分布也。"葩，《说文》："华也。"

③《说文长笺》："黑而有赤色者为纁，有黄色者为玄。"发，见也。黄节引《说文》："睇，目小视也。南楚谓眄曰睇。"黄节引《楚辞·招魂》王逸注曰："遗，窃视。"

④《说文》："蹉跎，失时也。"《仪礼·燕礼》注："须臾，言不敢久。"

【集评】

黄节引陈祚明曰："方知繁华本非诚厌，特非其时，顿有离别之感。"

王夫之曰："结局悲甚亦显甚，然而读此者犹不知其旨，夫人明暗之相去乃有如此者!”

黄节引蒋师爚曰:“此托言欲仕已不及时也。”

黄侃曰:“儇薄之子,当年盛色荣,足以致倾城之顾;而荣华不久,旋复丑衰,始于合而终于离,非人力所能与也。”

其二十八

若木《诗纪》、《汉魏诗纪》、梅鼎祚本、《诗所》、张溥本、张燮本、及朴本作花,注:“一作木。”《诗隽类函》、陈沆本作华,注同。耀西陈德文本、《六朝诗集》作四。梅鼎祚本、张溥本注:“西一作四。”海,扶桑翳瀛洲①。日月经天涂,明暗不相仇。范陈本、陈德文本、刘成德本作投。《诗纪》、《汉魏诗纪》、《诗所》、梅鼎祚本、张燮本、及朴本注:“一作侔。”张溥本注:“集作侔。”穷达自有常,得失又何求。岂效路上童,携手共遨游②。阴阳有变化,谁云沉不浮。朱鳖跃飞泉,夜飞过吴洲③。俯从《十八家诗钞》,他本皆作俛。仰运天地,再抚四海流。系累名利场,驽骏同一辀④。岂若遗耳目,升遐去殷忧⑤。

【笺注】

①《淮南子·地形训》:“若木在建木西,末有十日,其华照下地。”黄节引《离骚》王逸注:“若木在昆仑西极,其华照下地。”“扶桑”见其二十五注㊁。翳,蔽也,荫也。瀛洲,见其二十四注㊂。

②据《尔雅·释诂》,涂,路也。仇,《玉篇》:“对也。”穷,达,以比日月之明暗。《玉篇》:“遨,游也。”

③陈沆曰:“《吕氏春秋》:‘醴水之鱼,名曰朱鳖,六足,有珠百琲。’案此言阴阳变化,有沉必浮,朱鳖有时而飞;运往必复,无事窃窃忧悲也。”黄节引《山海经》(《东山经》)曰:“葛山之首,澧水出焉,东流注于余泽。其中多珠鳖鱼,其状如胏而有目,六足有珠。”又引《淮南子》曰:“朱鳖浮波,必有风雨。”黄节曰:“夜飞,谓剑也。《龙鱼河图》曰:‘剑名飞扬。’张协《七命》曰:‘或驰名倾秦,或夜飞去吴。’李善注曰:‘《越绝书》曰:“阖卢无道,湛卢之剑去之入水,行楚,楚王卧而寤,得吴王湛卢

之剑。"'此诗曰'夜飞过吴洲'者,谓湛卢之剑夜飞而去吴也。过,犹去也。朱鳖本沉者而能浮,夜飞本浮者而能沉。"

④黄节曰:"《说文》曰:'运,移徙也。''抚,安也。'《庄子》(《在宥》)曰:'其疾俯仰之间,而再抚四海之外,其惟人心乎!天下脊脊大乱,罪在撄人心。故贤者伏处大山嵁岩之下,而万乘之君忧栗乎庙堂之上。'"又曰:"《孟子》曰:'系累其子弟。'系同繫。累同纍。"按《孟子》赵注:"系累,犹缚结也。"《玉篇》:"驽,最下马也。""骏,马之美称。"《说文》:"辀,车辕也。"

⑤《诗·小雅·谷风》注:"遗,忘去不复存省也。"《书·太甲》:"若陟遐,必自迩。"陟,升也。遐,远也。

【集评】

黄节引蒋师爚曰:"才耀西海,已翳瀛洲,日往则月来矣。沉者乘此而浮,亦夜飞而已矣。侈谈'运天地,抚四海',虽骏亦何异于鳖焉。结出'升遐去忧',所以自远于名利也。"

黄节引陈祚明曰:"运会亦是适然,此正理也。以为适然而视之漠不关情,则世上童随时可富贵矣。抑知阴阳变化,朱鳖尚飞,庶有日乎!心不忘所期,故不能与驽同辀,贪名利。"

《三十家诗钞》注:"首四句,谓日往月来,月往日来互有屈伸,不相仇怨。人生有达即有穷,有得即有失,又何怨哉!'岂效'二句,言不学世上小儿营营干求。朱鳖,阮公以之自况,亦远游遗世之志。"

黄侃曰:"日月各有晦明,无庸相较;人生皆有穷达,不必多矜。必如路上之童,始可长久遨游,不婴阴阳之患。朱鳖夜飞,不为形气所阈也。不能若此而溺情名利,则智愚同见困厄,岂能使殷忧之暂释哉!"

其二十九

昔余游大梁,登于黄华颠①。共工宅玄冥,高台造青《六朝诗集》作清。天②。幽荒邈悠悠,凄怆怀所怜。所怜者谁子?明察自照《汉魏诗纪》

作照。妍[③]。上三字，范陈本、陈德文本、刘成德本作“应自然”。《诗纪》、《诗所》、梅鼎祚本、张燮本、《诗隽类函》、及朴本注：“一作应自然。”应范成本、刘成德本作奸。龙沉冀州，妖女不得眠。肆侈《汉魏诗纪》、《诗所》、《诗隽类函》、及朴本、张溥本注：“一作佞。”陵范陈本、刘成德本作变。世俗，岂云永厥年[④]！

【笺注】

①大梁，见其十六注。黄节曰：“《水经注》：‘洹水出上党泫氏县，东过隆虑县北（按上为经文），县有黄华水，出于神囷之山黄华谷北崖上。山高十七里。’魏邺都为今之临漳，黄华谷在隆虑县北，则为今彰德府之林县，故游大梁而登黄华。嗣宗盖述其前事也。”

②黄节引《尚书》（《尧典》）郑玄注曰：“共工，水官名。”黄节曰：“《尔雅》曰：‘宅，居也。’言共工治水使有所归也。”按据《尚书·康诰》注，宅，安定也。黄节引《楚辞·九叹》王逸注曰：“玄冥，太阴之神。”按玄，水神。《礼记·月令》：“孟冬之月……其帝颛顼，其神玄冥。”注：“此黑精之君，水官之臣，自古以来著德玄功者也。”黄节曰：“诗虽用共工之台，然诗意所指殆邺之三台也。《水经注》：‘邺城西北有三台，曰铜雀台、金虎台、冰井台。’左思《魏都赋》所谓‘三台列峙而峥嵘’者也。”黄节引孔安国《尚书传》曰：“造，至也。”

③幽，深远也。荒，大也，空也。黄节引《说文》曰：“邈，远也。”凄怆，悲伤也。怀，念思也。照，同炤，《荀子·儒效篇》注：“炤炤，明见貌。”刘熙《释名》：“妍，研也。研精于事宜，则无蚩谬也。”

④《楚辞·天问》王逸注：“有鳞曰蛟龙，有翼曰应龙。”洪兴祖补注：“《山海经》云：‘应龙处南极，杀蚩尤与夸父，不得复上，故下数旱。旱而为应龙之状，乃得大雨。’”司马相如《大人赋》注：“文颖曰：‘有翼曰应龙，最其神妙者也。’”黄节曰：“郭璞《山海经传》曰：‘冀州，中土也。’郝懿行曰：‘案古以冀州为中州之通名。’”《古韵》：“妖，艳也，媚也。”黄节曰：“妖，疑妭字之误。《山海经》‘黄帝女魃’，《玉篇》引《文字指归》作‘女妭’，李贤注《后汉书》引经亦作‘妭’，《御览》七十九引同。”

⑤《尔雅·释言》:“肆,力也。”疏:“极力也。”侈,奢也,泰也。《礼记·学记》注:“陵,躐也。”疏:“躐,逾越也。”

【集评】

黄节引《诗话补遗》云:“阮籍诗:‘昔余游大梁,登于黄华颠。’‘应龙沉冀州,妖女不得眠。’按《战国策》:‘赵武灵王西至河,登黄华之上,梦处女鼓琴歌诗,因纳吴广女娃嬴孟姚。其先七世而兆于简子之梦,及入宫而夺嫡乱国,岂非妖女乎?’张平子《应闲》曰:‘女魃北而应龙翔。’合而观之,可见其微意。盖当是时,魏明帝郭后、毛后妒宠相杀,正类武灵王事,故隐语怪说,亦《春秋》‘定哀多微辞’意也。”黄节曰:“此说,朱嘉徵、蒋师爚、曾国藩、吴汝纶皆取之。”

蒋师爚曰:“明帝游北园,景初元年事,此盖追忆之作,故以‘昔余游大梁’起。《三国志·魏书·明悼毛皇后传》:‘帝之幸郭元后也,后爱宠日弛。景初元年,帝游后园,召才人以上曲宴极乐,元后曰:“宜延皇后。”帝弗许。乃禁左右,使不得宣后知之。明日,帝见后,后曰:“昨日游宴北园乐乎?”帝以左右泄之,所杀十余人,赐后死。’”

陈祚明曰:“应哀曹爽、夏侯玄之属。”

陈沆曰:“‘大梁’寓魏。女魃处共工之台,主旱;应龙沉冀州之野,主雨。故以‘共工’‘妖女’斥典午;以‘应龙’比玄、爽、晏、范之俦,矜智自负,取忌权奸,而又奢侈荒宴,以取败亡也。爽、晏败而懿事遂成,魏祚遂移矣。阮公初应曹爽之辟,见机引疾,因以免祸;故追咎之。”

黄侃曰:“共工强霸,今已消亡,而世之愚夫矜其明察,岂知祸有先伏,智有不通,肆侈陵人,徒为衰灭之兆,以求永年,翩其反矣。”

黄节曰:“《魏志》曰:‘明帝沉毅断识,任心而行。’诗曰‘明察自照妍’,亦犹老子所云‘自见者不明,自是者不彰’也。张衡《应闲》曰:‘一介之策,各有攸建,故女魃北而应龙翔。’孙盛云:‘明帝政自己出。’此诗用张衡意,谓明帝不能得人而用也。”又曰:“《魏志》:‘帝崩。

时年三十六。'故曰'肆侈陵世俗,岂云永厥年。'此诗盖追述游邺都,望台观,闵念明帝有君人之概,不善用其明,寄托懿、爽,并夭天年,为可叹也。"又曰:"《诗话补遗》云(引见前),陈沆曰(引见前),二说皆未悟'应龙''妖女'之用意,故均附会失当。平子《应闲》曰:'安危无常,要在说夫。咸以得人为枭,失士为尤。故樊哙披帷入见高祖,高祖踞洗以对郦生,当此之会,乃鼋鸣而鳖应也,故能同心戮力,勤恤人隐,奄受区夏,遂定帝位;皆谋臣之由也。故一介之策,各有攸建,子长谍之,烂然有第。夫女魃北而应龙翔,洪鼎声而军容息,溽暑至而鹑火栖,寒冰沍而鼋鼍蛰。'平子用'女魃''应龙',此嗣宗意之所本。而乃以郭后、毛后及司马、玄、爽等人附会之,不亦误乎!或又以《魏志·明帝纪》'青龙黄龙见'及明帝大治宫馆追秦皇汉武事,以释'应龙'、'妖女',亦非。"

按:明帝之世,迭遭水旱,而好兴土木,且广选美女以充后宫,"录夺士女前已嫁为吏民妻者还以配士,既听以生口自赎,又简选其有姿色者内之掖庭(见《魏志》裴注引《魏略》)。"此两事最为当时所病,关于前者城门校尉杨阜曾上疏谏曰:"方今二虏合从,谋危宗庙,十万之军东西奔赴,边境无一日之娱,农夫废业,民有饥色,陛下不以是为忧,而营作宫室无有已时。"光禄勋高堂隆也曾上疏切谏曰:"今天下凋弊,民无儋石之储,国无终年之富,外有强敌,六军暴边,内兴土功,州郡骚动。"明帝崩,太子齐王芳即位,第一件事即是"诸所兴作宫室之役,皆以遗诏罢免之",可见其为当时痛民最甚者。关于后者,太子舍人张茂曾上书谏曰:"臣伏见诏书:诸士女嫁非士者,一切录夺以配战士,……又诏书所得以生口年纪、颜色与妻相当者自代,故富者则倾家尽产,贫者举假贷贳,贵买生口以赎其妻,县官以配士为名,而实内之掖庭,其丑恶者乃出与士,得妇者未必有欢心,而失妻者必有忧色,或穷或愁,皆不得志。"所谓"妖女不得眠"也。张茂又曰:"且军师在外,数千万人,一日之费,非徒千金,举天下之赋以奉此役,犹将不给,况复有宫庭非员无录之女，椒房母后之家，赏赐横兴，内外交引，其费半军。……陛下不兢兢业业，念崇节约，思所以安天下者，而乃奢靡是务，中尚方纯作玩弄之物，炫耀后园，建承露之盘，斯诚快耳目之观，然亦足以骋寇仇之心矣。惜乎！舍尧舜之节俭，而为汉武之侈奉，臣窃为陛下不取。"所谓"肆侈陵世俗"也。嗣宗怆怀明帝，特举其失政最大者而言。所谓"应龙沉冀州"，似即"共工宅玄冥"之意。黄晦闻先生据张衡《应闲》中有"得人为枭，失士为尤"及"女魃北而应龙翔"数语，谓诗意言明帝不能得人而用。考《应闲》通篇之意在言"天爵高悬，得之在命……求之无益"。其序中亦明言："余应之以时有遇否，性命难求。"所举"说夫"及樊哙、郦生皆有遇有不遇。"应龙"四句，皆一彼一此，不可得兼。"女魃北（败）而应龙翔"，与《山海经》所言黄帝与蚩尤事不合。黄先生又疑"妖"字为"妭"字之误，果尔，则"女妭"倒为"妭女"矣。黄先生所释，似较杨升庵、陈沆二家之说附会更甚，疑不可从。

高堂隆亦曰："外人咸云宫人之用，与兴戎军国之费所尽略齐，民不堪命，皆有怨怒。"

其三十

驱车出门去，意欲远征行。征行安所如？背弃夸与名。夸名不在己，但愿适中情[①]。单帷蔽皎日，高榭张溥本作树。隔微声。谗邪使交疏，范陈本、《六朝诗集》、刘成德本作流。浮云令陈德文本作今。昼冥[②]。嫣婉同衣裳，一顾倾人城[③]。从容在一时，繁华不再荣[④]。晨朝奄复暮，不见所欢形[⑤]。黄鸟东南飞，寄言谢友生[⑥]。

【笺注】

①征，行也。如，往也，至也。夸名，见其八注。黄节又引贾谊《鹏鸟赋》曰："贪夫徇财兮烈士徇名，夸者死权兮品庶每生。"黄节曰："'夸名不在己'亦犹老子所云'名与身孰亲'也。"中，心也，内也。

②帷，幕也，帐也。皎，白也，明也。黄节引《尔雅·释宫》曰："阇谓之台，有木者谓之榭。"《庄子·渔父》："好言人之恶谓之谗。"邪，不正也。

③嬿婉同燕婉，见其二十注。倾城见其二注。

④《史记·留侯世家》："良尝闲从容步游下邳圯上。"《索隐》："从容，闲暇也。从容，谓从任其容止不矜庄也。"繁华，见其十二注。《尔雅·释草》："木谓之华，草谓之荣。"

⑤奄，忽也，遽也。所欢，所爱也。黄节曰："'晨朝奄复暮，不见所欢形'，用繁钦《定情诗》：'日旰兮不至，日暮兮不来'意。"

⑥黄节曰："黄鸟盖用《小雅》（《黄鸟》）'此邦之人，不我肯谷；言旋言归，复我邦族'诗义。"黄节引晋灼《汉书注》曰："以辞相告曰谢。"又引《毛诗》（《小雅·鹿鸣之什·常棣》）曰："虽有兄弟，不如友生。"

【集评】

黄节引朱嘉徵曰："'驱车出门去'，伤谗邪蔽明，思遐举也。士以夸名进，利尽而交疏，君子耻之。"又曰："魏明帝尝诏卢毓曰：'选举以名求，如画地作饼，不可啖也。'"

陈祚明曰："观此又深不遇之感，岂不相乖乎？盖魏举则期，而晋登斯去也。"

蒋师爚曰："易代之际，亦夸、名两种人。夸者无论矣。嗣宗视名亦复与夸无异。嗣宗自适其适，不必适人之适者。起六句，大旨已尽。'单帷'四句，谓谗邪訾以好名；'燕婉'四句，谓已有君臣之分，从容就义，衹是义不再荣，非以为名也；'晨朝'四句，世变已极，与友共伤之而已。……'所欢'喻高贵乡公。当日在朝礼法之士已疾嗣宗如仇，无可与言，是所欲寄言于陈留故人者也。陈留在邺东南。"

黄节又引蒋师爚曰："帷单，则无甚厚也；榭高，则无甚壅也；犹复蔽、隔，孰使之耶？"

黄侃曰："夸、名皆在身外，所以弃之若遗。世事变化，难以豫观。皎日之明，而举帷足以蔽之；微声之眇，而高榭足以隔之。交亲而离于谗贼，昼明而晓于浮云；然则燕婉之情，岂足终恃！繁荣之卉，卒于凋枯；旦暮之间，所欢遽失。兴言及此，故不从黄鸟以高翔得乎？”

其三十一

驾言发魏都，南向望闻人倓本作“望向”。吹台。箫管有遗音，梁王安在哉①！战士食糟糠，贤者处蒿莱②。歌舞曲未终，秦兵已复《艺文类聚》二十六二字倒转。来③。夹林范陈本作“林木”。又陈德文本作“林夹”。非吾闻人倓本作我。有，《艺文类聚》二十六自此句以下诸句无。朱宫生尘埃④。军败华阳下，身竟为《历代诗发》作无。土《看诗随录》作死。灰⑤！

【笺注】

①闻人倓曰：“《元和郡县图志》：‘吹台在开封县东南六里。’《文昌杂录》云：‘《东京记》：“天清寺繁台，梁孝王按歌吹之台。”（今按：《文昌杂录》原作“常按歌吹台”。）阮公诗云：“驾言发魏都，南向望吹台，箫管有余音，梁王安在哉！”后有繁氏居其侧，里人呼为繁台。’玩其语意，即以孝王为梁王，诗中‘秦兵复来’句便与上不可通。后又阅王存《九域志》：‘吹台即繁台，本师旷吹台，梁孝王所筑。’愚意以为诗中‘梁王’是指战国时梁王，汉梁孝王特封其地复筑之耳，不可混魏王为孝王也。”闻人倓又曰：“《汲冢纪年》：‘梁惠成王九年，徙都大梁。’”黄节曰：“《水经·渠水注》曰：‘《陈留风俗传》曰：“县有仓颉、师旷城，上有列仙之吹台，北有牧泽，泽中出兰蒲……俗谓之蒲关泽，梁王增筑以为吹台。城隍夷灭，略存故迹，今层台孤立于牧泽之右矣。其台方百许步，（即阮嗣宗《咏怀》所谓“驾言发魏都，南向望吹台，箫管有遗音，梁王安在哉！”）世又谓之繁台城。”’节案：《战国·魏策》曰：‘梁王魏婴觞诸侯于范台，酒酣，请鲁君举觞，鲁君兴，避席择言曰：“今主君之尊，仪狄之酒也；主君之味，易牙之调也；左白台而右闾须，南威之美也；前夹林而后兰台，强台之乐也；有一于此，足以亡其国。”’据此，则繁台疑即范台，‘繁’、‘范’音同出‘奉’母。《文昌杂录》（按见前引）是未审《魏

策》范台之所始耳。后人据《水经注》及《文昌杂录》，乃谓此诗'梁王'即指汉梁孝王，殊误。如以梁孝王为梁王，则'秦兵复来'句不可通矣。盖此诗之梁王，用《战国策》梁王魏婴事也。"

②《说文》："糟，滓也。"《玉篇》："糠，米皮也。"黄节引《史记·孟尝君传》曰："仆妾余粱肉，而士不厌糟糠。"《汉书·食货志》："贫者食糟糠。"陆佃诗疏："蒿，草之高者。"《诗·小雅·十月之交》注："莱，草秽。"黄节引《韩诗外传》曰："原宪居鲁，环堵之室茨以蒿莱。"

③蒋师爚曰："《史记·魏世家》：'秦七攻魏，五入囿中。'此诗所谓'歌舞未终，秦兵复来'也。"闻人倓引《史记·魏世家》曰："信陵君无忌卒。景湣王元年，秦拔我二十城以为秦乐郡；二年，秦拔我朝歌，徙野王；三年，秦拔我汲；五年，秦拔我垣、蒲阳、衍。十五年，景湣王卒，子王假立，王假三年，秦灌大梁，虏王假，遂灭魏。"

④蒋师爚曰："夹林，前、后《汉志》、《水经注》皆无考，或是《战国·魏策》芒卯所谓昏林，《燕策》苏代所谓林中。"黄节曰："夹林，地名。见上。金正炜《国策补释》曰：'按《史记·魏世家》索隐云："林，地名。盖春秋时郑地之棐林，在大梁之西北。"《左氏传》"棐林"，《公羊传》作"棐休"。"棐"、"夹"字形相近，或即其地欤？'"

⑤黄节曰："《战国·魏策》曰：'秦败魏于华，魏王且入朝于秦。'节按：《尚书》曰：'华阳黑水惟梁州。'贾公彦曰：'雍、豫皆兼梁地。'《史记·魏世家》曰：'所亡于秦者山南、山北。'《正义》曰：'山，华山也。华山之东南，七国时汝州属魏；华山之北，同、华、银、绥并魏地。'"

【集评】

陈祚明曰："借吊古以忧时，故语极哀切。"

蒋师爚曰："此借战国之魏喻曹氏之亡也。"

黄节引陈沆曰："'驾言发魏都'，借古以寓今也。明帝末年歌舞荒淫而不求贤讲武，为苞桑之计，不亡于敌国，则亡于权奸，岂非百世殷鉴哉！"

方东树曰:"……借梁王以陈殷鉴,……此言魏将亡于司马氏耳。文义最为明白。"

黄侃曰:"梁王筑台自乐,而轻战士,简贤者。岂意高台未倾,箫音犹在,而身已死,国已亡也!"

黄节曰:"魏都,大梁也。此借战国之魏以喻曹氏。"

其三十二

朝阳不再盛,白日忽西幽[①]。去此若俯仰,如何似九秋。人生若尘方东树曰:"'晨露'误'尘',笺妄解。"露,范陈本作路。天道邈范陈本、陈德文本、刘成德本作竟。悠悠[②]。齐景升丘《八代诗选》作牛。山,涕泗纷交流[③]。孔圣临长川,惜逝忽若浮[④]。去者余不及,来者吾陈沆本、张琦本作我。不留。愿登太华山,上与松子游[⑤]。渔父知世患,乘流泛轻舟[⑥]。

【笺注】

①黄节引蒋师爚曰:"《易》曰:'日中则昃',故云:'朝阳不再盛'。"幽,隐也。

②俯仰,一俯一仰之间,言迅疾也。九秋,可参阅其十二关于"九春"注。"九秋"与"俯仰"相对,言其久也。邈,渺也。悠悠,见其二十九注。

③闻人倓引《晏子春秋》曰:"景公游于牛山,北临其国而流涕曰:'若何滂滂去此而死乎!'艾孔、梁丘据皆从而泣。"《韩诗外传》卷十:"齐景公游于牛山之上而北望齐,曰:'美哉国乎?郁郁泰山!使古而无死者,则寡人将去此而何之?'俯而泣沾襟。国子高子曰:'然!臣赖君之赐,疏食恶肉可得而食也,驽马柴车可得而乘也,且犹不欲死;况君乎!'俯泣。"

④黄节引《论语》(《子罕第九》)曰:"子在川上曰:'逝者如斯夫!不舍昼夜。'"

⑤黄节引《楚辞·远游》曰:"往者余弗及焉,来者吾不闻。"闻人倓引《山

海经》:"太华山削成而四方,其高五千仞,其广十里。"又引《史记·留侯世家》:"愿弃人间事,从赤松子游耳。"黄节引《汉书·地理志》"京兆尹华阴县"注:"太华山在南。"又引曹操乐府《气出唱》曰:"华阴山,自以为大,高百丈,浮云为之盖。仙人欲来,来者为谁?赤松、王乔,乃德旋之门。"又引《列仙传》曰:"赤松子者,神农时雨师。"

⑥《庄子·渔父》篇:"客(指渔父)乃笑而还行,言曰:'仁则仁矣!恐不免其身,苦心劳形以危其真。……且人有八疵,事有四患,不可不察也。……所谓四患者:好经大事,变更易常,以挂功名,谓之叨。……'乃刺船而去,延缘苇间。"

【集评】

蒋师爚曰:"秋者愁也。俯仰从人,何愁之有。是起四句意。'人生'八句,申言朝阳不再也。'愿登'四句,谓世患不得而扰之矣,视俯仰从人者相去远矣。"

黄节引闻人倓曰:"按'去此',去魏盛时。'九秋'喻易代。"

曾国藩曰:"此亦汲汲自修之意。"

黄节引方东树曰:"以'朝阳'兴魏。言'去此若俯仰'犹言'其亡也忽焉'。"又引王闿运曰:"言不为魏死,耻与晋生。"

黄侃曰:"人道之促,自古所嗟,唯有从赤松,随渔父,庶几永脱世患也。"

其三十三

一日复一夕,一夕复一朝。颜色改平常,精神自损陈德文本作捐。消。胸中怀汤火,变化故相招①。万事无穷极,《诗纪》、《诗所》、及朴本、张燮本注:"一作理。"知《诗纪》、梅鼎祚本、陈沆本作智。谋苦不饶。但恐须臾间,魂气随风飘②。终身履薄冰,谁知我心焦③!

【笺注】

①汤,《说文》:“热水也。”黄节曰:“《毛诗》曰:‘如沸如羹。’又曰:‘如惔如焚。’故曰‘胸中怀汤火’也。”按:《诗·大雅·荡》:“文王曰咨,咨尔殷商,如蜩如螗,如沸如羹。”此言殷之乱也;又《云汉》:“旱既大甚,涤涤山川。旱魃为虐,如惔如焚。”此言旱之甚也,皆与“胸中怀汤火”句之意不切。“胸中怀汤火”即其六“膏火自煎熬”之意。“变化故相招”即承上“颜色改平常,精神自损消”而言。

②饶,多也,丰也。须臾,见其二十七注。蒋师爚引《左传·昭七年》:“人生始化曰魄。既生魄,阳曰魂。”注:“魄,形也。阳,神气也。《礼记·祭义》:‘气也者,神之盛;魄也者,鬼之盛也。’注:‘气谓嘘吸出入者也。耳目之聪明为魄。’”

③《诗·小雅·小宛》:“‘战战兢兢,如履薄冰。’衰乱之世,贤人君子虽无罪犹恐惧。”焦,《说文》:“火所伤也。”

【集评】

黄节引陈沆曰:“此遁世自修之辞也。人谓嗣宗放达士耳,然少年颜、闵之志,终身薄冰之思,此岂粗豪浅露,轶露形骸者哉!”

黄侃曰:“哀老相催,由于忧患之众。而知谋有限,变化难虞,虽须臾之间,犹难自保。履冰之喻,心焦之谈,洵非过虑也。”

黄节曰:“司马昭曰:‘阮嗣宗至慎,每与言,终日言皆玄远,口不臧否人物。’诗曰:‘终身履薄冰’,所以昭其慎欤!”

其三十四

一日复一朝,《艺文类聚》二十六作日。一昏《艺文类聚》二十六、《历代诗发》作夕。复一晨。容色改平常,精神《艺文类聚》二十六作魂。自飘沦。临觞多哀楚,思我故时《艺文类聚》二十六作情。人。对酒不能言,凄怆怀酸辛①。陈祚明本作心。愿耕东皋阳,《艺文类聚》二十六无自此句起以下诸句。谁与守其真②?愁古在一时,高行伤微身。曲直何所为?龙蛇为我邻③。

【笺注】

①《博雅》:"沦,没也。"《说文》:"觯,实曰觞,虚曰觯。"《礼记·学记》注:"楚,荆也。扑挞犯礼者。"引伸为痛。凄怆,见其二十九注。酸辛,见其三注。

②黄节曰:《晋书》本传:"奏记太尉蒋济曰:'方将耕于东皋之阳,输黍稷之余税,(以避当涂者之路)。'潘岳《秋兴赋》李善注曰:'水田曰皋。''东',取其'春'意。"《庄子·渔父篇》:"客(指渔父)凄然变容曰:'谨修而身,慎守其真,还以物与人,则无所累。……'孔子愀然曰:'请问:何慎真?'客曰:'真者,精诚之至也。……真在内者神动于外,是所以贵真也。'"

③黄节曰:"《周易》(《系辞下》)曰:'尺蠖之屈,以求信(伸)也;龙蛇之蛰,以存身也。'曲直,犹屈伸也。"又引曾国藩曰:"《扬雄传》云:'君子得时则大行,不得时则龙蛇。'龙蛇者,一曲一直,一伸一屈。"

【集评】

黄节引陈祚明曰:"'高行伤微身',可知亦以贫贱为伤矣。然有所不顾者,高行不可失也。"

黄节引蒋师爚曰:"此言酸辛之怀,有蛰以存身而已。亦不能俯仰从人之意。"蒋师爚又曰:"'曲直何所为'二句,其三十一诗所谓'丹心失恩泽,重德丧所宜,善言焉可长,慈惠未易施'也。"

黄节又引曾国藩曰:"如'危行',伸也,'言逊',即屈也。此诗畏高行之见伤,必'言逊'以自屈,龙蛇之道也。"

黄侃曰:"故人皆已徂谢,此身愧然独存,忧生之余,但思隐退。终日愁苦,不救于死亡;高行自修,徒苦其形体;是非得失,何事纷纭?龙蛇屈伸,所以存身而无害也。"

其三十五

世务何缤纷,人道苦《六朝诗集》作若。不遑①。壮年以时逝,朝露待太阳。愿揽从陈沆本。范陈本、陈德文本、刘成德本、《六朝诗集》作览。他本皆作揽。羲和辔，白日不移光②。天阶路殊绝，范陈本、刘成德本、及朴本、张燮本作“天路皆殊绝”。云汉邈无梁③。濯发旸谷滨，远游昆岳傍④。登彼列仙岨，采此秋兰芳。时路乌足争，太极可翱翔⑤。

【笺注】

①《广韵》：“务，事务也。”黄节引张衡《思玄赋》旧注曰：“缤纷，乱貌。”人道，谓人所以应世务之道。遑，暇也。

②揽，撮持也。羲和，见其十八注。黄节引班婕妤《自悼赋》曰：“白日忽已移光兮。”

③黄节引《汉书·东方朔传》注：应劭注曰：“黄帝《泰阶六符经》：‘泰阶者，天之三阶也。’”又引《毛诗》（《大雅·文王之什·棫朴》，又《荡之什·云汉》）“倬彼云汉”郑玄笺曰：“云汉，天河也。”

④《楚辞·远游》：“朝濯发于汤谷兮”注：“《淮南》言，日出汤谷入虞渊也。”补曰：“汤音旸。”黄节引《尚书·尧典》曰：“宅嵎夷，曰旸谷。”按：孔氏传：“东表之地称嵎夷。旸，明也。日出于谷而天下明，故称旸谷。”蒋师爚引《水经》“昆仑墟在西北”注：“昆仑说：昆仑山三级，下曰樊桐，一名板桐；二曰元圃，一名阆风；上曰层城，一名天庭，是为太帝之居。”

⑤黄节曰：“《毛诗》（《周南·卷耳》）曰：‘陟彼砠矣’，《说文》引作‘岨’，曰：‘石戴土也。’”又引《离骚》曰：“纫秋兰以为佩。”黄节曰：“时路，犹世路也。”又引《周易》（《系辞上》）曰：“（是故）易有太极。”按：河上公注：“无称之称，不可得而名也。”翱，《玉篇》：“布翅飞也。”翔，《说文》：“回飞也。”

【集评】

黄节引陈祚明曰：“此首甚明，‘利剑不在掌’也，志有必争，而委之乌足争。”

又引蒋师爚曰:"'愿揽羲和辔,白日不移光',欲延魏祚也。天阶路绝,势所不能,托之游仙而已。"

曾国藩曰:"'愿揽'二句,有鲁阳挥戈驻景之意。'白日不移光'云者,欲使魏祚不遽移于晋也。'天阶'二句,言手无斧柯,无路可以回天也。"

黄侃曰:"荣衰无定,人道可悲。思欲上友列仙,翱翔太极,而天阶殊绝,云汉无梁,则神仙终不可冀。途穷之叹,岂虚也哉!"

其三十六

谁言万事艰,逍遥可终生。临堂翳华树,悠悠念无形。彷徨思亲友,倏忽复至冥。寄言东飞鸟,可用慰我情[①]。

【笺注】

①逍遥,见其二十三注。翳,荫也。悠悠,见其十七注。黄节引曾国藩曰:"无形,言无生之始也。""翳华树,日中时也;'至冥',则夕矣。"《正韵》:"彷徨,犹徘徊也。"倏忽,犬走疾也。《玉篇》:"冥,夜也。"用,以也。

【集评】

黄节引蒋师爚曰:"嗣宗家陈留,在邺都东南,寄言亲友故倩东飞之鸟。(于翳堂之树曰华,至冥已两候矣,怀人情景如晤。)"

黄侃曰:"华树垂荣,终必销灭,自恐此身难于长保,所以寄言北鸟,思念所亲也。"

黄节曰:"《庄子·逍遥游篇》曰:'今子有大树,患其无用,何不树之于无何有之乡,广莫之野,彷徨乎无为其侧,逍遥乎寝卧其下,不夭斤斧,物无害者;无所可用,安所困苦哉!'按嗣宗此诗盖用庄义。"

其三十七

嘉时蒋师爚本作树。在今辰，从范陈本、陈德文本、《诗纪》、《汉魏诗纪》、《汉魏诗乘》、《历代诗发》、《诗所》、梅鼎祚本、刘成德本、及朴本、张燮本。他本或作晨。零雨曾国藩曰："似当作灵雨。"洒尘埃①。临路望所思，日夕复不来。人情有感慨，荡漾焉能排。李善注江掩拟阮诗引作"荡漾焉可能"。挥涕怀哀伤，辛酸谁语范陈本作与。哉②！

【笺注】

①黄节曰："《毛诗》(《豳风·东山》)曰：'我来自东，零雨其蒙。'《说文》引诗作'灵雨'。《鄘风》(《定之方中》)曰：'灵雨既零。'毛传曰：'零，落也。'郑笺曰：'灵，善也。'"

②黄节曰："荡漾，犹养养也，忧心不知所定也。"又引《毛诗》(《邶风·二子乘舟》)"中心养养"毛传曰："养养然忧，不知所定。"王筠曰："荡漾，《说文》作'潒漾'。养养，盖漾漾也，故曰'不知所定'。"辛酸，见其十三注。

【集评】

黄节引朱嘉徵曰："'嘉时在今辰'，怀人也。或曰：美人遐心，交道中弃焉。"

蒋师爚曰："上首、此首皆无聊之思。'临路''所思'，寄言于鸟而情已慰焉；'临路望所思'，则望所必来而不来矣，哀伤复谁语乎！……嘉树，零雨，雅宜小集，作怀人发端语始此。"

黄节又引曾国藩曰："天之道，阴求阳，阳求阴，气也。人之道，男求女，女求男，情也。古人以不遇为不偶，《诗》、《骚》之称美人，皆求君、求友也。此诗之'望所思'，亦求友之意，似有所指，言天时既嘉，道路无尘，而美人不来，能无感慨！"

黄侃曰："人事难量。得嘉期，忽逢零雨，所思终阻，感慨郁兴，辛酸之情，竟将谁愬也。"

其三十八

炎光《六朝诗集》作火。延万里，洪川荡湍濑[①]。弯弓挂扶桑，长剑倚天外。泰山成砥砺，黄河为裳《汉魏诗纪》作常。带[②]。视彼庄周子，荣枯何足赖。捐身弃中野，乌鸢作患害[③]。岂若雄杰士，功名从此大。

【笺注】

①闻人倓曰："《楚辞》：'炎火千里。'按：炎火言'日'。"黄节引扬雄《剧秦美新》李善注曰："炎光，日景也。"《说文》："延，长行也。"《尔雅·释诂》："洪，大也。"又《释水》注："川，通流。"《礼记·月令》："仲冬，诸生荡。"注："荡谓物动萌芽也。"《汉书·沟洫志》注："急流曰湍。"《说文》："濑，水流沙上也。"

②丁福保引宋玉《大言赋》："弯弓挂扶桑。"扶桑，见其二十五注。黄节又引《大言赋》："长剑耿介倚天外。"砥，磨石也。《书·费誓》孔传："砺，磨石也。"《禹贡》注："砥细于砺。"黄节引《史记·高祖功臣年表·序》："封爵之誓曰：使河如带，泰山若砺，国以永宁，爰及苗裔。"

③闻人倓引《史记》曰："庄子者，蒙人也。名周。尝为蒙漆园吏。著书十余万言，大率皆寓言也。"蒋师爚曰："庄周，犹言鲁连先生也。"《说文》："捐，弃也。"黄节引《庄子·列御寇篇》曰："庄子将死，弟子欲厚葬之，庄子曰：'吾以天地为棺椁，日月为连璧，星辰为珠玑，万物为赍送，吾葬具岂不备耶？何以加此。'弟子曰：'吾恐乌鸢之食夫子也。'庄子曰：'在上为乌鸢食，在下为蝼蚁食，夺彼与此，何其偏也！'"

【集评】

黄节引蒋师爚曰："此篇'功名'，下篇'忠义'，皆托词耳。"

又引曾国藩曰："此首有屈原'远游'之志，高举出世之想。"

方东树曰："圣人但恶不义之富贵耳，非乐枯槁也。观阮公'炎光万里'篇，词恉'雄杰'分明。自谓非庄周言，道其本实如此，非若世士，但学古人伪为高言夸语，而考其立身，贪污鄙下，言与行违也。读阮公诗，可以窥其立身行意本末表里……"又曰："此以高明远大自许，狭小河岳。言己本欲建功业，非无意于世者。今之所以望首阳、登太华，愿从仙人、渔父以避世患者，不得已耳，岂庄生枯槁比哉！"

黄侃曰："高视长生，功名复大；以视庄子虽明大道而终饲乌鸢，诚为满志矣。设词自宽，以此见忧生之至也。"

黄节曰："此诗犹《大人先生传》所云'木根挺而枝远，叶繁茂而华零。无穷之死，犹一朝之生。身之多少，又何足营'意也。'雄杰士'即指上挂弓倚剑、砺山带河功名之辈。'岂若'二字，有不与为伍意，亦犹传所云'不与尧舜齐德，不与汤武并功'也。"

其三十九

壮士何忼从蒋师爚注本，诸本皆作慷。慨，志欲威八荒[①]。驱车远行役，受命念自忘[②]。蒋师爚本作亡。良弓挟乌号，明甲有精光[③]。临难不顾生，身死魂飞扬。岂为全躯士？效命争疆范陈本、《诗纪》、《汉魏诗纪》、梅鼎祚本、《诗所》、《六朝诗集》、刘成德本、及朴本、张燮本、顾本作战。场[④]。忠为百世荣，义使令名彰。垂声谢后世，气节故有常[⑤]。

【笺注】

①黄节引《说文》曰："慷慨，壮士不得志于心也。"按蒋师爚云："今本《说文》无'于心'二字。铉曰：'忼，俗作慷，非是。'"《尔雅·释地》："觚竹、北户、西王母、日下，谓之四荒。"注："觚竹在北，北户在南，西王母在西，日下在东，皆四方昏荒之国。"据此，则八荒者，八方荒远之处也。《说苑·辨物》："八荒之内有四海，四海之内有九州。"

②《说文》："役，戍边也。"蒋师爚曰："《孔丛子》：'天子命将出征，当阶南

面,授之节钺,大将受。'‘念自亡'者,《荀子·议兵篇》:‘亡者之第制:将死鼓,驭死辔,百吏死职,士大夫死行列。'"闻人倓曰:"念自忘者,忘其身也。"

③黄节曰:"《史记》曰:‘黄帝铸鼎于荆山下,鼎既成,有龙垂胡髯下迎黄帝。黄帝上骑,群臣、后宫从上者七十余人,龙乃上去。余小臣不得上,乃悉持龙髯,龙髯拔堕,堕黄帝之弓。百姓仰望黄帝既上天,乃抱其弓与胡髯号,故后世因名其处曰鼎湖,其弓曰乌号。'张云璈曰:‘按《韩诗外传》曰:"此弓者,太山之南,乌号之柘,骍牛之角,荆麋之筋,江鱼之胶。四物者,天下之练材也。"据此,则乌号乃柘树名,抱弓而号之说妄矣。'"按胡绍煐《文选笺证》:"司马相如《子虚赋》:‘左乌号之雕弓。'张揖注曰:‘黄帝乘龙上天,小臣不得上,挽持龙须,须拔,堕黄帝弓,臣下抱弓而号,号乌号。'按张说出《史记》,恐涉怪诞不经。乌号者,柘名也。《淮南·原道训》:‘射者折乌号之弓,弯棋卫之箭。'乌号与棋卫对言,棋卫为箭,而乌号为柘之名可知。柘名乌号,因而名弓为乌号。曹毗《箜篌赋》:‘其丝则乌号之丝。'丝亦谓之乌号者,《齐民要术》:‘柘,十五年任为弓材。柘叶饲蚕,丝可作琴、瑟等弦。'是乌号为柘名。乌号之弓,犹云乌号之丝。"按《艺文类聚》六十军器部弓:"楚共王出游,亡其乌号之弓。"注:"乌号,良弓名也。"又《太平御览》九百二十羽族部七,乌:"《风俗通》又曰:‘乌号弓者,柘桑枝条畅茂,乌登其上,垂下着地,乌适飞去,从后拔杀,取以为弓,固名曰乌号。'"黄节曰:"《说文》曰:‘铠,甲也。'曹植《上先帝赐铠表》曰:‘先帝赐臣铠,黑光、明光各一领。'明甲,即明光铠也。"蒋师爚引王逸《楚辞·招魂叙》:"魂者,身之精也。"

④黄节引司马迁《报任安书》曰:"夫人臣出万死不顾一生之计,赴公家之难,斯以奇矣。今举事一不当,而全躯保妻子之臣随而媒蘖其短,仆诚私心痛之。"《左传·文公八年》注:"效,犹致也。"《说文》:"疆,界也。"《左传·成十三年》:"晋侯使吕相绝秦曰:‘……郑人怒君之疆场。'"

⑤蒋师爚引曹植《三良诗》李善注:"《孝经》注:‘死君之难为尽忠。'谥法:‘能制命曰义。'"《孟子·离娄下》赵注:"声闻,名誉也。"谢,见其

三十注。黄节引《汉书·律历志》曰："铜为物之至精，不为燥、湿、寒暑变其节，不为风雨暴露改其形，介然有常，有似于君子之行。"

【集评】

陈德文曰："衰魏之世，安得有此壮士哉，宜无以系嗣宗之思也。"（黄节引作潘璁语。潘璁本问题见例言。）

黄节引朱嘉徵曰："美节义也。当时士多以浮华进者。"

又引陈祚明曰："此岂咏公孙、毌丘之流耶？（不则忽及此甚无谓。且'忠义'、'气节'定何所指？抑亦公愿纳履赴耶？）"

又引方东树曰："原本《九歌·国殇》辞旨，雄杰壮阔，可合子建《白马篇》同诵，皆有为言之。此等语古人已造极至，不容更拟。杜、韩所以变体，即自直书胸臆，如前后《出塞》可见。"

又引曾国藩曰："此首似指王凌、诸葛诞、毌丘俭之徒。"

黄侃曰："壮士捐生，所图者后世之名，以视全躯之士诚为卓异矣。而身死魂飞，竟与常人何别？此非赞颂之词也。"

按：诗中所言之壮士乃"志欲威八荒"而"受命"出征者，与毌丘俭、诸葛诞等人之事殊不类。计阮氏一生中，魏室除受兵拒敌而外，凡命将出师兴伐者五：一为明帝太和四年七月，诏曹真、司马懿伐蜀；一为景初二年正月，诏司马懿讨辽东，发卒四万人；一为齐王芳正始五年春二月，诏大将军曹爽率众征蜀；一为嘉平四年冬十一月，诏征南大将军王昶、征东将军胡遵、镇南将军毌丘俭等征吴；一为陈留王景元四年夏五月，使征西将军邓艾、雍州刺史诸葛绪、镇西将军钟会等伐蜀。太和四年及景初二年两役，阮氏尚未入仕，而景元四年大举攻蜀，阮氏即卒于是年，先以在野之身，后以垂殁之际，均未必发为此咏。唯正始五年曹爽征蜀，其时阮氏先应蒋济之辟命，后并曾为爽之参军。而爽之伐蜀也，其腹心邓飏等实欲令其"立威名于天下"，"大发卒六七万人"（均见爽传），可谓大举。阮氏此诗，其为此役而发，欲以激励将士欤？

其四十

混范陈本及《六朝诗集》作浑。元按"浑元"字见班固《幽通赋》。生两仪，四象运衡玑①。曒黄节曰："曒当作皦。"日布炎精，素月垂景辉②。从《诗纪》、《诗所》、《六朝诗集》、《古诗类苑》。他本作晖。晷度有昭回，哀哉人命微③！飘若风尘逝，忽若庆云晞④。修龄适余愿，光宠非己威⑤。安期步天路，松子与世违。焉得凌霄翼，飘飖范陈本作"飘飘"。登云湄⑥。《六朝诗集》作眉。范陈本、陈德文本、刘成德本作巍。嗟哉尼父志，何为居九夷⑦！

【笺注】

①老子《道德·象元第二十五》："有物混成，先天地生。"《公羊·隐元年》何休注："元者气也。无形以起，有形以分，造起天地，天地之始也。"黄节曰："班固《幽通赋》曰：'浑元运物。'曹大家注曰：'浑，大也。元气运转也。'浑、混古通。"黄节曰："《周易》(《系辞上》)曰：'易有太极，是生两仪。两仪生四象。'《正义》曰：'不言"天地"而言"两仪"者，指其物体，下与"四象"相对，故曰"两仪"。"两仪生四象"者，谓金、木、水、火。禀天地而有，故曰"两仪生四象"。'"按《易·系辞》疏："两仪(天地)者，两体容仪也。"黄节引《尚书》(《舜典》)曰："在璇玑、玉衡以齐七政。"传曰："璇，美玉。玑，衡，王者正天文之器，可运转者。"

②黄节引《毛诗》(《王风·大车》)曰："有如皦日。"谓诗中"曒"当作"皦"。按《玉篇》："曒，明也。""皦，白也。"《书·洪范》："火曰炎上。"《淮南子·天文训》："火气之精者为日。"《诗·小雅·车舝》笺："景，明也。"黄节引《说文》曰："景，光也。"

③黄节引《礼记·王制》郑注"亦取晷同也"《陆氏音义》曰："晷音轨。日影。《洛书甄曜度》曰：'周天三百六十五度四分度之一。一度为千九百三十二里。'"又引《毛诗》(《大雅·荡之什·云汉》)"昭回于天"郑笺曰："昭，光也。"《毛传》曰："回，转也。"

④飘，《韵会》："吹也。"黄节曰："《史记·天官书》曰：'若烟非烟，若云非

云，郁郁芬芬，萧索轮囷，是谓卿云。'庆云古作卿云。"《诗·小雅·湛露》："匪阳不晞。"《毛传》："晞，干也。"

⑤黄节引《诗》毛传曰："修，长也。"又引《礼记》(《文王世子》)："古者谓年龄，齿亦龄也。"又引王引之《经传释词》曰："适，犹是也。"又引陈沆曰："'光宠非己威'，谓赵孟能贱之也。"按"修龄适余愿，光宠非己威"二句，似即其三十"夸名不在己"之意。

⑥黄节引《列仙传》曰："安期先生，阜乡人，时人皆言千岁翁。""松子"，见其三十二注。蒋师爚引《说文》曰："违，离也。"《史记·秦始皇本纪》"陵水经地"句注："陵作凌，犹历也。"《玉篇》："飘飖，上行风也。"《释名》："湄，眉也，临水如湄也。"

⑦《礼记·檀弓》："鲁哀公诔孔丘曰：'天不遗耆老，莫相予位焉。呜呼！哀哉！尼父！'"《左传·哀十六》及《史记·孔子世家》载哀公此诔，词句各稍不同。《论语·子罕第九》："子欲居九夷。"马融曰："九夷，东方之夷有九种也。"《汉书·地理志》："然东夷天性柔顺，异于三方之外，故孔子悼道不行，设浮于海，欲居九夷，有以也。"师古曰："论语》称孔子曰：'道不行，乘桴浮于海，从我者其由欤！'言欲乘桴筏而适东夷，以其国有仁贤之化，可以行道也。"

【集评】

黄节引陈沆曰："'光宠非己威'，谓赵孟能贱之也。方欲延龄世外，遗身霄路，即尼父居夷且非所慕，矧外希世宠乎？"

又引吴汝纶曰："求仙之意，即居夷之意也。末二句词若怪之，实所以伤之。"

黄侃曰："天道有常，人命危浅，富贵非己所愿，唯有长生可用慰心，安期、松子，惜乎从之末由耳。尼父居夷，何足慕哉！"

其四十一

天网《汉魏诗纪》作纲。弥四野，六翮掩不舒①。随波范陈本、陈德文本、刘成德本作彼。纷纶客，《六朝诗集》作落。《诗所》注："一作落。"泛泛若浮凫[②]。范陈本、陈德文本、刘成德本作"凫鹥"。《诗纪》、《汉魏诗纪》、梅鼎祚本、张燮本、及朴本注："一作凫鹥。"按"鹥"与"舒"不同韵，以作"浮凫"为是。生命无期度，朝夕有不虞[③]。列仙停修龄，养志在冲虚。飘飖云日间，邈与世路殊[④]。荣名非己宝，《六朝诗集》作实。声色焉足娱。采药无旋返，神仙志不符[⑤]。逼吴汝纶校改为通。此良可惑，令我久踌躇[⑥]。

【笺注】

①《老子·任为第七十三》："天网恢恢。"河上公注："天所网罗……。"《玉篇》："弥，遍也。"《尔雅·释器》："羽本谓之翮。"注："鸟羽根也。"《韩诗外传》卷六："盍胥对曰：'夫鸿鹄一举千里，所恃者六翮尔。背上之毛，腹下之毳，益一把飞不为加高，损一把飞不为加下。'"黄节引《说文》曰："掩，敛也。"《博雅》："舒，卷也。"

②《易·巽卦》释文："纷，众也，一云盛也。"《易·系辞上》释文："荀云：'纶，迹也。'"泛，《说文》："浮貌。一曰：任风波自纵也。"《尔雅·释鸟》郭注："凫，鸭也。"疏："野曰凫，家曰鸭。"黄节曰："《楚辞·卜居》曰：'将氾氾若水中之凫乎？与波上下偷以全吾躯乎？'泛、氾通。"

③《礼记·曲礼》注："期，犹要也。"《汉书·路温舒传》注："期，必也。"《汉书·律历志》："度者，分、寸、丈、尺、引也。"《左传·桓十七年》注："虞，度也。不虞，犹不意也。"

④黄节引《释名》曰："停，定也，定于所在也。"修龄，见上首注。《广韵》："冲，和也。"飘飖，见上首注。邈，《说文》："远也。"世路，与其三十五"时路乌足争"之"时路"同。

⑤黄节引《古诗（十九首）》："荣名以为宝。"又引《楚辞》："羌声色兮娱人。"此皆反其意。黄节引《史记·封禅书》曰："自威、宣、燕昭使人入海求蓬莱、方丈、瀛洲。此三神山者，其传在渤海中，去人不远，患且至则船风引而去。盖尝有至者，诸仙人及不死之药皆在焉。……及至秦始皇并天下，至海上，……使人乃赍童男女入海求之，船交海中，皆以风为解，

曰：'未能至，望见之焉。'……五年，始皇南至湘山，遂登会稽，并海上，冀遇海中三神山之奇药，不得，还至沙丘，崩。"黄节引《说文》曰："符，信也。"《篇海》："符，验也，证也，合也。"黄节曰："'神仙志不符'，殆如魏文帝《折杨柳行》所云'王乔假虚辞，赤松垂空言'也。"闻人倓曰："《后汉书》：'庞公居岘山之南，未尝入城府。后携妻子登鹿门山，因采药不返。'"

⑥黄节引《广韵》曰："逼，迫也。"惑，《广韵》："迷也。"《增韵》："疑也。"《楚辞·九辨》注："踌躇，进退貌。"

【集评】

黄节引朱嘉徵曰："伤乱世贤者或不免焉，前是何平叔一流，后是嵇中散一流。"

黄节引陈祚明曰："起句言世途逼窄，无可自展，随俗俯仰，可以苟容，然生命难期，颇欲遐举。末言荣名、声色既不足耽，而采药、神仙又非实事。（不几进退失据乎？使果好神仙，乃求出世，则揆彼不得，必且回辕。今长往之怀，别自有在，纵冲飞难冀，而志绝芬华，无复踌躇，理须独断；故言'可惑'，此念弥坚。）"

黄节引蒋师爚曰："起二句咏浮凫，第四句顶'随波客'以点之。"

黄节引方东树曰："此即屈子《远游》所谓'心烦意乱'也。'荣名'二句承'随波'四句，'采药'二句承'列仙'四句，收语原本《卜居》。"

曾国藩曰："首四句谓晋氏网罗人才，庸庸者皆见录用。'生命无期度'以下，阮公自喻其游于世网之外。"

吴汝纶曰："起二句，言天宇碍其六翮，不能奋飞，即所谓'迫中区之隘狭'也。"又曰："'荣名'四句，言名利既不足言，求仙又不可得也。"

黄侃曰："生命难料，朝夕不保，所以声色不足恋，荣名非己宝，唯有神仙可以悦心。而自古所传，采药不迫，求仙无验，则神仙亦终不可信。言念及此，焉得不惶惑、踌躇乎！"

黄节曰："'逼此良可惑'，谓随波相逐则生命无常，志在神仙而采药又不足信，二者相迫于中，踌躇不能自决，以是良可惑耳。"

其四十二

王业须良辅，建功俟英雄[①]。元凯康哉美，多士颂声隆[②]。阴阳有舛错，日月不常融。天时有《六朝诗集》作犹。否泰，人事多盈冲[③]。园绮遁南岳，伯阳隐西戎[④]。保身念道真，宠耀焉足崇。人谁不善始，鲜俗作鲜。闻人倓笺本作鲜。能克从《二十五家诗钞》。除闻人倓笺本外他本均作克。厥终。休哉上世《六朝诗集》误作"世上"。士，万载垂清风[⑤]！

【笺注】

①须，待也。又与需通。《广韵》："辅毗辅，相助也，弼也。"俟，亦待也。闻人倓引刘劭《人物志》曰："草之精秀者为英，兽之特群者为雄，故人之文武茂异取名于此。"

②黄节引《左传》（文十八年）曰："昔高阳氏有才子八人，天下之民谓之八凯；高辛氏有才子八人，天下之民谓之八元。"又引《尚书》（《益稷》）曰："庶事康哉！"传："众事乃安。"《诗·大雅·文王》："济济多士，文王以宁。"又《周颂·清庙之什·清庙》："济济多士，秉文之德。"

③舛，《韵会》："错乱也。"《诗·大雅·既醉》："昭明有融。"注："融，明之盛者。"《广韵》："否，塞也。"《易·序卦》："泰者通也。"《易·否卦》："象曰：大往小来，则是天地不交而万物不通也。"又《泰卦》："象曰：泰，小往大来，吉，亨，则是天地交而万物通。"《博雅》："盈，满也，充也。"《玉篇》："冲，虚也。"

④见《大人先生传》"角里潜乎丹水"句注。黄节引《史记·留侯世家》曰："上不能致者四人：东园公、角里先生、绮里季、夏黄公。"闻人倓引《高士传》曰："四皓见秦政虐，退入蓝田山，作歌，乃共入商洛，隐地肺山，以待天下安。及秦败，汉高闻而征之，不至，深自匿终南山，不能屈。"闻人倓引《史记》（《老子列传》）曰："老子者……姓李氏，名耳，

字伯阳,谥曰聃。……居周久之,见周之衰,乃遂去。至关,关令尹喜曰:'子将隐矣。强为我著书。'于是老子乃著书上下篇,言道德之意五千余言而去,莫知其所终。"又引《列仙传》曰:"关令尹喜与老子俱之流沙之西。"黄节引魏文帝《折杨柳行》曰:"老聃适而戎,于今竟不还。"

⑤黄节引《庄子》曰:"道之真,以持身也。"真,见其三十四注。蒋师爚引《史记·乐毅传》曰:"善始者不必善终。"鲜,《说文》:"少也。"黄节引《毛诗》(《大雅·荡之什·荡》)曰:"靡不有初,鲜克有终。"《尔雅·释言》:"克,能也。"《集韵》:"休,美善也。"黄节引方东树:"'上世士'即指园、绮、伯阳,能克终者耳。"

【集评】

陈德文曰:"时有否泰,事多盈乖,故欲思园、绮南岳,伯阳西戎,为保哲之计,进说于上世清风之士,意远词悲矣。"

李光地《榕村诗选》选阮籍咏怀诗其六、其三十三、其三十四及此首共四首,末注云:"斯时人皆有忧生之嗟焉。籍以韬晦自免,情见乎词。"

黄节引朱嘉徵曰:"昔新室改物,薛方曰:'尧舜在上,下有巢由。'晋公九锡,嗣宗诗:'元凯康哉美'、'伯阳隐西戎',《春秋》志畏而言谨,可谓兼之矣。"

又引陈祚明曰:"使果盛世登庸,岂不甚愿;然不可逢也。故知退隐诚非得已。然既时须隐遁,此念宜坚。'鲜终'之诮,必有所指。"

蒋师爚曰:"此言世风不古,以园、绮、伯阳自处而已。结处仍眷眷元凯之美。"

曾国藩曰:"首四句言魏三祀诗多良辅贤士,'阴阳'四句指齐王芳以后之事,'园绮'八句,阮公以自喻也。'上世士'即园、绮、伯阳之伦。"

黄侃曰:"时运启之自天。虽有圣哲,逢时则为元凯多士,失时则为园、绮、伯阳。而世之人矜其智力，以为荣枯自己；岂知善始者之不必善终哉！上士清风，于斯为美矣。”

按：此诗疑为曹爽秉政，引用当时名士何晏等而作。据《三国志·曹爽传》：“南阳何晏、邓飏、李胜，沛国丁谧，东平毕轨咸有声名，进趣于时，明帝以其浮华，皆抑黜之。及爽秉政，乃复进叙，任为腹心。”又曰：“晏少以才秀知名。”裴注引《魏略》曰：“邓飏少得士名于京师。”“毕轨以才能少有名声。”又引《魏氏春秋》曰：“初，夏侯玄、何晏等名盛于时，司马景王亦预焉。晏尝曰：‘唯深也，故能通天下之志，夏侯太初是也；唯几也，故能成天下之务，司马子元是也；唯神也，不疾而速，不行而至，吾闻其语，未见其人。’盖欲以神况诸己也。”何晏等被杀后，当时且有“名士减半”之语。可见曹爽实有意网罗当世名士以为羽翼，诗中所谓“元凯”“多士”也。唯诸人虽兴高采烈而阮氏则疑其“善始者不必善终”，而以园、绮、伯阳自许。其初辞蒋济辟命，及为曹爽参军，“因以疾辞，屏于田里”，行迹亦与诗意相合。

其四十三

《诗纪》、《汉魏诗纪》、梅鼎祚本、及朴本、张燮本注：“从《艺文》订正。”《诗隽类函》一百四十六引此诗，题作《鸿鹄》。

鸿《艺文类聚》九十作黄。鹄相随飞，《艺文类聚》九十、《诗隽类函》作去。飞《艺文类聚》二十六作随。飞适上三字范陈本、陈德文本、刘成德本作“浩渺运”。荒裔[①]。双范陈本、陈德文本、刘成德本作挥。翮从《艺文类聚》九十、范陈本、陈德文本、刘成德本、《诗所》、梅鼎祚本、及朴本、张燮本。他本作翩。凌从《艺文》九十、范陈本、陈德文本。《六朝诗集》作陵。他本作临。长风，须臾万里逝[②]。朝餐琅玕实，夕宿范陈本、陈德文本、刘成德本、《六朝诗集》作栖。丹《艺文类聚》九十作为。山际[③]。抗身青《六朝诗集》作清。云中，网罗孰《艺文类聚》二十六作不。能制？《艺文类聚》九十、《诗隽类函》一百四十六无以下二句。岂与乡曲士，携手共言誓[④]。

【笺注】

①《玉篇》:"鸿,雁也。"《诗》传云:"大曰鸿,小曰雁。"《本草》:"鹄大于雁,羽毛白泽,其翔极高而善步。一名天鹅。""鸿鹄",参见其八注。荒,大也,空也。《史记·五帝纪》:"乃流四凶族迁于四裔。"贾逵注:"四裔之地,去王城四千里。"

②翮,见其四十一注。黄节引蒋师爚曰:"翮盖翅之骨。从骨言之曰六翮,从翅言之曰双翮。"按:此说似以意为之,殊无所据,其说亦甚勉强。双翮之翮字疑有误。《世说新语》补:"愿乘长风破万里浪。"长,大也。须臾,见其二十七注。《说文》:"逝,往也。"

③黄节于下首引《尔雅》曰:"西北之美者,有昆仑之琅玕焉。"《山海经》:"昆仑山有琅玕树。"蒋师爚曰:"《艺文类聚》引《庄子》曰:'南方有鸟,其名为凤。所居积石千里。天为生树名琼枝,以璆、琳、琅玕为实。天又生离朱,一人三头,递卧起,以饲琅玕。'"今本《庄子》逸。《尚书·禹贡传》:"琅玕,石而似珠。"黄节引《山海经》曰:"丹穴之山有鸟焉,其状如鹄,五采,名凤凰。"

④《广韵》:"抗,举也。"《礼记·中庸》注:"曲,犹小小之事。"乡曲,见《庄子·胠箧篇》及《史记·平准书》。乡曲之士,谓所见不出乡曲,其知不广也。乡曲士又见《达庄论》。《礼记·曲礼》:"约信曰誓。"疏:"用言辞共相约束以为信也。"

【集评】

黄节引朱嘉徵曰:"招隐也。有《邶风》'携手同车'之义焉。"

又引陈祚明曰:"'携手言誓',交托肺腑也。此'乡曲士'殆指典午党。"

又引蒋师爚曰:"此言唯远逝可以避患,乡曲之士难可与言。"

曾国藩曰:"此首亦'远游'遗世之念。"

黄节引王闿运曰:"公之恨乡愿甚矣,岂王祥之流耶?"

黄侃曰:"杲杲遗世之情,则网罗不复能制。乡曲之士,窘若囚拘,又安肯与之携手共谈猥贱之事哉!”

其四十四

《六朝诗集》上连其十六“徘徊蓬池上”为一首。

俦物终始殊,修短各异方①。琅玕生高山,芝英耀朱堂。荧荧桃李花,成蹊将夭伤。焉敢希千术,三春范陈本、刘成德本二字作“春秋”。《六朝诗集》“三”作“春”,下缺一字。表微光③。自非凌风树,憔悴乌《诗纪》、《汉魏诗纪》、《诗所》、梅鼎祚本、及朴本注:“一作要。”有常④。

【笺注】

①黄节曰:“《战国策》:‘淳于髡曰:“夫物各有畴。”’畴,等类也。俦、畴古通。”《楚辞》王逸注:“二人为匹,四人为俦。”“俦物终始殊”,谓相俦之物,终将殊异。黄节引《淮南子》曰:“月照天下,蚀于詹诸;腾蛇游雾,而殆于蝍蛆;乌力胜日,而服于鵻礼;能有修短也。”《易·恒卦》、《礼记·乐记》注:“方,犹道也。”

②琅玕,见上首注。黄节曰:“《汉书·武帝纪》:‘元封二年夏六月,甘泉宫内中产芝,九茎连叶,作“芝房”之歌。’《汉书仪》曰:‘芝,金色,绿叶,朱实。夜有光。’”《诗·郑风·有女同车》注:“英犹华也。”

③荧荧,见其十八注。“桃李”、“成蹊”,见其十三注。曾国藩曰:“‘焉敢’二句当有误字。”黄节曰:“‘千’疑当作‘阡’。《楚辞·九怀》曰:‘远望兮千眠。’陆机《赴洛道中》诗用作阡眠。阡亦从千得声,故二字通用。《说文》曰:‘路南北为阡。’又曰:‘术,邑中道也。’谢灵运《入华子冈》诗曰:‘天路非术阡。’亦阡、术并用。案《左氏传》杜预注曰:‘蹊,径也。’诗上句言蹊,则蹊乃小径,而阡术乃大道,故曰‘焉敢希’,盖蹊小,阡、术大,亦犹修短各异也。桃李只能成蹊,不敢希于阡术之大道。且成蹊极盛时则衰矣,故曰‘将夭伤’,不过表三春之微光耳。光即‘荧荧’也。”三春,见其二十七注。

④黄节引刘桢《赠从弟》诗曰:“亭亭山上松,瑟瑟谷中风。风声一何盛!

松枝一何劲！冰霜正惨凄，终岁常端正。岂不罹凝寒，松柏有本性。”憔悴，见其三注。

【集评】

黄节引蒋师爚曰：“为可久计，莫如自重。否则如桃李成蹊，终于夭伤而已。”

又引曾国藩曰：“‘凌风树’，亦阮公以自况者。有托根霄汉，终古不凋之意。”

又引王闿运曰：“羡憔悴之有常，乱世以得死为幸。”按：此解系将末句“乌”字作“要”字。

黄侃曰：“物类不齐，或有千岁常荣，或有三春暂茂。既性命自然，虽相希无益也。”

其四十五

范陈本、刘成德本、顾本咏怀其二十二，均以江淹杂体诗三十首中之阮步兵咏怀“青鸟海上游，鸴斯蒿下飞。沉浮不相宜，羽翼各有归。飘飖可终年，沆漾安是非。朝云乘变化，光耀世所希。精卫衔木石，谁能测幽微”一首为阮氏自作。并有小注：“本集无此首而有‘幽兰不可佩’一首。”

幽兰不可佩，朱草为谁荣？修竹隐山阴，射干临增城[①]。《艺文类聚》二十六至此句止。葛藟延幽谷，绵绵瓜瓞生[②]。乐极消灵神，哀深伤人情。竟知忧无益，岂若归太清[③]！

【笺注】

①黄节引《离骚》曰：“户服艾以盈要兮，谓幽兰其不可佩。”又引王逸注曰：“言楚国户服白蒿，满其要带，以为芬芳；反谓幽兰臭恶而不可佩也。以言君亲爱谗佞，憎远忠直贤良而不肯近之也。”黄节引《鹖冠子》曰：“圣王之德下及万灵，则朱草生。”又引《吕氏春秋》曰：“昔黄帝令伶伦为律，伶伦自大夏之西、阮隃山之阴，取竹于嶰谷，为黄钟之宫；律之

本也。"射干，见其二十六注。黄节曰："《淮南子》(《地形训》)曰：'掘昆仑虚以下，地中有增城九重。'高诱注曰：'增，重也。'《文选》李善注引作'层'。增、层古通用。"

②黄节引《毛诗》(《周南·葛覃》)："葛之覃兮，施于中谷。"又引《毛传》曰："覃，延也。"又引《王风·葛藟》："绵绵葛藟，在河之浒。"按：《玉篇》："葛，蔓草也。"《易·困卦》："困于葛藟。"注："引蔓缠绕之草。"《诗·周南·樛木》："葛藟垒垒。"陆玑云："藟一名巨荒，似燕薁，亦延蔓生。"《博雅》："藟，藤也。"《诗·大雅·旱麓》："莫莫葛藟，施于条枚。"《韩诗外传》卷二作"延于条枚"。《诗·王风·葛藟》序："葛藟，王族刺平王也。周室道衰，弃其九族焉。"黄节引《毛诗·大雅·绵》："绵绵瓜瓞。民之初生，自土沮漆。"按：《毛传》："绵绵，不绝貌，瓜绂也。瓞，瓝也。"郑笺："瓜之本实继先岁之瓜，必小，状似瓝，故谓之瓞。绵绵然若将无长大时。"陆德明《释文》："瓞，小瓜也。"疏："瓜之族类有二种，大者瓜，小者瓞。瓜蔓近本之瓜必小于先岁之大瓜，以其小如瓞，故谓之瓞。"

③黄节曰："《曲礼》曰：'乐不可极。'曰'乐极消灵神'，即《淮南子》所谓'大喜坠阳'也。《楚辞·九章》曰：'愁叹苦神，灵遥思兮。'王逸注曰：'灵遥思者，神远思也。'则'灵'即'神'也。"《淮南子·道应训》注："太清，元气之清者也。"《抱朴子·杂应》："上升四十里名曰太清。太清之中，其气甚刚。"

【集评】

黄节引陈祚明曰："蔓草纠结，比时人攀附。曰'忧无益'者，正忧之至也。"

又引蒋师爚曰："大概是慨'世胄蹑高位，英俊沉下僚'。指出哀、乐两种，不能不为无益之忧。"

又引曾国藩曰："'幽兰'四句，喻当世之贤士。'葛藟'二句，喻当世之在势者。"

张琦曰："正士不用，倾邪竞进。葛藟、瓜瓞，本友亲臣，惟务佚乐，灵神销烁，而不知哀已随之；志士徒抱深忧，惟思长往而已，此讥曹爽也。"

黄侃曰："此乃仍衍前章之意。言幽兰未必见佩，朱草竟为谁荣，修竹、射干产于荒僻，葛藟、瓜瓞反得繁荣。既命之所无奈何，斯忧乐皆为无谓。'归于太清'，《齐物》逍遥之旨也。"

黄节曰："陈、蒋、曾三氏所释大略相同。惟以诗意求之：幽兰为贤人所佩，朱草为圣王而生，二物盖可乐矣；然至于'不可佩'，'为谁荣'，则可哀矣。是故幽兰之与人相近，不如修竹、射干之在山；朱草之间世一见，不如葛藟、瓜瓞之绵绵不绝；斯无与于哀乐者矣。且哀乐所至，积而成忧，终忧无益。惟泯哀乐，始归太清。《淮南子》曰：'忧悲者，德之失也。'又曰：'故心不忧者，德之至也。''乐极'以下，盖同斯义。陈、蒋、曾三氏所释，窃不敢从。"

其四十六

《诗纪》、《汉魏诗纪》、梅鼎祚本、张燮本、及朴本注："此首《艺文类聚》所载与今本不同而义意近优。观李善《文选》注：江文通拟咏怀诗所引，与《艺文》同，亦一证也。今从《艺文》定正。"

莺从《诗所》、张燮本。他本作鷽。鸠李善注江淹拟阮步兵《咏怀》诗引阮氏此诗作斯。飞桑榆，海鸟运天池[①]。岂不识宏大，羽翼不相宜。蒋师爚注本作仪。招摇安可翔，"岂不"至此三句，范陈本、程荣本、刘成德本作"岂不诚寥郭，扶摇安可斯。翔羽云霄飞。"不若栖树枝[②]。下集蓬艾《艺文类聚》二十六作蒿。间，上游园圃《艺文》二十六作囿。篱[③]。但尔亦自足，用子为追随[④]。

【笺注】

①黄节引《庄子》(《逍遥游》)曰："鹏之徙于南冥也，水击三千里，抟扶摇而上者九万里，去以六月息者也。""蜩与莺鸠笑之曰：'我决起而飞，抢

榆枋而止，时则不至，而控于地而已矣。奚以之九万里而南为！'""鹏之背不知其几千里也，怒而飞，其翼若垂天之云。是鸟也，海运则将徙于南冥。南冥者，天池也。"郭象注曰："苟足于其性，则虽大鹏无以自贵于小鸟。小鸟无羡于天池，而荣愿有余矣。故小大虽殊，逍遥一也。"按蒋师爚注本作鸴，注云："《毛诗》(《小雅·节南山之什·小弁》)：'弁彼鸴斯。'《传》：'鸴，雅乌也。'《尔雅》邵疏；'鸴斯一名鹎鶋。'《水经》(《漯水》)注引孙炎云：'卑居，楚乌。犍为舍人以为壁居。'"

②黄节引蒋师爚曰："相宜之'宜'，集作'宣'。据谢瞻《于安城答灵运》诗李善注所引改作'仪'。《诗》《毛传》曰：'仪，匹也。'"黄节曰："招摇疑当作扶摇，即反'抟扶摇而上'之意。《尔雅》曰：'扶摇谓之飙。'郭璞注曰：'暴风从下上也。'"

③黄节引《庄子》曰："鹪鹩巢于深林不过一枝。"《庄子》又曰："斥鴳笑之曰：'彼且奚适也？我腾跃而上，不过数仞而下，翱翔蓬蒿之间，此亦飞之至也；而彼且希适也？'此小大之辨也。"蒋师爚曰："《尔雅》：'艾，冰台。'《离骚》王逸注曰：'白蒿也。'"黄节曰："《周礼·太宰九职》：'二曰园圃，毓草木。'郑玄注曰：'树果蓏曰圃。园，其藩也。'《尔雅·释言》曰：'樊，藩也。'郭璞注曰：'谓藩篱。'"

④黄节曰："但尔，犹云但如此也。谓鸴鸠之栖树枝，集蓬艾，游圃篱，如此亦自足矣。《庄子》曰：'故夫知效一官，行比一乡，德合一君而征一国者，其自视亦若此矣。'郭象注曰：'亦犹鸟之自得于一方也。''但尔亦自足'即是斯义。"闻人倓引陈祚明曰："'用'言焉用也。""即是不随黄鹄之意。"蒋师爚曰："用子之'子'谓鸴子。本《易》'鸣鹤在阴，其子和之'、《诗》'鸤鸠在桑，其子七兮'之'子'。"吴汝纶曰："子指海鸟。"黄节曰："焉以子为追随，即其八诗'宁与燕雀翔，不随黄鹄飞'意。"

【集评】

闻人倓引陈祚明曰："结句乃见本怀，知自有依恋之故，非缘羽翼不宜。”

黄节引曾国藩曰：“似以鸴鸠自比，以明不慕高位，不贪远图之意。”

黄节引王闿运曰：“言兴复不能，托之隐遁。”

黄侃曰：“鸴鸠虽小，既无大鹏之翼，不羡天地之游；然生生之理，未尝不足。用子追随，阮公所以自安于退屈也。”

其四十七

范陈本、陈德文本、刘成德本合其四十八“鸣鸠”为一首，注：“本集‘鸣鸠’下列为一首。”

生命辰陈沆本二字倒置。安在，忧戚涕沾襟。高鸟翔山冈，燕雀栖下林[①]。青云蔽前庭，素琴凄范陈本、陈德文本、刘成德本作栖。我心。崇山有鸣鹤，岂可相追寻[②]。

【笺注】

①黄节引《毛诗》（《小雅·节南山之什·小弁》）曰：“天之生我，我辰安在。”按《毛传》：“辰，时也。”郑笺：“此言我生所值之辰将安在乎？谓物之吉凶。”《论语·述而》注：“戚，忧貌。”山冈，见其九又十三注。

②蒋师爚引《礼记·丧服四制》：“祥之日，鼓素琴。”黄节引《周易》（《系辞上》）曰：“鸣鹤在阴，其子和之。我有好爵，吾与尔縻之。”

【集评】

陈沆笺并见其九。

黄侃曰：“翔高栖下，皆有命焉，虽欲追随鸣鹤，不可得也。忧戚流涕，素琴凄心，非复常言所能解矣。”

黄节曰：“此篇解者俱失。《三国志·魏志》二十一裴松之注引

《文士传》曰：'太祖雅闻阮瑀名，辟之不应，连见逼促，乃逃入山中。太祖使人焚山得瑀，送至，召入。太祖征长安，大延宾客，怒瑀不与语，使就技人列。瑀善解音，能鼓琴，遂抚弦而歌，太祖大悦。'籍为瑀之子。此诗悲生命之不辰，而追念其父之节操也，故用瑀咏史诗'叹气若青云'及《曲礼》'祥琴'、《周易》'鸣鹤'、'子和'，义均可证。"按所言"解者俱失"之解，参见下首注。

其四十八

范陈本、陈德文本、刘成德本合前为一首。《诗纪》、《汉魏诗纪》、梅鼎祚本、及朴本注："《汉魏诗集》合前为一首。"吴汝纶曰："潘璁云：'诸本皆作一首，惟《诗所》别为一首。'汝纶按：合为一首者是也。言'鸣鸠'、'焦明'各有匹群，为前'追寻鸣鹤'下一转语。末二句与'生命辰安在'相为首尾。"

鸣鸠嬉庭树，焦明游浮云①。焉见孤翔鸟，翩翩无匹群。死生自然理，消散何缤纷②。

【笺注】

①黄节曰："《楚辞·九叹》曰：'孤雌吟于高墉兮，鸣鸠栖于桑榆。'又曰：'驾鸾凤以上游兮，从玄鹤与鷦朋。孔鸟飞而送迎兮，腾群鹤于瑶光。'王逸注曰：'鷦朋，俊鸟。一作鷦明，又作鷦鹏。'司马相如《上林赋》张揖注曰：'焦明似凤，西方之鸟也。'"

②《说文》："翩，疾飞也。"《广雅》："翩翩，飞也。"《广韵》："匹，配也，合也。"《礼记·缁衣》注："匹谓知识朋友。"黄节曰："消散谓死也。"自然，见其二十六注。缤纷，《玉篇》："盛也。"《类篇》："乱也。"

【集评】

蒋师爚曰："鸣鸠之嬉，成群者也，以喻朝士；焦明之游，出群者也，以喻匹；翔鸟之孤，必有成群从之者也，以喻司马氏。结出消散之多，所以叹逝。"

曾国藩曰："《上林赋》注：'焦明似凤，西方之鸟也。'此与鸣鸠并举，殊觉不伦。末二句与前四句尤为不伦，疑后人所附益也。"

黄侃曰："焦明远翔，不悉孤鸟无匹之苦。生死万殊，本于天命，岂能相为乎？"

黄节曰："嗣宗《鸠赋》序云：'嘉平中得两鸠子，常食以黍稷，后卒为狗所杀，故为作赋。'此诗盖缘是而作欤？言鸣鸠栖于庭树，相与群嬉；焦明之游于浮云，一孤鸟耳，亦有玄鹤孔鸟之相从。然鸠以群而被害，不如焦明之孤而得匹矣。虽生死乃自然常理，惟鸠为狗杀，何以变易之乱如此！此《离骚》所谓'时缤纷以变易兮，又何可以淹留'也。盖因鸣鸠之死，思效焦明远举之词。诗意甚明。而曾国藩谓（按见前），则殊未深考耳。"

其四十九

步游三衢旁，惆怅念所思①。岂为今朝见，恍惚诚有之。泽中生乔松，万世未《诗纪》、《汉魏诗纪》、《诗所》、及朴本、张燮本注："一作要。"可期。高鸟摩天飞，凌云共游嬉。岂有孤行士，垂涕悲故时②。

【笺注】

①黄节曰："《尔雅》（《释宫》）曰：'三达谓之剧旁，四达谓之衢。'此曰三衢，则三达而谓之衢者。"

②黄节又引《毛诗》（《郑风·山有扶苏》）曰："山有桥松，隰有游龙。"《陆氏音义》曰："桥亦作乔。"按《尚书·禹贡》传："乔，高也。"《诗·周南·汉广》传："乔，上竦也。"《说文》："乔，高而曲也。"吴汝纶曰："乔松生于泽中，乃万世不可得之事。"《战国策》注："摩，言切近过之。"

【集评】

蒋师爚曰："此或过曹爽故居而有感欤？歧路易悲，则三衢恍惚矣；今朝所见，故时已足垂涕矣。泽中乔松，谓爽于事业必无所成。高鸟摩天，凌云共游，借司马氏势者已张矣。结以孤行之士无所可悲，乃悲之深也。”

陈沆笺并见其九。于此首又曰：“所思恍惚，诚冀万一可斯。然泽中乔松，何如高鸟摩云，遗身世外。乌有旷怀之士终日痴念者乎？”

黄节引曾国藩曰：“乔松，冀有国桢扶魏祚于将倾者。高鸟，自喻其遗世外也。末二句，谓有伯夷之心而不学伯夷之迹也。”

黄节引王闿运曰：“末二句悲愤之极，托于旷达。”

黄侃曰：“人情念旧，恍惚如在，怊怅之怀，无时而释。若夫乔松度世，高鸟陵云，岂有如此之忧念哉？”

黄节曰：“三衢犹言歧路，喻魏晋之交。所思当指魏。‘今朝’与‘故时’相对。‘恍惚诚有之’指所思言，犹《楚辞·九歌》‘若有人兮山之阿’。‘泽中生乔松’，言魏之兴复无望，不如远举，与高鸟游嬉，奚必孤行垂涕也！”

其五十

清露为凝霜，华草成蒿莱。谁云君子贤，明达谢榛《诗家直说》引作目。《汉魏诗纪》、《诗所》、及朴本、张燮本注：“一作目。”《诗纪》注：“集作自。”安可能①。范陈本、刘成德本作哀。乘云招松乔，呼噏永矣哉②！

【笺注】

①蒿莱，见其三十一注。黄节曰：“‘华草成蒿莱’，即《离骚》所云‘何昔日之芳草兮，今直为此萧艾也。’”谢榛《四溟诗话》卷三：“阮籍《咏怀》诗：‘谁云君子贤，明目安可能’，……《离骚》：‘纷吾既有此内美兮，又重之以修能。’此协耐。王逸注：‘熊属。多力。绝人之才者谓之能。’然诸公皆本逸注。予谓：蒸韵‘能’协用于灰韵，犹存古意，何以效其穿凿而费讲耶？”又：“能，三足鳖。”黄节又曰：“古‘能’‘台’同音。郑玄

《乐记注》曰：'古以能为台字。'《汉书》曰：'三能色齐君臣和。'苏林曰：'能音台。'又'能''耐'同义。《汉书·赵充国传》曰：'汉马不能冬。'师古曰：'能读曰耐。'"

②松，赤松子，见其三十二注。乔，王子乔，见其四注。《广韵》："噏与吸同。"呼噏，见其二十三注。永，长也。扬子《方言》："凡施于众长谓之永。"

【集评】

曾国藩曰："'明达'似指一死生、齐彭殇者言之。"

黄侃曰："春秋变化，荣悴转移，纵有贤达之材，于此无能措手。招寻松乔，永其呼吸，信有之乎？请从而往矣。"

黄节曰："《三国志》：'魏武帝诏曰："其选明达法理者使持典刑。"'此诗用明达，谓明达首二句之理。"又曰："诗意谓华草顿成蒿莱者，以霜露杀之也。君子比华草。草虽华而不耐冬，君子虽贤而安耐久？是以明达此理，则招松乔学神仙呼噏之术，以求永久而已。嗣宗《大人先生传》曰：'吾乃飘飖于天地之外，与造化为友，朝飧汤谷，夕饮西海，将变化迁易，与道周始，此之于万物岂不厚哉！故不通于自然者，不足以言道；暗于昭昭者，不足与达明。'与此诗意略同。"

其五十一

丹心失恩泽，重德丧所宜。善言焉可长，慈惠未易施。不见南飞燕，羽翼正差池①。高子怨新诗，三闾悼乖离②。何为混沌氏，倏忽体貌隳③。

【笺注】

①《康熙字典》："赤心无伪曰丹。"蒋师爚引《说文》曰："重，厚也。"黄节引《毛诗》(《邶风·燕燕》)曰："燕燕于飞，差池其羽。"又引郑玄笺曰：

"差池其羽,谓张舒其尾翼。"

②黄节引《孟子》(《告子下》):"公孙丑问曰:'高子曰:"《小弁》,小人之诗也。"'孟子曰:'何以言之?'曰:'怨。'曰:'……《小弁》之怨,亲亲也。亲亲,仁也。固矣夫!高叟之为诗也。'"蒋师爚曰:"新诗者,盖正雅为故,变雅为新。"黄节曰:"新诗当作亲诗。新、亲,古通用。《尚书·金縢》:'惟朕小子其新迎',新迎乃亲迎也。《大学》:'在新民'乃亲民也;可证。"黄节引《楚辞》(《渔父》)曰:"子非三闾大夫欤?"又引王逸《离骚经章句》曰:"三闾之职,掌王族三姓,曰昭、屈、景。"按《史记·屈原贾生列传》曰:"离骚者,离忧也。"

③黄节引《庄子·应帝王篇》曰:"南海之帝为倏,北海之帝为忽,中央之帝为浑沌。倏与忽时相与过于浑沌之地,浑沌待之甚善。倏与忽谋报浑沌之德,曰:'人皆有七窍以视、听、食、息,此独无有,尝试凿之。'日凿一窍,七日而浑沌死。"《玉篇》:"隳,废也,毁也,损也。"

【集评】

陈沆并其六十七笺云:"前三章(按指其二、其十二、其二十)比,此二章赋也。前章(指其五十)言世降运徂,人心不古,浑沌日凿,机智日生,德之深而遂陷反噬,任之重而翻失太阿,宜《小弁》之哀怨,三闾之流涕也。"

黄侃曰:"人情至难预察,智力终于有穷。丹心宜于见恩而失恩,重德应无不宜而丧宜,善言宜可长而有时不长,慈惠宜施而有时不易施。宜臼之孝而见疏于父,屈原之忠而见疑于君,则世事何一足恃乎?混沌之隳,何能不归咎于倏忽耶?"

黄节曰:"诗言魏以恩泽加于司马氏而不能得其丹心,则恩泽失矣。齐王即位,以司马懿为太尉,诏曰:'太尉体道正直,尽忠三世。'此重德也,而丧所宜矣。《论语》曰:'人之将死,其言也善。'明帝疾革,执司马懿手目太子曰:'朕忍死待君,君其与爽辅此。'懿曰:'陛下不见先帝属臣以陛下乎?'文帝、明帝皆托孤于司马,此将死之言,阮诗所谓

‘焉可长’也。司马昭弑高贵乡公，皇太后令以民礼葬之，昭等奏太后曰：‘伏维殿下仁慈过隆，虽存大义，犹垂哀矜。臣等之心，实有不忍，以为可加恩以王礼葬之。’太后从之。又贾充受昭之命，使成济弑高贵乡公，昭乃奏太后收成济及其家属付廷尉治罪，太后诏曰：‘吾妇人，不达大义，以谓济不得便为大逆也。然大将军志意恳切，发言恻怆，故听如所奏。当班下远近，使知本末也。’此阮诗所谓‘慈惠未易施’也。‘南飞’用《燕燕》诗义，（按：黄注曾引《毛诗·邶风·燕燕》：“之子于归，远送于南。”）伤魏之摈弃宗室，不如燕之于飞也。《汉书》：‘中山靖王奏对曰：“使夫宗室摈却，骨肉冰释，斯伯奇所以流离，比干所以横分也。”’《诗》云：‘我心忧伤，惄焉如捣。假寐永叹，唯忧用老。心之忧矣，疢如疾首。’此《小弁》诗辞也。高子以《小弁》为怨，孟子所谓亲亲也。魏明帝太和五年诏曰：‘古者诸侯朝聘，所以敦睦亲亲也。先帝著令不欲使诸王在京师者，谓幼主在位，母后摄政，防微以渐，关诸盛衰也。朕不见诸王十有二载，其令诸王及宗室公侯各将适子一人朝明年正月。’则魏之摈却宗室，一如汉代。阮诗用《小弁》诗义，盖伤之也。屈原以楚之同姓而被放逐，作《离骚》。《史记》曰：‘怀王以不知忠臣之分，疏屈平而信上官大夫、令尹子兰，兵挫地削，亡其六郡，身客死于秦，为天下笑。’此不知人之祸也。阮诗用之，亦所以伤也。收言司马氏不知报恩而反行篡弑，亦犹倏、忽之凿混沌窍而已矣。”

其五十二

十日出旸范陈本、陈德文本、《历代诗家》二集作阳。谷，弭节驰万里。经天耀四海，倏忽潜蒙汜[①]。谁言焱及朴本作炎。炎久，游没何《诗纪》、《诗所》、《历代诗家》、张燮本作河。《汉魏诗乘》作可。蒋师爚注本作时。行王闿运《八代诗选》二字作“行可”。俟[②]。逝者岂长生，亦去荆与杞。千载《诗纪》、《汉魏诗纪》、范陈本、陈德文本、《诗所》、刘成德本、及朴本、张燮本作岁。犹崇朝，一餐聊自已[③]。三字《诗纪》、《汉魏诗纪》、《诗所》、梅鼎祚本、及朴本注：“一作百金子。”

是非得失间，焉足相讥理。计利知术穷，哀情遽《诗纪》、《汉魏诗纪》、《诗所》、梅鼎祚本、及朴本注："一作克。"能止④。

【笺注】

①胡绍煐曰："宋玉《招魂》：'十日代出。'注：王逸曰：'言东方有扶桑之木，十日并在其上。'按《汲冢书》曰(见《御览》卷四)：'本有十日，迭次而运照无穷。'"黄节曰："《山海经·海外东经》曰：'汤谷上有扶桑，十日所浴。'案汤谷亦作旸谷。《庄子》曰：'昔者十日并出，万物皆照，而况德之进乎日者乎！'"黄节引《离骚》曰："吾令羲和弭节兮，望崦嵫而勿迫。"并引王逸注曰："弭，按也。"又引《释名》曰："经，径也。"又引《楚辞·天问》曰："出自汤谷，潜于蒙汜。"蒙汜，见其十八注。

②黄节又曰："班固《东都赋》曰：'焱焱炎炎，扬光飞文。'李善注曰：'《说文》："焱，火华也。"'《字林》：'炎，火光。'"按老子《道德经》："炎炎者灭，隆隆者绝。"黄节引《淮南子》曰："游没者不求沐浴，已自足其中矣。""何行俟"，蒋师爚注本作"时行俟"，谓："犹云行行且止也。"

③荆杞，见其三注。黄节引《毛诗》(《鄘风·蝃蝀》)："崇朝其雨。"《毛传》曰："崇，终也。从旦至食时为终朝。"黄节引蒋师爚曰："一餐者，《鲁论》所谓'终食之间'，《天官书》所谓'如食顷'也。其五十四诗云：'一餐度万事'，皆就死时言之。从此看破，复何荆杞之有！荆杞者，知术之所谓是非得失也。"

④蒋师爚曰："《玉篇》：'理，正也。'讥理，谓刺讥以正之。"黄节引《玉篇》曰："讥，嫌也。"《玉篇》："遽，急也。"蒋师爚曰："《荀子·正名篇》：'是岂钜知见侮之为不辱哉？'杨倞注：'钜、遽同。'按：《战国策》：'楚王问于范环章，臣以为王钜速忘矣。'吴师道注：'钜、讵同。'"按：《说文》："讵犹岂也。"《字林》："未知之词。"

【集评】

蒋师爚曰："按天无二日，九日之焱炎终不久也。"

黄节引陈沆曰："此达观自遣也。白日经天，有时沦没；运无常隆，理有终极。汉灭魏兴，不旋踵而魏蹙；则将来典午之僭替，亦行可俟也。盛衰倚伏，愚计目前，达人旷观，今古旦暮，则亦何足深较哉！"

黄节引王闿运曰："知晋室之不久，使奸雄丧胆。"

黄侃曰："理无久存，人无不死，正当顺时待尽，忘情毁誉。而争是非于短期之中，竞得失于崇朝之内，计利虽善，未有不穷，以此思哀，哀能止乎？"

其五十三

自然有成理，生死道无常。智巧万端出，大要不易方①。如何夸毗子，作色怀骄肠。乘轩驱良马，凭几从《二十五家诗录》及陈德文本。他本作己。向膏粱②。被服陈德文本作以。纤罗衣，深榭设闲《八代诗选》作兰。房。不见日夕华，翩翩飞路旁③。

【笺注】

①成，《国语·吴语》注："犹必也。"黄节曰："《汉书·陈咸传》师古注曰：'大要，大归也。'《周易》(《恒卦》)曰：'雷风恒。君子以立，不易方。'孔疏曰：'方犹道也。'"

②黄节引《毛传》(《大雅·板》)曰："无为夸毗。"并引《毛传》曰："夸毗，体柔人也。"色，《说文》："颜气也。"《汲冢周书》："喜色油然以出，怒色厉然以侮，欲色妪然以愉，惧色薄然以下，忧悲之色瞿然以静。"《战国策》："怒于室者色于市。"注："色，作色也。"《左传·闵二年》注："轩，大夫车。"黄节引《孟子》(《告子上》)注曰："膏粱，细粱如膏者也。"

③榭，《说文》："台有屋也。"黄节曰："'深榭设闲房'者，谓设闲房深榭也。"蒋师爚曰："'日夕'之'夕'，疑'及'之讹。'日及'，其七十一诗之木槿也。"黄节曰："'日夕'疑'日及'之讹。《尔雅·释草》曰：'椴，木槿。''榇，木槿。'郭注：'别二名也。似李树华，朝生夕陨，可食。或呼日及。'"按：如以"夕"为"及"之讹，则"日及"之"日"字仍无据。似可

解“日夕”为朝生夕陨之意。又其五十五亦有“日夕”字,不能解为“日及”。

【集评】

黄节引朱嘉徵曰:“风时也。时人不强于道术,驰情车马、被服之间,如《曹风》:‘蜉蝣之羽,衣裳楚楚。’《桧风》:‘羔裘逍遥,狐裘以朝。’上下同讥焉。”

黄节引蒋师爚曰:“按生以成始,死以成终,自然有成之理,唯无常乃见自然也。怀骄在方华者,顷刻而落,翩翩路傍矣。生死何常之有!”

黄节引曾国藩曰:“‘大要不易方’云者,谓贫富、贵贱、死生、祸福,皆有自然之理,虽智巧万端,不能逃出范围之外。末二句言花有荣必有落,人有盛必有衰也。”

黄侃曰:“智巧虽多,无所逃于成理。彼夸毗者动自骄矜,而不自知其行同落卉,终于枯槁也。”

其五十四

夸谈快范陈本作忧。愤懑,情范陈本、陈德文本作惰。《诗所》、梅鼎祚本作惰,注:“一作情。”《诗纪》、《汉魏诗纪》、张燮本、及朴本作情,注:“情,一作惰。”慵发烦心[①]。此二句范陈本、陈德文本、刘成德本注:“疑是‘夸谈愤忧懑,惰慵发烦心。’”西北登不周,东南望邓林[②]。旷野弥九州,崇山抗高岑[③]。一餐度范陈本、刘成德本作傲。万世,千岁再浮沉。谁云玉石同?泪下不可禁[④]。

【笺注】

①蒋师爚引《逸周书》曰:“华言无实曰夸。”又引《国语》“阳瘅愤盈”韦昭注曰:“愤,积也。”又引《一切经音义》曰:“愤,情感也。”又引《说文》曰:“慵,懒也。”

②黄节引《离骚》王逸注曰:“不周,山名。在昆仑山西北。”又引《山海经·西山经》:“不周之山。”并引郭璞传曰:“此山形有缺不周匝处,因名。西北不周风自此出也。”黄节曰:“《山海经·海外北经》曰:‘夸父渴,欲得饮,饮于河渭;河渭不足,北饮大泽,未至,道渴而死,弃其杖,化为邓林。’则邓林在北海外。此云‘东南’者,盖嗣宗误以《史记》所言之邓林为《山海经》之邓林也。《史记·礼书》曰:‘汝颍以为险,江汉以为池,阻之以邓林,缘之以方城。’此近楚之邓林,与《山海经》所言者异。”

③蒋师爚引《周礼·大祝》注曰:“弥,犹遍也。”九州,见其十七注。蒋师爚引张衡《西京赋》薛综注曰:“抗,举也。”崇,《说文》:“高也。”岑,《说文》:“山小而高。”

④一餐,见其五十二注。黄节曰:“《毛诗》(《小雅·南有嘉鱼之什·菁菁者莪》)曰:‘泛泛扬舟,载沉载浮。’载、再古通。此云‘千岁再浮沉’,言千岁之长,如一浮一沉之顷耳。”蒋师爚引《楚辞·九章》曰:“同糅玉石兮,一概而相量。夫惟党人鄙固兮,羌不知余之所藏。”又引王逸注曰:“贤愚杂厕。”禁,《集韵》:“制也。止也。”

【集评】

黄节引成书曰:“夸谈快愤懑,嗣宗一生放言傲物,都是此意。”

黄节又引蒋师爚曰:“按‘夸谈’者,‘西北登不周’六句;‘烦心’者,玉石概量也。”蒋师爚又曰:“‘一餐度万世’,谓仙游也。‘千岁再浮沉’,是本孟子‘五百年必有王者兴’下出再字。”

陈沆笺见其九。

黄节又引曾国藩曰:“前八句有远游遗世之志。末二句,言己虽生于浊世,岂其玉石不分,随众人之混混而昧于时代之变迁耶?”

黄侃曰:“夸谈只足暂解愤情。至于情已倦惫,烦冤立兴。惟有远游长生,庶几忧心可释。然有生必灭,无或长存,玉石纵殊,同于灰烬,所以泪下而不可禁也。”

其五十五

人言愿延年,延年欲焉之?黄鹄呼子安,千秋未可期。独坐山嵓张燮本作岩。中,自此句起范陈本、陈德文本作"簪冕安能处,山岩在一时。置此明朝事,日夕将见欺。"注:"一本五句云'簪冕安能处,山岩在一时。置此游明朝,日夕将见欺。'"恻怆怀成书本作有。所思①。王子一何好,猗靡相携持。悦怿犹今辰,计校钟谭本作较。在一时②。此二句《诗纪》、《汉魏诗纪》、梅鼎祚本、及朴本注:"今本作'潜见安能处,山岩在一时。'"置此明朝事,日夕将见欺。

【笺注】

①黄节引《玉篇》曰:"之,往也。"又引《南齐书·州郡志》曰:"夏口城据黄鹄矶。世传仙人子安乘黄鹄过此上也。"嵓,《正字通》:"同岩。"岩,《说文》:"山岩也。"恻,《说文》:"痛也。"怆,《说文》:"伤也。"

②猗靡,见其二注。悦怿,见其十二注。《三国志·孙坚传》:"夜驰见术,画地计校。"又《胡综传》:"规画计校。"是计校即规画之意。

【集评】

黄节引蒋师爚曰:"按《三国志》高贵乡公甘露五年注:'帝见威权日去,召王沈、王经、王业,谓曰:"司马昭之心,路人所知也。吾不能坐受废辱。今日当与卿自出讨之。"经曰:"昔鲁昭不忍季氏,败走失国,为天下笑。今权在其门久矣,陛下何所资用?"帝曰:"行之决矣。正复死何所惧!"于是入白太后。沈、业奔告文王,文王为之备。帝遂率僮仆数百鼓噪而出。贾充逆帝,战于南阙下,帝自用剑,众欲退,成济曰:"事急矣。当云何?"充曰:"畜养汝辈,正为今日。"济乃抽戈犯跸。'《晋书·文帝纪》:'天子以帝三世宰辅,政非己出,又虑废辱,将临轩而行放黜,夜召沈、业,出怀中诏示之,戒严俟旦。沈、业驰告于帝,帝召贾充为之备。天子知事泄,率左右攻相府。'诗谓'延年焉之'者,死何所惧之说;‘明朝事’者,戒严俟旦也;‘日夕见欺’指成济犯跸事。”

陈沆曰:“此与上章王子皆指少帝也。此少帝谋讨司马师时所作,故其词忧危迫切。‘悦怿犹今辰’,幸未至死亡也。‘计校在一时’,安危皆系此举也。机会之来,间不容发,日夕不图,难必明朝矣。”

黄节引陈祚明曰:“凡为超举求仙之论者,嫉世而思去之,屈原《远游》之旨也。然不忍眷眷之思,纵使身去而心莫能已,此‘高丘’返顾所以不觉泫然耳。‘悦怿’句,幸犹未至死亡也;‘计较’句,早宜及时筹策也,然终已无逮矣;‘日夕且见欺’,即明旦亦不能待,当时魏祚之危,理势实已如此。(疾痛呼号,哀伤迫切,五内为之崩裂矣。使非此旨,则嵩山王子谁复欺之?)”

黄节引曾国藩曰:“按‘日夕将见欺’,似用季平子日入慝作事。”黄节曰:“《左传·昭公二十五年》:‘九月戊戌伐季氏。平子登台而请曰:“臣请待于沂上以察罪。”弗许。“请囚于费”,弗许。“请以五乘亡”,弗许。子家子曰:“君其许之。政自之出久矣。隐民多取食焉,为之徒者众矣。日入慝作,弗可知也。”’杜预注曰:‘慝,奸恶也。日冥,奸人将起叛君助季氏,不可知。’曾氏以为暗用此事,亦与蒋师爚说合。”

黄节曰:“‘王子’,用王子晋事,与其二十二、其六十五诗‘王子’二字同,意指高贵乡公也。”又曰:“《毛诗》曰:‘说怿女美。’《释文》曰:‘说本又作悦。’郑笺曰:‘说怿,当作说释。’正义曰:‘宜为书说而陈释之。’此诗用悦怿,宜当从郑笺作说释,谓高贵乡公与王经等讨司马昭时相说释也。”

黄侃曰:“神仙之事,千载难期,纵复延年,终难自保。晨朝相悦,夕便见欺,方知预计明朝,犹为图远而忽近也。”

按:高贵乡公与王沈、王经、王业等密谋讨昭,此何等机密事!且“夜召沈、业……戒严俟旦”,亦不过一夕间事,阮氏何能与知,而于当日忧危迫切,形诸吟咏,如蒋师爚、陈沆、陈祚明、黄节等之所言耶?

其五十六

贵贱在天命，穷达自有时。婉娈佞邪此二字曾国藩《十八家诗钞》作"莫如"。子，随利来相欺[①]。孤恩从吴汝纶《古诗钞》及王闿运《八代诗选》。他本皆作思。损惠施，但为谗夫嗤[②]。从及朴本。他本皆作蚩。鹡鸰鸣云中，载飞靡所期[③]。焉知倾侧士，一旦不可持[④]。

【笺注】

①婉娈，见其二注。黄节曰："《汉书·地理志》曰：'周人之失，巧为趋利，贵财贱义，高富下贫。''随利'犹'趋利'也。又'随'与'追'古通用。《离骚》曰：'背绳墨而追曲兮。'王逸注曰：'追，犹随也。'《史记·礼书》曰：'追俗为制。'皆随、追通用之证。则'随利'犹'追利'也。"

②孤，《集韵》："负也。"黄节曰："李陵《答苏武书》曰：'陵虽孤恩，汉亦负德。''孤恩损惠施'，与其五十一诗'丹心失恩泽，慈惠未易施'意同。"《庄子·渔父篇》："好言人之恶谓之谗。"《荀子·修身篇》："伤良曰谗。"《说苑·臣术篇》："蔽善者国之谗也。"黄节引《荀子》曰："谗夫多进反复言语。"《玉篇》："嗤，笑貌。"

③黄节引《毛诗》(《小雅·小宛》)曰："题彼鹡鸰(按《诗》作脊令)，载飞载鸣。"笺云："载之言则也。"《尔雅·释鸟》："鹡鸰，雝渠。"注："一名雝渠也。"《诗·小雅·常棣》："脊令在原，兄弟急难。"传："脊令，雝渠也。飞则鸣，行则摇，不能自舍耳。"笺云："雝渠，水鸟，而今在原，失其常处，则飞则鸣求其类，天性也。"黄节又引东方朔《答客难》曰："此士之所以日夜孳孳也，修学敏行而不敢怠也。譬彼鹡鸰，飞且鸣矣。"按胡绍煐笺云："善曰：'《毛诗》曰："题彼鹡鸰，载飞载鸣。"'今《小宛》作脊令。按鹡令鸟之飞鸣不息，犹士之孳孳不怠，因取以譬焉。《常棣》传：'脊令，雝渠也。飞则鸣，行则摇，不能自舍。'《小宛》传：'脊令不能自舍，君子有取节尔。'笺云：'则飞则鸣，翼也，口也，不有止息。'皆其义矣。"黄节曰："'靡所期'，犹言无期也。"

④《礼记·曲礼》:“倾则奸。”注:“视流则容侧,必有不正之心存乎胸中,此君子所以慎也。”《尚书·洪范》:“无反无侧。”注:“不偏邪也。”黄节曰:“持,犹保持也。”按《诗·大雅·凫鹥》疏:“执而不释谓之持,是手执之也。”

【集评】

黄节引蒋师爚曰:“‘邪佞子’、‘谗夫’、‘倾侧士’,谓王沈、王业一流,‘孤恩损惠施’,悼高贵乡公也;‘鹡鸰鸣云中’,以况王经。《三国志》注:‘《世语》曰:“王沈、王业驰告文王,尚书王经以正直不出。”’《晋诸公赞》曰:‘沈、业将出,呼王经,经不从,曰:“吾子行矣。”’”

吴汝纶曰:“言自修之士固靡所归矣;不知倾侧者何以亦不可久也。”

黄侃曰:“倾侧之士,孤恩损惠。穷达异状,则离合殊情。势交、利交,何能终持耶?”

黄节曰:“孟子曰:‘万乘之国,弑其君者必千乘之家;千乘之国,弑其君者必百乘之家。万取千焉,千取百焉,不为不多矣;苟为后义而先利,不夺不餍。’此‘利’字指弑君篡国言。”黄节又曰:“载飞无期,似指太后诏收经诣廷尉事,倾侧士似指成济兄弟。济既弑高贵乡公,司马昭又奏太后收济家属付廷尉治罪。《魏氏春秋》曰:‘成济兄弟不即伏罪,袒而升屋,丑言悖慢,自下射之,方殪。’诗所谓‘焉知倾侧士,一旦不可持’也。”

其五十七

惊风振四野,回云荫堂隅。此三字范陈本作“集一隅”。床帷为谁设?几杖为谁扶①?虽非明君子,岂暗桑与榆?世有此聋聩,芒芒将焉如②?翩翩从风《一十五家诗录》作此。飞,悠悠去故居。离靡《八代诗选》作靡。玉山下,遗弃毁与誉③。

【笺注】

①振,《广韵》:"动也。"又同震。四野,见其十三注。黄节引《释名》曰:"床前帷四襜。"又引《礼记》(《曲礼上》)曰:"大夫七十而致仕,若不得谢,必赐之几杖。"

②《庄子·齐物论》注:"黮暗,不明貌。"蒋师爚引《淮南子》曰:"日西垂景在于树端,谓之桑榆。"桑榆,以喻人之晚年,犹曰景之西垂也。黄节引《说文》曰:"聋,无闻也。"《类编》:"瞆,目无精也。"黄节引《毛诗》(《商颂·玄鸟》毛传:"芒芒,大貌。"按《孟子·公孙丑上》注:"芒芒,罢倦之貌。"如,往也。

③翩翩,见其四十八注。"翩翩从风飞"谓奉策。黄节引《毛诗》(《鄘风·载驰》)毛传曰:"悠悠,远貌。""悠悠去故居",魏故而晋新也。蒋师爚曰:"《礼记·曲礼》注:'离,两也。'《周礼·巾车》:'建大麾以田。'注:'大麾,色黑。'"黄节曰:"'离麾'当作'离靡'。'摩'为'麾'之本字,传写去'非',又反'手'为'毛',遂误作'麾'。司马相如《上林赋》曰:'布获闳泽,延曼太原,离靡广衍。'李善注曰:'离靡,离而邪靡,不绝之貌也。离,力尔切。'蒋师爚以麾为大麾,离麾盖官骑排执之以为前导者,恐非是。"玉山,见其二十五注。《孟子·离娄上》:"有不虞之誉,有求全之毁。"《庄子·盗跖篇》:"好面誉人者,亦好背而毁之。"《韵会》:"毛氏曰:'忌其人而毁之,媚其人而誉之。'"

【集评】

曾国藩曰:"首四句有时移势异、举目山河之感。'翩翩'二句,言时移势殊,我亦遗世远举,不效世之聋瞆贪恋禄位,茫然不知玉步之已改也。"按阮氏卒年,晋尚未受魏禅。

黄节引王闿运曰:"言魏之将亡,路人皆知,追怨爽、晏之聋瞆也。"

黄侃曰:"常人亦知有死,非唯明达能知。而溺情名利者,则忽如聋瞆,忘其身之易消。唯明达者乃能决弃毁誉,长往不返也。"

黄节曰:"此诗盖责当时之大臣受魏帝恩礼者,不知国之将亡,故愤而为屈子之远游也。蒋师爚曰：‘按此有所不足于郑冲也。《晋书·郑冲传》：“冲，开封人。位登台辅，不预世事。魏帝告禅，使奉策；武帝践阼，拜太傅，抗表致仕，赐几杖、床帷、官骑二十人。”’《山海经·中山经》曰：‘敖山东南一百五十里曰玉山，盖近开封。’蒋氏之言，求之床帷、几杖云云，辞颇有据。然考之《晋书·阮籍传》，籍以景元四年冬卒，而魏禅于晋乃在咸熙二年，是籍死后阅二年魏祚始亡。又《郑冲传》以泰始九年抗表致仕，赐几杖、床帷，则更在籍死后十年矣，诗中何由及之？蒋氏之言，未之深考耳。”

按：《晋书·山涛传》：“帝以涛清俭无以供养，特给日契，加赐床帐、茵褥，礼秩崇重，时莫为比。”又《晋书·王祥传》：“赐几杖、床帷、簟褥。”

其五十八

危冠切浮云，长剑出天外。细故何足虑，高度跨一世①。非子为我御，逍遥游荒裔。顾从《诗纪》、《汉魏诗纪》、范陈本、《诗所》、《汉魏诗乘》、刘成德本、梅鼎祚本、张燮本、及朴本、《古诗类苑》。他本作愿。谢西王母，吾将从此逝。岂与蓬户士，弹琴诵言誓②。

【笺注】

①危，高则危也。见《礼记·丧大记》注。黄节引《楚辞·涉江》曰：“带长铗之陆离兮，冠切云之崔巍。”并引王逸注曰：“言己内修忠信之志，外带长利之剑，戴崔巍之冠，其高切青云也。”“长剑出天外”，又见其三十八注。广，谓人之度量。《左传·昭十三年》注：“跨，过其上。”

②蒋师爚引《史记·秦本纪》曰：“非子居犬丘，好马及畜，善养息之。周孝王召使主马于汧渭之间，马大蕃息。”曾国藩曰：“非子，秦之先世。”荒裔，见其四十三注，《玉篇》：“回首曰顾。”谢，见其三十注。西王母，见其二十二注。黄节引《尚书·大传》曰：“子夏曰：‘穷居河济之间，深山之中，作坏室，编蓬户，弹琴瑟其中，以歌先王之风。’”言誓，见其四

十三注。

【集评】

黄节引陈祚明曰:“此与‘鸿鹄相随飞’一章略同。彼云‘网罗孰能制’,故知乡曲士,言彼徒也;此云‘弹琴诵言誓’,似蓬户士亦有志而无权者;志异辞同,隐士也。思之计之而不得,复欲置之,直以为细故矣。”

黄节引蒋师爚曰:“此即嗣宗所谓大人先生也。谢西王母,仙亦不足学矣。”

曾国藩曰:“此首亦有高举遗世之意。”黄节又引曾国藩曰:“末二句似讥拘守礼法之士。”

黄侃曰:“远游负俗,阮公所以见嫉于礼法之士,殆以此欤?”

其五十九

河上有丈人,纬萧弃明珠①。甘彼藜藿食,乐是蓬蒿庐②。岂效缤纷子,良马骋轻从《艺文》、范陈本、陈德文本、《诗纪》、《汉魏诗纪》、刘成德本、《汉魏诗乘》、《诗所》、《古诗类苑》、梅鼎祚本、及朴本、张燮本。他本作龙。舆。朝生衢路旁,夕瘗横术隅③。欢笑不终晏,《艺文》二十六作宴。俯仰复欷歔。鉴兹二三者,愤懑从此舒④。

【笺注】

①《说文》:“纬,织横丝也。”《释名》:“纬,织也,反复围绕以为经也。”《集韵》:“萧艾,蒿也。”黄节引《庄子·列御寇篇》曰:“河上有家贫恃纬萧而食者,其子没于渊得千金之珠,其父谓其子曰:‘取石来锻之。夫千金之珠必在九重之渊而骊龙颔下,子能得珠者,必遭其睡也。使骊龙而寤,子尚奚微之有哉?’”又引陆氏《释文》曰:“纬,织也。萧,荻蒿也。织萧以为畚而卖之。”

②《汉书·司马迁传》注:"藜草似蓬。"《仪礼·公官大夫礼》注:"藿,豆叶。"黄节引曹植《七启》曰:"予甘藜藿,未暇此食也。"《博雅》:"是,此也。"《礼记·内则》注:"蓬,御乱之草。"《礼记·月令》注:"蒿亦蓬、萧之属。"《诗·小雅·鹿鸣》传:"蒿,菣也。"

③黄节引张衡《南都赋》李善注曰:"骆驿、缤纷,往来众多貌。"黄节引《尔雅》曰:"四达谓之衢。"《尔雅·释言》:"瘗,幽也。"疏:"谓埋藏。"《释文》:"瘗,埋也。"闻人倓引《说文》曰:"术,邑中道也。"又引《管子》:"里十为术。"黄节曰:"本集《东平赋》曰:'则有横术之场。'又其七十三诗曰:'横术有奇士。'"术,又见其三十七注。

④不终晏,见其二十四注。黄节引《毛诗》(《卫风·氓》)曰:"女也不爽,士贰其行;士也罔极,二三其德。"愤懑,见其五十四注。舒,《韵会》:"散也,开也。"

【集评】

黄节引陈祚明曰:"趋炎之人,亦有不终者,以是聊快所愤。"

又引蒋师爚曰:"此有快于成济兄弟之见杀也。"(按《三国志》:"敕侍御收济家属付廷尉。"注:"济兄弟不即服罪,袒而升屋,丑言悖慢,自下射之,方殪。""缤纷子"指成济兄弟言之。朝生路旁,夕瘗术隅,未下狱而射死也。"二三者"诮自贾充令之,即自贾充杀之也。)

又引曾国藩曰:"'二三者'似亦刺魏臣而二心于晋,旋盛旋败者。"

黄侃曰:"枯者,对荣之名,不荣何枯?穷者,对达之名,不达何穷?此所以甘为河上丈人,而不乐为衢路之客也。二三者,谓缤纷子也。"

其六十

儒者通六艺,范陈本、刘成德本作义。《诗纪》、《汉魏诗纪》、《诗所》、梅鼎祚本、及朴本、张燮本注:"一作义。"《看诗随录》作经。立志不可干①。违礼不为动,非法不肯言。渴饮清泉流,饥食并范陈本、陈德文本、刘成德本作甘。《诗纪》、

《汉魏诗纪》、《诗所》、梅鼎祚本、及朴本、张燮本注:"一作甘。"一箪②。岁时无以祀,衣服常苦寒。屣履咏《南风》,缊袍笑范陈本、刘成德本作不。华轩。信道守诗书,义不受一餐③。烈烈褒贬辞,老氏用长叹!

【笺注】

①丁福保引《周礼·地官》:"六艺:礼、乐、射、御、书、数。"《庄子·天运篇》曰:"孔子谓老聃曰:'丘治诗、书、礼、乐、易、春秋六经,自以为久矣,孰知其故矣。'"黄节引《史记·孔子世家》曰:"孔子以诗、书、礼、乐教弟子,盖三千焉,身通六艺者七十有二人。"又引《汉书》颜师古注曰:"六艺,六经也。"黄节引《说文》曰:"干,犯也。"

②蒋师爚引《论语》(《颜渊章》)曰:"非礼勿动。"又引《孝经》曰:"非先王之法言不敢言。"闻人倓引《礼记》注:"并,犹专也。"黄节引《礼记·儒行》曰:"并日而食。"又引郑玄注曰:"并日而食,二日用一日食也。"黄节引《论语》(《雍也章》)曰:"一箪食,一瓢饮。"《篇海》:"箪,竹苇器。"郑康成曰:"盛饭者:圆曰箪,方曰笥。"《尔雅·释诂》:"祀,祭也。"又《释天》:"春祭曰祠,夏祭曰礿,秋祭曰尝,冬祭曰蒸。"

③黄节引《后汉书·崔骃传》李贤注曰:"屣履,谓纳履曳之而行,言匆遽也。"又引《礼记·乐记》曰:"舜作五弦之琴以歌《南风》。"闻人倓引《礼记》疏:"南风,诗名。孝子之诗。南风长养万物而孝子歌之。舜有孝行,故歌以教孝。"黄节曰:"'屣履咏南风',盖用《孟子》(《滕文公上》)'颜渊曰:"舜何人也!予何人也!"'意。《论衡》曰:'五帝三王,颜渊独慕舜,知己步驺有同也。'"《礼·玉藻》注:"缊,赤黄之间色,所谓韨也。"黄节引《论语》(《子罕章》)曰:"衣敝缊袍与衣狐貉者立而不耻者,其由也欤!"闻人倓曰:"轩,大夫车。"黄节引谢承《后汉书》曰:"闻人统家贫无马,行则负担,卧则无被,连麇皮以自覆,不受人一餐之馈。"

【集评】

黄节引朱嘉徵曰:"刺小儒也。讽收调音旨,实尊儒于老氏之上。"

又引沈德潜曰："儒者守义，老氏守雌，道既不同，宜闻言而长叹。魏、晋人崇尚老、庄，然此诗言各从其志，无进退两家意。"

闻人倓引陈祚明曰："怀方执高之士，褒贬断然，而不知犯老氏之诫，公故叹之。"

陈沆曰："此叹汉党锢诸儒危行而不言逊，守正而不达权，故章末以老规儒也。乌用月旦之许，清流之目哉！"

黄节引方东树曰："十三句说儒者，一句结收，章法绝奇。言外见己非不知儒术，但己之道不同耳。"

黄侃曰："儒者自修如此，自苦如彼，守诗书而不变，待褒贬而无惭。以老氏之道观之，徒堪叹息耳。"

黄节曰："'烈烈褒贬辞，老氏用长叹。'蒋师爚以为即老子'天下皆知美之为美，斯恶已；皆知善之为善，斯不善已'之义。节案《庄子·天运》曰：'孔子谓老聃曰："丘治诗、书、礼、乐、易、春秋六经，自以为久矣，孰知其故矣。以奸者七十二君，论先王之道而明周召之迹，一君无所钩用。甚矣夫！人之难说也？道之难明邪？"老子曰："夫六经者，先王之陈迹也，岂其所以迹哉？今子之所言犹迹也。夫迹，履之所出，而迹岂履哉？"'又《庄子》曰：'老聃曰："下有桀、跖，上有曾、史，而儒、墨毕起，于是乎喜怒相疑，愚智相欺，善否相非，诞信相讥，而天下衰矣。"'以证本诗所言，似较蒋说为近。"

其六十一

少年学击刺，《汉魏诗纪》、《六朝诗集》、梅鼎祚本、及朴本、张燮本作剑。《诗纪》注："集作剑。"《诗所》注："一作剑。"妙伎过曲成[1]。蒋师爚注本作成，注："一作城。"英风截云霓，超世发奇声。挥剑临沙漠，饮马九野坰[2]。旗帜何翩翩，但闻金鼓鸣。军旅令人悲，烈烈有哀情。念我平常时，悔恨从此生[3]。

【笺注】

①黄节曰:"《史记·日者传》:'褚先生曰:"齐张仲、曲成侯,以善击刺,学用剑立名天下。"'节按:《汉书·地理志》东莱郡有曲成县,又《王子侯表》有曲成侯万岁,而表称涿郡。惟《汉·志》涿郡有成县而无曲成县。且涿郡非齐地。则是《史记》所称齐张仲曲成侯当指东莱之曲成。此诗诸本皆作曲城。《史记·建元已来王子侯者年表》有曲成侯,与《汉书》同。而《高祖功臣侯年表》又有曲成侯,钱大昕云:'《汉·志》曲成县属东莱,即此曲成也,与《王子侯表》之曲成异。'则此诗依《功臣年表》作曲城,亦与《日者传》之曲成为一矣。"

②《说文》:"霓,屈虹。青、赤或白色,阴气也。"黄节引《庄子·说剑篇》曰:"上决浮云,下绝地纪。"黄节曰:"声,誉也。"又引李陵《别歌》曰:"径万里兮度沙漠,为君将兮奋匈奴。"饮,《玉篇》:"咽水也。"《孟子·告子》:"夏日则饮水。"黄节曰:"古乐府有《饮马长城窟行》。"又引《吕氏春秋》曰:"天有九野,地有九州。"又引冯衍《自论》李贤注曰:"九野,谓九州之野。"又引《尔雅》曰:"牧外谓之野,野外谓之林,林外谓之坰。"又引《毛诗》(《鲁颂·驷之什·驷》)毛传曰:"坰,远野。"

③《说文》:"帜,旌旗之属。"翩翩,谓乘风飞扬也。黄节引吴子曰:"凡战之法,昼以旌旗幡麾为节,夜以金鼓笳笛为节。"黄节引《毛诗》(《小雅·鹿鸣之什·采薇》)郑笺曰:"烈烈,忧貌。"黄节曰:"'少年'乃追溯之词。'平常时'谓少年时也。'平常'犹'平生',其五诗曰:'平生少年时。'"

【集评】

黄节引蒋师爚曰:"按:旗帜翩翩,但闻金鼓,则是兵终不交,仗终不接也;击刺无所用之矣,其能不有哀情而生悔恨乎?此寓言于击刺之少年也。"

陈沆笺并见其九。黄节又引陈沆曰:"悔所学之无用,其志欲何为哉?与'炎光延万里'篇旷激不伦,壮情则一。"

黄节又引曾国藩曰："少年欲从军立功而晚节悔恨者，念仇敌不在吴蜀而在堂帘之间也。"

黄侃曰："少年任侠，有轻死之心，及至临军旅，闻金鼓，而悔恨立生。则知怀生恶死，有生之所大期。客气虚憍，焉足恃乎！"

其六十二

平昼整衣冠，思见客与宾①。宾客者谁子？倏忽若飞尘。裳衣佩云气，言语究灵神。须臾相背弃，何时见斯人②！

【笺注】

①昼，《说文》："日之出入，与夜为界。"平昼，犹《孟子·告子》之言"平旦"，谓天平明之时也。蒋师爚曰："承宾引客用一'与'字者何？《周礼·大行人》：'掌大宾之礼及大客之仪。'注：'大宾，要服以内诸侯；大客，谓其卿孤。'"黄节曰："此诗不必强分宾、客，诗言思见宾客耳。'与'字乃助辞。《国语》韦注曰：'与，辞也。'"

②倏忽，见其三十六注。"倏忽若飞尘"，谓如飞尘之绝迹不见也。佩，佩带。《尔雅·释言》："究，穷也。"《集韵》："极也。"须臾，见其三十三注。

【集评】

黄节引蒋师爚曰："裳衣、言语，都涉神幻，岂伊楚骚人物耶？觌面失之，是所不能已已。"

又引曾国藩曰："此首或指孙登、嵇康之流。"

又引王闿运曰："言举朝无人。"

黄侃曰："眼中之人，忽为尘土。虽复裳衣华美，言语通神，而重见之因意失。阮公其有悲于叔夜、泰初之事乎？"

其六十三

多虑令志散，寂寞使心忧。翱翔欢范陈本、陈德文本、刘成德本、《六朝诗集》、张燮本作观。《诗纪》、《汉魏诗纪》、《汉魏诗乘》、《诗所》、《古诗类苑》、梅鼎祚本注："一作观。"陂范陈本、陈德文本、刘成德本、《六朝诗集》作彼。《诗纪》、《汉魏诗纪》、梅鼎祚本、及朴本、张燮本注："一作彼。"泽，抚剑登轻舟①。但愿长闲暇，后岁复来游②。

【笺注】

①蒋师爚引子华子曰："意之所存谓之志，志之所造谓之思，思而有所顾慕谓之虑。"《说文》："虑，谋思也。……思有所图曰虑。"又曰："志者，心之所之也。"又曰："寂，无人声也。"又曰："寂寞，无声也。"《礼记·月令》注："蓄水曰陂。"《说文》："陂，阪也，一曰池也。"黄节曰："扬雄《解嘲》曰：'惟寂惟漠，守德之宅。'此诗首二句意谓：多欲虑者不能寂寞则令志散，其好言寂寞者又类扬雄之美新而自使心忧。离去此辈则惟有翱翔彼泽，抚剑登舟而已。"

②黄节引《毛诗》（《陈风·泽陂》）曰："彼泽之陂，有蒲与荷。有美一人，伤如之何。"《诗》序曰："刺时也。"诗言抚剑登舟，往观彼泽以寻伤心之人，更期之后岁来游也。

【集评】

曾国藩曰："此首自述其韬精退志，欢物自怡之景。"黄节引吴汝纶曰："此正忧生之嗟，恐后不能复游也。"

黄侃曰："此诗有山枢之意。"按：《诗·唐风·山有枢》序："山有枢，刺晋昭公也。不能修道以正其国，有财不能用，有钟鼓不能以自乐，有朝廷不能洒扫，政荒民散，将以危亡，四邻谋取其国家而不知，国人作诗以刺之也。"

其六十四

朝出上东门，遥望首阳基。松柏郁森沉，鹂黄范陈本、刘成德本作"黄鹂"，注："一作鹂黄。"相与嬉①。逍遥《水经》引作"遥遥"。九曲间，徘徊欲何之②。念我平居《六朝诗集》误作君。时，郁然思妖姬③。

【笺注】

①上东门，见其九注。首阳，见其九注。扬子《方言》："基，据也。在下，物所依据也。"松柏，见其十三注。《诗·秦风·晨风》传："郁，积也。"森，《说文》："木多貌。"《集韵》："沉沉，宫室深邃貌。"陆玑云："黄鹂留，关西谓之鹂黄。"《广韵》："黄鹂，仓庚也。一名黄莺。"黄节引张衡《东京赋》李善注曰："《尔雅》曰：'鸧鹒，鵹黄也。'郭璞曰：'鹂，黄黑也。'"

②黄节曰："《水经》曰：'谷水又东过河南县北，东南入于洛，又自乐里道屈而东，出阳渠，亦谓之九曲渎。'《河南十二县境簿》云：'九曲渎在河内巩县西，西至洛阳。'又按傅畅《晋书》云：'都水使者陈狼凿运渠，从洛口入，注九曲，至东阳门。'郦注云：'是以阮嗣宗《咏怀》诗所谓"朝出上东门，遥望首阳岑"，又云"遥遥九曲间，徘徊欲何之"者也。'逍遥，《水经注》作遥遥。"

③平居时，犹言平素闲居之时。黄节引《广韵》曰："郁，幽也。悠，思也。"《书·五子之歌》："郁陶乎吾心。"疏："郁陶，愤结积聚之意。"宋玉《神女赋》："近之既妖。"梁章钜云："妖当作姣，方与上姣丽画一。"曹植《七启》："然后姣人。"胡绍煐云："善曰：'《毛诗》曰："佼人僚兮。"'按：依注，则正文当作佼。"

【集评】

黄节引潘璁（按：潘璁其人无考。范陈本、陈德文本题下注与此所引文正同）曰："嗣宗反覆首阳之叹而有'徘徊何之'之悲，且'郁然思妖姬'，盖罪祸胎厉阶之心，中若切齿而意则婉扬。嗟乎！"

曾国藩曰："首二句与第九首相似，而'基'字不如'岑'字之稳。末句'思妖姬'语尤不伦，疑非阮公诗，后人附益之耳。"

黄侃曰："妃匹之情，理无隔绝。世人或疑末句不类嗣宗之言，嗣宗岂忘情者哉？"

黄节曰："妖姬，盖指妲己也。望首阳而思夷齐，因及纣之所以亡也。以妖姬指妲己，犹箕子《麦秀》歌以狡童指纣。嗣宗《咏怀》四言诗曰：'容华艳色，旷世特彰。妖冶殊丽，婉若清扬。鬒发蛾眉，绵邈流光。藻采绮靡，从风遗芳。泯泯乱昏，在昔二王。瑶台璇室，长夜金梁。殷氏放夏，周翦纣商。於戏后昆，可为悲伤。'证以此诗，盖悲魏明帝也。"

按：陈德文以"妖姬"句，为罪祸胎厉阶，黄节先生亦以为系指妲己。但如此解，与上句"念我平居时"似不相属。阮氏《清思赋》末云："既不以万物累心兮，岂一女子之足思。"似可参看。

其六十五

王子十五年，游衍伊洛滨。朱颜茂春华，辩何焯评本作辨。《六朝诗集》误作办。慧《六朝诗集》作惠。怀清真。焉见浮丘公，举手谢时人①。轻荡何焯评本、《看诗随录》作薄。易恍惚，飘䬙陈沆注本作"飘飘"。弃其《看诗随录》作此。身。飞飞鸣且翔，此句《六朝诗集》作"飞鸣且翱翔"。挥翼且酸辛②。姚范《援鹑堂笔记》卷三十八云："此篇似有阙文，而末二句为以他篇滥入；或'飞飞'之上有跨鹤事，而传者脱失。"

【笺注】

①黄节引《毛诗》(《大雅·生民之什·板》)曰："及尔游衍。"传："游，行。衍，溢也。"游衍，盖如今言漫游之意。《易·无妄卦》注："茂，盛也。《诗·大雅·生民》注："茂，美也。"黄节引《逸周书》曰："晋平公使叔

誉于周,见太子晋而与之言,五称而五穷,逡巡而退,其言不遂,叔誉曰:'太子晋行年十五,而臣弗能与言。'"黄节又曰:"辩慧,盖指《逸周书》太子晋与叔誉、师旷相答问之辞。"太子晋游伊洛间,见浮丘公;举手谢时人,见其四注。

②黄节曰:"轻荡四句,用《列仙传》王子晋事,并见其四诗注。鸣翔、挥翼,谓作凤鸣,乘白鹤事。"

【集评】

黄节引朱嘉徵曰:"吊嵇康也。康好锻以亡其身,如舞曲'淮南王'自言尊痛惜之也。"

黄节引何焯曰:"阮公咏怀,所选止十七篇,作者之要指已具矣。惟其间尚有'王子十五年'一篇言明帝不能辨宣王之奸,轻以爱子付托,最为深永。"

黄节引蒋师爚曰:"此伤常道乡公也。《三国志》纪,禅位司马,公年二十,即位之年,年方十五。'焉见浮丘公',以况司马昭之诡幻也。'轻荡弃身',已有高贵乡公前鉴,徒酸辛而已矣。"

陈沆曰:"此言明帝不能辨司马懿之奸,轻以爱子付托也。不然,子晋得仙,何谓有弃身之叹?无亦有不遇浮丘而与世长谢者乎?哀哀王子,何为遇此乎!"

黄节引陈祚明曰:"子晋得仙,何为有弃身之叹?千载而上,曷用伤之?复有不遇浮丘而与世长谢者。哀哀王子,何党之乎!"

张琦曰:"此伤高贵乡公。"

黄侃曰:"神仙竟无可信。子晋缑岭之游,人传仙去;然飘飖恍忽,竟与死去何殊!观于此诗,而阮公忧生之情,大可见矣。"

黄节曰:"《逸周书》:'王子曰:"吾后三年上宾于帝所。"'孔晁注曰:'王子年十七而卒。'则是十五时未遇浮丘也。诗言王子十五,未即上宾,以喻高贵初年不期遽折。"又曰:"嗣宗之死,在常道乡公景元四年，又二年而魏始禅于晋，嗣宗不及睹魏禅，则'弃身'之辞岂得谓指常道乡公？蒋(师爚)说实误。盖此诗伤高贵乡公而作也。《魏志》：高贵乡公卒年二十，在位凡六年。则即位之时年当十五。诗中称其辩慧，如《志》载帝幸太学问诸儒事可证。陈寿评曰：'高贵公才慧夙成，好问尚辞，然轻躁忿肆，自蹈大祸。'则诗言轻荡弃身，匪高贵其何指？至何焯谓此诗言明帝轻以爱子付托奸臣，其所谓爱子者指齐王芳，亦误。考芳即位之年九岁，在位十五年，无辩慧可称；后虽被废，迁居别宫，晋泰始十年始卒，无弃身之事。何氏未之深考耳。"又于引朱嘉徵说后曰："此又一说，亦可采。"

其六十六

塞从《六朝诗集》。《诗纪》、《汉魏诗纪》、《诗所》、梅鼎祚本、及朴本、张燮本作塞，注："一作寒。"他本作塞。门不可出，海水焉可浮①。朱明不相见，奄昧独无俟②。此二句从范陈本、陈德文本、刘成德本、《诗纪》、《汉魏诗纪》、《诗所》、《六朝诗集》、《古诗类苑》、张燮本。他本作"朱明奄昧独，无不相见俟"。持瓜思东陵，黄雀诚独羞。失势在须臾，带剑上吾丘③。悼彼桑林子，涕下自交流④。假乘汧渭间，鞍陈德文本、程荣校刻范陈本作安。马去行游⑤。

【笺注】

①黄节引《楚辞·远游》曰："舒并节以驰骛兮，逴绝垠乎寒门。"并引王逸注："寒门，北极之门。"按司马相如《大人赋》："轶先驱于寒门。"应劭曰："寒门，北极之门也。《史记·孝武本纪》：'齐人公孙卿曰："申功，齐人也。与安期生通。受黄帝言，无书。……其后黄帝接万灵明廷。明廷者，甘泉也。所谓寒门者，谷口也。"'《集解》：'徐广曰："寒，一作塞。"'《汉书音义》曰：'黄帝仙于寒门也。'《索隐》：'服虔云："寒门，黄帝所仙之处。"小颜云："谷，中山之谷口。汉时为县，今呼为冶谷。去甘泉八十里。盛夏凛然，故曰寒门。"'"阮氏《清思赋》："临寒门而长

辞。”汪师韩《文选理学权舆》卷八塞门条:“颜延之《赭白马赋》云:‘简伟塞门。’注曰:‘塞,紫塞也。有关,故曰门。塞或为寒,非也。’按马生北地,即作寒门亦可。《楚辞》曰:‘逴绝垠于寒门。’张衡《思玄赋》曰:‘望塞门之绝垠兮。’”闻人倓亦主此说。黄节引《论语》(《公冶长》)曰:“道不行,乘桴浮于海。”

②蒋师爚曰:“‘朱明不相见’,谓日暮。《汉书·艺文志》:‘今其技术晻昧。’师古曰:‘晻与暗同。’”黄节曰:“《尔雅》曰:‘夏为朱明。’郭璞曰:‘气赤而光明。’”闻人倓曰:“奄昧犹言玄冥。侯,语辞。无侯,犹不相见。”黄节曰:“奄昧,晻昧也。奄从省文。《说文》曰:‘晻,日不明也。’《春秋繁露》曰:‘号为诸侯者,宜谨视所候,奉之天子也。’《王制正义》引《春秋元命苞》曰:‘侯者候也。候王顺逆也。’”

③东陵瓜,见其六注。黄雀,见其十一注。《诗纪》(梅鼎祚本同)引《丹铅余录》云:“《汉武故事》:‘汉武帝崩后,忽见形,谓陵令薛平曰:“我虽失势,犹为汝君,奈何令吏卒上吾陵磨剑乎?”(平顿首谢)因不见。推问陵旁,果有方石,可以为砺,吏卒尝资磨刀剑。霍光欲斩之,张安世曰:“神道茫昧,不宜为法。”’故阮公《咏怀》诗曰:‘失势在须臾,带剑上吾丘。’”(黄节据《水经·渭水注》引此段。)

④闻人倓引《左传》(宣二年)曰:“初,宣子田于首山,舍于翳桑,见灵辄饿,问其病,曰:‘不食三日矣。’食之,舍其半,问之,曰:‘宦三年矣,未知母之存否?今近焉,请以遗之。’使尽之,而为之箪食与肉,置诸橐以与之。既而与为公介,倒戟以御公徒,而免之。问何故?曰:‘翳桑之饿人也。’问其名居,不告而退。遂自亡也。”按:翳桑之桑,未必为桑林。如以诗中所指为翳桑之饿人,则涕下字亦无所据。阮诗未必系用此事。《庄子·山木篇》:“孔子问子桑雽曰:‘吾再逐于鲁,伐树于宋,削迹于卫,穷于商周,围于陈蔡之间。吾犯此数患,亲交益疏,徒友益散,何与?’子桑雽曰:‘子独不闻假人之亡与?林回弃千金之璧,负赤子而趋。或曰:“为其布与?赤子之布寡矣;为其累与?赤子之累多矣。弃千金之璧,负赤子而趋,何也?”林回曰:“彼以利合,此以天属也。”夫以利合者,迫穷祸患害相弃也;以天属者,迫穷祸患害相收也;

夫相收之与相弃亦远矣。'”又《庄子·大宗师篇》:“子桑户、孟子反、子琴张三人相与友,曰:‘孰能相与于无相与,相为于无相为,孰能登天游雾,挠挑无极,相忘以生,无所终穷?’三人相视而笑,莫逆于心,遂相与友。莫然有间,而子桑户死,未葬。孔子闻之,使子贡往侍事焉。或编曲,或鼓琴,相和而歌曰:‘嗟来桑户乎?嗟来桑户乎!而已反其真,而我犹为人猗!'”附此以供参考。

⑤《左传·桓六年》:“申儒曰:‘取于物为假。'”黄节曰:“假,借也。乘,车也。”汧,《说文》:“水出扶风汧县,西北入渭。”《水经注》:“汧水出汧县蒲谷乡弦中谷。”渭,《说文》:“水出陇西首阳渭首亭南谷。”闻人倓引《史记》:“非子居犬丘。孝王召使主马于汧渭之间,马大蕃息。”

【集评】

闻人倓引陈祚明曰:“岂伤故大将军耶?一、二言势不可弃,险不可冒,罹祸之后欲为东陵布衣不可,事息亦人不畏之矣。桑林之悼,惭无灵辄也,宛曲深隐。”

蒋师爚曰:“青门故侯,黄雀公子,事不足怪也。独不计魏武魏文尚有在天之灵乎?寓言茂陵,不是浪征幻事,隶以桑林涕下,聊张疑阵耳。”

陈沆笺并见其十。

黄节又引陈沆曰:“东陵之种瓜可为,黄雀之贪利可耻;而乃徒以势利之故,带剑上丘,顿背故主,曾不念昔者曾受桑林一饭之恩乎?此刺背魏附贼之辈。”

吴汝纶曰:“失势二句,就魏主之见凌侮,以刺讥司马氏,言转瞬又将为人凌侮也。”

黄侃曰:“亦言神仙难信,富贵无常;一旦失势,则虽以汉武之雄主,吏卒得上其丘冢而磨剑。物情若此,何为而不放游终生乎?”

黄节曰:“《周易》曰:‘离也者,明也。万物皆相见,南方之卦也。圣人南面而听天下,向明而治,盖取诸此也。’此诗用此义,以喻君也。”黄节于引《汉武故事》后曰："此言司马氏之目无魏武魏文也。"又于引《左传》文后曰："此言求如灵辄之报赵宣者以报魏犹无其人焉，所以涕下也。"

其六十七

洪蒋师爚注本作鸿，生资《六朝诗集》作姿。制度，被服正从范陈本、《诗纪》、《汉魏诗纪》、刘成德本、《汉魏诗乘》、《六朝诗集》、《诗所》、《古诗类苑》、梅鼎祚本、及朴本、张燮本。陈德文本注："或作止。"有常[①]。尊卑设次序，事物齐纪纲。容饰整颜色，磬折执圭璋[②]。堂上置玄酒，室中盛稻粱。外厉贞素谈，户内灭芬芳[③]。放口从衷范陈本、《汉魏诗纪》、刘成德本、《六朝诗集》作里。出，复说道义方。委曲周旋仪，姿态愁我肠[④]。

【笺注】

①黄节曰："扬雄《羽猎赋》曰：'于兹乎洪生钜儒，俄轩冕，杂衣裳，修唐典，匡雅颂，揖让于前。'鸿、洪古通，《尚书》'洪水'，《史记·河渠书》作'鸿水'可证。"《易·乾卦》释文："资，取也。"

②蒋师爚引《毛诗·大雅·假乐》："之纲之纪。"按郑笺云："成王能为天下之纲纪，谓立法度以理治之也。"磬折，见其八注。《说文》："圭，瑞玉也，上圆下方。"《周礼·春官·典瑞》："王执镇圭，公执桓圭，侯执信圭，伯执躬圭。"《诗·大雅·棫朴》："济济辟王，左右奉璋。"《毛传》曰："半圭曰璋。"

③黄节引《礼记·礼运》曰："玄酒在室。"又引郑注曰："玄酒，谓水也。"又引《尔雅》(《释诂》)曰："厉，作也。"芬芳，参见其四十五注引《离骚》王逸注。

④黄节曰："《论语》(《微子》)曰：'隐居放言。'放口犹放言也。《左氏传》(隐三年)曰：'信不由衷(中)。''从衷'犹'由衷'也。"又曰："方犹术也，法也。"又曰："《毛诗》(《召南·羔羊》)：'委蛇委蛇。'郑笺曰：'委蛇，委曲自得之貌。'"

【集评】

黄节引陈祚明曰："礼固人生所资，岂可废乎？自有托礼以文其伪，售其奸者，而礼乃为天下患。观此诗，知嗣宗之荡轶绳检，有激使然，非其本意也。"陈祚明又曰："起四句本言礼教之重。'容饰'以下即咏作伪者，一气直下，不作转掉，使人不觉。"又曰："末四句意曲而语有致。放口，则不由衷而似从衷出也。委曲周旋，妄态可悦而其情叵测，爰使人愁。"又曰："典午城府深阻，饰貌愚人，此盖嫉之。与赵女谦柔同旨。"

黄节引蒋师爚曰："'洪生资制度'，非制度则不成其为洪生矣。'灭芬芳'，'说道义'，嬉笑何啻怒骂。籍本传所以云：'礼法之士疾之若仇'也。"

曾国藩曰："此首似诫司马懿厚貌深情，善自厉饰。"

黄节引王闿运曰："晏、玄清谈，以风度自许，'外厉'以下数句似指之。"

黄侃曰："此与《大人先生传》同旨。言礼法之士深为可憎，委曲周旋令人愁损。盖不待世士嫉阮公，阮公已先恶世士矣。"

黄节曰："嗣宗《大人先生传》：'或遗大人先生书曰："天下之贵莫贵于君子：服有常色，貌有常则，言有常度，行有常式；立则磬折，拱若抱鼓，动静有节，趋步商羽，进退周旋，咸有规矩。""诵周孔之遗训，叹唐虞之道德，唯法是修，唯礼是克，手执圭璧，足履绳墨。""此诚士君子之高致，古今不易之美行也。今先生乃被发而居巨海之中，与若君子者远，吾恐世之叹先生而非之也。"于是大人先生乃逌然而叹曰："若之云尚何通哉！夫大人者，乃与造物同体，天地并生，逍遥浮世，与道俱成，变化聚散，不常其形。天地制域于内，而浮明开达于外，天地之永固，非世俗之所及也。"'与此诗用意正同。"

其六十八

北临乾昧溪，蒋师爚注本作谷。西行游少任①。遥顾望天津，骀范陈本、刘成德本作怡。荡乐我心[②]。绮靡存亡门，黄节注本注："潘刻作间。"一游不再寻[③]。傥遇晨风鸟，飞驾出南《诗纪》、《汉魏诗纪》、《诗所》、梅鼎祚本、及朴本注："一作东。"林。漭漾瑶光中，忽忽肆荒淫[④]。休息晏清都，超世又三字范陈本、刘成德本作"起坐复"。谁禁[⑤]。《诗纪》、《汉魏诗纪》、《诗所》、梅鼎祚本、及朴本、张燮本注："一作'起坐复谁禁'。"

【笺注】

①黄节引《山海经·东山经》曰："橄蠡之山，北临乾昧，食水出焉，而东北流注于海。"黄节又引《说文》曰："少，不多也。"又引李善注王粲《登楼赋》引杜预《左氏传》注曰："任，当也。"黄节曰："少任，言不任也。"

②蒋师爚引《水经·渭水注》曰："秦始皇作离宫于渭水南北，以象天宫。故《三辅黄图》：'渭水贯都以象天汉，桥横南北以法牵牛。'"黄节引《尔雅·释天》曰："析木之津，箕斗之间，汉津也。"黄节引《庄子·天下篇》陆氏《释文》曰："骀，放也。"荡，动荡之意。《礼记·月令》："仲冬，诸生荡。"注："荡，谓物动萌芽也。"

③黄节曰："绮靡，疑作猗靡，见其二诗注。"按：《说文》："绮，文缯也。"《周礼·地官·司市》注："靡，谓侈靡也。"《玉篇》："侈靡，奢侈也。"司马相如《上林赋》："靡曼美色于后。"纣使师延作靡靡之乐。绮靡，声色之意，故曰"存亡门"。黄注其二诗解"猗靡"为"委蛇"，于此未必是。

④蒋师爚引《毛诗》(《秦风·晨风》)曰："鴥彼晨风，郁彼北林。"《毛传》曰："晨风，鹯也。"黄节曰："漭漾、罔象，音同。《楚辞·远游》曰：'览方外之荒忽兮，沛罔象而自浮。'王逸注曰：'水与天合，物漂流也。'又《大人先生传》曰：'徜徉回翔兮漭漾之外。'"黄节引《淮南子》曰："取焉而不损，酌焉而不竭，莫知其所由出，是谓瑶光。"黄节曰："荒淫，言荒忽、淫放也。荒忽见上。《楚辞·远游》曰：'质销铄以汋约兮，神要眇以淫放。'"

⑤黄节又引《远游》曰："集重阳入帝宫兮，造旬始而观清都。"洪兴祖补注引《列子》(《周穆王第三》)曰："(王实以为)清都，紫微，钧天广乐，帝之所居。"黄节曰："禁，止也。'漭漾'以下，盖仿屈原《远游》。"

【集评】

黄节引蒋师爚曰："此嗣宗拜东平相后所作也。(遥望秦墟，想其绮丽，慨然于入之者为亡门，出之者为存门，一时游兴，顿已衰飒矣。何似飞驾瑶光游仙为得乎！)'西行'者，自东平归也。'游少任'，谓不胜其游。"蒋师爚又曰："此云'遇晨风'、'飞驾出南林'者，'晨风'即其一诗所谓'翔鸟鸣北林'也。驾出南林，斯不与同途矣。"

黄侃曰："此亦远游肆志之语。"

黄节曰："此诗用'天津'，盖指秦墟言之，以喻魏都也。"又曰："嗣宗《大人先生传》曰：'秦破六国，并兼其地。''夸盛色，崇靡丽。凿南山以为阙，表东海以为门。辟万室而不绝，图无穷而永存。美宫室而盛帷幄，击钟鼓而扬其章，广苑囿而深池沼，兴渭北而建咸阳。欐木曾未及成林，而荆棘已蘩夫阿房。时代存而迭处，故先得而后亡。'诗言'绮靡存亡门，一游不再寻'，言无意于君门也。秦墟者，存亡所自出；门者，万物所自出也。庄子曰：'有乎生，有乎死，有乎出，有乎入。入出而无所见其形，是为天门。'郭注曰：'重天门者，万物之都门也。'存亡，犹生死也。"又曰："诗言'傥遇晨风鸟，飞驾出南林'，以晨风喻从晋诸臣，彼出北林而我出南林，不与之同途也。"

其六十九

人知结交易，交友诚独难。险路多疑惑，明珠未可干①。彼求飨太牢，我欲并范陈本、刘成德本作足。一餐②。损益生吴汝纶《古诗钞》作在，注："潘璁本作生。"怨毒，咄咄从范陈本、陈德文本、刘成德本、《诗纪》、《汉魏诗乘》、《六朝诗集》、梅鼎祚本。他本作嗟。复何言③。

【笺注】

①曾国藩曰："'明珠'句似用邹阳'明珠暗投'之意。干，即投也。"《史记·邹阳传》："乃从狱中上书曰：'…… 臣闻明月之珠，夜光之璧，以

暗投人于道路，人无不按剑相眄者，何则？无因而至前也。’”黄节曰：“张衡《四愁诗》曰：‘美人赠我貂襜褕，何以报之明月珠。’其自序曰：‘屈原以美人为君子，以珍宝为仁义。’曾国藩曰‘似用邹阳明珠暗投之意’，恐非。”按：黄解太曲，仍以曾说为当。

②黄节引《老子》曰：“众人熙熙，如飨太牢。”《诗·小雅·彤弓》笺：“大饮宾曰飨。”《仪礼·士昏礼》注：“以酒食劳人曰飨。”《公羊传·庄四年》注：“牛酒曰犒，加羹饭曰飨。”《说文》：“牢，闲养牛马圈也。”《礼·王制》：“天子社稷皆太牢，诸侯社稷皆少牢。”太牢谓牛，少牢谓羊。并一餐，见其六十注。

③《论语·季氏章》：“孔子曰：‘益者三友，损者三友。友直、友谅、友多闻，益矣。友便僻、友善柔、友便佞，损矣。’”《韵会》：“咄咄，惊怪声也。”黄节曰：“《春秋·襄公三十年·左氏传》曰：‘或呼于宋大夫庙曰：“嘻！出出！”’杜预注曰：‘出出，诫伯姬。’郑注《周礼》引作‘诎诎’。‘咄咄’当即‘出出’，告诫之意。”

【集评】

黄节引朱嘉徵曰：“太牢，一餐，人易知耳。损益一乖其度，恩怨遂去如万里，盖可忽乎哉！嗣宗有言：‘世之好异者，不顾其本，各言我而已矣。’语堪百思。”

黄节引陈祚明曰：“言己与典午两情不合如此。（徒欲以太牢飨，杂声也。损益之理，志固相妨。）”

又引蒋师爚曰：“此戒利交也。”

又引曾国藩曰：“（并一餐即并日而食也。）将损彼之有余益我之不足，而怨毒已生，言公道不可持也。”

又引王闿运曰：“明帝托孤于懿，故云交难。”

黄侃曰：“朋友交亲，亦难终恃，爱憎一异，善恶随殊。故有投明珠而见疑，求一餐而获戾，怨毒之兴，非人所及察也。”

黄节曰：“（陈祚明、王闿运）均以此诗对司马氏言，恐非阮旨。”

其七十

有悲则有情，无悲亦无思。此句《六朝诗集》作“无情亦无悲”。《诗纪》、《汉魏诗纪》、《诗所》、梅鼎祚本、及朴本、张燮本注：“集（一）作‘无情亦无悲’。”苟非婴《六朝诗集》作缨，《八代诗选》作撄。网罟，何必万里畿①。翔风拂重霄，庆云招《六朝诗集》作曲。《诗纪》、《汉魏诗纪》、《诗所》、梅鼎祚本、及朴本、张燮本注：“一作曲。”所晞。灰心寄枯宅，曷顾人间姿②。始得忘我难，焉知嘿《六朝诗集》作灰。自遗③。

【笺注】

①黄节引《说文》曰：“婴，绕也。”《易·系辞下》：“作结绳而为网罟，以佃以渔。”《玉篇》：“罟，鱼网也。”《诗·商颂·玄鸟》传：“畿，疆也。”黄节曰：“曹植《蝉赋》曰：‘冀飘翔而远托兮，毒蜘蛛之网罟。’万里畿，犹远托之意。”

②《说文》：“翔，回飞也。”又：“拂，过击也。”徐锴曰：“击而过之也。”《玉篇》：“霄，云气也。”庆云晞，见其四十注。蒋师爚曰：“招，音翘。韦昭《国语》注：‘举也。’”黄节曰：“《尚书》（《康诰》）曰：‘宅心知训。’《孟子》（《告子上》）曰：‘仁，人心也。’又（《离娄上》）曰：‘仁，人之安宅也。’《尔雅》曰：‘宅，居也。’”《说文》：“姿，态也。”

③黄节曰：“王引之《经传释词》曰：‘“焉”犹“于是”也。《礼记·月令》曰：“天子焉始乘舟”，言天子于是始乘舟也。《晋语》曰：“焉始为令”，言于是始为令也。《墨子·鲁问篇》曰：“焉始为舟战之器”，言于是始为舟战之器也。此皆古人以“焉”“始”连文之证。’节按：嗣宗此诗收二句乃焉、始倒文，言于是知嘿以自遗者，始得忘我难也。嘿与默同（按本《玉篇》）。《说文》曰：‘遗，亡也。’”

【集评】

蒋师爚曰：“以情与悲为缘，钟情之辈可以悟矣。蔼蔼风云之会，岂默于自遗者所顾而自悲乎？灰心所以无情，忘我所以无悲也。”

黄侃曰：“既已忘情世事，粪土形骸，则不屑为人间恣态。叔夜常一月十五日不梳头，意同于此。”

黄节曰：“翔风犹飘风。王逸《离骚注》曰：‘飘风，无常之风，以兴邪恶之众也。’又曰：‘拂，击也，蔽也。重霄喻君也。’”“《楚辞·九怀》王逸注曰：‘庆云，喻尊显也。以言佞曲之臣升于显朝也。’”“招，申动貌。‘所’如‘日月所照’之所。《毛诗》曰：‘东方未晞。’《毛传》曰：‘晞，明之始升。’此言邪恶蔽君，如云气招摇于日之始升时也。”

其七十一

木槿荣丘墓，煌煌有光色①。白日颓林中，翩翩零路范陈本、陈德文本作落。侧。蟋蟀吟户牖，蟪蛄鸣荆棘②。蜉蝣玩三朝，采采修《艺文》二十六作循。羽翼③。《艺文》引至此句止，无以下诸句。衣裳为谁施？俯仰自收拭。生命几何时？慷慨各努力④。

【笺注】

①木槿，见其五十三“日夕华”注。闻人倓引潘尼曰：“朝菌者，蔓朝荣而暮落，世谓之木槿，或谓之日及，诗人以为舜华，宣尼以为朝菌。其物向晨而结，逮明而布，见阳而盛，终日而陨。不以其异乎，何名之多也！”黄节引《礼记》（《月令》）曰：“仲夏之月，木槿荣。”煌，《玉篇》：“光明也。”

②颓，坠也。《诗·鄘风·定之方中》传：“零，落也。”《广雅》：“翩翩，飞也。”蟋蟀，见其十四注。闻人倓引《古今注》：“蟋蟀一名吟蛩。秋初生，得寒则鸣。”蟪蛄，见其二十四注。荆棘，见其三注。

③黄节曰：“《毛诗》（《曹风·蜉蝣》）曰：‘蜉蝣之羽，衣裳楚楚。蜉蝣之翼，采采衣服。’《毛传》曰：‘蜉蝣，渠略也。朝生夕死，犹有羽翼以自修饰。采采，众多也。’蜉蝣，亦作浮游，《淮南子》曰：‘浮游不过三日。’高诱注曰：‘生三日死也。’”

④黄节引《诗》毛传曰："施，移也。"又引陆氏《释文》曰："施，以豉反。《仪礼注》曰：'在旁而及曰施。'"黄节曰："'收拭'疑'修饰'之误。"按：收，收敛之意，见《礼·玉藻》疏及《仪礼·士冠礼》注。拭，《尔雅·释诂》："清也。"《礼·杂记》注："静也。"《六书故》："以巾拭垢濡也。"《增韵》："收拭，揩也。"慷慨，见其三十九注。

【集评】

黄节引陈祚明曰："讥富贵之不常也。"

曾国藩曰："此首有冉冉将老，修名不立之感。"

吴汝纶曰："'生命'二句指上木槿、蜉蝣等不知生命之短而孳孳为利也。慷慨努力，如上篇求仁得仁耳，皆非美辞。"

黄节引王闿运曰："言亡国之臣与国俱亡，木槿共白日俱颓也。国犹未亡，臣各恋禄，蜉蝣于三朝修翼也。"

黄侃曰："少年盛自修饰，不悟于老之易乘。末二句犹《诗》言：'子有衣裳，弗曳弗娄。'慷慨努力，非劝其立修名也。"

黄节曰："末二句指上木槿、蜉蝣等不知生命之短；慷慨努力，谓木槿之荣，蟋蟀之吟，蟪蛄之鸣，蜉蝣之修也，非美之之辞。"

其七十二

修涂驰轩车，长川载轻舟。性命岂自然，势路有所由①。高名令志惑，重利使心忧。亲昵怀反侧，骨肉还相仇。更希毁珠玉，可用登遨游②。

【笺注】

①黄节曰："《说文》曰：'轩，曲辀藩车也。'《周礼·藩蔽》注：'藩谓车旁御风尘者。'"性命、自然，见其二十六注。《礼记·中庸》："天命之谓性。"注："性是赋命自然。"《易·乾卦》："各正性命。"疏："命者，人所

禀爱。"《说卦》:"穷理尽性以至于命。"注:"命者,生之极。"《左传·成十三年》:"民爱天地之中以生,所谓命也。"《淮南子·原道》:"因天地之自然。"

②《书·说命》传:"昵,近也。"《书·洪范》:"无反无侧。"注:"不偏邪也。"《后汉书·光武纪》:"使反侧子自安。"黄节曰:"《一切经音义》引《仓颉篇》曰:'用,以也。'《春秋·隐五年·公羊传》:'何休曰:"登"读言"得",齐人语也。'节按:'可用登遨游'如《毛诗·邶风》毛传所谓'可以遨游忘忧也。'"

【集评】

周海樵编《诗隽腹腴》引孙不庵云:"钟、邓为司马氏用而皆不令终,由高名、重利为之祸也,嗣宗其知之矣。"

黄节引陈祚明曰:"世路、人情,知之早矣。珠玉之毁,盖言勿顾令名。"

又引蒋师爚曰:"势路有二:曰名、曰利。趋之则性命不顾,安知骨肉!"

又引曾国藩曰:"首四句,刺驰骛于名利之途者。'势路有所由',谓赵孟能贱之也。'更希'句即'毁方瓦合,俭德避难'之意。"(末句疑有误字。)

又引吴汝纶曰:"'性命'二句,言人之仆仆舟车,非性命如此,乃名利使然。"

黄侃曰:"修涂所以容轩车,长川所以从轻舟。物有相召,事有相因,故高名致惑,重利致忧,亲戚致仇,珠玉致盗。惟超然于世表者,乃可以无累也。"

黄节曰:"诗谓修涂宜驰轩车,以其可蔽风雨;长川宜载轻舟,以其可利溯游也。"又曰:"此诗则谓舟车之险,当从人事,不能委之自然也。"

其七十三

横术有奇士，黄骏服其箱[①]。朝起瀛洲野，日夕宿明光[②]。再抚四海外，此句范陈本作"再骋抚四外"。羽翼自飞扬。去置曾国藩曰："去置疑当作弃置。"世上事，岂足愁我肠[③]。一去长离绝，千载复相望。

【笺注】

①横术，见其五十九注。黄节引《毛诗》(《鲁颂·駉》)曰："有骊有黄。"并引《毛传》曰："黄骍曰黄。"按《淮南子·览冥训》："青龙迎驾，飞黄伏皂。"飞黄盖马名。《玉篇》："黄马病色也。"《尔雅·释诂》："虺隤，黄病也。"黄节引《说文》曰："骏，马之良材者。"又引《毛诗》(《小雅·谷风之什·大东》)曰："睆彼牵牛，不以服箱。"并引郑司农注曰："服读为负。"又引毛传曰："箱，大车之箱也。"

②瀛洲，见其二十四注。《楚辞·九怀》："夕宿乎明光。"《北堂书钞》卷一百五十七"丹丘"注："阮籍诗云：'日夕宿明光。'注：'明光，丹丘也。'"黄节曰："明光，谓丹丘。《楚辞》'仍羽人于丹丘兮'王逸注：'(因就众仙于明光也。)丹丘昼夜常明。'蒋师爚以为汉之明光宫，恐非。"

③黄节曰："《庄子》曰：'其热焦火，其寒凝冰，其疾俯仰之间而再抚四海之外者，其唯人心乎！'再，语辞。抚，临也。《毛诗》(《小雅·鸿雁之什·沔水》)曰：'鴥彼飞隼，载飞载扬。''再抚四海外，羽翼自飞扬'，言其去之疾速也。"黄节曰："《周礼·大司徒》：'以世事教能，则民不失职。'注曰：'世事，谓士、农、工、商之事。'《晋书·阮籍传》曰：'求为步兵校尉，遗落世事。'"

【集评】

曾国藩曰："前六句拟刺贾充、钟会之徒。"

黄节曰："此诗盖有慕奇士，如《大人先生传》所云：'安期逃乎蓬山，角里潜乎丹水'，'弃世务之众为，何细事之足赖'者。又云：'先生从此去矣，天下莫知其所终极'，与此诗意正同。蒋师爚未悟'再抚四海'两句意，以为指功名一流；曾国藩且以前六句为刺贾充、钟会之徒，则大误矣。"

其七十四

猗欤上世《六朝诗集》作"世上"。士，恬淡志《八代诗选》作自。安贫。季叶道陵迟，驰骛纷垢尘[①]。宁子岂不类？杨范陈本、陈德文本、刘成德本、《诗所》、及朴本、张燮本作扬。歌谁肯殉[②]？《诗纪》、《汉魏诗纪》、《六朝诗集》、《诗所》、梅鼎祚本、及朴本注："一作询。"栖栖非我偶，徨徨及朴本作"遑遑"。《十八家诗钞》作"皇皇"。非己伦[③]。咄嗟荣辱事，去来味范陈本、陈德文本、刘成德本、《古诗类苑》作未。道真。道真信可娱，清洁存张燮本作好。精神[④]。巢由抗高节，从此适河滨[⑤]。

【笺注】

①黄节引《毛诗》"猗与漆沮"（《周颂·臣工之什·潜》）郑笺曰："猗与，叹美之言也。"恬，《说文》："安也。"黄节又引《毛诗》（《商颂·长发》）毛传曰："叶，世也。"黄节又曰："《荀子》（《宥坐篇》）曰：'三尺之岸而虚车不能登也；百仞之山，任负车登焉。何则？陵迟故也。数仞之墙而民不逾也，百仞之山而竖子冯而游焉，陵迟故也。今夫世之陵迟亦久矣，而能使民勿逾乎？'注：王肃云：'陵迟，陂阤。言礼义毁坏之意。'"《汉书音义》："直骋曰驰，乱驰曰骛。"《玉篇》："驰，走奔也。""骛，奔也，疾也。"

②黄节引《淮南子》曰："宁戚欲干齐桓公，困穷无以自达，于是为商旅任车以商于齐，暮宿于郭门外。桓公郊迎客，夜开门，辟任车，爝火甚众。戚饭牛车下，击牛角而疾商歌；桓公闻之，曰：'异哉！非常人也。'命后车载之，因授以政。"又引《春秋·襄公十六年·左氏传》曰："晋侯与诸侯宴于温，使诸大夫舞，曰：'歌诗必类。'齐高厚之诗不类。"并引杜预注曰："歌古诗当使各从其义类。"黄节引《列子》曰："杨朱之友曰季

梁。季梁得疾,七日大渐,其子环而泣之,请医。季梁谓杨朱曰:‘吾子不肖如此之甚,汝奚不为我歌以晓之。’杨朱歌曰:‘天其弗识,人胡能觉。匪祐自天,弗孽由人。我乎!汝乎!其弗知乎?医乎!巫乎!其知之乎?’其子弗晓,终谒三医。”又引《庄子》曰:“圣人则以身殉天下。”并引陆氏《释文》曰:“崔云:‘杀身从之曰殉。’”

③黄节引《论语·宪问章》曰:“丘何为是栖栖者欤?”又引班固《汉书·叙传》曰:“是以圣哲之治,栖栖皇皇。”并引师古注曰:“不安之意也。”《诗·大雅》:“穆穆皇皇。”美盛貌。《礼·檀弓》:“皇皇如有望而弗至。”皇皇犹栖栖也。

④咄嗟,易度也,犹言呼吸之间。字本作唶,古有咄唶歌。《世说》:“石崇作豆粥,咄嗟立办。”黄节曰:“曹植《赠白马王彪》诗曰:‘咄唶令心悲。’唶,子夜切;嗟,咨邪切。咄嗟即咄唶,谓呼吸之间。诗言荣辱无常,咄嗟顿异也。”黄节又曰:“去来,犹往来也。《易》曰:‘日往则月来,月往则日来,日月相推而明生焉。寒往则暑来,暑往则寒来,寒暑相推而岁成焉。往者屈也,来者信也。尺蠖之屈,以求信也;龙蛇之蛰,以存身也;精义入神,以致用也;利用安身,以崇德也。’”黄节又曰:“《老子》曰:‘味无味。’王弼注曰:‘以恬淡为味。’”黄节又曰:“《庄子》曰:‘故若颜阖者,真恶富贵也。故曰:道之真以治身,其绪传以为国家,其土苴以治天下。’”按:道真见《老子赞》注。黄节又引《史记·龟策传》曰:“圣王设稽神求问之道者,以为后世衰微,愚不师智,人各自安,化分为百室,道散而无垠,故推归之至微,要洁于精神也。”

⑤黄节引《庄子》曰:“许由娱于颍阳。”又引《高士传》曰:“许由字武仲。阳城槐里人。为人据义履方,邪席不坐,邪膳不食。后隐于沛泽之中。尧让天下于许由,许由不受而逃去,于是遁耕于中岳颍水之阳,箕山之下,终身无经天下之色。尧又召为九州长,由不欲闻之,洗耳于颍水滨。时其友巢父牵犊欲饮之,见由洗耳,问其故,对曰:‘尧欲召我为九州长,恶闻其声,是故洗耳。’巢父曰:‘子若处高岸深谷,人道不通,谁能见子。子故浮游,欲闻求其名誉,污吾犊口。’牵犊上流饮之。”黄节曰“‘清洁’句与‘垢尘’相应,盖指洗耳事。”

【集评】

曾国藩曰:"'宁子'二句,谓宁戚非全不知道者,而饭牛之歌果为何事而肯以身殉之也。薄宁戚而慕巢、由,阮公之志事著矣。咄嗟犹须臾也。言荣来辱去,辱来荣去,不过须臾间事,吾但味吾道真而已。"

黄侃曰:"不能合于道真而驰骛于尘俗者,虽如宁戚之讴歌求用于世,栖栖皇皇,犹羞与偶。必若巢、由抗节,乃获我也。"

黄节曰:"'杨歌'之'杨'字,他本作'扬',唯潘璁本作'杨'。曾国藩曰:'宁子二句……阮公之志事著矣。'(见前引)则是以杨歌属宁子,说未尝不通。但杨朱之歌盖说死生者,与殉字义洽,非宁戚歌所能假也。'殉'一本作'询'。《尔雅·释诂》曰:'询,信也。'亦与季梁'歌以晓之'及'其子弗晓'之义洽。余以为'宁子'二句,一言贵贱,一言死生。'荣辱'句应贵贱,'精神'句应死生。若全就宁子言,则诗义薄矣。"

其七十五

梁东有芳草,一朝再三荣。色容艳姿美,光华耀倾城[①]。岂为明哲士,妖蛊谄媚生[②]。轻薄在一时,安知百世名。路端便娟子,但恐日月倾。焉见冥灵木,悠悠竟无形[③]。

【笺注】

①《尔雅·释地》:"堤谓之梁。"《说文》:"梁,水桥也。"黄节引《尔雅》曰:"木谓之华,草谓之荣。"倾城,见其二注。

②黄节又引《毛诗》(《大雅·荡之什·烝民》)曰:"既明且哲,以保其身。"《尔雅·释言》:"哲,智也。"杨子《方言》:"哲,知也。"黄节曰:"《左氏传》曰:'子产曰:"在周易,女惑男,谓之蛊。"'张衡《西京赋》曰:'妖蛊艳夫夏姬。'李善曰:'蛊音古。'蒋师爚曰:'五臣"蛊"读冶。马融《广成颂》:"田开古蛊。"章怀注:"用《晏子春秋》田开疆、古冶子

事。”《太平广记》引《易》“冶容诲淫”之冶作蛊。’”

③轻薄,见其十。黄节引《楚辞·大招》王逸注曰:“便娟,好貌也。”又引《庄子·逍遥游篇》曰:“楚之南有冥灵者,以五百岁为春,五百岁为秋。”并引《释文》曰:“李颐云:‘冥灵,木名也。江南生。以叶生为春,叶落为秋。此木以二千岁为一年。’” 又引《淮南子》曰:“夫无形者,物之大祖也。”

【集评】

黄侃曰:“妖蛊,笑明哲之图名而自甘佚乐,于生理诚得矣,其若终于灰灭何!必若冥灵长寿,乃后为得也。”

黄节曰:“《易林》曰:‘文山紫芝,雍、梁朱草。’阮诗用‘梁’字皆借言魏,屡见上文。《离骚》曰:‘何昔日之芳草兮,今直为此萧艾也!’王逸注曰:‘言往昔芬芳之草,今皆直为萧艾而已。以言往日明智之士,今皆佯愚狂惑不顾也。’节案:《晋书·王祥传》:‘琅邪临沂人。’即今山东沂州,在魏之东,故曰梁东。”又曰:“此诗前人无释之者。起六句即用《离骚》‘芳草’、‘萧艾’意。‘一朝三荣’必有所指,或即王祥之流欤?《晋书·王祥传》曰:‘汉末遭乱,祥避地庐江,隐居三十余年,不应州郡之命。后举秀才,除温令,累迁大司农。高贵乡公即位,封关内侯,拜光禄勋,转司隶校尉,迁太常,封万岁亭侯。天子幸太学,命祥为三老,祥南面几杖,以师道自居。高贵乡公既被弑,顷之,拜司空,转太尉,加侍中。’祥有清达之名,不能忠魏而委曲于时,嗣宗疾之,此诗所由作欤?‘便娟子’,阮以自况,而叹轻薄者之见不及此也。王闿运以为指贾充诸人汲汲禅代,不知己之独有千秋,则是以芳草比贾充等,恐非阮旨。”

其七十六

秋范陈本、陈德文本、刘成德本作税。驾安可学,东野穷路旁[①]。纶范陈本误作轮。深鱼渊潜,《看诗随录》二字倒置。矰设鸟高翔。泛泛乘轻舟,演漾靡所望[②]。吹嘘谁以益?江湖相捐《汉魏诗纪》误作损。忘[③]。都冶难为颜,修容是我常。兹年在松乔,恍惚诚未央[④]。

【笺注】

①《淮南子·道应训》:"尹需学御三年而无得焉,私自苦痛,常寝想之,中夜梦受秋驾于师。明日往朝,师望之,谓之曰:'吾非爱道于子也,恐子不可与也。今日将教子以秋驾。'尹需反走北面再拜曰:'臣有天幸!今夕固梦受之。'故老子曰:'致虚极,守静笃,万物并作,吾以观其复也。'"注:"秋驾,善御之术。"梅鼎祚本注:"秋驾作税驾者误。"《诗纪》、《汉魏诗纪》、及朴本注引《庄子》逸篇,文较《淮南》为简。《汉魏诗纪》并引司马彪曰:"秋驾,法驾也。"蒋师爚引《文选·魏都赋》:"备法驾,理秋术。"蒋师爚曰:"今本《庄子》逸。《汉书·礼乐志》曰:'飞龙秋,游上天。'《苏林》曰:'秋,飞貌也。'师古曰:'庄子有秋驾之法者,亦言驾马腾骧秋秋然也。'"黄节引《韩诗外传》曰:"颜渊侍坐鲁定公于台,东野毕御马于台下,定公曰:'善哉!东野毕之御也。'颜渊曰:'善则善矣。其马将佚。'定公不悦。颜渊退。俄而厩人以东野毕马败闻矣。公趋驾召颜渊,颜渊至,定公曰:'不识吾子以何知之?'颜渊曰:'臣以政知之。昔者舜工于使人,造父工于使马。舜不穷其民,造父不极其马,是以舜无佚民,造父无佚马。今东野毕之御,历险致远,马力殚矣,然犹策之不已;所以知佚也。兽穷则啮,鸟穷则喙,人穷则诈。自古及今,穷其下能不危者,未之有也。'"

②黄节引《毛诗》(《小雅·鱼藻之什·采绿》)毛传曰:"纶,钓缴也。"又引《周礼·夏官》(《司弓矢》)曰:"矰矢用诸弋射。"并引注曰:"矰,高也,可以弋飞鸟。"又引《毛诗》(《邶风·柏舟》)毛传曰:"泛泛,流貌。"蒋师爚引《说文》曰:"演,长流也。""漾,水貌。"闻人倓曰:"演漾,水流而动貌。"黄节曰:"'演'疑'潢'之误。司马相如《上林赋》曰:'灏溔潢漾。'《楚辞·九辩》曰:'然潢洋而不可带。'《论衡》曰:'瀇洋无涯。'潢

溠、瀇洋皆与潢漾同义，亦同为叠韵字。‘靡所望’犹‘无涯’也。若作演漾，则双声字。”

③蒋师爚引《玉篇》声类：“出气急曰吹，缓曰嘘。”黄节曰：“吹嘘疑吹呴。《老子》：‘或嘘或吹。’河上公‘嘘’作‘呴’，《玉篇》引《老子》亦作呴。”黄节引《说文》曰：“谁，何也。”又引《汉书·刘向传》注曰：“以，由也。”《说文》：“捐，弃也。”黄节引《庄子·大宗师篇》曰：“泉涸，鱼相处于陆，相呴以湿，相濡以沫，不如相忘于江湖。”并引注曰：“与其不足而相爱，岂若有余而相忘。”

④都、治见其二十七注。黄节引《大戴礼》曰：“火灭修容，慎戒必恭，恭则寿。”黄节曰：“《汉书·扬雄解嘲》曰：‘历览者兹年矣，而殊不瘏。’师古曰：‘兹，益也。兹年，言其久也。’宋祁曰：‘兹字当从水旁。’”蒋师爚曰：“‘兹年在松乔’，‘在’谓置之也。”松乔，见其五十注。黄节引《淮南·原道训》注曰：“恍惚，无形貌也。”蒋师爚曰：“《毛诗》（《小雅·鸿雁之什·庭燎》）曰：‘夜未央。’《释文》曰：‘央，《说文》云：“久也，已也。”’今《说文》失载。”

【集评】

黄节引朱嘉徵曰：“叹道丧也。夫道生象，象生而法以立矣。若道之既亡，法安所附而立？老、庄故以礼为伪首，法为盗竽，不如两相忘而化于道。”

方东树曰：“……言东野不解御之深理而妄言能学秋驾，故以致败。以喻人不知道术而游于世，遂妄致殃悔。……能不以身轻入，则可以保生而年比松乔也。……叔夜赠二郭意亦同。中散以龙性被诛，阮公为司马所保，其迹不同而人品无异。以诗论之，似嵇不如阮耳。”黄节又引方东树曰：“起二句往复开合作一段，‘纶深’二句，横空盘硬，先言不轻以身入世，‘泛泛’四句衍承之，正喻夹行。‘都冶’以下乃入正意。……此诗意接而语不接。”

黄节引曾国藩曰：“‘秋驾’二句，言有才者终致蹉跌。”

黄侃曰："智计不能终用，唯有循常。江海之鱼，不羡呴沫。慎戒容止，不在都妍。所异于常理而恍惚难知者，独松乔耳。自此以往，亦畴能出于恒理之外哉？"

黄节曰："案'鱼鸟'二句，盖用《庄子·大宗师篇》'且汝梦为鸟而厉乎天，梦为鱼而没于渊'意。郭注曰：'言无往而不自得也。'"

其七十七

咄嗟行至老，二字成书本作"将至"。僶俛常苦忧[①]。临川羡洪波，同始异支《六朝诗集》作枝。流。百年何足言，曾国藩《十八家诗钞》、吴汝纶《古诗选》作忧。但苦曾、吴作恐。怨与仇。仇怨者谁子？耳目还相羞。声色为胡越，人情自逼遒[②]。招彼玄通士，去来归羡游[③]。

【笺注】

①咄嗟，见其七十四注。黄节曰："《毛诗》(《邶风·谷风》)曰：'黾勉同心。'《释文》曰：'黾本亦作僶。(黾勉犹勉勉也。)'《尔雅》作蠠没，《释文》曰：'蠠没，勉也。'"

②临川，参见其三十二注。羞，《广韵》："进也。"又"耻也。"黄节引《淮南子》曰："夫目察秋毫之末而耳不闻雷霆之音，耳调金石之声而目不见泰山之高。"又引《淮南子》曰："自其异者视之，肝胆胡越。"黄节曰："《楚辞·招魂》曰：'分曹并进，遒相迫些。'王逸注曰：'遒亦迫也。'迫、逼义通。《广韵》曰：'逼，迫也。'"

③黄节引《老子》曰："古之善为士者，微妙玄通，深不可识。"曾国藩曰："末句疑有误字。"吴汝纶曰："'羡'与'衍'通借，羡游犹云游衍。"黄节曰："'去来归羡游'，谓往来游衍也。刘淇曰：'归，终竟之辞也。'羡与衍通。《毛诗》(《大雅·生民之什·板》)曰：'及尔游衍。'《毛传》曰：'游，行。衍，溢也。'郑笺曰：'往来游溢相从。'陆氏《释文》曰：'羡，余战反。溢也。一音延善反。本或作衍。'则陆氏所见本为游羡。"

【集评】

蒋师爚曰:“《晋书·石崇传》:赵王伦专权,崇甥欧阳建与伦有隙。崇有伎曰绿珠,孙秀求之,崇不许。秀劝伦诛崇、建,遂矫诏收崇、建等赴东市,被害死。诗盖刺其事。……崇死年五十二。‘咄嗟至老’,消其死于安乐,只如顷刻间事。‘僶俯’‘苦忧’谓秀自小更仕至显宦。”

黄节引曾国藩曰:“此首谓死不足忧,但恐有平生亲好迫之,死于非命。‘同始异支流’,谓少年相好之人中道异趣也。仇怨非他,乃平生亲匿,朝夕闻见之人,一旦异趣,谈笑之际,睇睐之间,已成胡越。此有忧生之叹矣。”

黄侃曰:“死生非所虑,而怨仇难预防。亲若耳目,尚成胡越,其体亦何足赖哉!”

黄节曰:“蒋师爚以此诗为刺赵王伦杀石崇事,无论附会无理,即以年月考之,亦相去太远。嗣宗卒于魏元帝景元四年,而石崇事在晋惠帝永康元年,中间相距凡三十九年,安得有此?蒋氏可谓失考之甚矣。此与其五十七诗谓有所不足于郑冲,同一谬误,失于附会而不自知。读阮诗者所宜以之为戒也。”

其七十八

昔有神仙士,乃处射山阿。乘云御飞龙,嘘噏叽琼华①。可闻不可见,慷慨叹咨嗟②。自伤非畴《诗纪》及张燮本作寿。类,愁苦来相加。下学而上达,《六朝诗集》作进。忽忽将如何③!此句范陈本、刘成德本作“忽将如何夸”。

【笺注】

①射山、乘云、御龙,均见其二十三注。《楚辞·山鬼》:“若有人兮山之阿。”注:“阿,曲隅也。”蒋师爚引《说文》曰:“嘘,吹也。”黄节引《庄子》曰:“风起北方,一西一东,有上彷徨。孰嘘吸是,孰居无事而披拂是。”

噏同吸。蒋师爚引《说文》曰："叽，小食也。"黄节引司马相如《大人赋》曰："呼吸沆瀣兮餐朝霞，咀噍芝英兮叽琼华。"并引张揖注曰："叽，食也。琼树生昆仑西流沙滨，大三百围，高万仞。华，蕊也。食之长生。"

②慷慨，见其三十九注。黄节曰："'叹咨嗟'与其十三诗同。此用字法盖本《尔雅》，如：蛊、謟、贰，皆疑也，郁、陶、繇，皆喜也。《释诂》曰：'嗟，咨嗟也。'邢昺疏曰：'皆叹也。'此诗'叹'即咨嗟也，'咨嗟'即叹也。合三字言之，犹《毛诗·邶风·终风》'谑浪笑傲'，皆戏谑也，而合四字言之，同一例。"

③《尚书·洪范》传："畴，类也。"《战国策》："今髡，贤者之畴也。"注："畴，类也。"黄节引《论语》(《宪问章》)曰："下学而上达，知我者其天乎！"

【集评】

黄节引蒋师爚曰："按嗣宗于苏门山遇孙登，与商略终古及栖神导气之术，登皆不应。归著《大人先生传》。其五十八诗及此诗所由作也。(此盖追忆之。)"

黄节引曾国藩曰："'终身履冰'，'下学上达'，皆嗣宗吃紧为人处。"

黄节引王闿运曰："'下学而上达'是歇后语，言知我其天也。"(黄节附记：凡予所采王闿运之说，皆得之湘潭周大烈氏所藏王氏手批原本。)

黄侃曰："'下学而上达'，言学神仙之事。'忽忽将如何'者，本命不相待，所以愁苦难禁，自伤非类也。"

其七十九

林中有奇鸟，自言是凤凰。清朝饮醴泉，日夕栖山冈①。高鸣彻九州，延颈望八荒。适逢商风起，羽翼自摧藏②。一去昆仑西，何时复回翔！但恨处非位，从范陈本、陈德文本、刘成德本、《诗纪》、《汉魏诗纪》、《汉魏诗乘》、《诗所》、《六朝诗集》、梅鼎祚本、及朴本、张燮本。他本作立。曾国藩曰："'处非立'三字疑有误。"黄侃曰："'处非立'当作'处非位',字之误也。"怆恨《看诗随录》、《八代诗选》作悢。使心伤[3]。

【笺注】

①凤凰,见其四十三注。《尔雅·释四时》:"甘雨时降,万物多嘉,谓之醴泉。"《广韵》:"醴泉,美泉也。状如醴酒,可养老。"黄节引《毛诗》(《大雅·生民之什·卷阿》)曰:"凤凰鸣矣,于彼高冈。"

②九州,见其十七注。八荒,见其三十九注。黄节曰:"商风,秋风也。"见其九注。摧,《增韵》:"挫也,抑也。"

③黄节引《山海经》曰:"海内昆仑之虚在西北,帝之下都。"又引《楚辞·九辩》曰:"怆怳懭悢兮去故而就新。"

【集评】

黄节引陈祚明曰:"可知远引之怀,特为处非其位,度无所济,惟可洁身。"

又引沈德潜曰:"凤凰本以鸣国家之盛,今九州、八荒无可展翅,而远之昆仑之西,于洁身之道得矣,其如处非其位何!所以怆然心伤也。"

蒋师爚曰:"此盖为山涛作。《晋书》涛传:'少有器重,介然不群。遇阮籍,著忘年之契。钟会作乱于蜀,文帝西征,谓涛曰:"西偏吾自了之。后事深以委卿。"及武帝受禅,失权臣意,出为冀州刺史。'"

黄节引曾国藩曰:"凤凰,本阮公自况也。"

张琦曰:"似系叔夜之辞。"

黄侃曰:"奇若凤凰,亦有摧藏之叹。"

黄节曰:"'但恨处非位'句,陈祚明以为:阮公自明因处非其位,所以远引。沈德潜以为:虽可远引,但昆仑之西非凤凰所处,所以心伤。

两说不同。陈说非位就未远引时言，沈说非位就已远引后言。陈说与其四十五诗‘幽兰不可佩，朱草为谁荣’意有合，沈说则与其三十五诗‘天阶路殊绝，云汉邈无梁’意有合，故并存之。至蒋师爚谓《晋书·山涛传》‘武帝受禅，涛失权臣意，出为冀州刺史’，此诗盖为涛作。考涛事在阮公卒后，安得有此？蒋氏之失，与所论五十七、七十七两诗同。”

其八十

出门望佳人，佳人岂在兹？三山招松乔，万世谁与期[①]？存亡范陈本、陈德文本、刘成德本作日。《诗纪》、《汉魏诗纪》、《诗所》、梅鼎祚本、及朴本注：“一作日。”有长短，慷慨将焉知？忽忽朝日隤，行行将何之？不见季《汉魏六朝百三家集》作人。秋草，摧折在今时[②]。

【笺注】

①三山，见其二十四注。松乔，见其五十注。《书·大禹谟》注：“期犹要也。”《庄子·寓言篇》注：“期，待也。”《玉篇》：“期，契约也。”

②慷慨，见其三十九注。隤，《说文》：“下坠也。”扬雄《河东赋》注：“隤，降也。”摧，见上首注。

【集评】

黄节引陈祚明曰：“‘摧折在今兹’亦同‘日夕见欺’之虑。”

蒋师爚曰：“‘存亡有长短’本屈原《卜居》‘尺有所短，寸有所长’之义，谓存者未必长，亡者未必短。……此‘有’字从深心人看出，忼慨便涉浅。”黄节又引蒋师爚曰：“‘忽忽朝日隤’喻曹氏享国不永也。”《三国志·曹爽传》注：“《魏氏春秋》：‘桓范曰：“曹子丹佳人。”’”

黄节引曾国藩曰：“望佳人而不见，招松乔而不来，将抱孤芳而长逝耳。”

黄侃曰：“佳人既不可见，松乔复不可期，唯有伊郁以殁；悲伤之至也。”

黄节曰:《三国志·曹爽传》裴松之注引《魏氏春秋》曰:‘爽既罢兵,曰:“我不失作富家翁。”桓范哭曰:“曹子丹佳人,生汝兄弟,犊耳!何图今日坐汝等族灭矣!”子丹,曹真字也。’《晋书》阮籍本传曰:‘曹爽辅政,召为参军,籍因以疾辞,屏于田里。岁余而爽诛。’此诗盖悲曹爽之见诛,己虽屏居而不能与松乔逃世也。‘存亡有长短,慷慨将焉知’,长短,谓长短术也。《汉书·张汤传》注:师古曰:‘短长术兴于六国时,长短其语隐谬,用相激怒也。’张晏曰:‘苏秦、张仪之谋,趣彼为短,归此为长。《战国策》名长短术也。’《曹爽传》曰:‘范说爽使车驾幸许昌,招外兵,爽兄弟犹豫未决,范重谓羲曰:“当今日,卿门户求贫贱复可得乎?且匹夫持质一人,尚欲望活,今卿与天子相随,令于天下,谁敢不应者?”羲犹不能纳。’此诗所谓长短也,言图存于亡,自有策在,惜范之慷慨陈辞,而爽不足以知之耳。”

其八十一

昔有神仙者,羡门及松乔。噏习九阳间,升遐范陈本、刘成德本注:“一作选。”《汉魏百三名家集》作近。叽云霄[①]。人生乐长久,百年《十八家诗钞》作世。自言辽[②]。白日陨隅谷,一夕不再朝。岂张燮本作今。若遗世物,登明蒋师爚注:“当作时。”遂飘飖[③]。

【笺注】

①羡门,见其十五注。松乔,见其五十注。黄节曰:“噏同吸,贾谊《旱云赋》曰:‘阳风吸习而槁槁。’又本作翕,王延寿《鲁灵光殿赋》曰:‘祥风翕习以飒洒。’李善注曰:‘翕习,盛貌。’”黄节引《说文》:“遐,远也。”黄节引《楚辞·远游》曰:“朝濯发于汤谷兮,夕晞余身兮九阳。”并引王逸注:“九阳谓天地之涯也。”《楚辞·远游》:“集重阳,入帝宫。”注:“释阳为天,天有九重,故曰重阳。”《书·太甲》:“若陟遐必自迩。”《尔

雅·释诂》:"陟,升也。"叽,见其七十八注。

②黄节引王引之《经传释词》曰:"言,语辞。"又引《说文》曰:"辽,远也。"此处之"言"字当非语辞,盖谓人生不过百年而自云长久而乐之。

③黄节引《列子》曰:"夸父不量力,欲追日影,逐之于隅谷之际。"蒋师爚曰:"'登明'之'明'当是'时'之误。《三国志·管辂传》注:'登时之验。'王嘉《拾遗记》:'使者今猛兽发声,帝登时颠蹶掩耳。'"黄节引《淮南子》曰:"日出于旸谷,浴于咸池,拂于扶桑,是谓晨明。登于扶桑之上,爰始将行,是谓朏明。"又引张衡《思玄赋》曰:"超逾腾跃绝世俗,飘飖神举逞所欲。"

【集评】

黄节引蒋师爚曰:"'白日'一韵,即上首所谓'忽忽朝日隤'也(故以游仙作结)。"

其八十二陈德文本以"幽兰不可佩"一首作其八十二

墓前范陈本、陈德文本、刘成德本作在。荧荧者,木槿耀《六朝诗集》作濯。朱华。荣好未终朝,连从范阵本、陈德文本、刘成德本、《诗纪》、《汉魏诗纪》、《汉魏诗乘》、《诗所》、《六朝诗集》、《二十五家诗录》、梅鼎祚本、及朴本、张燮本。他本误作车。飙陨其葩①。岂若西范陈本、陈德文本作栖。山草,琅玕与丹禾。垂影临增范陈本、陈德文本、刘成德本作层。城,余光照九阿②。宁微《八代诗选》作惟。少年子,日夕刘成德本、《汉魏诗纪》、《诗所》、《六朝诗集》、《古诗类苑》、及朴本、张燮本作久。难黄节曰:"难,疑叹之讹。'叹咨嗟'见其七十八诗注。"咨嗟③。

【笺注】

①荧荧,见其十八注。墓前、木槿,见其七十一"木槿荣丘墓",并参见其五十三注。黄节引《礼记·月令》曰:"仲夏木槿荣。"《淮南子·时则训》:"仲夏之月……木槿荣。"注:"木槿朝荣暮落。树高五六尺,其叶

与安石榴相似也。”黄节曰：“《尔雅》曰：‘扶摇谓之猋。’郭璞注曰：‘暴风从下上。’连飙犹《毛诗》所云：‘终风且曀，不日有曀’也。”葩，《说文》：“华也。”

②黄节引《山海经·西山经》曰：“槐江之山，其上多青雄黄，多藏琅玕，其阳多丹粟。”增城，见其四十五注。蒋师爚曰：“《尔雅》：‘大陵曰阿。’九阿，谓光所照者非一处，犹《礼记·檀弓》所谓‘九京’也。”黄节曰：“《穆天子传》曰：‘天子西征，升九阿。’郭璞注曰：‘疑今西安县十里九阪也。’”

③黄节曰：“宁，犹岂也。”蒋师爚引《礼记·檀弓》注：“微犹无也。”叹咨嗟，见其七十八注。

【集评】

曾国藩曰：“此与四十四首、七十一首语意重复，别无精义，疑亦后人附益之也。”

黄侃曰：“岂无年少之人，而日久终可嗟叹。自非琅玕、丹禾，亦焉能与天地齐寿乎？”

黄节曰：“此首与其四十四、其七十一辞意略同。”

采薪者歌

《太平御览》卷五百七十一乐部九歌二：《魏氏春秋》曰：“（阮）籍少时尝游苏门山，有隐者，籍对之长啸，苏门生逌尔而笑。籍既降，苏门先生亦啸，若鸾凤之音。乃假苏门先生之论以寄所怀，歌曰（云云）。又歌曰（云云）。”《诗纪》、《汉魏诗纪》、梅鼎祚本并下《大人先生歌》题作“歌二首”，注：“见《大人先生传》。拾遗作‘寄怀歌’。”朱嘉徵《乐府广序》卷二十八魏歌诗引袁淑真隐传：“苏门先生尝行，见采薪于阜者，先生叹曰：‘汝将以是终乎？哀哉！’薪者曰：‘以是终者我也，不以是终者我也。’因歌二章，莫知所往。”

日没不周西,《大人先生传》作方。月出丹渊中①。阳精蔽不见,阴光代《大人先生传》作大。为雄。亭亭在须臾,自此句起至"往来如飘风"《御览》无。奄奄《汉魏诗乘》作"厌厌"。将复隆。《大人先生传》作东。离合云雾兮,往来如飘风。富贵俯仰间,贫贱何必终。《御览》引至此句止。留侯起亡虏,威武赫荒夷。《大人先生传》作"夷荒"。邵《大人先生传》作召。平封东陵,丁辑本下有兮字,注:"或无兮字。"一旦为布衣。枝叶托根柢,死生同盛衰。得志从命升,失势与时隤。寒暑代征迈,丁辑本下有兮字,注:"或无兮字。"變化更相摧。祸福无常朱嘉徵引作尝。主,何忧身无归。推兹由斯道,《汉魏诗纪》、《汉魏诗乘》此字阙。梅鼎祚本、《诗隽类函》作理。丁辑本注:"《乐苑》无理字,但云:'斯下有阙。'"负薪又何哀。

【笺注】

①《淮南子·地形训》:"八纮之外乃有八极,……西北方曰不周之山,曰幽都之门。"又曰:"丹水出高褚。"许注:"高褚一名冢领山,在京兆上雒,丹水所出,东至均入沔也。"屈原《离骚》:"路不周以左转兮。"《白虎通》:" 西北曰不周风。不周者,不交也,言阴未合化也。"《淮南子·天文训》:"帝怒而触不周之山。"许注:"不周山在西北也。"《山海经·西山经》:"西次三经之首曰崇吾之山……西北三百里曰长沙之山……又西北三百七十里曰不周之山。"注:"此山形有缺不周匝处,固名云。西北不周风自此山出。"

【集评】

朱嘉徵曰:"《采薪者歌》,步兵达观时变也。与大曲满歌行同调。"又曰:"嗣宗发言玄远,不及世务,类此。"

《诗隽腹腴》载孙克依(不庵)评云:"魏未灭,而一时事魏之臣皆惟知有司马氏,虽贤如羊祜、王祥犹且不免,人亦习而不之责,盖明于'枝叶托根柢,死生同盛衰'之义者希矣。"

大人先生歌

天地解兮六合开,星辰陨兮日月颓,我腾而上将何怀!

【集评】

钟惺云:“尊称中藏嘲谑。”

朱嘉徵《乐府广序》卷二十八魏歌诗:“右载《古乐苑》。”又序曰:“余诵《大人先生歌》,为之叹曰:忧时君子履时悼道,岂不殆哉!其有河清、美人之思乎!”

陈祚明曰:“是知放志沉冥,本戚世乱。曰‘将何怀’,正有不能已于怀者也。”

附　录

一、阮籍集主要版本序跋

刻阮嗣宗诗序　　[明]李梦阳

夫《三百篇》虽逖绝，然作者犹取诸汉魏。予观魏诗，嗣宗冠焉。何则？混沦之音，视诸镂雕奉心者伦也。顾知者稀寡，效亦鲜焉。钟参军曰："嗣宗《咏怀》之作，洋洋乎会于风雅，使人忘其鄙近。"斯为不佞矣。颜延年注，今莫可考见，然予观陈子昂《感遇》诗，差为近之，唐音沨沨乎开源矣。及李白为古风，咸祖籍词。宋人究原作者，顾陈、李焉极？岂其未睹籍作邪？孰谓天下有钟期哉！今以故所抄籍《咏怀》诗八十篇刊诸此，讹缺姑仍之，俟知者校焉。

阮嗣宗文集序　　[明]靳于中

英雄适弗逢世，而寄兴娱心，垂空文以自见，庸众骇焉，吊古者所深契赏也。尉虽无腆，抑谚曰蕞尔国，当魏晋之际，有命世大贤阮嗣宗先生。先生玄室在邑东南隅五十里，余每过未尝不抚乘踌躇。及与先生裔孙太冲游，见其高旷拔俗有祖风，则心益向慕先生之著述，而实未寓目全书。天启壬戌，河间及侯莅尉，首揆文教，越明年政成，梓先生遗文四卷。余受而卒业，忾然叹曰："邑有至人至文在迩，奚必别求圣哲乎？"至人者，不侔于人而师友造化；至文者，无心于文而抒写胸怀，乃足述也。耳食者不解，辄以洒狂目之，乌知先生！孔子论诗至"正月"之六章，惧然曰："不逢时之君子，岂不殆哉！从上依世则废道，违上离俗则危身。"呜呼！先生处毋妄之世，值毋妄之人，卒远害全躯，如钟山昆仑之玉，炊炉炭三日夜而色浑不变，此岂无所挟持能然乎？余尝横览古今，评先生其逍遥似蒙叟，其韬晦似子房，其诙达似方朔，其真率似渊明，而生平出处心迹尤肖楚灵均。唯是灵均愤世之皆醉己独醒，先生愤世之不醒己独醉。醒者愁愁，故以上官为怪鸟而湛鱼腹；醉者忘忘，故以司马为海鸥而遂鸿冥，要其忧君为国之心则一尔。且灵均以忧思发之《离骚》，先生以天籁鸣之诗赋，其皭然并揭日月而行也，又奚以异！故至人至文诚非耳食者所解也。然侯置高文典册弗录，乃独梓先生之集何也？盖先生非文士可概也。登武牢，望京邑而叹，登广武，笑竖子成名，其英雄犹略可睹矣。间者东夷内讧，暴骨如莽，竟无人窥龙足而廓清者。令起先生秉钺薄伐，何渠不能焚老上略之龙庭哉！此或侯梓先生之集之意也。天启三年秋七月，邑子靳于中题。

叙

［明］及　朴

尉氏故称三贤里，有七贤祠。三贤者，尉缭、蔡伯喈邕、阮嗣宗籍也。雍丘每与尉氏争："吾邑伯喈，汝安得攘而有之？"考汉、晋往牒，如诸阮书陈留尉氏，伯喈书陈留圉，汉尉氏令而圉长也，不可设也。尉氏之蔡相乡蔡相公墓无确据，亦争之雍丘："以邑东圉村，村去邑二十余里，不应设长，太迩。”而故圉城实在，昔雍丘今杞，当伯喈殁时，东郡陈留家绘像以祀，何必笃生斯乃光？窃谓直还之杞可。乡先生及庠士言敝邑屡欲梓三贤集备文献，而卒莫之举也。于是不佞姑舍中郎，先梓尉缭子、阮嗣宗集。向不佞最嗜嗣宗《咏怀》诗，因取赋、论、杂文，购诸本参订之，而必不可意订者亦不鲜，故嗣宗集又先梓。梓成，识其端曰：

古今人知嗣宗酒十九，知嗣宗诗十三，俗翁孺喜传酒，非学士辈不传诗也，乃未有深知其文者。沧桑湮其集，帝虎谬其辞，读不数行欲思卧已。不佞字栉句耨，甚则逆志略词，再三讽味，然后知其论《易》深《易》，论《庄》深《庄》，论《乐》深《乐》，至赋禀于《骚》，诗又《骚》之余尔。夫人岂有淹邃于《老》、《易》、《庄》、《骚》而泄为声歌，犹不夷旷要渺，惚恍㺀豩，复可方物此度者乎？大都际蹇之君子，非尽不学殖，而殖不尽如之，故迕会舞才，凭愤奋舌，曾不谛否泰之遘，衷元俭之义，察羌逊之宜，以身贻戮，为人所怜，而适足丧英雄之气，坚锄涤之谋，毫无补于人国。盖《易》尊时义，《老》忌居先，《骚》惋兰蒉同槁，嗣宗图回所处，不啻三折肱矣。昔元瑜避操，操焚林出山，迨记谢蒋济，逢怒乃就。斯其家庭事，安知父子不尝恨此？且慎称已可逃死，所惧事任见及，步兵校尉，东平相，皆是念也。礼法士不希尝而佐饔乎。惟胸有《老》、《易》、《庄》、《骚》而后能浇以酒，并使人意消。综博之用而概之乎茗艼无能为，始轩然曰：大人先生不必穴居苏门山矣，然犹不废论著，岂虑终蒙酒人之目，而留微言待玄赏邪？故达不足尽嗣宗。嗣宗墓岿然东偏五十里而遥，并祠芳樽之友称七贤祠云。唐正字李京碑，其变化莫究，救护多门，嘻！斯正《老》、《易》、《庄》、《骚》流为肸蛮，岂蚩氓肃将，精志自取者也。惟是诸君吾子，伉爽通侻，饶林下风，幸生明盛，不必有回挠匿远之虑。请学其学，诗其诗，文其文，而不必酒其酒。必酒其酒,嗣宗固敕仲容预此,则知初不以酒训也。天启癸亥孟秋既望,尉氏令交河及朴撰。

阮嗣宗集叙　　　　[明]许可徵

友人阮太冲氏尝谓余:汉末名士如孔文举、祢正平,徒以口舌杀身而无实益于人家国,可谓枉却一死;徐元直为母留操,然终身不发一谋,非不能死,知死亦无济汉事。余即谓太冲:君家嗣宗亦然。史言籍本有济世志,属天下多故,名士少全,由是不与世事,酣饮为常。及登广武,何复叹世无英雄也?倏东平,倏校尉,垆侧可眠,求婚不得,若直若诎,若远若近,醉中智数,不可卜度如此,斯岂文举、正平一流人耶?目睹蹶生,只手难障,故兵诛而死,舌诛而死,皆有所不用也。劝笺云:"大魏之德,光于唐虞;明公盛勋,超于桓文。然后临沧洲而谢支伯,登箕山以揖许由。"不亦巧于讽乎?信如斯言,岂非伊尹之宠利不居,姬公之东山避谤,正恨奸雄之不蝉蜕耳。操尝下令,明无异志,但兵权不能递释,夫亦知必不见容天下,所患不独功名。无所不至之情,师、昭亦犹是也。《易》:"开国承家,小人勿用。"用卓、操者谁哉?汉无宦寺、黄巾之乱,卓一凉州牧,操一城门校尉,何能为?而俾睥睨社稷,殄灭忠贤,必有分任其咎者。若奸雄方自爱其死,而忠贤辈或势位才术不能杜其萌,或疏庸轻诞不能遏其逞,即云严气正性,覆折而已。故桓擢肥遁,识干居先,意气居后。处亢而潜,知白而黑,非嗣宗吾谁与归!邑大夫泽阳及公,最嗜嗣宗文词,为刻置邑斋,遂补吾邑千余年缺事。太冲则嗣宗裔孙,衣冠南渡后,为蓬池一抔土,自都门徙来。顷后卜隐太魄,绝势利如膻脂,觉嗣宗犹多一青白眼及骑驴诣郡等事,因并论之。天启甲子春仲。

增定阮步兵集序　　　　[明]张　燮

阮嗣宗疏狂绝俗,而颜延年目之曰"识密鉴亦洞",此深知嗣宗者。《大人先生传》陋虱裈中,是其有托以自放焉,未便本趣所都也。爰土风而赋东平,不过求出户限外耳。《咏怀》八十二章,拉首阳,拍湘累,悲繁华,怜夭折,深心毓轳而故作求价语杂之,盖身不能维世,故逃为惊世。广武之叹,苏门之啸,穷途之恸,综忧乐而横歌哭,夫亦大不得已者乎! 论《易》论《乐》,个中自有爻象,全具音容,初何至与儒林作鲠;独见夫礼法之士都以劝进为忠,禅让为礼,攀鳞附翼为智,即何曾、王休徵之属莫不皆然,故迫而之达庄通老,曰:"礼非我设也。"晋世效颦,无端作达,以为远希嵇、阮;彼守其骊黄,遗其骏逸,是恶知天马哉! 余曾作《七贤赞》详言之,兹因增订步兵集而更摘余论以示世人,幸无多仇步兵也! 闽漳张燮识于硕人之园。

二、阮籍传记资料

晋书阮籍传

阮籍字嗣宗,陈留尉氏人也①。父瑀,魏丞相掾,知名于世②。

【笺注】

①陈留尉氏,今河南省尉氏县。

②《三国志·王粲传》:"始文帝(曹丕)为五官将,及平原侯植皆好文学。粲与北海徐幹字伟长、广陵陈琳字孔璋、陈留阮瑀字元瑜、汝南应玚字德琏、东平刘桢字公干并见友善。……瑀少受学于蔡邕。建安中,都护曹洪欲使掌书记,瑀终不为屈。太祖(曹操)并以琳、瑀为司空军谋祭

酒，管记室。军国书檄，多琳、瑀所作也。琳徙门下督，瑀为仓曹掾属。……瑀以十七年卒。……文帝书与元城令吴质曰：‘……元瑜书记翩翩，致足乐也。’”

籍容貌瑰杰，志气宏放，傲然独得，任性不羁，而喜怒不形于色。或闭户视书，累月不出；或登临山水，经日忘归。博览群籍，尤好庄、老①。嗜酒，能啸，善弹琴。当其得意，忽忘形骸。时人多谓之痴；惟族兄文业每叹服之，以为胜己，由是咸共称异②。

【笺注】

①《太平御览》卷六百十一：“《七贤传》曰：‘阮籍有奇才异质。或闭户读书，连月不出；或游行丘陵，经日不返。’”《三国志·王粲传》：“瑀子籍，才藻艳逸而倜傥放荡，行已寡欲，以庄周为模则。官至步兵校尉。”

②《世说新语·任诞篇》：“王孝伯问王大：‘阮籍何如司马相如？’王大曰：‘阮籍胸中垒块，故须酒浇之。’”刘孝标注：“言阮皆同相如，而饮酒异耳。”《太平御览》卷四百九十八引王隐《晋书》曰：“魏末，阮籍有才而嗜酒荒放，露头散发，裸袒箕踞。作二千石，不治官事，日与伶（刘伶）等共饮酒歌呼。时人或以籍生在魏晋之交，欲佯狂避时，不知籍本性自然也。”《世说新语·赏誉篇》：“王戎目阮文业清伦有鉴识，汉元以来未有此人。”注引《陈留志》曰：“武（阮武字文业），魏末河清太守。族子籍，年总角，未知名，武见而伟之，以为胜己。知人多此类。”

籍尝随叔父至东郡，兖州刺史王昶请与相见，终日不开一作关，《晋书》作开，当以《晋书》为正。一言，自以不能测①。太尉蒋济闻其有隽才而辟之，籍诣都亭奏记曰……。（文见集中，此处不录。）初，济恐籍不至，得记欣然，遣卒迎之，而籍已去，济大怒。于是乡亲共喻之，乃就吏。后谢病归②。复为尚书郎，少时，又以病免。及曹爽辅政，召为参军，籍因以疾辞，屏于田里。岁余而爽诛，时人服其远识。宣帝为太傅,命籍为从事中郎。及帝崩,复为景帝大司马从事中郎[③]。高贵乡公(曹髦)即位,封关内侯,徙散骑常侍[④]。

【笺注】

①《三国志·王粲传》裴松之注引《魏氏春秋》曰:"兖州刺史王昶请与相见,终日不得与言。昶叹赏之,自以不能测也。"

②《昭明文选》李善注引臧荣绪《晋书》曰:"太尉蒋济闻籍有才隽而淑悦,为志高,问掾王默,然后辟之。籍诣都亭奏记。初,济恐籍不至,得记欣然,遣吏卒迎之,而籍已去,济大怒王默。默惧,与籍书劝说之。于是乡亲共喻,籍乃就吏。后谢病归。"

③《三国志·王粲传》注引《魏氏春秋》曰:"太尉蒋济闻而辟之。后为尚书郎、曹爽参军,以疾归田里。岁余爽诛,太傅及大将军乃以为从事中郎。后朝论以其名高,欲显崇之,籍以世多故,禄仕而已。"《太平御览》卷二百三十八引《竹林七贤传》曰:"阮籍字嗣宗,为太傅司马宣王参军,迁景王大将军从事中郎。"又引《通典》曰:"从事中郎,汉末官也。……在主簿上。所掌与长史同。"

④《北堂书钞》卷五十八引《七贤传》云:"高贵乡公以阮籍为散骑常侍,非其好也。"

籍本有济世志,属魏晋之际,天下多故,名士少有全者,籍由是不与世事,遂酣饮为常[①]。文帝初欲为武帝求婚于籍,籍醉六十日,不得言而止。钟会数以时事问之,欲因其可否而致之罪,皆以酣醉获免。

【笺注】

①《三国志·王粲传》注引《魏氏春秋》曰:"闻步兵校尉缺,厨多美酒,营人善酿酒,求为校尉,遂纵酒昏酣,遗落世事。"

及文帝辅政，籍常从容言于帝曰："籍平生曾游东平，乐其风土。"帝大悦，即拜东平相。籍乘驴到郡，坏府舍屏障，使内外相望。法令清简，旬日而还。帝引为大将军从事中郎①。

【笺注】

①《世说新语·任诞》注引《文士传》曰："籍放诞有傲世情，不乐仕宦。晋文帝亲爱籍，恒与谈戏，任其所欲，不道以职事。籍常从容曰：'平生曾游东平，乐其土风，愿得为东平太守。'文帝说，从其意。籍便骑驴径到郡，皆坏府舍诸壁障，使内外相望，然后教令清宁。十余日便复骑驴去。"《太平御览》卷九百一引《晋阳秋》曰："晋文帝恒与阮籍谭戏，任其所欲，不迫以职事。籍从容尝言曰：'平生曾游东平，乐其土风，愿得为东平太守。'文帝大悦，即从其意。籍便骑驴径到郡。至皆坏府舍诸壁障，使内外相望。然籍教令清整。常留十余日，便乘驴去。"汉置东平国，在今山东省东平县。《太平御览》卷二百四十八引《汉旧仪》曰："帝子为王，王国置太傅、相、中尉各一人，秩二千石，以辅王。"又据《汉书·百官公卿表》："诸侯王，高帝初置，金玺盭绶，掌治其国。有太傅辅王、内史治国民，中尉掌武职，丞相统众官。……景帝中五年，令诸侯王不得复治国，天子为置吏，改丞相曰相。……成帝绥和元年，省内史，更令相治民如郡太守。……"故籍虽为东平相而实同于郡太守。前引《文士传》及《晋阳秋》即径称为太守。又李白《赠闾丘宿松》诗云："阮籍为太守，乘驴上东平。剖竹十日间，一朝风化清。偶来拂衣去，谁测主人情？"

按：今阮籍集中有《东平赋》一首，极道其风土之恶，则此所言"乐其风土"云云，殆系当时托词求去。然仅旬日而还，又为大将军府从事中郎矣。

有司言有子杀母者，籍曰："嘻！杀父乃可，至杀母乎？"坐者怪其失言，帝曰："杀父，天下之极恶，而以为可乎？"籍曰："禽兽知母而不知父。杀父,禽兽之类也;杀母,禽兽之不若。”众乃悦服。

籍闻步兵厨营人善酿,有贮酒三百斛,乃求为步兵校尉。遗落世事[①]。虽去佐职,恒游府内,朝宴必与焉[②]。会帝让九锡,公卿将劝进,使籍为其辞,籍沉醉忘作;临诣府,使取之,见籍方据案醉眠,使者以告,籍便书案,使写之,无所改窜。辞甚清壮,为时所重[③]。

【笺注】

①《世说新语·任诞篇》注引《文士传》曰:“后闻步兵厨中有酒三百石,忻然求为校尉,于是入府舍与刘伶酣饮。”又引《七贤论》云:“‘籍与伶共饮步兵厨中,并醉而死’,此好事者为之言。籍景元中卒,而刘伶太始中犹在。”《汉书·百官公卿表》:“步兵校尉掌上林苑门屯兵。……凡八校尉,皆武帝初置。……秩皆二千石。”

②《世说新语·简傲篇》:“晋文王功德盛大,坐席严敬,拟于王者。唯阮籍在座,箕踞啸歌,酣放自若。”

③《北堂书钞》卷一百陈禹谟补注引《东观汉纪》云:“魏封晋文王为晋公,加九锡,文王让不受,公卿将劝进,使阮籍为其辞,籍沉醉忘作;临诣府,使取之,见籍方据案醉眠,使者以告,籍便书案,使写之,无所改窜,辞甚清壮,时人以为神笔。”《北堂书钞》卷百三十三补注引《竹林七贤论》曰:“魏封晋文王,王辞,公卿皆当喻旨,司空郑冲驰使从阮籍求其文,立待之。籍时在袁孝尼家宿醉,扶而起,书几板为文,无所治定,乃写付信。”

籍虽不拘礼教,然发言玄远,口不臧否人物[①]。性至孝。母终,正与人围棋,对者求止,籍留与决赌。既而饮酒二斗,举声一号,吐血数升。及将葬,食一蒸肫,饮二斗酒,然后临诀,直言:“穷矣!”举声一号,因又吐血数升。毁瘠骨立,殆致灭性[②]。裴楷往吊之,籍散发箕踞,醉而直视,楷吊唁毕便去。或问楷:“凡吊者,主哭,客乃为礼。籍既不哭,君何为哭?”楷曰:“阮籍既方外之士,故不崇礼典。

我俗中之士,故以轨仪自居。”时人叹为两得[3]。

籍又能为青白眼,见礼俗之士,以白眼对之。及嵇喜来吊,籍作白眼,喜不怿而退。喜弟康闻之,乃赍酒挟琴造焉,籍大悦,乃见青眼[4]。由是礼法之士疾之若仇,而帝每保护之[5]。

【笺注】

①嵇康《与山巨源绝交书》:“阮嗣宗口不论人过,吾每师之而未能及。至性过人,与物无伤,唯饮酒过差耳。至为礼法之士所绳,疾之如仇,幸赖大将军保持之耳。吾以不如嗣宗之贤,而有慢弛之阙……。”《世说新语·德行篇》:“晋文王称阮嗣宗至慎,每与之言,言皆玄远,未尝臧否人物。”注引李康《家诫》曰:“昔尝侍坐于先帝,时有三长史俱见临,辞出。上曰:‘为官长当清,当慎,当勤,修此三者,何患不治乎?’并受诏。上顾谓吾等曰:‘必不得已而去,于斯三者何先?’或对曰:‘清固为本。’复问吾,吾对曰:‘清慎之道,相须而成,必不得已,慎乃为大。’上曰:‘卿言得之矣。可举近世能慎者谁乎?’吾乃举故太尉荀景倩,尚书董仲达、仆射王公仲。上曰:‘此诸人者,温恭朝夕,执事有恪,亦各其慎也。然天下之至慎者,其唯阮嗣宗乎!每与之言,言及玄远,而未尝评论时事,臧否人物,可谓至慎乎!’”

②《三国志·王粲传》注引《魏氏春秋》曰:“籍旷达不羁,不拘礼俗。性至孝,居丧虽不率常检,而毁几至灭性。”《世说新语·任诞篇》:“阮籍当葬母,蒸一肥豚,饮酒二斗,然后临诀,直言:‘穷矣!’都得一号,因吐血,废顿良久。”注引邓粲《晋纪》曰:“籍母将死,与人围棋如故,对者求止,籍不肯,留与决赌。既而饮酒三斗,举声一号,呕血数升,废顿久之。”

③《世说新语·任诞篇》:“阮步兵丧母,裴令公往吊之。阮方醉,散发坐床箕踞,不哭。裴至,下席于地哭,吊唁毕便去。或问裴:‘凡吊,主人哭,客乃为礼。阮既不哭,君何为哭?’裴曰:‘阮方外之人,故不崇礼制;我辈俗中人,故以仪轨自居。’时人叹为两得。”注引《名士传》曰:

"阮籍丧亲,不率常礼。裴楷往吊之,遇籍方醉,散发箕踞,旁若无人。楷哭泣尽哀而退,了无异色。其安同异如此。"又引戴逵论之曰:"若裴公之制吊,欲冥外以护内,有达意也,有弘防也。"《太平御览》卷五六一引《裴楷别传》曰:"裴楷少知名而风情朗悟。初,陈留阮籍遭母丧,楷弱冠往吊,籍乃离丧位,神志晏然,至乃纵情啸咏,傍若无人。楷不为改容,行止自若,遂便率情独哭,哭毕而退,威容举动无异。"

④《太平御览》卷五六一引邓粲《晋纪》曰:"阮籍能为青白眼,礼俗之士,辄以白眼对之。宗正嵇喜,康之兄也,闻籍丧母,吊焉,籍不哭,见其白眼,喜不怿退。"

⑤《三国志·王粲传》注引《魏氏春秋》曰:"籍口不论人过,而自然高迈,故为礼法之士何曾等深所仇疾,大将军司马文王常保持之,卒以寿终。"《世说新语·任诞篇》:"阮籍遭母丧,在晋文王坐进酒肉,司隶何曾亦在坐,曰:'明公方以孝治天下,而阮籍以重丧显于公坐饮酒食肉,宜流之海外,以正风教。'文王曰:'嗣宗毁顿如此,君不能共忧之,何谓?且有疾而饮酒食肉,固丧礼也。'籍饮啖不辍,神色自若。"注引干宝《晋纪》曰:"何曾尝谓阮籍曰:'卿恣情任性,败俗之人也!……'复言之于太祖。籍饮啖不辍。故魏晋之间,有被发夷傲之事,背死忘生之人,反谓行礼者,籍为之也。"又引《魏氏春秋》曰:"籍性至孝,居丧虽不率常礼,而毁几灭性。然为文俗之士何曾等深所仇疾,大将军司马昭爱其通伟而不加害也。"《晋书·何曾传》:"时步兵校尉阮籍负才放诞,居丧无礼,曾面质籍于文帝座曰:'卿纵情背礼,败俗之人,今忠贤执政,综核名实,若卿之曹,不可长也。'因言于帝曰:'公方以孝治天下,而听阮籍以重哀饮酒食肉于公座,宜摈四裔,无令污染华夏。'帝曰:'此子羸病若此,君不能为吾忍耶?'曾重引据,辞理甚切。帝虽不从,时人敬惮之。"《晋书·裴頠传》:"頠深患时俗放荡,不尊儒术,何晏、阮籍素有高名于世,口谈浮虚,不遵礼法,尸禄耽宠,仕不事事;至王衍之徒,声誉太盛,位高势重,不以物务自婴,遂相放效,风教陵迟,乃著崇有之论以释其蔽曰……。"

籍嫂尝归宁，籍相见与别，或讥之，籍曰："礼岂为我设耶[①]？"邻家少妇有美色，当垆沽酒，籍尝诣饮，醉便卧其侧，籍既不自嫌，其夫察之亦不疑也[②]。兵家女有才色，未嫁而死，籍不识其父兄，径往哭之，尽哀而还[③]。其外坦荡而内淳至，皆此类也。

【笺注】

①《世说新语·任诞篇》："阮籍嫂尝还家，籍见与别，或讥之（原注："《曲礼》：'嫂叔不通问。'故讥之。"），籍曰：'礼岂为我辈设也？'"

②《世说新语·任诞篇》："阮公邻家妇有美色，当垆沽酒，阮与王安丰常从妇饮酒，阮醉，便眠其妇侧，夫始殊疑之，伺察，终无他意。"

③《世说新语·任诞篇》注引王隐《晋书》曰："籍邻家处子有才色，未嫁而卒，籍与无亲，生不相识，往哭，尽哀而去。其达而无检，皆此类也。"

时率意独驾，不由径路，车迹所穷，辄恸哭而反[①]。

【笺注】

①《三国志·王粲传》注引《魏氏春秋》与此同。《太平御览》卷一九五引《魏氏春秋》，文字小异。

尝登广武，观楚汉战处[①]，叹曰："时无英雄，使竖子成名！"登武牢山，望京邑而叹，于是赋《豪杰》诗[②]。

【笺注】

①《三国志·王粲传》注引《魏氏春秋》，文字小异。广武，《太平御览》卷一五八注："其地在荥阳。"《史记·项羽本纪》："汉王则引兵渡河，复取成皋，军广武，就敖仓食。项王已定东海，来西，与汉俱临广武而军。"

孟康曰："于荥阳筑两城相对，为广武，在敖仓西三皇山上。"

②武牢，当即虎牢，在今河南汜水县西北。今《阮籍集》中无《豪杰》诗 。

景元四年冬卒，时年五十四[①]。籍能属文，初不留思。作《咏怀》诗八十余篇，为世所重[②]。著《达庄论》，叙无为之贵。文多不录。

【笺注】

①景元，为魏陈留王年号。景元四年，为公元二六三年。

②《昭明文选》卷二十三《咏怀》诗李善注引臧荣绪《晋书》曰："籍属文，初不苦思，率尔便作。成陈留八十余篇。"《太平御览》卷六百二引《魏氏春秋》曰："阮籍幼有奇才异质，八岁能属文。性恬静，兀然长啸，以此终日。"

籍尝于苏门山遇孙登，与商略终古及栖神导气之术，登皆不应，籍因长啸而退。至半岭，闻有声若鸾凤之音，响乎岩谷，乃登之啸也。遂归著《大人先生传》，其略曰……。文见集中，省略甚多，不录。此亦籍之胸怀本趣也[①]。

【笺注】

①《三国志·王粲传》注引《魏氏春秋》曰："籍少时尝游苏门山。苏门山有隐者，莫知名姓，有竹实数斛，臼杵而已。籍从之，与谈太古无为之道，及论五帝三王之义，苏门生萧然曾不经听，籍乃对之长啸，清韵响亮，苏门生逌尔而笑。籍既降，苏门生亦啸，若鸾凤之音焉。至是，籍乃假苏门先生之论以寄所怀，其歌曰……（两歌均见集中《大人先生传》，此处不录）。"《晋书·孙登传》："孙登字公和，汲郡共人也。无家属，于郡北山为土窟居之。……好读《易》，抚一弦琴，见者皆亲乐之。性无恚怒，人或投诸水中，欲观其怒，登既出，便大笑。……尝往宜阳山，有

作炭人见之，知非常人，与语，登亦不应。文帝闻之，使阮籍往观，既见，与语，亦不应。……或谓登以魏、晋去就，易生嫌疑，故或默者也。竟不知所终。”《世说新语·栖逸篇》：“阮步兵啸闻数百步。苏门山中忽有真人，樵伐者咸共传说。阮籍往观，见其人拥膝岩侧，籍登岭就之，箕踞相对。籍商略终古，上陈黄农玄寂之道，下考三代盛德之美，以问之，仡然不应。复叙有为之教，栖神导气之术，以观之，彼犹如前，凝瞩不转。籍因对之长啸，良久，乃笑曰：‘可更作。’籍复啸。意尽，退还半岭许，闻上嘈然有声，如数部鼓吹，林谷传响；顾看，乃向人啸也。”注引《竹林七贤论》曰：“籍归，遂著《大人先生论》，所言皆胸怀间本趣，大意谓先生与己不异也。观其长啸相和，亦近乎目击道存矣。”《太平御览》卷三九二引《竹林七贤论》较详。《太平御览》卷三九二引《文士传》曰：“嘉平中，汲县民共入山中，见一人，所居悬岩百仞，丛林郁茂。”而王隐《晋书》曰：“孙登即阮籍所见者也。嵇康执弟子礼而师焉。魏晋去就易生嫌疑，贵贱并没，故登或默也。”《太平御览》卷三九二引《孙登别传》云：“孙登字公和，汲郡共县人也。清净无为，其情志悄如也。好读书弹琴，颓然自得，观其风神，若游六合之外。当魏末，共处北山中，以石室为宇，编草自覆。阮嗣宗闻登而往焉，适见公和苫盖，被发端坐岩下鼓琴，嗣宗自下趋进。既坐，莫得与言，嗣宗乃嘹嘈长啸，与琴音谐会雍雍然。登乃逌然而笑，因啸和之，妙响动林壑，风气清太玄。”《文海披沙》卷三《啸旨》：“《啸旨》一书，不言何人所作。或云永泰中，大理评事孙广著。其言啸法甚备，然不可得而传也。其言西王母以授南极真人，授广成子，尤为诞妄不经。既云舜禹之后其法废矣，乃《流云篇》又谓听韩娥之声而写之。韩娥，战国时人，写者何人也？既云阮籍之后湮灭不闻矣，又云籍传写其音，谓之苏门，今所传者即是，不知籍后传之者又何人也？且古人以啸为常，非绝艺也。《召南》谓‘其啸也歌’，漆室之女倚柱而啸，汉成瑨坐啸，刘越石登楼长啸，胡贼凄然；刘真（当作刘道真）长啸，老妪乐闻，岂可谓舜禹之后直至孙、阮乎？刘宋时，释智一善啸，声入云际，谓之哀松之梵；唐时，峨眉陈道士及庐江有重囚皆以善啸名，陈声如霹雳，囚上彻云汉；海外有因霄国善啸，丈夫闻百里，妇女闻五十里:亦未可谓阮籍之后无其人也。”

子浑,字长成。有父风。少慕通达,不饰小节;籍谓曰:“仲容已豫吾此流,汝不得复尔!”太康中,为太子庶子[①]。

【笺注】

①《三国志·王粲传》注引《世语》曰:“浑以闲澹寡欲,知名京邑。为太子庶子。早卒。”《世说新语·任诞篇》:“阮浑,长成,风气韵度似父,亦欲作达,步兵曰:‘仲容已预之,卿不得复尔。’”注引《竹林七贤论》曰:“籍之抑浑,盖以浑未识己之所以为达也。后咸兄子简亦以旷达自居,父丧,行遇大雪,寒冻,遂诣浚仪令,令为他宾设黍臛,简食之,以致清议,废顿几三十年。是时竹林诸贤之风虽高,而礼教尚峻。迨元康中,遂至放荡越礼,乐广讥之曰:‘名教中自有乐地,何至于此!’乐令之言有旨哉!谓彼非玄心,徒利其纵恣而已。”《尉氏县志》(清道光十一年重修本)卷九人物志:“阮籍……兄熙,武都太守。……子浑,字长城。”

魏散骑常侍步兵校尉东平太守碑

先生讳籍,字嗣宗,陈留尉氏人也。厥远祖陶化于上世,而先生弘美于后代,诗所载阮国则是族之本也。先生承命世之美,希达节之度。得意忘言,寻妙于万物之始;穷理尽性,研几于幽明之极。和光同□,疑当作尘。张燮本作略。群生莫能属也;确乎不可拔,当涂莫能贵也。或出或处,与时升降;或默或语,与世推移。望其形者如登岳涉海,荡然无以充其高、测其深;览其神者犹旁璞亲圭,肃然无不钦其宝而伟其奇也。不屑夷齐之洁,故其清不可尚也;不履惠连之污,故其道不可屈也。蘧瑗升降于卷舒,宁武去就于愚智,顾盼二子,不亦泰如?危宗庙之牺,安不灵之龟,故无孤犊之逼而有涂中之广。观屈谷鸣雁,是以处不才之间;察臣瓠纬带,是以游有用之际。夸大辨而御之以讷,资大白而洿之以辱。为无为而名不能累也，事无事而世不能役也。纡垂天之翼于寂寞之域，投芒刃之颖于有解之会，固恢恢必有余地，岂若接舆被发以养生，於陵灌园以求实，龃龉进步，循轨辙而已哉！尼父议老氏于游龙，卫赐譬重仞于日月，揆之先生，其殆庶几乎！方将攀逸驾于洪涯，邈遐轨于巢州，跨宇宙以高抱，凌云霄以优游。享年如干，遘疾而卒。于是远鉴之士，有识之徒，先生之殁，夫岂不慨然！临濠梁而存惠子之问，运斧斫而思郢人之力，乃探颐索引以叙雅操，使将来君子知先生之迹，略举其志。系之曰：

峨峨先生，天挺无欲。玄虚恬淡，混齐荣辱。荡涤秽累，婆娑山足。胎胞造化，韬蕴光烛。鼓棹沧浪，弹冠峤岳。颐神太素，简返世局。澄之不清，溷之不浊。翱翔区外，遗物庚俗。隐处巨室，反真归朴。汪汪渊源，迈迹图录。

张燮注："《广文选》载此碑为嵇叔夜作。按叔夜先嗣宗死，安得嗣宗没后为作碑？杨用修以为嵇叔良作，盖叔良为东平守云。然碑之言曰'临濠濮而存惠子之问，运斧凿而思郢人之斤'，则又似交游契洽者，不宜出后人手。姑阙其名以俟博雅者定焉。"

重建阮嗣宗庙碑　　[唐]李　京

自二仪既辟，三才肇分，选贤之道既彰，旌善之门必著。爰有贤公，姓阮讳籍，字号嗣宗，晋代陈留尉氏人也。性惟高尚，道本淳和，杯觞□□，啸傲风月。眼能青白，当贤愚而迥分；口善雌黄，品人伦而克中。竹林乐志，蓬池养神，振百代之风骚，作七贤之领袖。虽则幽称阮巷，可以庆大于门，小阮则牧守始平，大阮则步兵校尉，官资有别，气概攸同。流俗不能染其真，越礼无所拘其节，仙方有术，孝道无亏，告亲亡而博局尚□，虽心丧而目先垂血。识达希夷之理，道包巢许之先。情高而鹤立昆峰，性静而松标云岭。悲兴穷路，啸入苏门。放旷天空，襟怀地窄。一朝荣达，四序推移。蝶梦之理难穷，蝉蜕之门讵测？青鸟启卜，白马来并，在县东南隅计数五十里，择其善地，以葬贤人焉。其坟也，势压龙头，形高马鬣。万家耆老，共建灵祠。房廊四十间，仪仗左右足，堂殿峻矗。庙貌严明，威生九月之霜；阶庭凛凛，照并三春之日。覆育温温，炉中争爇于宝香，砌下竟倾于竹叶。千门仰德，万户沾恩。敬之奉之，必助其福；傲之慢之，必降其祸。变化莫究，救护多门。白额归山，庶绝牛羊之患；黄巾出境，免怀敛敚之忧。凡有祷祠，悉皆响应，固可致瞻依于四远，荐牲币于一方。次有都维那、李温等，坚持敬信，至奉神明，经营不惮于辛勤，教化罔辞于寒暑。躬亲跋涉，远历关河，自入名山，选其美石，冀显殊功之成就，须求哲匠以磨砻。用纪芳馨，将传亿载。京词非黄绢，学乏绛纱，冀承众请之知，难免寡闻之诮，惭无健笔，难述仙方，固勒贞珉，用彰不朽。庄敬直书。其为颂曰：

放旷拔俗，徽猷尚传。芳馨百代，领袖诸贤。廊排宝鼎，架满金钱。降赦善恶，威灵俨然。清风应响，庙貌如新。左右仪仗，次第品伦。杯倾九酝，馔列八珍。威容除害，福祐乡人。猗欤达士，誉美兰荪。晋朝已没，阮巷犹存。光辉一邑，卫护千门。无高无下，求恩信恩。前当石柱，后倚坟林。新碑暗暗，古树森森。茔绝窟兽，杖无宿禽。千秋万岁，荐奠同春。

三、阮籍年表

公元二一〇年

汉献帝建安十五年庚寅。阮籍生。《晋书》本传载："（籍）景元四年冬卒。时年五十四。"景元四年为公元二六三年，上推五十四年，当生于是年。

公元二一二年

建安十七年。阮籍三岁。父阮瑀卒。

公元二一三年

建安十八年。阮籍四岁。五月，汉献帝策命曹操为魏公，加九锡。七月，魏始建社稷宗庙。十一月，初置尚书，侍中，六卿。

公元二一四年

建安十九年。阮籍五岁。《资治通鉴》卷六十七："（汉献）帝自都许以来，守位而已。左右侍卫，莫非曹氏之人者。……操后以事入见殿中，帝不任其惧，因曰：'君若能相辅，则厚；不尔，幸垂恩相舍。'"

公元二一六年

建安二十一年。阮籍七岁。《资治通鉴》卷六十七："夏五月，（汉）进魏公操爵为王。"

公元二一七年

建安二十二年。阮籍八岁。能属文。《太平御览》卷六百二引《魏氏春秋》曰："阮籍幼有奇才异质，八岁能属文。"

公元二一九年

建安二十四年。阮籍十岁。孙权上书曹操，陈说天命，操曰："若天命在吾，吾为周文王矣。"

公元二二〇年

建安二十五年，改元延康元年，魏文帝黄初元年。阮籍十一岁。春正月，曹操卒。汉帝策曹丕即魏王位，授丞相印绶。冬十月，汉帝禅位于魏王。

公元二二一年

黄初二年。阮籍十二岁。魏文帝筑陵云台。

公元二二三年

黄初四年。阮籍十四岁。魏文帝筑南巡台于宛。六月大雨，伊、洛溢流，杀人民，坏庐宅。（《魏志·文帝纪》）

公元二二四年

黄初五年。阮籍十五岁。时霖雨百余日。(《三国志·魏书·文德郭皇后传》)

公元二二六年

黄初七年。阮籍十七岁。三月,魏筑九华台于洛阳。五月,曹丕疾笃,召中军大将军曹真,镇军大将军陈群,征东大将军曹休,抚军大将军司马懿并受遗诏辅政。曹丕死,太子即皇帝位,是为明帝。

公元二二八年

魏明帝太和二年。阮籍十九岁。五月,大旱。

公元二三〇年

太和四年。阮籍二十一岁。自上年十月不雨,至于今年三月。九月,大雨,伊、洛、河、汉水溢。以曹真为大司马,司马懿为大将军。(按:同受遗诏辅政之曹休已先于太和二年九月卒,陈群卒于青龙四年十二月,此时尚在。)尚书诸葛诞、中书郎邓飏等相与结为党友,更相题表:以散骑常侍夏侯玄等四人为四聪,诞、备八人为八达,中书监刘放之子熙、中书令孙资之子密、吏部尚书卫臻之子烈为三豫。行司徒事董昭上疏诋之,帝善其言,于是免诞、飏等官。

公元二三五年

青龙三年(太和七年二月改元)。阮籍二十六岁。正月,魏以大将军司马懿为太尉。是时大治洛阳宫。帝好土功,既作许昌宫,又治洛阳宫,起昭阳、太极殿,筑总章观高十余丈,力役不已,农桑失业。帝性严急,其督修宫室,有稽限者,帝亲召问,言犹在口,身首已分。散骑常侍领秘书监王肃上疏曰:“今宫室未就,见作者三、四万人。九龙可以安圣体,其内足以列六宫。唯泰极以前，功夫尚大，愿择留丁壮万人，当一岁成者，听且三年。”青龙中营治宫室，百姓失农时，陈群上疏曰：“禹承唐虞之盛，犹卑宫室而恶衣服。况今丧乱之后，人民至少，比汉文景之时，不过汉一大郡；加边境有事，将士劳苦，若有水旱之患，国家之深忧也。且吴蜀未灭，社稷不安，宜及其未动，讲武劝农，有以待之。今舍此急而先宫室，臣惧百姓遂困，将何以应敌？”帝答曰：“王者宫室，亦宜并立。”帝于是有所减省。帝耽于内宠，妇官秩而拟百官之数，自贵人以下至掖庭洒扫者凡数千人。选女子知书可付信者六人以为女尚书，使典省外奏事，处当画可。时有诏录夺士女前已嫁为吏民妻者还以配士，既听以生口自赎；又简选其有姿色者内（纳）之掖庭。太子舍人张茂上书谏曰：“诏书听得以生口年纪、颜色与妻相当者自代，故富者则倾家尽产，贫者举假贷贳，贵买生口以赎其妻；县官以配士为名而实内之掖庭，其丑恶者乃出与士。得妇者未必欢心，而失妻者必有忧色，或穷或愁，皆不得志。……且军师在外，数十万人，一日之费非徒千金，举天下之赋以奉此役，犹将不给，况复有宫庭非员无录之女，椒房母后之家，赏赐横兴，内外交引，其费半军……”帝使人以马易珠玑、翡翠、玳瑁于吴，吴主曰：“此皆孤所不用而可以得马，孤何爱焉。”皆以与之。（先是，太和六年，吴主遣将军周贺，校尉裴潜乘海之辽东，从公孙渊求马。）

公元二三六年

青龙四年。阮籍二十七岁。侍中领太史令高堂隆上疏曰：“今圆丘、方泽、南北郊、明堂，社稷神位未定，宗庙之制又未如礼，而崇饰居室，士民失业。外人咸云：宫人之用与兴戎军国之费所尽略齐，民不堪命，皆有怨怒。”

公元二三七年

景初元年（青龙五年三月改元）。阮籍二十八岁。九月，冀、兖、徐、豫大水。是岁徙长安诸钟虡、橐驼、铜人、承露盘于洛阳。盘折，声闻数十里；铜人重不可致，留于霸城。大发铜铸作铜人二，号曰翁仲，列坐于司马门外；又铸黄龙、凤凰各一，龙高四丈，凤高三丈余，置内殿前。起土山于芳林园西北陬，使公卿群僚皆负土成山；树松、竹、杂木、善草于其上，捕山禽杂兽置其中。司徒军议掾董寻上疏谏曰："黄龙、凤凰、九龙、承露盘、土山、渊池，此皆圣明之所不兴也，其功三倍于殿舍"云云。

公元二三九年

景初三年。阮籍三十岁。正月，（司马）懿至，入见，帝执其手曰："吾以后事嘱君，君与曹爽辅少子。"帝寻殂。太子齐王芳即位，年八岁。加曹爽、司马懿侍中，假节钺，都督中外诸军事，录尚书事。爽、懿各领兵三千人更宿殿内。诸所兴作宫室之役皆以遗诏罢之。初，并州刺史东平毕轨及邓飏、李胜、何晏、丁谧皆有才名……曹爽素与亲善，及辅政，骤加引擢以为腹心。丁谧为爽画策，使爽白天子，发诏转司马懿为太傅，外以名号尊之，内欲令尚书奏事，先来由己，得制其轻重也。

公元二四〇年

魏齐王芳正始元年。阮籍三十一岁。自上年十二月至二月不雨。

公元二四二年

正始三年。阮籍三十三岁。魏太尉蒋济辟之，诣都亭奏记（文载集中）而去。于是乡亲共喻之，乃就吏。复为尚书郎，少时，又以病免。

公元二四七年

正始八年。阮籍三十八岁。曹爽辅政，召为参军，因以疾辞，屏于田里。大将军爽用何晏、邓飏、丁谧之谋，迁太后于永宁宫，专擅朝政，多树亲党，屡改制度。太傅懿不能禁，与爽有隙。五月，懿始称疾不与政事。帝好亵近群小，游宴后园。大将军爽骄奢无度，饮食车服拟于乘舆，上方珍玩充牣其家。爽兄弟数俱出游。太傅懿阴与其子中护军师、散骑常侍昭谋诛曹爽。

公元二四九年

嘉平元年（正始十年四月改元）。阮籍四十岁。前年辞曹爽参军后而爽诛，时人服其远识。为魏太傅司马懿从事中郎。何晏等方用事，自以为一时才杰，人莫能及。晏尝为名士品目曰："唯深也故能通天下之志，夏侯泰初是也；唯几也故能成天下之务，司马子元是也；唯神也不疾而速，不行而至，吾闻其语，未见其人。"盖欲以神况诸己也。选部郎刘陶，晔之子也，少有口辩，邓飏之徒称之，以为伊吕。何晏尤好老庄之书，与夏侯玄、荀粲及王弼之徒竞为清谈，祖尚虚无，谓六经为圣人糟粕；由是天下士大夫争慕效，遂成风流，不可复制。正月，收曹爽及其弟中领军羲，武卫将军训，尚书何晏、邓飏、丁谧，司隶校尉毕轨，荆州刺史李胜并司农桓范，皆下狱，劾以大逆不道，与黄门张当俱夷三族。王凌之子广曰："何平叔虚而不治，丁、毕、桓、邓虽并有宿望，皆专竞于世；加变易朝典，政令数改，所存虽高而事不下接，民习于旧，众莫之从，故虽势倾四海，声震天下，同日斩戮，名士减半，而百姓安之，莫或之哀，失民故也。"

公元二五一年

嘉平三年。阮籍四十二岁。八月，司马懿卒。诏以其子卫将军师为抚军大将军，录尚书事。十二月，以光禄勋郑冲为司空。

公元二五二年

嘉平四年。阮籍四十三岁。复为魏大将军司马师（死后追加大司马之号）从事中郎。

公元二五四年

魏高贵乡公正元元年（齐王芳被废，嘉平六年十月改元）。阮籍四十五岁。封关内侯。徙散骑常侍。作《首阳山赋》。序“正元元年秋，余尚为中郎，在大将军府，独往南墙下，北望首阳山，作赋曰”云云，是此文成（或构思）于未徙官之时，而序（或并文）则徙官后补作也。作《鸠赋》，序“嘉平中得两鸠子，常食以黍稷之旨，后卒为狗所杀，故为作赋”云云，不言嘉平之某年，依《资治通鉴》例系于嘉平之末。春二月，诛中书令李丰、太常夏侯玄、后父张缉、黄门监苏铄、永宁署令乐敦、冗从仆射刘贤，皆夷三族。

公元二五五年

正元二年。阮籍四十六岁。拜东平相，旬日而还。司马昭引为大将军从事中郎。正月，镇东将军毌丘俭、扬州刺史文钦起兵于寿春，移檄州郡以讨司马师，司马师率中外诸军以讨俭、钦。中书侍郎钟会从师典知密事。俭败，走死，文钦奔吴。寿春城中十余万口惧诛，或流迸山泽，或散走入吴。司马师死，二月，诏以司马昭为大将军，录尚书事。

公元二五六年

甘露元年（正元二年六月改元）。阮籍四十七岁。二月，帝宴群臣于太极东堂，与诸儒论夏少康、汉高祖优劣，以少康为优。八月，诏司马昭加号大都督。十月，以司空郑冲为司徒。

公元二五七年

甘露二年。阮籍四十八岁。五月，司空诸葛诞在淮南敛兵自守，司马昭讨之。用黄门侍郎钟会策，诈使吴遣救，诸葛诞之将全怿等开寿春城出降。

公元二五八年

甘露三年。阮籍四十九岁。二月，司马昭破斩诸葛诞。五月，诏以司马昭为相国，封晋公，食邑八郡，加九锡。昭前后九让乃止。以关内侯王祥为三老。

公元二六〇年

魏陈留王景元元年（高贵乡公甘露五年卒。是年六月改元）。阮籍五十一岁。六月，复进大将军昭位相国，封晋公，加九锡。昭固让，太后许之。高贵乡公率殿中宿卫、苍头、官僮讨司马昭，太子舍人成济抽刀刺杀之，时年二十。常道乡公即皇帝位，年十五。

公元二六一年

景元二年。阮籍五十二岁。乐浪外夷韩、濊貊各率其属来朝贡。

公元二六二年

景元三年。阮籍五十三岁。求为步兵校尉。虽去佐职，恒游府（大将军府）内，朝宴必与焉。司马昭杀吕安、嵇康（康时年四十，少阮籍十三岁）。

公元二六三年

景元四年。春二月，复命司马昭进爵位如前，又辞不受。司徒郑冲率群官劝进，乃为郑冲作《劝晋王笺》（文存集中）。冬卒，时年五十四。冬十月，诏以征蜀诸将献捷交至，复命大将军昭进爵位如前诏，昭乃受命。

四、阮籍四言诗十首

阳精炎赫，卉木萧森。谷风扇暑，密云重阴。激电震光，迅雷遗音。零雨降集，飘溢北林。泛泛轻舟，载浮载沉。感往悼来，怀古伤今。生年有命，时过虑深。何用写思，啸歌长吟。谁能秉志，如玉如金。

处哀不伤,在乐不淫。恭承明训,以慰我心。

立象昭回,阴阳攸经。秋风夙厉,白露宵零。修林雕殒,茂草收荣。良时忽迈,朝日西倾。有始有终,谁能久盈。太微开涂,三辰垂精。峨峨群龙,跃奋紫庭。鳞分委瘁,时高路清。爰潜爰默,韬影隐形。愿保今日,永符修龄。

玑衡运速,四节佚宣。冬日凄悕,玄云蔽天。素冰弥泽,白雪依山。□□逝往,譬波流川。人谁不设,案当作没。贵使名全。大道夷敞,蹊径争先。玄黄尘垢,红紫光鲜。嗟我孔父,圣懿原注:一作意。通玄。非义之荣,忽若尘烟。虽无灵德,愿潜于渊。

朝云四集,日夕布散。素景垂光,明星有烂。肃肃翔鸾,雍雍鸣雁。今我不乐,岁月其晏。姜叟毗周,子房翼汉。应期佐命,庸勋静乱。身用功显,德以名赞。世无曩事,器非时干。委命有□,承天无怨。原注:一作委命承天,无尤无怨。嗟尔君子,胡为永叹。

日月隆光,克鉴天聪。三后临朝,原注:一作轩。二八登庸。升我俊髦,黜彼顽凶。太上立德,其次立功。仁风广被,玄化潜通。幸遭盛明,睹此时雍。栖迟衡门,唯志所从。出处殊涂,俯仰异容。瞻叹古烈,思迈高踪。嘉此箕山,忽彼虞龙。

登高望远,周览八隅。山川悠邈,长路乖殊。感彼墨子,怀此杨朱。抱影鹄立,企首踟蹰。仰瞻翔鸟,俯视游鱼。丹林云霏,绿叶风舒。造化絪缊,万物纷敷。大则不足,约则有余。何用养志,守以冲虚。犹愿异世,万载同符。

微微我徒,秩秩大猷。研精典素,思心淹留。乃命仆夫,兴言出游。浩浩洪川,泛泛杨舟。仰瞻景曜,俯视波流。日月东迁,景曜西幽。寒往暑来,四节代周。繁华茂春,密叶殒秋。盛年衰迈,忽焉若浮。逍遥逸豫,与世无尤。

我徂北林，游彼河滨。仰攀瑶干，俯视素纶。隐凤栖翼，潜龙跃鳞。幽光韬影，体化应神。君子迈德，处约思纯。货殖招讥，箪瓢称仁。夷叔采薇，清高远震。齐景千驷，为此埃尘。嗟尔后进，茂兹人伦。蓽门圭窦，谓之道真。

华容艳色，旷世特彰。妖冶殊丽，婉若清扬。鬒发娥眉，绵邈流光。藻采绮靡，从风遗芳。回首悟精，魂射飞扬。君子克己，心洁冰霜。泯泯乱昏，在昔二王。瑶台璇室，长夜金梁。殷氏放夏，周翦纣商。於戏后昆，可为悲伤。

晨风扫尘，朝雨洒路。飞驷龙腾，哀鸣外顾。揽辔按策，进退有原注：一作止应。度。乐往哀来，怅然心悟。念彼恭人，眷眷怀顾。日月运往，岁聿云暮。嗟余幼人，既顽且固。岂不志远，才难企慕。命非金石，身轻朝露。焉知《御览》作得。松乔，颐神太素。逍遥区外，登我年祚。